CHRISTIAN JACQ · STEIN DES LICHTS

II
DIE WEISE FRAU

CHRISTIAN JACQ

STEIN DES LICHTS

II
DIE WEISE FRAU

Roman

Aus dem Französischen
von Gaby Wurster

C. BERTELSMANN

Die Originalausgabe erschien 2000
unter dem Titel »La Pierre de Lumière. La Femme Sage«
bei XO Editions, Paris.

Umwelthinweis:
Dieses Buch und sein Schutzumschlag
wurden auf chlorfrei gebleichtem Papier gedruckt.
Die vor Verschmutzung schützende Einschrumpffolie ist aus
umweltschonender und recyclingfähiger PE-Folie.

1. Auflage

Satz: Dr. Ulrich Mihr GmbH, Tübingen
Druck und Bindung: GGP Media GmbH
Printed in Germany
ISBN 3-570-00404-x
www.bertelsmann-verlag.de

1

Überall lauerte die Gefahr.

Seit dem Tod Ramses' des Großen nach siebenundsechzig Jahren Regierungszeit herrschte an der Stätte der Wahrheit die Angst. Welches Schicksal würde das abgeschlossene, verbotene Viertel am Westufer Thebens ereilen, das nur den Handwerkern zugänglich war, deren wichtigste Aufgabe darin bestand, die Gräber der Könige und Königinnen aus dem Fels zu hauen und zu schmücken?

Welche Entscheidungen würde Merenptah, der neue Pharao, nach den siebzig Tagen der Mumifizierung des erlauchten Verblichenen treffen? Ramses' Sohn, selbst schon fünfundsechzig Jahre alt, galt als herrisch, streng und gerecht. Doch würde es ihm gelingen, die unvermeidlichen Komplotte zu vereiteln und die Intriganten zu beseitigen, die nur darauf warteten, den Thron der Lebendigen zu besteigen und sich der Beiden Länder, Oberägyptens und Unterägyptens, zu bemächtigen?

Ramses der Große war ein großzügiger Beschützer der Nekropole und der Bruderschaft der Handwerker gewesen, die direkt dem König und seinem Stellvertreter, dem Wesir, unterstanden. Die Stätte der Wahrheit hatte ihre eigene Gerichtsbarkeit und bekam täglich Lebensmittellieferungen, sodass sie von materiellen Sorgen befreit war und sich ganz ihrem Werk widmen konnte, das für das spirituelle Überleben des Landes unverzichtbar war.

Sobek konnte schon gar nicht mehr schlafen. Der Vorsteher der Nekropolenpolizei war mit dem Schutz der Stätte der Wahrheit betraut, die er jedoch nicht betreten durfte. Bewaffnet mit Schwert, Speer und Bogen schritt er unablässig das Gelände ab, das er sichern musste, und überprüfte mehrere Male am Tag das Schutzsystem, das er eingerichtet hatte.

Die beiden Wachen am Haupttor der Totenstadt versahen natürlich wie gewohnt ihren Dienst – eine Schicht von vier Uhr früh bis vier Uhr am Nachmittag, die andere von vier Uhr am Nachmittag bis vier Uhr am Morgen. Die stämmigen Kerle, richtige Kraftprotze, verhinderten, dass Normalsterbliche in das abgeschlossene Viertel eindrangen, wo die Handwerker der Stätte der Wahrheit mit ihren Familien lebten. Und dann waren da auch noch die Fünf Mauern, die Bastionen auf dem Weg zur Nekropole.

Doch die üblichen Schutzmaßnahmen genügten Sobek nicht. Der Oberste Wächter war ein großer, gut gebauter Nubier, unterhalb des linken Auges lief eine Narbe über sein Gesicht. Er hatte seinen Männern befohlen, ununterbrochen auf den umliegenden Hügeln Wache zu stehen und den Weg zum Ramesseum, dem »Haus der Millionen Jahre des Ramses«, und die Pfade zu beobachten, die ins Tal der Könige sowie ins Tal der Königinnen führten.

Sollte es zu ernsten Unruhen kommen, würden die Aufrührer bestimmt die Stätte der Wahrheit stürmen, wo, wie es hieß, die Handwerker sagenhafte Reichtümer schufen und sogar Gerste in Gold verwandeln konnten. Was sollte ohne den Schutz des Pharaos aus der kleinen Gemeinde werden, wo zweiunddreißig Handwerker, eingeteilt in die »Mannschaft der rechten Seite« und die »Mannschaft der linken Seite«, wie auf einer Barke arbeiteten, mit der die Siedlung verglichen wurde? Vielleicht würde Sobek ihr letzter Verteidiger sein, doch er würde nicht weichen, er würde durchhalten bis zum Schluss.

Sobek war zwar »Einer von außerhalb«, doch er hatte schließlich zu den meisten Einwohnern, die unter seinem Schutz standen, Zuneigung gefasst. Er selber war kein Handwerker und er kannte auch ihre Geheimnisse nicht, doch er hatte das Gefühl, an ihrem Abenteuer teilzuhaben, und er konnte sich nicht mehr vorstellen, fern von ihnen zu leben.

Daher quälte ihn auch noch eine weitere große Sorge: Verbarg sich unter den Handwerkern ein Mörder, der das Leben Nefers des Schweigsamen bedrohte, des Baumeisters, der vor nicht allzu langer Zeit zu Unrecht durch einen anonymen Brief des Mordes an einem Wachmann beschuldigt, zuletzt aber entlastet worden war? Sobek hatte bislang weder den Mörder noch den Verfasser des Briefes gefunden und er fragte sich, ob es sich in beiden Fällen nicht um einen Mitbruder Nefers handelte, der ihm seinen Aufstieg neidete. Doch er musste auch noch einer anderen Spur folgen; er verdächtigte Abri, den Obersten Verwalter West-Thebens, an einem Komplott beteiligt zu sein, das die Stätte der Wahrheit zu zerstören drohte. Durch Ramses' Tod konnte sich nun die Situation zuspitzen und schließlich außer Kontrolle geraten.

Als Vorarbeiter der rechten Mannschaft hatte Nefer die Pflicht, »den Dingen an der Stätte des Lichts Licht zu geben«: Er musste die Pläne entwerfen und jedem Handwerker entsprechend seinen Fähigkeiten Aufgaben zuteilen. Doch seit Kaha, der Vorarbeiter der linken Mannschaft, vor kurzem verstorben war und dessen Ziehsohn Haih, ein Mann ohne nennenswerte Erfahrung und ein großer Bewunderer Nefers, Kahas Platz eingenommen hatte, galt Nefer im Grunde als Baumeister der gesamten Bruderschaft und noch mehr Verantwortung lastete auf seinen Schultern. Selbst Kenhir, der alte Schreiber des Grabes und Vertreter der Obrigkeit, brachte Nefer großen Respekt entgegen. Aufgabe dieses hohen Beamten war es, die Nekropole zu führen, und er hatte in Nefer einen außergewöhnlichen Baumeister gefunden, der eine natürliche und unangefochtene Autorität ausstrahlte.

Doch würde Nefer der Schweigsame in der Lage sein, gegen die dunklen Mächte zu kämpfen, die die Stätte der Wahrheit bedrohten? War sich der Vorsteher der Männer des Inneren überhaupt der großen Gefahr bewusst? Und hatte er die Mittel, damit fertig zu werden? Er war so sehr mit der Vollendung des Bauwerks beschäftigt, das nach den Anweisungen seiner Vorgänger errichtet werden musste, dass er vielleicht die Grausamkeit und die Habgier in der Welt draußen vergessen hatte. Würde seine persönliche Ausstrahlung allein ausreichen, das Böse abzuwenden?

Sobek blieb vor einer Nische stehen, die in die Mauer gehauen war und eine Statue der Maat beherbergte, der Schutzgöttin der Stätte der Wahrheit. Mit der Steuerfeder auf dem Kopf half die zierliche Göttin den Vögeln, ihren Weg zu finden, und sie verkörperte das Ideal der Bruderschaft: das Streben nach Harmonie und Redlichkeit, die beide für das künstlerische Schaffen unerlässlich waren. Und so sagte man auch: »Nach den Gesetzen der Maat handeln, heißt Gott zum Gefallen handeln.«

Sobek atmete schwer. Die Hitze wurde immer drückender, die Gefahr nahte. Zur Beruhigung betrachtete er die Westliche Bergspitze, den höchsten, pyramidenförmigen Gipfel des Wüstengebirges. Nach der Legende hatten die ersten Steinmetzen der Totenstadt den Fels so behauen, dass er hier im Süden das Echo der Pyramiden im Norden einfing.

Wie alle Thebaner wusste auch Sobek, dass auf dem heiligen Gipfel eine Furcht erregende Schlange wohnte, die Göttin der Stille. Eine Barriere, die immer unüberwindlicher geworden war, hinderte einfache Menschen daran, ihre Ruhe zu stören, doch die Pharaonen hatten ihre Häuser der Ewigkeit unter ihren Schutz gestellt, und die Menschen in der Nekropole vertrauten der Göttin ihre geheimsten Hoffnungen an.

Die Zinne war neunhundert Ellen hoch und stand an der Kreuzungsachse der Tempel, die die Pharaonen hatten erbauen lassen, damit der *Ka,* die niemals versiegende Lebenskraft, ins Universum ausströmen konnte. Wie in einem Fächer standen die Tempel um die Zinne herum und erwiesen der Schlange ewige Huldigung.

Sobek betrachtete die Bergspitze gerne in der Abenddämmerung, wenn sich die Dunkelheit über die Wüste, das Fruchtland und den Nil senkte. Dann war nur noch dieser Gipfel vom Licht angestrahlt, als könne ihm die Nacht nichts anhaben.

Ein Wachposten wedelte mit den Armen, ein anderer schrie.

Sobek lief zur Ersten Bastion, wo panische Aufregung herrschte. Die Wachen kreisten ein Dutzend Eseltreiber ein, die angsterfüllt mit den Händen ihre Köpfe vor den Knüppelschlägen schützten; unterdessen liefen die Tiere in alle Richtungen davon.

»Aufhören!«, befahl Sobek. »Das sind doch Gehilfen!«

Die Ordnungshüter merkten, dass sie einen Fehler gemacht hatten, und hörten auf zu schlagen.

»Wir haben Angst gehabt, Oberster«, erklärte ein Wachmann. »Wir haben gedacht, sie wollten die Sperre durchbrechen.«

Wie jeden Tag brachten die Gehilfen Wasser, Fisch, frisches Gemüse, Öl und andere notwendige Lebensmittel zur Nekropole. Die flinkeren Männer fingen ihre Esel wieder ein, die anderen jammerten und klagten. Sobek würde einen langen Bericht schreiben müssen, in dem er den Vorfall erklärte und das Verhalten seiner Untergebenen rechtfertigte.

»Kümmert euch um die Verletzten und veranlasst, dass die Esel abgeladen werden!«, ordnete er an.

Als der Tross in Sicht des Haupteingangs zur Totenstadt kam, öffnete sich das Tor und die Ehefrauen der Handwerker traten heraus. Sie waren gleichzeitig Hathor-Priesterinnen und Hausfrauen und holten schweigend die Lebensmittel ab.

Vor Ramses' Tod hatte diese Stunde immer Gelegenheit zu lebhaftem Austausch gegeben. Es wurde geplaudert, gestritten, gelacht und die Frauen zankten sich, wenn auch nur zum Schein, um das beste Stück Fleisch, die frischesten Früchte und den würzigsten Käse. Doch seit der Große König tot war, machten selbst die Kinder den Mund nicht mehr auf. Ihre Mütter hatten keine Lust mehr, mit ihnen zu spielen; sie sahen nur noch zu, dass sie, wie üblich in der Hocke, die tägliche Arbeit ungesäumt hinter sich brachten und Teig kneteten, aus dem Brot gebacken und Gerstenbier gebraut wurde. Doch wie lange würden die Frauen diese einfachen Verrichtungen noch ausführen können, die gewissermaßen das Vorspiel auf die Freude einer Mahlzeit im Kreis der Familie waren?

Ein junger Wachmann lief auf Sobek zu.

»Oberster! Oberster! Da kommen noch mehr!«

»Noch mehr Gehilfen?«

»Nein, Soldaten mit Bogen und Speeren!«

2

Mehi ging in der Vorhalle seiner prächtigen Villa auf und ab. Der heimliche Herr über Theben war als Vorsteher des Schatzhauses nicht nur äußerst geschickt im Umgang mit Geld und im Frisieren von Zahlen, er war auch der hoch geschätzte Kommandant der thebanischen Streitwagentruppen, denen seine Großzügigkeit sehr zugute kam.

Er hatte ein rundes Gesicht, tiefschwarze Haare, die an seinem Schädel klebten, braune Augen, volle Lippen, dicke Hände und Füße, und einen lang gestreckten, kräftigen Rumpf. Er war sich seiner selbst sehr sicher und konnte jeden um den Finger wickeln, vor allem war er von einem scheinbar unerreichbaren Ziel besessen: Er wollte die unermesslichen Schätze der Stätte der Wahrheit an sich reißen. Dass die Handwerker in der Goldenen Kammer unglaubliche Reichtümer schufen, wusste Mehi und er hatte auch den Stein des Lichts gesehen, der sie erleuchtete, wenn sie in die Finsternis eines Grabes im Tal der Könige hinunterstiegen.

Um unerkannt entkommen zu können, hatte Mehi damals einen Wachmann getötet und daraufhin Sobek einen anonymen Brief zukommen lassen, in dem er Nefer den Schweigsamen des Mordes beschuldigte. Doch leider hatte dies nicht den gewünschten Erfolg gehabt. Nach den Ermittlungen des Gerichts und durch das Eingreifen der geheimnisvollen Weisen der Stätte der Wahrheit wurde der Handwerker freigesprochen. Wenigstens war auf Mehi kein Verdacht gefallen, und er konnte seinen Aufstieg fortsetzen. Dazu musste er allerdings erst noch seinen Schwiegervater aus dem Weg räumen – was er geschickt einfädelte – und sich der Komplizenschaft seiner Gattin Serketa versichern, die ungefähr so liebreizend war wie ein Skorpion, dafür aber genauso ehrgeizig, habgierig und hartherzig wie Mehi.

Der reiche, mächtige Mann, der sich eines ausgezeichneten Rufes erfreute, ging umsichtig und geduldig zu Werke. Das Gericht hatte ihm damals die Zulassung zur Stätte der Wahrheit verwehrt, und diese Schmach hatte er nie verwunden. Sein Rachedurst wurde zudem noch von dem Wunsch begleitet, das alte Ägypten, das in seinen Traditionen und seinem Glauben verharrte, in ein modernes, siegreiches Land zu verwandeln und das verschlafene Volk durch die Wissenschaft aufzurütteln, vertreten durch Mehis Freund Dakter, der für alles Neue offen war.

Die Verwirklichung dieses großen Plans setzte jedoch voraus, dass er hinter die Geheimnisse der Bruderschaft kam, über die die Pharaonen so eifersüchtig wachten und von denen nichts nach außen dringen durfte. Mehis Hauptgegner war Ramses der Große gewesen. Einmal hatte er versucht, den König zu beseitigen, indem er dessen Wagen manipulierte. Doch sein Anschlag scheiterte, und der Schatzmeister musste zugeben, dass der alte Herrscher übermenschliches Glück hatte. Also hatte Mehi sich damit begnügen müssen, seinen damaligen Komplizen zu beseitigen, damit dieser nicht mehr plaudern konnte, und ansonsten nach der einzig richtigen Strategie zu verfahren, nämlich zu warten, bis Ramses starb, und unterdessen die Nekropole in das Netz seiner Intrigen einzuspinnen.

Nun endlich war Mehi vom Beschützer der Stätte der Wahrheit befreit! Ohne Ramses konnten ihm die Handwerker nichts anhaben, und es war fraglich, ob der neue König, ein Mann aus dem Norden, der Bruderschaft genauso wohlgesinnt sein würde wie sein Vorgänger. Mehi war es nicht gelungen, Genaueres aus der Hauptstadt Pi-Ramses zu erfahren, wo Merenptah nun regierte. Der neue Pharao galt als der Vergangenheit zugewandt, ein Gegner aller Neuerungen, und schien in die Fußstapfen Ramses' des Großen treten zu wollen. Doch würde die höchste Macht nicht seinen Charakter verändern?

Jedenfalls musste er, Mehi, noch mehr und noch raffiniertere Ränke schmieden! Einige Leute richteten sich auf eine Übergangsregierung ein, deren Zeit wohl nur kurz bemessen wäre, und wollten sich umso besser auf eine neue Welt vorbereiten. Und in dieser neuen Welt würde Mehi ganz oben stehen, nachdem er die Geheimnisse der Stätte der Wahrheit an sich gerissen hätte ...

Während der langen Zeit der Mumifizierung konnte viel Unerwartetes passieren. Merenptah konnte beispielsweise unerwartet sterben, dann würde es einen Kampf um den Thron geben. Doch Mehi hoffte, dass nichts dergleichen geschehen würde. Im Grunde war er nämlich noch nicht bereit. Er träumte davon, dass er im Hintergrund die Fäden zog, während der König im Lichte wandelte, doch in Wahrheit Mehis Marionette war. Mit Abri, dem Obersten Verwalter West-Thebens, hatte das geklappt – warum sollte es also auf der höchsten Ebene der Macht nicht auch funktionieren?

Dieser steife, starre Merenptah, der seinen überkommenen Prinzipien verhaftet und unfähig war, die unvermeidliche Entwicklung des Landes zu erkennen – wäre dieser mittelmäßige Pharao nicht sein bester Verbündeter?

Um den Zusammenhalt und die Widerstandskraft der Handwerker zu testen, hatte Mehi seinen Verbündeten Abri dazu bringen können, der Siedlung ein Regiment und einen Steuereintreiber zu schicken.

Sollte es ihnen gelingen, sich gewaltsam Zugang zur Stätte der Wahrheit zu verschaffen, würde Mehi ihnen folgen und die Privilegien der Bruderschaft zunichte machen.

Dieses Mal war es ernst.

Sobek musste feststellen, dass es sich wirklich um Soldaten handelte, meist Männer im reiferen Alter. Zum ersten Mal, seit er den Rang des Vorstehers der Nekropolenpolizei bekleidete, sah er sich der Armee gegenüber.

In zwei Reihen standen die Infanteristen vor der Ersten Bastion. Die nubischen Wachleute, große, kräftige und gut trainierte Burschen, waren mit Knüppeln und Kurzschwertern bewaffnet. Sie gehorchten Sobek, den sie gewissermaßen als Häuptling betrachteten, aufs Wort, egal, was er befahl.

Sobek trat vor. »Wer kommandiert den Trupp?«

»Ich«, sagte ein Veteran, sichtlich beeindruckt von dem schwarzen Muskelpaket, das ihn da musterte. »Aber ich unterstehe dem Befehl des Steuereintreibers.«

Ein beleibter kleiner Mann, der bislang von den Soldaten verdeckt gewesen war, kam hervor und sagte mit dünner Stimme, aber sehr deutlich zu Sobek:

»Im Auftrag des Obersten Verwalters von West-Theben muss ich das Vieh in der Siedlung erfassen und die Steuern festsetzen. Da ich in den vergangenen Jahren keinerlei Steuererklärung erhalten habe, muss ich notgedrungen eine Revision durchführen. Und als Vertreter der öffentlichen Ordnung müsst Ihr mit mir zusammenarbeiten und mich bei der Ausführung meines Auftrags unterstützen.«

Auf einen Angriff dieser Art war Sobek nicht vorbereitet.

»Heißt das ... Ihr wollt in die Siedlung eindringen?«

»Das ist unumgänglich.«

»Ich habe strikten Befehl, niemanden hineinzulassen, der kein Handwerker ist oder der Familie eines Handwerkes angehört und als solcher bei mir registriert ist.«

»Seid doch vernünftig! Ich bin ein Vertreter der Verwaltung!«

»Nur der Pharao und der Wesir sind von der Vorschrift ausgenommen, die ich Euch gerade in Erinnerung gerufen habe. Und Ihr seid weder der Pharao noch der Wesir.«

»Ihr müsst Euch dem Schatzamt fügen! Holt den Schreiber des Grabes, er wird Euch das Gesetz vorlesen.«

Sobek zögerte. Das war nicht die schlechteste Lösung ... Offenbar kannte der Steuereintreiber Kenhir den Mürrischen nicht!

»Gut. Aber die Soldaten bewegen sich keinen Schritt von der Stelle! Sollten sie versuchen, die Festung zu stürmen, werden meine Männer sie schonungslos zurückschlagen.«

»Dieser Ton gefällt mir nicht, Oberster. Erstens sind Eure Wachleute meinen Soldaten zahlenmäßig unterlegen, und zweitens habe ich das Gesetz auf meiner Seite.«

»Wenn das Eure Meinung ist, dann hole ich den Schreiber erst gar nicht, sondern regle die Angelegenheit auf meine Weise.«

Die nubischen Wachen brauchten keinen Befehl, um ihre Knüppel zu schwingen. Sie waren jünger und flinker als ihre Gegner und hatten keine Angst davor, jeweils gegen zwei oder drei Mann gleichzeitig zu kämpfen.

»Aber, aber! Wir sollten aufhören zu streiten«, meinte der Steuereintreiber. »Ich bin hier, um der öffentlichen Ordnung Geltung zu verschaffen, und Ihr genauso.«

»Meine Anweisungen sind eindeutig. Ich muss sie in allen Einzelheiten befolgen.«

»Dann holt jetzt den Schreiber der Nekropole!«

»Wie gesagt – keinen Schritt weiter!«

Der Beamte schwieg, er war verärgert. Man hatte ihn wissen lassen, dass sein Auftrag nicht einfach sein würde, aber so viel Widerstand hatte er denn doch nicht erwartet. Und dieser große Schwarze machte ihm Angst. Wenn es zum Kampf käme, würde er ihn womöglich übel zurichten. Vorläufig war es auf jeden Fall besser, keine Gewalt anzuwenden, mit dem Schreiber zu sprechen und ihn vor vollendete Tatsachen zu stellen.

Sobek beeilte sich nicht auf seinem Weg durch die Festungen. Mit diesem Häufchen Soldaten wurden seine Männer leicht fertig, doch danach würden andere kommen und die würden zahlreicher und gefährlicher sein.

Wer hatte diese Geschichte ins Rollen gebracht, wenn nicht Abri, der Oberste Verwalter West-Thebens? Wieder einmal kreuzte dieser Mann Sobeks Weg. Der hohe Beamte hatte schon einmal vergeblich versucht, ihn erst zu bestechen und dann seine Versetzung zu erreichen. Offenbar wollte er diesen lästigen Obersten loswerden, der unaufhörlich über den Mord nachdachte und ihn womöglich damit in Verbindung bringen konnte.

Zum dritten Mal nun hatte Abri einen Angriff auf Sobek eingeleitet und dieses Mal nicht nur gegen ihn persönlich, sondern gegen die gesamte Stätte der Wahrheit.

Konnte das einen anderen Grund haben als den, dass er auf irgendeine Weise mitschuldig war und jene beseitigen wollte, die ihn belasten konnten?

Doch zunächst einmal musste sich Sobek um den Steuereintreiber kümmern. Ein Konflikt war vielleicht gar nicht zu vermeiden, denn es würde nicht ausreichen, Kenhir zu benachrichtigen – er musste sich schließlich auch vor die Mauer bemühen.

3

Und vor allem«, ermahnte der Schreiber des Grabes seine Dienerin Niut die Kräftige, »bleib mir mit deinem verfluchten Besen von meiner Studierstube weg! Dort räume ich alleine auf.«

Das Mädchen zuckte nur mit den Achseln. Jeden Morgen dieselbe Predigt!

Kenhir war mit seinen zweiundsechzig Jahren störrischer als ein alter Bock. Er war schwerfällig und wohl beleibt, wie es sich für einen Schreiber auf einer so wichtigen Stelle gehörte, doch er hatte lebhafte, schlaue Augen, denen nichts entging.

Dank eines Suds aus Alraunwurzel war er der Schlaflosigkeit Herr geworden, die ihn nach Ramses' Tod gequält hatte. Er wusste, dass die kleine Gemeinde während der Übergangszeit in Gefahr war und dass sie nicht fortbestehen würde, wenn der neue Pharao ihr feindlich gesinnt wäre, doch Kenhir verrichtete weiterhin seine Arbeit, als würde es die Stätte der Wahrheit noch ewig geben.

Zu allererst musste er die Wasserversorgung der Bruderschaft auf zwei Wegen sichern, zum einen durch den Brunnen, der in eine Tiefe von über hundert Ellen im Nordwesten des Hathor-Tempels in die Erde gegraben worden war, und zum andern durch ständige Lieferungen auf Eseln. Der Brunnen war ein Meisterwerk. Die Wandungen waren im Lot und im rechten Winkel mit Kalksteinplatten belegt und über die schönen Treppen konnten die Zeremonienmeister Wasser für ihre Rituale schöpfen. Doch der Brunnen reichte nicht für die Haushalte, umso weniger als die Hygiene eine der Hauptsorgen in der Totenstadt war. Daher wartete der Schreiber des Grabes auch jeden Morgen geduldig auf die Ankunft der Wasserträger mit ihren schweren Kruken, aus denen sie die großen Amphoren in den Gassen der Nekropole füllten. Sie waren alle aus rosafarbenem Ton gebrannt und mit hellgelber oder dunkelroter Glasur überzogen und standen geschützt in Mauernischen, damit das kostbare Nass immer kühl blieb. Einige Amphoren trugen die Kartusche des Amenhophis I., des Thutmosis III. oder der Hatschepsut, was deutlich machte, dass sich die Herrscher Ägyptens das Wohlergehen der Bewohner der Stätte der Wahrheit angelegen sein ließen.

Die Vorschriften waren streng. Die Träger holten mehrmals am Tag sauberes Wasser aus den beiden großen Zisternen im Norden und im Süden der Siedlung. Die Bewohner füllten es von den Amphoren in große Krüge ab und leerten es in die häuslichen Amphoren. Das Wasser tranken sie, sie wuschen sich damit und benutzten es zum Kochen. Seit es die Bruderschaft gab, hatte nie Wassermangel geherrscht, im Gegenteil – es gab Wasser im Überfluss, was die kleine Gemeinde in diesem Wüstenstreifen sehr zu schätzen wusste.

Der Schreiber des Grabes wurde vom Wesir mit Zustimmung des Pharaos ernannt und hatte unzählige Aufgaben. Ihm oblag das Wohlergehen der Nekropole, er musste sich darum kümmern, dass immer gutes Einvernehmen zwischen den beiden Vorarbeitern der Mannschaften herrschte, er musste das Personal bezahlen, er führte das Tagebuch der Nekropole, in dem er sorgfältig eintrug, wer wann fehlte und warum, er nahm das Material für die Handwerker entgegen und verteilte es und er musste das Große Werk fortsetzen, das seine Vorgänger begonnen hatten. Doch die mühsame und aufreibende Arbeit hinderte Kenhir nicht daran, sich seiner Lieblingsbeschäftigung hinzugeben: den Schriften.

Als Ziehsohn des berühmten Ramose, dem noch zu Lebzeiten der äußerst seltene Titel »Schreiber der Maat« verliehen worden war, hatte Kenhir dessen stattliches Haus, die Schreibstube und vor allem die vielbändige Bibliothek geerbt, in der alle großen Gelehrten vertreten waren, deren Werke er mit seiner krakeligen und fast unleserlichen Schrift kopiert hatte. Kenhir war ein Liebhaber der epischen Dichtung und hatte auch eine neue Version der *Schlacht von Kadesch* verfasst, in der Ramses' Sieg über die Hethiter und der Sieg des Lichts über die Dunkelheit besungen wurden, und er hatte eine in Romanform geschriebene Chronik der herrlichen achtzehnten Dynastie begonnen. Wenn er endlich in den Ruhestand gehen würde, wollte er sich der endgültigen Fassung seines *Traumbuches* widmen, der Frucht seiner langjährigen Forschungsarbeiten.

»Ein Handwerker verlangt Euch zu sehen«, meldete ihm Niut.

»Siehst du nicht, dass ich beschäftigt bin? Wann habe ich in diesem Dorf eigentlich mal meine Ruhe?«

»Wollt Ihr ihn nun empfangen oder nicht?«

»Dann soll er eben reinkommen!«, brummte Kenhir.

Ipuhi der Prüfende, ein Bildhauer der rechten Mannschaft, war zwar schmächtig und nervös, aber außerordentlich geschickt. Er konnte sich den widerspenstigsten Stein gefügig machen und ließ sich von keiner noch so großen Schwierigkeit abschrecken.

»Hast du Ärger?«

»Ein böser Traum«, gestand Ipuhi, »ich brauche Euren Rat.«

»Erzähle!«

»Zuerst ist mir der Widdergott Chnum erschienen. Er hat zu mir gesagt: ›Meine Hände beschützen dich, ich habe dir die Steine anvertraut, die aus dem Bauch der Berge geboren wurden, um die Tempel zu errichten.‹ Das war schon schrecklich genug –«

»Du irrst. Das ist ein ausgezeichnetes Omen! Chnum verkörpert die unbändige Schöpfungskraft, die den Menschen geschaffen hat und die den Handwerkern die Fähigkeit verleiht, diese Macht zu bändigen. Und dann?«

»Dann ... wird es heikel ...«

»Meine Zeit ist knapp, Ipuhi. Entweder du erzählst jetzt oder du gehst wieder.«

Der Bildhauer wurde sehr verlegen. »Ich habe geträumt, dass ich mit einer Frau geschlafen habe ... aber es war nicht meine Frau.«

»Das ist übel! Da gibt es nur eine Lösung: Du musst am frühen Morgen ins frische Wasser eines Bewässerungskanals tauchen, dann findest du deinen Seelenfrieden wieder. Aber sag mir ... Wieso bist du hier geblieben und nicht mit deiner Mannschaft ins Tal der Könige gegangen?«

»Ich habe Opfergaben zum Grab meines Vaters gebracht. Außerdem ist meine Frau krank.«

Kenhir notierte die Gründe, die er für Ipuhis Abwesenheit von der Arbeit gelten ließ, ins Tagebuch der Nekropole. Man konnte Ipuhi wirklich keinen »Faulenzer« schimpfen, ein schlimmer Vorwurf, der eine schwerwiegende Bestrafung nach sich gezogen hätte. Trotz allem würde der Schreiber Ipuhis Angaben überprüfen, denn er traute keinem mehr über den Weg, nachdem ein Handwerker als Grund für sein Fehlen den Tod einer Tante angeführt hatte, die schon längst tot war!

Kaum hatte der Bildhauer die Säulenhalle verlassen, die Kenhir als Schreibstube diente, da kam auch schon Didia, der Zimmermann, herein, ein Mann von großer Statur, aber mit langsamen Bewegungen.

»Der Vorarbeiter der Mannschaft hat mir eine Arbeit in der Werkstatt aufgetragen«, erklärte er, »und ich soll Euch daran erinnern, dass die Löhne morgen früh fällig werden.«

Der Zahltag ... Unerbittlich wiederholte er sich alle achtundzwanzig Tage! Der Schreiber der Nekropole und die beiden Vorarbeiter der Mannschaften bekamen je fünf Sack Dinkel und zwei Sack Gerste, ein Handwerker hatte Anspruch auf vier Säcke Dinkel und einen Sack Gerste. Hinzu kamen Fleisch, Kleider und Sandalen. Alle zehn Tage überwachte Kenhir die Zuteilung von Öl, Salben und Duftwässern. Täglich bekam jeder Bewohner der Totenstadt fünf Körbe Brot und Kuchen, einen Fisch, Gemüse und Früchte, Milch und Bier. Mit dem Überschuss konnte er auf dem Markt Tauschhandel treiben.

»Hältst du es für nötig, mich an meine Pflichten zu erinnern, Didia?«

»Die Zeiten sind schlecht. Die Leute haben Angst und sie fragen sich, ob die üblichen Zuteilungen gesichert sind.«

»Wenn dem nicht so wäre, wäre ich der Erste, der euch davon in Kenntnis setzen würde! Morgen werden die Löhne wie gewohnt ausbezahlt, und es wird nicht eine Hand voll Körner fehlen!«

Beruhigt ging der Zimmermann von dannen.

Kenhir konnte natürlich nicht offen zugeben, dass Didias Befürchtungen berechtigt waren. Wenn der neue Pharao, der die Nekropole noch niemals aufgesucht hatte, sich dem Druck aus bestimmten Richtungen beugen sollte, würde die Versorgung der Handwerker eingestellt werden. Dann blieben der Bruderschaft nur noch die Vorratsspeicher, damit konnten sie eine Weile überleben. Aber wie sollte es danach weitergehen?

Kenhir war ein unverbesserlicher Nörgler. Er jammerte über die Arbeit in der Nekropole und er bedauerte oft, dass er eine glänzende Laufbahn in Theben aufgegeben hatte, doch er liebte die Stätte der Wahrheit mehr als sein Leben. Obwohl er sich unaufhörlich über alles und jeden beklagte, wusste er doch, dass er seine Tage wie sein Vorgänger und Ziehvater an der Stätte der Wahrheit beschließen würde, die für ihn das Herz Ägyptens war, ein Ort, an dem einfache Menschen mit guten und mit schlechten Seiten jeden Tag im Dienste der Götter ein außerordentliches Werk vollbrachten.

Zu seinem Verdruss lasteten alle Sorgen auf ihm, und er musste sich darum kümmern, dass das Zusammenleben in der Nekropole ohne große Reibereien verlief.

»Ich bin fertig mit Putzen«, verkündete Niut die Kräftige. »Ich bereite Euch jetzt das Mittagsmahl.«

»Aber keine Gurken! Die liegen mir immer so schwer im Magen. Und würze meinen Fisch nicht so scharf!«

Von dieser kleinen Hexe, die sein Haus mit Beschlag belegt hatte, hätte er sich schon lange trennen sollen, aber sie arbeitete ordentlich und vor allem ertrug sie seine Launen mit unerschütterlichem Gleichmut.

»Da will Euch noch jemand sprechen«, sagte die Dienerin.

»Hört das heute denn überhaupt nicht mehr auf? Sag ihm, er soll später wieder kommen!«

»Es scheint wichtig und dringend zu sein.«

»Na gut ...«

Eine Frau stürmte mit wildem Blick herein, die Gattin Paihs des Gütigen, eines Zeichners der rechten Mannschaft.

Noch so eine Nerv tötende Ehegeschichte, dachte Kenhir. Er hat sie betrogen, sie will Klage einreichen, und dann muss das Gericht zusammentreten ...

»Die Wache am Tor hat mir eine Nachricht des Obersten Wächters übermittelt ... Es ist entsetzlich!«

»Beruhige dich und gib mir den Inhalt wieder.«

»Soldaten … vor der Ersten Mauer … Sie wollen in die Siedlung einmarschieren!«

4

Das Große Tor öffnete sich und heraus kam der Schreiber des Grabes. Sobek ging sofort auf ihn zu.

»Was ist hier los?«, fragte Kenhir.

»Wir haben Ärger mit dem Schatzamt, der Verwalter hat die Armee eingeschaltet. Ihr werdet an der Ersten Bastion erwartet.«

Ein Fußmarsch war nicht gerade Kenhirs Stärke; er zog seine ruhige Schreibstube dem Sand der Baustätten bei weitem vor. Trotz allem schritt er unverzagt aus und trat dem verärgerten Beamten entgegen.

»Seid Ihr der Schreiber des Grabes?«

»Was wollt Ihr?«

»Die Nekropole hat die Viehsteuer nicht entrichtet. Ich muss jetzt in die Siedlung gehen, die Schuldigen ausfindig machen und die Höhe der Geldstrafe festlegen.«

»Von welchem Vieh sprecht Ihr?«, fragte Kenhir.

»Kühe, Schafe –«

Der Schreiber brach in schallendes Gelächter aus.

»Das Gesetz ist nicht zum Lachen!«, protestierte sein Gegenüber.

»Das Gesetz nicht, aber Ihr seid zum Lachen! Ihr habt weder die Kompetenz noch die Würde, Euer Amt auszufüllen. Ich werde dem Wesir einen ausführlichen Brief schreiben und Eure Amtsenthebung beantragen!«

Der Steuereintreiber sackte in sich zusammen.

»Ich ... ich verstehe nicht.«

»Wenn Ihr keine Ahnung von der Sache habt, solltet Ihr nicht auch noch mit der Armee drohen! In der Siedlung gibt es nur Haustiere – Katzen, Hunde und Äffchen. Andere Tiere dürfen aus hygienischen Gründen nicht innerhalb der Mauern gehalten werden.

Esel, Ochsen, Kühe, Schafe und Schweine findet Ihr auf den Parzellen der Handwerker außerhalb der Nekropole. Und alle diese Tiere sind bei Eurem Amt registriert. Ihr habt mich wegen nichts und wieder nichts gestört – das kann ich nicht ausstehen!«

Beim Anblick des wutentbrannten Schreibers wurde dem Steuereintreiber klar, dass er am besten schleunigst den Rückzug antreten und versuchen sollte, seinen unseligen Vorstoß unter den Teppich zu kehren. Eine Klage aus der Feder einer so wichtigen Persönlichkeit wie des Schreibers der Nekropole konnte seine Laufbahn ruinieren.

»Wann wird man uns endlich diese Wanzenbrut vom Hals schaffen?«, brummte Kenhir, während er dem Geschlagenen nachblickte, der sich eilends aus dem Staub machte.

Trotz des Sieges hellte sich Sobeks Miene nicht auf.

»Was ist denn noch?«, wollte Kenhir wissen.

»Ich habe verabsäumt, Euch von einem beunruhigenden Vorfall zu berichten.«

»Dann berichtet eben jetzt!«

»Die Beweisstücke sind in der Wachstube.«

Die beiden Männer gingen zu Sobeks kleinem Reich. Der Wächter zeigte Kenhir mehrere Ostraka, die mit den unglaublichsten Zeichnungen bedeckt waren.

Da war eine Katze zu sehen, die einer Maus Blumen brachte, eine Ratte im Rock, die von einem Äffchen frisiert wurde, ein Fuchs, der auf der Flöte spielte, eine tanzende Ziege, ein Krokodil, das auf dem Schwanz stand und Mandoline spielte, eine Schwalbe, die auf eine Leiter kletterte, um die hohen Äste eines Baums zu erreichen, wo ein Nilpferd thronte, eine Ratte, die von einem Streitwagen aus auf eine Armee von Nagetieren zielte, die mit Schilden gewappnet waren, und ein Affe, der auf einem Berg Weizen saß.

Die Karikaturen waren bemerkenswert, doch Kenhir fand die ganze Sache überhaupt nicht lustig. Er erkannte in den Tieren die überzogen dargestellten Charaktereigenschaften der meisten Mitglieder der Bruderschaft wieder. Doch was am schlimmsten wog: Die Ratte auf dem Streitwagen konnte nur der Pharao beim Kampf gegen seine Feinde sein. Und der Affe hatte auffallende Ähnlichkeit mit dem Schreiber der Nekropole …

»Wer hat Euch diese abstoßenden Zeichnungen gebracht?«

»Jemand hat sie während meiner Abwesenheit hier abgelegt.«

»Zerstört sie auf der Stelle!«

»Aber wenn der Übeltäter erneut ...«

»Das wird er ganz bestimmt nicht, das könnt Ihr mir glauben!«

Denn Kenhir kannte den Übeltäter.

Der Stil, die exakte Linienführung, die Originalität, die Respektlosigkeit – alles wies auf Paneb den Feurigen hin.

Der Schreiber war der Aufnahme des jungen Mannes in die Bruderschaft durchaus geneigt gewesen, auch wenn er wusste, dass Disziplin nicht gerade zu Panebs Stärken gehörte. Die Stätte der Wahrheit konnte solch ein Talent nicht ablehnen, doch dieses Mal war Paneb der Feurige zu weit gegangen!

Die Augen des Nubiers funkelten ein wenig zu belustigt.

»Dieser geschmacklose Scherz ist nicht komisch, Sobek! Das ist ein Angriff auf die Ernsthaftigkeit und die Strenge, die hier an der Stätte der Wahrheit herrschen müssen.«

»Ich teile Eure Meinung und ich weiß, dass Ihr hart durchgreifen müsst. Aber ich würde sagen, es gibt Schlimmeres. Diesen Steuereintreiber hat uns Abri geschickt, der Bürgermeister West-Thebens, derselbe Abri, der auch versucht hat, mich zu bestechen und meine Versetzung zu veranlassen.«

»Ihr verdächtigt ihn immer noch, ein Komplott gegen die Stätte der Wahrheit zu schmieden?«

»Mehr denn je!«

Kenhirs Miene verdüsterte sich. »Ich würde mir wirklich wünschen, dass Ihr Euch irrt ... Aber ich habe Erkundigungen über diesen Abri eingezogen. Er scheint ein ehrgeiziger Mann zu sein und zu jedem faulen Kompromiss bereit. Doch unter diesen Umständen ist es nicht möglich, umfangreiche Nachforschungen anzustellen. Wie können wir wissen, welches Los ihm der neue Pharao bestimmt hat? Amtsenthebung? Beförderung? Oder Beibehaltung seines jetzigen Standes?«

»Sein Gewaltstreich ist fehlgeschlagen. Aber Abri wird bestimmt nicht klein beigeben! Und da er die Sicherheit der Nekropole bedroht, bin ich gezwungen einzuschreiten, egal, welchen Standes er ist.«

»Geduld, Sobek! Merenptahs erste Entscheidungen werden uns Aufschluss über seine künftige Führungslinie geben. In der Zwischenzeit dürft Ihr nicht in Eurer Wachsamkeit nachlassen.«

Um die Bewohner der Nekropole nicht in Angst zu versetzen, ließ sich der Schreiber des Grabes natürlich nicht anmerken, dass seine Sorge wuchs. Sollte sich eine Palastrevolte anbahnen und sollten Verschwörer wie Abri noch mehr Macht bekommen, würde die Stätte der Wahrheit nicht mehr lange existieren.

Während Kenhir zum Haupttor zurückging, kamen die Gehilfen aus ihren Werkstätten und aus ihren Häusern gelaufen und umringten ihn drohend.

Der Schmied, der Schlachter, die Wäscher, die Kesselflicker, die Bierbrauer, der Schuhmacher, die Weber, die Fischer, die Holzschneider und die Gärtner waren alle sehr aufgeregt. Bechen der Töpfer, der Vorsteher der Gehilfen, ergriff das Wort:

»Wir werden zwar nur die ›Zubringer‹ genannt, aber wir haben auch Rechte«, polterte er. »Und unser erstes Recht ist es zu wissen, ob man uns auffressen wird, und wenn ja, mit welcher Soße!«

»Im Moment ist alles noch beim Alten.«

»Haben wir nicht gerade erst einen Angriff der Armee erlebt?«

»Das war ein lächerlicher Fehler der Verwaltung. Alles hat sich aufgeklärt.«

»Werden sie die Nekropole schließen?«

»Das sind völlig unbegründete Befürchtungen.«

»Das sagt Ihr nur, um uns zu beruhigen!«

»Der Lohn wird wie gewöhnlich ausbezahlt, keine einzige Stelle ist in Gefahr ... Wie viele Garantien wollt ihr denn noch?«

»Gehen wir wieder an die Arbeit«, befahl der Töpfer den Arbeitern.

Die halbherzigen Einwände des Schmieds verloren sich im allgemeinen Gemurmel des kleinen Trupps, der wieder davonschlurfte, und der Schreiber ging zurück in die Siedlung, wo er sofort von Paihs Frau bestürmt wurde, die offensichtlich schon wieder völlig aufgelöst war.

»Mein Kätzchen ist verschwunden! Bestimmt versteckt es meine Nachbarin bei sich. Sie ist neidisch, weil es ein so schwarzes, glänzendes Fell hat, bestimmt hat sie es mir gestohlen. Ihr müsst ihr Haus durchsuchen und sie verurteilen!«

»Ich habe wirklich gerade andere Sorgen und –«

»Wenn Ihr nichts unternehmt, werde ich mich beim Gericht beschweren.«

Kenhir seufzte. »Also gut, gehen wir!«

Der Schreiber malte sich schon das schreckliche Gezänk der beiden Frauen aus, aber es gehörte zu seinen Aufgaben, solche Probleme zu lösen und das Einvernehmen unter den Familien zu wahren.

Zum Glück sprang das flüchtige Kätzchen bald von einem Dach und landete direkt vor den Füßen seiner Herrin, die es in die Arme schloss und mit Küssen bedeckte, nicht ohne ihm mit süßer Stimme Vorhaltungen zu machen.

Kenhir schüttelte den Kopf über die Inkonsequenz der Frauen; ohne ein weiteres Wort entfernte er sich. Wie viele Prüfungen musste er an diesem vermaledeiten Tag wohl noch bestehen?

»Das Essen ist fertig«, verkündete Niut die Kräftige, sobald der Schreiber wieder zu Hause war. »Und zum Nachtisch gibt es gedeckten Dattelkuchen.«

»Ist er wenigstens weich?«

»Und wie! Ihr werdet sehen.«

Jetzt wurde diese kleine Hexe auch noch frech! Er musste wirklich mal wieder durchgreifen, aber im Augenblick hatte er beileibe schlimmere Sorgen.

Würde es Nefer dem Schweigsamen, dem Baumeister der Nekropole, gelingen, das Haus der Ewigkeit Ramses' des Großen termingerecht und nach den Vorgaben, die ihm auferlegt waren, fertig zu stellen? Dieser Mann verfügte über außerordentliche Qualitäten, aber das war seine erste große Baustelle, und vielleicht fehlte es ihm an der nötigen Genialität, sie zu Ende zu führen …

Und Nefers Scheitern wäre das Todesurteil für die Stätte der Wahrheit.

5

Paneb der Feurige war außer sich vor Glück.

Der achtundzwanzigjährige Riese mit den schwarzen Augen war vor zehn Jahren in die Bruderschaft der Stätte der Wahrheit aufgenommen worden, um dort Zeichner zu werden, wie er es sich von klein auf sehnlichst wünschte. Sein Weg war beschwerlich gewesen, doch Paneb hatte sich nie entmutigen lassen, nährte ihn doch das Feuer, das in ihm brannte und das niemand zu löschen vermochte.

Vor ihm lag das Paradies: das Tal der Könige. Der von der Sonne verbrannte Wüsten-Wadi war Normalsterblichen nicht zugänglich. Dort, unter dem Schutz der pyramidenförmigen Westlichen Bergspitze, ruhten die Mumien der berühmten Pharaonen des Neuen Reiches. Ihre Seele wurde jeden Morgen im Inneren ihrer Kostbaren Wohnung wiedergeboren.

Für die meisten Ägypter würde ein Besuch des Großen Tals immer ein Traum bleiben. Doch weil er hartnäckig gewesen war, wurde ihm, Paneb, dieses Glück nun zuteil; unzählige Hindernisse hatte er überwunden und er hatte es geschafft, Mitglied der rechten Mannschaft zu werden.

Wer hätte beim Anblick dieses jungen kräftigen Mannes von eindrucksvoller Größe und mit breiten Schultern gedacht, dass seine großen Hände Zeichnungen von außergewöhnlicher Feinheit und Genauigkeit schaffen konnten? In Paneb vereinigten sich Kraft und Anmut. Doch er war Lehrling und er musste noch sehr viel lernen.

Diese Aussicht versetzte Paneb in Begeisterung, er schreckte vor keiner Aufgabe zurück. Seit die Abschlussarbeiten am Grab Ramses' des Großen begonnen worden waren, musste er seinen Mitbrüdern – den Zeichnern und Malern – Farben, Pinsel, Bürsten und sonstige Werkzeuge bringen. Die Werkzeuge schienen ihm federleicht zu sein, nun, da er die hohen, senkrecht aufragenden Felsen bewundern konnte, die das verbotene Tal säumten, wo es nichts als glühend heiße Steine gab. Die hellbraunen Felswände hoben sich scharf vor dem tiefblauen Himmel ab. Am Mittag verschluckte die Sonne auch noch den letzten Schatten in diesem heiligen Kessel, wo sich die größten Geheimnisse des Lebens und des Todes vereinten.

Für Paneb den Feurigen war dies die schönste Stunde des Tages. Er liebte diese erbarmungslosen Sommer, wenn kein Lufthauch die Gluthitze linderte. Hier, in diesem stillen, friedlichen Tal aus Stein, ruhte er ganz in sich.

»Träumst du, Paneb?«

Der Mann, der diese Frage gestellt hatte, war kein anderer als Nefer der Schweigsame, der Vorarbeiter der rechten Mannschaft und Baumeister der Bruderschaft. Nefer war schlank und von mittlerer Statur, er hatte braune Haare und graugrüne Augen. Seine Stirn war hoch und glatt, sein Gesicht ernst, seine Stimme sanft. Nur zehn Jahre hatte er gebraucht, um unumstrittener Meister der Handwerker zu werden, dabei hatte er selbst diesen Rang nicht begehrt.

Paneb und Nefer waren sich schon vor ihrer Aufnahme in die Stätte der Wahrheit begegnet. Paneb hatte Nefer das Leben gerettet, und Nefer hatte es dem mutigen Mann niemals vergessen. In seiner Laufbahn als Bildhauer hatte Nefer die höchsten Einweihungsstufen der hierarchischen Bruderschaft durchlaufen müssen, bevor er zur Goldenen Kammer zugelassen wurde, wo ihm das Geheimnis des Großen Werkes offenbart worden war, das er nun auf die stoffliche Welt übertragen und zum Leben erwecken musste.

»Als kleiner Junge habe ich immer von einer vollkommenen Welt geträumt«, antwortete Paneb, »aber dann bin ich schnell mit den Menschen aneinander geraten. Da gibt es keine Träume mehr – man muss immer nur kämpfen. Beim kleinsten Zeichen von Schwäche wollen sie ihren Gegner im Staub zertreten. Doch heute weiß ich, dass es die vollkommene Welt gibt: dieses Tal, wo unsere Bruderschaft die Häuser der Ewigkeit der Pharaonen aus dem

Stein haut und schmückt. Hier hat der Mensch keinen Platz, wir sind hier nur Durchreisende, und das ist gut so. Hier regiert die Stille des Feuers. Ich danke dir, dass du mir erlaubt hast, diesen Ort kennen zu lernen.«

»Da gibt es nichts zu danken. Du bist mein Freund. Aber obwohl ich hier Vorarbeiter bin, bekommst du von mir keine bevorzugte Behandlung. Wenn ich dich hierher bestellt habe, so nur, weil du ein hervorragender Handwerker bist.«

Bis jetzt hatte sich Paneb damit begnügen müssen, Zuträger zu spielen und das Grab Ramses' des Großen zu bewachen, doch betreten durfte er es nicht. Bei Nefers Worten bekam er das Gefühl, dass sich das bald ändern sollte.

»Es wird ein langer, schwieriger Tag werden«, kündigte Nefer an. »Die Zeit läuft uns davon, und wir müssen die endgültige Ausschmückung nach Ramses' Anweisungen vornehmen. Sched der Retter wird dir eine neue Aufgabe von entscheidender Wichtigkeit zuweisen.«

Sched der Retter … der Maler der Mannschaft, der Werkstattleiter der Zeichner und die Verachtung in Person! Seit vielen Jahren ignorierte er Paneb und gab ihm zu verstehen, dass er für ihn überhaupt nicht existierte. Doch Paneb der Feurige hatte seine Eitelkeit hintan gestellt, denn er respektierte Sched als einen außergewöhnlichen Meister, dessen Talent nicht seinesgleichen hatte. Schließlich war er von der Bruderschaft auserwählt worden, die Malereien in den Königsgräbern zu beseelen.

»Du siehst so besorgt aus, Nefer.«

»Für manche Leute scheinen die siebzig Tage der Mumifizierung eine lange Zeit zu sein, doch für uns ist sie sehr kurz.«

»Ich verstehe nicht … Ramses' Grab ist doch schon lange fertig.«

»Im Wesentlichen schon, aber nach der Vorschrift dürfen wir erst nach dem Tod des Königs die Wände mit Leben füllen, die letzten Symbole und Figuren zeichnen und die Kostbare Wohnung fertig stellen, wo der *Ach* des Königs für alle Ewigkeiten ruhen wird. Wir dürfen uns keinen Fehler erlauben, wir dürfen weder hetzen noch dürfen wir Zeit verlieren.«

»Bei deiner ersten Baustätte als Vorsteher der Bruderschaft hat dich das Schicksal wirklich verwöhnt! Es hätte dir auch einen weniger herausragenden Pharao als Ramses bescheren können… Aber wir alle haben Vertrauen in dich.«

»Ich bin mir durchaus bewusst, dass der Fortbestand der Stätte der Wahrheit auf dem Spiel steht. Wenn der neue Pharao nicht mit dem ewigen Haus seines Vaters zufrieden ist, wird er die Auflösung der Nekropole verfügen.«

»Was spricht man denn so von Merenptah?«

»Kümmern wir uns jetzt nicht um Gerüchte, sondern erledigen wir unsere Aufgabe! Wenn wir rechtschaffen arbeiten – was haben wir dann zu befürchten?«

Mit sechsunddreißig Jahren war Nefer ein reifer Mann, er strahlte Ruhe aus, doch er besaß auch eine unanfechtbare Autorität. Seine bloße Anwesenheit verlieh der Bruderschaft den unerlässlichen inneren Zusammenhalt und spornte die Handwerker an, ihr Bestes zu geben. Keiner hätte auch nur im Traum daran gedacht, sich seinen Anweisungen zu widersetzen, die er immer im Sinne des Werkes und mit dem Gefühl für die Eintracht der Gemeinschaft gab. Selbst Paneb, der von Natur aus ein Widerspruchsgeist war, respektierte seinen Freund und war froh, dass die Bruderschaft ihn an ihre Spitze gestellt hatte. Solange Nefer da war, gab es weder Unrecht noch Bestechung in der Mannschaft.

»Was wirst du tun, wenn Merenptah die Zerschlagung der Bruderschaft anordnet?«

»Ich werde ihm vor Augen führen, dass er einen schwer wiegenden Fehler begeht und das Wohl ganz Ägyptens aufs Spiel setzt.«

»Und wenn er dir kein Gehör schenkt?«

»Dann ist er kein Pharao, sondern ein Tyrann. Und unsere Kultur wird sehr schnell untergehen.«

Die drei Zeichner, Gao der Genaue, Unesch der Schakal und Paih der Gütige, legten neben Paneb eine große Menge bunter Farben und kleiner Behältnisse aus Kupfer und gebranntem Ton ab.

»Was soll ich tun?«

»Sched der Retter wird dich einweisen. Die Sonne ist sengend heiß… Willst du denn nicht in den Schatten gehen?«, fragte Paih, dem die Hitze im Tal der Könige schwer zu schaffen machte.

»Da wird mir kalt«, scherzte Paneb.

Die drei Zeichner gingen langsam und schweren Schrittes zum

Eingang von Ramses' Grab. Selbst Paih war still, obwohl er normalerweise gerne lachte und scherzte. Wie seine Mitbrüder dachte auch er nur an die Arbeit, die sie peinlich genau ausführen mussten.

»Und du, Paneb – was wirst du dann tun?«, fragte Nefer.

»Wenn alles Reden nichts nützt, dann greife ich nach der Waffe und kämpfe.«

»Gegen den Pharao? Gegen seine Armee und die Wachmannschaften?«

»Gegen jeden, der versucht, die Stätte der Wahrheit zu vernichten. Die Nekropole ist zu meiner Heimat geworden, auch wenn ich hier nicht gerade mit offenen Armen empfangen worden bin und zehn schwere Jahre hinter mir habe.«

Nefer lächelte. »Bekommt nicht ein jeder die Prüfungen, die er verdient, und die Bürde, die er tragen kann? Langsam glaube ich, dass deine Zähigkeit wirklich über das normale Maß hinausgeht.«

»Mit Verlaub – manchmal habe ich wirklich den Eindruck, du machst dich über mich lustig.«

»Das wäre doch meines Ranges unwürdig!«

Sched der Retter unterbrach das Geplänkel der beiden Freunde.

Sched hatte gepflegtes Haar und einen vornehmen dünnen Oberlippenbart, hellgraue Augen, eine gerade Nase und schmale Lippen. Er warf Paneb einen spöttischen Blick zu und wandte sich an den Baumeister:

»Haben sich meine Zeichner schon an die Arbeit gemacht?«

Sie sind gerade ins Grab gegangen.«

»Uns bleibt nicht viel Zeit …«

»Wir dürfen nicht überziehen, Sched. Deshalb stelle ich dir Paneb zur Verfügung.«

Der Maler verdrehte die Augen. »Einen Lehrling, dem man erst alles beibringen muss!«

»Erweise dich als guter Ausbilder und komm dann wieder zu mir.«

Nefer machte sich auf den Weg zum königlichen Haus der Ewigkeit, während Sched eine Art roten Ziegel in die Hand nahm.

»Weißt du, was das ist, Paneb?«

»Farbe. Trockene Farbe, die man in dieser Form nicht benutzen kann.«

Der Maler schien aufs Höchste bestürzt.

»Genau das habe ich befürchtet! Deine Augen haben nicht die Gabe zu sehen.«

6

Es kostete Paneb den Feurigen die größte Mühe, Ruhe zu bewahren. Wenn Sched der Retter vorhatte, ihn zu demütigen – na, dann viel Spaß!

»Farbe«, erklärte der Maler, »Farbe ist nicht nur ein Stoff. *Jun,* das Wort für Farbe, bedeutet gleichzeitig auch ›Existenz‹, ›Haut‹, ›Haar‹. Dank der Farbe enthüllt sich uns ein geheimes Leben, die ganze Natur wird beseelt – vom Stein, der leblos erscheint, bis hin zum Menschen, diesem oftmals viel zu bewegten Geschöpf. Hast du schon einmal das Ocker des Sandes, das leuchtende Grün der Palmen, das linde Grün der Felder im Frühjahr, das tiefe Blau des Himmels, das weiche Blau des Nils oder das goldene Gelb der Sonne wirklich und wahrhaftig ›gesehen‹? Diese Farben verraten uns ein Geheimnis, doch niemand achtet darauf. Dennoch schenkt nur der Pharao persönlich der Stätte der Wahrheit die Farben, denn nur er allein weiß, warum und wie sie den Figuren, die unsere Zeichner skizzieren, Leben verleihen. Unser Schutzgott ist Schu, die leuchtende Luft, er erlaubt der Schöpfung, ihre Wunder auszubreiten. Durch mein Handwerk bin ich voreingenommen, aber gibt es denn etwas Wichtigeres als Farbe?«

Paneb betrachtete das Material der Maler, das vor ihm ausgebreitet war, mit anderen Augen. Noch nie hatte Sched so mit ihm gesprochen.

»Vor dem Malen musst du deine Farben herstellen. Dazu brauchst du eine besondere Gabe, Junge. Normalerweise hätten wir mehrere Monate, ja sogar Jahre Zeit, doch Ramses der Große hat verfügt, dass sein Grab lebendig erstrahlen soll, und dazu brauchen wir große Mengen an vollkommenen Farben. Ich werde dir zeigen, wie du sie herstellst, und während ich male, musst du ohne nachlässig zu werden, ständig neue Farbe machen. Wenn du das nicht schaffst, wirst du die Hauptschuld an der Verzögerung und damit an unserem Niedergang tragen. Pack das Material ein und folge mir!«

»Wohin gehen wir?«

»In meine eigene Werkstatt.«

In einer tiefen Felsspalte hatte Sched der Retter Gestelle, Bretter und einen Kessel aufgestellt. Mindestens hundert Töpfe, Tiegel und Vasen in verschiedenen Größen standen unter einer weißen Plane, die zwischen zwei grob mit einem Kupfermeißel behauene Wände gespannt war.

»Setz dich auf den dreibeinigen Hocker und sperr die Ohren auf, Paneb! Die Farbpigmente werden aus Mineralien gewonnen, die du zu feinstem Puder zerstoßen musst; den mischst du mit Wasser und gibst ein starkes Bindemittel hinzu – darin liegt das größte Geheimnis der Farbenherstellung. Mit Eiweiß, das weder mit warmem noch mit kaltem Wasser in Berührung kommen darf, bekommst du eine Farbe, die die Poren des Steins schließt. Auch Fischleim bindet gut. Oder dieser Klebstoff hier.«

Während er erklärte, hob er die Deckel von Töpfen an, die genau jene Substanzen enthielten, die er gerade beschrieb. Man hätte meinen können, er sei ein Koch, der sich anschickte, die Leckereien zu kosten, die er zubereitet hatte.

»Dieses Bindemittel ist etwas ganz Besonderes! Dazu koche ich Knochen, Knorpel, Sehnen und Haut aus, das Ganze gieße ich in eine Form, und wenn es abkühlt, wird es fest. Und erst dieses wunderbare Harz, das ich mit Kalkstaub mische... Aber hier – das musst du erst sehen!«

Der Maler schob den Deckel eines kleinen, rechteckigen Tontiegels zur Seite.

»Das ist erstklassiges Bienenwachs. Damit binde ich Leime. Ich trage es auch als Schutzschicht auf eine bemalte Fläche auf. Ein Anfänger würde natürlich rotes Ocker direkt auf den Putz auftragen, aber nur die Verwendung eines Bindemittels ist ein Markenzeichen für Qualität. Gleich werde ich dir mein bestes und bevorzugtes Mittel zeigen, Akaziengummi.«

Sched deckte langsam ein Alabastergefäß ab.

»Gummi verleiht den Farben Festigkeit und dem Bild Haltbarkeit ... Die Zeit und Temperaturunterschiede können ihm nichts mehr anhaben. Das Wort *seped,* ›spitz sein‹, das für den Akaziendorn verwendet wird, bedeutet auch ›genau sein‹, ›klug sein‹. Diese Pflanze gehört zu den lichtvollen Kräften, dank derer die Sonne Leben schenken kann. Vielleicht lernst du ja eines Tages die Akazie kennen ...«

Der Maler verlor sich in seinen Gedanken, als würde er in uralten Erinnerungen schwelgen.

»Wo war ich stehen geblieben? ... Ach ja, die Bindemittel. Also, das Wesentliche weißt du ja jetzt. Wenden wir uns nun den Farben selbst zu.«

So viel Leidenschaft hätte Paneb diesem kühlen, distanzierten Mann niemals zugetraut. Seine Augen leuchteten, er gestikulierte unablässig. Sched schien glücklich zu sein, dass er jemandem die Tore seiner Welt öffnen konnte, und Paneb durchschritt sie mit Freuden.

»Schwarz ist am einfachsten: Du kratzt den feinen Ruß ab, der sich an den Wänden von großen Kochtöpfen sammelt und an Lampen klebt. Auch das Pulver der Holzkohle liefert dir ein schönes Schwarz. Doch ich habe auch einen Vorrat an Mangan aus Sinai. Aber gehe umsichtig mit dieser Farbe um – *kem* bedeutet Vollendung und Totalität, das heißt Schwarz ist die Summe aller Farben. Osiris, der Schwarze, verkörpert zum Beispiel die Gesamtheit aller Kräfte der Wiedergeburt.«

»*Kemet,* ›das Ganze‹, ist das nicht auch der Name Ägyptens, das Schwarze Land?«

»Doch. Wegen der schwarzen Erde, wegen des Nilschlamms, der alle Keime des Lebens und der Wiedergeburt in sich trägt. Nun zum Weiß. Weiß ist die Freude, die Reinheit, das Strahlen, dazu musst du hiesigen Kalkstein zerstoßen. Wenn du Gips mit Holzkohle oder Ruß mischst, bekommst du Grau. Für die Farbe Braun malst du eine Schicht Rot auf Schwarz oder du mischst Eisenoxid mit Gips. Das beste Ocker kommt aus der Inneren Oase, auch davon habe ich einen kleinen Vorrat.«

»Und Rot?«, fragte Paneb.

»Ach ja, Rot! Diese Farbe ist erschreckend und anziehend zugleich. Es ist die Farbe der Wüste, der Gewalt, des himmlischen

Feuers, des Blutes, in dem das Leben fließt. Rot sind die Segel der Barke, die die Seelen ins Binsengefilde bringt, rot ist die Einfassung der Türen, damit die Dämonen der Zerstörung sie nicht durchschreiten, rot leuchtet das Auge des Seth, wenn er gegen Apophis kämpft ... Rot ist wohl deine Lieblingsfarbe, was? Du gewinnst sie aus rotem Ocker, den es bei uns im Überfluss gibt, aus Eisenoxid oder auch aus gelbem Ocker, der beim Brennen langsam rot wird. Dieses Ockergelb – Eisenhydroxid, das mehr oder weniger wasserhaltig ist – gibt es hier reichlich, du findest es in den Wüstenoasen im Westen und im Stein gebunden auch in den Bergen. Ich nehme für die Herstellung von Rot auch das Auripigment, ein Arsensulfid, wobei das Arsen in dieser chemischen Verbindung nicht giftig ist. Es kommt aus Kleinasien und von den kleinen Inseln im Roten Meer und verleiht den Wandbildern ein ähnliches Strahlen wie Gold, das Karnat der Götter.«

Sched tauchte den Pinsel ein und malte auf einen Kalksteinsplitter einen wundervollen Schmetterling von einer Farbe, die Paneb in Staunen versetzte.

»Rosa«, erklärte der Maler. »Eine Mischung aus Gips und rotem Ocker. Damit kann man die Anmut einer Frau ausdrücken oder die Eleganz eines Pferdes. Zufrieden?«

»Nein«, gab Paneb zurück. »Wir haben noch gar nicht über Blau und Grün gesprochen.«

»Hm, vielleicht bist du ja doch nicht so dumm, wie ich dachte ... Viele Leute glauben immer noch, dass man nur mineralische Pigmente zerstoßen müsse, um diese beiden Farben zu erhalten, die die Geheimnisse des Himmels und die Kräfte des Lebens ausdrücken. Aber als Maler an der Stätte der Wahrheit geht man natürlich anders vor.«

Sched zündete das Feuer unter dem Kessel an.

»Die Natur schenkt uns Pigmente, und die Kunst des Malers besteht in erster Linie darin, daraus haltbare Farben zu machen. Doch bei Blau und Grün ist das nicht so einfach. Schau mir jetzt zu und merke dir jeden Handgriff genau.«

In einer Gussform mischte Sched Siliziumsand, Kalkstaub, Malachit, Azurit, Natron und pflanzliche Asche.

»Ich erhitze jetzt den Inhalt dieser Form bei hoher Temperatur, zwischen 850 und 1100 Grad. Indem du das Feuer regulierst, kannst du die Temperatur variieren und bekommst verschiedene Blautöne, von Türkis bis hin zu Lapislazuli-Blau. Auch die Feinheit des Puders ist wichtig – je feiner er ist, desto heller wird die Farbe. Und wenn du die zerstoßenen und verfestigten Pigmente ein zweites Mal erhitzt, wird die Farbe leuchtender.«

»Und Grün?«

»Grün hat die gleichen Grundbestandteile wie Blau, nur in einem anderen Mischungsverhältnis. Du nimmst mehr Kalzium, weniger Kupfer. Blau drückt das Unstoffliche aus, Grün die geistige Kraft«, erklärte Sched. »So. Den farbigen Puder presst du zu Laiben wie Brot, die einen länglich, die anderen rund. Davon rühre ich nach und nach ein paar Quäntchen an. Das sind die ersten Schritte unserer Alchimie, Paneb. Wenn du dich auf diese Kunst verstehst, wird sie dich ins Herz der Bruderschaft führen.«

Sched war so auf das Erhitzen konzentriert, dass man meinen konnte, er selbst sei die Form und spüre die kleinsten Veränderungen der Temperatur am eigenen Leib. Er zeigte seinem Lehrling, wie aus einem leuchtenden Blau ein durchscheinendes Grün wurde.

»Bist du bereit, nun die Farben herzustellen, Paneb?«

»Ich muss es ja wohl!«

»Also, ich brauche heute Nachmittag Rot und morgen früh Blau. Hoffentlich gehen uns die Rohstoffe nicht aus – es ist nämlich keineswegs sicher, dass uns der neue Pharao weiterhin beliefern lässt. Wenn wir keine Farbpigmente mehr haben, ist es aus mit der Malerei ...«

»Das kann er nicht tun!«

»Das ist weder meine noch deine Entscheidung, Junge. Jedenfalls habe ich den Eindruck, dass der Wind sich nicht zu unseren Gunsten drehen wird.«

Paneb machte sich mit Eifer an die Töpfe voller Leim und Gummi.

»Du erstaunst mich, Meister. Bislang hast du mich nur mit Geringschätzung behandelt, und heute enthüllst du mir auf einmal so viele Geheimnisse deines Handwerks. Woher die plötzliche Güte?«

»Der Vorarbeiter der Mannschaft hat mich angewiesen, dich einzulernen, und ich gehorche. Doch ich kann dir jetzt schon sagen, dass du scheitern wirst.«

7

Der Wüstenfuchs war vollkommen erschöpft. Das Tier mit dem dichten rotbraunen Schwanz flüchtete sich mit letzter Kraft in eine Felsenhöhle.

Mehi, der an der Spitze einer hartnäckigen Jagdgesellschaft der Spur seit mehreren Stunden durch die Wüste folgte, war ein sehr viel Furcht erregenderes Raubtier als der kleine Fleischfresser.

Mehis Nerven waren zum Zerreißen gespannt, weil er noch keine zuverlässigen Nachrichten über die Absichten des neuen Pharaos erhalten konnte; er musste töten. Und es genügte ihm nicht, Wachteln oder andere Vögel zu erlegen. So hatte er sich ans Westufer begeben in der Hoffnung, dort ein schönes Stück Wild aufzuspüren.

Keuchend sah der Fuchs, wie der Mann mit dem Bogen in den engen Tunnel eindrang, der zu seinem Schlupfwinkel führte. Die Wände waren zu steil, als dass er sie hätte erklimmen können. Er drehte den Kopf in alle Richtungen, doch er konnte keine Fluchtmöglichkeit entdecken.

Der überreizte Mehi spannte seinen Bogen. Er hatte doch nicht umsonst in dieser feindlichen Welt geschwitzt, nun würde er sich wieder einmal als der Stärkere erweisen!

Der Fuchs hätte sich auf den Jäger stürzen können, doch er zog es vor, dem Tod ins Auge zu blicken, und fixierte Mehi mit dem Mut jener Geschöpfe, die es verstehen, dem Schicksal die Stirn zu bieten. Unter diesem Blick hätten viele Jäger aufs Schießen verzichtet und dem edlen Tier Achtung gezollt. Doch Mehi wollte töten. Der Pfeil zerriss die heiße Luft der Wüste und bohrte sich in die Brust seines unglückseligen Opfers.

»Bringt mir zu trinken!«, befahl Mehi, als er die Schwelle seiner prächtigen Villa überschritt. »Und nehmt mir das hier ab!«

Der Hauptmann warf den blutigen Balg des Fuchses auf den Boden. Ein Diener hob ihn schnell wieder auf, ein anderer brachte seinem Herrn kühles Bier.

»Wo ist meine Frau?«

»Am Teich.«

Serketa hatte sich im Schatten einer Laube auf ein paar Kissen ausgestreckt. Die dicke Frau mit den üppigen Brüsten, den wasserblauen Augen und den blond gefärbten Haaren hatte sich zum Schutz vor der Sonne mit einem feinen Leinenschleier bedeckt. Sie wollte schließlich keine sonnenbraune Haut bekommen wie die Mädchen vom Lande.

Mehi packte ihre Brüste.

»Du tust mir weh, Schatz!«

Er war zwar ein miserabler Liebhaber, aber Serketa gefielen die Grobheiten ihres Mannes, dessen hauptsächliche Qualitäten brennender Ehrgeiz und ungezügelte Habgier waren. Dank seiner Rechen- und Verwaltungskünste vermehrte er unaufhörlich das gemeinsame Vermögen. Da Serketa genauso gierig war wie er und vor keiner Grausamkeit zurückschreckte, hatte sie schon mit dem Gedanken gespielt, Mehi aus dem Weg zu räumen, bevor er sie ausschalten konnte, aber schließlich waren sie unzertrennliche Komplizen geworden, die ihre Verbrechen und ihr unstillbarer Machthunger zusammenschweißten.

»Hattest du eine gute Jagd, Liebster?«

»Ich hatte mein Vergnügen. Was gibt's Neues aus der Hauptstadt?«

»Leider nichts. Aber ich habe andere interessante Neuigkeiten.«

Mehi legte sich neben seine Frau, die den Charme eines Skorpions und den Zauber einer Hornviper ausstrahlte.

»Unser Informant, dieser wunderbare Mann, der seine Bruderschaft verrät, hat mir über unseren ergebenen Mittelsmann Tranbel einen Brief zukommen lassen.«

Tran-bel war ein kleiner, aber entgegenkommender Gauner, der dem Verräter an der Stätte der Wahrheit half, verbotene Gewinne einzustreichen, indem er unter der Hand Möbelstücke von bester Qualität verkaufte. Um seinen kleinen Schwarzhandel weiter betreiben zu können, war er der treue Diener von Mehi und Serketa geworden, denen er keine Bitte abschlagen konnte.

»Lass mich nicht so lange zappeln, Serketa, oder ich vergewaltige dich ...«

Sie umschlang die Knie ihres Mannes. »Warum eigentlich nicht, mein Liebling? Aber hör dir das erst an: Baumeister Nefer hat große Sorgen. Wegen seiner mangelnden Erfahrung ist Ramses' Grab noch nicht fertig, und wie es aussieht, können sie den Termin auch nicht einhalten.«

»Hervorragend! Mit anderen Worten, die Bruderschaft wird für unfähig befunden, und die Vorsteher werden ihrer Ämter enthoben. Ein nie da gewesener Skandal! Unser Freund Abri wird seiner Empörung öffentlich Ausdruck geben, und die Versorgung der Siedlung wird eingestellt. Vielleicht stehen wir schon kurz vor dem Ende der Stätte der Wahrheit, Serketa, und dann können wir uns ihrer Geheimnisse noch leichter bemächtigen, als ich gedacht hätte. Die Handwerker haben einen großen Fehler gemacht, als sie diesen Nefer zum Baumeister erkoren haben!«

Serketa legte ihren Schleier ab, doch sie achtete darauf, im Schatten zu bleiben. Mit lüsternem Blick machte sich Mehi daran, ihr zu zeigen, wozu er fähig war.

Aufgrund der angespannten Lage kehrte die Mannschaft nicht mehr in die Nekropole zurück, sondern schlief neben dem Eingang zum königlichen Grab auf Matten unter dem Sternenzelt.

Nefer, der glaubte, der Fels lasse Schwachstellen erkennen, hatte von den Steinmetzen Fened der Nase, Kasa dem Seiler, Karo dem Grimmigen und Nacht dem Starken verlangt, den Stein zu untersuchen, aber es war nichts Beängstigendes zu Tage gekommen. Nun versuchten die vier Männer, die verlorene Zeit wieder wettzumachen.

Der Werkstattleiter der Bildhauer, Userhat der Löwe, und seine beiden Gesellen, Ipuhi der Prüfende und Renupe der Heitere, legten letzte Hand an die Königsstatuen aus Holz und aus Stein und stellten auch die »Antworter« fertig, die Statuetten der Arbeiter des Jenseits, die an der letzten Ruhestätte des Königs wirken würden.

Didia der Großzügige, seines Zeichens Zimmermann, nahm bei den Totenbetten den letzen Schliff vor, die Thuti der Gelehrte danach mit Blattgold beschlagen würde, während die drei Zeichner Gao, Unesch und Paih die Hieroglyphen malten. Diese Sprüche waren für den Wiedererweckten unerlässlich, um die Pforte des Jenseits zu durchschreiten und nach Belieben auf den schönen Pfaden der Ewigkeit zu wandeln.

Sched der Retter malte nach seinem eigenen Rhythmus, als hätte er noch viele Monate Zeit. Doch er war ein Genie, und Nefer schämte sich fast, ihn daran erinnern zu müssen, dass der Bestattungstermin immer näher rückte.

Zum Glück hatte Paneb alles richtig gemacht!

Der junge Riese war so fasziniert von dem, was Sched ihm enthüllt hatte, dass er nicht die kleinste Einzelheit vergessen und mit Feuereifer gearbeitet hatte. Seine Hand hatte die Gesten des Meisters gewissenhaft nachgeahmt. Bald war er sich darüber klar geworden, dass er damit ordentliche Ergebnisse erzielte, doch das genügte ihm nicht.

Auf der Grundlage von Scheds Unterweisung hatte er bei jeder Phase der Farbherstellung etwas Neues ausprobiert. Er hatte verschiedene Stößel benutzt, damit der Puder immer wieder eine andere Konsistenz bekam, und er hatte das Mischungsverhältnis der Leime verändert, je nach dem, welche Farbe er erhalten wollte. Und wie der Meister gesagt hatte, war Akaziengummi wirklich das beste Bindemittel.

Natürlich gab es auch Fehlschläge, doch Paneb hatte seine Irrtümer überdacht und vieles daraus gelernt, vor allem machte er niemals den gleichen Fehler ein zweites Mal.

Am ersten Tag hatte Sched beim Anblick der Riegel aus roter Farbe angewidert das Gesicht verzogen, aber er hatte sie trotz allem benutzt. Paneb hatte sich nichts anmerken lassen, aber am liebsten hätte er seine Freude in die Welt hinaus geschrien. Endlich, nachdem er sich so viele Jahren hatte gedulden und so viele Prüfungen hatte bestehen müssen, endlich durfte er mit den Farben spielen! Er wusste, wie man sie herstellte, und er arbeitete zur Zufriedenheit des Meisters, der den Auftrag hatte, die Gottheiten auf den Wänden von Ramses' Haus der Ewigkeit zu beleben.

Der Feurige hatte viel mehr erreicht, als er sich als Kind erträumt hatte. Er war in eine Welt unendlicher Reichtümer eingetreten und er hatte begonnen, die Grundlagen einer Ausdrucksweise zu erlernen, die ihm erlauben würde, eines Tages selbst zu malen.

Nur beim Brennen der Mischung, die eigentlich hätte Blau oder Grün ergeben sollen, hatte er keinen Erfolg gehabt. Er hatte sich zwar an die Bestandteile und das Mischungsverhältnis gehalten, die Sched ihm angegeben hatte, aber er hatte nur unreine Farben bekommen. Viele Male musste er neu beginnen, bis er schließlich die Regulierung der Hitze beherrschte. Auch dabei hatte er herumprobiert und eigene Methoden der Herstellung gefunden, die nicht genau Scheds Vorgehensweise entsprachen.

Am frühen Morgen hatte er dann hellblaue Farbriegel geformt, mittelblaue, lapislazuliblaue, hellgrüne und dunkelgrüne, und er hätte gerne selbst ihre Qualität geprüft, doch da war plötzlich Sched vor ihn getreten – gepflegt, rasiert und parfümiert, als würde er gerade aus dem Badezimmer seines Hauses kommen.

»Ist genügend Blau fertig?«

Paneb zeigte ihm die bunten Riegel.

»Bring mir einen Tonteller und einen Becher Wasser!«

Paneb brachte das Gewünschte.

Mit einem Schaber kratzte Sched ein paar Körnchen Blau ab und rührte die Farbe auf dem Teller an, wobei er tropfenweise Wasser dazugab. Dann nahm er einen äußerst feinen Pinsel, tauchte die Spitze in die lapislazuliblaue Paste und skizzierte auf einem Kalksteinsplitter eine der Kronen des Pharaos, die nach Scheds Ansicht den Himmel symbolisierte.

Paneb war so aufgeregt wie an dem Tag, als er die Zulassungsprüfung zur Bruderschaft bestehen musste. Ihm war klar, dass er unter den gegebenen Umständen keine zweite Chance bekommen würde, und selbst Nefer wäre gezwungen, sich Scheds Urteil anzuschließen.

Die Sekunden wollten nicht vergehen. Der Maler ließ das Licht auf der Krone spielen und prüfte es von allen Seiten.

»Dir ist ein schlimmer Fehler unterlaufen«, schloss Sched. »Dein Riegel Blau ist mindestens zwei Handbreit zu lang. Meine Riegel messen genau eine kleine Spanne. Ansonsten bin ich zufrieden.«

8

Es waren vier. Ein Mann und drei Frauen. Vor Paneb dem Feurigen blieben sie stehen.

Der Mann war mittelgroß und wirkte mit seinem dünnen schwarzen Schnurrbart und seinem ausweichenden Blick eher unbedeutend. Er hieß Imuni und gehörte zur linken Mannschaft. Er rühmte sich, etwas von Literatur zu verstehen, und schmeichelte unablässig dem Schreiber der Nekropole, den er für einen großen Schriftsteller hielt.

Paneb hatte keinen Umgang mit Imuni. Er konnte ihn nicht leiden, seiner Meinung nach führte sich Imuni auf wie eine Ratte.

Dafür waren ihm aber die drei Frauen umso sympathischer, und das aus unterschiedlichen Gründen.

Wahbet, die kleine Blonde, war seine rechtmäßige Ehefrau, sie war ruhig, aber sehr entschieden. Die Heirat war ihr Wunsch gewesen, und er hatte sich der Hartnäckigkeit der perfekten Hausfrau gebeugt, die ihm bald ein Kind schenken würde. Ihr Bauch war kaum gerundet, doch die glückliche, komplikationslose Schwangerschaft ließ sie jeden Tag mehr erblühen.

Türkis, die große, üppige Rothaarige, war Panebs Geliebte. Mit ihr gab er sich den hemmungslosesten Liebesspielen hin, und die glühende Leidenschaft, die schon seit mehreren Jahren zwischen ihnen loderte, wollte nicht abkühlen. Türkis führte ein freies Leben und scherte sich nicht um den Tratsch der Leute. Sie hatte geschworen, nicht zu heiraten, und benutzte wirkungsvolle Verhütungsmittel. Wahbet duldete das Verhältnis unter der Bedingung, dass Paneb niemals die ganze Nacht bei Türkis verbrachte.

Die dritte Frau war eine strahlende Schönheit, es war Nefers Gemahlin Ubechet, die zusammen mit ihrem Mann zur Stätte der Wahrheit zugelassen worden war. Die zarte, anmutige Frau mit den blauen Augen und der weichen, melodischen Stimme war in der ganzen Siedlung beliebt. Sie war die Schülerin der geheimnisvollen Weisen, die sie in die Heilkunst einweihte.

Die drei Hathor-Priesterinnen mit den kurzen Perücken und den roten Trägerkleidern hielten Schatullen aus Akazienholz.

»Wo ist der Baumeister?«, fragte Imuni in seinem charakteristischen säuselnden Tonfall.

»Im Haus der Ewigkeit Ramses' des Großen.«

»Hol ihn!«

»Erstens bin ich nicht befugt, das ewige Haus zu betreten, zweitens bist du nicht befugt, mir Befehle zu erteilen.«

Imunis glanzlose Augen flackerten vor Genugtuung auf.

»Irrtum, Paneb! Kenhir hat mich gerade zu seinem Stellvertreter ernannt. Und in dieser Funktion gebe ich seine Anweisungen an die Handwerker weiter, die mir unbedingt Folge leisten müssen – das gilt für dich genauso wie für alle anderen! Die drei Priesterinnen bringen eine Lieferung, die ich nur Nefer übergeben darf. Hol ihn jetzt!«

»Bist du taub? Ich habe gerade gesagt, dass ich nicht ins Grab hinein darf. Also wirst du wohl warten müssen, bis Nefer herauskommt. Er und kein anderer befehligt diese Baustätte.«

Gereizt strich sich Imuni über sein Bärtchen.

»Worin besteht deine Arbeit, Paneb?«

»Ganz schön neugierig! Ich habe nicht den Eindruck, dass dich das etwas angeht.«

»Der Stellvertreter des Schreibers muss über alles auf dem Laufenden sein.«

»Gib mir die Schatullen, ich gebe sie dann an den Baumeister weiter.«

»Kommt überhaupt nicht in Frage!«

Imuni heftete seinen forschenden Blick auf die Farbriegel, die Paneb fertig gestellt hatte.

»Welche Bestandteile hast du verwendet und in welchem Mengenverhältnis?«

»Wir sind hier sehr beschäftigt. Du solltest am besten zu einem Nickerchen in die Schreibstube zurückgehen, die man dir zugewiesen hat.«

Ein bösartiges Lächeln kräuselte Imunis schmale Lippen. »Mir scheint, all diese Produkte sind nicht ordnungsgemäß registriert ... Sieht nach Betrug aus ... Offenbar unterschlägst du kostbare Farbpigmente und ziehst persönlichen Vorteil daraus ...«

Der Koloss packte Imuni an den Hüften und hob ihn in die Höhe.

»Sag das noch mal, du Kümmerling!«

»Ich – ich bin verpflichtet, alles genauestens zu verzeichnen und ich –«

»Hör auf zu jammern, oder ich quetsche dich gegen den Felsen!«

»Lass ihn los«, rief Nefer, der das Geschrei gehört hatte und aus dem Grab kam.

Nur weil der Baumeister es verlangt hatte, ließ Paneb Imuni los, und der stellvertretende Schreiber plumpste in den Staub.

Schnell rappelte er sich wieder auf und deutete wütend auf Paneb.

»Er hat mich angegriffen!«

Nefer blickte die Priesterinnen fragend an. Keine schien die Anschuldigung zu unterstützen, alle drei konnten nur mit Mühe das Lachen zurückhalten.

»Der Fall ist erledigt«, entschied der Baumeister. »Bringst du mir Dochte, Imuni? Oder sollte ich besser sagen: Die Priesterinnen bringen sie mir, und du bist mit leeren Händen gekommen?«

»Keineswegs! Ich habe mein Schreibzeug dabei und muss die Dochte zählen, wie es die Vorschrift verlangt.«

»Warum ist Kenhir nicht gekommen?«

»Er leidet an einem Gichtanfall und hat mich zum Stellvertreter ernannt.«

Ubechet, Wahbet die Reine und Türkis stellten die Schatullen auf einen fast flachen Stein. Jede Schatulle enthielt zwanzig wertvolle Dochte aus gesponnenem und gezwirbeltem Flachs, die Priesterinnen hatten sie selbst hergestellt. Imuni zählte sie und verfasste seinen Bericht.

»Du kannst gehen«, sagte Nefer.

»Aber ... ich muss doch wissen, wie dieses Material verwendet wird!«

»Dein Amt als Stellvertreter des Schreibers beschränkt sich auf eine reine Verwaltungstätigkeit. Geh jetzt ins Dorf zurück, Imuni, und zwing mich nicht, Paneb einzuschalten!«

Der junge Mann hätte nur zu gerne eingegriffen. Imuni warf Nefer einen hasserfüllten Blick zu, entschloss sich aber, das Feld zu räumen.

Die Priesterinnen hatten auch je einen Topf mit Fett gebracht, das aus drei Substanzen bestand, die aus Leinöl und Sesamöl gewonnen wurden – Das Kräftige, Das Sämige, Das Ewige.

»Und was ist mit mir?«, fragte Paneb. »Darf ich bleiben?«

»Wir brauchen ein Gefäß mit Wasser und viel Salz«, sagte Ubechet.

Der Feurige beeilte sich, ihrer Bitte nachzukommen. Zum Glück fehlte es ihm in seiner behelfsmäßigen Versuchsküche nicht an Utensilien.

Türkis schüttete so viel Salz ins Wasser, bis es gesättigt und die Lake dick genug war. Nacheinander tauchten die drei Priesterinnen jeden einzelnen Docht mehrmals in die Lake und ließen ihn in der Sonne trocknen.

Ubechet goss Wasser in eine Amphore, Wahbet die Reine gab die gleiche Menge Sesamöl dazu, und Türkis schüttelte die Amphore, damit sich die Flüssigkeiten vermischten. Dann musste das Ganze ruhen, bis sich Rückstände der öligen Mischung abgesetzt hatten. Als es soweit war, ließen sich die drei Frauen dem Baumeister gegenüber nieder, und der heikelste Teil des Rituals begann.

Um Dochte zu erhalten, die nicht rußten – was für die Malereien im Grab eine Katastrophe wäre –, musste man sie gleichzeitig ölen und einfetten, ein Vorgang, der höchste Geschicklichkeit erforderte und nicht die kleinste Nachlässigkeit vertrug.

Paneb wusste gar nicht, dass seine Frau Zugang zu einem so großen Geheimnis hatte, und er bewunderte sie deswegen nur noch mehr, vor allem weil sie sich neben ihren beiden Gefährtinnen, die sichtlich erfahren waren, als sehr gewandt erwies.

Nefer konzentrierte sich so auf den Vorgang, als würde das Schicksal der ganzen Baustätte nur von den Dochten der Priesterinnen abhängen.

»Sie kennen das Geheimnis des Feuers«, sagte er zu Paneb.

»Mich von der Qualität ihrer Arbeit zu überzeugen und nicht die kleinste Nachlässigkeit zuzulassen, gehört zu meinen Pflichten. Ein schlechter Docht – und das Werk der Bildhauer, Zeichner und Maler ist zerstört. Normalerweise stellen die Hathor-Priesterinnen die Dochte in einer Werkstatt unten in der Nekropole her und bringen sie uns am Morgen unter der Aufsicht des Schreibers. Aber die Sache ist jetzt dringend, und ich habe sie gebeten, so schnell wie möglich neue zu machen, damit wir viel Licht haben.«

Paneb achtete auf jede einzelne Handbewegung der Frauen. Er wusste, dass ihm hier im Herzen des Tals der Wunder, wo die Schleier einer nach dem anderen rissen, ein Schatz dargebracht wurde.

»Für eine schalenförmige Lampe braucht man drei Dochte«, erklärte ihm Nefer. »Jeder Docht brennt ungefähr vier Stunden.«

»Wie viele braucht man in einem Grab?«

»Das hängt von seiner Größe und Tiefe ab und vom Umfang der Werke, die dort ausgeführt werden müssen. Normalerweise reichen dreißig Dochte am Tag. Doch in diesem Fall brauche ich sehr viel mehr – hundertfünfzig Lampen mit je vier Dochten sollen das königliche Haus der Ewigkeit erleuchten.«

»Hundertfünfzig Lampen!«, staunte der Feurige. »Das gibt ja ein sagenhaftes Lichterspiel!«

»Würdest du es gerne sehen?«, fragte der Baumeister.

9

Paneb schwieg eine ganze Weile. Ihm war, als würde er mit offenen Augen träumen, und aus diesem Traum wollte er nicht erwachen. Doch dann löste sich das Gespinst auf, und er merkte, dass er die Frage des Baumeisters falsch verstanden hatte.

»Du meinst ... ob ich sehen will, wie so eine Lampe angezündet wird? Ja, sehr gerne.«

»Ich habe mich missverständlich ausgedrückt«, korrigierte sich Nefer, »ich wollte wissen, ob du bereit bist, die Kostbare Wohnung Ramses' des Großen zu betreten.«

Dann war es doch kein Traum ...

Er, Paneb der Feurige, Sohn eines Bauern und einfacher Lehrling der rechten Mannschaft, durfte einen der geheimsten Orte Ägyptens besuchen!

»Du zögerst?«

»Ich und zögern? Ich kann dir schwören, dass mein Wunsch, dieses Wunder zu sehen, nicht von der Neugier verfälscht ist und dass ich nicht die geringste Furcht davor habe. Aber ich empfinde großen Respekt, ja fast Ehrfurcht, als würde dieser Gang mein Leben wieder einmal völlig verändern.«

»Du hast Recht, Paneb. Niemand verlässt eine Welt wie diese als derselbe Mensch.«

»Warum tust du mir diesen Gefallen?«

»Ich sage dir noch einmal, dass ich dir keinen Gefallen tue. Du hast deine Arbeit zur vollen Zufriedenheit ausgeführt, und das öffnet dir die Türen dieser Baustätte, auf der die ganze Mannschaft gearbeitet hat. Es ist nur gerecht, dass du das vollendete Werk sehen sollst wie alle anderen auch.«

Nefer der Schweigsame machte sich auf den Weg zu Ramses' Grabstätte, Paneb folgte ihm.

Weil er unbedingt Zeichner werden wollte, weil er sich immer geweigert hatte, Kompromisse einzugehen, weil er seinen Weg gegangen war, ohne auf die zu hören, die ihm rieten, sein langweiliges, mittelmäßiges Leben weiterzuleben, nur deshalb hatten sich Paneb die Tore zur Stätte der Wahrheit geöffnet, und nun würde sich auch die Pforte der Kostbaren Wohnung für ihn öffnen, des Ortes, an dem sich die Wiedergeburt des Pharaos vollzog!

Mit nacktem Oberkörper, nur mit Armreifen geschmückt und einem plissierten Lendenschurz bekleidet, der um seinen Nabel geschlungen war und ihm bis an die Waden reichte, blieb der Baumeister an der monumentalen Schwelle des Grabes stehen, als wollte er die Maße des enormen Portals abschätzen, das in den Fels geschlagen war.

»Du wirst jetzt die Welt der Menschen verlassen und in die Welt des geheimen Lichtes eintreten, das den Kosmos beseelt«, sagte Nefer zu Paneb. »Versuche nicht, zu verstehen und zu deuten, schaue einfach mit deinem ganzen Sein, sehe mit dem Herzen und fühle mit dem Geist!«

Kaum hatte er die Schwelle überschritten, was in den Schriften als »der erste Strahl des göttlichen Lichts« beschrieben wurde, tauchte er ein in blendende Herrlichkeit.

Die hundertfünfzig Lampen, die in regelmäßigen Abständen verteilt waren, spendeten ein weiches, zugleich sehr helles Licht, das aus Ramses' Grab eine Welt machte, die vor Leben vibrierte. Der Raum war über und über mit Hieroglyphen und Flachreliefs geschmückt, und die Darstellungen waren so großartig, dass es Paneb vor Bewunderung die Sprache verschlug.

Dank des Unterrichts, den er bei Kenhir genossen hatte, konnte Paneb die Texte in den Gängen lesen; sie handelten vom Weg der Sonne über den Himmel, der den Phasen der Wiedergeburt der königlichen Seele entsprach.

Ramses' Haus der Ewigkeit erstreckte sich fast zweihundertfünfzig Ellen in den Fels hinein bis zur Halle der Maat, wo die rituelle Mundöffnung stattfand, bei der die scheinbar leblose Mumie wiedererweckt wurde. Dann führte der Gang nach rechts und öffnete sich in die Grabkammer mit dem Sarkophag auf acht Säulen, der nur noch auf den Verklärten wartete.

Dort hatten sich Brüder der rechten Mannschaft im Schreibersitz versammelt – außer Sched dem Retter, der noch dabei war, einem Porträt des Königs, wie er dem Osiris opferte, einen Goldton zu verleihen.

»Willkommen bei uns, Paneb!«, sagte Paih der Gütige mit einem breiten Lächeln. »Jetzt gehörst du wirklich dazu.«

Die Brüder im Geiste umarmten sich. Auch Sched nahm Paneb in den Arm, nachdem er sich endlich dazu aufgerafft hatte, den Pinsel aus der Hand zu legen.

»Ich hatte nicht das geringste Vertrauen in dich«, gab er zu, »und wahrscheinlich hatte ich damit auch nicht Unrecht, aber es hat mich erstaunt, dass du dich der Aufgabe gewachsen zeigtest. Also wirklich – diese Bruderschaft überrascht mich immer wieder ... Trotzdem solltest du nicht triumphieren! Dein Weg hat gerade erst begonnen, und ich bin mir nicht sicher, ob die vereinten Bemühungen der Zeichner deine Unwissenheit ausgleichen können.«

Sched wandte sich an den Baumeister:

»Ich bin dann soweit fertig. Pharaos Wünsche wurden bis ins Detail respektiert, nun wird er ewig im Kreise der Gottheiten leben, die auf die Wände gemalt wurden.«

»Auch die Bildhauer und die Steinmetzen haben ihre Arbeiten ausgeführt«, fügte Userhat der Löwe hinzu, dessen kräftiger Oberkörper an die gewaltige Brust des Raubtiers erinnerte.

Didia, der Zimmermann, und Thuti, der Goldschmied, waren ebenfalls fertig.

»Ich danke euch allen, dass ihr mit solchem Eifer bei der Sache wart«, sagte Nefer. »Dank euch wird die Stätte der Wahrheit keine Kritik ertragen müssen, und Ramses kann in seinem Allerheiligsten ruhen, das er selbst entworfen hat.«

»Da gibt es nichts zu danken«, widersprach Renupe der Heitere. »Du hast deine Aufgabe erfüllt, indem du die Baustätte geführt und uns befehligt hast, und wir haben die unsere erfüllt, indem wir deinen Anweisungen Folge geleistet haben.«

Wie es in der Bruderschaft üblich war, streckten die Männer den linken Arm aus, winkelten den rechten Arm über der Brust an und ließen Nefer den Schweigsamen dreimal hochleben. Er konnte seine Rührung nur schlecht verbergen.

»Unsere Bruderschaft ist eine Barke«, mahnte er, »und wir sind die Mannschaft. Jeder von uns hat seine genau umrissene Aufgabe zu erfüllen, die für den Zusammenhalt des Ganzen unerlässlich ist. Gleichgültig, welche Prüfungen uns in Zukunft bevorstehen – wir haben unseren Schwur erfüllt und sind unseren Pflichten nachgekommen.«

»War dieses Grab unser letztes Werk?«, fragte Karo der Grimmige und verschränkte seine kurzen, muskulösen Arme über der Brust. Seine Nervosität ließ sein Gesicht mit den buschigen Augenbrauen und der gebrochenen Nase noch grimmiger erscheinen.

»Das weiß ich nicht. Bestimmte Personen dachten wohl, dass wir nicht fristgerecht fertig würden. Sie könnten nun Gewalt anwenden.«

»Wie auch immer die Entscheidung der Obrigkeit ausfällt«, hob Nacht der Starke an, »wir müssen auf jeden Fall zusammenhalten. Wir müssen Jüngere heranziehen und unsere Geheimnisse an sie weitergeben.«

»Das wäre ein schwerer Verstoß gegen die Gesetze, darauf stehen schlimme Strafen«, gab Gao der Genaue zu bedenken.

Kasa der Seiler stimmt ihm zu. »Pharao ist unser Herrscher. Wer sich seinem Befehl widersetzt, ist ein Rebell.«

»Versteigen wir uns doch nicht in sinnlosen Debatten!«, beschwichtigte sie der Baumeister. »Sobald der Schreiber des Grabes, der Vorarbeiter der linken Mannschaft und ich selbst die Anordnungen des neuen Pharaos kennen, rufen wir die Bewohner zusammen. Es sind nur noch drei Tage bis zur Beisetzung, und dann wird dieses Grab unsagbare Schätze aufnehmen, die Ramses' Mumie umgeben – das ist alles, was jetzt zählt. Bis zum nächsten Auftrag habt ihr alle frei.«

Paneb der Feurige ließ seinen Blick über die Nischen an den Wänden der riesigen Grabkammer wandern. Nach der Bestattung würden sie unzählige kostbare Gegenstände enthalten, die der königlichen Seele die Reise ins Binsengefilde erleichtern sollten.

Hier, mitten im Allerheiligsten, hatte Paneb das Gefühl, den Beginn der Schöpfung zu erleben, den Augenblick, bevor der göttliche Wille die Sterne sichtbar werden ließ. Er konnte seinen Blick nicht von dem wundervollen Sarkophag aus Kalzit nehmen, dem der Bildhauer die Gestalt des Mumiengottes Osiris verliehen hatte, des Wiedergeborenen schlechthin. Innen und außen gaben gemeißelte und gemalte Hieroglyphen Abschnitte aus dem *Pfortenbuch* wieder, dessen Kenntnis dem Wiedererweckten erlaubte, gefahrlos den Schönen Westen zu durchwandeln.

Der Sarkophag stand auf einer Bettstatt aus Stein, die mit ihrer gelben Bemalung das unvergängliche Karnat der Götter symbolisierte. Wenn der Pharao als »Gerechtfertigter« aufgenommen wurde, errang er seinen letzten Sieg und vereinigte sich mit den unsterblichen Göttern.

Trotz der Pracht dieses Meisterwerks hatte Paneb ein seltsames Gefühl.

»Mir ist, als wäre der Stein leblos, ein Quader, der noch nicht behauen ist«, vertraute er Nefer an.

»Bringt den Stein und löscht die Lampen!«, befahl der Baumeister.

Nacht der Starke und Karo der Grimmige stellten einen viereckigen Stein ans Kopfende des Sarkophags, die anderen löschten das Licht, und die Grabstätte wurde in Dunkelheit getaucht.

»Das Licht ist in der Materie verborgen«, sagte Nefer. »Es ist nun an uns, es zu befreien und die Unordnung zu besiegen. Unsere Kunst ist ein Zauber, wir zerschlagen die Zeit, um noch einmal den ersten Augenblick zu schaffen, in dem alle Formen erstanden sind. Doch die Erinnerung an das Licht soll nur das Werk bewahren, nicht der Mensch, der dieses Werk vollbracht hat.«

Der Baumeister legte seine Hände auf den Stein.

Einige Augenblicke lang herrschten im Grab noch Dunkelheit und Schweigen. Dann ergoss sich über die Seiten des Steins ein strahlendes Licht und erhellte die Kammer der Wiedergeburt mit den goldenen Wänden. Die Lichtstrahlen fielen über den Sarkophag, drangen ins Herz des Kalzitsteins ein und belebten jedes Körnchen.

»Der geheime Name dieses Sarkophags ist ›Meister des Lebens‹«, enthüllte Nefer seinen Mitbrüdern. »Er ist zu einem neuen Stein des Lichts geworden und schützt diese Kostbare Wohnung auf immer vor dem Tod.«

Geführt von dem Leuchten des eckigen Steins verließ die Mannschaft das Grab. Lange standen sie noch unter dem Sternenzelt, bevor sie das Tal der Könige schweigend hinter sich ließen.

10

Nefer und Paneb hatten kaum das Tor zur Nekropole passiert, da sprang ein schwarzer Hund erst den Baumeister, dann den Malerlehrling an. Das Tier hatte einen kräftigen Kopf mit länglicher Schnauze, kurzes, seidiges Fell, einen langen, wedelnden Schwanz und lebhafte nussbraune Augen. Er leckte Paneb ausgiebig das Gesicht und weckte ihn so aus seinem Wachtraum.

Ubechet, die den Hund fütterte und bürstete, erlaubte ihm nur selten eine Tollerei. Kemo war zum Maskottchen der Nekropole geworden und zum Ersten unter der Hundemannschaft, die seine Autorität respektierte. Sogar die Katzen und die Affen an der Stätte der Wahrheit verhielten sich ihm gegenüber ehrerbietig, denn sie wussten, dass er im Gegenzug auch über die Unverletzlichkeit ihrer Reviere wachte.

Paneb mochte die Lebhaftigkeit des Hundes, der Hund mochte Panebs Kraft. Oft kam es vor, dass sie sich wilde Zweikämpfe lieferten, aus denen der Hund stets als Sieger hervorging. Paneb der Feurige war außerdem der Einzige, der beim stundenlangen Spiel mit dem Hund nicht müde wurde.

»Habe ich richtig gesehen?«, fragte Paneb den Baumeister.

»Woher soll ich das wissen?«

»Das Licht, das in den Sarkophag eingedrungen ist, kam aus dem eckigen Stein, und dies ist derselbe Stein, dessen Schein auch durch die Holztür der Goldenen Kammer der Bruderschaft dringt... Keiner will mit mir darüber sprechen, aber ich hab's genau gesehen!«

»Habe ich denn das Gegenteil behauptet?«

»Du verdienst deinen Beinamen ›der Schweigsame‹ wahrhaftig! Wann werde ich den Stein wieder sehen?«

»Wenn man ihn braucht.«

»Hast du ihn mit deinen eigenen Händen bearbeitet?«

»Schreib mir keine Fähigkeiten zu, die ich nicht besitze! Dieser Stein ist der wichtigste Schatz und das größte Geheimnis der Bruderschaft, er wird in der Goldenen Kammer von Baumeister zu Baumeister weitergegeben.«

»Du musst also Schweigen bewahren. Dann bleibt mir nichts anderes übrig, als den Weg weiterzugehen, der zu diesem Stein führt.«

»Das nenne ich Scharfsinn!«

Wahbet die Reine lief ihrem Mann entgegen. Sie war sonst eine so ruhige Person war, doch nun sprudelten die Worte aufgeregt aus ihr hervor.

»Imuni war hier, er ließ ausrichten, dass dich der Schreiber des Grabes dringend sprechen will.«

»Warum denn das?«, fragte Paneb.

»Das wollte Imuni mir nicht verraten, aber er sagte, es sei etwas Schlimmes.«

»Bestimmt ein Missverständnis, ich werde das sofort klären.«

Paneb marschierte mit langen Schritten zu Kenhirs Haus. Niut kehrte gerade die Schwelle.

»Ich werde offenbar schon erwartet.«

»Mein Herr spricht viel von Euch«, sagte die Dienerin.

»Bestimmt nur Gutes!«

Niut lächelte und entfernte sich.

Kenhir saß in einem niedrigen Sessel, auf seinen Knien lag ein entrollter Papyrus. Der Schreiber war dabei, einen Bericht über die Asien-Expeditionen des großen Pharaos Thutmosis III. zu verfassen. Darin hieß es, dass die ägyptische Armee nur wenige Kämpfe ausgefochten hatte, vielmehr hatte sie exotische Pflanzen gesammelt, die in den wissenschaftlichen Wirkstätten der Tempel mit Sorgfalt untersucht wurden und aus denen man anschließend heilende Substanzen gewonnen hatte. Trotz seiner Schmerzen, die dank der Behandlung der Weisen stark nachgelassen hatten, fand Kenhir ein paar ruhige Minuten, um sich seinem literarischen Werk zu widmen.

Seit ihm der Baumeister zugesagt hatte, dass Ramses' Grab fristgerecht fertig werden würde, konnte Kenhir auch wieder besser schlafen und regte sich weniger über die vielen täglichen Sorgen auf.

»Du wolltest mich sprechen?«

»Ah, da bist du ja! Sag mal, welcher Dämon der Wüste hat deine Hand geführt?«

»Wessen beschuldigt man mich?«

Kenhir rollte den Papyrus zusammen.

»Du bist doch gewiss der Urheber dieser skandalösen Zeichnungen, die den König als Ratte mit Pfeil und Bogen darstellen, oder etwa nicht? Von den Karikaturen deiner Mitbrüder und mir selbst gar nicht zu reden!«

Paneb blieb ungerührt. »Natürlich war ich das. Fandest du diese Zeichnungen denn nicht lustig?«

»Dieses Mal hast du deine Grenzen überschritten, mein Junge!«

»Wieso denn das? Darf ich mich denn nicht mehr amüsieren?«

»Nicht auf diese Weise!«

»Ich habe die Zeichnungen niemandem gezeigt... Wer hat dir davon erzählt?«

»Sobek, der Oberste Wächter. Jemand hat sie in seine Wachstube gelegt.«

Paneb überlegte. »Ich habe sie in der Werkstatt der Zeichner gelassen, auf einem Haufen Kalksteinsplitter, die zum Schutt kommen sollten.«

»Sei versichert, dass ich diese abstoßenden Dinge spurlos vernichtet habe. Und mach das ja nicht noch mal!«

»Ich kann dir nichts versprechen. Auf diese Weise entspanne ich mich, und ich schade keinem Menschen damit!«

»Solche Überspanntheiten kann ich nicht dulden! Damit verunglimpfst du unsere Bruderschaft, die einer ernst zu nehmenden Arbeit nachgeht.«

»Wie sollen wir uns dem Werk würdig erweisen, das wir zu vollbringen haben, wenn wir nicht über uns selbst und über unsere Fehler lachen können? Sogar die Weisen haben Geschichten geschrieben, in denen sie sich über die kleinen Fehler der Menschen lustig machen.«

»Das kann schon sein. Aber ich kann deine Fehler nicht ungeschehen machen. Ich bin verpflichtet, dich vor Gericht zu bringen.«

»Du willst mich wegen meiner Zeichnungen verurteilen lassen? Das ist doch lächerlich!«

»Einer von uns hat die Karikaturen gesehen und findet sie respektlos. Er will Klage gegen dich einreichen.«

»Wer?«

Kenhir wurde verlegen. »Imuni, mein Stellvertreter.«

»Wieso misst du der Meinung dieses Jammerlappens so viel Gewicht bei? Er hätte lieber ein mittelmäßiger Zeichner der linken Mannschaft bleiben sollen!«

»Erstens beherrscht er sein Handwerk, zweitens ist er als mein Stellvertreter sehr tüchtig. Ob er nett ist oder nicht, hat keinerlei Bedeutung. Außerdem muss ich meine Entscheidungen nicht vor dir rechtfertigen! Bereite dich also auf großen Ärger vor!«

Paneb war ganz niedergeschmettert.

»Wenigstens begreifst du jetzt, dass du einen schweren Fehler gemacht hast! Wenn du dich vor dem Gericht reuig zeigst, wird es vielleicht Milde walten lassen.«

Mit hängendem Kopf verließ Paneb Kenhirs Haus. Der Schreiber war froh, dass der junge Riese mit der sagenhaften Energie nicht mehr beim geringsten Anlass tobte wie ein wilder Stier. Er war reifer geworden und hatte offenbar gelernt, sich zu beherrschen.

Paneb ging nach Hause. Seine Frau erwartete ihn schon voller Ungeduld.

»Was wirft er dir vor?«

»Keine Sorge, nichts Schlimmes.«

»Aber Imuni hat so getan, als –«

»Wohnt Imuni eigentlich in dem kleinen Haus im westlichen Viertel neben dem Werkstattleiter der Zeichner der linken Mannschaft?«

»Ja, aber –«

»Koche jetzt etwas Gutes zu essen, ich sterbe vor Hunger. Ich bin bald wieder zurück.«

Wahbet die Reine ergriff seinen Arm. »Aber mach bitte keine Dummheiten!«

»Ich will nur ein Missverständnis ausräumen.«

Imuni bereitete gerade die Anklageschrift gegen Paneb vor, als dieser mit einem Schulterschwung die Tür aufdrückte.

»Verlass sofort mein Haus!«, japste der stellvertretende Schreiber.

Doch der Feurige packte ihn an den Schultern und hob ihn vom Boden, damit er ihm von Angesicht zu Angesicht in seine Rattenaugen blicken konnte.

»Du willst wegen meiner Karikaturen Klage gegen mich erheben?«

»Das ... das ist meine Pflicht!«

»Wer hat dir die Zeichnungen gezeigt?«

»Ich bin nicht verpflichtet, dir zu antworten.«

»Du bist in die Werkstatt der Zeichner der rechten Mannschaft eingedrungen, dort hast du herumgestöbert und meine Zeichnungen gefunden. Ist das die Wahrheit oder nicht?«

»Ich habe nur meine Arbeit getan!«

»Ich beschuldige dich des Diebstahls, Imuni. Ich werde dich vor Gericht stellen – nicht du mich –, und du kannst sicher sein, dass du verurteilt wirst!«

Der Schreiber wurde blass. »Das ... das wagst du nicht, du –«

»Vergiss meine Karikaturen, Imuni. Wenn nicht, wird dein Ruf zerstört sein, und man wird dich aus dem Dorf verbannen.«

Der Schreiber musste nicht lange überlegen. Paneb konnte ihm wirklich die größten Schwierigkeiten machen. »Na gut! Vergessen wir die Sache.«

Der Feurige ließ Imuni wieder auf den Boden plumpsen.

»Beim nächsten Mal werde ich dich im Staub zertreten!«, warnte er ihn.

11

Mit Ausnahme von Paneb dem Feurigen, der weder Müdigkeit noch Krankheit kannte, suchten alle Handwerker am Ende eines anstrengenden Auftrags wie jetzt der Fertigstellung von Ramses' Grab die Weise und ihre Gehilfin Ubechet auf.

Mit Extrakten aus der Rinde, den Zweigen und den Blättern der Weide* kurierte Ubechet Schmerzen und Muskelverkrampfungen. Doch zur Sicherheit untersuchte sie die Männer gründlich; sie fühlte den Puls, horchte das Herz ab und prüfte, ob die Energien frei in den Bahnen flossen, die den Organismus durchzogen. Gab es Zweifel, so untersuchte sie das Blut, dessen Hauptaufgabe es war, die Lebenskräfte und Lebenssäfte miteinander zu verbinden.

Fened die Nase litt an einem beginnenden Abszess im Nierenbecken; Ubechet verabreichte ihm einen Sud aus Lupinen, der ihn von seinen Beschwerden befreite. Der Gesundheitszustand Gaos des Genauen gefiel ihr gar nicht. Als sie die Hand auf Nacken, Bauch und Schenkel ihres Patienten legte, der einen großen, ein wenig schwabbeligen Rumpf und ein hässliches Gesicht hatte, in dem zu allem Übel auch noch eine viel zu lange Nase steckte, stellte sie fest, dass er eine schwere Leberschwäche hatte, und Schäden an so einem wichtigen Organ konnten schlimme Folgen haben. Aus Lotosblüten, Feigen, Datteln, Wacholderbeeren, süßem Bier, Milch und Terpentinöl hatte sie ein Heilmittel angerührt, das sie eine ganze Nacht ziehen ließ, abseihte und dem Morgentau aussetzte. Diese Arznei vertrieb Gaos Unpässlichkeit, doch er musste weiterhin viel Zichoriensaft trinken, um die Gallentätigkeit zu unterstützen.

* Diese Extrakte haben ähnlich schmerzstillende Wirkung wie unser heutiges »Aspirin«.

Vom ersten Tag an war Ubechets Behandlung erfolgreich. Auch die anderen Handwerker der rechten Mannschaft erholten sich und fanden wieder zu ihrer vollen körperlichen Stärke zurück. Sie schworen auf die Frau des Baumeisters, und viele hielten sie sogar für eine richtige Zauberin.

Ubechet war gerade dabei, die Heilkunde-Papyri, die sie den Tag über zu Rate gezogen hatte, in eine Holzschatulle zurückzuräumen, da hielt ihr die Weise eine weitere Rolle hin, die mit einem Siegel aus getrocknetem Nilschlamm verschlossen war.

»Ich kann dir nichts mehr beibringen«, sagte die Hundertjährige mit den wundervollen weißen Haaren. »Weiteren Rat für deinen Kampf gegen das Leiden kannst du nur noch aus den Schriften des Alten Reiches beziehen. Vergiss nie, dass eine Krankheit durch eine dunkle, zerstörerische Macht verursacht wird und dass die Arzneien allein nicht ausreichen, sie zu besiegen. Man muss die schädliche Macht an der Wurzel packen und zerstören, damit sie sich nicht aufs Neue im Körper festsetzen und an ihm nagen kann, oft ohne dass der Patient es weiß. Deshalb darfst du nicht nach den Symptomen gehen, sondern du musst feststellen, warum der Energiefluss blockiert ist, bevor unheilbare Schäden entstehen. Die Alten sagten: ›Der schädliche Strahl tritt durch das linke Auge ein und durch den Nabel tritt er wieder aus, wenn die Heilung erfolgreich war.‹ In jedem Moment durchziehen widerstrebende Kräfte den Körper des Menschen, der keine unabhängige Einheit ist, sondern mit Himmel und Erde in Verbindung steht.«

Die Weise erbrach das Siegel und entrollte den Papyrus.

»Ich habe meine Einweisung von meiner Vorgängerin erhalten. Dazu habe ich meine eigenen Beobachtungen hinzugefügt, die ich mehrmals auf ihre Stichhaltigkeit überprüft habe. Hüte dich vor der Theorie und schaue allein, was heilt, auch wenn du manchmal nicht verstehst, wie und warum ein Mittel wirkt.«

Die Schrift der Weisen war zierlich und gestochen scharf.

»Der Körper ist der Sitz eines Geheimnisses«, fuhr die Weise fort. »In ihm tobt täglich ein Kampf zwischen den harmonischen Kräften und ihren Gegenspielern, die beständig danach trachten, zu verderben und zu zerstören. Diese krank machenden Ströme dringen auf die unterschiedlichste Weise in den Körper ein und lähmen ihn, sie rauben ihm die Energie und lassen ihn absterben. Die meisten Schadstoffe finden sich in der Nahrung. Wenn sie sich in den Gedärmen zersetzt, gelangen die Schadstoffe in die Gefäße, wo sie Entzündungen hervorrufen und die Organe altern lassen. Der Schlüssel zur Gesundheit liegt also erstens im Ausschwemmen, im guten Funktionieren des Verdauungsapparates und in der Behebung von Verstopfungen. Dazu habe ich dir im Papyrus ein Mittel mit der genauen Dosierung aufgeschrieben. Zweitens ist wichtig, dass der Blutkreislauf, die Gefäße der Lymphflüssigkeit und die Bahnen der anderen Lebenssäfte in Ordnung sind. Manche Gefäße sieht man durch die Haut, sie bilden ein Netz, das dem Gewebe eines Tuches ähnelt. Durch das Netz dringt die Lebensenergie, aber nur, solange die Gefäße geschmeidig sind. Wenn sie verhärten, können die Kräfte nicht mehr richtig fließen. Und drittens merke dir: Was wir ›Herz‹ nennen, das Zentrum aller Kräfte eines Wesens, muss in gutem Zustand sein. Alle Energiekanäle gehen vom Herzen aus. Du musst deine Wahrnehmung stetig schärfen und auf das Herz hören.«

Müde streckte sich die Weise auf einer Matte aus. »Wir stehen morgen vor Sonnenaufgang auf. Gute Nacht, Ubechet.«

Die beiden Frauen stiegen im ersten Licht der Dämmerung zur Bergspitze hinauf, während die Schlangen wieder in ihre Löcher krochen. Die Alte hatte ihren Stock unten am Pfad gelassen und ging mit gleichmäßigem Schritt voran.

Das Morgenrot wurde von einem leichten Wind begleitet. Ganz allmählich tauchten die Tempel der Millionen Jahre aus der Dunkelheit auf. Bald würden das Blau des Nils und das Grün des Fruchtlandes in der wiedergeborenen Sonne schimmern. Als der erste Strahl die Bergspitze traf, hob die Weise die Hände im Gebet zu ihr empor.

»Göttin der Stille, du, die du mich mein ganzes Leben lang geführt hat, führe jetzt meine Schülerin, die zu dir hinaufsteigt. Schütze sie mit deiner Hand, des Nachts und des Tags, komme zu ihr, wenn sie dich anruft, sei großzügig mit ihr und zeige ihr, wie groß deine Macht ist.«

In den pyramidenförmigen Gipfel war ein Heiligtum gehauen.

»Bring das Opfer dar!«, befahl die Weise.

Ubechet legte die Lotosblüte, die sie in ihr Haar geflochten hatte, ihre Halskette und die Armreifen auf den Boden.

»Bereite dich auf einen harten Kampf vor. Die Göttin kennt alle Geheimnisse und sie schenkt das Leben oder den Tod.«

Plötzlich ragte aus der Grotte eine Königskobra, deren Größe die junge Frau verblüffte. Ihre Augen sprühten Feuer, und vor Zorn blähte sie ihren Hals auf. Im nächsten Augenblick würde sie zustoßen.

»Tanze, Ubechet! Tanze wie die Göttin!«

Obwohl sie vor Angst halb tot war, gelang es ihr doch, die Schlangenbewegungen des Furcht erregenden Reptils nachzuahmen. Sie wiegte sich im Takt des Tanzes, den die enttäuscht wirkende Kobra selbst vorgab, von rechts nach links, dann von links nach rechts und vor und zurück.

»Wenn sie angreift, biege dich ganz zu mir, aber lass sie nicht aus den Augen!«

Ubechet überwand das Grauen. Fasziniert von der Schönheit der Göttin verstand sie langsam, was sie vorhatte. Als sich die Schlange dann mit einem Satz auf ihre Kehle stürzte, tat die Hathor-Priesterin, wie ihr die Weise geraten hatte.

Dem Biss war sie entkommen, doch das Kleid war voller Schlangengift, das die Kobra verspritzt hatte, und der Fehlschlag fachte den Zorn der Schlange nur noch an.

»Noch zwei Angriffe«, warnte sie die Eingeweihte.

Die Schlange bewegte sich unaufhörlich hin und her, und Ubechet tat es ihr gleich. Noch zweimal versuchte die Kobra vergeblich, ihre Giftzähne ins Fleisch der jungen Frau zu schlagen.

»Und jetzt küsse sie auf den Kopf!«, wies die Weise ihre Schülerin an.

Die Schlange bewegte sich weniger flink, als würde sie langsam müde werden, und schob sich kaum merklich zurück, als Ubechet auf sie zuging.

Eine Welle der Angst stieg wieder in Ubechet auf, aber sie bohrte ihren Blick tief in die Augen der Kobra und drückte ihr die Lippen auf die Stirn.

Die Schlange schien verblüfft und zog sich nicht zurück.

»Wir fürchten deine Strenge«, sagte die Weise, »und wir erhoffen deine Güte. Jene, die dir huldigt, ist deines Vertrauens würdig. Öffne ihr den Geist und gestatte ihr, die Geschöpfe zu behandeln und in deinem Namen zu heilen.«

Die Kobra bewegte sich kaum noch.

»Nimm die Kraft der Göttin in dir auf, Ubechet, sie soll dein Herz durchdringen.«

Nefers Frau küsste das Ungeheuer, das nun fast zahm wirkte, ein zweites Mal.

»Eure Übereinkunft soll mit einem dritten und letzten Kuss besiegelt werden!«

Ubechet küsste die Kobra ein drittes Mal.

»Und jetzt zieh dich schnell zurück!«

Hätte Ubechet nicht aufgepasst, wäre sie von dem jähen Angriff der Kobra überrascht worden. Doch sie wich geschickt aus und bekam nur den letzten Giftstrahl ab.

»Das geheime Feuer ist in dich gedrungen«, beschied sie die Weise.

Langsam kroch die Schlange wieder in ihr Heiligtum zurück.

»Zieh dein Kleid aus und reinige dich mit dem Tau auf den Steinen des Gipfels.«

Die Weise reichte Ubechet ein weißes Gewand, das ihr Leichentuch abgegeben hätte, wenn sie aus dieser Prüfung nicht als Siegerin hervorgegangen wäre.

»Ich gehe, du nimmst meine Stelle ein. Nein, nein! Keine Widerrede! Meine Lebenszeit war lang, sehr lang, und es ist nur gut, dass sie nun endet. Vergiss nicht, dass die Pflanzen durch die Tränen und das Blut der Götter wachsen, so haben sie ihre Heilkraft erhalten. Alles lebt. Aber es gibt auch umherirrende Seelen und zerstörerische Dämonen, die verhindern, dass sich jemals auf dieser Erde Frieden einstellt. Mit dem, was du gelernt hast, wirst du unablässig gegen diese Kräfte kämpfen. Gott hat alles geschaffen, das Dunkle und auch das Helle, er kommt zu dir als leuchtender Atem. Du musst nicht an ihn glauben, du musst ihn kennen lernen und erproben.«

»Warum wollt Ihr nicht mehr länger leben?«

»Ich werde nun hundertzehn. Mein Geist ist noch wach, aber

mein Körper ist verbraucht. Meine Gefäße sind verhärtet, die Energie kann nicht mehr fließen, und nicht einmal die beste Arznei kann ihnen die Jugend zurückgeben. Deine Einweihung ist vollzogen, du wirst mit Liebe über das Wohlergehen des Dorfes wachen. Doch bevor ich gehe, muss ich noch das letzte Geheimnis an dich weitergeben. Der Körper altert und verfällt unaufhaltsam, während der Geist lebendig und stark bleiben kann, wenn man weiß, wie man ihn immer wieder belebt. Streiche mit deiner Hand über den Stein am Gipfel, du wirst den Tau empfangen, der die Sterne gebiert. Damit wäscht die Göttin das Gesicht der Sonne, bevor sie wieder neu geboren wird. Diesen Tau trinkt der Pharao jeden Morgen in der Stille seines Tempels, wenn er der Maat opfert. Wenn die Müdigkeit von deiner Seele Besitz ergreift, dann steig auf den Gipfel, huldige der Göttin der Stille und trink den Tau des Steins. So wird dein Geist niemals alt.«

»Ich habe noch so viele Fragen an Euch!«

»Für dich, Ubechet, ist die Zeit gekommen, selbst Antworten zu geben. Jeden Tag wird man dir Fragen stellen und man wird verlangen, dass du das Leiden linderst. Du wirst die Mutter der Bruderschaft sein, und alle Bewohner der Nekropole sind deine Kinder.«

Die junge Frau hätte am liebsten widersprochen und diese große Verantwortung zurückgewiesen, die nun auf ihren Schultern lastete, doch die lebendige Klarheit des Morgens verzauberte sie.

Die Weise stand auf. »Steigen wir wieder hinunter. Geh voraus!«

Ubechet steuerte auf den schmalen Pfad zu, doch sie war sich nicht sicher, welchen Schritt sie vorgeben sollte. Sollte sie ihr gewohntes Tempo wählen oder sollte sie langsam gehen, damit die alte Frau nicht hetzen musste?

Zögernd blieb sie nach dem ersten kurvenreichen Stück stehen.

Die Weise war verschwunden.

Ubechet stieg wieder Richtung Gipfel hinauf und suchte die Frau, die ihr alles geschenkt hatte, doch sie konnte sie nicht finden. Die Weise hatte sich einfach aufgelöst. Bestimmt hatte sie sich in eine Höhle zurückgezogen, wo sie in der Stille des Felsens ihren letzten Atemzug tun würde.

Andächtig ließ Ubechet die wundervollen Stunden noch einmal vorüberziehen, die sie mit der alten Frau verbracht hatte. Die Weise hatte ihr alle Türen geöffnet. Nun musste sie alleine weitergehen. Ganz langsam stieg sie zur Siedlung hinab und genoss die letzten Augenblicke der Ruhe, bevor sie selbst die Weise der Stätte der Wahrheit werden würde.

12

Der Handwerker hatte die Fähre zum Ostufer genommen und wie üblich hatte er mit niemandem gesprochen, nur ein paar Leute hatte er flüchtig gegrüßt. Zu dieser Stunde am Morgen dösten die Bauern auf ihren Kisten mit frischem Gemüse für den großen Markt, der am Ostufer stattfand. Verborgen in der fröhlichen Menschenmenge, die sich schon auf vergnügliches Feilschen und raffiniertes Geschäftemachen freute, begab sich der Mann aus der rechten Mannschaft zu Tran-bels Lager.

Gut – er verriet die Bruderschaft und er brach seinen Schwur, aber hatte er dafür nicht reichlich Gründe? Zum einen hätte er selbst anstelle von Nefer dem Schweigsamen zum Vorarbeiter der Mannschaft ernannt werden sollen, zum anderen durfte er ja auch mal ein bisschen Geld scheffeln. Und zu guter Letzt: Er saß in der Falle und hatte schließlich keine andere Wahl, als sich entgegenkommend zu zeigen. Während der Zusammenarbeit mit jenen, die für seine wertvollen Informationen bezahlten, hatte er nach und nach seine Skrupel verloren. An der Stätte der Wahrheit hatte er zweifellos vieles gelernt, und sie hatte aus dem mittelmäßigen Arbeiter einen erstklassigen Handwerker gemacht, aber das wollte er nun vergessen und nur noch an seine Zukunft denken. Natürlich durfte er sich nicht erwischen lassen und musste Vorsichtsmaßnahmen ergreifen. Er zweifelte nicht an seinem Erfolg – geschickt wie er war und mit allen Wassern gewaschen, würde ihm alles gelingen.

Tran-bel empfing den Handwerker in seiner Schreibstube hinter dem Lager. Er trug einen Lendenschurz, der ihm zu lang war, und ein Hemd, das ihm zu weit war, die schwarzen Haare klebten an seinem runden Schädel.

»Ich habe ausgezeichnete Neuigkeiten«, verkündete Tran-bel. »Unsere Luxusmöbel verkaufen sich sehr gut, und ich bin gerade dabei, eine schöne Provision für dich auszusetzen. Aber denke vor allem an die neuen Pläne!«

»Ich kümmere mich darum.«

Plötzlich gefror das Lächeln auf dem Gesicht des kleinen Gauners. »Ah! Hier ist die Person, die du treffen solltest. Ich lasse euch allein … Wenn ihr fertig seid, kommt zu mir in die Werkstatt.«

Serketa war nicht zu erkennen unter der dicken Schicht Schminke und der schweren schwarzen Perücke, die ihre Stirn verbarg. Sie sah den Handwerker mit einem Siegerlächeln an. »Neuigkeiten?«

»Das Grab Ramses' des Großen ist fertig für die Grablegung. Wir haben Nefer unterschätzt. Er hat die Mannschaft überraschend gut geführt und sich die Wertschätzung aller erworben. Wenn er so weitermacht, wird ein großer Baumeister aus ihm.«

»Nicht so groß, dass du ihn nicht hättest überragen können …«

»Natürlich. Aber er wird sich die Erfahrung anzueignen wissen, die ihm noch fehlt. Nachdem er die Baustelle so gut geleitet hat, kann die Stätte der Wahrheit ihre Verpflichtungen einhalten und ihre Nützlichkeit vor dem neuen Pharao rechtfertigen.«

»Ist es dir nicht gelungen, die Arbeiten zu behindern?«

»Das war völlig unmöglich. Die ganze Mannschaft war im Grab, jeder Handwerker hatte eine klar umrissene Aufgabe, und Nefer war immer da und hat aufgepasst.«

»Da können wir nur hoffen, dass Merenptah ihm nicht wohlgesinnt ist … Und sonst?«

Der Handwerker zögerte. Ohne entsprechende Gegenleistung wollte er die Geheimnisse der Bruderschaft nicht alle auf einmal ausplaudern.

Wie eine zum Angriff bereite Viper spürte Serketa, dass ihr Gesprächspartner im Begriff war, ihr das Wesentliche zu verschweigen.

»Versuche nicht, mich hinters Licht zu führen, mein lieber Verbündeter! Vergiss nicht, dass ich dich in der Hand habe. Also, was hast du herausgefunden?«

»Was bietet Ihr mir dafür?«

»Wenn sich unsere Zusammenarbeit als erfolgreich erweist, wirst du ein wohlhabender Mann. Du bekommst ein Haus, Land und eine Herde Milchkühe. Bedienstete werden dir das Leben erleichtern, jeden Tag kannst du herrlichen Wein trinken.«

»Alles nur leere Versprechungen!«

Serketa hielt dem Handwerker einen kleinen Papyrus vor die Nase.

»Der Besitz ist schon auf deinen Namen eingetragen. Ist das auch nur ein leeres Versprechen?«

Der Mann wollte ihr das Dokument aus der Hand reißen, doch sie wich aus. »Langsam, langsam! Bevor du dein kleines Paradies in Besitz nimmst, musst du schon noch etwas für mich tun. Ich höre!«

Der Verräter überlegte nicht lange. »Nefer kann mit dem Stein des Lichts umgehen.«

»Was ist das?« Serketas Augen leuchteten.

»Ich weiß nur, dass er aus der Goldenen Kammer kommt. Er verbreitet ein ganz helles Licht und verleiht allem, was er erleuchtet, Leben. Doch nur der Baumeister hat eine besondere Einweihung erfahren und kann ihn einsetzen.«

Serketa wurde ganz aufgeregt bei diesen Enthüllungen. Mehi hatte sich also nicht getäuscht – die Stätte der Wahrheit barg beachtliche Schätze.

»Wo ist dieser Stein?«

»Das weiß ich nicht.«

»Finde es heraus!«

»Das wird sehr schwierig sein, wenn nicht gar unmöglich.«

»Dann vergiss dein Paradies!«

»Ihr müsst verstehen, dass wir Handwerker eine Gemeinschaft bilden und nach strengen Vorschriften leben. Wenn ich sie übertrete, werde ich aus der Siedlung verbannt und kann Euch überhaupt keine Informationen mehr liefern.«

Trotz ihrer Wut musste Serketa zugeben, dass er Recht hatte.

»Auch ich würde dieses Geheimnis gerne erfahren«, fuhr er fort. »Doch nur mit Geduld und äußerster Umsicht kann ich dahinter kommen und euch daran teilhaben lassen.«

Als Ubechet durch die Umfriedung der Siedlung schritt, zog ein großer Ibis mit schimmerndem weißen Gefieder ein paar Kreise über ihr.

Ein kleines Mädchen hatte umgehend alle Bewohner benachrichtigt, und Kenhir, der sofort seine Gicht vergaß, humpelte der Frau des Baumeisters entgegen.

»Die Weise ist in den Bergen verschwunden, nicht wahr?«

»Sie war der Meinung, dass ihre Lebenszeit sich erschöpft hätte.«

»Sie hat nach der Tradition gehandelt... In den Aufzeichnungen steht, dass auch ihre Vorgängerin auf dem Gipfel geblieben ist. Du, Ubechet, bist nun die neue Mutter der Stätte der Wahrheit. Mögest du unser Dorf schützen und allem Unheil abhelfen, das es heimsuchen könnte!«

Das Mädchen, das als Erstes den Ibis gesehen hatte, hielt ein schwarzweißes Kätzchen im Arm.

»Es ist krank. Könnt Ihr es heilen?«

Ubechet legte die Hand auf den Kopf des Tiers, das dem Tod nahe schien. Eine süße Wärme durchdrang das Kätzchen, und es schnurrte immer lauter, bis es sich schließlich aus dem Griff des Mädchens befreien wollte und das Mädchen es loslassen musste.

»Komm zurück, du böse Katze!«, rief sie und rannte dem Tierchen hinterher.

»Jene, die sich auf die große Reise begeben hat, hat ihre Macht an dich weitergegeben«, stellte Kenhir fest. »Was für ein Glück für uns! Möchtest du in ihr Haus ziehen?«

»Nein«, antwortete Ubechet, »es soll der jüngsten Mutter der Nekropole zur Verfügung gestellt werden. Die Salbenküche und das Behandlungszimmer werde ich bei mir zu Hause einrichten.«

»In diesem Fall kannst du auch das Haus nebenan nehmen. Das ist so vorgesehen. Du brauchst Platz. Die Arbeit der Weisen ist so wichtig, dass die Titelträgerin sie unter den besten Bedingungen ausüben soll... Übrigens – ich leide immer noch an der Gicht. Kann ich dich morgen früh um die erste Stunde aufsuchen?«

»Deine Gesichtsfarbe gibt Anlass zur Hoffnung. Also bis morgen!«

Unter den bewundernden und ein wenig ängstlichen Blicken der Bewohner ging Ubechet zu ihrem Haus. Alle wussten bereits, dass sie nun den Titel der Weisen trug.

Nefer erwartete sie schon auf der Schwelle.

Er nahm sie zärtlich in die Arme, und sie legte den Kopf an seine Schulter.

»Mit letzter Kraft hat sie mir noch ihre Lehren weitergegeben, dann hat sie uns verlassen …«

»Nein, Ubechet, sie wird immer oben auf dem Gipfel gegenwärtig sein, der die Stätte der Wahrheit überragt. Du musst nun ihrem Geist und ihrem Lichtkörper Leben geben.«

»Und wenn ich das nicht kann?«

»Sie hat dich auserwählt – du selbst hast keine Wahl mehr.«

Zärtlich umschlungen erinnerten sie sich daran, wie sie vor zehn Jahren in die Nekropole gekommen waren und welche Angst sie gehabt hatten, dass man sie ablehnen könnte. Doch wie schnell war die Zeit vergangen! Wie sorglos war die Lehrzeit gewesen, wie beruhigend zu wissen, dass die anderen die große Verantwortung trugen und man selbst nur ihren Anweisungen folgen musste, um weiterzukommen! Und heute war Nefer Baumeister und Vorarbeiter der rechten Mannschaft, und Ubechet war die Weise … Nun zählte nicht mehr, was sie selbst wollten, wichtig waren nur noch das Wohlergehen der Bruderschaft und die Harmonie des Werks. Unabhängig vom Alter würden nun alle Bewohner der Nekropole ihre Söhne und Töchter sein, die sie liebten und ehrten. Ihnen war klar, dass Ubechet kein Kind bekommen durfte, weil sie ihre Gabe bewahren musste. Das war ein ungeheures Opfer, und nur ihre Liebe füreinander erlaubte ihnen, ihr Schicksal anzunehmen.

Am Haupttor herrschte ungewöhnliche Aufregung. Die Leute drängelten, rempelten und schrien.

Nefer befürchtete schon einen neuen Gewaltstreich und ging zum Tor. Die Bewohner machten dem Baumeister Platz und ließen ihn zu Uputhi durch, dem Briefboten des Königs, der so außer Atem war, dass er beinahe erstickt wäre.

Nefer stützte ihn. Angestrengt japste der Unglückliche nach Luft.

»Ich – ich habe Neuigkeiten. Ein Brief – mit dem Siegel – des Pharaos.«

Der Baumeister erbrach das Siegel und las den kurzen Text, der ihm aus dem Palast zu Pi-Ramses gesandt worden war. Alle Leute drängten sich um Nefer.

»Die königliche Barke und ihre Eskorte haben vor mehreren Tagen die Hauptstadt verlassen«, verkündete er. »Merenptah, das Große Haus, begibt sich nach Theben, um die Feierlichkeiten der Grablegung seines Vaters zu begehen, und er will die Stätte der Wahrheit mit seiner Anwesenheit beehren.«

13

Nie zuvor war die Stätte der Wahrheit in solcher Aufregung gewesen. Männer und Frauen schwangen Besen, Bürsten und Lappen und putzten jede Ecke und jeden Winkel. Auch die Gehilfen stürzten sich in die Arbeit, und der Schreiber des Grabes hatte sogar die Hausfrauen zur Mitarbeit aufgerufen, deren Tag schon ausgefüllt genug war, doch sie kamen trotzdem den verschiedensten Aufgaben nach wie der Zubereitung der Speisen, während die Hathor-Priesterinnen sich für den Empfang des Pharaos schön machten.

Der Türhüter des Tempels wusste schon gar nicht mehr, wo ihm der Kopf stand, er kam sich vor wie in einem Ameisenhaufen, der außer Rand und Band geraten war. Türkis war damit betraut, die Vorbereitungen zu koordinieren, und sie gestattete keinerlei Plauderstündchen.

Zwei Handwerker der linken Mannschaft klagten über Schmerzen im Ellbogengelenk, die sie daran hinderten, einen Besen in die Hand zu nehmen, doch Ubechet trug ihnen eine Salbe auf, die den Schmerz rasch linderte, und so konnten auch sie an den Gemeinschaftsarbeiten teilnehmen. Selbst Sched der Retter zeigte sich diszipliniert, obwohl er von all dem überhaupt nicht begeistert war.

Als Türkis zu Panebs Haus ging, stellte sie fest, dass die Schwelle blitzblank war. Wegen der Schwangerschaft war Wahbet die Reine von den schweren Arbeiten befreit, aber sie hatte trotzdem alle Räume ausgeräuchert und kein Staubkörnchen war zurückgeblieben.

»Wo ist dein Mann?«

»Wie du siehst, hat er seinen Teil der Arbeit erledigt. Er ist zum Schwimmen an den Fluss gegangen.«

»Um diese Jahreszeit? Das ist doch viel zu gefährlich!«

Wahbet war besorgt. »Ich habe versucht, es ihm auszureden. Aber wer kann diesen ungestümen Menschen schon aufhalten?«

»Der Pharao wird gegen Nachmittag eintreffen ... Wir müssen uns langsam fertig machen und unsere Festgewänder anlegen. Es wäre ein Skandal, wenn Paneb nicht rechtzeitig zurück wäre!«

»Ich habe ihn gewarnt, aber er hat mir nicht mal zugehört.«

»Soll ich den Baumeister benachrichtigen?«

»Das musst du wohl.«

Das Hochwasser hatte schon eingesetzt.

Nachdem die Wasserkundigen die Anzeigen der Nilometer studiert hatten, hatten sie eine sehr gute, ja sogar eine außergewöhnlich gute Nilschwelle vorausgesagt. Für den neuen Pharao, den Gemahl Ägyptens und Garanten der Fruchtbarkeit des bewirtschaftbaren Landes, konnte es kein besseres Omen geben.

Der Fluss wurde rot, und mehrere Tage lang war sein Wasser nicht trinkbar. Es gab starke Strömungen, und an den Inseln bildeten sich gefährliche Strudel.

Zu dieser Zeit des Jahres stürzte sich Paneb am liebsten in die Fluten. Dann schwamm er bis zum Ostufer und wieder zurück. Gab es denn etwas Spannenderes, als den Fallen auszuweichen, die der reißende Strom ihm stellte?

Paneb der Feurige fürchtete sich nicht vor den Launen des Flusses, denn er konnte sie erspüren, er war eins mit der Strömung und wusste, wie er den Gefahren auswich. Diese Übung war jedoch einem Anfänger nicht anzuraten, er hätte keine Überlebenschance.

Sein Atem ging kaum schneller, als er die Böschung erklomm. Dort standen drei Burschen um die zwanzig Jahre und blickten ihn böse an.

»Du hältst dich wohl für ziemlich stark?«, fauchte ein vierschrötiger Kerl mit roten Haaren.

»Ich hab euch nichts gefragt, Burschen, wir kennen uns doch gar nicht.«

»Ich kann besser schwimmen als du. Nimmst du die Herausforderung an?«

»Keine Zeit.«

»Ha, das ist lustig! Ich habe mit meinen Freunden gewettet, dass du eine Memme bist!«

»So, so! Was soll ich tun?«

»Einmal ans andere Ufer und zurück, der Schnellere hat gewonnen. Wenn du verlierst, bekommen wir von dir drei Sack Gerste, wenn du gewinnst, lassen wir dich ziehen, ohne dir eine Abreibung zu verpassen.«

»Das scheint mir angemessen«, meinte Paneb. »Also los, ich hab's eilig!«

Der ausgezeichnete Hechtsprung des Malerlehrlings überraschte den Burschen. Entschlossen, seinen Rückstand aufzuholen, sprang er nun selbst ins Wasser. Schon Dutzende Male war es ihm gelungen, die Strömungen des Flusses zu beherrschen, und er fühlte sich seiner Technik sehr sicher. Sein Gegner musste außer Atem sein und würde den Vorsprung nicht halten können.

Doch der Kerl musste rasch klein beigeben. Paneb kraulte* so schnell und gleichmäßig, dass er seinen Verfolger zu riskanten Manövern zwang. Der andere musste alles wagen, sonst hatte er keine Chance zu gewinnen.

Unter größten Anstrengungen, bei denen es ihm fast die Lunge zerriss, blieb er dicht hinter Paneb. Als der Feurige das Ufer berührte, dachte der Junge, er würde sich erst mal ein Weilchen ausruhen, doch der Riese wendete unter Wasser und machte sich sofort auf den Rückweg.

Er konnte nicht aufgeben, da würde er das Gesicht verlieren... Trotz seiner Erschöpfung und seiner verkrampften Muskeln folgte ihm der Bursche kurzatmig und mit ruckartigen Bewegungen und hoffte, dass wenigstens der Fluss seinen Gegner bezwingen würde, nachdem dessen Vorsprung immer größer wurde.

Er sah es nur aus dem Augenwinkel, aber er geriet sofort in Panik – ein Krokodil kam auf ihn zu.

Der Bursche machte kehrt, dabei geriet er in einen Strudel, der ihn innerhalb von Sekunden in die Tiefe zog. Das Krokodil glitt hinterher und freute sich über die leichte Beute.

---

* Die Hieroglyphen, die in den Pyramidentexten verwendet wurden, zeigen, dass die alten Ägypter diese Schwimmtechnik beherrschten.

Paneb kletterte frisch und munter die Böschung hinauf und drehte sich um. »Wo ist denn euer Freund?«, fragte er die beiden Jungen, die ihn hasserfüllt anstarrten.

»Gerade ertrunken«, erwiderte der Ältere der beiden.

»Der Arme! Tja, er kannte eben seine Grenzen nicht.«

»Wegen dir ist er jetzt tot!«

»Rede keinen Unsinn! Benachrichtige lieber seine Familie.«

»Alles ist nur deine Schuld!«

Der Feurige versuchte, Ruhe zu bewahren. »Man sagt, der Nil schickt die Ertrunkenen direkt in Osiris' Reich … Freu dich also für deinen Freund und lass mich in Frieden!«

Die beiden nahmen je einen großen Stein und bedrohten Paneb.

»Wir brechen dir sämtliche Knochen und werfen dich in den Fluss. Dann werden wir ja sehen, ob du immer noch so schnell schwimmen kannst!«

»Wenn ihr mich angreift, werde ich mich verteidigen. Und das wird für euch sehr schmerzhaft werden.«

»Du meinst wohl, du bist der Stärkere!«

»Geht mir aus dem Weg!«

Der jüngere Bursche warf den Stein so schnell, dass er Paneb fast getroffen hätte. Mit einem rettenden Reflex bog er im letzten Moment den Kopf zur Seite, doch der Stein schrammte an seiner Schläfe entlang.

Das Blut rann ihm übers Gesicht.

»Ich sag's zum letzten Mal: Verschwindet, ihr Wichte!«

Da wollte der andere den Stein werfen, doch er war viel zu langsam. Paneb versetzte ihm einen Fausthieb mitten ins Gesicht.

Betäubt brach der Bursche zusammen.

Der andere stürzte sich auf Paneb, der ihm erst den Ellbogen in die Brust rammte und ihm dann den entscheidenden Kinnhaken verpasste. Mit blutender Nase fiel der Besiegte auf die Knie und wurde ohnmächtig.

»Nichts als Idioten auf dieser Welt!«, klagte Paneb.

Auf dem Feldweg oben auf dem Damm kamen ihm zwei Männer entgegen.

Wenn die beiden auch Freunde von diesen Burschen sind, dann war die Kampfpause sehr kurz, dachte Paneb.

Aber es waren Nacht der Starke und Karo der Grimmige, die ihn wütend anblickten. Mit dem Ersten hatte sich Paneb schon einmal geschlagen und mit dem Zweiten hatte er auch schon Streit gehabt.

»Der Baumeister schickt uns«, sagte Nacht. »Wir sollen dich ins Dorf zurückbringen.«

»Ich wollte sowieso gerade gehen. Aber warum schaut ihr so grimmig?«

»Pharao kommt heute Nachmittag zu uns, die Mannschaften müssen vollzählig sein.«

Da sah Karo die beiden Burschen, die völlig verrenkt am Boden lagen.

»Was ist denn hier passiert?«

»Diese Trottel haben mich angegriffen, weil ihr Freund ertrunken ist. Ich musste mich verteidigen.«

»Da könntest du großen Ärger bekommen.«

»Ich lass mich doch nicht einfach so zusammenschlagen!«

»Wenn sie wieder zu sich kommen, werden sie Klage gegen dich erheben.«

»Ihr sagt doch bestimmt zu meiner Entlastung aus.«

»Wir waren bei dem Streit gar nicht dabei«, wandte Nacht ein.

»Wir müssen jetzt zurück«, mahnte Karo. »Alles Weitere sehen wir später.«

Dass er das Opfer einer solchen Ungerechtigkeit wurde, machte Paneb wütend. Aber vielleicht kam er noch einmal davon ...

»Gehen wir«, sagte er zu seinen Mitbrüdern. »Wenn ich richtig verstanden habe, dürfen wir jetzt keine Zeit mehr verlieren.«

Den einen Burschen nahm er auf die rechte Schulter, den anderen auf die linke. Die doppelte Last drückte ihn nieder, aber der junge Riese trug die beiden den ganzen Weg zur Nekropole.

14

An der Ersten Mauer übergab Paneb die beiden Kerle den Wachen. Der eine stöhnte, der andere war immer noch bewusstlos.

»Keine Sorge, das sind keine neuen Bewerber. Passt auf sie auf, bis ich zurück bin.«

Die Stätte der Wahrheit war blitzsauber und hübsch mit Blumen geschmückt. Die weißen Häuser strahlten, alle Bewohner hatten bunt schillernde Festtagsgewänder angelegt.

Ohne auf die kleinen Jungen zu achten, die mit ihm spielen wollten, lief Paneb direkt zum Haus des Baumeisters, wo er von Kemo empfangen wurde, dessen schwarz glänzendes Fell sorgsam gebürstet war.

»Ubechet, ich brauche deine Hilfe!«, rief er.

Nefer kam heraus.

»Wir kleiden uns gerade an. Pharao kommt gleich. Hast Du das vergessen?«

»Ich weiß, aber es ist ein Notfall. Wenn die Weise mir nicht hilft, bekomme ich einen Riesenärger.«

»Und das hat nicht Zeit bis morgen?«

»Nein, wirklich nicht! Und Ubechet soll Verbandszeug bringen – das heißt, ich trage es natürlich. Ich habe die beiden Burschen ganz schön zugerichtet!«

Der eine Junge hatte eine tiefe Wunde an der Augenbraue. Ubechet untersuchte sie und stellte fest, dass der Knochen nicht in Mitleidenschaft gezogen war. Sie nähte die Wundränder zusammen, klebte zwei Pflaster auf und legte einen Verband an, den sie mit Honig und Fett getränkt hatte. Zur Vermeidung von Entzündungen verschrieb sie ihm einen Balsam aus Kuhmilch und Gerstenmehl, den er mehrmals am Tag auftragen musste, bis die Wunde völlig verheilt war.

Der Bursche mit der gebrochenen Nase hatte viel Blut verloren. Mit weichen Lappen reinigte Ubechet sein Gesicht, steckte mit Honig bestrichene Leinentampons in die Nasenlöcher und legte ihm eine mit Leinen bespannte Schiene an, damit seine Nase wieder gerade zusammenwuchs. Um die Heilung zu beschleunigen, verordnete sie ihm eine Diät.

Die beiden waren froh, dass sie so gut versorgt wurden und bald wieder gesund sein würden, und machten sich schleunigst aus dem Staub. Natürlich hatten sie nicht mehr die geringste Lust, dem jungen Koloss mit den steinharten Fäusten zu begegnen.

»Danke, Ubechet, ohne dich ...«

»Eine Mutter hat eben manchmal schwierige Kinder, Paneb, und du fällst öfter mal aus der Rolle.«

»Ich hatte sie gewarnt, doch sie haben sich aufgeführt wie die Idioten. Ich bin doch nicht an der Dummheit der Leute schuld!«

»Machen wir uns fertig. Du willst doch Pharaos Ankunft nicht verpassen.«

Theben, die Hunderttorige, brodelte. Bald würde die königliche Flottille am Hauptkai anlegen. Alle Würdenträger der Stadt wohnten dem Ereignis bei. Die Thebaner hatten sich auf den Böschungen versammelt, um dem Königspaar zuzuwinken, zu dessen Ehren es ein großes Fest geben würde. Der Palast hatte Starkbier und Essen gestiftet. Auf die Trauer über den Verlust eines so großen Königs, wie Ramses es gewesen war, folgte nun die Freude auf Merenptah, der Theben mit seinem Besuch garantierte, dass die Herrschaft fortgesetzt und die Traditionen beibehalten würden.

Nach dem Empfang durch den Ersten Priester des Amun würde das Königspaar die Huldigung des Fürsten der Südlichen Hauptstadt entgegennehmen und ans Westufer übersetzen. Der Oberste Verwalter und die Beamten West-Thebens würden sie empfangen und an die Stätte der Wahrheit sowie ins Tal der Könige geleiten, wo Merenptah der Grablegung seines Vaters vorstehen sollte.

Dieses schöne Programm gefiel Hauptmann Mehi gar nicht. Gereizt kaute er an den Nägeln.

»Wie wir befürchtet haben, ist Merenptah ein Bewahrer des Alten«, sagte er zu seiner Gattin Serketa, die unschlüssig war, welche von ihren vielen Halsketten sie anlegen sollte.

»Ist das wirklich so eine große Überraschung, Liebster?«

»Ich habe jedenfalls gehofft, es würde anders sein ... Der König hätte sich vom Ersten Priester des Amun vertreten lassen können, aber er kommt persönlich und dann auch noch in Begleitung seiner Gemahlin und des ganzen Hofes! Offenbar gibt er sich damit zufrieden, ein paar alte Würdenträger zu treffen ... Und dann will er auch noch dieses verfluchte Dorf besuchen und die Privilegien der Handwerker bestätigen!«

»Jetzt lass dich nicht entmutigen und zieh ein gefälteltes Hemd an. Was du da trägst, ist nicht luxuriös genug.«

»Du nimmst das alles sehr leicht, Serketa.«

»Was hat es denn für einen Sinn zu jammern? Jeder weiß doch, dass kein Pharao Ramses dem Großen jemals das Wasser reichen kann. Wir haben also einen sehr viel weniger mächtigen und vielleicht sogar manipulierbaren Gegner.«

»Hast du etwas Bestimmtes im Sinn?«

Serketa zierte sich. »Ich kann dir nicht ...«

»Sprich!«

»Zieh dich erst um! Ich will, dass du aussiehst wie ein vornehmer und reicher Würdenträger, den die Männer bewundern und in den sich die Frauen verlieben. Aber sollte sich eine an dich heranwagen, werde ich ihr die Augen auskratzen!«

Mehi packte sie grob an den Handgelenken. »Los, raus mit der Sprache!«

»Dank unseres Informanten wissen wir, dass Nefer als Baumeister der Bruderschaft unumstritten ist. Wir könnten seinem Ruf schaden und dem König ein paar Unterlagen zuspielen, die beweisen, dass Nefer seines Ranges nicht würdig ist. So kommt die Stätte der Wahrheit in Verruf, weil sie nicht in der Lage ist, einen guten Meister zu wählen. Merenptah würde sie vielleicht zerschlagen oder ihre Leitung einem Außenstehenden übertragen.«

»Zum Beispiel unserem Freund Abri, dem Obersten Verwalter West-Thebens!«

Serketa strahlte. »Ich denke, der Augenblick ist gekommen, wo wir uns seiner Dienste vollstens bedienen sollten.«

»Aber wir haben doch gar keine Zeit mehr, belastende Unterlagen zu beschaffen.«

»Alles schon fertig, Liebster. Ich habe in verschiedenen Handschriften Papyri verfasst, die echt aussehen und Nefer der Unfähigkeit, des Ungehorsams gegen die städtischen Behörden, eines übertriebenen Freiheitsdrangs und vor allem des tyrannischen Machtmissbrauchs beschuldigen. Wir haben auch schon Handwerker, die uns unterstützen und die Amtsenthebung Nefers betreiben. Danach gibt es natürlich erst einmal ein großes Durcheinander, und daraus können wir dann unseren Vorteil ziehen.«

»Dieses Programm gefällt mir schon besser!«

»Bist du zufrieden mit mir, mein geliebter Mann?«

Sie ist schrecklicher als ein Skorpion, dachte Mehi, ich habe gut daran getan, sie mir zur Verbündeten zu machen.

Mit hängenden Backen, schweißgetränkten Haaren und verschwommenem Blick stand Abri vor dem Hauptmann und Vorsteher des Schatzhauses von Theben und hörte ihm besorgt zu.

»Dieser Plan ist ausgesprochen gewagt und sehr gefährlich, mein lieber Mehi ... Ich glaube kaum, dass –«

»Weder gewagt noch riskant! Ihr übergebt diese Unterlagen einfach dem König, sobald er einen Fuß ans Westufer setzt. Und da sie von Euch kommen, müssen sie ja echt sein. Merenptah kann sie lesen und sich von Nefers Unwürdigkeit überzeugen, noch bevor er zur Stätte der Wahrheit geht. Dann wird er Euch der Bruderschaft voranstellen, damit Ihr wieder Ordnung schafft. Ihr werdet leichtes Spiel haben, denn Ihr habt ja auch schon Ramses wegen der ausufernden Vorrechte gewarnt, die die Handwerker genießen.«

»Ihr nötigt mich, ins erste Glied vorzutreten.«

»Es ist nur zu Eurem Besten, Abri! Pharao wird Euch für Euren Scharfblick dankbar sein.«

»Ich würde mich lieber im Hintergrund halten und nicht so direkt handeln.«

»Wenn die Unterlagen dem Pharao anonym zukommen und wenn Merenptah die altmodische Regel der Weisen beachtet, nach der man auf Tratsch nichts geben soll, waren alle unsere Bemühungen umsonst. Wir müssen demnach offiziell vorgehen, und das könnt nur Ihr.«

»Es ist trotzdem sehr heikel ...«

»Ihr habt rein gar nichts zu verlieren und alles zu gewinnen! Mit ein bisschen Mut liegt uns die Stätte der Wahrheit zu Füßen, Abri.«

»Ich kenne Merenptah nicht. Und wenn er mich gar nicht anhören will?«

»Das ist doch dummes Zeug! Wie könnte er sich weigern, den Obersten Verwalter West-Thebens anzuhören, den höchsten Würdenträger des Gebiets? Im Gegenteil – er wird Euch zu Eurem unerlässlichen Eingreifen beglückwünschen!«

»Es wäre klüger, den neuen Pharao erst einmal zu beobachten und überlegt zu handeln.«

»Ihr werdet Merenptah diese Unterlagen geben, Abri, weil ich es so will! Bereitet Euch nun auf den Empfang vor und macht keinen Fehler! Auf bald, mein treuer Verbündeter!«

Abris höchster Wunsch war es gewesen, ein beispielhafter, ruhiger hoher Beamter zu sein. Dann hatte er Mehi getroffen und geglaubt, dass das Schicksal ihm helfen wollte, den ausgetretenen Pfad zu verlassen, was er allein nicht geschafft hätte. Zu spät begriff er, dass er sich damit in die Fänge eines fürchterlichen Raubtiers begeben hatte, das zu allem fähig war.

Vor Mehi hatte Abri schon immer Angst gehabt. Er konnte sich einfach nicht gegen ihn wehren und sah keinen anderen Ausweg, als ihm ergeben zu gehorchen. Selbst nachdem Mehi gegangen war, lauerte sein Schatten noch im Raum. Also machte sich Abri schleunigst daran, die Schriftstücke durchzulesen, die Mehi ihm gegeben hatte.

Die Verleumdungsschrift war mit vollendeter Gewandtheit verfasst. Die bösen, fürchterlichen Anschuldigen würden Nefers Untergang sein.

Hatte der Oberste Verwalter West-Thebens und somit der geistige Beschützer der Stätte der Wahrheit denn das Recht, die Laufbahn eines Baumeisters auf diese Weise zu ruinieren? Doch seine

Skrupel verflogen schnell. Wenn er seinen Auftrag nicht erfüllte, würde Mehi ihm Gewalt antun.

Abri musste schließlich an seine eigene Laufbahn denken. Er würde dem Pharao die Unterlagen übergeben.

15

Unter den scharfen Augen der Wachen, die mit der Sicherheit der Stätte der Wahrheit betraut waren, durchschritt der königliche Zug die Fünf Mauern. Der Pharao wurde natürlich von seiner Leibgarde beschützt, aber Sobek hatte trotzdem seinen Männern größte Wachsamkeit eingeschärft.

Im Viertel der Gehilfen fehlte kein einziger Mann. Der Schmied und der Töpfer standen in der ersten Reihe und sahen den neuen König aus der Nähe, der die schwere Aufgabe hatte, Ramses dem Großen nachzufolgen.

Merenptah hatte ein ovales Gesicht, eine hohe Stirn, große Ohren, eine lange, gerade und schmale Nase und volle Lippen. Er trug eine rund geschnittene Perücke, geschmückt mit der Uräus-Schlange, der Goldkobra, die die Feinde des Königs vernichten sollte. Der gefältelte Lendenschurz wurde von einem Gürtel gehalten, dessen Schließe einen Pantherkopf darstellte. An den Handgelenken trug der Pharao goldene Armreifen.

Neben ihm schritt die fünfundsechzigjährige Große königliche Gemahlin, Iset die Schöne. Sie trug den gleichen Namen wie die Mutter Merenptahs, Ramses' zweite Gemahlin. Dem Pharao hatte sie zwei Söhne geschenkt, der Erstgeborene trug den gefürchteten Namen Sethos, »Der des Gottes Seth«, den bisher nur ein einziger Pharao, Ramses' Vater Sethos I., anzunehmen gewagt hatte.

Die Königin war sehr elegant und wirkte jugendlich in ihrem hauchdünnen Leinengewand. In der rechten Hand hielt sie das Henkelkreuz, das Symbol des Lebens. Begleitet wurde das Paar vom Wesir und von zahlreichen Vertretern der politischen und religiösen Einrichtungen Thebens.

Der Wachmann, der rasiert und parfümiert am Haupttor der

Nekropole stand, wusste gar nicht, wie er Lanze und Knüppel am besten halten sollte.

Der Wesir übergab dem Pharao den Goldenen Schurz mit dem Geheimnis der Maße und Proportionen, mit denen der Plan eines Tempels ausgearbeitet werden musste, die Hohepriesterin von Luxor befestigte am äußeren Rand des großen Halskragens der Königin eine Figurine der Göttin Maat.

»Wächter, vor dir stehen der Meister der Stätte der Wahrheit und die Hüterin des Gesetzes der Harmonie auf Erden. Man möge ihnen das Tor öffnen!«

Der Wachmann war froh, dass er eine genaue Anweisung bekam und führte den Befehl umgehend aus. Dann schloss er wieder ab, und das Gefolge des Königs blieb vor den Toren.

Nefer der Schweigsame trat aus der Menge, die sich zum Empfang des königlichen Paares versammelt hatte. In der Hand hielt er einen schweren Stab mit einem sonnengekrönten Widderkopf, der den Gott Amun, den Verborgenen, symbolisierte, der inmitten der kleinen Gemeinde weilte. Zu diesem Gott wurden die Gebete gesprochen, an ihn wurden die Bittgesuche zuerst gerichtet.

Die Angst machte den Menschen die Brust eng, und die strenge, fast feindselige Miene Merenptahs schüchterte sie noch weiter ein.

Paneb, der die Anwesenden um gut einen Kopf überragte, dachte, dass der Pharao bestimmt kein Mann war, der sich leicht überzeugen ließ.

Nefer trug eine Perücke aus Litzen, die wie Sonnenstrahlen von seinem Scheitel ausgingen und von einem breiten Band gehalten wurden, einen Festtagsschurz und ein rotes Gürtelband. Der Vorarbeiter der linken Mannschaft und der Schreiber des Grabes hatten es ihm überlassen, eine Rede zu halten.

»Erhabener König, das Haus der Ewigkeit Ramses' des Großen ist bereit, seinen Lichtkörper aufzunehmen, und ich lege die Stätte der Wahrheit in Eure Hände.«

Das war schon die ganze Rede. Trotz des feierlichen Augenblicks konnte sich Paneb ein Lächeln nicht verkneifen. Nefer verdiente wirklich seinen Beinamen »der Schweigsame«, aber so ging das doch nicht – ein König erwartet einen Haufen Schmeicheleien!

»Gott hat den Himmel und die Erde geschaffen, den Odem des Lebens, das Feuer, die Götter, die Tiere und die Menschen, von denen ein jeder nur ein Teil der Schöpfung ist und nicht seine Krone«, sagte Pharao. »Er ist der Bildhauer, der Sich selbst geformt hat und nie von einem anderen geformt wurde. Er ist der Einzige, der in Ewigkeit wandelt. Selbst das reinste Gold kann Sein Strahlen nicht erreichen. Alles ist in Seinem Buch vermessen, das göttliche Maß ist in den Steinen Seiner Tempel verwirklicht. Er zieht die Schnur über den Boden und errichtet mit Genauigkeit jedes Bauwerk. Bei keiner Mauer, die auf dieser Erde gebaut wird, darf Sein Odem fehlen, denn Er allein verleiht der wirklichen Macht Ausdruck. Der göttliche Baumeister ist wahrnehmbar in den Welten, die Er geschaffen hat; so hat Er uns das Geheimnis Seines Werkes vermittelt. Hier, an der Stätte der Wahrheit herrscht die Lehre, dass nur das geschaffen werden kann, was Gott entworfen hat. Nach dieser Lehre lebt und denkt doch diese Bruderschaft, Baumeister?«

»Das schwöre ich beim Namen des Pharaos!«

Kenhir schauderte. Die Worte des Königs bewiesen, dass er die Bruderschaft sehr gut kannte, aber sie hatten Nefer auch zu einem ernsten Schritt und zu höchstem Risiko gezwungen. Wenn der Pharao ihm präzise Vorwürfe machen konnte, würde er den Baumeister des Meineids bezichtigen und ihn zum Tode verurteilen.

»Ein Land oder eine Bruderschaft führt man nur richtig, indem man Gaben und Opfer darbringt«, fuhr Merenptah fort. »Je reicher man ist, desto großzügiger muss man sich zeigen. Pharao, in dessen Obhut die Götter die Beiden Länder überstellt haben, damit er sie zum Blühen bringe, ist das Wohlergehen eines jeden seiner Untertanen angelegen. Euch, Diener an der Stätte der Wahrheit, werden Wir weiterhin Werkzeuge, Lebensmittel, Kleider und alles Nötige zukommen lassen, damit das Werk der Maat vollendet wird und ihr glücklich in der Nekropole leben könnt. Zur Feier Unserer Krönung bekommt ihr neuntausend Fische, neuntausend Brote, unzählige Viertel Fleisch, zwanzig große Krüge Öl und hundert Krüge Wein.«

Paneb hätte seine Freude gerne gezeigt, doch die Nervosität schnürte ihm wie allen anderen immer noch die Kehle zu. Trotz der guten Nachrichten, die den Fortbestand der Stätte der Wahrheit zu sichern schienen, spürten alle, dass eine große Gefahr drohte.

»Die Rolle dieser Bruderschaft, ihre Daseinsberechtigung«, mahnte Merenptah, »besteht darin, den göttlichen Plan in der Materie zu verwirklichen. Dazu braucht es Meister, die führen und leiten können. Sie müssen den versiegelten Papyrus öffnen, dabei dürfen sie nicht vergessen, den Stab zu führen, der so dringend von Nöten ist. Ein wahrer Meister muss in erster Linie dem Werk und seiner Bruderschaft dienen, er muss die Barke steuern und das Ruder führen, ohne nachzulassen. Er muss wie ein voller Brunnen mit frischem, wohltuendem Wasser sein. Wer den Dummen oder den Unwissenden für eine Arbeit einteilt, der er nicht gewachsen ist, verdient nicht länger, Meister zu sein. Die gleiche Strafe wird den Vorarbeiter der Mannschaft treffen, der sich aufführt wie ein Tyrann und sich selbst Vorrechte herausnimmt.«

Die Spannung stieg jäh an.

Alle hatten begriffen, dass der Pharao diese Anschuldigungen an Nefer richtete.

Ubechet starrte ihren Mann an, um ihm die ganze Kraft ihrer Liebe zu geben, nun, da er Gefahr lief, im königlichen Feuer zu verbrennen.

»Der Oberste Verwalter West-Thebens hat Uns einen Bericht zukommen lassen, der dich schwer beschuldigt, Nefer. Wir haben ihn aufmerksam gelesen und sind zu einem klaren Entschluss gekommen: Aufgrund deiner Verfehlungen wirst du des Amtes enthoben.«

»Wenn das Pharaos Wille ist, so muss ich gehorchen. Doch darf ich erfahren, was man mir vorwirft?«

Kenhir trat vor. »Erhabener König, als Schreiber des Grabes bin ich für die Leitung der Stätte der Wahrheit verantwortlich und ich kann den Beweis erbringen, dass die Anschuldigungen jeglicher Grundlage entbehren. Gemäß unseren Vorschriften bewohnt Nefer ein Haus, das ihm mit Zustimmung des Wesirs zur Verfügung gestellt wurde, nebst einem Haus mit dem Behandlungszimmer und der unverzichtbaren Salbenküche der Weisen, Nefers Gemahlin. Wie auch Ramose, unser verehrter Schreiber der Maat, hätte der Baumeister ganz rechtmäßig Felder und Herden erwerben können, doch er widmet sich ausschließlich seiner Arbeit.«

»Wir haben es schriftlich, Schreiber des Grabes. Nach dem Bericht, den Wir bekommen haben, wurde Nefer nicht einmütig von den Handwerkern gewählt, und er benimmt sich wie ein Tyrann, dabei gebraucht er auch Gewalt und Drohungen, um seine Stellung zu sichern.«

»Kein Wort davon ist wahr, Eure Majestät!«, empörte sich Paneb. »Alle, die wir hier sind, haben Nefer einmütig als Baumeister anerkannt. Der Einzige, der diese Entscheidung bereut hat, ist er selbst!«

»Deine Meinung reicht nicht«, entschied der König. »Ein jeder soll frei heraus sagen, was er vom Betragen des Baumeisters hält.«

Sched der Retter sprach als Erster und bestätigte die feurigen Erklärungen Panebs, der sich geschworen hatte, jede Lüge richtig zu stellen.

Doch der Riese musste gar nicht eingreifen. Kein Handwerker und keine Hathor-Priesterin brachte die leiseste Kritik an Nefer dem Schweigsamen vor. Aus Angst, alleine dazustehen und die Aufmerksamkeit auf sich zu ziehen, rühmte sogar der Verräter die Verdienste des Baumeisters. Kenhir ergriff als Letzter das Wort und fasste zusammen, dass die Bruderschaft den aufrichtigsten und fähigsten Mann zu ihrem Baumeister erwählt hatte.

Doch das letzte Wort hatte natürlich der Pharao und nur der Pharao. Konnte er den Bericht eines hohen Beamten in Frage stellen?

»Unser Vater, Ramses der Große, hat Uns immer vor hinterhältigen Angriffen auf die Stätte der Wahrheit gewarnt«, gab der König zu, »er hatte immer das Gefühl, sein Baumeister könnte verleumdet werden und damit die ganze Bruderschaft in Misskredit gebracht und schließlich zerschlagen werden. Daher waren Wir über diesen diffamierenden Bericht auch nicht überrascht, der Uns kurz vor Unserem Besuch übergeben wurde, doch Wir wollten euch alle anhören, um Uns der Festigkeit der Bande zu versichern, die euch einen. Ihr habt Uns überzeugt. Tritt vor, Nefer!«

Der Pharao übergab dem Baumeister den Goldenen Schurz. »Wir übertragen dir die Herrschaft über die Stätte der Wahrheit und betrauen dich mit zwei vorrangigen Aufgaben: Unser Haus der Ewigkeit aus dem Fels im Tal der Könige zu schlagen und Unseren Tempel der Millionen Jahre am Westufer zu errichten.«

Als der König den Baumeister feierlich umarmte, sprang endlich die Klammer von den Herzen der Handwerker, und ringsum erschollen Freudenrufe.

16

Unter den Würdenträgern, die außerhalb der Mauern geblieben waren, befand sich auch Abri. Er hörte den Jubel, der sich erst zu Ehren des Königs erhob, dann wurde Nefers Name skandiert.

Der hohe Beamte hatte genug gehört. Offenbar war sein Vorstoß ein völliger Fehlschlag gewesen, und Nefer war es gelungen, alle Anschuldigungen zurückzuweisen. Indem der Pharao den Baumeister im Amt bestätigte, wies er Abris Behauptungen zurück und stärkte die Stätte der Wahrheit.

Auf dem Weg zu seinem Wagen stolperte Abri über die Füße der Leute.

»Seid Ihr unpässlich?«, fragte einer seiner Untergebenen.

»Es ist bestimmt nur die Hitze … Ich muss mich hinlegen.«

»Ruht Euch eine Weile im Schatten aus.«

»Nein, ich gehe lieber nach Hause.«

»Wenn der König Eure Abwesenheit bemerkt, wird er vielleicht ungehalten sein.«

Ohne ein weiteres Wort bestieg Abri seinen Wagen und befahl dem Soldaten, der ihn lenkte, loszufahren.

Einige Würdenträger bemerkten verwundert den Vorfall. Der Stadtverwalter müsste schon einen außerordentlich gewichtigen Grund für sein merkwürdiges Verhalten haben.

Abris Haus war leer. Seine Frau war in den königlichen Palast von Theben geladen, wo die Große Königsgemahlin die hohen Damen der Provinz empfing. Die Kinder nahmen am Flussufer an Lustbarkeiten teil und die Bediensteten hatten zwei Tage frei bekommen.

Dieses Mal stand Abri am Rande des Abgrunds.

Irgendeine treue Seele würde Merenptah daran erinnern, dass er schon einmal versucht hatte, die Zerschlagung der Stätte der Wahrheit zu betreiben und dass er nur durch Ramses' Nachsicht auf seinem Posten geblieben war. Der neue König würde nicht so gnädig sein, zumal er riskiert hatte, eine Ungerechtigkeit zu begehen, als er sich auf falsche Informationen stützte, die ihm von Abri zugespielt worden waren.

Welch eine Entwürdigung, welch eine öffentliche Erniedrigung würde ihn ereilen! Wenn er Glück hatte, würde er verbannt, wenn er Pech hatte, würde er zum Tode verurteilt ... Beim Gedanken an diese Marter zitterte er am ganzen Leib, obwohl er gleichzeitig von schmerzhaften Hitzewallungen heimgesucht wurde. Um ein wenig frische Luft zu schnappen, ging er in den Garten und setzte sich in eine schattige Laube neben dem Teich mit den blauen und weißen Lotosblüten.

Und da traf er eine Entscheidung. In diesen Abgrund würde er nicht alleine fallen! Diese Katastrophe verdankte er nur Mehi, der Hauptmann war der Drahtzieher des Ganzen. Da Abri keine Chance hatte, unbeschadet aus dem Schlamassel herauszukommen, würde er alles aufdecken, und der Hauptschuldige würde genauso abgestraft werden wie er selbst. Das war zwar nur ein schwacher Trost, aber es war seine letzte Möglichkeit, die Sache richtig zu stellen.

»Abri? Seid ihr allein?«

Wie von einem Skorpion gestochen, sprang der Verwalter auf und fuhr herum zum Oleanderhain, aus dem die Frauenstimme gekommen war.

»Ich bin's – Serketa. Man darf uns auf keinen Fall zusammen sehen.«

»Natürlich, natürlich ... Keine Sorge, es ist niemand im Haus.«

Serketa trat zwischen den Bäumen hervor. Sie war völlig unkenntlich unter der Perücke und der Schminke und mit einem Kleid, das sie wie eine ganz andere Frau aussehen ließ.

»Mehi hat mich geschickt, ich soll Euch helfen.«

»Hm.«

»Die Lage ist vertrackt, aber Mehi hat einen Ausweg gefunden.«

»Unmöglich! Es gibt keinen Ausweg!«

»Seht nicht so schwarz! Ich habe hier ein Schriftstück, das den Pharao wieder besänftigen wird.«

Ungläubig las Abri den Papyrus, den Serketa ihm hinhielt.

Es verschlug ihm die Sprache: Er, der Oberste Verwalter West-Thebens, erklärte, dass er versucht hatte, die Stätte der Wahrheit in den Schmutz zu ziehen und ihren Baumeister zu verleumden, weil er diese Einrichtung, die sich seiner Kontrolle entzog, schon immer verabscheut hatte. Von Gewissensbissen geplagt sah er keine andere Lösung als den Freitod ...

Als Serketa den Papyrus wieder zusammenrollte, merkte der völlig fassungslose Abri noch etwas anderes:

»Man ... man wird es für meine Handschrift halten!«

»Ich hatte nicht die geringsten Schwierigkeiten, sie nachzuahmen, und ich habe Euer Siegel angebracht, das die Echtheit dieses traurigen Dokuments bestätigt.«

»Ich habe nicht die leiseste Absicht, mich umzubringen. Ich werde Euch anklagen, Euch und Euren Mann!«

»Genau das habe ich befürchtet, mein lieber Abri, und deshalb habe ich gut daran getan, Euch zuvorzukommen.«

Von eiskaltem Hass getrieben stieß Serketa den Verwalter in den Lotosteich.

Abri war ein schlechter Schwimmer und jetzt verhedderte er sich auch noch in seinem Festgewand. Er schluckte Wasser und japste nach Luft und Serketa hatte keine Mühe, ihm den Kopf unter Wasser zu drücken, bis er sich nicht mehr bewegte.

Guter Dinge legte sie die Hinterlassenschaft auf den Schreibtisch des Würdenträgers, der keinen anderen Ausweg mehr gesehen hatte, als sich selbst für das Kapitalverbrechen, das er begangen hatte, zu richten.

Für den Transport der Grabbeigaben für Ramses den Großen brauchte man nicht weniger als hundert Soldaten, achtzig Träger für die Opfergaben aus den benachbarten Tempeln, vierzig Seeleute und zweihundert Würdenträger, nicht mitgerechnet die zwei Mannschaften der Stätte der Wahrheit und die Hathor-Priesterinnen.

Die Handwerker, die nun als Priester handelten, hatten neue

Leinengewänder und Papyrussandalen angelegt. Gemäß der Vorschrift hatten sie sich am Vorabend der Grablegung sexuell enthalten und nur bestimmte Nahrungsmittel zu sich genommen.

Am würdigsten war Ipuhi der Prüfende, der gerade die Ausschmückung seines Grabes beendet hatte, größtenteils Szenen des alltäglichen Lebens wie Fischfang und Wäschewaschen. Er war zum Wedelträger zur Rechten des Pharaos erkoren worden und trug das Sternengewand des Vorlesepriesters, der mit dem rituellen Öffnen von Mund, Augen und Ohren der Mumie betraut war, an der sich in der Stille der Kostbaren Wohnung täglich die Wiedergeburt vollziehen würde.

Paneb, der eine große Bettstatt aus vergoldetem Holz tragen musste, war wie verzaubert von den sagenhaften Schätzen, die den verblichenen Pharao bei seiner Reise ins Binsengefilde begleiteten – Götterstatuetten, Truhen voller Edelmetalle, Salben, Duftöle, Tuche, konservierte Speisen, Zepter, Kronen, Miniaturkapellen und Tempelchen in unterschiedlichen Größen, Barken, Spiegel, Opfertafeln, Bögen, gerade Gehstöcke, Papyri, zerlegte Wagen und andere Meisterwerke mehr! Das war die Welt Ramses' des Großen, in der die königliche Seele auferweckt werden würde.

Die Gaben wurden am Eingang zum Grab abgelegt, das hundert Lampen erleuchteten. Da nur die Diener an der Stätte der Wahrheit befugt waren, das Grab zu betreten, oblag es ihnen, die Gegenstände in den Kammern und Sälen der Kostbaren Wohnung an den richtigen Platz zu stellen.

Es herrschte absolute Stille, als das Ritual der Wiedererweckung an der Mumie vollzogen wurde. Der Baumeister, der Vorarbeiter der linken Mannschaft und die Steinmetzen legten sie in den Sarkophag. Nefer überwachte die heikle Operation der Schließung des Steindeckels, den letzten Akt der Grablegung.

Merenptah schickte alle Handwerker außer Nefer hinaus und ging zum Ende des Allerheiligsten hinter der Grabkammer. Er stellte fest, dass das Werk, das er bis ins kleinste Detail mit großer Sorgfalt geprüft hatte, im nackten Fels sein Ende fand.

»Jenseits dessen, was die Menschen begreifen können, liegt das Unergründliche«, sagte Merenptah, »die Heimat, aus der wir alle gekommen sind und in die wir alle zurückkehren werden, wenn wir ein aufrechtes Leben geführt haben. Hast du den Sarkophag mit dem Stein des Lichts beseelt, Baumeister?«

»›Der Meister des Lebens‹ ist nun selbst ein Stein des Lichts geworden, der Ramses' Wesen für alle Ewigkeit erleuchtet.«

Merenptah dachte an den treuen Ameni, den verblichenen Einzigen Freund seines Vaters. Der steinalte Wirkliche königliche Schreiber hatte sich nach Karnak zurückgezogen und wollte dort die Biographie seines Freundes verfassen, die in allen Ländern verbreitet werden sollte, damit die Menschen, die des Lesens kundig waren, Ramses' Ruhm noch mehren würden.

Der König stellte eine Lampe an das Kopfende des Sarkophags. Der Seelenvogel konnte sich an ihrem weichen Licht laben, bevor er sich der Prüfung der Nacht stellte und sich zur Sonne emporschwang.

Als die Flamme entzündet wurde, tauchte sie das Kopfende des Sarkophags in einen Kreis aus Licht. Nefer löschte eine Lampe nach der anderen, und der Stein des »Meisters des Lichts« saugte all ihre Energie auf und strahlte immer stärker.

Die beiden Männer verließen das Grab, während der Sarkophag sein Licht in der Grabkammer verstrahlte, wo die Dunkelheit nicht mehr unheimlich, sondern fruchtbar war.

Der Baumeister verschloss die Tür der Kostbaren Wohnung, wo vor den Blicken der Menschen geschützt die Hieroglyphen und rituellen Szenen zum Leben erwachten und Ramses erlaubten, im Verborgenen weiter über sein Volk und sein Land zu regieren, dem er fortan den Weg zu den Sternen weisen würde.

Zu guter Letzt drückte Nefer dem Grab das Siegel auf, das neun Schakale über gefesselten und enthaupteten Feinden zeigte. Anubis wachte darüber, dass keine bösen Mächte durch die verschlossene Tür eindringen konnten.

»Du sollst wissen, dass Wir nie an dir, deiner Rechtschaffenheit und deiner Meisterschaft gezweifelt haben«, vertraute Merenptah dem Schweigsamen an. »Wir mussten dich jedoch einer harten Prüfung unterziehen, damit du von der ganzen Bruderschaft als würdig angesehen wirst, den Goldenen Schurz zu tragen.«

17

Sobek war so wütend, dass er kaum Worte fand.

»Ihr habt doch gehört, was der König gesagt hat, Kenhir! Abri, der Oberste Verwalter West-Thebens, hat versucht, den Ruf unseres Baumeister zu zerstören. Andere Beweise brauche ich nicht mehr! Dieser Schurke versucht seit Jahren, die Nekropole zu zerschlagen.«

Der Schreiber war bestürzt.

»Wie konnte ein Beamter von solchem Rang etwas so Schändliches tun? Er, der mit der Aufgabe betraut war, die Stätte der Wahrheit zu schützen, hat nichts anderes im Sinn gehabt, als sie zu vernichten!«

»Reicht offiziell Klage gegen ihn ein!«

»Glaubt Ihr nicht, dass die Worte des Königs ausreichend scharf waren? Abri wird der Verleumdung, der Urkundenfälschung und wahrscheinlich auch eines Kapitalverbrechens angeklagt, nachdem er versucht hat, Pharao zu täuschen. Er hat keine Aussicht, im Amt zu bleiben, man wird ein hartes Urteil über ihn verhängen.«

»Ich würde gerne die Lage nutzen und das Rätsel lösen, das mir keine Ruhe lässt. Ist er auch der Mörder meines Wachmannes oder hatte er einen Komplizen? Wenn wir in das Verfahren eingreifen, kann ich ihn befragen und zu einem Geständnis zwingen.«

»Ich wusste, dass Ihr das vorbringen würdet. Die Klageschrift ist fertig.«

»Ihr müsstet mir auch die Befugnis erteilen, außerhalb der Siedlung im Namen der Stätte der Wahrheit zu ermitteln.«

»Diese Anfrage wurde schon an den Wesir gesandt.«

Sobek verstand nun, warum Kenhir trotz seines schwierigen Charakters zum Schreiber des Grabes ernannt worden war. Für ihn wie auch für die Vorarbeiter der Mannschaften war die Nekropole das Allerwichtigste im Leben.

Da der König in der Nekropole weilte, durfte Sobek seinen Posten nicht verlassen und konnte Abri nicht befragen, obwohl er geradezu darauf brannte. Durchschaut und bloßgestellt, wie es der Schurke nun war, würde er bestimmt reden!

»Ich hoffe nur, er ist nicht der Kopf einer ganzen Bande, die gegen die Stätte der Wahrheit intrigiert«, sagte Kenhir.

»Davon muss ich aber leider ausgehen«, wandte der Oberste Wächter ein, »ich glaube nicht, dass die Gefahr für uns vorüber ist.«

Das Gespräch wurde unterbrochen durch die Ankunft des Kuriers Uputhi, der ganz aufgeregt war.

»Eine schreckliche Nachricht! Abri hat sich das Leben genommen, bei sich zu Hause, während seine Familie und seine Bediensteten außer Haus waren!«

»Woher wollt Ihr wissen, dass es Selbstmord war?«, fragte Sobek.

»Abri hat einen Brief hinterlassen, in dem er die Gründe für seine Entscheidung darlegt. Er gibt zu, den König belogen zu haben, und fürchtete eine hohe Strafe, wenn nicht gar die Todesstrafe. Da er eine Amtsenthebung nicht ertragen konnte, hat er es vorgezogen, sich umzubringen, und bittet um Vergebung.«

Das königliche Paar weilte in dem kleinen Palast, der für Ramses den Großen an der Stätte der Wahrheit erbaut worden war. Das Morgenritual wurde in der angrenzenden Kapelle begangen. In allen Heiligtümern Ägyptens, vom kleinsten bis hin zum größten Tempel, bekam das Bild des Pharaos im gleichen Augenblick Leben, es sprach überall die gleichen Worte und führte überall die gleichen Handlungen aus. Die Priester zelebrierten das Ritual ausschließlich im Namen des Pharaos, dem die Götter Gestalt gegeben hatten, damit Maat unaufhörlich über die Erde herrsche.

Danach begaben sich Merenptah und Nefer zum Lebenshaus neben dem Haupttempel. Dort erwartete sie Kenhir, der die Schlüssel zu dieser heiligen Bibliothek hatte, wo die »Seelen des

Lichtes« verwahrt wurden, die Schriften der Bruderschaft. Dies waren die Werke und Ritualbücher des Thot, des Gottes des Wissens, und des Hu, des Gottes der Weisheit, dank derer, wie es geschrieben stand, Osiris zu neuem Leben erwachen und das Wissen um die Wiedergeburt an die Menschen weitergegeben werden konnte.

Die wertvollsten Schriften, ein Buch aus getriebenem Gold und eines aus Silber, enthielten die Dekrete der Gründung der Bruderschaft und ihres Tempels. Auch andere Texte waren von größter Wichtigkeit, wie das *Buch der Festtage und der heiligen Stunden*, das *Buch vom Schutz des Sonnenschiffes Barke*, die *Liste der Opfergaben und Liste der rituellen Gegenstände*, das *Buch von den Bewegungen der Gestirne*, das *Buch des Schutzes vor dem bösen Blick*, das *Buch vom Herausgehen am Tage*, das *Buch der Zaubersprüche* sowie Handbücher über die rituelle Ausschmückung der Heiligtümer und Gräber.

Doch der König interessierte sich für ein ganz anderes Schriftstück.

»Zeig mir den Plan der Kostbaren Wohnungen im Tal der Könige«, befahl er dem Schreiber.

Bislang war Kenhir der einzige Verwahrer dieses großen Geheimnisses gewesen, das ihm sein Vorgänger Ramose hinterlassen hatte. Nun entrollte er vor dem König und vor dem Baumeister auf einem niedrigen Tisch den Papyrus, der unter einem falschen Titel in den alten Archiven verzeichnet war.

Zum Vorschein kamen die Baupläne der Gräber und ihre Lage im Tal der Könige und im Tal der Königinnen. Sie halfen den Baumeistern aller Generationen, neue Gräber in unberührte Felsen zu hauen und bestehende Kammern nicht zu beschädigen.

»Unseren Tempel der Millionen Jahre werdet ihr am Rande des Fruchtlands errichten«, befahl Pharao, »nordöstlich des Tempels von Amenhotep III. und südlich des Ramesseums. Welchen Platz schlagt ihr für Unser Haus der Ewigkeit vor?«

Nefer dachte lange nach und studierte den Plan, auf dem zahlreiche bautechnische Angaben verzeichnet waren.

»Man muss auf die Qualität des Steins achten und auf die Lage, die frühere Pharaonen für ihre Gräber gewählt haben, damit ein harmonisches Ganzes entsteht... Daher schlage ich diese Stelle vor, an der westlichen Felsflanke oberhalb des Grabes Eures Vaters.«

»Du hast eine ausgezeichnete Wahl getroffen, Baumeister. Doch sei dir bewusst, dass du dem Großen Werk Ausdruck verleihen musst und dabei nicht scheitern darfst!«

Zu musizieren und der Musik zu lauschen zählte zu den Lieblingsbeschäftigungen der Bewohner an der Stätte der Wahrheit. Alle spielten mehr oder weniger gut Flöte, Harfe, Laute, Tamburin oder Kithara. Niemals arbeiteten sie, ohne sich von einem Lied begleiten zu lassen, und bei Festen und Gastmahlen durfte die Musik schon gar nicht fehlen.

Da die Krönung Merenptahs und die Erhebung Nefers schließlich würdig gefeiert werden mussten, spielten die Musikanten mit Begeisterung auf, und die Siedlung verwandelte sich in einen großen Konzertsaal. Die Männer zeigten sich nicht so begabt wie die Frauen; die Hathor-Priesterinnen waren die Wahrerinnen der heiligen Musik, deren Ausübung war Teil ihrer Einweihung. Das beste Orchester bildeten eine Harfenistin, eine Flötistin und eine Tamburinspielerin, die mit ihren Rhythmen Jung und Alt bezauberten. Sogar Kenhir der Mürrische wurde immer wieder von der Tanzlust gepackt, doch selbstredend verbat es ihm die Würde, dieser Lust nachzugeben.

Paneb hörte dem Trio gerade zu, da vernahm er eine so sinnliche Melodie, dass er sich unweigerlich umdrehte.

Die Leierspielerin hatte lange schwarze Haare, die ihr auf die Schultern fielen und den Großteil ihres Gesichts verbargen. Ihre Augen waren schwarz und grün geschminkt, sie trug einen Gürtel aus Perlen und goldenen Leopardenköpfen, Fußreife in der Form von Raubvogelklauen und ein kurzes, durchscheinendes Gewand. Ihre Stimme war weich wie der Abendwind.

Gewandt zupfte sie die acht Saiten ihres Instruments, die mit Kupferschnallen auf dem flachen, hohlen Schallkörper angebracht waren, der von zwei Jocharmen unterschiedlicher Länge gehalten wurde. Das Zupfen endete in einem Tremolo, das sie locker schlug. Dann drückte sie die Leier an ihre Brust und stoppte die Schwingungen, bevor sie anfing, ganz leise zu singen und die zartesten Töne auf der Leier hervorzubringen.

Paneb ging auf sie zu, doch die Musikantin wich Schritt für Schritt zurück, ohne mit Spielen und Singen aufzuhören, und lockte ihn in eine dunkle Ecke.

Dort blieb sie stehen. Paneb stellte sich so dicht vor sie, dass er sie berühren konnte. Da erkannte er sie.

»Türkis!«

»Wann wirst du deiner Frau treu sein, Paneb?«

»Ich habe ihr nie die Treue versprochen, und sie hat es nie von mir verlangt.«

»Verstehst du wenigstens, warum ich diese Musik spiele?«

Er küsste sie leidenschaftlich. »Um mich zu verführen. Und es hat geklappt!«

»Meine Melodie soll die Gefahr bannen. Pharaos Besuch hat nicht ausgereicht, um das Böse von der Stadt fern zu halten. Und du, Paneb, du bist leichtsinnig und ungläubig genug, um dich der Gefahr schutzlos entgegenzustellen! Ich spiele diese Musik der Hathor, um die schädlichen Mächte zu vertreiben und dich in meinen Zauber einzuhüllen.«

»Du überraschst mich wirklich!«

»Hast du etwa gedacht, du kennst mich?«

»Natürlich nicht. Trotzdem kann ich auf deinem Körper spielen wie auf einer Leier ...«

Paneb ergriff das Instrument und legte es ganz sachte auf den Boden.

»Nur eins weiß ich mit Sicherheit«, sagte er ernst.

»Und was?«

»Dass dein Kleid völlig überflüssig ist.«

Türkis ließ sich von ihm ausziehen. Er nahm sie auf den Arm und trug sie zu ihrem Haus, wo sie ihre Leidenschaft einstimmig besangen.

18

Meine Herrin empfängt niemanden«, erklärte der Türsteher der Villa des verstorbenen Abri.

»Ich bin Sobek, der Vorsteher der Nekropolenpolizei. Ich bin für die Sicherheit der Stätte der Wahrheit verantwortlich und in offiziellem Auftrag hier.«

»Wenn das so ist ... Ich werde die Herrin benachrichtigen.«

Nachdem er sich vergewissert hatte, dass der König in absoluter Sicherheit war, schien es Sobek dringend geboten, sich mit der Witwe zu unterhalten. Das Einverständnis des Schreibers hatte er bekommen.

Die große brünette Frau empfing den Wächter unter einer Palme im Garten. Alle Lebenskraft schien aus ihr gewichen.

»Die Polizei hat mich schon befragt«, sagte sie mit brüchiger Stimme. »Ich war nicht da, als sich dieses Drama hier ereignet hat und ich kann Euch folglich nichts darüber sagen. Ich weiß nur, dass die Kollegen meines Mannes gesehen haben, wie er die Prozession überstürzt verlassen hat, als aus der Nekropole der Jubel zu hören war. Warum ... warum hat Abri sich das Leben genommen?«

»Er wollte erreichen, dass der Baumeister der Bruderschaft abgesetzt wird, und ist gescheitert.«

»Warum hat er nicht aufgehört, so verbissen gegen die Stätte der Wahrheit zu kämpfen? Und jetzt hat er mich allein zurückgelassen. Mit einer Tochter, die ich groß ziehen muss, und mit der Schande ... Die Schande ist unerträglich ... Das habe ich nicht verdient!«

»Darf ich Euch eine sehr direkte Frage stellen? Ihr habt den Obersten Verwalter besser gekannt als alle anderen – haltet Ihr ihn für fähig, sich umzubringen?«

Die große Frau wirkte aufgerüttelt. »In dieser ganzen Aufregung habe ich mich das noch gar nicht gefragt … und Ihr tut wirklich recht daran, diese Frage aufzuwerfen. Nein! Abri war nicht der Mensch, der den Freitod gewählt hätte, dazu liebte er das Leben zu sehr und dazu hätte er wohl auch nicht den Mut gehabt.«

Doch dann schlug die Wirklichkeit wieder über ihr zusammen. »Jedenfalls ist er jetzt tot. Und er hat sogar einen Brief hinterlassen, in dem er seine Handlungsweise rechtfertigt.«

Sobek wechselte lieber das Gesprächsthema.

»Hatte Euer Mann in letzter Zeit Umgang mit Personen, die man als … zweifelhaft bezeichnen könnte?«

»Natürlich nicht! Er empfing alle Würdenträger der Stadt, wie es sein Amt von ihm verlangte, den Stadtfürsten, die hohen Beamten, die Obersten Schreiber … Einen konnte ich überhaupt nicht leiden, diesen Emporkömmling, Mehi, den Heeresschreiber. Aber mein Mann hat nur selten mit ihm verkehrt. Doch um ehrlich zu sein, ich konnte sie alle nicht ausstehen, und Abri am allerwenigsten! So weichlich und faul, wie er war, gelang es ihm nicht, auf der gesellschaftlichen Leiter aufzusteigen. Eigentlich hätte er nach Pi-Ramses an den Hof berufen werden sollen, aber er hatte immer nur Theben im Kopf …«

»Hatte er Euch von den Unterlagen erzählt, die er dem Pharao übergeben wollte?«

»Abri hat mit mir nie über seine Arbeit gesprochen. Was für eine Schande! Was für eine Schmach! So zu enden …« Die Witwe bekam einen Weinkrampf.

Sobek zog sich zurück.

Das kurze Gespräch beschäftigte ihn. Wenn Abris Selbstmord nur vorgetäuscht war – wer war so gerissen, dass er ihn in eine teuflische Falle gelockt und dann umgebracht hatte? Der tote Verwalter schien ein schwacher Mensch gewesen zu sein, leicht beeinflussbar und unfähig zu solch extremen Schritten. Hatte wirklich Abri selbst das Schriftstück gefälscht, obwohl er wusste, dass es ihn im Falle eines Scheiterns in sehr große Gefahr bringen würde?

Sobek hatte keine Beweise, aber sein Gespür sagte ihm, dass Abri in ein Komplott verwickelt und nur ein Werkzeug gewesen war, nicht der Kopf der Bande.

Wenn sich der Nubier nicht täuschte, standen nun düstere Zeiten bevor, und vielleicht würde nicht einmal Merenptahs Unterstützung ausreichen, um die Stätte der Wahrheit zu retten.

Doch wie sollte er nun die Spur wieder aufnehmen, die durch Abris Tod so jäh verwischt worden war?

Der Stier, dessen Hörner sich in den Bauch seines Artgenossen bohrten, hatte ein schwarzes Maul und dunkles Fell. Der andere hatte sich nicht schnell genug gedreht, und schon wurde er aufgespießt. Ohnmächtig und hilflos stürzte er mit dem Kopf voraus und mit den Hinterbeinen in der Luft zu Boden.

Auf die Tragödie folgte der komische Teil. Ein paar Gänse mit weißen und grauen Köpfen und spitzen Schnäbeln watschelten alle in die gleiche Richtung, mit Ausnahme von einem ungezogenen Exemplar, das sich auf einmal umdrehte und alle Blicke auf sich zog.

Das anmutigste, feinste Bild stellte eine Gazelle mit bläulichen Hörnern dar, einem schwarzen Auge, graurosa Fell und so zierlichen Hufen, dass sie fast unwirklich aussahen.

So sahen die ersten drei Werke Panebs aus, die er auf drei großen Kalksteinplatten von bester Qualität fertig gestellt hatte. Sched der Retter prüfte sie nun schon seit über einer Viertelstunde, doch der Lehrling hatte keine Ahnung, wie das Urteil des Meisters ausfallen würde.

Auf einmal öffnete Sched die Tür der Werkstatt.

Eine schwarzweiße Katze, die anmutig dasaß, blickte ihn stolz und herausfordernd an.

»Betrachte dieses Tier genau, Paneb, schau es dir mit so viel Aufmerksamkeit an, wie du noch nie etwas angesehen hast! Wenn du diese Katze auf die Wand eines Grabes malst, dann ist sie keine einfache Katze mehr, sondern die Verkörperung des Lichts, dessen Strahlen die Schlange Apophis, den bösen Geist, der den Lebensfluss versiegen lassen will, wie mit Messern durchschneidet.«

»Heißt das, du ... du findest, dass ich gut malen kann?«

»Gehen wir hinaus und sehen uns den Himmel an!«

Am blauen Himmelszelt tanzten die Schwalben.

»Könige werden oft als Schwalben wiedergeboren. Wenn du solch einen Vogel malst, der auf dem Dach einer Kapelle sitzt, symbolisiert er den Triumph des Lichts. Aber ohne Quadrierung wird das nichts.«

Paneb folgte dem Meister zu einem Grab im Westen, wo Gao der Genaue und Paih der Gütige arbeiteten.

»Was hältst du von dieser Wand, Paneb?«, fragte Sched.

Der Feurige überzeugte sich, dass alle Unebenheiten mit Schlamm und gehäckseltem Stroh sorgfältig ausgeglichen, mit Gips verspachtelt und getüncht waren. Darüber waren zwei Schichten dünnen Putzes aufgetragen, die zweite Schicht war von höchster Güte und würde die Farbe halten.

»Diese Mauer ist sehr gut«, entschied Paneb.

»Du täuschst dich«, widersprach Sched. »Zeigt es ihm!«, verlangte er von Gao und Paih.

Paih stieg auf eine Leiter. In der Hand hielt er ein Stück feine Schnur, die in rote Tinte getaucht war, Gao hielt das andere Ende. Sie spannten die Schnur über die Länge der Wand, und Gao ließ sie so plötzlich los, dass sie gegen die Wand schnellte und eine gerade Linie darüber zog. Die beiden Zeichner wiederholten das Ganze mehrere Male, bis ein Gittermuster zu sehen war.

»Diese Schablone ist die Grundlage jeder Zeichnung und jedes Bildes. Jede Figur muss in harmonischen Proportionen dargestellt werden«, erklärte Sched. »Für eine stehende Person brauchst du achtzehn Quadrate – zwei vom Scheitel bis zum Hals, zehn vom Hals bis zu den Knien, sechs von den Knien bis zur Fußsohle. Für eine sitzende Person brauchst du vierzehn Quadrate.«

Gao der Genaue zeigte dem Feurigen noch andere Proportionen für die entsprechenden Darstellungen und schärfte ihm die Grundregel ein: ein enges Gitternetz für kleine Motive, ein weites für große Bilder.

»Du musst dich auf die Wand einstellen«, riet ihm Sched, »aber du darfst dich nicht in den Berechnungen verlieren. Deine Hand muss die Proportionen erlernen, sie soll dabei aber ganz locker sein, denn sie allein besitzt die Freiheit des künstlerischen Schaffens. Eines Tages, wenn du ein richtiger Maler bist, brauchst du das Gitter nicht mehr. Male nun erst einmal eine Frau, ohne diese Wand zu verpfuschen.«

Schichten von unterschiedlicher Dicke aufzutragen, erforderte große Geschicklichkeit. Paneb nahm sich viel Zeit dafür, eine feine Farbe aus Rot und Weiß zu mischen, die ein zartes Karnat darstellte, darüber malte er ein luftiges Gewand aus durchscheinendem Weiß. Das ganze Werk überzog er mit einem Lack aus Akazienharz, der die Brillanz der Farben erhielt.

Paih und Gao verschlug es die Sprache vor Bewunderung, doch Sched zeigte keinerlei Regung.

»Und jetzt male in der linken oberen Ecke einen auffliegenden Falken!«, befahl er.

Das war eine besonders schwierige Übung, aber in Panebs Händen verwandelten sich die Pinsel in Werkzeuge von höchster Präzision. Er nahm für jede Farbe einen anderen Pinsel und schuf einen Raubvogel von solcher Lebendigkeit, dass ihn das kleine, tief hängende Himmelsfleckchen richtiggehend einzuengen schien.

»Du darfst nicht die Natur malen«, bemerkte Sched, »sondern die andere Seite der Wirklichkeit, das verborgene, übernatürliche Leben. Ein Grab ist eine Wohnstätte der Ewigkeit. Dort arbeiten die Bauern unermüdlich und auf vollkommene Weise, dort wird nichts welk, dort gleiten zierliche Papyrusbarken gefahrlos auf ruhigen Wassern, dort bleiben die Seligen immer jung... Diese Welt des Lichts musst du wiedergeben, ohne dass deine persönlichen Sorgen sie verdunkeln. Jede Zeichnung muss einen Aspekt des Lebensgeheimnisses erleuchten. Wenn sie das nicht schafft, ist sie nutzlos.«

Mit schwarzer Tinte korrigierte Sched der Retter eine Klaue des Falken, die er ungenau fand. Paneb sprang fast das Herz aus der Brust – er war kein Anfänger mehr, das wusste er jetzt! Dem Auge des Meisters war genau jenes Detail nicht entgangen, das den Falken daran gehindert hatte, sich wirklich und wahrhaftig in die Lüfte zu schwingen.

»Hier in diesem Grab gibt es noch viel zu tun«, meinte Sched. »Aber ich bin mir nicht sicher, ob du das notwendige Können besitzt.«

Panebs Blut geriet in Wallung. »Was auch immer ich erlernen muss – ich lerne es!«

»Das ist nicht der Punkt.«

»Was soll ich also tun?«

»Mir eine Frage beantworten: Willst du mein Geselle werden?«

19

Anlässlich der Krönungsfeierlichkeiten hatte der König dem Wesir aufgetragen, jene Thebaner und Thebanerinnen auszuzeichnen, die ihrem Land während der Herrschaftszeit seines Vaters besondere Dienste erwiesen hatten. Dadurch konnte der Wesir Neubesetzungen und Neuernennungen vornehmen.

Auch wenn Mehi noch nicht mit den einflussreichen Leuten an Merenptahs Hof verkehrte, machte er sich doch über seine weitere Laufbahn keine Sorgen. Er hatte erfahren, dass die Männer des Wesirs bei den ranghöchsten Hauptleuten Erkundigungen über ihn eingezogen hatten, und bei ihnen erfreute er sich großer Beliebtheit. Der Wesir würde also nur positive Antworten bekommen, die sich in einer Beförderung niederschlagen sollten. Auch sein Amt als Vorsteher des Schatzhauses von Theben bekleidete er ohne Makel. Ihm war es zu verdanken, dass der Reichtum der Stadt und des Gaus gewachsen war.

Der alte General der thebanischen Truppen, der Vorsteher der Pferde, war aus dem Dienst geschieden, und Mehi durfte auf diesen Posten hoffen, dem selbstverständlich ein Schreiber mit guter Kenntnis der Armee zugeteilt war. Die Pharaonen hatten sich schon immer vor dem Militär gefürchtet und Zivilisten an die Spitze der Streitkräfte gesetzt, damit nicht irgendein Kriegswütiger unbedacht einen Konflikt vom Zaun brach.

Die kleine Gemeinde der Würdenträger, die bestrebt waren, dem neuen Herrscher zu gefallen, hatte nur zwei Gesprächsthemen: Würde der Fürst von Theben versetzt werden, und wer würde nach Abri den Platz des Obersten Verwalters des Westufers einnehmen?

Als der Wesir den Ratssaal betrat, wurden lebhaft Wetten abgeschlossen. Bestimmt wollte der neue König der Stadt und dem Gau sein Siegel aufdrücken, indem er seine Getreuen aus dem Norden in Theben einsetzte. Die ehrgeizigen Thebaner würden enttäuscht werden, und die Stadt des Gottes Amun würde tief greifende Veränderungen erfahren, die nicht ohne Zähneknirschen und ohne die Herausbildung einer mehr oder weniger fanatischen, vom Groll der verärgerten Thebaner genährten Opposition abgehen würden.

Der Wesir begann mit der Verleihung der Auszeichnungen, Ehrengold in Form von Ketten oder einfachen Ringen. Dann rief er den Hauptmann auf, und Mehi verbeugte sich vor ihm.

»Mehi, Ihr wurdet zum Vorsteher der Pferde ernannt. Ihr werdet Euch um das Wohl der Truppen kümmern, die Ausrüstung immer in gutem Zustand halten und Ihr werdet Euch in regelmäßigen Abständen nach Pi-Ramses begeben und dem König ausführlich Bericht erstatten.«

In die Hauptstadt reisen, in die Nähe der Macht! Mehi war entzückt. Er schwor, seinen Dienstpflichten nachzukommen, und begab sich wieder zurück in die Reihen der hohen Beamten, die ihn gönnerhaft anlächelten. Oberbefehlshaber der Truppen war der Pharao und der Wesir war Pharaos rechte Hand, so kaschierte der hochtrabende Titel eines »Generals« nur, dass ihm in Wirklichkeit keine sehr große Bedeutung zukam. Mehi würde keinerlei Einfluss haben und ein gut bezahlter, fauler Würdenträger werden.

Schließlich wurde über den Bürgermeister von Theben entschieden. Die Höflinge hörten den Beschluss der Staatsgewalt mit offenem Mund. Der Fürst würde im Amt bleiben, desgleichen alle seine Berater, mit Ausnahme des Vorstehers des Schatzhauses, der von einem erfahrenen Schreiber aus Theben ersetzt werden würde.

Mehi bewunderte Merenptahs politische Gewandtheit. Er vermied die gefürchteten Umwälzungen und sicherte sich die Treue des reichen Gaus, so musste er keine Angst vor Unruhen haben. Oder anders gesagt, er war so mit den Schwierigkeiten im Norden beschäftigt, dass er sich im Süden nicht noch neue schaffen wollte.

Nun blieb noch das Amt des Obersten Verwalters West-Thebens zu besetzen, nach dem tragischen Ende des früheren Amtsinhabers eine äußerst heikle Angelegenheit.

»Ich berufe General Mehi in dieses Amt«, verkündete der Wesir mit ruhiger Stimme.

Ein erstauntes Raunen ging durch die Menge der Versammelten. Mehi zögerte noch, er glaubte, er habe sich verhört. Doch alle Blicke richteten sich auf ihn und machten ihm deutlich, dass er sich vor Pharaos Stellvertreter zu begeben hatte. Tatsächlich übertrug der Wesir ihm den Posten des toten Abri. Der frisch beförderte General konnte nicht anders, als das Amt anzunehmen.

Der Wesir hatte Mehi das Privileg eingeräumt, mit ihm im Schatten der Avocadobäume und Sykomoren eine private Unterredung zu führen.

»Die Ernennung zum General hattet Ihr erwartet, aber dass ich Euch auch zum Obersten Verwalter West-Thebens berufen würde, hat Euch überrascht, nicht wahr?«

»Das sind zwei wichtige Ämter. Ich hatte gedacht, dass zwei verschiedene Männer sie bekleiden würden.«

»Aufgrund der jüngsten Ereignisse sind der König und ich anderer Meinung. Abri war ein erklärter Gegner der Stätte der Wahrheit und er hat versucht, den Herrscher zu täuschen, indem er ihm falsche Anschuldigungen zugespielt und Schriftstücke gefälscht hat. Ist dieses Verhalten nun seinem persönlichen Wahn oder einem Komplott zuzuschreiben, dessen Verzweigungen wir nicht kennen? Noch wissen wir die Antwort auf diese Frage nicht, aber wir müssen auf das Schlimmste gefasst sein und die nötigen Vorsichtsmaßnahmen ergreifen. Während der letzten Regierungsjahre Ramses' des Großen habt Ihr die thebanischen Truppen neu formiert und gedrillt. Die Hauptleute und auch die Soldaten schätzen Euch deswegen sehr. Eure Autorität ist unumstritten. Ihr könnt also die Sicherheit Thebens gemäß den Anweisungen aus der Hauptstadt garantieren.«

»Verzeiht meine Neugier – aber fürchtet Ihr Schwierigkeiten in Theben?«

»Nicht in Theben. Aber wir müssen immer mit Angriffen aus Libyen und Asien rechnen. Und bei den nubischen Stämmen im Kusch weiß man auch nicht, wann wieder ihre Kriegslust erwacht. Deshalb müssen die Verhältnisse in Theben stabil und friedlich sein – Verhältnisse, die durch Unruhestifter wie Abri natürlich bedroht werden. Der Reichtum des Westufers ist immens … Welche

Schätze liegen in den Königsgräbern und in den Tempeln der Millionen Jahre! Sollten irgendwelche Verbrecher planen, sich mit Hilfe hoher Beamter der Schätze zu bemächtigen, und sollte dieses abscheuliche Unternehmen gelingen – was würde dann aus Ägypten? Ihr habt die Aufgabe, den Reichtum West-Thebens zu schützen, Mehi, und weil wir der Meinung sind, dass es sich dabei um eine äußerst wichtige Aufgabe handelt, die Ihr erfüllen müsst, haben wir die Verwaltungsmacht zusammen mit der militärischen Macht in Eure Hände gelegt. Seid Euch bewusst, dass wir Euch mit größter Aufmerksamkeit beobachten.«

»Ich werde mich bemühen, mich Eures Vertrauens würdig zu erweisen.«

»Eure Bemühungen allein werden nicht ausreichen. Wir verlangen, dass das Westufer vor jedwedem Angriff geschützt wird, egal aus welcher Richtung er erfolgt. Habe ich mich deutlich genug ausgedrückt?«

»Ihr könnt auf mich zählen.«

»Beim geringsten Verdacht, beim geringsten Anzeichen einer Gefahr, verständigt Ihr umgehend die Hauptstadt. Ein Fall Abri darf sich nicht wiederholen!«

Als der Wesir sich verabschiedet hatte, fühlte sich Mehi einen Augenblick lang von den Launen des Schicksals so gebeutelt, dass er am liebsten laut aufgelacht hätte. Er, der Hauptfeind der Stätte der Wahrheit, war auf einmal mit ihrem Schutz betraut!

Zum einen erntete er nun die Früchte seiner langjährigen Arbeit, indem ihm große Machtbefugnisse zugesprochen wurden, zum anderen aber waren ihm die Hände gebunden und er konnte die Bastion, die einzunehmen er so sehr begehrte, nicht offen stürmen. Musste er nun seine großen Pläne fallen lassen und sich damit zufrieden geben, ein Würdenträger mit mäßigem Ehrgeiz zu werden?

Das würde ihm seine Komplizin Serketa nie verzeihen! Außerdem kannte er das Ausmaß seiner Möglichkeiten auch selbst, und die waren weitaus größer als sich auf lokale Verantwortungsbereiche zu beschränken. Er musste einfach die Strategie ändern, wenn er seine Ziele erreichen und an den Stein des Lichts sowie die anderen Geheimnisse der Stätte der Wahrheit herankommen wollte.

Doch eine neue Vorgehensweise erforderte sehr viel Fingerspitzengefühl.

Das Schicksal hatte ihm auf fast wundersame Weise zugelächelt, er hatte freie Bahn, auch wenn neue Hindernisse seinen Vormarsch ein wenig aufzuhalten drohten.

»Wünscht Ihr etwas, General?«, fragte ein Soldat.

Mehi erwachte aus seinen Gedanken. Er war ganz versonnen durch den Garten spaziert und stand nun vor einem Wachposten.

»Nein, nein …«

»Erlaubt mir die Bemerkung, dass die thebanischen Truppen sehr stolz sind, unter Eurem Befehl zu dienen.«

»Danke. Ihr Soldaten helft mir dabei, weiterhin gute Arbeit zu leisten.«

Mehi hegte höchste Verachtung für das Militär, doch seit Beginn seiner Laufbahn hatte er es bestens verstanden, die Soldaten zu benutzen, indem er ihnen schmeichelte und ihnen die Rechte einräumte, die sie sich erträumten.

Zahlreiche Würdenträger warteten, bis die Unterredung zwischen Mehi und dem Wesir vorbei war. Sie beglückwünschten den General und versicherten ihn ihrer unbedingten Ergebenheit. Mehi nahm ihre Glückwünsche gerne entgegen. Ob sie nun heuchelten oder nicht – jedenfalls äußerten sie angenehme Worte und er hörte sie mit Wohlbehagen.

Als er wieder zu Hause in seiner großen, luxuriösen Villa war, nahm er auch die Huldigung seiner Bediensteten entgegen, die stolz waren, einem so mächtigen Herren dienen zu dürfen.

Doch das schönste Geschenk war der aufreizende Blick seiner Gattin, als sie ihn in ihre Gemächer lockte.

»Bist du nicht müde von den gesellschaftlichen Verpflichtungen, Liebster?«

»Wo denkst du hin! So viel Spaß hatte ich noch nie. Wie angenehm es ist, endlich zu sehen, dass man meinen wirklichen Wert erkannt hat!«

Serketa streckte sich auf den Kissen aus und entblößte langsam ihre Brust.

»Hattest du Schwierigkeiten, diesen Trottel Abri aus dem Weg zu schaffen, meine Süße?«

»Nicht die geringsten. Und ich habe übrigens gut daran getan, ihn zu beseitigen. Er hatte sich schon vorgenommen, uns zu verraten. In deiner neuen Position müssen wir in Zukunft ganz besonders sorgfältig bei der Wahl unserer Verbündeten sein … Deine beiden Ernennungen haben dich doch hoffentlich nicht veranlasst, unsere großen Ziele aufzugeben?«

»Natürlich nicht! Aber du hast ja selbst gesagt, dass wir sehr vorsichtig sein müssen. Ein falscher Schritt kann uns schon zum Verhängnis werden.«

Serketa streckte sich wie eine Katze und bot ihm willfährig ihren Körper dar. »Dieses Abenteuer wird ja wahnsinnig spannend! Bei all den Waffen, die uns zur Verfügung stehen!«

Mehi konnte nicht mehr an sich halten, grob fiel er über sie her, doch er hatte nur einen einzigen Gedanken im Kopf: Wenn er vor nichts zurückschreckte, nicht einmal vor einem Verbrechen, würde am Ende des Weges der Erfolg auf ihn warten.

20

Ubechet war natürlich vollkommen verzaubert von den Geschenken, die der Baumeister anlässlich seiner Erhebung durch den König von der Bruderschaft erhielt. Die Handwerker hatten alles ganz heimlich vorbereitet und Renupe den Heiteren mit seiner schelmischen Art und seinem dicken Bauch dazu auserkoren, der Herrin des Hauses die Geschenke zu übergeben, die Kasa der Seiler, Nacht der Starke, Paih der Gütige, Karo der Grimmige und Didia der Großzügige trugen.

Den Anfang machte ein wundervoller Stuhl. Er hatte eine hohe Lehne und Beine in Form von Löwentatzen, die auf Säulen ruhten. Das Strohgeflecht der Lehne war so fest, dass es ewig halten würde, Spiralen, Rauten, Lotosblüten und Granatäpfel rahmten eine Sonne ein, das Symbol für die ewige Wiedergeburt von Nefers Geist. Der Klappsitz war an den Ecken mit Entenköpfen geschmückt, und eine Einlegearbeit aus Elfenbein und Ebenholz zierte die Sitzfläche des kleinen Meisterwerks.

Das zweite Geschenk war ein Stuhl mit schräger, geschwungener Lehne; er bestand aus achtundzwanzig Holzteilen, die verzapft und vernutet waren. Die Füße, ebenfalls in Form von Löwenpranken, standen auf Stierhufen und symbolisierten Macht und Ausstrahlung. Verziert war das Möbelstück mit Reben und prallen Weintrauben, die an das Ritual des Kelterns erinnerten, bei dem sich das Blut des wiedererweckten Osiris in Wein verwandelte.

Es folgten mehrere Hocker mit Ledersitzen, niedrige rechteckige Tische und runde Tische mit einem Bein, das am Ende breiter wurde; ein paar Kästen für Wäsche, Kleider und Werkzeuge; Körbe für Brot, Kuchen und Obst, ovale, längliche und runde Körbe aus Palmblättern und Binsen, die äußerst fest und stabil verflochten waren.

Ubechet sah sich einer richtigen Prozession gegenüber.

»Das ist zu viel! Viel zu viel! Ich –«

»Das ist noch nicht alles«, sagte Renupe der Heitere, als Kasa der Seiler eine hübsche Truhe aus Zedernholz brachte, die auf vier kurzen Füßen stand und aussah wie ein kleiner Tempel.

»Darin kannst du deine Perücken aufbewahren.« Renupe öffnete den Deckel. »Du kannst sie auf die Sparren hängen. Das Schloss ist außen am Deckel mit einer Schwalbenschwanzverbindung gesichert und hinten mit einer Leiste verstärkt. Um die beiden Knäufe, an der du die Truhe ziehen kannst, bindest du ein Seil mit einem Siegel; so verhinderst du, dass dein Hausmädchen von der Neugier gepackt wird. – Ah, da ist ja noch eine Kleinigkeit…«

Paih der Gütige legte eine Schmuckkassette aus stuckiertem, bemaltem Papyrus-Karton auf ein Tischchen. Sie war rund, hatte einen konisch zulaufenden Deckel und war mit einer aufblühenden Lotosblüte verziert.

»Ihr seid verrückt! Das kann ich nicht an…«

»Und hier das letzte Geschenk!«

Paneb kam breit lächelnd mit einem schönen neuen Bett herein, das er auf dem Rücken trug.

»Ubechet, ich ersuche um die Erlaubnis, ausnahmsweise dein Schlafgemach zu betreten.«

Das Möbelstück war von bester Qualität, es war mindestens fünf Sack Getreide wert. Von der Auflage über die Querbalken und die Fußlade bis hin zum Kopfteil mit dem lachenden Gesicht des Gottes Bes, der über den Schlaf wachte, hatten die Handwerker ein vollendetes Werk geschaffen.

»Was ist denn hier los?« Nefer war auf der Schwelle seines Hauses erstarrt.

»Die Bruderschaft will unser Haus in einen Palast verwandeln!«, sagte Ubechet gerührt. »Sieh doch! Sie haben uns mit Geschenken überhäuft!«

Der Baumeister war genauso überwältigt wie seine Frau.

»So ist das eben«, schloss Renupe. »Wir müssen den Brauch achten – das ist wichtig. Wenn man einen guten Meister hat, muss man sich auch um ihn kümmern, denn er selbst denkt doch immer nur an die anderen.«

»Kommt, trinken wir einen Becher Wein!«

»Ein weiterer Beweis, dass wir mit Nefer eine gute Wahl getroffen haben!«, sagte Paneb und schenkte ein.

»Merenptah hat die Lage seines Grabes im Tal der Könige endgültig gebilligt, wir waren den ganzen Morgen über mit ihm dort«, erklärte Nefer seiner Frau. »Das Königspaar wünscht dich heute Abend zu sehen.«

»Mich? Aber warum denn?«

»Sie wollen die Weise erheben.«

Ubechet hätte sich gerne in Ruhe auf die Zeremonie vorbereitet, aber dazu hatte sie keine Zeit mehr. Ihre Dienerin stand völlig hilflos vor den vielen neuen Möbeln, und Ubechet musste ihr kostbare Zeit widmen. Dann kamen auch noch ein kleines Mädchen, das an einer beginnenden Bronchitis litt, ein Steinmetz mit schlimmen Zahnschmerzen und eine Hausfrau, die Haarausfall hatte. Die Weise konnte diesen altbekannten Leiden abhelfen, doch darüber waren die Stunden vergangen, und bald würde die Nacht anbrechen.

Sie dachte an ihre Vorgängerin, die ihr so vieles beigebracht hatte, bevor sie in den Bergen geblieben war und sich mit der Göttin der Stille vereinigt hatte. Sie fühlte sich ihr nahe, die ihr Vorbild war und sie schützte.

Nefer kam in Eile vom Lebenshaus zurück, wo er die Pläne der Königsgräber eingesehen hatte, damit er Merenptah einen Vorschlag unterbreiten konnte. Er war so in seine Studien versunken gewesen, dass er erst aufgesehen hatte, als das Abendlicht auf die Papyri gefallen war.

»Entschuldige, ich bin spät dran.«

»Und ich erst!«

Trotzdem nahmen sie sich Zeit für einen Kuss, bevor sie ihre Festgewänder anlegten.

Das Herrscherpaar empfing die Weise in Ramses' *Ka*-Tempel. Aus Respekt vor seinem Vater, der siebenundsechzig Jahre lang regiert hatte, würde Merenptah für sich selbst kein solches Gebäude im Herzen der Stätte der Wahrheit errichten lassen, solange sich seine

Herrschaft nicht über einen längeren Zeitraum bewährt hätte – was in seinem Alter wenig wahrscheinlich war. Also begnügte er sich mit diesem bescheidenen, gleichzeitig aber auch glanzvollen Tempel, wo er mit der Seele des großen Pharaos besser Verbindung aufnehmen konnte.

Zur Linken des Königs saß die Große Königsgemahlin Iset die Schöne, zu seiner Rechten der Baumeister. Auf Steinbänken, die über die ganze Länge des Raums an der Wand entlangliefen, saßen die Priesterinnen der Hathor in langen weißen Gewändern.

»Man soll die Weise holen!«, befahl Merenptah.

Türkis verneigte sich vor dem Königspaar. Sie verließ die Säulenhalle und ging zu Ubechet, die sich im Beisein von zwei Priesterinnen einem Reinigungsritual unterzogen hatte. Türkis legte ihr ein knöchellanges gefälteltes Leinengewand von weißer und rosa Farbe an, schmückte sie mit einem breiten goldenen Halskragen und goldenen Armreifen und setzte ihr eine schwarze Perücke auf, aus deren Stirnband eine Lotosblüte ragte.

Dann brachte Türkis die Weise in die heilige Halle, wo sie, die Hände über der Brust gefaltet, dem Pharao und seiner Gemahlin gegenübertrat.

»›Die Frau‹ ist Vater und Mutter aller Götter, sie ist der Sternenschoß, aus dem alles Leben hervorgegangen ist«, sagte Iset die Schöne. »Ohne sie würde es weder Ägypten noch diese Bruderschaft geben. Das Göttliche kann nur Gestalt annehmen, wenn die Erste Frau es anziehen und festigen kann. An der Spitze des Reiches ist das Unsere Aufgabe und es ist deine Aufgabe, Ubechet, hier an der Stätte der Wahrheit. Wenn es diesen Ort nicht mehr gibt, ist das ganze Land in Gefahr. Du musst den Fortbestand des Lebens sichern, das in den Adern dieser Gemeinschaft fließt, und das Feuer der Schöpfung am Brennen halten.«

Iset erhob sich und legte einen dünnen Goldreif auf die Perücke der Weisen.

»Dank dir, Weise, geht die Sonne auf und bannt den Tod. Verbinde Worte und Laute, auf dass die Rituale abgehalten und die Opfer geweiht werden. Binde die Menschen, auf dass sie einen einzigen Körper bilden, dessen Zusammenhalt durch nichts erschüttert werden kann.«

Der Baumeister gab der Königin einen Schwalbenschwanz aus Gold, den sie Ubechet an die Brust heftete.

»Sei du die Mutter der Bruderschaft, nähre und heile deine Kinder. Sorge du für Frieden und Eintracht zwischen Menschen und Göttern, denn sie können schnell über unsere Schwächen zürnen und Krankheit und Unglück über uns bringen. Lese zur richtigen Zeit die Botschaft des Verborgenen, finde die Ursachen der Leiden, bereite Heilmittel und sei du die Meisterin über die Gifte – sei ›die Erkennende und die Wissende‹.«

Ubechet wankte, als Iset zum Thron zurückging. Aus dem Mund der Königin hörten sich die Pflichten der Weisen plötzlich viel größer und bedeutender an, als sie sich bisher klar gemacht hatte. Ubechet hatte Angst – sie hatte solche Angst, dass sie fast verzichtet und dem Königspaar eingestanden hätte, dass sie nur eine einfache Frau war und diese Aufgabe nicht erfüllen konnte.

Doch dann traf ihr Blick den ihres Mannes, der sie in diesem Moment nicht nur als Gatte, sondern als Baumeister der Bruderschaft betrachtete. In seinen Augen lag so viel Vertrauen, so viel Liebe und Bewunderung, dass sie sich ihm würdig erweisen wollte.

»Auf Empfehlung der Großen königlichen Gemahlin und mit dem einmütigen Einverständnis der hier im Tempel anwesenden Eingeweihten«, erklärte der Pharao, »ernennen Wir dich zur Großen des Tempelharims der Hathor an der Stätte der Wahrheit.«

21

Merenptah und Iset die Schöne verlebten glückliche Stunden in dem kleinen Palast an der Stätte der Wahrheit. Fernab vom Hof, von den Schmeichlern und Bittstellern führten sie die Zeremonien durch, besuchten sie Werkstätten, luden sie den Baumeister und die Weise, den Schreiber der Nekropole und den Vorarbeiter der linken Mannschaft zu Tisch und unterhielten sich über die Arbeit und das Leben der Bruderschaft.

Kenhirs Wissen über die Geschichte der Nekropole erwies sich als unerschöpflich. Des Öfteren entlockte er dem Pharao ein Lächeln, wenn er von den kleinen Schwächen der Handwerker erzählte, berichtete, warum sich in manchen Zeiten des Jahres die Gründe für das Fernbleiben Einzelner von der Arbeit häuften, die er jedes Mal mit größter Sorgfalt überprüfte.

Die Musikantinnen der Hathor spielten für das Königspaar, das sich auch für die Techniken der Meister interessierte und sich an die Stätte begab, wo Merenptahs Tempel der Millionen Jahre errichtet werden sollte. Nefer nahm Iset die Schöne mit ins Tal der Königinnen und zeigte ihr, wo ihre Kostbare Wohnung liegen würde, die auf magische Weise mit dem Grab ihres Gemahls verbunden war.

Zum Gedenken an die verstorbenen Könige, die früheren Beschützer der Bruderschaft, wurde ein Bankett veranstaltet. Da tauchte plötzlich der Wesir mit düsterer Miene auf und verneigte sich vor dem Herrscher.

»Kann ich mit Euch unter vier Augen sprechen, Majestät?«

»Kann das nicht warten, bis das Mahl beendet ist?«

»Ich würde gerne so schnell wie möglich Eure Meinung erfahren und Eure Anweisungen in die Hauptstadt übermitteln.«

Das Gespräch dauerte ziemlich lange. Schließlich kam Merenptah mit sehr besorgtem Gesicht zurück.

»Gleich morgen brechen Wir nach Pi-Ramses auf«, verkündete er.

»Habe ich noch Zeit, Euch den ersten Plan zu zeigen, den ich für Euer Grab entworfen habe?«

Der König, Nefer und Kenhir studierten den Entwurf, der im Lebenshaus aufbewahrt wurde. Der Baumeister hatte sich an die Regeln gehalten, die seit der neunzehnten Dynastie, der Zeit von Sethos I. und Ramses II., galten.

»Der Plan sagt Uns zu. Wir wünschen keinerlei Neuerung«, beschied der König den Baumeister. »Für die Auswahl der Schriften und Figuren und deren Wiedergabe an den Wänden legst du Uns weitere genaue Entwürfe vor. Und vergiss nicht: Es darf dir kein einziger Fehler unterlaufen. Alles muss am richtigen Platz sein!«

Nefer wusste, dass sich ein Königsgrab mit keinem anderen Bauwerk vergleichen ließ. Es war ein Zauberofen, in dem das Feuer der Ewigkeit brannte. Der Baumeister musste sich vom Beispiel seiner Vorgänger leiten lassen und unter Anwendung aller Disziplinen der heiligen Wissenschaft ein Werk schaffen, das von keiner Disharmonie gestört wurde.

Ihm wurde fast schwindlig, denn ihm schwante, dass es dabei größte Schwierigkeiten geben würde. Um das bange Gefühl zu zerstreuen, machte er sich wieder an die Lektüre der Papyri, in denen die Worte der Götter bewahrt waren.

Mehi erstickte in Arbeit. Er musste zwischen seinen beiden Amtssitzen hin und her eilen; der eine war in der Kaserne der Truppen am Ostufer, der andere im Gebäude der Hauptverwaltung des Westufers. Beide ließ er renovieren und aufwendig ausstatten, doch die Renovierung ging ihm nicht schnell genug voran. Also hatte er sich beschwert und mehr Arbeiter angefordert.

Vom einen Ufer ans andere übersetzen, Unterredungen führen, Akten studieren, Entscheidungen fällen – dieses hektische Leben war wie geschaffen für Mehi, dessen Energie niemals zu versiegen schien. Seine Zuständigkeit war zwar auf die Stadt begrenzt, doch sie lag in einem reichen und angesehenen Gau, und Mehi könnte einer der ganz wichtigen Männer im Land werden, vor allem wenn es ihm gelang, an den Hof von Pi-Ramses zugelassen zu werden.

Um jedoch das Format eines Staatsmannes zu bekommen, war er dazu verurteilt, seine Ämter hervorragend auszuüben, und er musste den Eindruck erwecken, als sei er einer dieser hohen Beamten, die mit sich und ihrem Schicksal zufrieden waren. Wer konnte ahnen, was er wirklich im Sinn hatte?

Ein ranghoher Hauptmann salutierte.

»Ihr werdet dringend in der Botschaft erwartet, General.«

»Ein Zwischenfall?«

»Es scheint, dass der König abreisen will. Alle Sicherheitskräfte müssen ausrücken.«

»Ich kümmere mich sofort darum.«

In der Tat war die königliche Flottille kurz davor, die Anker zu lichten. Mehi ergriff die nötigen Maßnahmen, um die Schaulustigen auf Abstand zu halten.

Er verbeugte sich vor dem König, als dieser mit sorgenvoller Miene die Barke bestieg. Der Wesir wartete schon an Deck, und umgehend zogen sich die beiden Männer in den Kiosk zurück.

Mehi sprach mit ein paar Würdenträgern der Stadt und versuchte, Informationen zu bekommen, doch niemand wusste etwas Genaues, und alle fragten sich besorgt nach dem Grund für die überstürzte Abreise. Lediglich ein Greis, der sich auf seinen Stock stützte, äußerte eine Meinung, an der etwas dran zu sein schien.

»Entweder versuchen Verschwörer, in der Hauptstadt die Macht an sich zu reißen, oder es braut sich ein feindlicher Überfall zusammen. Was auch immer es ist – der Himmel über Ägypten verdunkelt sich.«

Paneb hatte die Unterweisungen Gaos des Genauen beherzigt und machte bei der quadratischen Einteilung seiner Bilder keine Fehler mehr. Gleichwohl ließ er sich von der strengen Geometrie nicht versklaven, die seine Hand nur gelähmt hätte.

Gao hatte mehrmals die eine oder andere Kleinigkeit korrigiert und dem jungen Maler vorgehalten, er würde nicht genau rechnen. Paneb hatte mit ihm debattiert, manchmal hatte er sich gefügt, doch wenn das Bild dann fertig war, hatte er oft beweisen können, dass er im Recht gewesen war.

Sched verfolgte die Fortschritte seines Zöglings genau und ließ ihm keine einzige Ungenauigkeit durchgehen. Paih der Gütige sah es zwar gern, dass Paneb Scheds Geselle wurde, trotzdem war er anderer Meinung als Unesch der Schakal. Längst hatte Paih Sched als genialen Werkstattleiter der zuarbeitenden Zeichner anerkannt, aber dem jungen Paneb würde er nicht gehorchen, wie begabt Paneb auch sein mochte.

Bevor Sched seinen Gesellen ins Tal der Könige mitnehmen und ihn an der Ausschmückung von Merenptahs Grab arbeiten lassen würde, sollte Paneb eine entscheidende Phase abschließen. Wenn er scheiterte, würde aus ihm niemals ein richtiger Maler werden. Sched hatte die drei Zeichner angewiesen, in der großen Grabkammer, die für Kenhir vorgesehen war, die Ecke einer Wand vorzubereiten. Dort sollte Paneb einen Handwerker im weißen Gewand eines Wab-Priesters malen, der dem Gott Ptah Weihrauch darbringt.

Als der Feurige mit Pinseln, Bürsten und Farben kam, war der Untergrund noch nicht fertig. Unesch lehnte an der Wand und biss krachend in eine Zwiebel. Nie hatte er mehr einem Schakal geglichen.

»Wo sind die anderen?«

»Gao der Genaue hat eine Magenverstimmung, und Paih der Gütige hat einen schlimmen Schnupfen. Ich habe mir dummerweise beim Kochen in den Finger geschnitten. Es gibt einfach Tage, da geht alles schief. Leider will Sched bald dein Bild prüfen, das noch nicht einmal begonnen wurde …«

»Nett von dir, dass du auf mich gewartet und mich vorgewarnt hast. Geh jetzt besser nach Hause.«

»Du hast Recht. Die Wunde könnte sich entzünden, ich werde sie behandeln lassen.«

Paneb hätte verzagen und sich geschlagen geben können, doch er zog den Kampf vor, auch wenn er von vornherein verloren war. Er legte selbst das Netz aus Quadraten, nachdem er sich von der Qualität des Putzes überzeugt hatte, dann mischte er seine Farben und trug sie entgegen der Vorschrift ohne Skizze direkt auf die Wand auf, denn zum Vergipsen hatte er nun keine Zeit. Wenn Sched auftauchte und den Fehler bemerkte, hatte er, Paneb, doch wenigstens gekämpft, bis alle seine Möglichkeiten erschöpft waren.

Der Morgen verging, der Mittag verging, und von Sched keine Spur. Paneb hatte reichlich Muße, sein Bild zu vollenden, da und dort noch ein Detail zu verbessern und sich von der Harmonie der Darstellung zu überzeugen.

Plötzlich sprangen ihm tausend Fehler ins Auge …

»Zufrieden?« Sched stand mit verschränkten Armen da.

»Nein, das ist nicht mehr als ein Rohentwurf!«

»Beim Malen musst du dich gleichzeitig ins Porträt, ins Profil und ins Dreiviertelprofil hineindenken. Du musst falsche Perspektiven vermeiden, denn sie rauben dem Bild die Lebendigkeit. Auch vom Helldunkel solltest du die Finger lassen. Verbinde mehrere Standpunkte und beschränke dich auf das Wesentliche: das Gesicht im Profil, das Auge von vorn, den Oberkörper in ganzer Länge von vorn, den Unterleib im Dreiviertelprofil mit sichtbarem Nabel, Arme und Beine wieder von der Seite … Schaffe einen Raum, den es nicht gibt, und zeige uns die verborgene Wirklichkeit. Wenn du einen Falken malst, musst du in einem einzigen Bild mehrere Phasen seines Flugs vereinen. Bei einer menschlichen Figur musst du alle Wesenszüge sichtbar machen. Vergiss nicht, dass unser Werk zeitlos ist, wir haben die Aufgabe, der Ewigkeit Gestalt zu verleihen. Wir müssen keine bestimmte Stunde abbilden, denn nur der Tag als Ganzer zählt, er ist die Frucht des Lichts. Du musst dem Unbewegten Leben geben, diese Einsicht soll deine Hand leiten. Und du musst die Hierarchie der Geschöpfe achten: Pharao ist größer als die Menschen, denn er ist das Große Haus, das sein Volk schützt. Ein Domänenverwalter ist größer als seine Bediensteten, weil er mehr Verantwortung trägt als sie und für ihr Wohlergehen sorgen muss. Und ein Priester wie dieser hier auf dem Bild muss den Blick leicht zum Himmel heben.«

Paneb hing an Scheds Lippen.

»Für ein Bild, das so schnell gemalt wurde, ist es allerdings nicht schlecht … Aber du musst auch lernen, es zu verbessern. Wenn nicht – stell dir vor, wie zornig Kenhir sein wird!«

Was im Herzen des Feurigen von Jugend an brodelte, konnte

nun endlich seinen Ausdruck finden. Der Meister hatte ihm soeben die Augen geöffnet für eine andere Welt, die viel schöner und viel lebendiger war als die sichtbare Welt.

Da stürmte Paih der Gütige ins Grab. »Paneb! Schnell! Deine Frau kommt nieder!«

22

Die Weise hatte sechs Hathor-Priesterinnen geholt, die Wahbet der Reinen bei der Niederkunft beistehen sollten. Die Mienen der Frauen waren ernst, denn sie wussten, dass der Weg eines Kindes in die Welt voller Gefahren war. Es musste ihnen gelingen, das Kind vom Körper der Mutter zu trennen, ohne dass ein böser Zauber es berührte, und sie mussten darauf hoffen, dass die schöpferischen Mächte das Neugeborene beseelten und es nicht im Augenblick der Geburt verließen.

Ubechet hatte Vogelfett und Weihrauchharz ins Feuer geworfen und zwei Steine mit Zaubertexten ausgelegt, in denen Thot die Lebensdauer und das Schicksal des Neugeborenen festlegte. Die Hebammen hatten eine Paste aus Milch, Fenchel, Harz, Terpentinöl, Zwiebeln und Salz in die Scheide der Gebärenden eingeführt und damit den Wehenschmerz gelindert.

Die zierliche Wahbet, deren Bauch in den letzten Tagen unglaublich angeschwollen war, verbarg ihre Sorge nicht.

»Ist alles normal?«

»Beruhige dich!«, sagte Ubechet. »Die Geburt steht kurz bevor, du musst nicht einmal Schmerz lindernde Mittel einnehmen. Das Kind liegt ausgezeichnet.«

»Ich habe das Gefühl, er ist ein Riese … Wird er mich nicht zerreißen?«

»Keine Angst! Obwohl du so klein bist, ist dein Becken wie geschaffen für das Gebären.«

Die Wehen wurden stärker. Die Priesterinnen zogen Wahbet aus, halfen ihr in die Hocke und stützten ihren Oberkörper.

Wie Ubechet vorausgesagt hatte, kam das Kind ohne Komplikationen auf die Welt. Es stieß so einen kräftigen Schrei aus, dass ein Gutteil des Dorfes aufschreckte.

»Warum lassen sie mich nicht rein?«, regte sich Paneb auf.

»Weil das Geburtsritual Frauensache ist«, erklärte Paih. »Dich brauchen sie da drin nicht, außerdem wäre es zu gefährlich.«

»Es ist aber mein Kind, das da auf die Welt kommt!«

»Überlass das der Weisen und den Hebammen.«

»Wie zieht man denn ein Kind groß, Paih?«

»Wenn es ein Junge ist, ist er wie ein krummer Stab, der mit zwei Fehlern geschlagen ist, der Taubheit und der Undankbarkeit. Du musst ihm schleunigst die Ohren auf dem Rücken* öffnen, ihm seine Pflichten nahe bringen, ihm klarmachen, was er seinen Eltern verdankt, und ihm Achtung vor anderen Menschen lehren. So biegst du ihn langsam gerade und erziehst ihn.«

»Wenn mein Kind nach mir kommt, dann habe ich da kein leichtes Spiel.«

Die Tür ging auf, und eine strahlende Ubechet trat heraus.

»Ein Junge! Ein süßer Junge, der mindestens sechs Steine wiegt!«

Paneb verschwand in dem Zimmer, das nach Jasmin duftete. Seine Frau ruhte auf einem bequemen Bett und hielt den riesigen Säugling im Arm. Er hatte einen schönen schwarzen Haarschopf und zwei Zähne, über die der Vater erstaunt mit dem Finger rieb.

»So was habe ich noch nie gesehen!«, gestand die älteste Hebamme. »Die Nabelschnur war so dick, dass wir Mühe hatten, sie zu durchtrennen.«

Paneb war wie verzaubert. Offensichtlich fiel sein Sohn nicht unter die Schwächlichen und Kränklichen.

»Bist du zufrieden mit mir?«, fragte Wahbet mit leiser, schwacher Stimme.

Der Feurige küsste sie auf die Stirn.

»Darf ich ihn halten?«

»Aber vorsichtig!«

---

* Ausdruck der Weisen, die der Meinung waren, ein unerzogenes Kind sei taub, weil ihm das »Ohr, das er auf dem Rücken trägt« noch nicht mit dem Stock, *medu,* geöffnet wurde. Der Erzieher verpasst ihm die notwendigen Prügel, damit er die Reise durchs Leben unternehmen kann.

»Das wird sicher ein Raufbold!«

Die Frau vererbte dem Kind das Fleisch, der Vater die Knochen, und im Knochenmark eines Jungen bildete sich das Sperma. So schwer wie die Knochen des Säuglings jetzt schon waren, war Paneb über dessen künftige Fähigkeiten als Erzeuger vollauf beruhigt.

Ubechet schenkte der jungen Mutter Honig und einen Kuchen zur Geburt, »das süße Auge des Horus«. Eine Priesterin mahlte Papyrusstängel zu einem feinen Pulver, das sie der Muttermilch beimischte, und fütterte den Säugling, der später von einer Amme mit üppigen Brüsten gestillt würde.

»Haben sie alle Vorsicht walten lassen?«, fragte Paneb.

Ubechet legte dem Neugeborenen ein dünnes, siebenmal geknotetes Band um den Hals, an dem eine kleine Knoblauchzehe, ein Stück Zwiebel und ein winziger, zusammengefalteter Papyrus hingen, der mit Bannsprüchen gegen die Mächte des Bösen beschrieben war.

»Nur das Licht kann das Kind vor dem Tod retten, der wie ein Dieb herbeischleicht«, sagte sie. »Kein Dämon soll aus der Dunkelheit auftauchen und es rauben, denn wir lassen nachts immer eine Lampe brennen und wachen über den Kleinen.«

Paneb war beruhigt und sprach sogleich ein wichtiges Thema an.

»Welchen Namen sollen wir ihm denn geben, Wahbet?«

Die Wahl lag bei der Mutter. Sie konnte ihm einen Namen geben, den er die ersten Jahre seiner Kindheit tragen würde, und sich noch einen weiteren Namen ausdenken, den sie geheim hielt und dem Sohn erst offenbarte, wenn er tatsächlich die Charaktereigenschaften zeigte, die der Name bezeichnete.

»Ein Name reicht«, entschied Wahbet die Reine. »Unser Sohn wird Aperti* heißen – der Kraftvolle.«

Mitten in der Nacht ertönte ohrenbetäubender Lärm. Erst war die tiefe Stimme eines Betrunkenen zu hören, dann ein zweiter Mann, der noch mehr lallte, und schließlich ein dritter, der in das anstößi-

* Ägyptisch *'aa-pehti,* der Gewaltige, der Kraftvolle, Beiname des Seth.

ge Gegröle seiner beiden Kumpane einfiel und alles noch schlimmer machte.

Die drei Nachtschwärmer schrien ihre Liebe zum Wein, zu den Frauen und der Freiheit so laut hinaus, dass die Bewohner der Nekropole aufwachten. Die Kinder brüllten, die Hunde bellten.

Verärgert ging Paihs Frau hinaus, um zu sehen, wer die Unruhestifter waren, und um ihnen zu sagen, dass sie still sein sollten.

Sie staunte nicht schlecht, als sie ihren Mann keuchend an Panebs Arm hängen sah, auch Renupe der Heitere konnte sich ohne die Hilfe des Kolosses nicht mehr aufrecht halten.

Der Anblick seiner Frau erschreckte Paih so sehr, dass er auf den Boden plumpste wie ein nasser Sack.

»Ich kann dir alles erklären ... Wir haben die Geburt von Panebs Sohn gefeiert, und ich –«

»Du gehst jetzt sofort nach Hause!«

»Wir sind freie Männer«, wandte Renupe stolz ein, »und unser Fest ist noch nicht zu Ende.«

Die Frau verpasste dem Bildhauer, der außer Stande war, sich zu wehren, eine Ohrfeige und packte ihren Mann am Kragen, dabei kniff sie ihn so, dass ihm ein Schmerzensschrei entfuhr.

Paneb brach in schallendes Gelächter aus, er fing wieder an zu singen und leerte einen weiteren Krug Wein. Vor Türkis' Haus blieb er stehen.

Da kam ihm eine lustige Idee. Er würde die Nekropole in Staunen versetzen und zeigen, was er konnte.

Als die schöne Türkis die Tür öffnete, sah sie sich einer großen Menschenmenge gegenüber. Alle bewunderten das lebensgroße Porträt, das Paneb von seiner Geliebten gemalt hatte, nun lag er mitten auf der Gasse und schlief. Er hatte Türkis als nackte Lautenspielerin dargestellt, bekleidet nur mit einem schmalen Perlengürtel, der so zierlich war, dass er den schönen Körper der jungen Frau nur noch betonte.

Das Bild wurde mit Kommentaren bedacht, die alles andere als anerkennend waren. Die Leute beschuldigten Paneb eines »feurigen Mundes« und brennenden Herzens. Nacht der Starke machte sich auch schon daran, das skandalöse Werk abzuwischen.

»Wisst ihr, welche Schandtaten er begangen hat?«, rief eine Priesterin. »Er hat den Wein von den Opfertafeln der Toten gestohlen!«

»Hört auf, solchen Unsinn zu behaupten!«, schritt Türkis ein. »Was er getrunken hat, stammt alles aus meinem Keller. Und nur eine Person könnte über sein Bild erzürnt sein, nämlich ich! Aber ich bin es nicht. Seit wann ist Feiern ein Verbrechen?«

»So eine Art von Feier ist allerdings ein Verbrechen!«, widersprach Paihs Frau. »Bis jetzt hat das Dorf in Frieden gelebt, und Paneb darf es mit seinen Überspanntheiten nicht in Aufruhr bringen!«

»Warst du denn niemals jung?«, fragte Türkis.

»Jedenfalls habe ich mich noch nie betrunken, bis ich den Verstand verloren habe! Und darauf bin ich stolz. Dieser Strolch verdient nicht die geringste Nachsicht!«

Da kam Sched der Retter. Wie immer war er parfümiert und tadellos rasiert.

»Vergesst nicht, dass ich ihn zu meinem Gesellen gemacht habe und dass wichtige Arbeit auf ihn wartet. Ich denke, wir sollten diesen Vorfall einfach vergessen.«

Zwischen den Dorfbewohnern entwickelte sich eine lebhafte Debatte, deren Ende voraussehbar war. Kasa der Seiler mischte sich ein:

»Rufen wir den Baumeister. Er wird wissen, was zu tun ist.«

Nefer der Schweigsame hatte bis spät in die Nacht am Plan von Merenptahs Grab gearbeitet. Nun kam er gerade rechtzeitig zum Ort des Geschehens.

Bei den vielen widersprüchlichen Aussagen hatte der Baumeister einige Mühe, sich eine eigene Meinung zu bilden. Nur Türkis' kurze, knappe Schilderung half ihm weiter.

»Geht nach Hause und lasst mich mit Paneb allein«, ordnete er an.

Beim Anblick von Nefers wütender Miene war sich Paihs Frau sicher, dass dem Feurigen eine schwierige Viertelstunde bevorstand.

Mit einer Schüssel aus gebranntem Ton schöpfte der Baumeister Wasser aus einem großen Krug und bespritzte Panebs Gesicht, der trotz des Gezeters immer noch seelenruhig schlief.

Der Feurige erwachte sogleich, richtete sich auf und nahm Kampfhaltung an.

»Wer wagt es –«

»Der Vorarbeiter deiner Mannschaft wagt es, Paneb. Ihm schuldest du Achtung und Gehorsam.«

23

Trotz seiner Kopfschmerzen stand Paneb auf und lehnte sich an die Mauer von Türkis' Haus.

»Warum habt ihr das Bild abgewischt?«, fragte er beleidigt.

»Weil die Fassaden unserer Häuser weiß bleiben müssen. Vielleicht erinnerst du dich ja, dass du selbst sie gekalkt hast. Man kann doch nicht zulassen, dass sie mit Schmierereien besudelt werden.«

Paneb warf seinen Pinsel in die Luft.

»Ich will die ganze Erde, den Himmel und die Sterne erobern, ich will sie in meinen Bildern einfangen und die allerverborgenste Welt zum Vorschein bringen, ich will sie zum Schwingen bringen und heiß machen wie den Körper einer verliebten Frau! Und ich male, wo ich will! Auch auf einer Hausmauer.«

»Nein, Paneb!«

Der immer noch verschwommene Blick des jungen Riesen trotzte dem festen Blick Nefers des Schweigsamen.

»Was heißt hier ›nein‹? Du wirst mir ganz bestimmt nicht vorschreiben, was ich zu tun habe!«

»Ich bin der Vorarbeiter der Mannschaft und ich kann dich wegen schwerer Vergehen aus der Bruderschaft ausschließen. Dem Baumeister den Gehorsam zu verweigern, ist zum Beispiel so ein Vergehen.«

Bei dieser Drohung wurde der Feurige wieder nüchtern.

»Das meinst du nicht im Ernst...«

»Doch, das meine ich sogar sehr ernst. Auch wenn uns manche Ereignisse unter die Haut gehen, im Guten wie im Schlechten, dürfen wir uns dennoch nicht aufführen wie Normalsterbliche; wir müssen uns der Bruderschaft würdig erweisen. Darum ist dein Verhalten nicht tragbar.«

»Anders gesagt, du bist nicht mehr mein Freund.«

»Der Bienenstock ist wichtiger als die Biene, Paneb. Die Gemeinschaft ist auch wichtiger als freundschaftliche Beziehungen und persönliche Vorlieben. Du zwingst mich, als Baumeister zu handeln, und ich werde mich nicht vor dieser Pflicht drücken, egal, was es mich kostet.«

Paneb ballte die Fäuste.

»Das Bild der nackten Musikantin wurde abgewischt, die Mauer ist wieder weiß. Was kannst du mir noch vorwerfen?«

»Trunkenheit, Ruhestörung und Verlust der Selbstkontrolle. Wann wirst du endlich begreifen, dass du am Großen Werk teilhast?«

»Das Große Werk ist deine Sache! Ich bin nur Scheds Geselle.«

»Du irrst, Paneb. Alle Nekropolenbewohner haben in unterschiedlichem Ausmaß teil an diesem Abenteuer. Und wie groß deine Begabung auch sein mag – ich werde dir nicht erlauben, sie im Alleingang zur Schau zu stellen!«

Der Feurige merkte, dass Nefer nicht scherzte.

»Weißt du denn überhaupt, was in mir brodelt und kocht? Weißt du, dass ich Dutzende von Kostbaren Wohnungen ausmalen könnte, ohne im Geringsten müde zu werden?«

»Das freut mich für dich. Doch erst mal musst du deine Strafe annehmen oder du verlässt die Stätte der Wahrheit.«

Paneb drehte seinem Richter den Rücken zu.

»Wird diese Strafe meine Ehre angreifen?«

»Du kennst mich schlecht, Malergeselle. Selbst eine Strafe muss der Bruderschaft nützen.«

Mehi arbeitete schnell und gut. Dank seiner ausgezeichneten Kenntnis der Armee und der Verwaltung konnte er ein sehr effizientes Netz knüpfen, über das er ein Maximum an vertraulichen Informationen beziehen und Entwicklungen einschätzen konnte, ohne sich groß zu verkalkulieren.

Der General forderte strengste Disziplin. Er umgab sich mit skrupellosen Männern, denen er beträchtliche Vorteile versprach, wenn sie zu seiner Zufriedenheit handelten. Doch er hielt seine Versprechen nicht, er erklärte den Leuten stattdessen, warum er sein Wort nicht halten konnte, und erneuerte seine Versprechen.

In dieser raffinierten Kunst war er inzwischen Meister, hinzu kamen noch seine verleumderischen Behauptungen, die er Tag für Tag durchsickern ließ. So konnte er seine Mitarbeiter gegeneinander ausspielen und eine Atmosphäre allgemeinen Misstrauens schaffen, die er bestens auszunützen verstand, wenn es darum ging, die Verantwortung für einen Fehlschlag oder ein falsches Manöver dem einen oder dem anderen anzulasten.

Mehi log, ohne mit der Wimper zu zucken, und er tat es so überzeugend, dass er den Zusammenhalt seiner Verhandlungspartner untergrub. Und da er im Gegensatz zu den meisten anderen Amtsinhabern sehr viel arbeitete, hatte er genaue Kenntnis der Akten und fürchtete keinerlei Kritik.

Doch einige ranghohe Hauptleute hatten immer wieder Anwandlungen von Integrität und Scharfblick, die sich als bedrohlich erweisen konnten. Mehi hielt sie unter scharfer Beobachtung. Nach Rücksprache mit seiner reizenden geliebten Frau lud er diese Männer sogar zu Tisch. Serketa hatte inzwischen so viel Spaß am Töten gefunden, dass sie nicht eine Sekunde zögern würde, sollte es wieder erforderlich werden. Mit einer so fähigen Verbündeten konnte Mehi drohende Probleme im Keim ersticken.

Nach seiner Rückkehr aus der Hauptstadt meldete sich der Hauptmann der thebanischen Eskorte, die die königliche Leibwache nach Pi-Ramses begleitet hatte, bei seinem Vorgesetzten.

»Wie war die Reise?«

»Ausgezeichnet, General. Kein einziger Zwischenfall. Das Land ist ruhig, die Flottille des Pharaos wurde auf der ganzen Fahrt bejubelt, und Merenptah ist in bester gesundheitlicher Verfassung in der Hauptstadt angekommen.«

»Wie fandest du die große Stadt im Norden?«

»Um offen zu sein, General, sie ist weniger beeindruckend als Theben. Die Tempel und Paläste sind natürlich grandios, aber es fehlt ihnen die Dauer, die den Ruhm unserer Stadt ausmacht. Nichts reicht an Karnak heran!«

»Konntest du dir Informationen über das politische Klima verschaffen?«

»Die Stimmung ist angespannt. Niemand streitet dem Pharao die Fähigkeit zu regieren ab, doch es mehren sich schon schwere

Bedenken im Hinblick auf seine Regierungszeit, die aufgrund seines Alters nicht von langer Dauer sein kann.«

»Die Leute scheinen zu vergessen, dass Merenptah der Sohn Ramses' des Großen ist und genauso alt werden könnte wie sein Vater.«

»Das scheinen sie wirklich zu vergessen. Zwei ernst zu nehmende Nachfolger plänkeln schon miteinander: Merenptahs Sohn Sethos und dessen Stiefbruder, der Hitzkopf Amenmesse, der sich offenbar nicht aufhalten lassen will.«

»Über diese beiden brauche ich so viele Informationen wie möglich«, verlangte Mehi.

»Wir haben ein paar gute Freunde in Pi-Ramses, aus Theben gebürtige Hauptleute.«

»War die vorzeitige Rückkehr des Königs durch einen Umsturzversuch verursacht?«

»In der Hauptstadt hatte sich das Gerücht verbreitet, dass Merenptah in Theben verschieden sei. Daraufhin hat Amenmesse behauptet, Sethos sei angeschlagen und könne den Thron nicht besteigen. Die königlichen Briefboten haben zwar Sendschreiben gebracht und das Gerücht entkräftet, doch es hielt sich weiterhin hartnäckig, und der König musste in aller Eile zurückkehren und beweisen, dass er noch am Leben ist. Nun scheint alles wieder in Ordnung zu sein, doch Merenptah wird große Schwierigkeiten haben, seiner Autorität Geltung zu verschaffen und die Intrigenspiele zu durchkreuzen.«

Mehi verstand. Deshalb also hatte Merenptah so großen Wert auf die völlige Unterwerfung Thebens gelegt. Wenn Theben sich erheben sollte – hätte der Pharao überhaupt die Mittel, die Ordnung wiederherzustellen?

»Noch etwas, General – alle Truppen an der West- und an der Nordostgrenze wurden in Alarmbereitschaft versetzt.«

»Das ist eine äußerst wichtige Information! Warum hast du mir das nicht gleich gesagt!«, tobte Mehi.

»Weil es sich laut Aussagen nur um ein Übungsmanöver handelt. Merenptah wollte sich vergewissern, dass seine Befehle korrekt weitergeleitet und ausgeführt werden. Offenbar hat alles tadellos funktioniert.«

»Trotzdem ... Könnte sich dahinter nicht eine drohende Invasion verbergen?«

»Nein. Die Lage ist friedlich. Am Horizont zeichnen sich keine kriegerischen Auseinandersetzungen ab. Dennoch meinen einige Kommandanten, dass das Kriegsgerät veraltet sei, dass es zu wenige gute Soldaten gebe und dass der ägyptischen Armee während der langen Zeit des Friedens der Kampfgeist abhanden gekommen sei.«

»Darum werde ich nun zahlreiche Veränderungen bei den thebanischen Truppen einleiten.«

»Die Elitetruppen, die im Fall eines Angriffs mit der Verteidigung der Grenzen betraut sind, befinden sich zwar in Pi-Ramses, aber möglicherweise sind sie nicht genug gedrillt. Doch Ägypten wird nicht ernsthaft bedroht, der Frieden, den Ramses der Große geschaffen hat, wird fortdauern.«

Da war Mehi ganz anderer Meinung: Ramses war tot, und mit ihm war auch sein Zauber gestorben. Bald würde in den Libyern, den Syrern und den Asiaten wieder die Kriegslust erwachen, und ein ältlicher Merenptah könnte dem Expansionsdrang und dem Rachedurst dieser kriegerischen Völker nichts entgegensetzen, die Ramses so geschickt unterjocht hatte.

Mehi konnte nun die letzten Friedensjahre ausnützen und die thebanischen Streitkräfte auf Vordermann bringen. Eines Tages würden seine Truppen die letzte Rettung für das Land sein, und er, Mehi, stände als Retter da ...

»Was spricht man über die Königin?«, fragte er.

»Sie ist ihrem Gemahl treu, es gibt keinerlei Missklang zwischen den beiden. Das Band ihrer Ehe ist sehr fest, Merenptah hat nie das geringste Interesse an den schönen jungen Hofdamen gezeigt. Er ist seinem Naturell gemäß sich selbst gegenüber streng, arbeitet fleißig und beehrt nur selten ein Festmahl mit seiner Anwesenheit. Da er nun König ist und die Last seiner Verantwortung sich noch vergrößert hat, kann man sich leicht vorstellen, dass er sich nicht einmal mehr das Vergnügen einer Schifffahrt im Delta gönnt.«

Schade, dachte Mehi. Einer mittelmäßigen, aber hinterhältigen Königin hätte man sich mit einigem Gewinn bedienen können.

»Und der Hofstaat der Königin?«

»Iset die Schöne regiert ihr Haus schon seit vielen Jahren und – früher mit Ramses' Zustimmung – mit eiserner Hand. Nie ist ein Skandal am Hof ruchbar geworden. Die Große königliche Gemahlin hat den Ruf einer ausgezeichneten Herrin, niemand würde wagen, sie für seine Ziele zu missbrauchen.«

In Mehis Augen enthielt dieser Bericht eine Menge interessanter Punkte, und je nachdem, wie die Ereignisse sich entwickelten, würde er sie für sich auszunützen wissen. Doch er wollte nicht einfach nur abwarten. Er würde die alten Mängel vergrößern und neue Schwachstellen aufdecken, und dabei hatte er eine Frage im Sinn: Welche Haltung sollte er gegenüber der Stätte der Wahrheit einnehmen?

24

Sobek liebte seine Arbeit; er war ein guter Wächter. Und wie jeder gute Wachmann hatte er ein untrügliches Gespür für Gefahr. Nun spürte er, dass sie ganz nahe war, sogar schon im Inneren der Stätte der Wahrheit. Zehn Jahre hatte er vergebens ermittelt, doch sein Wunsch war so stark wie ehedem, den Mörder des nubischen Wachpostens und den Mann zu finden, der Nefer dem Schweigsamen schaden wollte. Es beschäftigte ihn über die Maßen, dass sich dieser Übeltäter vermutlich im Dorf verbarg und Nefers rechter Mannschaft angehörte.

Hatte der Verbrecher nach Ramses' Tod und Nefers Ernennung zum Baumeister beschlossen, nun für immer stillzuhalten? Sobek bezweifelte es. Dieser Dämon verfolgte geduldig und entschlossen ein ganz bestimmtes Ziel.

Nefer war in größerer Gefahr denn je.

Der Verräter musste auf jeden Fall Komplizen außerhalb der Stätte der Wahrheit haben, wie zum Beispiel diesen Abri, der sich nicht selbst umgebracht hatte, sondern beseitigt worden war, damit er nicht mehr reden konnte. Abri, der Oberste Verwalter des Westufers, der ausersehen gewesen war, die Stätte der Wahrheit zu schützen! Deutlicher konnte das Ausmaß der Gefahr nicht werden. Mit Abris Tod verlor sich zwar die wichtigste Spur, doch Sobek hoffte, dass er die Fäden des Komplotts wieder aufnehmen könnte, wenn er jenen Handwerker fand, der seinen Schwur gebrochen hatte.

Und so hatte der Nubier eine Entscheidung getroffen, die er niemandem mitteilte. Mit allen ihm zur Verfügung stehenden Mittel wollte er jedem einzelnen Mitglied der rechten Mannschaft auf den Fersen bleiben. Sollte sich in deren Mitte ein Verbrecher verbergen, würde dieser früher oder später einen Fehler machen.

Das war die einzige Chance, ihn zu überführen, und diese Chance würde Sobek nicht verpassen.

»Oberster, der Esel ist da«, meldete der Wachhabende.

»Der Esel? Welcher Esel?«

»Nun, wohl der, den Ihr angefordert habt.«

»Ach so, ja, stimmt. Sag dem Händler, dass ich in einer Woche bezahle.«

Sobek nahm die Meldungen seiner Leute entgegen, die ihm keine Zwischenfälle anzeigten. Das Tal der Könige war gut bewacht, keine verdächtige Person hatte sich genähert. Dann beklagten sich die Wachen über die langen Arbeitszeiten, die ihnen auferlegt worden waren, obwohl die Lage ruhig schien. Außerdem war die Mehrarbeit außerordentlich schlecht bezahlt.

Der Oberste Wächter bekam einen Wutanfall.

»Was glaubt ihr eigentlich, wo ihr hier seid, ihr Idioten? Ihr seid nicht für die Bewachung eines Kornspeichers zuständig, sondern für den Schutz der Stätte der Wahrheit! Der Nekropole zu dienen ist eine Ehre. Und wer das nicht begreift, kann auf der Stelle sein Rücktrittsgesuch bei mir einreichen!«

Der Groll verflog, und alle gingen wieder auf ihre Posten zurück. Sobek sah sich den Esel an.

»Wie viel wollte der Händler für das Tier?«

»Ein Stück Tuch, ein Paar Sandalen, einen Sack Roggen und einen Sack Weizenmehl«, antwortete der Wachhabende.

»Will er sich über mich lustig machen? Dieses arme Tier ist alt und krank, auf den Bergpfaden wird es zusammenbrechen. Bring den Esel zu einem Palmenhain, wo er in Frieden seine Tage beschließen kann.«

Der Viehhändler verneigte sich vor Mehi.

»Ich habe Eure Anweisungen befolgt.«

»Hast du dem Obersten Wächter ein altes Tier geliefert?«

»So alt, dass es kaum noch laufen kann.«

»Hast du einen guten Preis verlangt?«

»Den Preis für einen Esel von guter Gesundheit.«

»Wurde der Lieferschein registriert?«

»Natürlich. Doch das Tier ist dort als kräftig beschrieben. Mehrere Zeugen haben das bestätigt, als der Esel von meiner Koppel geholt wurde.«

»Sehr gut, sehr gut ... Sobek muss also zahlen. Aber bedränge ihn nicht, lass ein bisschen Zeit vergehen. Ich habe gute Nachrichten für dich, Händler – die Verwaltung bestellt hundert Esel bei dir. Die Tiere müssen robust sein und nicht zu teuer, denn um die Finanzen der Stadt ist es nicht zum Besten bestellt.«

Paneb hatte Tag und Nacht geschuftet, um so schnell wie möglich die Strafe abzuarbeiten, die der Baumeister ihm auferlegt hatte. Doch dabei hatte er auch eine neue Technik erlernt, nämlich die Bearbeitung von Stelen, und er hatte seinen Malstil vervollkommnen können.

Da Türkis' Wein hervorragend gewesen war, hatten seine Kopfschmerzen nicht lange angehalten, und da Aperti sich gut entwickelte und dessen Mutter sich bester Gesundheit erfreute, hatte er keinen Augenblick lang die kleine Feier bereut, die immer noch die Gemüter in der Nekropole erhitzte und ihm schwere Vorwürfe eintrug. Damit er sich das Gerede nicht mehr anhören musste, zog er sich in seine Werkstatt zurück.

Als Nefer der Schweigsame seinen Malergesellen besuchte, war er gerade dabei, auf das Ohr des Osiris einen letzten Hauch Grün aufzutragen.

Hunderte Ohren hatte er gemalt und skulpiert – schwarze Ohren wie die der erlauchten Königin Ahmose-Nefertari, der Begründerin des Tempelharims der Hathor an der Stätte der Wahrheit; gelbe Ohren für ihren Sohn Amenhophis, der von den Handwerkern verehrt wurde; dunkelblaue Ohren, die an den Himmel erinnerten, wo die Luft strömte, der Odem der Götter; Ohren aus Kalkstein, die eine halbe Spanne lang, eine Viertel Spanne breit und zwei Finger dick waren; Ohren, die bossiert oder aus dem Stein gehöhlt waren und Stelen für die Kapellen schmückten.

»Ich habe nur zehn Paar Ohren als Opfergabe für den Tempel verlangt«, mahnte der Baumeister.

»Ich habe Geschmack dran gefunden ... Und mit all diesen Ohren müssten die Götter die Gebete des ganzen Dorfes erhören.«

»Die Magie funktioniert in zwei Richtungen, Paneb. Die Götter müssen uns natürlich erhören, aber wir müssen ihnen auch gehorchen – du ganz besonders! Hast du vergessen, dass ein Handwerker an der Stätte der Wahrheit einer ist, ›der den Ruf vernommen hat‹? Wenn du nur auf dich selbst hörst, läufst du Gefahr, dem Geist der Stätte der Wahrheit gegenüber taub zu werden.«

»›Zuhören ist besser als alles andere.‹ … Aber seit zehn Jahren mache ich nichts anderes!«

»Erstens übertreibst du, zweitens – glaubst du, dass für einen Handwerker je der Tag kommt, an dem er nicht mehr zuhören muss?«

»Hör mit deinen Moralpredigten auf! Sag mir lieber, ob ich diese Ohren selbst darbringen soll?«

»Was hast du denn gedacht?«

Nacht der Starke unterbrach die beiden Männer.

»Eine Tragödie!«, keuchte er. »Eine schreckliche Tragödie! Das Kind … Es ist tot!«

Paneb flog wie ein Pfeil von der Werkstatt zu seinem Haus.

Warum schlug ihn das Schicksal auf so grausame Weise? Sich zu betrinken war doch kein so schweres Vergehen gegen die Götter! Gut, er war zu stolz auf seine Begabung gewesen, und das war ihm eben in den letzten Wochen zu Kopf gestiegen, doch warum musste das Kind dafür büßen?

Wahbet die Reine ruhte im vorderen Zimmer.

»Paneb! Du bist ja völlig aufgelöst!«

»Wie konnte das passieren?«

»Wovon redest du?«

Er packte sie an den Schultern. »Sag es mir, Wahbet, ich will es wissen!«

»Aber – aber was denn?«

»Mein Sohn! Wie ist er gestorben?«

»Was sind denn das für Geschichten? Die Amme stillt ihn gerade.«

Paneb stürzte ins zweite Zimmer. Aperti saugte gierig und ohne Atem zu holen an der Brust.

»Er hat schon zugenommen«, sagte die Amme. »Ihr habt wirklich einen Prachtjungen!«

Wahbet fuhr ihren Mann an: »Was redest du da von einem toten Kind?«

»Nacht hat mich benachrichtigt.«

Fassungslos versammelten sich die Leute am Ort des Dramas. Die Weise, die zu dem Notfall gerufen worden war, konnte nur noch den Tod des kleinen Jungen feststellen. Er hatte ein Mädchen beeindrucken wollen und war am Rand einer Dachterrasse balanciert. Dabei war er mit dem Kopf voraus herabgestürzt, und das Schicksal hatte gewollt, dass er auf eine Treppe aufschlug.

Niemand traute sich, das tote Kind zu berühren. Schließlich hob Paneb den kleinen, verrenkten Körper sachte auf und drückte ihn an die Brust, als würde das Kind nur schlafen.

Ein Mann trat mit schmerzverzerrtem Gesicht aus der Menge vor. Es war Thuti, der Goldschmied.

»Das ist mein Sohn, mein zweiter Sohn ... Er war erst fünf Jahre alt.«

»Willst du ihn halten?«

»Nein, Paneb, dazu habe ich nicht die Kraft. Ich danke dir für deine Hilfe, ich danke dir von ganzem Herzen.«

Die Weise kümmerte sich um die Mutter, die ohnmächtig geworden war. Der Baumeister hatte das Sternengewand des Vorlesepriesters angelegt und bat ein paar Handwerker, sich zu reinigen und ihm bei der Bestattung zur Hand zu gehen.

Immer noch schockiert begaben sich die Dorfbewohner in einer Prozession zum Friedhof im Ostteil der Stätte der Wahrheit, wo die toten Kleinkinder begraben wurden. Die Amphoren bargen Föten und tot Geborene, in runden und ovalen Körben lagen Säuglinge, die der Tod dem Leben entrissen hatte, indem er die schützenden Kräfte überwunden hatte.

Didia der Großzügige hatte für Thutis Sohn eine kleine rechteckige Truhe aus Sykomorenholz mit flachem Deckel aus seiner Werkstatt geholt.

Während Nefer der Schweigsame das Ritual leitete und verkündete, dass der Kleine in den großen Körper seiner himmlischen Mutter zurückkehren würde, wickelte Paneb den Leichnam in ein Leinentuch und bettete ihn in den Sarg. Türkis hatte zwei Schüsseln mit Brot, Trauben und Datteln dargebracht, die dem

Kleinen auf seinem Weg ins Binsengefilde als Proviant dienen sollten.

Dann wurde der Sarg in eine Grube gelassen. Der Gott der Erde würde ihn aufnehmen und ihn in eine Barke verwandeln, die auf den Wassern der Ewigkeit schaukelte.

Gemäß der Überlieferung waren die Handwerker an der Stätte der Wahrheit auch Priester, sie brauchten keine Hilfe von außen. Die ganze Nekropole trug Trauer, und keiner würde je Panebs Tränen vergessen, der bis zum letzten Moment, als er sich von dem Kleinen trennen musste, glauben wollte, dass seine Wärme und seine Kraft den Jungen ins Leben zurückholen könnten.

25

Meine Geduld ist erschöpft, Mehi! Es gibt keinen Grund, mich weiter hinzuhalten!«

Der kleine dicke, bärtige Mann, der es wagte, den General so anzufahren, hieß Dakter. Er war der Sohn eines griechischen Mathematikers und einer Naturkundigen aus Persien. Mit seinen angriffslustig funkelnden schwarzen Augen, seinen roten Haaren und den kurzen Beinen sah er wenig sympathisch und alles andere als attraktiv aus.

Der Vorsteher des Großen Lebenshauses von Theben, das sich am Westufer unweit der Stätte der Wahrheit befand, hatte ein großes Ziel: Er wollte das alte Ägypten in das Zeitalter der Wissenschaft und des Fortschritts führen, seine überkommenen Glaubensvorstellungen wie Unkraut ausreißen und die unerschöpflichen Möglichkeiten des Landes nutzen. Indem Dakter sich die Ideen anderer übernommen hatte, war er ein angesehener Gelehrter geworden, auf dessen Wort man hörte, und er wollte nun endlich seine Ansichten verbreiten und die Natur dem Menschen dienstbar machen.

Doch dazu fehlten ihm noch zwei entscheidende Dinge – die Unterstützung eines hochrangigen Politikers und die Kenntnis der Geheimnisse der Stätte der Wahrheit. Mehi war der einzige Ägypter, der ihm zu seinem Ziel verhelfen konnte. Denn so spektakulär wie Mehis gesellschaftlicher Aufstieg, so brennend war sein Wunsch, sich der Schätze der Bruderschaft zu bemächtigen, die es – laut Mehi, der sie gesehen hatte – wirklich und wahrhaftig gab.

Doch Dakters Beschützer und Verbündeter ließ ihn als unbedeutende Existenz dahinvegetieren, und trotz seiner wichtigen Position konnte Dakter seine begnadeten Talente immer noch nicht voll entfalten.

Mehi lächelte Dakter an.

»Du fühlst dich vergessen, nicht wahr?«

»Genauso ist es!«

»Du irrst. Im Moment habe ich einfach andere Prioritäten.«

»Aber die Wissenschaft –«

»Die Wissenschaft ist nicht unabhängig von der Macht und das wird sie auch nie sein. Ramses' Tod und seine Folgen erscheinen mir sehr viel wichtiger als deine Anliegen.«

»Das mag durchaus sein. Aber Ihr seid jetzt General und Oberster Verwalter West-Thebens, und ich sehe keinen Grund, warum Ihr nicht endlich gewisse Maßnahmen ergreifen könnt.«

»Du bist ein Genie, Dakter, und zusammen werden wir die grandiosesten Pläne verwirklichen, doch du kennst Ägypten schlecht. Natürlich bin ich der heimliche Herr über das reiche, mächtige Theben, aber ich bin gleichzeitig zum Beschützer der Stätte der Wahrheit bestellt. Pharao höchstselbst verlangt Rechenschaft von mir.«

»Heißt das ... heißt das, Euch sind die Hände gebunden?«

»Ganz und gar nicht, mein lieber Freund! Aber wir müssen schlau und verschlagen sein wie die Füchse.«

Enttäuscht sank der Gelehrte in sich zusammen.

»Wir werden also die Geheimnisse dieser vermaledeiten Bruderschaft nicht erfahren ...«

»Für einen Mann, der solche Geduld bewiesen hat, verlierst du ziemlich schnell die Hoffnung!«

»Ich sehe nur klar. Eure Ernennung verurteilt Euch zur Ohnmacht.«

»Du solltest wissen, dass ich niemals zurückstecke und dass ich die Umstände besser ausnütze als jeder andere. Die Macht, über die ich verfüge, bringt uns nur Vorteile, keine Unannehmlichkeiten.«

»Aber wie wollt Ihr dann vorgehen?«

»Zunächst will ich mich ein paar lästiger Personen entledigen, zum Beispiel des Obersten Sobek, den ich vergeblich zu bestechen versucht habe. Ein Gerichtsverfahren wird seine Amtsenthebung zur Folge haben und die Nekropole endlich von seiner unüberwindlichen Sicherheitssperre befreien. Dann habe ich vor, den Schreiber des Grabes und den Baumeister zu zwingen, ihren Verpflichtungen nachzukommen. Hast du mir nicht von einer ganz besonderen Expedition erzählt, die in regelmäßigen Abständen unternommen werden muss?«

»Doch. Und ich habe keine Ahnung, warum die Handwerker immer noch daran teilhaben müssen.«

»Das Ende von Ramses' Herrschaft und der Beginn von Merenptahs Regierungszeit haben die Gewohnheiten etwas durcheinander gebracht, aber es ist meine Aufgabe, die Ordnung wiederherzustellen. Als Vorsteher des Lebenshauses fehlt dir bestimmt Bleiglanz und Bitumen.«

Dakters sauertöpfische Miene hellte sich auf.

»Ihr bekommt schon morgen einen ausführlichen Bericht samt einer dringenden Anfrage nach neuen Vorräten.«

»Reist du gerne, mein Freund?«

»Ich scheue mich jedenfalls nicht davor.«

»Dann wirst du der Kopf dieser Expedition sein, Dakter. So bekommst du alles unter Kontrolle.«

Die Handwerker an der Stätte der Wahrheit waren in zwei Gruppen unterteilt: die einen, die ein Handwerk ausübten und es zur Perfektion brachten, ohne jedoch »bei Gott eingeführt« zu sein, und jene, die wie Nefer der Schweigsame in die Mysterien der Goldenen Kammer eingeweiht waren und den heiligen Dienst versehen konnten wie die Amun-Priester zu Karnak.

Der Baumeister, der gleichzeitig Handwerker und Eingeweihter war, begab sich jeden Tag zum Tempel und erfüllte dort eine sehr wichtige Aufgabe, nämlich die Enthüllung des göttlichen Lichts, das Holz, Stein und andere Materialien mit Leben beseelte.

Bevor er das Heiligtum betrat, unterzog er sich dem Reinigungsritual. Dabei dachte er über die Eigenschaften nach, die ein Weiser haben musste. Er musste tun, was recht und gerecht war, er musste ehrlich sein, ruhig und schweigsam, er musste charakterfest sein und das Glück wie auch das Unglück ertragen können, er musste ein waches Herz und eine scharfe Zunge haben. Von all dem war er noch weit entfernt, und doch würde er genau diese Eigenschaften brauchen, um sein Amt ohne Fehl ausüben zu können.

Es gab keine andere Möglichkeit, als weiterzumachen, Tag für

Tag, und an die Bruderschaft zu denken, nicht an sich selbst. Das Morgenritual gab ihm neue Kraft, auch wenn er sich fragte, wie er die vielen verschiedenen Aufgaben erfüllen sollte.

Im Goldenen Schurz, der ihm vom Pharao übergeben worden war, trat Nefer in den Haupttempel der Stätte der Wahrheit, der Maat geweiht war, der ewigen Ordnung der Welt, und Hathor, der Göttin der Liebe und der Schöpfung – zwei Prinzipien, die sich vereinten, zwei Antlitze, die dieselbe göttliche Kraft ausstrahlten.

Das Heiligtum war die erste Insel, die aus dem Meer des Möglichen aufgetaucht war, es war das Auge des Königs, das die Welt betrachtete. Er, der sich ewig wandelte, nährte sich aus sich selbst heraus, aus dem Licht, das in den Steinen verborgen war.

Dort schwang alles, die himmlische Musik, die harmonischen Maße und Proportionen. Dort waren der Zufall und das Missgeschick ausgeschlossen, es war nur Platz für das Erhabene, das von keiner Unvollkommenheit getrübt war. In allen Teilen ähnelte der Tempel dem Himmel, er war der Sitz der Mutter aller Baumeister, ob sie nun Maat hieß, Hathor oder die Göttin der Stille. Dort gebar sie ihre Kinder im Geiste wieder.

Nefer brachte der Maat das Opfer zur selben Zeit dar, wie es auch der Pharao im großen Tempel von Pi-Ramses tat. Danach begab er sich in die Barkenhalle, der an der Stätte der Wahrheit eine besondere Bedeutung zukam, denn die Nekropole wurde mit einer großen Barke verglichen, und die Handwerker waren ihre beiden Mannschaften.

An jenem Tag der Trauer für den Goldschmied Thuti, Nefers Gefährten beim Abenteuer des Großen Werks, wollte er dessen Sohn an der großen Reise der Bruderschaft teilhaben lassen. Er zeichnete eine Sonne auf eine neue Schale, die er vor die heilige Barke stellte, deren Ruderer unvergängliche Sterne waren, und die Sterne nahmen die Seele des Jungen mit sich.

Die Morgensonne stand schon strahlend am Himmel, als der Baumeister den Tempel verließ. Die Hathor-Priesterinnen schmückten die Altäre der Vorfahren mit Blumen, die Hausfrauen schöpften frisches Wasser, überall war das Lachen der Kinder zu hören, die die Tragödie vergessen machten und der Zukunft entgegengingen.

Die Ohren-Stelen, die Paneb zu beiden Seiten des offenen Tores der Umfriedung aufgestellt hatte, entlockten Nefer ein Lächeln, während er zu seiner Werkstatt ging.

Zu seiner großen Überraschung war die Tür abgeschlossen.

Renupe der Heitere kam angerannt.

»Mach dir keine Sorgen! Alles in Ordnung!«

»Warum ist die Werkstatt noch nicht offen?«

»Es ist etwas dazwischen gekommen.«

»Ist Userhat der Löwe krank?«

»Krank? Nein, ich glaube nicht.«

»Hätte er den Schlüssel denn nicht dir geben sollen?«

»Doch, aber ... aber ... er hat ihn verloren. Und jetzt sucht er ihn natürlich. Deshalb ist er so spät dran. Sobald er ihn gefunden hat, schließt er auf, und wir können uns an die Arbeit machen.«

»Du bist ein schlechter Lügner, Renupe. Warum sagst du mir nicht die Wahrheit?«

»Es ist nichts Schlimmes!« Der Bildhauer bemühte sich, unbeschwert zu klingen. »Glaub mir! Nur ein dummes Missverständnis, das sich bestimmt bald klären wird.«

»Könntest du dich vielleicht etwas genauer ausdrücken?«

»Du kennst doch Userhat. Er ist ein schwieriger Mensch ... Von Zeit zu Zeit kriegt er eben einen schrecklichen Wutanfall.«

»Und was ist der Grund für seine Unzufriedenheit?«

»Nun ... eine kleine Meinungsverschiedenheit mit unserem Bruder Ipuhi dem Prüfenden – nichts Dramatisches, glaub mir!«

»Warum hindert denn dieser Streit Userhat daran, die Bildhauerwerkstatt aufzuschließen?«

Renupe traute sich nicht, dem Meister ins Gesicht zu sehen.

»Nun, es ist so ... Userhat weigert sich, zur Arbeit zu kommen.«

26

Im vorderen Zimmer seines komfortablen Hauses hatte Userhat der Löwe den Vorfahren gehuldigt und Blumen auf die Opfertafel gelegt. Nun vertrieb er sich die Zeit damit, ein Stück Sykomorenholz in eine Ente mit beweglichen Flügeln zu verwandeln, mit der seine beiden Töchter bestimmt stundenlang spielen würden.

»Ich habe dich schon erwartet«, sagte er zu Nefer.

»Und ich erwarte eine Erklärung!«

Userhat legte den Stechbeitel und die künftige Ente zur Seite und sah Nefer dem Schweigsamen ins Gesicht. Der massige Oberkörper des Handwerkers bebte vor Empörung.

»Ich bin der Werkstattleiter der Bildhauer der rechten Mannschaft. Und selbst die Mitbrüder der linken Mannschaft betrachten mich als ihren Meister. Nicht wahr?«

»Ja, das stimmt.«

»In diesem Fall muss ich mir Ipuhis Unverschämtheiten nicht gefallen lassen! Seit er dem Pharao den Wedel gehalten und ihm Schatten gespendet hat, glaubt dieser anmaßende Kerl, er könnte sich alles erlauben! Unter diesen Umständen lautet meine Entscheidung: Solange Ipuhi nicht aus der Bruderschaft ausgeschlossen wird, nehme ich die Arbeit nicht mehr auf und die Werkstatt der Bildhauer bleibt geschlossen!«

Nun hätte der Baumeister auch schwerstens beleidigt sein und Userhat daran erinnern können, dass sein Verhalten gegen die Vorschriften der Bruderschaft verstieß und dass er sich nicht besser aufführte als Paneb. Doch damit hätte er nur Öl ins Feuer gegossen und die Situation noch schlimmer gemacht, nun, wo er zwei große Baustätten leiten musste und dringend eine harmonische Mannschaft brauchte.

Statt dessen ließ sich Nefer auf einem Hocker nieder und versuchte, Userhat den Zahn zu ziehen.

»Was wirfst du Ipuhi vor?«

Der Meister der Bildhauer setzte sich ebenfalls.

»Weißt du, was ein gutes Schwein kostet?«

»Ungefähr zwei normale Körbe«, schätzte Nefer.

»Ich wollte drei Schweine kaufen und habe einen hohen Preis geboten – einen erstklassigen Korb! Die ganze Sache schien unter Dach und Fach, doch dann sagte der Händler plötzlich, er hätte einen besseren Kunden, der ihm ein Bett geboten habe! Stell dir das mal vor! Zwar ein einfaches Bett, aber immerhin ein Bett ... Das ist völlig überzogen und steht in keinem Verhältnis zum Wert von drei Schweinen. Und weißt du, wer dieser Ehrlose ist, der sich einen Spaß daraus macht, die Preise derart in die Höhe zu treiben? Niemand anderer als unser Bildhauer und Mitbruder Ipuhi der Prüfende! Er wusste ganz genau, dass die Schweine für mich waren, und hat sie um jeden Preis gekauft, nur um mich zu verhöhnen!«

»Nun, das kann ja sein ... Aber warum diese Feindschaft zwischen euch?«

»Weil wir unterschiedlicher Meinung waren über den Verkaufspreis einer Kalksteinstatue, die wir dem Vorsteher der Speicher von Karnak liefern sollen. Ipuhi hat in meinen Augen viel zu viel verlangt und er weigert sich, meinen Standpunkt zu akzeptieren. Ich bin aber sein Vorgesetzter, er hat mir Gehorsam zu leisten. Wenn nicht – dann ist es aus mit den Skulpturen!«

»Du hast Recht.«

Userhats Miene hellte sich auf.

»Ich hab dich immer unterstützt, Nefer, und ich bereue es nicht. Wann wirst du das Gericht zusammenrufen und Ipuhis Ausschluss verlangen?«

»Es gibt Dringenderes.«

»Ach? Und was?«

»Wir müssen dem Schweinehändler mitteilen, dass er zum letzten Mal so einen irrwitzigen Handel betrieben hat. Wenn er weiterhin Wucherpreise verlangt, kauft niemand mehr bei ihm ein. Und wenn Ipuhi sein einziger Kunde bleibt, dann ist das sein Ruin.«

»Gut, gut ... Aber was ist mit dem Preis für die Statue?«

»Wie ich gesagt habe, du hast Recht – keine Skulpturen mehr. Die Bestellung wird gestrichen, ihr liefert nicht an den Vorsteher der Speicher. Ipuhi verliert alles, und deine Ehre ist gerettet.«

»Ja, aber da machen wir doch einen großen Verlust. Vielleicht könnten wir einen Kompromiss schließen ...«

»Du? Einen Kompromiss schließen? Mit Ipuhi?«

»Natürlich nicht! Aber trotzdem ... Dein Wort hat Gewicht, du könntest mit ihm reden. Vielleicht gibt er seinen Fehler zu, dann können wir die Statue fertig stellen und sie zu dem Preis verkaufen, den du festsetzt.«

»Bist du unter diesen Bedingungen einverstanden, dich wieder mit Ipuhi zu versöhnen?«

Userhat der Löwe schenkte dem Baumeister frisches Wasser ein.

»Hm, im Grunde ist Ipuhi kein schlechter Kerl ... Aber ich bin der Meister – dass das klar ist!«

»Können wir dann die Werkstatt aufschließen?«

Userhat warf sich in die Brust.

»Das ist meine Pflicht, und ich bin stolz, sie erfüllen zu können! Aber sag mir ehrlich, Nefer ... findest du mich nicht ein bisschen eingebildet? Und vielleicht dümmer als Ipuhi?«

»Ich habe keine Lust, über euch zu urteilen, nicht über dich und auch nicht über Ipuhi. Was zählt, ist nur unser Werk!«

Unter den Augen von Nefer dem Schweigsamen sägte Renupe der Heitere Holz, während Ipuhi der Prüfende mit einem Dächsel einen Djet-Pfeiler, einen Pfeiler der Beständigkeit, ausbesserte. In einer Ecke der Werkstatt standen ein Sarkophag und eine Totenmaske.

Userhat der Löwe hatte die Rohform einer Statue fertig gestellt, die einen knieenden Würdenträger darstellte, die Hände flach an die Schenkel gelegt und den Blick zum Himmel erhoben. Nun führte er den ersten Schliff mit einer Politur aus, einer Paste aus Quarzitpuder, die er sachte auftrug.

Ihm bei der Arbeit zuzuschauen war faszinierend. Er liebkoste die Statue, flüsterte ihr Vertraulichkeiten zu über die Art und Weise, wie er ihr Leben geben würde. Dass er mit solch gleich bleibendem Rhythmus arbeitete, zeigte, dass er die vollständige Kontrolle über seine Atmung und über seine Hand hatte.

Userhat hielt Ipuhi eine Säge hin. »Jetzt du!«

Ihre Blicke begegneten sich. In Userhats Augen lag Strenge, aber keinerlei Feindseligkeit, Ipuhi sah ihn mit Achtung und Freundschaft an.

Der Prüfende sägte an den roten Linien entlang, die Userhat als Umriss der Statue auf den Kalkstein aufgetragen hatte, und entfernte den überstehenden Stein. So entstand die Form, die der Werkstattleiter der Bildhauer gewünscht hatte.

Die Geburt des betenden Mannes hatte begonnen.

Renupe nahm mit Eifer den zweiten Schliff vor; er war froh, dass seine beiden Mitbrüder wieder versöhnt waren.

»Wenn du fertig bist, höhle ich Ohren, Augen und Hände mit einem Feuersteinbohrer aus«, verkündete Userhat. »Ipuhi soll dann die Beine mit einem hohlen Kupferrohr trennen, das er in der Hand dreht. Danach werde ich selbst den letzten, feinsten Schliff vornehmen und Gesicht und Körper für die Ewigkeit herausarbeiten. Es wird eine schöne Statue, Brüder, das verspreche ich euch!«

»Beeilt euch ein bisschen!«, verlangte der Baumeister. »In den kommenden Monaten wird es euch nämlich nicht an Arbeit mangeln. Wir brauchen neue Holzstatuen für das Fest Amenhophis' I., unseres Begründers, und mehrere Kultstatuen des neuen Pharaos.«

Damit hätten die drei Bildhauer rechnen müssen, doch diesen Auftrag aus dem Mund des Baumeisters selbst zu hören, verlieh ihm ein ganz anderes Gewicht. Plötzlich standen ihnen die Größe und die Schwierigkeit des Werkes, das sie vollenden mussten, vor Augen.

»Dazu brauchen wir viele Steine erster Güte«, teilte ihm Userhat der Löwe mit.

»Ich werde noch heute die Bestellung an die königlichen Steinbrüche weitergeben«, versprach Nefer. »Ihr werdet auch neues Werkzeug bekommen und alles, was ihr sonst noch braucht.«

»Müssen wir auf freie Tage verzichten?«

»Um ehrlich zu sein, das ist durchaus möglich. Die Stätte der Wahrheit muss sich ihrem Ruf würdig erweisen, und ich habe das Gefühl, dass wir keine Zeit verlieren dürfen.«

»Dann wird es uns wenigstens nicht langweilig.« Renupe der

Heitere kratzte sich am Kopf. »Wann bekommen wir ein offizielles Porträt des Königs?«

»Ist schon da!« Der Baumeister enthüllte ein Gipsmodell, das einen strengen Merenptah darstellte, dessen edle Züge denen seines Vaters in nichts nachstanden.

»Du hast immer noch eine gute Hand«, stellte Userhat fest. »Der wahre Meister der Bildhauer bist doch immer noch du, Nefer.«

»Von dir habe ich alles gelernt, Userhat. Ich zähle auf euch – wir brauchen Kolossalstatuen, Osiris stehend, sitzend und beim Darbringen des Opfers.«

Sched der Retter kam in die Werkstatt und betrachtete interessiert die laufenden Arbeiten.

»Wie schön, wenn man fähige Mitbrüder hat!«, sagte er ein wenig herablassend. »Kann ich euch den Baumeister kurz entführen?« In Scheds Stimme lag Dringlichkeit.

Zusammen stiegen sie zu Kenhirs Grab hinauf. Sched war so elegant wie immer.

»Ich muss dir dringend Panebs neuste Glanzleistung zeigen!«

Noch eine Sorge mehr, dachte Nefer. Wie viele unangenehme Überraschungen würde dieser Tag wohl noch für ihn bereit halten?

Sched blieb vor der Wand stehen, wo Paneb die Darstellung des Priesters, der dem Ptah opferte, verändert und verbessert hatte. Aus dem Bild schimmerte ein weiches Licht, das die Feinheit der Züge und die Pracht der Farben richtig zur Geltung brachte.

»Aber – aber das ist ja wundervoll!«, urteilte Nefer.

»Nicht wahr? Ein großer Maler ist geboren!«

27

Niut die Kräftige schwang unermüdlich den Besen. Sie hatte wiederholt Sturmangriffe auf Kenhirs Schreibstube unternommen und es ihm immer schwerer gemacht, seinen Herrschaftsbereich zu verteidigen. Die kleine Hexe wurde immer selbstbewusster, sie widersprach seinen Anweisungen und manchmal hörte sie einfach nicht, was er sagte. Doch ihre Küche war weiterhin exzellent, und der Schreiber der Nekropole wusste nicht, wie er ohne sie auskommen sollte.

»Der Bote hat gerade diesen Brief für Euch gebracht.« Sie gab ihm einen Papyrus, der das Siegel des Obersten Verwalters West-Thebens trug.

Umgehend las Kenhir das Schreiben. Zwar höflich formuliert, handelte es sich doch um eine entschiedene Vorladung für den nächsten Tag.

»Ich gehe aus«, teilte der Schreiber seiner Dienerin mit.

»Aber das Mittagessen ist doch fast fertig.«

»Es wird nicht lange dauern.«

Kenhir fand den Baumeister in der Werkstatt der Bildhauer, wo er Entwürfe für Statuen studierte, die Userhat der Löwe ihm vorgelegt hatte.

»Mehi hat mich einbestellt«, sagte er.

»Etwas Ungewöhnliches?«, fragte Nefer.

»Nein, er kommt nur seinen Amtspflichten nach. Dass er sich mit mir unterhalten will, ist nicht gegen die Vorschrift, aber ich muss nicht auf seine Anfrage reagieren.«

»Wenn du diesen Mehi abblitzen lässt, könnte das unter Umständen zu unnötigen Spannungen führen.«

»Das steht zu befürchten. Nach meinen Kenntnissen erfüllt dieser Mann seine Aufgaben mit großem Können und mit großem

Ernst. Hinzu kommt, dass er uns als Erster vor möglichem Ärger mit der Verwaltung warnen kann. Wir sollten also besser seine Gunst gewinnen.«

»Du siehst aber kaum so aus, als würdest du dich auf dieses Treffen freuen.«

»Das ist wahr«, gab Kenhir zu. »Ich fürchte nämlich Forderungen von seiner Seite. Wie die meisten hohen Beamten versteht wahrscheinlich auch er nicht, welche Rolle unsere Bruderschaft spielt, und er will bestimmt das einschränken, was er als unsere ›Privilegien‹ betrachtet. Wenn das der Fall ist, wird die Unterredung ein jähes Ende finden. Dieser Mehi muss einsehen, dass er keine Macht über uns hat und dass wir ihm keinerlei Zugeständnisse machen.«

Der Türsteher von Mehis prachtvoller Villa verneigte sich vor dem Schreiber des Grabes und ließ den Hausverwalter holen, der auch sofort herbeieilte.

»Mein Herr erwartet Euch«, sagte er und verbeugte sich. »Wenn Ihr mir bitte folgen wollt.«

Der Hausverwalter ließ den Dienstboteneingang rechter Hand liegen und bog in eine geflieste Allee ein, die von Johannisbrotbäumen gesäumt war und in einen großen Garten mit einem Wasserbecken in der Mitte führte.

Kaum hatte Kenhir die Schwelle des imposanten Hauses überschritten, wurde er auch schon von zwei Dienern aufgefordert, auf einem niedrigen Stuhl Platz zu nehmen. Sie wuschen ihm Füße und Hände, trockneten ihn mit parfümierten Tüchern ab und reichten ihm ein schönes Paar Sandalen.

Schließlich ging der Hausverwalter dem Schreiber durch ein Vorzimmer voraus, dessen Decke mit Blumenmustern verziert war und von zwei Porphyrsäulen getragen wurde, und führte ihn in einen großen Saal mit vier Säulen, der mit Jagd- und Fischfangszenen im Delta geschmückt war.

»Herr, Euer Gast!«

Mehi trug ein gefälteltes Hemd von einem Schnitt, der gerade als der letzte modische Schrei in Ägypten galt, und einen langen Lendenschurz, der von einem Ledergürtel gehalten wurde. Er legte sein Schreibzeug beiseite und ging seinem Gast entgegen.

»Mein lieber Kenhir, welch eine Freude, Euch zu sehen! Ich wollte lieber hier in meinen Privaträumen mit Euch sprechen als in der etwas steifen Atmosphäre meiner Amtsstuben. Ich habe auch eine kleine Überraschung für Euch!«

Auf einem niedrigen Tisch stand eine rote Weinkanne mit der Aufschrift »Wein der Äußeren Oase, Jahr fünf des Ramses«.

Der Mundschenk goss zwei Kelche ein und verneigte sich.

»Ein außerordentliches Gewächs aus dem Jahr, als Ramses der Große bei Kadesch die Hethiter bezwang. Im Vertrauen – ich habe nur noch drei Amphoren ... Bitte, kostet!«

Kenhir setzte sich in einen Sessel, dessen Füße als Löwenpranken gestaltet waren – wie alle Einrichtungsgegenstände in diesem Haus auch dies ein erstklassig verarbeitetes Möbelstück. Der neu ernannte General liebte den Luxus und er stellte seinen Reichtum auch gerne zur Schau. Herzlich und zwanglos, wie er sich gab, fühlten sich seine Gäste bei ihm wohl. Doch bei Kenhir dem Mürrischen wirkte das nicht, auch wenn der Schreiber den ausgezeichneten Weißwein zu genießen wusste, der wunderbar fruchtig war.

»Obst oder Gebäck?«

»Ich begnüge mich mit diesem Wein – wirklich ein herrliches Tröpfchen!«

»Einem Freund eine Freude zu machen, gehört nun einmal zu den schönen Dingen des Lebens. Zum Glück leben wir in einem Land, wo man solche erstklassigen Weine zu keltern weiß. Darf ich mich nun nach Eurer Gesundheit erkundigen?«

»Ich bin kein junger Mann mehr, aber ich bin robust und leide unter keinerlei ernsthaften Gebrechen.«

»Lasst uns auf ein langes Leben trinken!«

Der zweite Kelch Wein schmeckte genauso gut wie der erste.

Wenn er vor hat, mich betrunken zu machen, dachte Kenhir, dann hat er sich getäuscht. Zumindest läuft er Gefahr, dass ich einen Großteil seiner Kellerbestände vernichte. Davon wird mich selbst die Gicht nicht abhalten!

»Ihr wisst wahrscheinlich, dass der Pharao mich mit zwei Ämtern betraut hat, zum einen bin ich General der thebanischen Truppen, zum anderen Oberster Verwalter West-Thebens. Der Pharao hat diese beiden Ämter mit nur einer Person besetzt, weil so die

Aufgabe besser erfüllt werden kann, die Sicherheit dieser außerordentlich reichen Stadt zu gewährleisten. Natürlich beabsichtige ich, meinen Auftrag ohne Tadel auszuführen. Ihr seid nun direkt betroffen, denn die Stätte der Wahrheit fällt in meinen Zuständigkeitsbereich.«

»Die Stätte der Wahrheit liegt am Westufer, doch sie untersteht allein dem Pharao«, stellte Kenhir hochmütig richtig.

»Gewiss, gewiss, mein Lieber, so besagt es die Vorschrift seit der Gründung der Nekropole. Meine Aufgabe besteht ja nur darin, sie vor jedwedem Übergriff zu schützen, indem ich mit Sobek, dem Obersten Wächter, zusammenarbeite. Ihr müsst wissen, dass Merenptah genau wie seine Vorgänger Eurer Bruderschaft größte Wertschätzung entgegenbringt und wünscht, dass sie in vollkommener Harmonie und Ungestörtheit arbeiten kann.«

»Solange Ägypten Ägypten heißt, wird das auch so sein!«, betonte Kenhir.

Mehi gelang es nicht, den alten Schreiber in angeheiterte Stimmung zu versetzen, denn Kenhir vertrug erstaunlich viel Oasenwein. Mehi hatte seinen Gegner gründlich unterschätzt.

»Leider muss ich Euch eine etwas indiskrete Frage stellen, mein Lieber.«

»Über alles, was die Arbeiten an der Stätte der Wahrheit angeht, habe ich absolutes Stillschweigen zu bewahren.«

»Ach, das ist doch gar nicht der Punkt! Es geht um meinen Vorgänger Abri. Ich muss sagen, sein tragisches Ende macht mir großes Kopfzerbrechen. Ihm oblag es, über den Frieden an der Stätte der Wahrheit zu wachen, und er hat an nichts anderes gedacht, als die Bruderschaft zu bekämpfen. Dabei ist er sogar so weit gegangen, einen Bericht zu fälschen und den König zu hintergehen! Nach einer solchen Schandtat blieb ihm natürlich nichts anderes übrig, als sich selbst zu richten. Doch bei diesem ganzen Drama ist mir ein Licht aufgegangen, und ich bin überzeugt, dass es einen Kreis von mehr oder weniger einflussreichen Würdenträgern geben muss, die danach trachten, der Stätte der Wahrheit zu schaden.«

Diese Vermutung schien den Schreiber des Grabes nicht im Mindesten zu beunruhigen.

»Das ist nichts Neues«, sagte er. »Im Gegenteil, so etwas ist unvermeidlich. Da die Geheimnisse der Stätte der Wahrheit von Anfang an gut gehütet wurden, geht mit den Leuten die Fantasie durch, und die Fantasie wiederum nährt ihre Wissbegier.«

»Das kann aber zu einer ernst zu nehmenden Gefahr werden!«

»Ich bin froh, dass Ihr, General, diese Gefahr nicht unterschätzt. So können wir alle ruhig schlafen.«

»Ihr könnt felsenfest auf mich zählen. Und ich würde gerne auf Eure Hilfe zählen dürfen.«

»Zum letzten Mal: Ich bin niemandem Rechenschaft schuldig außer dem Pharao und seinem Stellvertreter, dem Wesir.«

»Das weiß ich ja! Aber ich möchte gutes Einvernehmen zwischen uns herstellen, damit wir gemeinsam gegen jede Gefahr vorgehen können, die die Bruderschaft bedrohen könnte. Daher möchte ich Euch folgende Fragen stellen: Habt Ihr Abri oft getroffen und hat er sich verdächtig benommen? Glaubt Ihr, dass er alleine gehandelt hat oder dass er Teil einer Verschwörung war?«

»Getroffen habe ich ihn selten, doch beim letzten Mal hat er in gewisser Weise versucht, mich zu bestechen.«

»Wie erbärmlich! Was wollte er denn erreichen?«

»Abri war ein schwacher Mensch, ein Opportunist. Er glaubte, dass es gut sei, die Steuern ständig zu erhöhen, und dass die Verwaltung Druck ausüben sollte. Der Begriff Freiheit war ihm fremd. Er ertrug es nicht, dass sich die Stätte der Wahrheit seiner Kontrolle entzog. Die anderen Fragen kann ich nicht beantworten. Der Oberste Wächter jedenfalls glaubt an eine Verschwörung und er wird in seiner Wachsamkeit so schnell nicht nachlassen. Ich übrigens auch nicht.«

»Und ich hatte schon auf beruhigendere Worte gehofft ... Nun aber verstehe ich besser, warum der König so nervös war. Zum Glück hat sich durch Abris Tod die Lage radikal verändert. Nun bekleide ich sein Amt, und wer sich an der Bruderschaft vergeht, vergeht sich notgedrungen auch an mir. Ihr, Sobek und ich – zusammen sind wir eine uneinnehmbare Festung.«

»Mögen die Götter Euch erhören, Mehi.«

»Wir dürfen den König nicht enttäuschen und wir dürfen auch Ägypten nicht enttäuschen. Beim geringsten Verdacht, bei der kleinsten Gefahr müsst Ihr mich sofort benachrichtigen, und ich werde eingreifen.«

Dieses Gespräch verlief mehr nach Kenhirs Geschmack als die früheren Unterredungen mit Abri. Es hatte den Anschein, als würde der General seine Aufgaben sehr ernst nehmen, und als hätte die Stätte der Wahrheit von dem Amtswechsel keine Nachteile.

»Ich muss Euch um einen Gefallen bitten, Kenhir.«

Der Schreiber des Grabes versteifte sich.

»Oh, keine Sorge! Nichts Persönliches – nur eine Amtspflicht, die ich gerne aufs Beste erfüllen würde.«

»Ich höre.«

»Könnt Ihr mich mit dem Baumeister der Bruderschaft bekannt machen?«

28

Der Blick des Schreibers wurde auf einen Schlag feindselig. »Völlig ausgeschlossen! Die Identität des Baumeisters darf außerhalb der Stätte der Wahrheit nicht bekannt werden.«

Mehi rief seinen Mundschenk und trug ihm auf, eine zweite Amphore mit Oasenwein desselben Jahrgangs zu holen.

»Theoretisch ist das natürlich richtig. Doch als der Pharao die Stätte der Wahrheit besuchte, standen die Mitglieder der Delegation vor der Umfriedung und hörten, wie Merenptahs Name und der Name ... Nefers skandiert wurden. Jeder weiß, dass Nefer vom Königspaar erhoben wurde und dass er der Vorsteher der ganzen Bruderschaft ist, deren Führung Euch obliegt. Doch ich kann Euch versichern, dass dies die beiden einzigen kleinen Geheimnisse sind, die durch die Mauern der Stätte der Wahrheit gedrungen sind, und dass sie keinesfalls die Sicherheit der Nekropole gefährden.«

»Warum wollt Ihr den Baumeister treffen?«

»Er kann mir helfen, ein verwaltungstechnisches Problem zu lösen.«

»Bin ich da nicht der bessere Gesprächspartner?«

»Ich fürchte nein, lieber Kenhir. Die Sache ist dringend, und diesen Punkt kann nur der Baumeister zur Zufriedenheit der Bruderschaft entscheiden. Leider kann ich Euch nicht mehr verraten, denn es handelt sich um eine vertrauliche Angelegenheit. Wenn Nefer Euch in Kenntnis zu setzen wünscht, so steht ihm das frei.«

»Ihr wisst, dass er Eure ... Einladung ablehnen kann.«

»Ja. Aber ich bitte Euch, ihm dieses Gespräch sehr ans Herz zu legen. Wenn ich seine Meinung nicht einholen kann, bringt mich das in eine missliche Lage. Im Gegensatz zu Nefer weiß ich nämlich nicht, welche Lösung zu befürworten ist. Würdet Ihr ihm mein Gesuch übermitteln?«

»Ja, aber ich kann Euch nichts versprechen. Die Entscheidung liegt bei ihm.«

»Ich bin Euch sehr verbunden, Kenhir.«

»Ich habe den Endruck, dieser zweite Krug ist noch besser als der erste ...«

»Nun, dann leeren wir ihn doch gemeinsam und trinken auf den Ruhm der Bruderschaft.«

Gleich nachdem der Schreiber gegangen war, setzte sich Serketa auf den Schoß ihres Mannes.

»Ich habe jedes Wort eurer angeregten Unterhaltung gehört.«

»Was hältst du von diesem Kenhir, meine Teuerste?«

»Ein altes Schlitzohr. Misstrauisch und unbestechlich. Dieser Dummkopf von Abri war ihm nicht gewachsen.«

»Glaubst du, ich konnte ihn überzeugen?«

»Du hast ihn überzeugt. Und beunruhigt. Und zum Glück warst du geistesgegenwärtig genug, ihm nicht einen Krug von diesem Wein anzubieten, den er so schätzt. Er hat dir nämlich eine Falle gestellt und wollte sehen, ob du einen Bestechungsversuch unternimmst. Ich bezweifle, dass Kenhir große Geheimnisse kennt, aber er verteidigt die Bruderschaft mit Zähnen und Klauen.«

»Ich hätte ihn beunruhigt, sagst du?«

»Er hat gespürt, dass du nicht so träge bist wie Abri, auch wenn du von Amts wegen keinerlei Macht über die Stätte der Wahrheit besitzt. Doch ich denke, deine Entschlossenheit hat ihn wiederum beruhigt. Wer wäre denn nicht froh über einen Beschützer deines Schlages?«

»Im Ernst, meine Liebe – hältst du es für nötig, dass wir uns dieses alten Schreibers entledigen?«

»Aber nein! Wir werden uns bemühen, ihn noch besser kennen zu lernen, und du solltest versuchen, ihn so lange wie möglich in diesem Amt zu halten. Wenn ich ihn töte – was übrigens gar nicht so einfach wäre –, wird er sofort von einem anderen ersetzt, und der könnte sich als noch unnachgiebiger erweisen. Ich bin überzeugt, dass Kenhir ein paar Schwächen hat, die uns durchaus von Nutzen sein können.«

Mehi packte seine Frau an den Haaren.

»Du hast mich überzeugt. Wir machen den Schreiber ohne sein Wissen zu unserem Verbündeten.«

Kasa der Seiler war weggegangen und kümmerte sich um seinen kranken Ochsen. Fened die Nase fertigte einen Hocker für seine Schwiegereltern, Karo der Grimmige eine Wäschetruhe für seine Großmutter und Didia der Großzügige das Kopfteil eines Betts für seine Nichte; auch die anderen Handwerker der rechten Mannschaft beschäftigten sich mit Arbeiten, die nichts mit den Gräbern zu tun hatten.

Nefer hatte sie in den Versammlungssaal der Bruderschaft gerufen, der vor der Gräberstadt am Fuße des Nordhügels lag. Sie hatten sich gereinigt und auf den Steinbänken Platz genommen.

An der Ostseite des Saals setzte sich Nefer auf den Stuhl, den auch seine Vorgänger als Vorarbeiter der rechten Mannschaft inne gehabt hatten. Sein Blick ruhte auf jenem Stuhl, auf den sich kein Mensch setzen durfte, denn er war dem *Ka* vorbehalten, der schöpferischen Kraft, die das Herz und die Hände der Handwerker führte.

»Ich muss euch einen Vorschlag unterbreiten«, kündigte Nefer an. »Kann sein, dass er euch missfällt, doch ich habe den Umfang der beiden neuen Baustätten bereits abgesteckt. Es handelt sich um die Kostbare Wohnung, die wir für Merenptah im Tal der Könige ausheben sollen, und um die Errichtung seines Tempels der Millionen Jahre. Da wir unsere Kräfte sammeln müssen, um diese beiden vorrangigen Aufgaben zu erledigen, bitte ich euch, die Arbeiten zu unterbrechen, die nach draußen gehen sollen.«

Auf diese Ankündigung folgte bedrücktes Schweigen, das Karo der Grimmige als Erster brach.

»Das ist ein alter Brauch, der noch niemals in Frage gestellt worden ist. Mit diesen Arbeiten können wir unseren Lohn aufbessern und unseren Familien einen gewissen Wohlstand sichern.«

»Das weiß ich. Aber im Moment dürfen wir unsere Kräfte nicht verzetteln.«

»Warum diese Einschränkung?«, fragte Kasa. »Warum können wir nicht einfach in aller Ruhe an den Baustätten arbeiten und nebenher unsere anderen Aufträge erledigen?«

»Aus zwei Gründen«, erklärte Nefer. »Zum einen dürfen wir auf keinen Fall Zeit verlieren …«

»Weil der König schon so alt ist?«, blaffte Nacht der Starke.

»Das ist wirklich ein Grund zur Sorge. Wir dürfen uns keine Illusionen machen: Merenptahs Nachfolge gestaltet sich schwierig, es könnte große Probleme geben, und wir sollten auf kurzfristige Termine vorbereitet sein.«

»Hast du genaue Informationen über das, was sich in Pi-Ramses abspielt?«, fragte Gao der Genaue.

»Leider nein. Aber ich bitte euch, mir Vertrauen entgegenzubringen. Normalerweise mag ich keine Eile und es wäre mir lieber, wenn wir uns für die Planung und Errichtung des Grabes und des Tempels viel Zeit lassen könnten, aber ich bin überzeugt, dass uns dieser Luxus nicht zugestanden wird. Der zweite Punkt liegt in der Natur unserer Aufgabe begründet. Unsere Mannschaft war mit der Fertigstellung von Ramses' Grab betraut, doch das war schon vor langer Zeit fast fertig. Merenptahs Grab nun wird unser Großes Werk sein, das erste Königsgrab, das wir zusammen wie alle früheren Gräber für die Ewigkeit errichten. Der Tempel wiederum wird den *Ka* des Königs beherbergen und verlangt uns höchste Präzision ab. Dieses Abenteuer ist ungeheuer spannend, aber es wird nicht einfach werden. Deshalb verlange ich von euch außerordentlichen Einsatz. Ein jeder muss über sich selbst hinauswachsen, damit wir erneut die Daseinsberechtigung der Stätte der Wahrheit unter Beweis stellen.«

»Es geht das Gerücht, dass wir weniger Ruhetage haben sollen«, sagte Paih der Gütige. »Wenn das stimmt, wird es unseren Frauen gewiss nicht gefallen.«

»Der Zweck heiligt die Mittel.«

»Wenn wir unsere Aufträge für draußen nicht ausführen können und dazu hier noch weniger Ruhetage haben, dann steht unsere Existenz auf dem Spiel!«, protestierte Unesch der Schakal.

»Der Schreiber des Grabes hat mir seine Zusage gegeben, dass ihr für die Überstunden Zulagen bekommt.«

»Weniger Ruhetage bedeuten weniger Freizeit, weniger schöne Stunden im Kreis der Familie und weniger Möglichkeiten, nach draußen zu gehen«, beharrte Unesch.

Die beiden anderen Zeichner sowie Renupe der Heitere und Karo der Grimmige stimmten ihm zu.

Paneb fuhr aus der Haut. »Das ist doch erbärmlich! Der Baumeister lädt uns alle zu einem faszinierenden Abenteuer ein, er bittet uns, am wichtigsten Werk teilzuhaben, das je auf ägyptischem Boden ausgeführt wurde, und ihr jammert über ein paar Einschränkungen und habt nichts anderes im Kopf als euer gutes, bequemes Leben! Wir sind ja wirklich eine großartige Mannschaft! Wollen wir nun wieder mit der Barke in die Wellen stechen, oder wollt ihr lieber im Hafen bleiben und im lauen Wind dahindümpeln? Wenn die Barke so leck ist, wenn sie so altersschwach und seelenlos ist, dann ist es besser, sie geht unter!«

Die meisten Handwerker der rechten Mannschaft wurden aschfahl, außer Paih dem Gütigen und Renupe dem Heiteren, die beide feuerrot anliefen.

»Du hast kein Recht, in diesem Ton mit uns zu reden!«, regte sich Userhat der Löwe auf.

»Und ihr? Habt ihr das Recht, euch aufzuführen wie irgendwelche Staatsdiener, die anstatt zu arbeiten nur ihre Zeit absitzen und deren einziger Ehrgeiz es ist, ihre Mittagspausen in die Länge zu ziehen? Wenn dem so ist, dann wird es die Stätte der Wahrheit nicht mehr lange geben!«

Sched der Retter bat um das Wort.

»Mein Geselle ist nicht sehr diplomatisch, und seine Ausdrucksweise ist auch nicht sehr ausgefeilt, doch im Grunde hat er Recht. Unter der langen und glücklichen Herrschaft Ramses' des Großen und vor allem wegen des uns innewohnenden Hangs zur Bequemlichkeit konnten wir uns auf unseren Techniken und unserem Wissen ausruhen. Die Schaffung eines Königsgrabes und eines Totentempels sind riskante Unternehmungen, die uns heute Angst machen, weil wir in der Routine festgefahren sind. Nun aber tut sich uns die unschätzbare Möglichkeit am Horizont auf, zusammen am Großen Werk teilzuhaben. Bei dieser Aussicht dürfen wir es nicht wagen, Bedingungen zu stellen, die dem Geist der Bruderschaft und den Vorfahren, die uns beobachten, unwürdig sind! Der Baumeister soll entscheiden – wir gehorchen!«

Einhellig billigte die Mannschaft die Position des Malers.

29

Ubechet und Nefer waren noch genauso verliebt wie am ersten Tag. Sie liebten sich noch mit genau derselben Leidenschaft, die durch eine täglich wachsende Zärtlichkeit und das tiefe Einvernehmen zwischen ihnen verstärkt und verschönt wurde. Die Zeit hatte ihrem Bund, der für die Ewigkeit geschlossen war und nicht von unberechenbaren Gefühlen gestört wurde, nicht das Geringste anhaben können.

Ubechet hatte nie die ihr angeborene Erhabenheit verloren, mit der sie die Herzen aller Nekropolenbewohner erobert hatte. Jetzt war sie nackt und verliebt, und der Baumeister, der Mann, betrachtete voller Bewunderung die Weise, seine Frau.

»Du hast Sorgen, nicht wahr?«

»Die Mannschaft hat meinen Vorschlag angenommen, aber haben die Handwerker das auch ernst gemeint?«

»Die Menschen sind nicht vollkommen, Nefer, nur das Werk ist vollkommen. Wenn du ihnen ein Ziel steckst und sie anspornst, es zu erreichen, werden sie ihre kleinen Schwächen schon überwinden.«

»Überwinde ich denn die meinen? Ich bin nicht der richtige Mann in diesem Amt, Ubechet. Es hat mir vollauf genügt, Bildhauer zu sein ... Wie schön war es, einfach nur den Anweisungen des Vorarbeiters zu folgen!«

»Vergisst du, wer dich auserwählt hat? Es hat keinen Sinn, auszuschlagen wie ein scheuendes Pferd, und noch weniger Sinn hat es, dass wir uns selbst in Frage stellen. Ich weiß selbst nur zu gut, dass weder du noch ich unseren Aufgaben völlig gewachsen sind, trotzdem müssen wir sie erfüllen, so gut es geht, und jeden Tag die Berge aufs Neue erklimmen.«

»Es gibt zu viel Ärger, zu viele alltägliche kleine Sorgen, zu viele lächerliche Beschwerden von allen und jedem ... Das zehrt mehr an meinen Kräften als das Ausmaß des Werks.«

»Meinst du, ich bin besser dran? Da sind der Stein und das Holz, immer und ewig bereit, das Licht aufzunehmen, doch da sind auch noch die Menschen, die immer schnell dabei sind, zu lügen, zu faulenzen und aus Eitelkeit oder Eigensucht miteinander zu streiten. So sind die Menschen eben und sie werden sich wohl auch nicht ändern, doch die Stätte der Wahrheit macht aus ihnen eine Mannschaft. So können sie neue Gestade erreichen, die kein Einziger von ihnen jemals entdecken würde, wenn er alleine reisen würde.«

Nefer küsste seine Frau leidenschaftlich.

»Ich gehöre ganz dir«, gestand sie ihm zu, »aber vergiss nicht, dass wir einen Gast haben.«

Mit Appetit aß Kenhir schmackhafte Nierchen in Weißwein, dazu Linsen mit Knoblauch und ein Püree aus Eierfrucht.

»Das ist nur etwas ganz Einfaches«, gestand Ubechet. »Mein Hausmädchen hat frei, und ich selbst habe kaum mehr Zeit, richtig zu kochen.«

»Du kannst alles, Ubechet. Dir habe ich es zu verdanken, dass meine Gicht fast verschwunden ist.«

»Vielleicht wäre es klug, weniger Wein und mehr Wasser zu trinken«, schlug die Weise vor.

»In meinem Alter ist es nicht gut, seine Gewohnheiten zu ändern.«

»Bist du mit Niut der Kräftigen zufrieden?«

»Sie ist eine kleine Hexe. Unverschämt und eigensinnig, aber sie macht ihre Arbeit gut. Sie kocht ganz passabel, verfolgt jedes Staubkorn und bringt meine Möbel nicht zu sehr durcheinander. Ich müsste mal ihren Lohn erhöhen ... Meine einzige Angst ist, dass sie in meine Studierstube eindringt! Sicherlich nützt sie es aus, wenn ich unterwegs bin, und räumt dort auf. Aber solange sie jede Schreibbinse an ihren Platz zurücklegt und die Papyri in Ruhe lässt ...«

»Wie ist deine Unterredung mit Mehi verlaufen?«, fragte Nefer.

»Ganz gut. Er ist tatkräftig und fest entschlossen, sein Amt auszufüllen. Vor allem ist er sehr ehrgeizig. Daher müsste er auch ein hervorragender Beschützer der Stätte der Wahrheit sein. Das ist nämlich die Aufgabe, mit der ihn Pharao betraut hat, und er macht mir nicht den Eindruck, als würde er scheitern. Hinzu kommt, dass er nicht versucht hat, mich zu bestechen, nicht einmal im Kleinen… Allerdings hat er eine sehr seltsame Anfrage an mich gerichtet.«

»Und die wäre?«

»Er will dich sehen.«

»Warum denn das?«

»Wie er sagt, kann ihm nur der Baumeister bei der Lösung eines dringenden verwaltungstechnischen Problems helfen.«

»Dafür bist doch du zuständig, Kenhir.«

»Offenbar nicht, denn es scheint dabei einen Punkt zu geben, den nur du entscheiden kannst. Ich habe mich natürlich auf die Geheimhaltung deiner Identität berufen, doch nach der offiziellen Erhebung durch das Königspaar war dein Name in aller Munde. Dass Mehi dich also kennt, ist kaum von Bedeutung, außerdem musst du seiner Einladung nicht Folge leisten.«

»Warum sollte ich ablehnen, wenn er uns freundlich gesinnt ist?«

»Das sehe ich auch so.«

»Ich werde ihn an der Ersten Bastion treffen. Und wenn ich ihm wirklich helfen kann, werde ich ihm auch helfen.«

Der Handwerker der rechten Mannschaft, jener Verräter an der Bruderschaft, hatte auf seinem Weg zu Tran-bels Lager größte Vorsicht walten lassen. Wie es der Zufall wollte, hatten mehrere Mitbrüder die außerplanmäßige freie Woche, die der Baumeister vor dem Arbeitsbeginn an den großen Baustätten angeordnet hatte, genutzt und das Dorf verlassen. Manche kümmerten sich um ihre Felder und ihre Herden, andere besuchten ihre Eltern am West- oder am Ostufer und einige tätigten Einkäufe.

An Sobeks durchdringendem Blick hatte der Handwerker gemerkt, dass der Oberste Wächter langsam Verdacht schöpfte. Beruhigt hatte ihn jedoch der Gedanke, dass der Nubier keine Sekunde gezögert, ihn festgenommen und vernommen hätte, wenn er ernsthafte Beweise gegen ihn gehabt hätte. Trotzdem wurde Sobek immer misstrauischer, denn er hatte immer noch einen Mann aus der Nekropole in Verdacht.

Der Verräter musste also doppelt vorsichtig sein, denn er konnte nicht ausschließen, dass Sobek ihn beschatten ließ. Wenn er seinen Verfolger direkt zu Tran-bels Lager führte, wäre das sein Ende. Es wäre sicher besser gewesen, er wäre im Dorf geblieben und hätte kein Risiko auf sich genommen, doch er musste so schnell wie möglich mit der Frau sprechen, die ihn reich machen würde.

Um nicht Gefahr zu laufen, einem von Sobeks Leuten zu begegnen, hatte er die Fähre umgangen und die Dienste eines Fischers in Anspruch genommen, der ihn gegen ein rundes Brot ans andere Ufer brachte. Auf dem Rückweg würde er einen anderen Fischer anheuern.

Niemand war ihm über den Fluss gefolgt.

Nachdem sie an einem menschenleeren Fleckchen weitab des Hauptkais angelegt hatten, hatte sich der Handwerker eine gute Stunde im Röhricht zusammengekauert.

Niemand hatte sich seinem Versteck genähert.

Beruhigt stieg er die Böschung hinauf und ging Richtung Stadt, wobei er sich des Öfteren umdrehte.

Zweimal bog er in Sackgassen ein und ging auf demselben Weg wieder zurück, um mögliche Verfolger zu entdecken, was sich als völlig überflüssig herausstellte, denn sollte es welche gegeben haben, dann hatte er sie längst abgeschüttelt.

Der Handwerker schlüpfte schnell ins Lager und in Tran-bels Schreibstube, der gerade seine Abrechnungen machte.

»Ach, du bist's! Schön, dich zu sehen. Unser Sache läuft hervorragend.«

»Benachrichtige sie, du weißt schon wen, dass ich da bin.«

»Gleich, gleich! Hast du neue Stühle entworfen?«

»Ja, aber du musst dich schon noch ein bisschen gedulden.«

»Das ist aber ärgerlich, sehr ärgerlich ... Die Kundschaft beschwert sich schon.«

»Meine Sicherheit geht vor. Benachrichtige sie jetzt! Schnell!«

»Ich geh ja schon!

Tran-bel überlegte, ob er Imitate machen sollte, doch die wären dann fehlerhaft ... Er müsste sich, wenigstens für eine gewisse Zeit, mit dem anspruchsloseren neureichen Teil seiner Kundschaft begnügen.

»Bist du weitergekommen?«, fragte Serketa ihren Informanten. Wie immer war sie nicht zu erkennen.

»Der Baumeister hat entschieden, dass wir alle Kräfte aufbieten müssen, um das königliche Grab auszuheben und Merenptahs Tempel der Millionen Jahre zu errichten.«

»Eine bescheidene Auskunft! Hast du ausfindig machen können, wo der Stein des Lichts versteckt wird?«

»Das ist derzeit unmöglich.«

»Du enttäuschst mich!«

»Ich verfüge über keinerlei gesicherte Informationen und ich kann nicht in alles meine Nase stecken, ohne mich zu verraten.«

»Kannst du dich im Dorf denn nicht frei bewegen?«

»Bestimmte Orte sind verschlossen, nur der Schreiber des Grabes und der Baumeister haben die Schlüssel. Jeder Einbruchsversuch wäre von vornherein zum Scheitern verurteilt.«

»Dann musst du eben eine andere Lösung finden!«

»Meine Mannschaft wird über einen langen Zeitraum sehr viel arbeiten müssen, und ich werde keine Möglichkeit mehr haben, nach draußen zu gehen.«

Serketas Blick wurde wild.

»Du willst dich doch nicht etwa drücken und dich in deinem verdammten Dorf verrammeln?«

»Versteht Ihr denn nicht? Von den neuen Baustätten hängt die Zukunft der Bruderschaft ab. Der Baumeister wird unnachgiebig sein. Wir müssen Überstunden machen und auch noch auf manchen freien Tag verzichten, wenn sich bauliche Schwierigkeiten ergeben sollten. Aber das ist noch nicht alles: Sobek wird immer misstrauischer.«

»Wieso denn das?«

»Ich bin überzeugt, er verdächtigt einen von den Handwerkern, in ein Komplott gegen die Stätte der Wahrheit verstrickt zu sein und darüber hinaus auch noch den Wachmann ermordet zu haben. Vor Sobek muss ich mich in Acht nehmen, er kann Beschattungen anordnen und warten, bis ich einen Fehler mache. Deshalb musste ich auf dem Weg hierher auch so vorsichtig sein.«

»Das war klug. Aber bist du nicht ein wenig zu ängstlich?«

»Ich glaube nicht.«

Serketa ging langsam um den Handwerker herum.

»Du bringst mir immer nur schlechte Nachrichten. Wie schade! Ich hingegen habe ausgezeichnete Neuigkeiten für dich. Während du in deinem Dorf herumlungerst, vergrößert sich stetig dein Anteil – eine Milchkuh zusätzlich, ein Stück Land am Nilufer, ein Feld... Wenn du in den Ruhestand gehst, wirst du ein reicher Mann sein. Doch vorher müssen deine Auskünfte noch erheblich besser werden!«

Der Handwerker sah schon im Geiste, wie er im gut belüfteten Saal einer stattlichen Villa auf den Kissen lag und wieder und wieder seine Habe zählte.

Doch von der Wirklichkeit zu seinem Traum war es noch ein weiter Weg... Er hatte sich auch noch nicht endgültig entschieden auszuplaudern, was er wusste, bevor er keine Garantie hätte, dass er sich der Früchte seines Verrats auch gefahrlos würde erfreuen können.

»Ich habe meine Meinung nicht geändert«, sagte er, »aber bis die Baustätten ausreichend fortgeschritten sind, werde ich mich in Schweigen hüllen müssen.«

»Vergiss nicht, dass unser Bund jederzeit aufgelöst werden kann«, drohte Serketa. »Wenn wir uns das nächste Mal sehen, wirst du mir sicherlich einiges zu sagen haben.«

30

Ubechet war dringend an das Bett von Userhats Frau gerufen worden, die über heftige Schmerzen in der Brust klagte. Nach gründlicher Untersuchung hatte die Weise ihre Vermutung verworfen, dass es sich um einen Herzanfall handelte, und hatte stattdessen eine Behandlung zur Regulierung des vegetativen Systems verordnet und die Wirbel eingerenkt, denn der schlechte Zustand des Rückens war die Ursache zahlreicher Leiden ihrer Patientin.

Als sie am Vormittag wieder nach Hause kam, saß Paneb auf der Schwelle, er war sehr aufgeregt.

»Ich muss mit deinem Mann sprechen, es gibt Probleme bei einer Lieferung für die Werkstatt der Maler. Aber keiner weiß, wo Nefer ist. Man hat ihn nach dem Morgenritual aus dem Tempel kommen sehen – doch wohin ist er dann gegangen?«

»Er müsste bei den Bildhauern sein.«

»Dort war ich, sie haben ihn heute noch nicht gesehen.«

»Oder vielleicht spricht er mit Sched dem Retter.«

»Nein, da war ich auch.«

Ubechet und Paneb befragten die Nachbarn – vergeblich. Die Kinder erzählten Widersprüchliches, offenbar dachten sie, es handele sich um ein neues Spiel, bei dem sie besonders viel Erfindungsgabe an den Tag legen müssten.

Alle Dorfbewohner beteiligten sich an der Debatte. Doch man musste sich an den Augenschein halten: Der Baumeister war verschwunden.

Panik ergriff die Leute. Ubechet sammelte sich. Sie verschloss sich vor dem Gerede und stellte sich Nefers Gesicht vor, damit er ihr so nahe war, als würde er sie berühren.

»Keine Sorge!«, sagte sie mit beruhigender Stimme. »Ich weiß, wo er ist.«

Dattelpalmen hatten am liebsten die Krone in der Sonne und die Wurzeln im Wasser. So wurden sie gut und gerne hundert Jahre alt. Sie schützten vor dem Wind und im Herbst boten sie großzügig ihre honigsüßen Früchte an. Manche wuchsen in Olivenhainen und Weinbergen, andere in kleinen Wäldern am Wegesrand, und alle waren sie der Inbegriff der Großzügigkeit, denn jeder Teil der Pflanze konnte genutzt werden. Die Bäume lieferten auch Bauholz und Tischlerholz, Bast für Sandalen und Körbe, und außerdem überschatteten sie die Gassen und sorgten für angenehme Kühle.

Nefer war zu einer sehr alten Dattelpalme gegangen, die am Saum der Wüste wuchs. Im Schatten der Palmwedel wollte er nachdenken. Nach der Legende hatte Thot, der Gott des Wissens, an jenem Ort seine Weisheiten niedergeschrieben und Amenhophis I., der Begründer der Bruderschaft, hatte sie gefunden. Schöpfte der Baum nicht seine Kraft aus dem Urmeer der Energie, das die Welt umgab und aus dem am Morgen der Welt die Erde wie eine Insel aufgetaucht war?

Der Baumeister wollte Thots Hilfe erbitten, auf dass der Gott das Feuer lösche, das ihn verzehrte. Der Feurige konnte vielleicht gegen die Flammen ankämpfen, doch er, Nefer, konnte es gewiss nicht. Und diese brennende Glut hatte nun die Form einer Frage angenommen, die an ihm fraß wie eine ätzende Säure: War er in der Lage, die Bruderschaft zum Erfolg zu führen?

Das Große Werk zu vollenden erschien ihm im Moment als ein unerreichbares Ziel, und er hatte nicht das Recht, jene anzulügen, die ihn als ihren Führer auserwählt hatten.

»Der wahrhaft Schweigsame ist wie ein Baum mit üppigem Laub und süßen Früchten, der friedlich in einem gut bestellten Garten seiner Bestimmung entgegenwächst«, sagten die Weisen. Doch Nefers Herz war nur mehr ein karges Land, wo die Angst und die Unsicherheit bloß noch Krüppelpflanzen gedeihen ließen. Er rief den Gott auch an, ihn vor unnötigen Worten zu bewahren und ihm Wasser aus seinem Quell zu schenken, das dem Geschwätzigen verwehrt war. Wenn sein Flehen ohne Antwort blieb, würde er verdursten und die Bruderschaft könnte einen Besseren zum Baumeister wählen.

»Hast du die Quelle entdeckt?«, hörte er eine Stimme von wunderbarer Süße.

»Ubechet! Du kennst diesen Ort?«

»Ich habe im Geist gesehen, wie du dich vor dieser Palme niedergeworfen hast.«

»Der Gott schweigt. Ich habe nicht mehr die Kraft, meine Arbeit weiterzuführen.«

»Hör zu, Nefer. Bilde das heraus, was dir fehlt.«

Die Weise kniete sich hin und scharrte im Sand. Zum Vorschein kam der Rand eines kleinen runden Brunnens. Nefer half ihr beim Graben, und bald stießen sie auf feuchte Erde.

»Zu Füßen der Palme des Thot«, erklärte sie, »ist immer ein verborgener Quell. Grabe ihn aus und trinke sein Wasser, das von den Sternen kommt. Das Wasser wird das Feuer löschen, das dich verzehrt, und die Kraft wecken, die du in dir hast, ohne es zu wissen. Von deiner Aufgabe kann dich niemand erlösen, Baumeister, dein Weg ist von den Göttern vorgezeichnet.«

Ineinander verschlungen gaben sie sich im Schatten der Palmen dem unerwarteten Geschenk eines Nachmittags der inneren Einkehr und Stille hin. Der Baumeister begriff, dass die Bruderschaft ohne die Weise nur eine unbedeutende Gruppe von Männern wäre, die niemals das Große Werk erschaffen könnte.

Ein heftiger Wind schlug den Wachposten ins Gesicht; er wirbelte Wolken von Sand auf, der den Nubiern in den Augen brannte. Trotzdem sahen sie, wie ein Wagen in voller Fahrt angeprescht kam. Sie hoben ihre Speere, der Vorsteher der Wachen spannte seinen Bogen.

Der Wagen bremste abrupt, die Pferde blieben wiehernd stehen. Ein großer, kräftiger Mann stieg aus und marschierte selbstsicher und unbeeindruckt von den Waffen zu den Wachen hin.

»Ich bin General Mehi, der Oberste Verwalter West-Thebens. Gebt dem Baumeister Bescheid, dass ich eingetroffen bin.«

Einer der Nubier rannte zur Fünften Bastion und setzte Sobek in Kenntnis, der entscheiden sollte, wie man sich verhielt.

Der Oberste Wächter schickte die Torwache mit der Meldung zu Nefer. Der Baumeister ließ den Plan des königlichen Grabes liegen, an dem er gerade arbeitete, und begab sich in Begleitung von Kemo, der sich über den unerwarteten Spaziergang sehr freute, zum Treffen mit dem wichtigen Besucher.

Nefer hatte sich nicht mehr frisch machen können. Barhäuptig und barfüßig und nur bekleidet mit einem einfachen Lendenschurz, sah er im Vergleich zu Mehi, der mit seiner eleganten Kleidung seinen Reichtum zur Schau stellte, eher aus wie ein bescheidener Arbeiter.

»Danke, dass Ihr meine Einladung angenommen habt, Nefer.«

»Was wollt Ihr?«

»Könnten wir uns fern von neugierigen Ohren unterhalten?«

»Folgt mir!«

Der Baumeister entfernte sich einige Schritte von der Torwache und bog in ein Trockenbett ein. Mehi, der die Wüste verabscheute, gab Acht, dass er seine schönen Ledersandalen nicht beschmutzte. Der schwarze Hund sah nach Mehis Meinung völlig gewöhnlich aus; er hielt sich in einiger Entfernung vom General, der ihn argwöhnisch beobachtete.

»Hier sind wir völlig ungestört«, sagte Nefer, »leider kann ich Euch keine andere Sitzgelegenheit anbieten außer einem Stein.«

»Ich werde mich damit begnügen ... Euch zu treffen ist ein solches Privileg, dass die Bequemlichkeit unwichtig ist.«

»Eure Zeit ist bestimmt so knapp bemessen wie die meine, Mehi. Wenn Ihr dann zum Punkt kommen wolltet.«

»Es handelt sich um einen heiklen und vertraulichen Vorgang, den ich ohne Eure Hilfe nicht bearbeiten kann ... Dakter, der Vorsteher im Großen Haus des Lebens, hat eine Liste der Stoffe aufgestellt, die er benötigt. Die meisten Materialien lassen sich problemlos beschaffen, doch das gilt nicht für Bleiglanz und Bitumen, die er ganz dringend braucht, weil die Vorräte erschöpft sind. Dieser Missstand erklärt sich laut Dakter aus dem Ausbleiben der Expedition, die bestimmt durchgeführt worden wäre, wenn uns Ramses der Große nicht verlassen hätte.«

»Sollte ich über diese Materialien verfügen, dann wären sie ausschließlich der Stätte der Wahrheit vorbehalten.«

»Da sind wir natürlich einer Meinung.«

»Dann wäre unser Gespräch beendet.«

»Nicht so schnell, nicht so schnell! Ihr wisst sicherlich, dass bei diesen Expeditionen immer ein Handwerker der Stätte der Wahrheit dabei war, um die Bergleute anzuweisen und den für die Bruderschaft bestimmten Teil an sich zu nehmen.«

»Ihr seid gut unterrichtet.«

»Ich habe einfach die offiziellen Berichte gelesen – und da sind wir auch schon beim Kern des Problems. Dakter ersucht um meine Erlaubnis, einen Trupp Soldaten und Bergleute zu den Steinbrüchen und Minen zu führen, wo diese Materialien abgebaut werden, und ich sehe eigentlich keinen Grund, ihm das abzuschlagen. Allerdings kann dieses Unternehmen nicht ohne einen Vertreter der Bruderschaft durchgeführt werden, und den könnt nur Ihr benennen.«

Mehi schätzte den Baumeister mit scharfem Blick ab, während dieser lange nachdachte. Nefer war zweifellos ein eindrucksvoller Mann: ernstes Gesicht, durchdringender Blick, starke Persönlichkeit, fester Charakter, strenges Wort. Die Bruderschaft hatte einen wirklichen Meister an ihre Spitze gesetzt. Nefer war ein nicht zu unterschätzender Gegner.

Erst in diesem Augenblick, hier in der feindlichen Wüste, als Mehi dem Baumeister gegenübersaß, konnte er ermessen, welcher Kampf ihm bevorstand. Schon bei dem Gedanken, den Sieg über einen Ebenbürtigen davonzutragen und sich endlich diese hochmütige Bruderschaft untertan zu machen, die gewagt hatte, ihn zurückzuweisen, fühlte er seine Kräfte wachsen.

»Kann man diese Expedition nicht aufschieben?«, fragte Nefer.

»Wie Dakter sagt, nein. Aber ich werde mich Eurer Entscheidung beugen.«

Der Baumeister dürfte der Stadt die notwendigen Materialien nicht vorenthalten, außerdem brauchte er sie selbst für einen sehr speziellen Zweck.

»Ich werde einen Handwerker auswählen«, kündigte Nefer an. »Der Trupp kann in fünf Tagen aufbrechen. Besorgt zahlreiche robuste Esel.«

»Mir fällt ein Stein vom Herzen!«

»Allerdings wünsche ich, dass die Arbeiten in den Steinbrüchen und Minen so schnell wie möglich erledigt werden und der Handwerker umgehend zurückkehren kann.«

»Ich werde Dakter in Eurem Sinn anweisen. Nochmals vielen Dank! Macht Ihr mir die Ehre, eine Einladung zum Mahl anzunehmen?«

»Leider ist in meinem Leben kein Platz für Zerstreuungen.«

Gewandt wie ein Steinbock hüpfte Kemo auf dem Rückweg zum Dorf von Stein zu Stein. Nefer folgte ihm.

Hätte Mehi einen Bogen gehabt und wäre er sicher gewesen, dass er ungeschoren davonkäme, so hätte er den Baumeister mit einem Pfeil hinterrücks niedergestreckt. Es war nämlich nicht ratsam, einen Gegner von diesem Kaliber von Angesicht zu Angesicht zu bekämpfen.

31

Zur vierten Stunde des Nachmittags fand die Wachablösung statt. Die nächste Schicht, die bis zur vierten Stunde des Morgens wachen würde, begab sich in den Verschlag neben dem Haupttor der Stätte der Wahrheit.

Die Arbeit war nicht besonders hart und wurde mit Feuerholz bezahlt, dessen Lieferungen die beiden Wachmänner beaufsichtigten. Auch bekamen sie ein kleines Entgelt, wenn sie Vertrags- oder Handelsabschlüsse unter Handwerkern bezeugten.

Da näherte sich ein kleiner Mann.

»Ich bin Viehhändler.«

»Wie schön für dich, Freund.«

»Die Gehilfen haben mir gesagt, dass du auch Schulden eintreiben darfst.«

»Von welchem Handwerker sprichst du?«

»Es ist kein Handwerker.«

»Dann bist du hier falsch!«

Der kleine Mann wischte sich den Schweiß von der Stirn.

»Vielleicht kannst du mir trotzdem helfen … Ich möchte Klage gegen den Obersten Wächter einreichen.«

»Gegen Sobek? Aus welchem Grund?«

»Weil er mir nicht gibt, was mir zusteht.«

»Bist du dir da auch ganz sicher?«

»Ich habe alle notwendigen Beweise und ich verlange, dass meine Klage dem Gericht vorgelegt wird.«

»Aber Sobek ist der Vorsteher der Nekropolenpolizei!«

»Weißt du, woran man einen Wächter erkennt? Daran, dass er nie seine Schulden begleicht, ob es sich nun um einen Topf Fett oder um einen Esel handelt!«

Das Gericht der Stätte der Wahrheit trug den symbolischen Namen »Versammlung in Lot und rechtem Winkel«*. Es konnte jederzeit zusammentreten, auch an Festtagen, wenn ein wichtiger Fall vorlag. Normalerweise bestand es aus acht Richtern: dem Vorarbeiter der rechten oder der linken Mannschaft, dem Schreiber der Nekropole, dem Vorsteher der Nekropolenpolizei, einem Wachmann, zwei altgedienten Handwerkern und zwei Frauen. Es verhandelte private und öffentliche Angelegenheiten, es registrierte Rangnachfolgen sowie Landkäufe und -verkäufe.

Dieses unabhängige Gericht konnte gründliche Ermittlungen anordnen und jedes begangene Verbrechen und Vergehen aburteilen. Wenn es einen Fall als zu kompliziert ansah, leitete es ihn an die höchste Instanz des Landes weiter, an das Gericht des Wesirs.

Kenhir konnte die Klage des Viehhändlers nicht abweisen, also hatte er sie außerhalb der Nekropole in der kleinen Schreibstube im Viertel der Gehilfen entgegengenommen.

»Du erhebst schwere Klage gegen den Obersten Wächter«, stellte der Schreiber fest. »Sein Ruf der Rechtschaffenheit stand nie außer Frage.«

»Der Ruf ist eine Sache, die Tatsachen jedoch sprechen eine andere Sprache. Ich habe den Beweis, dass Sobek ein Dieb ist, und ich will, dass er verurteilt wird.«

»Du weißt, was du riskierst. Wenn der Beweis nicht stichhaltig ist, wird ein hartes Urteil über dich gesprochen.«

»Wenn man im Recht ist, hat man vom Gericht nichts zu befürchten.«

»Du erhältst also deine Klage aufrecht?«

Der Händler nickte.

Unter dem Vorsitz des Schreibers trat das Gericht, bestehend aus dem Baumeister, dem Wachmann, der die Klage entgegengenommen hatte, der Weisen, Wahbet der Reinen, einem nubischen Wächter, Thuti dem Gelehrten und Userhat dem Löwen, in diesem außerordentlichen Fall vor dem Haupttor der Umfriedung zusam-

---

* Ägyptisch *qenbet*.

men. Normalerweise tagte es im Haupttempel an der Stätte der Wahrheit und hörte dort Kläger und Beklagte an, wenn es sich um Angehörige der Bruderschaft handelte.

Im vorliegenden Fall waren beide, sowohl der Kläger als auch der Beklagte, Männer von außerhalb, denen der Zutritt zum Dorf nicht gestattet war. Dennoch musste Sobeks Fall vor dem Gericht der Stätte der Wahrheit verhandelt werden, weil der Oberste Wächter dem Schreiber des Grabes unterstand.

Zu diesem Anlass hatten die Geschworenen schwere, gestärkte Gewänder angelegt und trugen große Perücken, die ihre Haltung und ihr Gesicht veränderten. Sollte der Kläger gehofft haben, einen der Handwerker erkennen zu können, so sah er sich enttäuscht.

Nach dem geltenden Rechtssystem mussten Kläger und Beklagter persönlich vor Gericht erscheinen und ihren Standpunkt ausführlich darlegen. Der Händler und der Wächter saßen auf Hockern und vermieden es, sich anzusehen. Beide wirkten sehr zuversichtlich.

»Parteilichkeit ist das grausame Vorrecht Gottes«, verkündete Kenhir. »Dieses Gericht behandelt den, der ihm nahe steht, genauso wie jenen, der ihm fremd ist. Es wird nicht ungerecht sein gegen einen Schwachen und einen Mächtigen begünstigen, und es wird den Schwachen vor dem Mächtigen schützen, indem es die Lüge von der Wahrheit unterscheidet. Rufen wir den Verborgenen an, der den Unseligen aus seiner Not hilft, auf dass er das Gericht erleuchten und es ihm möglich machen möge, einhellig ein gutes Urteil zu sprechen.«

Der Schreiber des Grabes fixierte erst den Kläger, dann den Angeklagten.

»Ich fordere eine klare, für alle verständliche Sprache ohne spezielle Ausdrucksweisen oder verworrene Erklärungen. Bringe nun deine Klage vor, Händler!«

»Der Oberste Wächter hat bei mir einen Esel bestellt. Wir waren uns einig über den Preis, und das Tier wurde ihm geliefert. Dennoch weigert er sich, die vereinbarte Summe zu begleichen – ein Stück Stoff, ein Paar Sandalen, ein Sack Roggen und ein Sack Weizenmehl. Die Rechnung wurde ordnungsgemäß eingetragen und ist unanfechtbar.«

»Was habt Ihr dagegen vorzubringen, Sobek?«, fragte Kenhir.

»Dieser Händler ist ein Lügner und Betrüger. Ein Esel wurde mir geliefert, ja, aber das war ein altersschwaches, krankes Tier! Ich schulde ihm nichts – im Gegenteil, ich bin es, der Klage gegen ihn hätte erheben sollen!«

»Das stimmt nicht!«, protestierte der Händler. »Der Esel, den ich Euch geliefert habe, war ein junger, lebhafter Hengst von bester Gesundheit. Hier habe ich die Bestätigung, die bei der Auslieferung von Zeugen unterzeichnet wurde.«

Der Händler übergab dem Vorsitzenden des Gerichts eine kleine Holztafel, auf der in Stichworten der Zustand des Esels und sein Preis aufgezeichnet waren. Darunter standen die Namen dreier Zeugen, die die Richtigkeit dieser Angaben bestätigten.

»Auch ich habe einen Zeugen!«, gab Sobek an. »Den Wachmann, der diese Schindmähre gesehen hat. Ich habe ihn angewiesen, das Tier in einen Palmenhain zu führen, wo es seine letzten Tage in Frieden verbringen kann.«

»Habt Ihr einen schriftlichen Beweis?«

»Natürlich nicht! Was hätte ich denn für einen Grund gehabt, mich abzusichern?«

»Userhat der Löwe soll den Wachmann holen, er soll es bezeugen«, verlangte der Schreiber.

Sobeks Untergebener erschien vor Gericht. Er war so aufgeregt, dass er kaum Worte fand.

»Erinnerst du dich, dass deinem Vorgesetzten Sobek ein Esel geliefert wurde und dass er dir in Bezug auf diesen Esel bestimmte Anweisungen gegeben hat?«

»O ja, das war vielleicht ein Esel!«

»Alt oder jung?«

»Sehr alt ... Er konnte kaum laufen.«

»Was hat dir Sobek befohlen?«

»Er war nicht zufrieden mit dem Esel, weil er ein junges, kräftiges Tier bestellt hatte. Also hat er mir aufgetragen, den Esel in einen Palmenhain zu bringen. Nachdem ich ordnungsgemäß Ausgang beantragt hatte, habe ich die Anweisung befolgt.«

Der vorsitzende Richter wandte sich an die Weise. Er erwartete ihren Einspruch, doch sie blieb stumm. Kenhir fuhr fort:

»Die Wahrheit lässt sich leicht herausfinden. Geh unverzüglich und hole diesen Esel!«

Die Sonnensegel und die gekühlten Getränke machten das Warten wenigstens nicht zu einer harten Prüfung. Der Händler gab sich sehr zuversichtlich, als hätte er von diesem entscheidenden Verhandlungsabschnitt nicht das Geringste zu befürchten. Seine Gelassenheit brachte Sobek ziemlich durcheinander, auch wenn er sicher war, dass er selbst entlastet und der Betrüger eine harte Strafe bekommen würde. Das fehlte noch, dass der Händler so leichtfertig war und sich über das Gericht lustig machte!

Außer Atem trat der Wachmann wieder vor Kenhir.

»Wo ist der Esel?«

»Ich hab ihn überall gesucht, aber ich konnte ihn nicht finden!«

»Warst du im richtigen Palmenhain?«

»Ja, ich hatte damals den nächstgelegenen gewählt. Und sein Besitzer hatte auch ein paar Esel, aber der alte, der war nicht mehr dort, wo ich ihn gelassen hatte.«

Der Händler jubelte.

»Es ist eindeutig, dass der Oberste Wächter und sein Untergebener diese Geschichte erfunden haben, um sich davor zu drücken, einen gesunden Esel zu bezahlen, den sie irgendwo versteckt haben. Sobek hat wohl gedacht, ein kleiner Händler wie ich würde es niemals wagen, ihn vor Gericht zu zerren, und er könnte mit seinem Diebstahl ungestraft davonkommen. Aber die Wahrheit ist ans Licht gekommen. Ich verlange Wiedergutmachung und Entschädigung für mich und die Bestrafung und Amtsenthebung dieses ehrlosen Ordnungshüters!«

»Was habt Ihr zu Eurer Verteidigung vorzubringen?«, fragte Kenhir den Nubier.

»Der Händler lügt!«

»Zu meinen Klagepunkten kommt nun auch noch diese Verleumdung – alle Richter sind Zeugen!«

»Hat einer der Anwesenden noch etwas hinzuzufügen?«, fragte Kenhir an alle gewandt.

»Die Gerechtigkeit soll wieder hergestellt werden!«, rief der Händler.

»Ich bin das unschuldige Opfer einer Intrige!«, protestierte Sobek wütend. »Lasst mich selbst diesen Schurken befragen, dann wird er Euch die Wahrheit schon sagen!«

»Es reicht, Sobek! Die Wachen begleiten Euch in die Festung, wo Ihr auf unser Urteil warten werdet.«

32

Gefangener in seinen eigenen Kerkern zu sein deprimierte Sobek. Er war in eine ganz simple, aber teuflische Falle getappt, aus der es keinen Ausweg gab. Wenn er des Diebstahls und der Lüge für schuldig befunden wurde, würde er mehrere Monate im Gefängnis zubringen und seine Stellung verlieren, und da er einen verantwortungsvollen Posten bekleidet hatte, würde das Gericht außerordentliche Strenge walten lassen. Der Oberste Wächter müsste schließlich über jeden Verdacht erhaben sein.

Das war ja auch der Fall, dennoch zog sich die Schlinge um seinen Hals immer weiter zusammen, und am Ende würde er baumeln. Trotz seiner Wut sah Sobek ganz klar, dass jene, die die Zerschlagung der Stätte der Wahrheit betrieben, diesen Viehhändler gedungen und die Ränke geschmiedet hatten, um ihn und seine Nubier endgültig aus dem Weg zu räumen. Dann würden sie einen anderen Obersten Wächter und andere Wachmannschaften ernennen, die alles andere tun würden, als die Stätte der Wahrheit zu schützen!

Vor einem Schwerverbrechen jedoch schreckten die Verschwörer zurück. Wäre Sobek ermordet worden, hätte das Ermittlungen nach sich gezogen, und es wäre der Verdacht aufgekommen, dass es sich um ein Komplott handelte. Der Schreiber des Grabes hätte die Wachmannschaften verstärkt und den heiligen Ort noch mehr abgeschirmt. Also war es am besten, ihn, den integren und hinderlichen Obersten, in Misskredit zu bringen.

»Das Gericht verkündet das Urteil«, teilte ihm ein bedrückter Richter mit.

Der Abend war ruhig und lau. Sobek ging ganz langsam, um die letzten Augenblicke an diesem Ort zu genießen, der so abweisend wirkte, den er aber so liebte. Die Stätte der Wahrheit war seine

Heimat geworden, ein Ort der Harmonie, den er gut geschützt hatte, indem er sich ständig auf dem Laufenden gehalten hatte. Und das war nun sein Ende – wegen eines alten Esels!

Der Händler saß schon lächelnd auf dem Hocker. Sobek sah, dass die Weise ihren Platz noch nicht eingenommen hatte.

»Ich möchte bei der Urteilsverkündung gerne stehen«, sagte Sobek.

»Hier also das Urteil«, kündigte Kenhir an.

Der Nubier schloss die Augen.

Es folgte ein langes Schweigen, das plötzlich zerrissen wurde von Hufschlägen – als würde ein Esel sich langsam dem Gericht nähern.

Sobek schlug die Augen wieder auf und sah die Weise, die einen alten Vierbeiner mit zottigem Fell führte und ihm den Kopf streichelte.

»Das ... das ist der alte Esel!«, rief Sobek aus. »Fragt meinen Untergebenen, er kann es bezeugen, er wird ihn auch wieder erkennen.«

»Das haben wir schon getan«, sagte Ubechet.

»Wie habt Ihr den Esel gefunden?«

»Ich bin zum Palmenhain gegangen und habe die Bauern befragt. Ich hatte nur wenig Hoffnung, denn ich fürchtete, dass das alte Tier schon geschlachtet worden wäre. Zu Eurem Glück waren die Lockungen der Tauschwaren aber stärker. Der Komplize des Händlers hat das Tier behalten, um damit auch andere Käufer übers Ohr zu hauen.«

Der Schreiber der Nekropole sah den Kläger streng an.

»Was hast du dazu zu sagen?«

»Wo ist der Beweis, dass es dieser Esel war, der dem Obersten Wächter geliefert wurde? Dieses Tier kann überallher sein!«

»Eben nicht!«, gab die Weise zurück. »Ich hätte diesen Punkt schon nach der Aufnahme der widersprüchlichen Aussagen klären können, aber es erschien mir besser, diese Information bis jetzt zurückzuhalten.«

Der Händler wurde unsicher.

»Was wollt Ihr damit sagen?«

»An welchem Tag genau wurde dem Obersten Wächter der Esel geliefert, den du ihm verkauft hattest?«

»Genau am achtzehnten Tag.«

»Der Esel ist aus Ägypten nicht wegzudenken«, sagte die Weise. »Ohne Esel kein Reichtum. Doch manchmal ist er von Seth verdreht. Deshalb wird jeder Esel, der an die Stätte der Wahrheit kommt, durch Zauber besänftigt. Wie es Brauch ist, hat Sobek den Beistand einer Hathor-Priesterin erbeten, die dem Tier an der Innenseite der rechten Vorderhand eine Hieroglyphe aufmalen sollte. Der Esel wurde erst in den Palmenhain gebracht, nachdem dieser rituellen Anforderung Genüge getan war. Die Hieroglyphe ist je nach Jahreszeit und Festtag eine andere. Hier steht der achtzehnte Tag, wie die ganze Bruderschaft bezeugen kann: das Zeichen der Haarlocke. Das Gericht kann sich selbst überzeugen.«

Userhat der Löwe hob sanft das Bein des alten Esels an und zeigte dem Händler das Zeichen, das mit roter Tinte aufgemalt war.

»Ich hatte dich gewarnt«, mahnte Kenhir den Händler. »Du hast eine falsche Anschuldigung gegen den Obersten Wächter der Wachmannschaften an der Stätte der Wahrheit vorgebracht und du hast eine Lüge nach der anderen erzählt, damit er verurteilt wird. Erkennst du diese Tatsachen an?«

»Nein, nein! Das ist nicht meine Schuld!«

»Du wagst es, weiter zu leugnen?«

Der Viehhändler ließ den Kopf hängen.

»Nein, ich bitte um Vergebung… Ich wollte mich doch nur ein wenig bereichern.«

»Zunächst einmal verurteilt dich das Gericht zu einer Zahlung von fünf Eseln an Sobek.«

»Fünf! Das ist ja unmäßig, wie soll ich –«

»Das ist noch nicht alles. Du wirst ihm auch fünf Jahre lang für zwei Tage die Woche deine Arbeitskraft zur Verfügung stellen. Wenn du auch nur ein einziges Mal nicht erscheinst, verdoppelt sich die Strafe automatisch. Möchtest du das Gericht des Wesirs anrufen?«

»Nein, nein…«

»Dann schwöre, das Urteil anzunehmen.«

Der Verurteilte schwor mit fast unhörbarer Stimme.

»Geh jetzt und bring morgen früh die fünf Esel!«

Niedergeschmettert entfernte sich der Händler.

»Wir müssen ihn festhalten!«, meinte Sobek.

»Wenn Ihr noch mehr Anklagepunkte gegen ihn vorzubringen habt, beraumen wir einen neuen Gerichtstermin an.«

»Begreift Ihr denn nicht? Die Feinde der Bruderschaft haben versucht, mich auszuschalten!«

»Seid Ihr Euch der Schwere Eurer Anklage bewusst und wisst Ihr, was das zur Folge hat?«

»Öffnet doch die Augen! Ich sollte abgesetzt werden. Und wer wäre dann zu Eurem Schutz ernannt worden?«

»Beruhigt Euch, Sobek. Ihr vergesst, dass der Wesir den Obersten Wächter bestimmt.«

»Und wenn auch er gegängelt wird?«

»Diese Verhandlung hat Euch mitgenommen, Ihr seid nicht mehr Herr Eurer Sinne. Ruht Euch aus, und wir sprechen später darüber.«

Während der Nubier verstimmt zu seiner Wachstube zurückging, stellte Kenhir der Weisen jene Frage, die ihm auf den Lippen brannte:

»Von diesem Zauberbrauch habe ich noch nie etwas gehört.«

»Frag Wahbet die Reine«, erwiderte Ubechet lächelnd. »Es war ihre Idee. Aber das Wichtigste war doch wohl, dass wir den Esel gefunden und das Geständnis der Komplizen des Viehhändlers bekommen haben.«

»Gut gemacht! Aber kann man Sobeks Behauptungen denn Glauben schenken?«, fragte Nefer.

Die Weise nahm die Hand ihres Mannes. »Wenn die Wolken sich zusammenziehen, könnte uns der Blitzschlag treffen ... Doch die Hathor-Priesterinnen sind durchaus in der Lage, das Böse zu bannen.«

Der Viehhändler fand keinen Schlaf. Er hatte den schlimmsten Tag seines Lebens hinter sich, wo er doch geglaubt hatte, ohne weiteres den Sieg davonzutragen.

Am Abend erwartete er den Boten des Generals, der ihm sein Entgelt auszahlen sollte, doch das war ein magerer Lohn im Vergleich zu seinen Strapazen. Das harte Urteil des Gerichts würde ihn nicht nur in den Ruin treiben, sondern auch noch seinen Ruf zerstören.

Mehi müsste ihm den Schaden ersetzen und verhindern, dass Sobek bei der erstbesten Gelegenheit weitere Klagen einreichte, denn der Oberste Wächter war so in seinem Stolz verletzt, dass er nicht von seinem Ankläger ablassen würde und, wenn es ihm gelang, ihn festnehmen, verhören und schließlich ein Geständnis aus ihm herauspressen würde.

Wenn er es sich genau überlegte, musste er umgehend den General aufsuchen und sich unter seinen Schutz stellen.

Als er aus seiner Hütte neben dem Stall trat, traf er auf eine Bäuerin.

»Was machst du hier?«

»Ich bin Mehis Frau.«

»Aber ... Ihr seid ja gekleidet wie eine arme Frau!«

»Ich wollte nicht erkannt werden.«

»Seid ... seid Ihr Mehis Botin?«

»Du hast für uns gearbeitet und sollst entlohnt werden wie versprochen.«

»Das Gericht hat Sobek nicht verurteilt! Der alte Esel wurde gefunden, und die Richter haben die ganze Intrige aufgedeckt. Ich brauche Euren Schutz.«

»Hast du dem Gericht von Mehi erzählt?«

»Nein, ich habe sie glauben gemacht, dass ich allein die Schuld trage. Aber wenn Sobek mich gefangen nimmt, werde ich alles gestehen, um meinen Hals zu retten.«

»Soweit ist es ja noch nicht«, beruhigte ihn Serketa. »Dieser Fehlschlag ist zwar bedauerlich, aber deine Strapazen werden dir vergolten. Du bekommst, was wir dir versprochen haben.«

»Schützt Ihr mich?«

»Dort, wohin du gehst, hast du von Sobek nichts zu befürchten.«

Beruhigt betrachtete der Viehhändler die beiden Silbertaler, die die Frau auf eine Wäschetruhe legte. Das war ja ein kleines Vermögen! Trotz des Ärgers, den er gehabt hatte, hatte er gut daran getan, den Vorschlag des Generals anzunehmen.

Während sich der Händler an dem Anblick des Silbers ergötzte, stellte sich Serketa hinter ihn.

Aus einer Innentasche ihres weiten Gewands zog sie eine lange Nadel und bohrte sie dem Feigling mit einem einzigen Hieb direkt zwischen zwei Wirbel in den Nacken. Was sie an Tieren und einem Totenkopf geübt hatte, hatte sie nun am lebenden Objekt erfolgreich ausgeführt.

Der Händler streckte die Zunge heraus, röchelte und ruderte mit den Armen, doch er griff nur ins Leere und brach tot zusammen.

Serketa zog die Nadel wieder heraus, von der ein wenig Blut tropfte, und wischte sie sorgfältig ab, damit das Mordinstrument keinerlei Spuren mehr aufwies. Und da ihr Opfer keine erstklassige Mumifizierung bekommen würde, würde auch niemand das kleine Loch in seinem Nacken bemerken.

Sie band die Esel los und hängte den Händler, der tot nicht mehr wog als lebend, an einem Strick an den Firstbalken seines Stalls.

Sie vergaß auch nicht, die beiden Silbertaler wieder einzustecken. Dann verschwand sie in der Nacht.

33

Der Schreiber der Nekropole rief der rechten Mannschaft, die im Versammlungssaal zusammengekommen war, ins Gedächtnis, dass die Bruderschaft Bleiglanz und Bitumen brauchte, und Nefer ergänzte, dass mindestens ein Handwerker die Expedition begleiten müsse. Er würde genaue Angaben bekommen und für das Dorf jene Mengen besorgen, die für die geheime Handlung nötig waren.

Normalerweise übernahm Thuti diese Aufgabe, aber weil der Tod seines Sohnes erst so kurz zurücklag, konnte Nefer ihm das nicht aufbürden. So bat er, ein Freiwilliger möge sich melden und sich für den nächsten Morgen reisefertig machen.

Bei der Rückkehr in seine Schreibstube musste Kenhir feststellen, dass Niut die Kräftige wie befürchtet den Besen dort geschwungen hatte, doch er hatte keine Zeit, sich damit zu beschäftigen, denn eine dringende Meldung des Obersten Wächters bestellte ihn zur Fünften Bastion. Er verabscheute es, auf diese Weise überfallen zu werden, doch seine geliebten Papyri mussten nun warten.

Sobek konnte sich nur mit Mühe beherrschen.

»Habt Ihr schon das Neueste gehört?«

»Ich bin gekommen, es von Euch zu erfahren!«

»Der Viehhändler ...«

»Hat er es gewagt, das Gericht zu verhöhnen und Euch nicht die fünf Esel zu bringen, die er Euch schuldet?«

»Man hat ihn soeben tot aufgefunden. Er hat sich in seinem Stall erhängt.«

»Dieser kleine Schwindler hat die Schmach wahrscheinlich nicht verkraftet.«

»Wieder ein Selbstmord – erst Abri, nun der Händler!«, rief der Nubier aus.

»Wie könnt Ihr den Obersten Verwalter West-Thebens mit einem Viehhändler vergleichen? Letzterer hatte Angst, dass Ihr Euch rächen könntet.«

»Ich bin überzeugt, dass man ihn ermordet hat, damit er nicht plaudert. Genau wie Abri.«

»Habt Ihr Beweise für die eine oder für die andere Behauptung?«, fragte Kenhir gereizt.

»Leider nein.«

»Dass Ihr überall Verschwörungen wittert, ist ja nicht schlecht, Sobek, denn diese ... nun, diese Berufskrankheit schärft Eure Aufmerksamkeit, aber sie darf nicht von Euch Besitz ergreifen und Euch den Verstand rauben! Konntet Ihr wenigstens die Esel beschlagnahmen?«

»Jemand hat sie losgebunden, sie sind weggelaufen.«

»Vielleicht hat der Händler selbst sie laufen lassen, bevor er sich das Leben nahm.«

»Das wäre die einfachste Erklärung.«

»Und auch die wahrscheinlichste. Stehen Euch nicht noch freie Tage zu?«

»Ich habe verzichtet.«

»Das ist schlecht. Ein wenig Erholung würde Euch bestimmt gut tun.«

»Die Sicherheit des Dorfes geht mir über alles. Jene, die versucht haben, mich auszuschalten, werden es noch bereuen, dass sie mich nicht gekriegt haben!«

Der Eintrag im Tagebuch der Nekropole, den Kenhir verfassen musste, war ebenso lang wie außergewöhnlich. Kasa der Seiler konnte sich nicht freiwillig für die Expedition melden, weil er an Augenproblemen litt, Fened die Nase musste Opfergaben ans Grab seiner Eltern bringen, Karo der Grimmige reparierte gerade die Tür seines Hauses, Nacht der Starke braute Bier für das nächste Fest, Userhat der Löwe war von einem kleinen Skorpion gestochen worden, und auch alle anderen hatten gute Gründe, zu Hause zu bleiben und nicht auf Reisen zu gehen.

Alle außer Paneb.

»Du bist Vater eines Säuglings«, ermahnte ihn Kenhir.

»Er gedeiht prächtig, und Wahbet kümmert sich sehr gut um das Kind. Aber – bin ich denn der Einzige, der sich freiwillig meldet?«

»Ich fürchte ja. Gehen wir zum Baumeister.«

Nefer der Schweigsame verbarg seine Gereiztheit nicht.

»Danke für deinen Mut, Paneb, aber an dich hatte ich ehrlich gesagt nicht gedacht. Du kennst weder die Abbaugebiete noch die Materialien, die du bringen musst.«

»Und wer kennt sie?«

»Thuti der Goldschmied wäre der geeignete Mann, aber wegen des Trauerfalls …«

»Ist er nun Mitglied der Bruderschaft oder nicht? Wenn wir einen Auftrag haben, müssen wir Freud und Leid zurückstellen. Ich habe mit Thuti getrauert, aber heute brauchen wir ihn! Es geht ja wohl nicht um einen kleinen Ausflug in die Wüste – wir sind auf diese Materialien angewiesen, nicht wahr?«

»Wenn das Lebenshaus und die Verwaltung West-Thebens diese Expedition nicht angeordnet hätten, hätten wir sie selbst organisieren müssen. Die Goldene Kammer braucht Bitumen und Bleiglanz aus ganz bestimmten Gründen, die ich dir nicht darlegen kann.«

»Ich gehe zu Thuti und werde ihn überreden. Zu zweit ist die Reise weniger anstrengend.«

Dakter hatte Hummeln im Hintern. Unablässig fummelte er an seinem Bart herum und zählte wieder und wieder die hundert Esel und die hundert Bergleute, die zusammen mit dreißig Spezialisten für das Schürfen von Edelmetallen und Edelsteinen zum Aufbruch bereit waren. Sie waren an die Gefahr gewöhnt, sie waren hart im Nehmen und sie hatten ihre eigenen Karten dabei. Auch sollten sie die Expedition gegen mögliche Überfälle der »Sandläufer«, Nomaden und Plünderer, schützen. Da Dakter größtmögliche Sicherheit gefordert hatte, begleiteten sie auch noch zwanzig Soldaten.

Die Straße war zwar reich an Brunnen, doch sie hatten ausreichend Wasser und Lebensmittel dabei. Jeder Esel war auf seinen Gesundheitszustand untersucht worden, die Körbe und die Trageriemen waren neu.

Nun fehlte nur noch der Handwerker von der Stätte der Wahrheit.

»Wie viel Zeit sollen wir denn noch verlieren!«, regte sich Dakter auf. »Wir können doch nicht den ganzen Tag warten!«

»Soll ich ins Dorf gehen?«, fragte ein Geologe.

Doch dann fielen ihre Blicke auf einen Nachen, der gerade versuchte anzulegen. Wegen der Hetze brauchte es drei Anläufe, bis er schließlich ans Ufer kam.

Vom Boot sprangen zwei Männer, die nicht unterschiedlicher hätten sein können. Der eine war ein junger Koloss, der andere wirkte eher schwächlich und zerbrechlich, sein Alter war schwer zu schätzen.

Sofort kreisten die Soldaten sie ein und bedrohten sie mit ihren Knüppeln.

»Wer seid ihr?«, fuhr Dakter die beiden Männer an.

»Siehst du das denn nicht?«, wunderte sich der Riese. »Ich bin ein Amateur-Schiffer, der gerade navigieren lernt. Für meine erste Überfahrt habe ich mich gar nicht so schlecht geschlagen, was?«

»Geh zurück, woher du gekommen bist, Junge! Das hier ist militärisches Sperrgebiet.«

»Und ich dachte, das sei der Ausgangspunkt der Expedition.«

Dakter war irritiert. »Du bist gut informiert. Von wem weißt du das?«

»Vom Baumeister der Stätte der Wahrheit.«

»Ich habe einen Handwerker erwartet, nicht zwei!«

»Ich heiße Paneb, das hier ist mein Mitbruder Thuti.«

»Ich muss schon mehr über eure Ränge und eure Fähigkeiten erfahren.«

»Du wirst dich mit unseren Namen begnügen müssen.«

»Weißt du, mit wem du hier sprichst? Ich bin Dakter, der Vorsteher im Großen Haus des Lebens von Theben, und ich bin der Leiter dieser Expedition. Du schuldest mir absoluten Gehorsam, und ich fordere dich nun auf, meinen Anweisungen Folge zu leisten.«

Paneb fixierte einen Soldaten nach dem anderen. Thuti wusste, dass Paneb drauf und dran war, auf sie loszugehen, und dass er kaum unterzukriegen wäre.

»Paneb! Nicht!«, flüsterte Thuti. »Wir haben einen Auftrag.«

»Das stimmt, ich darf mich nicht gehen lassen. Gut! Dann kehren wir eben wieder um!«

Der Koloss drehte sich auf dem Absatz um und ging zum Nachen.

Dakter eilte hinter ihm her und packte ihn am Handgelenk.

»Wohin willst du?«

»Lass mich sofort los, oder ich sage gar nichts mehr!«

Panebs drohender Blick zwang den Gelehrten zu tun, was er sagte.

»Thuti und ich fahren zum Dorf zurück.«

»Aber – aber ihr müsst doch mitkommen!«

»Das schon, aber wir unterstehen nicht deinem Befehl. Wir sind freie Männer und wir wissen, was wir zu tun haben.«

Dakter lief rot an.

»Ich muss dich daran erinnern, dass ich der Leiter dieser Expedition bin, und diese Expedition ist zum Scheitern verurteilt, wenn nicht strengste Disziplin herrscht!«

»Sag das deinen Untergebenen. Wir unterstehen nur der Stätte der Wahrheit. Wenn du das nicht begreifst, bist du für das Scheitern der Reise verantwortlich.«

»Würdet ihr mir wenigstens den Weg zeigen?«

»Du wirst früh genug erfahren, wo es langgeht. Nun, dann wären wir uns ja einig. Thuti, übernimm die Führung und weise den Weg!«

»Du untergräbst meine Autorität, Paneb!«, schnaubte Dakter.

»Ach ja? Das interessiert mich nicht.«

»Ich bin es nicht gewöhnt, dass man in diesem Ton mit mir spricht! Ob es dir nun passt oder nicht – ich bin für diese Expedition verantwortlich, und ich werde dieses Betragen nicht dulden!«

»Dann musst du eben ohne mich aufbrechen.«

Dakter wandte sich an Thuti: »Ich hoffe, du zeigst mehr Vernunft!«

»Nach dem Wunsch unseres Baumeisters«, sagte der Goldschmied ruhig, »soll ich die Karawane zu den Minen führen, aber nur unter einer Bedingung, und diese Bedingung ist unumstößlich: Das Ganze erfolgt gemäß den Anweisungen, die ich erhalten habe. Und welche Titel und Vorrechte du auch genießen magst, Dakter – entweder du beugst dich oder du bleibst in Theben.«

Dakter war völlig vor den Kopf gestoßen. Nun verstand er, warum es so schwierig war, gegen diese Bruderschaft vorzugehen.

»Schluss mit dem überflüssigen Gerede!«, entschied Paneb. »Brechen wir auf!«

34

Die Karawane wanderte von Theben nilabwärts bis auf die Höhe von Koptos. Dort setzte sie über und nahm die Wüstenstraße, die zum Roten Meer und zur Halbinsel Sinai führte. Schon seit dem Alten Reich wurden auf der Halbinsel Türkis und Kupfer abgebaut, es gab dort reiche Vorkommen. Unter Thutis Führung, der die Gegend sehr gut kannte, verließen sie die Wüstenstraße, die zu einem Granitsteinbruch führte, und bogen ab in Richtung Gebel Zeit.

Obwohl es in dieser Region fast nie regnete, war es dort wegen der Nähe des Roten Meers immer feucht. Hier und da sprossen grüne Inseln, besonders am Fuße eines beeindruckenden Gebirges mit fünfhundert Ellen hohen Gipfeln.

Die meisten Ägypter fürchteten die Wüste, die von absonderlichen und gefährlichen Kreaturen bevölkert war, doch man wusste, dass sie die Körper für alle Ewigkeit konservierte und dass sie ungeheure Schätze barg: Gold, Silber und all die »reinen Steine, die im Bauch des Berges gezeugt wurden«. Bewohnbar war dieses irdische Jenseits nicht, man konnte die Wüste nur durchqueren, doch dazu brauchte man erfahrene Führer, die den Wanderer vor ihren vielen Fallen bewahrten.

Paneb marschierte neben Thuti, der trotz seiner schwächlichen Konstitution dem Trupp einen guten Schritt vorgab.

»Die Reise gefällt dir offenbar«, sagte er zu Paneb.

»Mehr als das!«, rief der Feurige aus. »Diese herrliche Landschaft! Der Sand ist wie das Feuer, er liebkost meine Füße. Zum Glück liegt unser Dorf in der Wüste. Die Kraft der Wüste rüttelt die Leute wach und reißt sie aus ihrer Trägheit.«

»Was hältst du von Dakter?«

Thuti schien über etwas nachzudenken.

»Der existiert für mich gar nicht. Ein kleiner Beamter, der zu fett ist und den seine Vorrechte trunken machen vor Eitelkeit.«

»Nimm dich trotzdem vor ihm in Acht. Als ich in Karnak gearbeitet habe, habe ich einige Leute dieses Schlags getroffen, die allerdings harmloser waren als Dakter. Dass er uns nicht ausstehen kann, ist nicht weiter verwunderlich, aber ich habe das Gefühl, dass er noch etwas anderes im Schilde führt.«

Paneb sah Thuti erstaunt an.

»Warst du im heiligen Bezirk des Amun?«

»Dort habe ich gelernt, edle Hölzer, Gold und Elektrum zu bearbeiten, ich habe Ornamente ziseliert und Portale, Statuen und Barken mit Gold beschlagen. Ich hätte es dort weit bringen können, doch Kenhir hat mich gerufen. Die Stätte der Wahrheit brauchte einen erfahrenen Goldschmied, und ich war der Dritte auf der Liste. Das Gericht hatte die beiden vor mir abgelehnt.«

»Warum bist du nicht in Karnak geblieben?«

»Ich habe mich nie getraut, bei der Bruderschaft anzuklopfen, aber ich wusste, dass dort die Geheimnisse der Handwerkskünste verwahrt werden, die nirgendwo sonst offenbart werden. Zugang zur Stätte der Wahrheit zu finden schien mir völlig unmöglich. Und dann bot sich mir plötzlich die Gelegenheit, also habe ich sie ergriffen.«

»Hast du den Ruf vernommen?«

»Vom ersten Augenblick an, als ich Gold in meinen Händen hielt … Aber ich wusste damals nicht, was das bedeutete und dass diese Berufung mich von anderen Goldschmieden unterschied. Die Bruderschaft hat meinen Ruf aufgenommen und mich zur rechten Mannschaft eingeteilt. Was für ein Tag! Und nun, was für ein Leid …«

»Du kannst doch noch ein Kind haben.«

»Nein, ich möchte die Erinnerung an meinen Sohn bewahren, an sein Lachen, seine Spiele und an sein Glück, das ich nicht für ihn festhalten konnte … Ich danke dir, dass du mich aus meiner Erstarrung gerissen und mich überredet hast, an der Expedition teilzunehmen. Allein wäre ich völlig hilflos gewesen, aber gemeinsam können wir diese schwierige Aufgabe meistern.«

»Warum misstraust du Dakter?«

»Weil wir einen gefährlichen Stoff holen, für dessen Verwendung es strenge Vorschriften gibt. Als Vorsteher des Lebenshauses könnte er die Absicht haben, diese Regeln zu brechen.«

»Unsere Aufgabe ist es doch, auf die Einhaltung der Vorschriften zu achten.«

»Ja, und genau deshalb könnten wir ihm im Weg sein. Früher waren diese Expeditionen gefahrlos. Seit ich Dakter gesehen habe, bin ich mir da jedoch nicht mehr so sicher.«

Paneb schmunzelte.

»Meinst du, er hat die glorreiche Idee, sich mit uns anzulegen?«

»Wir sind nur zu zweit.«

»Nach allem, was ich gesehen habe, hast du genügend Freunde unter den Bergleuten und Geologen.«

»Ich habe die Wüste ein paar Mal mit denselben Männern durchquert, das verbindet natürlich. Die meisten werden sich nicht gegen uns stellen.«

»Sei unbesorgt. Dakter hat keine Chance!«

Dakter ritt als Einziger auf einem Esel, ein Vorrecht, das er gemäß seines Ranges genoss. Trotzdem trank er mehr Wasser als die anderen, die zu Fuß gingen. Dass diese Reise kein Vergnügen sein würde, hatte er gewusst, doch dass diese weite Wüste ihm derartig Angst machen würde, hätte er nicht gedacht.

In seiner äußerst schlechten Laune hatte er vergeblich versucht, einen Plan auszuarbeiten, wie er sich den jungen Koloss vom Hals schaffen könnte, den er für bedrohlicher und gewalttätiger hielt als ein wildes Tier. Doch wie sollte er ihn loswerden, ohne den Verdacht des Goldschmieds zu wecken? Wenn Paneb nicht mehr mitspielte, würde Dakter niemals in den Besitz der größten Geheimnisse der Bruderschaft kommen.

Er musste also warten, bis sie die Materialien geholt hatten. Dann würde er sich etwas einfallen lassen.

Die Bergleute vor ihm wurden langsamer.

»Ich habe nicht den Befehl gegeben, stehen zu bleiben.«

»Es geht nicht weiter.«

Gereizt begab sich Dakter an die Spitze des Zuges.

Dort saß Thuti mit dem Rücken zur Sonne auf einem Stein. Männer und Tiere tranken in kleinen Schlucken.

»Was ist los?«

»Ein unvorhergesehener Halt«, antwortete der Goldschmied. »Es dauert bestimmt nicht lange, und eine kleine Pause schadet ja niemandem.«

»Wo ist dein Gefährte?«

»Er ist mit zwei Geologen zu der Erhebung da drüben gegangen.«

»Aber ... so geht das hier nicht!«

»Schlaf ein bisschen.«

»Ruf sie sofort zurück!«

»Warten wir doch einfach in Ruhe ab, bis sie zurückkommen. Je mehr du dich aufregst, desto mehr Durst bekommst du.«

Thuti bot Dakter eine Feige an. Er lehnte ab und begab sich wieder ans Ende der Karawane. Die Bergleute mochten Dakter nicht, im Gegenteil, viele teilten mit dem Goldschmied Erinnerungen an frühere Expeditionen.

»Sagenhaft!«, rief Paneb aus, als er zurückkam. »Schau dir an, was ich zusammen mit den Geologen geholt habe!«

Vor Thuti breitete er zwölfseitige Kristalle aus mit Einschlüssen aus Karneol, Jaspis und Granat. Ein paar Granate waren schon aus ihrer Ummantelung herausgebrochen und sahen aus wie Perlen des Himmels.

»Da haben sie dir wirklich etwas Schönes gezeigt«, sagte der Goldschmied.

»Unsere Freunde meinen, dass Dakter die Steine nicht sehen muss und dass wir sie auch nicht von einem Schreiber auflisten lassen müssen. Es sind ja wirklich keine großen Klunker.«

»Vom praktischen Standpunkt aus ist das richtig. Außerdem haben wir ja sowieso schon so viel Papierkram auszufüllen ...«

»Können wir dann wieder aufbrechen? Dakter ist bestimmt schon ungeduldig.«

Da kam ein Soldat auf die beiden Handwerker zugerannt.

»Wir haben drei Sandläufer auf dem Hügel erspäht. Sie haben uns eine Weile beobachtet und sind dann verschwunden. Es sind bestimmt Kundschafter.«

»Müssen wir uns auf einen Überfall einstellen?«, fragte Paneb.

»Nicht unbedingt. Diese Plünderer sind Feiglinge, sie greifen nur schlecht geschützte Karawanen an. Trotzdem werden wir die nötigen Vorsichtsmaßnahmen ergreifen. Die Bogenschützen bleiben an eurer Seite, und heute Nacht werden die Wachen abwechselnd Streife gehen.«

Schweren Schrittes setzte sich die Karawane wieder in Bewegung. Die Männer hielten die Umgebung im Auge, aus Angst, eine Bande bewaffneter Räuber könnte plötzlich vor ihnen auftauchen.

Doch mit der Zeit ließ die Angst nach, zumal kein Brunnen an der Straße verstopft oder verseucht war.

Alles klappte wie am Schnürchen, die Moral der Truppe war ausgezeichnet. Paneb hatte sich die Sympathien aller gesichert, indem er einen jungen Bergmann mit Sonnenstich kurzerhand auf den Rücken nahm, und es gab keinerlei Klagen über das Tempo, das Thuti vorgab.

Die Geologen überprüften ihre Karten und füllten ihre Lederbeutel mit Gesteinsproben, die sie sorgfältig beschrifteten.

»Das ist unser letzter Lagerplatz, morgen Mittag sind wir am Ziel«, verkündete Thuti. »Heute Abend gibt es einen Festschmaus für alle – gedörrtes Rindfleisch und Rotwein.«

Die Bergleute stimmten Lobgesänge auf den Pharao und die Göttin Hathor an, die Schutzgöttin der Edelmetalle. Dakter ging zu den beiden Handwerkern.

»Während der ganzen Reise haben wir nicht ein einziges Wort gewechselt ... sollten wir nicht langsam Frieden schließen?«, schlug er vor.

»Warum nicht?«, sagte Thuti. »Setz dich und trink!«

»Danke, ich trinke nie.«

»Dann bekommst du aber bessere Laune«, sagte Paneb.

»Morgen machen wir uns also an die Arbeit, was?«

»Genau«, bestätigte der Goldschmied.

»Meinst du nicht, es wäre an der Zeit, mir mitzuteilen, wie du vorgehen willst? Ich bin schließlich hier, um euch zu helfen und euch mein Wissen zur Verfügung zu stellen.«

»Natürlich, Dakter. Aber es ist besser, wenn du dich um unsere Sicherheit kümmerst.«

»Das ist die Aufgabe der Soldaten. Mich interessiert, welche Materialien wir in welchen Mengen nach Theben bringen sollen.«

»Schlafenszeit!«, entschied Thuti.

35

Gebel Zeit war ein kleines Bergmassiv am Rande der Karawanenstraßen. Die Landnase lag etwa zwanzig Tagesreisen von Theben entfernt und sehr abgeschieden im Süden des Golfes von Suez und wurde nur in den seltenen Fällen aufgesucht, wenn Mangel an Bleiglanz herrschte. Dakter stand schon die Gier in den Augen, denn er hatte einige Bergleute sagen hören, der Bleiglanz sei so wertvoll wie Gold. Er begriff nun, warum Thuti, der Goldschmied, dieses verlassene Fleckchen Erde schon des Öfteren aufgesucht hatte, doch er wusste immer noch nicht, wozu die Bruderschaft diesen seltenen Stoff verwendete.

»Huldigen wir erst der Göttin Hathor und erbitten ihren Schutz«, ordnete Thuti an.

Dakter kochte innerlich. Er hielt das für pure Zeitverschwendung, doch er wusste, dass es nicht leicht sein würde, diesen alten Aberglauben auszumerzen. Alle Männer versammelten sich vor den schmucklosen Stelen, die vor kleinen Andachtsnischen aus Trockenstein zwischen den provisorischen Hütten standen, wo die Bergleute während ihres Aufenthalts im Gebel Zeit wohnten, und jeder Einzelne brachte der Göttin ein Opfer dar: der eine ein Amulett oder eine Frauenfigurine aus Terrakotta, der andere einen glasierten Skarabäus oder ein Stück Linnen. Auch Min, der Schutzgott der Wüstenarbeiter, und Ptah, der Gott der Handwerker, wurden verehrt.

Nach dem Ritual verteilte Thuti die Aufgaben. Fünf Geologen schickte er auf Gazellenjagd, fünf andere zum Fischen und Muscheln Sammeln, zwei teilte er zur Reinigung der Unterkünfte ein, und die Übrigen machten sich daran, die Esel abzuladen. Die Soldaten begaben sich auf ihre Wachposten, um den Schutz der Männer zu gewährleisten.

Paneb musste die Werkzeuge zur Bearbeitung des Steins verteilen, hauptsächlich Hacken und Fäustel aus Basalt, und er durfte zwanzig Bergmänner auswählen, die von der Wanderung nicht so angegriffen waren; mit ihnen ging er zur Mine, die ein gutes Stück von den Unterkünften und den Schreinen entfernt lag.

Dakter war so erstaunt, wie zügig und konzentriert die Handwerker arbeiteten, dass er gar nicht mehr wusste, wo er hinschauen sollte, um ja keine einzige Handbewegung zu verpassen. Früher oder später müssten sie ja den Zweck ihrer Mission verraten und damit das Geheimnis, das er unbedingt an sich reißen wollte.

»Gehen wir!«, entschied Thuti. »Wenn wir zurückkommen, soll das Essen fertig sein.«

Dakter schloss sich dem Trupp an, der zur Mine aufgebrochen war, doch weder Thuti noch Paneb schenkten ihm Beachtung.

Je näher sie ihrem Ziel kamen, desto mehr unterschiedliches Gestein gab es dort im Überfluss. Dakter bemerkte hellen, graublauen Stein, dunklen Stein... So etwas hatte er noch nie gesehen! Überrascht war er auch von der Mine, die zur einen Hälfte über Tage und zur anderen Hälfte unter Tage lag. Die Bleiglanz-Adern verliefen von Norden nach Süden; sie waren an der Erdoberfläche aufgespürt worden, und man hatte Stollen und Schächte ausgehoben, die an die fünfzig Ellen in die Tiefe führten. Die Abbaufläche einer ganz besonders reichhaltigen Ader befand sich sogar zweihundert Ellen unter der Erde; es war ein ganz schmaler Stollen, in den nur ein sehr schlanker Bergmann hineinpasste.

Dakter war so aufgeregt wie kurz vor einer großen Entdeckung.

»Diese Felsen... ist das Bleiglanz?«

»Bleiglanz ist Bleisulfid, es ist bläulich«, erklärte Thuti. »Diese Felsen hier, die dunkelbraun bis schwarz sind – das ist Bitumen. Willst du mal einen Stollen sehen?«

»Aber ja!«

»Du wirst dich allerdings schmutzig machen. Und bei deinem Umfang können wir nur einen ausreichend breiten Stollen begehen.«

Dakter war so aufgeregt, dass er dem Handwerker bis ans Ende der Welt gefolgt wäre, aber der Abstieg hatte seine Tücken, und Paneb musste ihn sogar einmal packen und festhalten, sonst hätte sich der Gelehrte auf eine gefährliche Rutschpartie begeben.

Die Männer der vorigen Expedition hatten gute Arbeit geleistet und hohe Stollen gehauen, in denen man aufrecht stehen konnte. Lüftungsschächte von fast zwei Spannen Durchmesser sorgten für ständigen Zustrom von Luft.

Mit einer Hacke schlug ein Bergmann ein Stück Stein ab und zerkleinerte ihn, um aus dem Inneren die Bleiglanzklumpen zu gewinnen.

»So. Das hier bringen wir nach Theben«, erklärte ihm Thuti.

»Und wozu wird es gebraucht?«

»Bitumen wird zur Abdichtung der Kornspeicher benutzt, zum Kalfatern von Booten, zum Versiegeln von Krugdeckeln und zum Verdämmen von Werkzeugstielen. Ein Bitumenwickel hilft auch gegen Husten. Aus Bleiglanz wird ein ganz besonders wertvolles Produkt gewonnen, nämlich Schminke für unsere Schönen; damit können sie sich die Lider nachziehen. Unsere Frauen sind ganz verrückt danach. Allein deshalb lohnt sich die Reise.«

Das war alles? Dafür die ganze Geheimniskrämerei? Dakter war schwer enttäuscht. Doch er wurde die Vermutung nicht los, dass die beiden Handwerker ihn zum Besten hielten und ihn unverschämt anlogen. Das schien ihm das Allerwahrscheinlichste!

Er nahm sich zusammen, um seinen Argwohn nicht zu zeigen, und sah den Bergleuten bei der Arbeit zu. Er bewegte sich frei in den gut zugänglichen Stollen und wagte sich sogar in einen schmalen Gang, der erst vor kurzem in den Stein gehauen worden war, ohne allerdings etwas Außergewöhnliches zu entdecken.

An den blöden Bleiglanzklumpen verlor er schnell das Interesse; dafür ließ er den Goldschmied und seinen Gefährten nicht aus den Augen. Die beiden teilten sich leider die Arbeit und gingen erst nach Einbruch der Dunkelheit zurück zu ihrer kleinen Hütte, wo sie auf zwei dicken Matten schliefen. Aber wie sollte er herausfinden, was Paneb tat, solange er Thuti beobachtete, und umgekehrt? Der Gelehrte bestach also zwei Bergmänner, doch sie lieferten ihm keinerlei interessante Informationen.

Unter Thutis Leitung wurde der Bleiglanz abgebaut, Paneb war für die Bestandsaufnahme der Kugeln verantwortlich, die für den Transport in Körbe gelegt wurden, sowie für die Reinigung und Reparatur der Werkzeuge.

Die beiden Diener der Stätte der Wahrheit nutzten ihre Erfahrung, die sie an den Baustätten gewonnen hatten. Sie organisierten die Arbeit mit Rücksicht auf die besonderen Bedingungen eines jeden Tages und versuchten, die Kräfte der Arbeiter so weit wie möglich zu schonen, was ihnen wachsende Beliebtheit einbrachte.

Wenn das ganze Geheimnis nur ein Schönheitsmittel und ein Klebstoff von eingeschränkten Verwendungsmöglichkeiten war, war dann die ganze Mühe nicht lächerlich? Doch Dakter wollte nicht glauben, dass er sich geirrt hatte – die Stätte der Wahrheit war zu wichtig, als dass sich diese Männer mit irgendwelchen Oberflächlichkeiten abgaben. Wenn die beiden Handwerker die Expedition nach den genauen Anweisungen ihres Baumeisters leiteten und wenn sie die Nekropole im Wissen verlassen hatten, dass von nun an ihre Gesichter und ihre Namen bekannt sein würden, musste das wirklich einen triftigen Grund haben.

Dakter änderte also seine Vorgehensweise. Am Tage gab er sich langen Ruhepausen hin, in der Nacht wachte er und beobachtete die Hütte der beiden Handwerker in der Hoffnung, dass sie sich irgendwann einmal verraten würden.

Nach drei unendlich scheinenden durchwachten Nächten wurde seine Geduld schließlich belohnt.

Während das ganze Lager schlief, machten sich Thuti und Paneb lautlos auf den Weg zur Mine.

Dakter folgte ihnen.

Sie gingen um einen Wachposten herum und näherten sich einer Anhöhe, die außerhalb des Abbaugebiets lag.

Dakter zögerte. Wenn er stolperte, würde er sich verraten. Gegen Paneb hatte er keine Chance, der junge Riese hätte leichtes Spiel mit ihm. Doch es war die einzige Möglichkeit herauszufinden, was die beiden ausheckten.

Zum Glück gingen sie nicht schnell, es schien ihm fast, als wären sie sich nicht sicher, welchen Weg sie einschlagen sollten. Doch sie wollten nur den Wachen ausweichen. In großer Entfernung passierten sie unbemerkt den letzten Posten und stiegen den Hügel hinauf.

Dakter hielt sich in ausreichendem Abstand hinter ihnen.

Plötzlich blieben sie stehen, als wären sie auf einen unsichtbaren Feind gestoßen. Paneb entfernte sich ein Stück von Thuti und hob einen Stein auf. Dann reckte er den Arm, und Dakter dachte schon, der Koloss würde auf seinen Freund losgehen. Wollte er sich des anderen entledigen und den Schatz an sich reißen?

Doch Paneb warf den Stein mit Wucht auf den Boden, und die beiden Männer gingen weiter.

Als der Gelehrte an die Stelle kam, wo sich dieser Zwischenfall ereignet hatte, sah er den Kadaver einer schwarzen Kobra mit zertrümmertem Schädel. Die Angst schnürte ihm die Kehle zu. Normalerweise trieb sich nachts niemand in der Wüste herum, die das Reich der Reptilien und Skorpione war.

Dakter wäre am liebsten umgekehrt, doch er schleppte sich weiter, weil er den Weg zurück zum Lager wohl kaum alleine gefunden hätte. Er wagte nicht mehr, sich umzuschauen, und heftete aus Angst, plötzlich ein Unheil verkündendes Zischeln zu hören, seinen Blick fest auf die Rücken der Handwerker.

Der Aufstieg war anstrengend. Zweimal rutschte Dakter auf nassen Steinen aus.

Am Gipfel verschwanden die beiden.

Der Eingang einer Mine, dachte Dakter. Sie sind bestimmt in einen Stollen gestiegen, wo sie den Schatz verstecken, den sie der Bruderschaft bringen müssen …

Schlangen, rutschige Steine und die unwirtliche Wüste waren vergessen. Dakter kletterte auf den Gipfel.

Da sah er sie, sie lagen auf dem Bauch.

Doch da war kein Eingang zu einer Mine – sie beobachteten eine Art Krater. Aber was gab es da zu sehen?

Dakter stierte sich die Augen aus dem Kopf. Hatten sich die beiden etwa verlaufen?

Ein Zischen ließ ihm das Blut in den Adern gefrieren, aber es war keine Schlange, sondern ein Pfeil, der seine Schläfe streifte und eine blutende Wunde zurückließ.

Kaum hatte er sich umgedreht, sah er auch schon, wie drei Männer mit Dolchen auf ihn zu rannten.

»Hilfe!«, brüllte er.

36

Paneb sprang auf.

Vom Kraterrand sah er die Angreifer im Mondschein. Drei zerzauste Sandläufer streckten Dakter gerade zu Boden. Der Gelehrte schrie wie am Spieß.

»Hier, nehmt mich, ihr Feiglinge!«, brüllte Paneb.

Die Räuber ließen von ihrem Opfer ab und gingen auf Paneb los.

Anstatt sich zu trennen, machten sie den Fehler und griffen vereint diesen Wahnsinnigen an, der ihnen mutig trotzte. Sie waren offenbar überzeugt, dass sie ihm ohne Schwierigkeiten die Dolche in die Brust stoßen könnten.

Paneb duckte sich im letzten Moment und rammte dem mittleren Angreifer den Kopf in den Unterleib, die beiden anderen packte er an den Hoden und schleuderte sie zu Boden.

Der Feurige war nicht zu bremsen. Er ließ seinen Gegnern nicht einmal Zeit, aufzustehen und Luft zu holen. Dem Ersten zertrümmerte er mit einem Stein den Schädel, dem Zweiten brach er das Genick und dem Dritten schnitt er mit dessen eigenem Dolch die Kehle durch.

»Tu mir nichts!«, bettelte Dakter und rappelte sich auf.

»Was machst du hier?«

»Ich – ich habe mit den dreien nichts zu schaffen ... ich – ich habe mich verlaufen.«

»Du bist uns gefolgt. Gib's zu!«

Der Gelehrte fuhr sich mit der Hand über die Schläfe.

»Blut! Ich bin verletzt! Schwer verletzt!«

»Wir kümmern uns um dich, wenn du die Wahrheit sagst.«

»Ihr habt kein Recht, mich so zu behandeln! Wenn ihr mir nicht sofort helft, sterbe ich!«

»Tragen wir ihn zum Lager«, sagte Thuti zu Paneb. »Wenn sich Dakter über dich beschwert, kriegst du Ärger.«

Notgedrungen hob der große Mann Dakter mit einer Hand auf und schulterte ihn wie einen Sack Getreide.

Der Gelehrte lag unter einer Plane. Seine Wunde sah zwar schlimm aus, doch sie war nur oberflächlich und keineswegs lebensbedrohlich. Bei den drei Männern, denen Paneb den Garaus gemacht hatte, handelte es sich um gefürchtete Schurken. Ein Soldat hatte zwei der drei Männer erkannt, sie hatten sich mehrerer Verbrechen schuldig gemacht. Nachts griffen sie Lager an, plünderten, stahlen, töteten. Die Leichen überließen sie den Schakalen zum Fraß.

Der Zwischenfall hatte die Stimmung ziemlich gedrückt, und die Bergleute wollten schnellstmöglich wieder nach Ägypten zurück. Als Thuti bekannt gab, dass sie nur noch zwei Tage bleiben würden, waren alle erleichtert.

»Dein Trick hat geklappt«, sagte Paneb zu Thuti. »Dakter ist uns gefolgt, weil er glaubte, wir würden ihn zu einem Schatz führen. Jetzt, wo wir diesen Spitzel los sind, sag mal im Ernst – gibt es diesen Schatz wirklich?«

»Bleiglanz und Bitumen sind wirklich unverzichtbar. Aber nicht nur für den Gebrauch, den ich Dakter gegenüber erwähnt habe. Ich muss dem Baumeister eine bestimmte Menge bringen.«

»Hat das mit dem Stein des Lichts zu tun?«

»Kann sein … Mehr weiß ich auch nicht.«

Entweder log Thuti, oder er hatte so große Achtung vor dem Geheimnis, dass kein Wort über seine Lippen kam.

»Der Krater, zu dem wir Dakter geführt haben, war nur ein Köder«, fuhr der Goldschmied fort. »Dort wird er nichts finden, und wenn er hundert Mal sucht. Aber es gibt eine Stelle, die ich dir zeigen darf.«

Die beiden Männer verließen die Mine und vergewisserten sich, dass ihnen niemand folgte. Paneb sah, dass die Felsen immer schwärzer wurden.

»Vorsicht!«, warnte ihn Thuti. »Jetzt wird's glitschig.«

»Man könnte meinen, die Felsen seien eingeölt.«

»Das sind sie auch. Wir sind auf einem Hügel aus Petroleum, das Steinöl quillt aus den Spalten hervor.«

Auf den Felsen sah Paneb einen Fettfilm, der auf dem Wasser schwamm und sich nicht mit ihm vermischte.

»Wozu braucht man denn dieses komische Zeug?«

»Diesem Stoff wohnt eine gefährliche Kraft inne, und die Alten haben uns den Gebrauch verboten. Das Steinöl brennt zwar leicht, aber es rußt und stinkt und würde in den Gräbern die Wände schwärzen. Wegen seiner zerstörerischen Kraft darf es nur für rituelle Salben verwendet werden, bei bestimmten Mumifizierungen und für den geheimen Stein der Stätte der Wahrheit, wo es eine solche Verwandlung durchläuft, dass es seine ganze Schädlichkeit verliert. Wenn nun so ehrgeizige und habgierige Menschen wie Dakter Steinöl fördern und seine Verwendung verbreiten könnten, würde unser Land von schwerem Unheil heimgesucht werden. Die Menschen würden verrückt werden, vielleicht würden sogar die Sandläufer über Ägypten und die angrenzenden Länder herfallen, sich all der Reichtümer bemächtigen und die Menschheit unterjochen. In seiner Weisheit hat Pharao angeordnet, dass kein Normalsterblicher diesen Stoff, dieses schreckliche Gift, benutzen darf. Jetzt gehörst du zu den Wissenden, Paneb.«

Dakter, der über Kopfschmerzen klagte, wurde von vier Soldaten auf einer Bahre getragen. So schnell wie möglich zog die Karawane nach Ägypten zurück, denn alle wünschten nur noch, die Ufer des Nils und das grüne Fruchtland wieder zu sehen und die Gefahrenzone hinter sich zu lassen, wo jederzeit eine Bande Sandläufer auftauchen konnte, die unbedingt ihre Toten rächen wollten.

Paneb hatte das Gefühl, dass seine Kräfte in dieser unwirtlichen, verlassenen Gegend wuchsen. Die Geister, die im Sand und in den glühend heißen Felsen wohnten, vertrieben seine Erschöpfung und entfachten sein Feuer. Er dachte an die ersten Baumeister, die sich in die Wüste vorgewagt hatten, um sich das Feuer der Steine untertan zu machen. War Ägypten denn nicht ein Wunder, das sich Tag für Tag ereignete, weil das fruchtbare, großzügige Schwarze Land sich jeden Tag aufs Neue mit der Kraft der Wüste vereinte?

»Dakter will uns sprechen«, sagte Thuti.

Die beiden Handwerker begaben sich zur Trage.

»Ihr habt mir das Leben gerettet. Ich möchte euch danken. Wenn Paneb nicht eingegriffen hätte, hätten mich diese Verbrecher getötet.«

»Warum bist du uns gefolgt?«, fragte Thuti.

»Ich war überzeugt, dass im Gebel Zeit ein Schatz verborgen wäre, den ihr an die Stätte der Wahrheit bringen solltet. Natürlich wollte ich mich nicht bereichern, ich wollte nur meine Neugier stillen.«

»Wenn wir ankommen, kannst du alle Körbe durchwühlen, die für die Stätte der Wahrheit bestimmt sind. Du wirst darin nur Bleiglanzkugeln und Bitumen finden. Das ist der Schatz – ein seltener Stoff, der schwierig zu fördern ist. Die Kornspeicher werden mit Bitumen abgedichtet, damit wir in der schlechten Zeit Vorräte haben. Dass die Stiele bestimmter Werkzeuge damit besser halten, habe ich dir ja auch schon gesagt. Und natürlich nehmen wir uns auch jene Menge Bleiglanz, die der Pharao unseren Frauen und Töchtern so großzügig schenkt, damit sie Schminke daraus machen können.«

»Aber … aber wieso wart ihr beide denn dann dabei, wenn es sich nur um eine ganz normale Expedition handelte?«

»Der Befehl des Königs macht unsere Anwesenheit unumgänglich.«

»Ich verstehe nicht, wieso.«

Thuti lächelte.

»Ach, das ist doch ganz einfach. Wir haben nur sehr begrenzt Vertrauen in die Verwaltung, deren Vertreter du bist. Daher ist es besser, wenn einer von uns die Anzahl der Kugeln kontrolliert, die uns zustehen. Und wie du vielleicht bemerkt hast, können wir geschickt eine Baustätte leiten.«

Der Gelehrte wusste darauf nichts zu entgegnen.

Was Thuti da sagte, klang plausibel und räumte alle Zweifel aus. Trotzdem hatte Dakter tief in seinem Inneren das Gefühl, dass er hereingelegt worden war.

»Verzeiht ihr mir mein Betragen?«

»Natürlich«, gab der Goldschmied zurück. »Man erzählt sich ja die verrücktesten Geschichten über die Stätte der Wahrheit. Wenn man diese Märchen glaubt, dann muss man davon überzeugt sein, dass wir Handwerker alle Geheimnisse der Schöpfung kennen! Doch die Wirklichkeit sieht ganz anders aus: Wir gehören einer Bruderschaft an, die im Dienste des Pharaos steht, das ist unser Stolz und unsere Daseinsberechtigung.«

Das überzeugte Dakter. Er trank einen Schluck Wasser und schlummerte ein.

Sie löschten die Feuer des letzten Lagerplatzes in der Wüste und machten sich auf den Weg zur großen Straße in Richtung Koptos. Am Abend zuvor hatte Thuti wieder etwas Appetit bekommen, und obwohl er von der Reise erschöpft war, wirkte sein Gesicht weniger ausgezehrt.

»Diese Reise hat mir gut getan«, vertraute er Paneb an. »Die Trauer wird wohl nie vergehen, aber ich kann sie schon besser ertragen. Das habe ich nur dir zu verdanken. Es ist, als ob du mir etwas von deiner Kraft abgegeben hättest. Ich danke dir von ganzem Herzen.«

»Nichts zu danken, wir sind doch Brüder. Wenn ein Mitglied der Mannschaft in Schwierigkeiten ist, müssen die anderen ihm helfen, damit die Barke nicht in Gefahr gerät. Das sagt doch der Baumeister immer. Und manchmal frage ich mich, ob dieses Geheimnis nicht genauso wichtig ist wie das Geheimnis der Goldenen Kammer.«

Eine Wache blies ins Horn.

»Sandläufer!«, schrie ein Bergmann außer sich.

»Immer mit der Ruhe!«, befahl Paneb mit seiner lauten Stimme. »Die Soldaten und die Geologen bilden einen Schutzkreis um euch. Wir haben Waffen und wir können euch verteidigen.«

Der Feurige konnte die Leute beruhigen, der Kreis wurde sofort gebildet. Paneb brach durch und besah sich den Feind.

Es waren an die Hundert bärtige Männer mit zottigem Haar und grellbunten Kleidern, ihr Anführer ritt auf einem schwarzen Esel. Sie waren mit Bögen und Dolchen bewaffnet und bereit zum Kampf.

Auf beiden Seiten würde es große Verluste geben, doch der Kampf würde sicher zu Ungunsten der Ägypter ausgehen.

Paneb trat vor, in jeder Hand hielt er einen Stein.

Ein Bogenschütze schoss einen Pfeil ab. Paneb wartete, bis er weit genug geflogen war, warf den Stein und brach damit den Pfeil entzwei, dann schleuderte er den zweiten Stein auf den Anführer.

Der Räuber war so weit entfernt, dass er wenig Gefahr lief, getroffen zu werden, und die Männer amüsierten sich, dass der Ägypter so eine Schau machte.

Der Stein flog hoch hinauf in die Luft, ohne an Geschwindigkeit zu verlieren, und krachte dann direkt auf den Schädel des Anführers, der sofort vom Esel fiel. Da er kein Lebenszeichen mehr von sich gab, nahm einer seiner Mannen die Waffen und den Esel und flüchtete, seine Spießgesellen folgten ihm.

Die Ägypter ließen Paneb hochleben.

37

Dakter wurde gerade von einer jungen Syrerin mit sanften Händen massiert, als Mehi unaufgefordert ins Gemach trat.

»Seit wann bist du wieder zurück?«

»Seit gestern Abend ... und es geht mir nicht gut.«

Der General machte der Masseurin ein Zeichen, dass sie sich entfernen sollte. Dakter drehte sich mühsam auf die Seite und setzte sich stöhnend auf.

»Ich wäre bei dieser schrecklichen Reise fast von so einem Sandläufer getötet worden! Diese Hitze! Diese Wüste! Und diese Schurken, die sie durchstreifen! An so einer Expedition habe ich zum ersten und letzten Mal teilgenommen! Das nächste Mal schicke ich einen meiner Gehilfen.«

Der Verband an der rechten Schläfe bestätigte Dakters Worte.

»Du lebst ja noch. Und du wirst dich schon wieder von diesem Abenteuer erholen. Kommen wir nun zum Wesentlichen. Was hast du herausgefunden?«

»Nichts.«

»Nichts? Was soll das heißen? Ich mag es nicht, wenn man sich über mich lustig macht, mein Freund!«

»Das ist ganz bestimmt nicht meine Absicht. Es gab nichts zu entdecken. Gebel Zeit ist nur ein Abbaugebiet für Bleiglanz und Bitumen, Stoffe also, über deren Verwendung ich in Kenntnis gesetzt worden bin. Ich habe dieselben Mengen nach Theben gebracht wie meine Vorgänger und ich kann bei den Schminkehändlern einen guten Preis erzielen. Es gibt dort oben keinen Schatz und auch kein Geheimnis, glaubt mir!«

»Warum beteiligt sich dann die Stätte der Wahrheit an diesen Expeditionen?«

»Aus einem ganz einfachen Grund, den keiner von uns ins

Auge gefasst hat: um einen Klebstoff für Werkzeugstiele zu besorgen. Diese Handwerker sind viel einfachere Menschen, als wir glauben. Da ich nun lange genug mit ihnen Kontakt hatte, kann ich wohl behaupten, dass sie nur den reibungslosen Ablauf auf einer Baustätte und das Wohlergehen ihrer Arbeiter im Sinn haben.«

Mehi verpasste dem Gelehrten eine schallenden Ohrfeige. Dakter war so benommen, dass er eine Weile brauchte, um wieder einen klaren Gedanken zu fassen. Seine rechte Backe glühte, seine Ohren klingelten.

»Was ist denn in Euch gefahren, General?«

»Du redest daher wie ein Idiot! Und dein Erinnerungsvermögen ist auch nicht mehr das, was es mal war! Sie haben dich zum Narren gehalten, mein Ärmster. Eingelullt haben sie dich. Und ich, ich wecke dich jetzt wieder auf. Hast du denn vergessen, dass ich den Stein des Lichts mit eigenen Augen gesehen habe? Die Geheimnisse, die wir erfahren müssen, befinden sich an der Stätte der Wahrheit und nirgendwo sonst! Unsere Gegner sind keine Dummköpfe und es sind auch keine einfachen Menschen, sondern ganz ausgefuchste Burschen, die sich zu schützen wissen. Diese beiden, die dich an der Nase herumgeführt haben, haben nur dem Befehl ihres Baumeisters gehorcht. Und dieser Mann überlässt ganz gewiss nichts dem Zufall.«

Die Esel hielten am Haupttor zur Stätte der Wahrheit. Zusammen mit zwei Gehilfen entlud Paneb die Körbe voller Bleiglanzkugeln, Thuti zählte sie und trug die genaue Zahl in den Bericht für den Schreiber der Nekropole ein. Nach einer überschwänglichen Begrüßung und herzlichen Glückwünschen zur überstandenen Reise trugen Nacht der Starke und Karo der Grimmige die kostbare Last ins Dorf.

»Während du auf den Goldschmied aufgepasst hast, haben wir an euch gedacht«, sagte Karo zu Paneb. »Wir haben uns zwar keine großen Sorgen gemacht, aber wir sind trotzdem froh, dass ihr wieder hier seid.«

»Gibt's Schwierigkeiten im Dorf?«

»Langweilen tun wir uns bestimmt nicht! Der Baumeister lässt uns das Werkzeug reparieren, bevor wir die große Baustätte beginnen. Die Steinhauer sind schon bei der Arbeit.«

Nefer der Schweigsame kam zur Begrüßung der beiden Heimkehrer und umarmte sie.

»Alles gut gegangen?«

»Mehr oder weniger«, antwortete Thuti. »Die Sandläufer haben uns zweimal angegriffen, aber Paneb ist sehr erfolgreich eingeschritten. Außerdem hat Dakter versucht herauszufinden, welche Aufgabe wir bei der Expedition genau haben, aber wir konnten ihn ablenken.«

»Bist du sicher?«

»Nun, es wäre sicher falsch, darauf zu vertrauen … Dieser Fettwanst kann uns nicht leiden und er scheint mir mit allen Wassern gewaschen zu sein. Besser, wir misstrauen seinen Annäherungsversuchen.«

»Hast du alles mitgebracht?«

»Die Ausbeute war großartig. Mehr als genug.«

»Hast du Paneb eingeweiht?«

»Ich habe ihm das Steinöl gezeigt und ihm die Gefahren geschildert. Ich kann in seinem Beisein sagen, dass er sich in jeder Hinsicht vorbildlich verhalten hat.«

Thuti ging zu seiner Frau.

»Wenn ich richtig verstanden habe«, sagte Nefer zu Paneb, »ist die Wüste deine Verbündete?«

»Sie und ich, wir sind uns ähnlich. Und ohne die Wüste würde es unser Dorf nicht geben. Wann nehmen wir die großen Baustätten in Angriff?«

»Übermorgen.«

»Sehr gut! Bin ich von Anfang an dabei?«

»Ich war erst nicht dafür, doch nachdem, was Thuti gesagt hat, habe ich es mir anders überlegt.«

Paneb machte einen Luftsprung vor Freude.

»Ich laufe jetzt und küsse meine Frau und meinen Sohn!«

Der junge Riese stürzte davon, doch er kam nicht weit.

Eine hinreißende Türkis saß in einem kurzen roten Kleid und mit einer schönen Perlenkette geschmückt auf ihrer Schwelle und kämmte ihr langes Haar.

»Eine Frau, die ihr Haus gut führt, ist ein unersetzlicher Reichtum«, sagte sie leise. »Du sollst sie bewundern und sie loben, wie sie ihre mannigfaltigen Aufgaben ohne zu säumen erledigt. Warum also bleibst du vor meinem Haus stehen?«

»Darf ich eintreten?«

»Bist du dir der Gefahr dieses Schrittes bewusst?«

»Bist du dir bewusst, was es bedeutet, mitten in der glühenden Wüste ohne Frau zu sein?«

Türkis rückte von der Tür weg, Paneb umfasste sie an der Taille und trug sie vorsichtig zum Bett im ersten Raum. Ihrer Anmut und ihrer Schönheit konnte er einfach nicht widerstehen und er wollte es auch gar nicht.

Als sie nackt war, entknotete er das Band eines Lederbeutels, holte die Granatsteine heraus, die Thuti geschliffen hatte, und legte sie seiner Geliebten auf den Bauch.

»Sind sie nicht wunderbar?«

»Wirst du jetzt etwa feinsinnig, Paneb?«

»Bestimmt nicht!«

Er ließ Türkis keine Zeit, den Schatz zu bewundern, sondern küsste sie mit der Glut eines jungen Mannes, der viel zu lange keine Frau mehr gehabt hatte. Auch sie konnte ihm nicht widerstehen und schenkte ihm viel erregendere Herrlichkeiten als Edelsteine aus der Wüste.

Wahbet saß auf einem hohen Stuhl mit Kissen und ruhte ein wenig. Eine Dienerin massierte ihr die Füße, und ein Äffchen, das sich die Stätte der Wahrheit zur Heimat erkoren hatte, ließ sich in der Küche eine Feige schmecken. Das Tier tollte von Haus zu Haus, blieb ein paar Tage da und ein paar Tage dort. Niemand verjagte es, denn die Kinder hatten mehr Spaß damit als mit jedem Spielzeug.

Wahbet gegenüber saß eine vollbusige Amme und gab Panebs großem Sprössling die Brust. Gierig saugte er.

»So einen habe ich noch nie gesehen«, gestand die Amme. »Bald hast du zwei Riesen unter deinem Dach!«

Die Amme trank die Milch des Feigenbaums und aß viel frischen Fisch, damit die Milch leicht in die Brust einschoss und süßlich nach Johannisbrot schmeckte. Doch dieses Grundnahrungsmittel allein konnte Apertis Hunger nicht stillen, und er nahm auch schon feste Nahrung zu sich.

Manchmal fragte sich Wahbet, ob sie genügend Kraft hätte, ihren Pflichten als Priesterin der Hathor nachzukommen, das Haus zu führen und das Kind aufzuziehen. Beruhigend war jedoch, dass der Kleine später den Großteil des Tages im Freien verbringen würde und dass sein Vater es nicht verabsäumen würde, ihm das Ringen und ähnliche Dinge beizubringen.

»Meine Nachbarin sagt, sie habe Paneb am Haupttor gesehen«, sagte Wahbet. »Weißt du, ob er wirklich schon zurückgekommen ist, Amme?«

Die Angesprochene mied verlegen den Blick der jungen Mutter.

»Ich bin heute Morgen nicht am Haupttor gewesen.«

»Dann ist er also zu Türkis gegangen«, schloss Wahbet. »Das ist auch besser so. Wenn er vor Einbruch der Nacht zu uns zurückkommt, lodert sein Feuer nicht mehr so sehr.«

Der kleine Affe schnellte aus der Küche und sprang auf Panebs Schulter, der gerade hereintrat.

Auf dem Rücken des riesigen Mannes sah der Affe ganz winzig aus.

»Ich hoffe, es geht euch allen gut! Komm, begrüße mich, mein Sohn!«

Die Amme reichte Aperti seinem Vater, der ihn zärtlich in den Armen wiegte, während das Äffchen vorsichtig seine schwarzen Härchen berührte.

»Ein prächtiger Junge!«, rief er aus. »Das ist alles dein Verdienst, Wahbet. Aber sag mir … du sieht erschöpft aus?«

»Ich bin ein bisschen müde, das ist wahr.«

Paneb gab der Amme das Kind zurück und legte seiner Frau einen Lederbeutel auf den Schoß.

»Was ist das?«

»Mach auf!«

Wahbet knotete das Band auf und blickte in den Beutel.

»Das ist ja Karneol! Und Jaspis!«

»Du sollst eine Kette tragen, die alle anderen Frauen vor Neid erblassen lässt!«

»Erst muss ich dich aber um etwas weniger Kostspieliges bitten.

Wir brauchen mehr frischen Fisch für die Amme. Dein Sohn ist so gefräßig, dass sie immer mehr essen muss, und ihre Milch reicht ihm schon nicht mehr.«

»Ich kümmere mich darum.«

Er küsste seine Frau auf die Stirn. Da klopfte Imuni, der Gehilfe des Schreibers, an der Tür, die Paneb offen gelassen hatte.

»Es tut mir Leid, dass ich das Wiedersehen der Familie stören muss, aber der Schreiber des Grabes will Paneb sofort sprechen.«

38

Paneb hätte den Kümmerling am liebsten zusammengeschlagen, aber Kenhirs Befehl musste er Folge leisten, so lästig ihm diese unvorhergesehene Vorladung auch war. Also folgte er Imuni, dessen gestelztes Geschwätz ihn immer aufbrachte.

»Ich warne dich, Paneb, der Schreiber des Grabes hat äußerst schlechte Laune.«

»Das ist mir egal.«

»Wenn es deinetwegen ist, wollte ich jetzt lieber nicht in deiner Haut stecken.«

»Ich habe keine Angst, Imuni.«

Paneb beschleunigte seinen Schritt, der Schreibergehilfe war gezwungen, ihm hinterher zu tippeln.

Niut die Kräftige fegte gerade die Schwelle von Kenhirs schönem Haus.

»Er erwartet Euch schon«, sagte sie zu Paneb.

Imuni wollte ihm folgen, doch Niut versperrte mit dem Besen die Tür.

»Ihr nicht. Er hat gesagt: ›Paneb – niemand sonst!‹«

Beleidigt drehte sich Imuni auf dem Absatz um, während Paneb in Kenhirs Schreibstube trat, wo auch schon der Baumeister und die Weise saßen.

»Bin ich vor ein Gericht geladen?«

»Setz dich und hör zu, anstatt Unsinn zu reden!«, fuhr ihn der Schreiber an, der dieses Mal wirklich sehr besorgt aussah.

»Ich muss euch über eine Katastrophe unterrichten. Doch zuerst brauche ich der Form halber euer Wort, dass ihr absolutes Stillschweigen bewahrt über das, was ich euch jetzt zu sagen habe.«

Nefer, Ubechet und Paneb gaben ihr Wort.

»Unsere wertvollsten Werkzeuge werden in der Sicheren Kammer verwahrt, zu der nur der Baumeister und ich einen Schlüssel haben«, erklärte Kenhir. »Um Diebstähle zu verhindern, gibt es ein Sicherungssystem, das ein Zimmermannmeister unter Amenhophis III. genau für unseren Zweck angefertigt hat.«

»Diebstahl? Hier im Dorf?«, wunderte sich Paneb.

»Die Menschen sind eben überall gleich. Davon konnte ich mich gerade mal wieder selbst überzeugen – jemand hat versucht, in die Sichere Kammer einzubrechen.«

»Das ist ja unglaublich!«

»Leider, ja. Der Einbrecher hat das Lehmsiegel gebrochen, auf das ich den Petschaft der Nekropole gedrückt habe, und hat dann versucht, die erste Holzabsperrung zu durchsägen. Dabei sah er, dass er eine zweite Sicherung aufbrechen müsste, und er musste fürchten, dass es noch eine dritte gibt. Aus Angst, überrascht zu werden, hat er aufgegeben. Doch die Spuren seines Einbruchs sind noch sichtbar.«

»Wenn es nicht der Schreiber des Grabes wäre, der eine solche Anschuldigung erhebt«, sagte der Baumeister, »würde ich nicht ein Wort davon glauben. Aber wie es scheint, müssen wir uns an die Fakten halten. Offenbar gibt es in unserer Mitte einen unehrlichen Handwerker oder zumindest jemanden, der so habgierig ist, dass er sich das Eigentum der Bruderschaft aneignen will.«

»Das ist ein schweres Vergehen«, sagte Kenhir. »Sollten wir nicht Sobek informieren?«

»Das betrifft nur uns!«, wandte Paneb ein. »Das regeln wir ohne Hilfe von außen.«

»Außer zu euch dreien habe ich zu niemandem Vertrauen«, gestand der Schreiber. »Der Baumeister und die Weise sind Vater und Mutter dieser Bruderschaft, und du, Paneb, du warst gar nicht da, als der Einbruchsversuch stattgefunden hat.«

»Thuti auch nicht.«

»Das stimmt. Aber er könnte ein Komplize des Diebs sein.«

»Ich nicht?«

»Du? Du würdest niemals einem Schurken helfen!«

»Vielleicht sollten wir den Vorfall nicht hochspielen«, meinte Nefer. »Dass es die Versuchung und den Verstoß gab, steht fest, aber ich glaube nicht, dass der Schuldige es noch mal versuchen wird.«

»Bist du da nicht ein wenig zu optimistisch?«, fragte Kenhir.

»Morgen werde ich mich mit dem Vorarbeiter der linken Mannschaft besprechen und die Arbeiten aufteilen, die an unseren beiden großen Baustätten anfallen. Danach werde ich die Brüder der rechten Mannschaft zusammenrufen. Ich glaube, dass das Ausmaß des Großen Werks, zu dem wir berufen sind, jeden anspornt.«

Es braucht Männer wie Nefer, um den Himmel zu berühren, dachte Kenhir, und es braucht solche wie mich, damit man mit den Füßen auf dem Boden bleibt. »Was rät die Weise?«, fragte er.

»Vertrauen in das Werk und Wachsamkeit gegenüber den Menschen.«

Paneb ging zu einem Fischteich, der einem Weiher angeschlossen war. Dort wurden Meeräschen, Welse, Nilbarsche, Mönchsfische und Nilhechte für die Bruderschaft gezüchtet, die sich auf diese Weise unabhängig von den Fangbedingungen im Nil immer frischen Fisch schmecken lassen konnte. Der Teich war gesäumt von Weiden und Sykomoren, die das ganze Jahr über Schatten spendeten, und er wurde von der Verwaltung West-Thebens streng kontrolliert.

Daneben befand sich eine Salzkammer. Die Fischer schnitten die schönen Stücke der Länge nach auf, nahmen sie aus und ließen sie in der Sonne trocknen, bevor sie sie in Salz einlegten. Kleine Fische und gebackene Fische wurden in Körben transportiert, die großen wurden an Stäben aufgehängt und von Trägern geliefert.

Paneb gesellte sich zu einem Fischhändler, der sich mit einem großen, scharfen Messer einen riesigen Barsch vornahm, während ein anderer Meeräschenrogen salzte.

»Sei gegrüßt, Freund! Ich bin Paneb, der Mann Wahbets der Reinen. Ich brauche einen Korb frischer Fische und ein Fässchen Salzfisch für die Amme meines Sohnes.«

»Wer du auch bist – du bekommst nichts von uns. Wir haben genaue Anweisungen, wir müssen die Fische aus dem Teich ins Dorf bringen, und der Gehilfe des Schreibers muss die genauen Mengen aufschreiben. Wir dürfen nicht direkt an die Handwerker verkaufen.«

»Ihr macht auch keine Ausnahme für eine Amme?«

»Keine Ausnahme!«

Paneb hätte den Mann und seinen Kollegen leicht niederschlagen können, aber er hielt es für besser, in dieser friedlichen Gemeinde, die dem Dorf so gut zuarbeitete, keinen Ärger zu machen.

»Geh doch zum Fluss runter«, schlug ihm der Fischhändler vor. »Vielleicht findest du bei den Fischern mehr Verständnis.«

Im Schatten einer Sykomore saß ein alter Fischer und flickte seine Netze. Seine Kollegen fingen auf die verschiedenste Weise Fische mit schmackhaftem Fleisch. Einige benutzten Netze, große Kescher, die an zwei gekreuzten Stangen hingen und mit einer Strebe verstärkt waren. Das Netz war leicht zu handhaben, doch sobald es voller Fische war, brauchte man starke Arme, um es aus dem Wasser zu ziehen.

»Sag mir, Gevatter, verkauft ihr hier Fische?«

»Hier nicht. Meine Burschen arbeiten für die Priester des Rameseums.«

»Wo finde ich jene, die für die Stätte der Wahrheit arbeiten?«

»Am Kanal im Norden, ungefähr hundert Schritte von hier.«

Sechs Männer, die in zwei Mannschaften aufgeteilt waren – eine an der Böschung, die andere in einem Nachen –, hatten über den Fischereikanal ein langes Netz gespannt, das auf beiden Seiten spitz zulief und jeweils in einem starken Seil endete.

»Zusammenziehen, feste, ihr Faulenzer!«, befahl der Vorarbeiter, ein bärtiger Mann mit dickem Bauch.

»Glaubst du, wir machen uns hier einen schönen Lenz?«, gab ein noch hässlicherer Fischer zurück.

»Los, einholen!«

Meeräschen, Aale, Karpfen und Hechte – ein schöner Fang.

»Leert das Netz, tötet die Fische, die noch zappeln, und legt sie in die Körbe, die ich unter den Weidenbaum gestellt habe. Und trödelt nicht so!«

Der junge Riese näherte sich.

»Ich heiße Paneb und ich würde gerne frischen Fisch kaufen.«

Der Vorarbeiter sah ihn von unten herauf an.

»Ich heiße Nia. Welchen Preis bietest du?«

»Den normalen Preis, ein Amulett für einen Korb fangfrischer Meeräschen.«

Nia tätschelte seinen Bauch.

»Das ist normal, ja. Hast du das Amulett dabei?«

»Hier!«

Paneb zeigte ihm eine Figurine, die aus einem Karneol geschnitzt war, den er aus der Wüste mitgebracht hatte; sie stellte einen blühenden Papyrus dar, das Symbol des Wohlstands.

Nia wog sie in der Hand ab und behielt sie.

»Sehr schön, wirklich sehr schön ... Dieses Amulett ist wahrhaftig einen Korb Meeräschen wert.«

»Dann gib ihn mir!«

»Das würde ich gerne, aber das geht nicht. Ich verkaufe meine Fische nicht an jeden, das musst du einsehen, mein Junge ... Aber wer hat, der hat. Und meine Arbeiter werden bezeugen, dass du mir nie ein Amulett gegeben hast. Verschwinde jetzt besser von hier.«

Die fünf Fischer stellten sich hinter ihren Vorarbeiter.

»Behandelt ihr so einen Handwerker der Stätte der Wahrheit?«

Nia brach in schallendes Gelächter aus.

»Hau ab, hab ich gesagt! Sonst werden wir dir den Appetit auf Fisch schon austreiben!«

Panebs Faust bohrte sich mit solcher Wucht in Nias Bauch, dass dieser nach hinten fiel und seine Spießgesellen mit sich riss. Die beiden Ersten, die sich wieder aufrappelten, streckte der Koloss sofort aufs Neue nieder, die übrigen Männer ergriffen die Flucht.

Paneb setzte dem Fischer einen leeren Korb auf und trat ihm in den Hintern.

»Ich hole mir jetzt meine Fische. Das Amulett lass ich dir, Nia. Vielleicht lehrt es dich ja, in Zukunft ein bisschen redlicher zu sein.«

39

Während Paneb und Thuti auf der Reise waren, hatten die Handwerker der rechten Mannschaft den Versammlungssaal der Bruderschaft neu hergerichtet. Als Paneb nach der rituellen Waschung eintrat, sah er zwei neue Amphoren, die in den Boden eingelassen waren. Decke und Wände waren schön verputzt, überall roch es leicht nach Weihrauch.

Der Baumeister rief die Vorfahren an, setzte sich auf seinen Stuhl und lud seine Mitbrüder ein, ebenfalls Platz zu nehmen.

»Paneb und Thuti haben aus Gebel Zeit Materialien mitgebracht, die für die Bearbeitung des göttlichen Steins unerlässlich sind«, verkündete er. »Das geheime Werk in der Goldenen Kammer kann also fortgesetzt und zu Ende geführt werden. Nun ist der Moment gekommen, das Haus der Ewigkeit des Merenptah in den Fels zu schlagen und seinen Tempel der Millionen Jahre zu errichten. In Übereinstimmung mit dem Vorarbeiter der linken Mannschaft habe ich beschlossen, euch die erste Aufgabe anzuvertrauen, die linke Mannschaft wird die Arbeiten dann abschließen.«

Einige Augenblicke lang hielten die Handwerker den Atem an. Endlich, die große Prüfung!

»Steht die Lage des Grabes nun endgültig fest?«, fragte Unesch der Schakal.

»Der König hat unserem Vorschlag zugestimmt.«

»Eine außergewöhnliche Arbeit, zu der wir außergewöhnliches Werkzeug brauchen«, bemerkte Gao der Genaue mit seiner krächzenden Stimme. »Bekommen wir wirklich auch alles Notwendige?«

»Der Schreiber des Grabes hat es mir versichert«, sagte Nefer.

»Müssen wir damit rechnen, mehrere Tage fern von unseren Familien im Gebirge zu verbringen?«

»Das wird unvermeidlich sein, wenn wir schnell arbeiten und Kräfte sparen wollen.«

»Aber es ist dort oben nicht so angenehm wie im Dorf.«

»Tut mir Leid, Paih, aber die Vollendung des Werkes geht vor.«

»Ich denke, mich braucht ihr nicht von Anfang an«, bemerkte Sched der Retter wie immer etwas herablassend.

»Die ganze Mannschaft muss vom ersten Augenblick an zusammen an der Baustätte sein. Wir müssen alle unsere Fähigkeiten zu einer magischen Kraft vereinen. Die brauchen wir, wenn wir Erfolg haben wollen.«

»Wie lange wird die Baustätte im Tal der Könige bestehen?«, fragte Renupe der Heitere.

»Ich weiß es nicht. Es ist eine große Grabstätte, vergleichbar mit Ramses' Grab.«

»Da haben wir ja ein paar Jahre Schwerstarbeit vor uns!«, brummte Karo der Grimmige. »Und natürlich dürfen wir wieder nicht den kleinsten Fehler machen, nehme ich an.«

Nefer lächelte.

»Du kennst mich doch!«

»Gibt es schon Neuigkeiten aus der Hauptstadt?«, fragte Didia der Großzügige.

»Nichts Neues«, antwortete der Baumeister. »Doch Merenptah hat per Dekret den Platz und die Aufgaben der Stätte der Wahrheit im Reich bestätigt.«

»Dann liegt also die Ewigkeit vor uns!«, schloss Userhat der Löwe.

»Tun wir so, als ob es so wäre. Aber gleichzeitig müssen wir auch so leben, als könnte jede Minute die letzte sein. Es reicht nicht aus, nur unser Bestes zu geben – in der Schaffung dieses Monuments müssen wir das Geheimnis enthüllen, ohne es zu verraten.«

Paneb kam gerade aus Türkis' Haus, als er Sched dem Retter begegnete.

»Bist du immer noch verliebt?«

»Türkis ist die schönste Frau im Dorf!«

»Hoffen wir, dass ihre Schönheit dich inspiriert … Aber glaubst du im Ernst, dass das eine gute Vorbereitung auf die Zeit im Tal der Könige ist?«

»Um ehrlich zu sein, Sched, daran habe ich noch gar nicht gedacht.«

»Darum bist du auch immer noch ein Lehrling, der keine Ahnung hat, welche Gefahren drohen können!«

»Was schlägst du als mein Meister mir vor?«

»Komm mit in die Werkstatt!«

Die beiden Männer schlenderten die Hauptstraße hinunter. Sched war ernster und weniger ironisch als gewöhnlich, als würde er sich auf einen entscheidenden Augenblick vorbereiten.

»Du weißt vielleicht, dass ich eine Hütte am Nil habe, ein kleines Feld und eine Kammer für die Ölkannen, einen Speicher, einen Stall und ein paar Stücke Vieh – das ist kein Vermögen, aber das Land versorgt mich ausreichend mit regelmäßigen Einkünften und gestattet mir einen gewissen Wohlstand. Außerdem kann ich mir meine eigenen Farben kaufen. Wenn du willst, hinterlasse ich dir meinen Besitz.«

»Kommt nicht in Frage!«

»Wieso lehnst du denn ab?«

»Deine Unterweisung war mir wertvoll genug. Den Rest will ich mir selbst erarbeiten.«

»Mein Angebot hilft dir, Zeit zu sparen.«

»Vor der Zeit fürchte ich mich nicht. Sie scheint mich nicht zu verbrauchen, sondern zu stärken. Außerdem hasse ich Geschenke!«

»Du glaubst doch wohl nicht, dass ich dich bestechen will!«

»Meine Antwort ist nein. Das ist alles. Vermache deinen Besitz deiner Familie und lass uns nie wieder darüber reden!«

Sched stieß die Tür der Werkstatt auf.

Das weiche Licht im Raum schien von den Pinseln und Bürsten auszugehen, die so sauber gereinigt waren, dass sie wie neu aussahen. An den Wänden lehnten Rollen mit Entwürfen und Skizzen.

»Du kannst eine Technik erlernen, Paneb, aber du darfst nicht glauben, dass sie dem Wissen gleichkommt. Doch was gibt es Wichtigeres, als ein Wissender zu werden? Das Wissen öffnet dir die Pforten des Zaubers der Formen und Farben, es enthüllt dir das verborgene Wesen des Handwerks, es ist der wahre Quell der Freude und schreibt dir ein rechtschaffenes Betragen vor. Nach den Gesetzen der Maat zu leben, heißt, von der Unwissenheit zum Wissen zu gelangen, und es heißt vor allem, mit dem Herzen und im Herzen zu wissen.«

Sched löste ein Bröckchen rote Tinte auf, tauchte einen feinen Pinsel hinein und malte mit einer geschmeidigen Bewegung ein Falkenauge.

»Was siehst du da, Paneb?«

»Das Auge eines Raubvogels.«

»Kannst du wirklich ›sehen‹, Malergeselle? Wann wirst du verstehen, dass unsere Kunst wirkliche Seher braucht und nicht einfach seelenlose Nachahmer? Das Auge ist überall – auf Tempelmauern, auf Sarkophagen, auf Stelen, auf Barken ... Das göttliche Auge ruht pausenlos auf uns, und dir, Maler, obliegt es, diesen Blick zu teilen. Aber willst du das überhaupt?«

»Stell mich auf die Probe!«

»Das Wissen soll dein Herz nicht selbstgefällig machen. Lass dir Rat geben von einem Diener wie auch von einem Hohen, denn kein Mensch kann die Grenzen der Kunst erreichen. Vergiss nie, dass selbst der kleinste Tautropfen das Feld erblühen lässt. Bist du wirklich bereit zu sehen, Paneb, auch wenn du weißt, dass du die Unendlichkeit neuer Welten entdecken wirst und nie wieder zurück kannst?«

»Der Feigheit hat mich noch niemand bezichtigt.«

»Dann nimm das und trage es für immer bei dir.«

Sched der Retter nahm das Amulett von seinem Hals und gab es Paneb. Es war ein Udjat-Auge aus Steatit, das in symbolischer Form alle Maße der Welt verkörperte.

»Iris, Pupille, Tränenkanal, Hornhaut – jedes Teil dieses Auges entspricht einem Teil des Ganzen. Wenn du alle Teile zusammenzählst, bekommst du dreiundsechzig von vierundsechzig. Der vierundsechzigste Teil fehlt; die Hand des Malers wird dir helfen, ihn zu entdecken, wenn du ein wirklicher Seher geworden bist. Sehen heißt erschaffen.«

Fasziniert betrachtete Paneb das kleine Meisterwerk, das ihn von nun an beschützen würde.

»Ich möchte –«

»Sag jetzt nichts und bereite dich vor!«

Sched der Retter verließ die Werkstatt. Wie hätte er seinem Schüler eingestehen können, dass er langsam das Augenlicht verlor?

Im Goldenen Schurz und mit der zeremoniellen Perücke erschien der Baumeister gefolgt von der rechten Mannschaft vor dem Schreiber des Grabes, der einen schweren Holzschlüssel trug.

»Willst du uns die Tür zur Sicheren Kammer öffnen und uns die Werkzeuge des Pharaos aushändigen?«

»Gib mir die Losung!«

»›Die Liebe zum Werk.‹«

Kenhir entriegelte mit dem Schlüssel das erste Sicherungssystem und drehte ihn um, um auch das zweite zu öffnen.

Dann öffnete sich die Tür der Sicheren Kammer, wo fünfhundert mittelgroße und fünfzig große Kupfermeißel aufbewahrt wurden, dreißig Hacken und fünfundzwanzig Dächsel aus jenem Metall, das in Sinai abgebaut wurde. Nefer überzeugte sich, dass sie in gutem Zustand waren, bevor er dem Schreiber die nächste zeremonielle Frage stellte.

»Enthält dieser Schatz himmlisches Metall?«

»Der Baumeister soll die Werkzeuge suchen, die die Arbeit für die Ewigkeit ermöglichen.«

Nefer fand ein Winkelmaß und ein Lot aus dem Metall, das vom Himmel gefallen war, und zeigte sie den Handwerkern.

Unter Kenhirs Blick wurden die Werkzeuge verteilt, die ein jeder bewegt und respektvoll entgegennahm.

Plötzlich warf Unesch der Schakal seinen Meißel auf den Boden.

»Dieses Werkzeug ist völlig unbrauchbar! Es ist über die ganze Länge gesprungen!«

»Meines auch!«, stellte der Zimmermann Didia entsetzt fest.

»Der böse Blick hat uns getroffen!«, rief Paih der Gütige aus. »Wir brauchen erst gar nicht anzufangen, das Grab auszuheben, wir sind so oder so zum Scheitern verurteilt!«

Dem konnten weder der Schreiber noch der Baumeister widersprechen. Nur der böse Blick konnte Meißel zerstören, die in der Sicheren Kammer unter Verschluss aufbewahrt wurden.

»Rufen wir die Weise«, entschied Kenhir. »Sie allein kann den Bann aufheben.«

40

In hautengen roten Trägerkleidern hatten sich die Priesterinnen der Hathor vor dem Haupttempel der Nekropole versammelt. Einige sangen einen Hymnus an die Göttin, andere spielten auf einem Tamburin, das die Sonne verkörperte, sieben Frauen bildeten einen Kreis um Ubechet, die Weise.

Ein langes, tiefes Schweigen folgte, währenddessen sich die Priesterinnen entfernten und die Älteste der Halle auf die Schwelle trat.

»Als das Licht das Leben schuf«, sprach sie, »nahm es die Gestalt der Sonne an, deren Augen sich in einer Lotosblüte öffneten. Dann fiel eine Träne aus diesen Augen auf die Erde und verwandelte sich in eine Frau von strahlender Schönheit, die den Namen ›Goldgießerin‹ bekam. Sie, die Sonne, erleuchtet die Welt, du, Weise, bist ihre Tochter. Doch hast du den Mut, dein Leben aufs Spiel zu setzen, um das Werk des Menschen zu vollenden und die Baumeisterin der Handwerker zu werden, die ehrwürdige Dienerin der Bruderschaft, die den bösen Blick bannen kann?«

»Die Stätte der Wahrheit spendet mir Leben, und ich schenke der Stätte der Wahrheit mein Leben.«

»Du, die du die Lebende in der Stadt des Grabes bist, begib dich ins Allerheiligste und trete deinem Schicksal gegenüber.«

Ubechet ging festen Schritts. An ihrer Zeremonienperücke war eine Lotosblüte befestigt.

Auf einem Granitsockel thronte eine Pavian-Statue, die Inkarnation des Thot. In der linken Hand hielt er eine Schatulle mit einem Papyrus. Seine roten Augen fixierten die junge Frau, die seinem Blick standhielt, um die Weisheitslehren zu erfahren, die der Gott ihr mitteilen wollte. Die Affenhand aus Stein schien lebendig zu werden, sie hielt Ubechet das Schriftstück entgegen, die es an sich nahm und sich niederwarf.

»Komm zu mir«, sagte eine Frauenstimme mit Angst einflößender Ruhe, »und trete über meine Schwelle!«

Hinter dem Pavian des Thot stand ein zweiter Steinsockel. Ubechet musste sich erst an das Halbdunkel gewöhnen, bevor sie die kleine Goldstatue eines Falken ausmachen konnte. Er war mit einer goldenen Sonne gekrönt, aus der eine Kobra mit geblähtem Hals ragte wie der Uräus an der Stirn der Pharaonen.

An der Haltung der Schlange konnte Ubechet erkennen, dass sie angreifen wollte, aber sie wich nicht zurück. Wie es sie die Erfahrung auf der Bergspitze gelehrt hatte, starrte sie das Reptil an und bereitete sich darauf vor, jede ihrer Bewegungen nachzuahmen.

Doch das Ungeheuer regte sich nicht.

Neugierig ging Ubechet näher.

Die Kobra war mit solch einer Kunstfertigkeit aus dem Stein geschnitten, dass sie lebendig aussah. Vorsichtig und sachte berührte Ubechet ihren Kopf.

»Nimm die Sonnenscheibe«, sagte die sanfte Stimme, »und leg sie an deine Brust. So kannst du in der Finsternis sehen.«

Ubechet nahm das kostbare Symbol, von dem eine angenehme Wärme ausging. Die dunkle Halle wurde erleuchtet, und Ubechet sah sieben Dämonen mit grässlichen Masken, deren Namen ihr der Papyrus verriet: der den Kopf nach hinten trägt, der Brenner, der Verleumder, der Schreier, das Schneidende Gesicht, der Brüller, der Strophenfresser.

Sie gingen Schritt für Schritt auf die Weise zu und wollten sie einkreisen. Ubechet hielt ihnen die einzigen Waffen entgegen, die sie besaß, die Sonne und den Papyrus. Die sieben Dämonen wichen zurück und verschwanden, und an ihre Stelle trat ein Ritualpriester mit der Schakalsmaske des Anubis.

»Schreite mit mir auf den göttlichen Wassern«, sagte er.

Ubechet folgte ihm über einen Fußboden, der mit Silber belegt war und aussah wie die weiten Urgewässer, aus denen das erste Leben aufgestiegen war.

Anubis wusch die Füße der Weisen, legte ihr das weiße Gewand der Wiedererweckung an, das so eng war, dass sie kaum wagte, sich zu bewegen.

Dann führte er sie in eine dunkle Kapelle.

»An diesem Ort vollzieht sich die Verwandlung des Geistes, der tagsüber unter den Lebenden weilt. Doch wagst du es, die Kraft in dich aufzunehmen, mit der du den bösen Blick abwenden kannst?«

»Ich will mich der Prüfung unterziehen.«

»Dann pass auf! Diese Kraft kann dich vernichten. Die Alten wussten, wie man sie einfängt und im Inneren der Tempel verwahrt, doch nur wenige Sterbliche sind im Stande, sie aufzunehmen. Niemand weiß, ob du sie aushalten kannst.«

»Gestatte mir, mich ihr zu stellen, denn nur so bekomme ich die Kraft, die ich brauche, um der Bruderschaft zu helfen.«

»Dann tritt in die Kapelle ein, Weise. Die Göttin wird entscheiden.«

Schweren Schrittes ging Ubechet weiter, bis sie vor der Statue der Neith stand, deren sieben Worte die Welt erschaffen hatten. Sie war gleich groß wie die Gemahlin des Baumeisters. Mit ihren Augen, die so lebendig strahlten wie Sterne, fixierte sie den Eindringling. Ubechet blieb zwei Ellen vor der Statue stehen, die ihr die Hände mit den Handflächen nach oben entgegenstreckte.

Da sah Ubechet plötzlich, wie zwei Lichtfäden aus den steinernen Händen strömten und sich auf ihr Herz zubewegten. Die beiden wellenförmigen Strahlen machten die junge Frau wanken. Die Kraft pulsierte in den Bahnen, die Ubechets Wesen ausmachten, doch sie war so stark und brennend, dass die Weise es nicht sehr lange aushielt.

Die Göttin allein entschied, wann die Prüfung zu Ende wäre; vorher dürfte die Weise sich nicht entziehen, denn wenn sie den bösen Blick besiegen wollte, musste sie von der Kraft der Neith beseelt werden.

Kenhir hatte Nefer dem Schweigsamen nichts verheimlicht.

Früher oder später müsste Ubechet sich sowieso der Neith ausliefern, um zu erfahren, ob ihre Lebenskraft so stark wäre wie die der Göttin. Normalerweise bereitete sich eine Weise durch lange Phasen der inneren Einkehr auf diese Prüfung vor und traf nicht wie Ubechet aus einem Notfall heraus mit der Statue zusammen.

»Jemand hat versucht, in die Sichere Kammer einzudringen«, sagte Kenhir zu Nefer, »aber er ist gescheitert. Der böse Blick hat die Werkzeuge verhext. Wenn er nicht abgewendet werden kann, wird es dir nicht gelingen, das königliche Grab aus dem Fels zu hauen.«

»Könnten wir nicht den Großen Zauberer des Hofes anrufen?«

»Wer hätte mehr Zauber als die Weise? Die Mutter der ganzen Bruderschaft wird alle ihre Kräfte aufwenden, um ihren Kindern zu Hilfe zu eilen.«

»Zweifellos, Kenhir. Aber sie ist meine Frau und mir das Liebste auf der Welt, und du hast sie wissend in Gefahr gebracht, ohne mich zu benachrichtigen.«

»Das gebe ich zu, aber es war meine Pflicht. Wenn die Umstände es erfordern, darf der Schreiber des Grabes nicht an die Einzelnen denken, sondern seine Sorge muss der gesamten Bruderschaft gelten. Unser einziges, gemeinsames Ziel ist es, die Kostbare Wohnung des Pharaos zu erschaffen. Doch solange der böse Blick den Handwerkern die Hände bindet, kann an der Stätte der Wahrheit nichts entstehen.«

Nun zeigte Kenhir dem Baumeister das wahre Ausmaß seines Amtes. Er war nicht nur ein einfacher Leiter der Nekropole, sondern er war zusammen mit den beiden Vorarbeitern der Mannschaften der Garant, dass die grundlegenden Pflichten der Stätte der Wahrheit eingehalten wurden.

»Auch wenn mich deine Entscheidung mit Angst und Schrecken erfüllt, Kenhir, kann ich ihr doch nichts entgegensetzen.«

»Du hast Recht, Baumeister. Im umgekehrten Fall würde Ubechet dich tadeln, das weißt du.«

Nefer betrachtete den Tempel, wo seine Frau einer strahlenden Kraft ausgesetzt war, die nur wenige Lebewesen ertragen konnten. Würde er sie lebend wieder sehen, diese Frau mit dem sanften Lächeln, dem sanften Blick und der grenzenlosen Liebe?

»Ich bin genauso beunruhigt wie du«, flüsterte Kenhir. »Manchmal denke ich, dass wir einem sehr grausamen Gesetz unterworfen sind.«

Türkis und Wahbet die Reine kamen aus dem Heiligtum, sie stützten Ubechet, die das enge weiße Gewand gegen ein weites Kleid eingetauscht hatte, das in der Taille von einem roten Gürtelband zusammengehalten wurde. Sie hatte die Lider halb geschlossen und es schien, als könne sie sich ohne die Hilfe der beiden Priesterinnen nicht aufrecht halten.

Nefer wäre am liebsten zu ihr gerannt, doch Kenhir hielt ihn zurück.

»Warte noch ... Sie muss erst das Licht in sich aufnehmen.«

Da öffnete die Weise die Augen wie ein Geschöpf, das gerade erst in eine neue Welt hineingeboren worden war. Sie betrachtete einige Augenblicke die Sonne und fand ihr Gleichgewicht wieder. Die beiden Frauen ließen sie los, und Ubechets Blick fiel auf ihren Mann, der dieses Mal wirklich auf sie zustürzte und sie in die Arme schloss.

»Ich habe gedacht, ich müsste sterben«, sagte sie. »Die Kraft der Göttin war so groß, aber sie hat mich vor der Finsternis gerettet.«

»Ruh dich jetzt aus!«

»Später. Gehen wir erst zur Sicheren Kammer.«

»Aber du bist völlig erschöpft!«

»Ich muss ohne zu säumen weitergeben, was mir geschenkt wurde.«

Voller Hoffnung sahen die Handwerker die Weise vorbeigehen. Ubechets innere Ruhe gab ihnen Sicherheit.

Die Werkzeuge waren vor der Kammer auf dem Boden ausgebreitet. Aus Angst, sie noch mehr zu beschädigen und die zerstörerische Kraft des bösen Blicks auf sich zu ziehen, hatte sie niemand angerührt.

In dem geschlossenen Raum verbrannte Ubechet Weihrauch, um die Kammer zu reinigen und alle bösen Mächte zu vertreiben. Dann nahm sie sich die Werkzeuge vor und verweilte besonders bei jenen, die Schaden gelitten hatten, so klein er auch war. Die Risse schlossen sich, und das Kupfer erstrahlte wieder in neuem Glanz.

»Der böse Blick ist abgewendet«, verkündete sie. »Er wird der Arbeit der Bruderschaft nicht mehr schaden.«

Unter dem Jubel der Handwerker drückte sich Ubechet an ihren Mann, der vor lauter Liebe und Bewunderung nicht mehr wusste, wie ihm geschah.

41

Hier ist der Schuldige«, sagte Kenhir zu Nefer dem Schweigsamen.

Der Baumeister untersuchte ein kleines Kupferrechteck, das mit Grünspan überzogen war. Die Patina verdeckte einen Teil der Sprüche, die in das Metall eingraviert waren.

»Ich kenne diese Texte«, fuhr der Schreiber fort und kratzte mit dem Fingernagel daran herum. »Sie sind aus einem Handbuch der schwarzen Magie und verursachen die Zersetzung von Gegenstände. Da der Habgierige sie nicht besitzen kann, zerstört er sie lieber.«

»Wo war dieses verhexte Ding?«

»Es war hinten in der Mauer der Sicheren Kammer eingeschlossen. Ich habe sie gründlichst untersucht, aber erst die Weise hat dieses Stück Kupfer sichtbar und damit unschädlich gemacht.«

»Da hat einer von uns wohl eine sehr verdrehte Seele, um so ein Verbrechen zu begehen … Was ist, wenn er wieder zuschlägt?«

»Das hat er sicher im Sinn«, gestand Kenhir zu, »aber wir werden ihm die Sache schwer machen. Die Weise und die Hathor-Priesterinnen werden ein schützendes Netz über alle Gebäude an der Stätte der Wahrheit breiten, sodass unser Mann keinen Zugriff mehr hat.«

»Es ist unwahrscheinlich … aber so ein Angriff kann nur von außen kommen.«

»Hoffen wir es, Nefer, aber ich fürchte, die Wahrheit ist auf jeden Fall bitter. Du bist dir ja hoffentlich darüber im Klaren, dass die Aushebung des königlichen Grabes ein gefährliches Unterfangen ist?«

»Hältst du mich für weniger mutig als meine Frau?«

»Der Schreiber des Grabes muss Wert auf die Sicherheit des

Baumeisters legen und er muss fordern, dass alle Maßnahmen ergriffen werden, die diese Sicherheit garantieren.«

»Reicht Panebs Anwesenheit nicht aus?«

»Das ist das Mindeste, aber ich hätte gerne wirksamere Maßnahmen.«

»Mein Trachten muss auf das Bauen gerichtet sein, nicht auf meinen Schutz.«

Beim kleinsten Verdacht wären Kenhir und Sobek schon eingeschritten. Doch der Verräter zeigte keinerlei Angst. Er arbeitete in seiner Mannschaft weiter, hielt sich strikt an die Anweisungen des Baumeisters und stärkte die freundschaftlichen Bande zu seinen Mitbrüdern.

Dennoch war er ein großes Risiko eingegangen, als er das verhexte Kupferrechteck zwischen zwei Mauersteine in der Sicheren Kammer gesteckt hatte, um die Werkzeuge unbrauchbar zu machen, Angst und Unsicherheit unter den Handwerkern zu säen und die Arbeiten an der Baustätte zu behindern. Aus Angst, überrascht zu werden, hatte er dieses »Auge« nicht so kaschieren können, wie es erforderlich gewesen wäre, daher war sein Sabotageakt auch gescheitert. Der Schreiber des Grabes und die Weise hatten den Angriff mit vereinten Kräften zurückgeschlagen, und da er fürchten musste, entlarvt zu werden, würde er keinen vergleichbaren Versuch mehr starten können.

Durch die Errichtung eines Hauses der Ewigkeit im Tal der Könige war ihm nicht nur zusätzliche Arbeit aufgebürdet, auch der Augenblick zögerte sich hinaus, da er das Vermögen in Besitz nehmen konnte, das ihn außerhalb des Dorfes erwartete – von Nefers hohem Ansehen, sollten die Arbeiten erfolgreich abgeschlossen werden, gar nicht zu reden!

Anfangs hatte der Verräter nur an sich selbst und seine bequeme Zukunft gedacht und gehofft, er müsste nicht gegen die Bruderschaft kämpfen. Doch nach und nach hatte er auf seinem Irrweg feststellen müssen, dass der Kampf unvermeidlich wurde. So oder so müsste er jenen helfen, die die Stätte der Wahrheit vernichten wollten, damit sich die Bruderschaft nicht als unbarmherzige Anklägerin gegen ihn wenden könnte.

Die Handwerker der rechten Mannschaft hatten ihre Frauen und Kinder zum Abschied geküsst, hatten sich lange Stoffbahnen um die Hüften geschlungen und einen Lederschurz angezogen. Das war die Stunde des Aufbruchs ins Tal der Könige. Der Weg führte über den Sattel, wo die Mannschaft neun Nächte verbringen würde, bevor sie wieder ins Dorf zurückkehrte.

Geführt von Nefer dem Schweigsamen versammelten sich die Handwerker vor dem Grab des ehemaligen Baumeisters Sen-nedjem* und gingen weiter durch die Gräberstadt. Dann nahmen sie einen schmalen, steinigen Pfad, der auf den Grat der Westlichen Bergspitze führte, wo sie auf der Kante über einer steilen Felswand vorsichtig einen Schritt vor den anderen setzen mussten. Für Kenhir war das eine schwierige Sache, aber er hatte einen robusten Stock und so stapfte er weiter, natürlich nicht ohne unablässig auf diesen Berg zu schimpfen.

Im Westen zur Linken der Handwerker überragte die Pyramidenspitze in ihrer ganzen Erhabenheit das Tal, im Osten breitete sich ein wundervolles Stück Land mit Totentempeln und den Gräbern der Vornehmen sowie dem Fruchtland aus, das sich bis zum Nilufer zog.

Nefer konnte sich nicht satt sehen an diesem herrlichen Anblick, den er noch zu verschönern hoffte, indem er die Kostbare Wohnung des Merenptah in diese Landschaft einfügte. Auch Paneb war vollkommen bezaubert. Sagte er den Göttern auch ausreichend Dank, dass sie ihm so ein aufregendes Leben inmitten dieser vielen Wunder geschenkt hatten?

Als der Baumeister wieder auf den Pfad stieg, packte ihn Nacht der Starke am Arm.

»Nimm dich in Acht, sonst fällst du noch hinunter! Dieser Weg ist äußerst gefährlich. Hier hat es schon einige Unfälle gegeben. Lass mich vorgehen!«

»Beruhige dich, Nacht, ich bin schon vorsichtig!«

Nacht war verstimmt, kehrte aber auf seinen Platz zurück, und die kleine Prozession stieg weiter zum Sattel, dem Lagerplatz zwischen der Stätte der Wahrheit und dem Tal der Könige. Dort war

---

* Grab Nr. 1 der Felsengräber von Deir el-Medina.

ein kleines Dorf mit achtundsiebzig Hütten aus großen, mit Mörtel verbundenen Kalksteinblöcken errichtet worden und ein paar Dutzend Andachtsnischen schmiegten sich an den Steilhang.

Der Schreiber der Nekropole führte die Mannschaft bis zur Kapelle, die dem »Amun der schönen Begegnung« geweiht war, an den stumme Gebete für den Erfolg der Handwerker gerichtet wurden.

Paneb war überrascht von diesem Ort mit den zahllosen Stelen; sie zeigten die Diener der Stätte der Wahrheit, wie sie den Göttern huldigten. Offenbar war der Sattel nicht nur ein Lagerplatz, sondern er war in erster Linie für die innere Einkehr und für die Berührung mit den unsichtbaren Mächten bestimmt, die dort herrschten.

»Wenn der Wind stark weht, hört man die Stimme des Gottes besser«, sagte Kenhir zu ihm. »Wenn er uns keine Begegnung erlaubt, dann finden wir unseren Weg nicht mehr. Richten wir uns nun ein.«

Die Hütten hatten Dächer aus Ästen und Steinplatten und bestanden aus je zwei Kammern. In der ersten befand sich ein Sitzplatz, eine u-förmige Steinbank, in die meist der Name des Besitzers eingemeißelt war, in einem zweiten Raum ohne Fenster war eine Liegefläche aus Stein, auf die der Bewohner seine Matte legte.

Der Schreiber des Grabes bekam die größte und bequemste Hütte; sie hatte einen Raum mehr, der ihm als Schreibstube diente. Außerdem lag sie im Osten des Lagers und war vor Wind und Sonne gut geschützt.

»Wer wäre so nett, mir die Hütte auszufegen?«, fragte Kenhir.

»Zu deinen Diensten!«, bot sich Paneb an.

Paih der Gütige, Renupe der Heitere, Kasa der Seiler, Nacht der Starke und Unesch der Schakal trugen Vorräte für zwei Tage in die Hütten. Vom nächsten Tag an würden Gehilfen unter der Aufsicht von Wachen täglich alles Notwendige heraufbringen, bis die Arbeit der Mannschaft beendet wäre.

Karo der Grimmige und Gao der Genaue teilten Wasserkrüge aus, während Didia der Großzügige und Thuti der Gelehrte Brot, Zwiebeln, Salzfisch und Feigen auf einer großen Steinplatte ausbreiteten, die als gemeinschaftlicher Tisch diente. Dort oben im Lager waren Feuermachen und Kochen verboten. Die Lebensbedingungen auf dem Sattel waren sehr viel härter als an der Stätte der Wahrheit; die Handwerker lernten die Bequemlichkeit ihres Hauses und die Wärme eines Feuers bald wieder zu schätzen und sehnten sich nach der Nekropole.

Fened die Nase, Userhat der Löwe und Ipuhi der Prüfende begaben sich in die einfachen Werkstätten des Lagers. Dort fertigten sie Handwerkerfigurinen aus Stein, die in die Andachtsnischen gestellt wurden, und Amulette in Form von Werkzeugen, ein Lot etwa, eine Hacke oder ein Winkelmaß, die die Handwerker zum Schutz vor den Dämonen, die in den Bergen herumstreiften, um den Hals trugen.

Nur Sched der Retter schien nicht gewillt, sich nützlich zu machen. Er saß auf der Schwelle seiner Hütte und zeichnete eine Opfertafel voller Speisen.

Der Baumeister ging zu ihm hinüber.

»Ich weiß, was du denkst«, sagte der Maler, »aber du irrst dich. Es ist gut, wenn einer von uns sich nicht um niedrige Tätigkeiten kümmern muss und den Kopf frei haben kann.«

»Angenommen, ich teilte deine Sichtweise – wäre es denn dann nicht an mir, diesen Mann auszuwählen?«

»Bin ich nicht der beste Bewacher der Mannschaft? Ich passe auf, während ich zeichne.«

»Glaubst du, dass uns Gefahr droht?«

»Dieser Berg ist der Anwesenheit von Menschen nicht sehr günstig gesinnt ... Besser, wir sind auf der Hut!«

Paneb hatte die Hütte des Schreibers gefegt und machte sich nun an die Säuberung der Hütte, die ihm zugeteilt worden war.

»Hier schläft man bestimmt selig!«, sagte er zu Nefer. »Doch in der ersten Nacht werde ich nur in den Himmel blicken. Welch ein wunderbarer Ort! Man spürt die Anwesenheit unserer Vorgänger. Hier oben sind sie in sich gegangen, bevor sie mit der Erschaffung ihrer Meisterwerke begonnen haben. Sie nährten sich von der Stille und ergötzten sich an der Erhabenheit der Westlichen Bergspitze. Am liebsten würde ich für immer hier bleiben!«

»Dies hier ist nur eine Welt des Übergangs, Paneb. Niemand könnte hier für immer leben.«

»Zu Tisch!«, rief Paih der Gütige.

Die Handwerker stärkten sich, auch wenn sie, mit Ausnahme von Paneb, kaum Appetit hatten. Alle dachten an die schwere Aufgabe, die ihnen bevorstand; die Arbeit im Tal der Könige ließ sich schließlich mit nichts vergleichen. Dort im Tal war kein Platz für die Menschen, und so brauchten die Handwerker die ganze Kraft, die sie bei ihrer Einweihung an der Stätte der Wahrheit erhalten hatten, um sich an dieses Abenteuer zu wagen und die Felsen zu bearbeiten, ohne die Mächte des Jenseits zu stören. Jeder Einzelne wusste, dass seine Laufbahn mit einem Misserfolg beendet wäre und die Existenz des ganzen Dorfes auf dem Spiel stand.

»Warum hockt ihr eigentlich alle mit Grabesmiene herum?«, regte sich Paneb auf. »Man könnte denken, ihr müsstet bald alle eines ehrlosen Todes sterben!«

»Du hast eben keine Ahnung, welche Prüfungen da auf uns zukommen!«, gab Gao der Genaue zurück.

»Welche Prüfungen? Wir sind hier zusammen, nähren uns am selben Herzen und nehmen an einem Abenteuer teil, das uns erlaubt, einen Finger der Ewigkeit zu berühren. Was wollt ihr denn mehr?«

»Mein Schüler ist eben ein heiteres Gemüt«, bemerkte Sched, »und er tut ganz gut daran, uns die Angst ein wenig zu vertreiben.«

»Du, du hast doch sowieso vor nichts Angst!«, ereiferte sich Kasa der Seiler.

»Vielleicht bin ich ja sogar der Furchtsamste von uns allen, aber was hätte es für einen Sinn, meine Angst zu zeigen?«

»Ich verstehe euch wirklich nicht!«, meldete sich Paneb wieder zu Wort. »Furcht, Angst ... Warum diese Gefühle? Das Unbekannte ist genauso stark wie die Liebe, man muss sich ihm eben mit Leib und Seele verschreiben.«

»Anstatt einfach nur herumzureden, solltet ihr euch lieber ausruhen«, entschied Kenhir. »In vier Stunden brechen wir ins Tal der Könige auf.«

42

So beschwerlich der Aufstieg zum Sattel gewesen war, so leicht war nun der Abstieg ins Tal der Könige. Der Baumeister ging voraus, gefolgt von Paneb, der ganz trunken war vor Freude, dass er das Große Tal betreten durfte, »zu dem die Fehlbaren keinen Zutritt hatten«. Und genau das war eine der Hauptsorgen Nefers des Schweigsamen: Wenn einer seiner Männer tatsächlich versucht hatte, die Mannschaft mit dem bösen Blick zu schlagen, würde bald ein Unhold diesen heiligen Ort betreten. Doch er war sich dessen weder sicher, noch verfügte er über eine zuverlässige Methode, den mutmaßlichen Schuldigen zu identifizieren, und so musste er eben mit dieser zusätzlichen Bürde auf seinen Schultern weitergehen.

»Die Kraft des Lichts lässt die Felsen im Feuer glühen. Bin ich der Einzige, der das bemerkt?«, fragte Paneb an den Baumeister gewandt.

»Wir spüren es alle in unterschiedlichem Maß, und wir wissen alle, dass dieses Feuer uns verbrennen wird, wenn wir uns nicht des Werkes würdig erweisen, das wir erschaffen sollen. Möge die Westliche Bergspitze uns schützen!«

»Teilst du jetzt auch die allgemeine Griesgrämigkeit?«

»Keine Sorge, Paneb, dazu bin ich zu beschäftigt!«

»Du fürchtest nicht die Größe unserer Aufgabe – es ist etwas anderes, habe ich Recht?«

»Ja, unsere Aufgabe begeistert mich, doch möglicherweise verbirgt sich ein Verräter in unserer Mitte, der unser Werk scheitern lassen will.«

»Glaubst du das wirklich?«

»Ich kann es jedenfalls nicht ausschließen.«

»Wenn es diesen Schurken tatsächlich gibt, dann könnte er eine ganz einfache, aber sehr wirksame Strategie verfolgen: Er muss nur dich beseitigen. Ohne Kopf ist die Mannschaft hilflos. Doch ich bin schließlich auch noch da, und solange ich lebe, wird er nichts ausrichten können.«

»Ich wollte dir noch sagen –«

»Vergiss nicht, dass man dich den Schweigsamen nennt.«

Der Weg ins Tal der Könige führte durch einen schmalen Durchgang, der in den Fels gehauen war und ständig von Sobeks Männern bewacht wurde. Sobek selbst hatte sich dorthin begeben, um die Mannschaft zu empfangen. Der Nubier begrüßte erst den Schreiber und den Baumeister, dann verzeichnete er die Namen der Handwerker.

»Irgendetwas Ungewöhnliches?«, fragte Kenhir.

»Nichts. Alle meine Männer sind in Alarmbereitschaft. Keiner kann in dieses Gelände vorstoßen, ohne sofort bemerkt zu werden.«

»Ich brauche deine beiden besten Männer zur Bewachung der Werkstätten und der Baustätte.«

»Penbu und Tusa. Sie leisten ausgezeichnete Dienste. Niemand kann sie überrumpeln.«

Die beiden Nubier meldeten sich beim Schreiber. Sie hatten einen offenen Blick und strotzten vor Kraft.

»Geht vor!«, befahl der Baumeister.

Einer nach dem anderen gingen sie durch den Gang, der das Große Tal vom Rest der Welt trennte. Hier herrschten nur das Licht und der Stein, das Ewige trat an die Stelle des Vergänglichen. An den Felswänden hallte die Stille des Jenseits wider, die genährt wurde vom Blau des Himmels.

»Du, Penbu, bewachst das Materiallager!«, ordnete der Schreiber an. »Nur der Baumeister und ich selbst besitzen den Schlüssel und nur wir verteilen die Werkzeuge. Sollte auch nur ein einziges Stück fehlen, werde ich dich zur Verantwortung ziehen!«

Kenhir schloss die Tür auf und überprüfte die Anzahl der Hacken, Meißel, Farbriegel und Lampendochte. Sie stimmten mit den Zahlen auf der Inventurliste überein, die er selbst bei seinem letzten Aufenthalt im Tal der Könige aufgestellt hatte. Doch misstrauisch wie er war, zählte er nochmals und überzeugte sich vom guten Zustand der Hacken und Meißel. Zusammen mit den neuen

Werkzeugen, die sie mitgebracht hatten, wären sie gut ausgerüstet und könnten mit der Arbeit beginnen.

Die Ausgabe der Werkzeuge vollzog sich schweigend. Kenhir notierte auf einer Holztafel Werkzeug oder Material und den Namen des Handwerkers, dem er es ausgehändigt hatte und der es am Abend wieder zurückgeben müsste. Diebstahl war ausgeschlossen. Beschädigte Werkzeuge wurden ins Dorf gebracht und dort repariert.

»Du, Tusa, bewachst die Baustätte, sobald wir sie verlassen bis zu unserer Rückkehr. Sollte der außergewöhnliche Fall eintreten, dass jemand die Sperren durchbricht und Sobeks Sicherungssystem überwindet, schlägst du den Eindringling ohne Vorwarnung nieder, egal, wer es ist.«

Neben die Tür des Materiallagers stellte Userhat, der Werkstattleiter der Bildhauer, eine Stele mit sieben eingravierten Ohren, die den Wächtern helfen sollten, selbst das leiseste verdächtige Geräusch zu hören.

Angeführt von Nefer dem Schweigsamen begab sich die rechte Mannschaft zu jener Stelle westlich von Ramses' Grab, wo die Kostbare Wohnung Merenptahs in den Stein gehauen werden sollte.

Fened die Nase und Ipuhi der Prüfende betrachteten den Fels eingehend.

»Das wird nicht einfach«, meinte Ipuhi. »Können wir nicht ein Stückchen weiter drüben anfangen?«

»Unsere, Pharaos und meine, Entscheidung ist unumstößlich«, sagte Nefer.

»Nun, es könnte gehen … Jedenfalls muss man mit Genauigkeit und auch mit Kraft arbeiten. Der Stein hat seine Launen, und besonders hier wird er uns Fallen stellen.«

Fened die Nase legte die Hand auf einen Felsvorsprung.

»Hier muss der erste Schlag der Hacke treffen. Damit wird der Widerstand des Steins verändert, und wir können leichter seinen Bruchlinien folgen.«

Der Schreiber übergab dem Baumeister einen Pickel aus Silber und Gold, mit dem seit der Entstehung des Tals der Könige immer der rituelle erste Schlag geführt worden war. Nefer schwang den

Pickel und schlug ihn ziemlich genau in den Punkt, den Fened angegeben hatte. Dann vergrößerte er das Loch mit einem Silberstichel.

Der Fels gab einen merkwürdigen Laut von sich – ein Lied, das klagend, gleichzeitig aber auch voller Hoffnung war.

Fened lächelte. Wieder einmal hatte er die richtige Nase gehabt!

Mit einem harten Pickel führte Nacht der Starke den ersten kräftigen Hieb aus. Seine Mitbrüder taten es ihm gleich, doch nur Paneb konnte es an Stärke mit Nacht aufnehmen. Beleidigt schlug Nacht noch kräftiger zu, doch der Feurige hatte keinerlei Schwierigkeiten, es ihm gleichzutun. Der Wettkampf dauerte eine Weile, schließlich gab Nacht auf.

»Ihr beide ruht euch jetzt aus«, entschied Nefer. »Und die anderen sollen leichtere Spitzhacken verwenden.«

Diese Spitzhacken wogen je an die dreißig Deben; sie waren aus Kupfer und hatten einen Kern aus Bronze, der die Schläge dämpfte und verhinderte, dass das Metall brach.

So folgte ein Arbeitstag auf den anderen. Mit Kupfermeißeln und schweren Hacken mit Holzgriffen schlugen die Steinhauer den Fels in kleinen Splittern ab. Langsam kamen die weißen Kalksteinschichten zum Vorschein, die von Streifen dunkleren Feuersteins durchzogen waren – ein Anblick, der Nefer erfreute. Der Stein war gut und würde die Skulpturen und die Malereien gut tragen.

Links vom Eingang hatte Kenhir eine Nische in den Fels hauen lassen, wo er die eindeutige Inschrift anbrachte: »Sitz des Schreibers Kenhir«. Dort saß er im Schatten und wachte über den Fortgang der Arbeiten.

»Mit Ausnahme von Sched dem Retter«, sagte er zu Nefer, »legen alle Handwerker großen Eifer an den Tag. Das monumentale Portal nimmt schon Form an, und du kannst demnächst mit dem Schacht beginnen.«

»Wir dürfen nichts überstürzen und den Stein nicht verletzen«, gab Nefer zu bedenken. »Natürlich verlieren wir auf diese Weise Zeit, aber wir vermeiden schwerwiegende Fehler. Sched ist außerdem nicht müßig, er bereitet die Ausschmückung des Grabes vor und zeichnet Skizzen.«

»Ja, das hat er immer so gemacht ... Und wenn er dann mal der Wand gegenübersteht, legt er sofort los. Ein merkwürdiger Mann!«

»Sched hat immer tadellos gearbeitet.«

»Natürlich, natürlich! Aber er ist so komisch, ich kann sein Verhalten nicht gut heißen.«

»Hast du ihm etwas Konkretes vorzuwerfen?«

»Nein, noch nicht.«

»Anders gesagt, du hast ihn in Verdacht, dass er der Bruderschaft schaden könnte?«

»Das ist nur eine sehr vage Vermutung. Vielleicht hätte ich gar nicht mit dir darüber reden sollen ...«

»Im Gegenteil – besser, du verheimlichst mir nichts. Selbst wenn es mir das Herz zerreißt, ist es immer noch besser als die Unwissenheit.«

»Das ist wahr, Nefer. Ich glaube, du kommst nicht darum herum, dich auf ein paar grausame Enttäuschungen gefasst zu machen. Die Menschen können von Natur aus deinen Erwartungen nicht entsprechen, auch nicht die Menschen an der Stätte der Wahrheit.«

»Wenn das Werk vollendet wird, spielt das doch keine Rolle, oder?«

»Und wenn es nicht vollendet wird?«

»Denkst du, dass ich scheitern werde?«

»Um ehrlich zu sein, ich weiß es nicht. Aber ich hatte schlechte Träume und ich fürchte, dass es an dieser Baustätte noch zu einem tragischen Ende kommen wird, egal, wie groß deine Fähigkeiten sind. Diese Geschichte mit dem bösen Blick hat meine Befürchtungen bestätigt.«

»Die Weise hat den bösen Blick gebannt.«

»Das würde ich gerne glauben.«

»Sei weiterhin skeptisch, misstrauisch und pessimistisch, Kenhir. So bist du mein bester Verbündeter.«

Der Schreiber des Grabes murmelte Unverständliches in sich hinein und machte es sich wieder auf seinem Steinsitz bequem. Dank seiner Wachsamkeit war bisher noch kein einziges Werkzeug verschwunden, und die Spitzen wurden immer ohne Verzögerung geschliffen.

Kenhirs aufrichtige Hoffnung ruhte auf Nefer. Seine Strenge

und seine Geduld waren wirklich bewundernswert, und er griff durch wie ein wahrhaftiger Anführer.

Die Ausschachtung ging genau in dem Rhythmus vonstatten, den Nefer vorgab, und er untersuchte jeden Fingerbreit des Felsens, als würde sein Leben davon abhängen. Den Handwerkern war es wichtig, Nefer zufrieden zu stellen; sie wussten, dass er keine Schlamperei duldete, und gaben ihr Bestes.

Mit einem Wort, einer Handbewegung löste Nefer ein Problem oder er vermied einen Fehler. Die Steinhauer merkten, dass ihr Baumeister mit dem Kopf ganz bei diesem oft so launischen Stein war, dass er ihn atmen spürte und ihn in seine Dienste zu stellen vermochte, ohne ihn zu erniedrigen.

Mehr als zehn Ellen hatten sie schon ausgeschachtet. Nun waren Paneb und Unesch an der Reihe, den Bruchstein zusammenzuschaufeln und ihn in Lederkiepen zu geben, die sie auf ihre Schultern oder auf Holzschlitten luden, die mit Seilen gezogen wurden, während Karo der Grimmige und Nacht der Starke mit der Hacke arbeiteten.

Nacht schlug so schwungvoll zu, dass er das Gleichgewicht verlor und mit der Spitze seiner Hacke Karos Schläfe streifte.

»Du hättest mich umbringen können, du Trottel!«

Wütend bedrohte Karo Nacht mit der Hacke. Paneb warf sich dazwischen, damit Karo nichts tat, was er nicht mehr ungeschehen machen könnte, und Nefer drückte Nacht an die Wand.

»Willst du etwa die Hand gegen deinen Baumeister erheben?«

Nacht beruhigte sich, und auch Paneb ließ wieder von Karo ab.

»Versöhnt euch auf der Stelle wieder!«, befahl Nefer. »Die Sache ist erledigt, so etwas kommt nicht wieder vor.«

43

Nur in einen dünnen Leinenschleier gehüllt, mit frisch gefärbtem brünettem Haar und mit ihrem großen Busen, der so aufreizend war wie nie, umgarnte Serketa ihren Mann, der gerade nach Hause gekommen war.

»Wie findet du mich heute Abend?«

Mehi warf die Papyri mit den Rechnungen in eine Ecke.

»Du bist ein Prachtweib«, sagte er und knetete ihre Brüste.

»Hattest du einen guten Tag, Liebster?«

»Einen ausgezeichneten Tag!«

»Die Macht tut dir gut.«

Wie üblich zerriss Mehi den Schleier und warf sich auf seine Frau wie ein brünstiger Bock. Grob und unersättlich, so mochte sie es. Das Leben bestand sowieso aus nichts als Gewalt, und man musste sich ständig als der Stärkere erweisen. Dank ihrer Komplizenschaft fürchteten Serketa und Mehi keinen Gegner.

»Wir haben immer noch keine zuverlässigen Informationen über die Stätte der Wahrheit«, klagte sie.

»Wir wissen jedenfalls, dass die Bruderschaft begonnen hat, Merenptahs Grab im Tal der Könige auszuheben.«

»Und was hilft uns das? Bis jetzt ist keines ihrer Geheimnisse zu uns gedrungen.«

»Geduld, meine kleine Löwin! Du weißt genau, dass unsere Position jeden falschen Schritt verbietet. Ich habe die Hoffnung nicht aufgegeben, dass wir an vertrauliche Informationen gelangen werden, doch dazu müssen erst einmal der Schreiber der Nekropole und der Baumeister Vertrauen zu mir fassen.«

»Du hast doch bestimmt schon eine Idee, wie du vorgehst.«

»O ja, eine ganz raffinierte Idee!«

Mit seinem Sohn auf dem Arm und einer kleinen Grünen Meerkatze auf dem Rücken sah Paneb den Hathor-Priesterinnen beim Tanz zu, der von einer strahlend schönen und anmutigen Türkis angeführt wurde.

Das Äffchen galt als guter Geist und konnte sich frei von Haus zu Haus bewegen, wo es sich Leckerbissen holte und mit den Kindern spielte.

Nun hatte es sich Panebs Schultern als neuen Hochsitz auserkoren. Dort konnte es den Säugling aus der Nähe begutachten und mit schelmischen, aber vorsichtigen Fingern in seinen Haaren wühlen. Aperti lachte und stieß kleine Freudenschreie aus; sein neuer Spielgefährte konnte also weitermachen, ohne dass der Vater eingreifen musste.

Mit Scheds Amulett hatte Paneb das Gefühl, als könne er die Welt besser und umfassender wahrnehmen, als würde er sie gleichzeitig aus mehreren Perspektiven sehen. So erlebte er auch den Tanz der sieben Priesterinnen intensiver, der das Dorf und die Arbeit der Handwerker mit seinem Zauber schützen sollte.

»Das Geheimnis der Frauen des Inneren« wurde nur den Mitgliedern der Bruderschaft offenbart. Die sieben Tänzerinnen hatten nackte Brüste, sie trugen nur einen kurzen Lendenschurz und Perücken, an deren langen Tressen eine Kugel aus gebranntem und glasiertem Ton als Sonnensymbol befestigt war.

Türkis drehte sich vor den anderen Priesterinnen um die eigene Achse, sie hielt einen Stab, der von einer Hand mit einem Spiegel geschmückt war. Eine Tänzerin machte mit dem linken Bein einen Schritt nach vorn und betrachtete sich in dem Spiegel, den gleich eine andere Priesterin mit beiden Händen verdeckte. Türkis drehte die reflektierende Oberfläche zum Himmel, damit sie die Sonnenstrahlen einfing und sich das Licht um sie herum ausbreitete.

»Betrachten wir uns nicht selbst«, sang die schöne Priesterin, »sondern halten wir unseren Spiegel ins Licht. So sind wir vor dem Bösen geschützt.«

Ubechet untersuchte den kleinen Aperti gründlich und gab ihn dann seinem Vater zurück.

»Dein Sohn erfreut sich bester Gesundheit, Paneb.«

»Bist du sicher?«

»Es gibt keine Anzeichen für eine Krankheit oder dafür, dass eine Energiebahn weniger ausgefüllt wäre als die deinen. Von den Kindern des Dorfes kommt keines Aperti gleich.«

»Wie schön! Sobald er laufen kann, werde ich ihm die Grundzüge des Boxkampfs beibringen.«

Ubechet hatte keine Gelegenheit mehr, sich zu Panebs Erziehungsprogramm zu äußern, denn Unesch der Schakal kam mit Leidensmiene ins Behandlungszimmer.

»Ich habe Rückenschmerzen«, sagte er. »Beim Hacken hab ich mir wohl einen Muskel gezerrt.«

Die Weise legte die rechte Hand auf die schmerzende Stelle.

»Ein Wirbel ist verrutscht«, diagnostizierte sie. »Ich werde ihn einrenken.«

Unesch verschränkte die Hände im Nacken, wie die Ärztin ihn anwies. Ubechet schob ihre Arme unter seine Achseln und zog ihn hoch, bis sie einen befreienden Knacks hörte.

»Mir wird ganz heiß um den Hals herum«, sagte Unesch.

»Das ist gut so.«

»Diese Art der Behandlung interessiert mich. Bringst du sie mir bei?«, fragte Paneb.

»Um ehrlich zu sein – ich brauche sowieso einen Gehilfen, deine Mitbrüder sind mir viel zu stämmig! Meine Vorgängerin hat mir ein paar gute Griffe beigebracht, doch ich habe zu wenig Kraft, sie alle anzuwenden. Damit ich dir zeigen kann, wie man Rückenschmerzen lindert, brauche ich allerdings ein Versuchskaninchen.«

Unesch wollte sich schon verkrümeln, doch Paneb packte ihn am Schlafittchen.

»Sicher hast du auch noch anderswo ein paar Wehwehchen und stellst dich gerne zur Verfügung!«

»Nein, nein, es geht mir ausgezeichnet!«

»Für das Wohl der Gemeinschaft muss man eben Opfer bringen. Hast du kein Vertrauen in meine Fähigkeiten?«

»Nun, wie soll ich sagen …«

»Danke für deine Hilfsbereitschaft, Unesch«, sagte Ubechet mit einem Lächeln und mit einer Liebenswürdigkeit, die es Unesch unmöglich machten, ihr den Gefallen abzuschlagen.

Die Weise zeigte Paneb also, wie schlechte Haltungen und Verkrümmungen der Wirbelsäule behandelt wurden, ob sie nun ihre Ursache im Halsbereich, am Rücken oder in der Lendengegend hatten. Sie brachte ihm auch ein paar Griffe bei, mit denen man Hexenschuss oder einen steifen Hals wirksam kurierte, und erklärte ihm, dass jeder Wirbel mit einem Organ in Verbindung stand und unterschiedliche Schmerzen hervorrufen konnte, angefangen bei Herzrhythmusstörungen bis hin zu Sodbrennen.

Paneb legte ein außerordentliches Talent für diese Art der Behandlung an den Tag und lernte schnell. Er brachte sogar Uneschs langjähriges Hüftleiden wieder in Ordnung.

»Bei allen Göttern!«, rief Unesch aus. »Du hast mir die Jugend wieder geschenkt! An den Baustätten kannst du uns gute Dienste leisten. Jetzt geh ich aber nach Hause!«

Nachdem ein quicklebendiger Unesch das Behandlungszimmer verlassen hatte, enthüllte Ubechet ihrem neuen Gehilfen noch andere Geheimnisse ihres Fachs.

»Wir müssen noch ein paar Sitzungen abhalten, um das Ganze perfekt zu machen«, sagte sie. »An deinen freien Tagen kommst du hierher und arbeitest unter meiner Aufsicht, danach kannst du die Patienten auch alleine behandeln.«

»Ich freue mich, dass ich dir helfen kann!«

»Deine Kraft ist ein Geschenk des Himmels, Paneb. Aber wende nie Gewalt an, sonst wird man auch gegen dich Gewalt anwenden.«

Ubechet wollte gerade ihr Behandlungszimmer abschließen, da trat Sched aus dem Schatten.

»Hast du ein paar Minuten Zeit für mich?«

»Natürlich.«

Der Maler schlüpfte schnell ins Haus, als wollte er nicht gesehen werden.

»Was ist passiert, Sched?«

»Nichts Schlimmes... Nur meine Augen... und meine Lider schmerzen.«

Nachdem Ubechet ihn untersucht hatte, gab sie ihm ein Töpfchen mit einer Salbe aus zerstoßenen Akazienblättern, Sägemehl, Bleiglanz und Gänseleber.

»In der Nacht trägst du das auf die Lider auf und legst eine Kompresse auf. Außerdem träufelst du mit dem Kiel einer Geierfeder dreimal am Tag je drei Tropfen einer Tinktur aus Aloe und Kupfersulfat in die Augen. Das lindert die Reizung, aber es kann keine Wunder bewirken … Du hast mir nicht alles gesagt, Sched.«

Sched blickte Ubechet an, als würde er sie zum ersten Mal sehen. Wie eine Königin stand sie vor ihm.

»Die Weise kann wohl niemand belügen, was?«

»Du kennst die Antwort.«

»Mir wäre lieber, wenn die Lampen gelöscht würden.«

Ubechet ließ die Dunkelheit in den Raum dringen.

»So ist es mit allem Leben.« Scheds Stimme klang müde. »Es wird aus dem Unsichtbaren geboren, nährt sich am Licht und kehrt wieder in die Finsternis zurück, wo die Formen sich auflösen, ob es harter Granit ist oder ein zartes Gefühl. Mein Schüler Paneb weiß das noch nicht, denn er ist überzeugt, dass seine Kraft unerschöpflich ist und ihm erlaubt, jeden Kampf zu gewinnen. Doch er irrt. Denn was nützt es, scharfsinnig zu sein? Er muss ein Hindernis nach dem anderen aus dem Weg räumen bis zu dem Tag, da sein Wille und seine Fäuste unnütz geworden sind. Dann erst wird er begreifen, dass er dem Leben ausgeliefert ist und dass der Tod der willfährigste Geselle ist. Doch vorher muss er neue Wege öffnen, er muss malen, wie vor ihm noch kein Mensch gemalt hat, und er muss glauben, dass der Mensch wirklich etwas erschaffen kann. Man muss ihm dabei helfen, Ubechet, man muss verhindern, dass die Dämonen von ihm Besitz ergreifen, denn die Stätte der Wahrheit braucht den Feurigen.«

»Du verlierst dein Augenlicht, nicht wahr?«

»Du bist unsere Mutter und du musst alle deine Söhne lieben, auch wenn einer von ihnen die Hoffnung verliert und du ihm keine mehr geben kannst …«

»Ich will dir nichts vormachen – ich kenne die Krankheit, aber ich kann sie nicht heilen. Sie schreitet langsam voran, vielleicht kann ich sie aufhalten, aber das ist auch schon alles.«

»Welcher Gott ist so grausam und erlegt einem Maler so eine Strafe auf? Wahrscheinlich habe ich der Westlichen Bergspitze nicht ausreichend gehuldigt, aber nun ist es zu spät, sich Vorwürfe zu machen. Ich möchte, dass niemand etwas davon erfährt. Ich heiße ›der Retter‹ und ich möchte nicht, dass mir selbst jemand zur Rettung kommt.«

»Du solltest einen Augenarzt in Theben oder Memphis zu Rate ziehen.«

»Wozu? Er kann auch nicht zaubern. Ich werde mich meinem Schicksal solange fügen, wie es mich nicht zu einem Pflegefall macht. Deine Hilfe werde ich nur annehmen, wenn du sie mir heimlich angedeihen lässt. Niemand darf etwas erfahren!«

»Es gibt nur einen Menschen, dem ich nichts verheimlichen kann.«

»Dein Mann, unser Baumeister. Er ist der Schweigsame, ich habe Vertrauen zu ihm.«

»Im Augenblick kann ich dir nicht helfen, Sched, aber ich gebe mich noch nicht geschlagen.«

44

Die Kochkünste Niuts der Kräftigen, die mit unvergleichlichem Fingerspitzengefühl Geflügel braten konnte, verhalfen Kenhir wieder zu neuen Kräften. Seit Niut sich um seinen Haushalt kümmerte, hatte er genügend Energie, um das Tagebuch der Nekropole zu führen, die Baustätte im Tal der Könige zu überwachen und sich auch noch seinem literarischen Werk zu widmen. Nachdem er eine neue Version der *Schlacht von Kadesch* verfasst hatte, in der er die übernatürliche Erhabenheit Ramses' des Großen verherrlichte, war er nun dabei, eine Liste der Könige aufzustellen, die Tempel am Ostufer errichtet hatten, und er legte letzte Hand an eine Geschichte der achtzehnten Dynastie. Indem er Lyrik, historische Tatsachen und Symbolik vermischte, ließ er die vielen Aspekte dieser außergewöhnlichen Kultur lebendig werden, deren Sohn zu sein er das Glück hatte.

»Ihr habt einen Besucher«, verkündete die junge Dienerin.

»O nein, nicht jetzt! Siehst du denn nicht, dass ich schreibe?«

»Soll ich den Baumeister wieder wegschicken?«

»Nein, natürlich nicht. Er soll eintreten.«

Nefer, der für gewöhnlich die Ruhe selbst war, sah wütend aus.

»Die Eselskarawane, die uns Kupfer für die Fertigung der Meißel bringen soll, ist gerade angekommen«, tat er kund.

»Das sind gute Neuigkeiten. Wir haben sie erst für morgen erwartet.«

»Es sind viele Esel, doch kein Quäntchen Kupfer!«

»Das ist unmöglich!«

»Überzeug dich selbst!«

Der Schreiber des Grabes legte sein Schreibzeug beiseite und begab sich in Nefers Begleitung ans Haupttor.

Der Anführer der Karawane saß auf einer Reisematte und debattierte mit Obed dem Schmied, der durch das Ausbleiben der Lieferung zur Untätigkeit verdammt war.

»Was hast du mit dem Kupfer gemacht, das du uns bringen solltest?«, fragte Kenhir.

»Die Karawane wurde von den Wachen in Koptos gefilzt, sie haben beanstandet, dass die Ladung nicht ordnungsgemäß sei. Da ich den Auftrag hatte, hierher zu kommen, bin ich gekommen. Ich will da in nichts verwickelt werden … Unterzeichnet einfach, dass ich den Auftrag ausgeführt habe, und ich verschwinde wieder nach Theben.«

»Nicht ordnungsgemäß? Gemäß welcher Ordnung?«

»Keine Ahnung. Unterzeichnet Ihr jetzt bitte?«

Kenhir fügte sich. Die Karawane verließ das Viertel der Gehilfen und machte sich auf den Weg zur Fähre.

»Und ich? Was soll ich jetzt tun?«, fragte der Schmied und stemmte die Fäuste in die Hüften. »Ohne Rohstoffe kann ich nur Däumchen drehen!«

»Du kannst Pickel und alte Meißel schleifen«, wies Nefer ihn an. »Die Steinmetzen werden sie dir bringen.«

Der Schreiber des Grabes und der Baumeister gingen wieder zurück in die Nekropole.

»Wenn wir die nötige Menge Kupfer nicht innerhalb von zwei Monaten bekommen, habe ich nicht genügend gute Werkzeuge und muss die Arbeit an der Baustätte unterbrechen«, sagte Nefer.

»Das ist nicht der erste Zwischenfall dieser Art«, erinnerte ihn Kenhir, »doch dieses Mal ereignet er sich im ungünstigsten Moment. Ich sehe nur eine Lösung – wir müssen Mehi benachrichtigen.«

Am Sitz der Hauptverwaltung des Westufers ging es zu wie in einem Taubenschlag. Schreiber und Kuriere mit dringlichen Nachrichten kamen, andere Kuriere gingen und überbrachten den Untergebenen neue Befehle der Obrigkeit. Andere empfingen unzufriedene Steuerzahler, Bauern, die das Grundbuch anfochten und Lieferanten unterschiedlicher Waren, die kontrolliert werden mussten.

Ein Wachmann mit einem Stock fuhr Kenhir an: »Wer bist du?«

»Der Schreiber der Nekropole. Ich will sofort den Obersten Verwalter sprechen.«

Da Kenhir die Bitte um dieses Vorrecht forsch genug vorgebracht hatte, führte der Wachmann ihn zu einem Schreiber, der ihn einige Zeit warten ließ, bevor er ihn empfing, obwohl es sich beim Schreiber der Nekropole um eine bedeutende Persönlichkeit handelte.

»Wenn Ihr mir folgen wollt.«

Der Wachmann führte Kenhir ins Hauptgebäude, wo der Verwalter hochrangige Gäste empfing. Sein persönlicher Sekretär war von der Ankunft des Schreibers unterrichtet worden und hatte sogleich seinen Vorgesetzten benachrichtigt, der dem Besucher nun entgegenging.

»Wie schön, Euch wieder zu sehen, mein lieber Kenhir! Kann ich Euch zu Diensten sein?«

»Möglicherweise.«

»Tretet ein!«

Möbel aus edlen Hölzern, viele Lampen, Kästen und Regale für Papyrusrollen und Holztäfelchen, Amphoren mit Wasser und Bier – Mehis Amtsstube war luxuriös und behaglich.

»Setzt Euch doch!«

»Ich bin in Eile und will gleich zur Sache kommen.«

»Etwas Schlimmes?«

»Die Kupferlieferung für die Stätte der Wahrheit wurde in Koptos einbehalten.«

»Warum denn das?«, fragte Mehi erstaunt.

»Sie sei nicht ordnungsgemäß.«

»Wisst Ihr etwas Genaueres?«

»Leider nein. Die Bruderschaft braucht das Kupfer dringend für die Herstellung von Werkzeugen und für die Fortführung der Arbeiten.«

»Verstehe, verstehe … Aber man hätte mich doch von diesem Zwischenfall in Kenntnis setzen müssen!«

»Ihr seid also auch nicht auf dem Laufenden?«

»Wenn ich das gewusst hätte, mein lieber Kenhir, hätte ich natürlich sofort eingegriffen. Ich fürchte fast, einer meiner Untergebenen hat einen großen Fehler gemacht. Entschuldigt mich einen Augenblick! Ich werde die Sache klären.«

Angesichts von Mehis wütendem Blick begriff Kenhir, dass der Verwalter es nicht schätzte, wenn man ihm eine Schwäche nachwies.

Die Schatten krochen schon über den Hof, als Mehi mit einem Papyrus in der Hand wieder in seine Schreibstube gestürzt kam.

»Hier wurde mir ein Dokument zugesandt, es betrifft Eure strittige Kupferlieferung, doch der Verantwortliche für die Beziehungen mit dem Gau Koptos hat es in das Fach für die weniger dringlichen Angelegenheiten gesteckt! Unnötig zu sagen, dass der Beamte nun nicht mehr zu meinem Stab gehört. Er soll seine Kenntnisse irgendwo in einer kleinen Schreibstube in der Provinz auffrischen, und ich werde persönlich dafür sorgen, dass er in den nächsten Jahren nicht befördert wird! Ich muss mich bei Euch entschuldigen, Kenhir. Auch wenn meine Untergebenen schuld sind, so fühle ich mich doch persönlich für deren Fehler verantwortlich.«

»Wisst Ihr nun, warum die Ladung als nicht ordnungsgemäß abgelehnt wurde?«

»Ein dummer Fehler der Verwaltung... Der Vorsteher der Mine hatte den Lieferschein nicht korrekt ausgefüllt, und in Koptos witterten sie schon Betrug. Die Polizei hat Ermittlungen aufgenommen, die wohl mehrere Monaten andauern werden.«

»Mehrere Monate? Aber das ist eine Katastrophe! Was kann man denn da tun?«

»Man kann nur eine vorsichtig formulierte Beschwerde an die Polizei in Koptos richten und sie bitten, das Kupfer umgehend nach Theben zu bringen.«

»Hat das Aussicht auf Erfolg?«

Mehi runzelte die Stirn.

»Vielleicht, aber sicher ist es nicht... Und vor allem werden die Ermittlungen dadurch nicht aufgehalten.«

»Könntet Ihr eine neue Lieferung beantragen?«

»Das geht nicht. Die Stätte der Wahrheit bekommt genau diese angegebene Menge und nicht mehr. Die Zuteilungen sind strikt rationiert, es steht nicht in meiner Macht, daran etwas zu ändern.«

»Aber die Stätte der Wahrheit ist betroffen! Kann man denn da keine Ausnahme machen?«

»Wenn es nach mir ginge, wäre das längst passiert, aber diese Entscheidung muss von der Verwaltung bearbeitet werden, und deren Mühlen mahlen langsam, wie Ihr ja wisst.«

»Dann bin ich also gezwungen, dem Baumeister eine sehr schlechte Nachricht zu überbringen«, klagte Kenhir.

»Nun, vielleicht gibt es ja doch eine Lösung«, sagte Mehi.

»Und die wäre?«

»Ich könnte mich persönlich nach Koptos begeben und den Verantwortlichen dort unseren Standpunkt auseinander setzen. Das ist natürlich keine Garantie, dass es klappt, aber ich werde versuchen, so überzeugend wie möglich zu argumentieren.«

Mehi rollte den Papyrus zusammen, auf dem die streitige Angelegenheit dokumentiert war, und stapfte entschlossenen Schrittes zur Tür.

»Ich reise sofort ab«, beschied er. »Hoffentlich kehre ich nicht unverrichteter Dinge zurück!«

»Wie es auch ausgeht – die Bruderschaft wird sich Euch erkenntlich zeigen.«

»Es ist meine Pflicht, die Stätte der Wahrheit zu beschützen! Verzeiht mir, dass ich unserer Unterredung ein so jähes Ende setze, aber ich will keine Zeit verlieren.«

Mehi stürzte auf den Hof, rief seinen Wagenlenker und machte sich sofort auf den Weg. Er war sehr zufrieden über die Strategie, die er so minuziös ausgearbeitet hatte. Natürlich wäre es ihm ein Leichtes, ein Problem zu lösen, das er selbst verursacht hatte, und so würde er als Retter der Handwerker dastehen!

Offensichtlich hegte Kenhir keinerlei Verdacht. Mehi hatte ihm so geschickt etwas vorgespielt, dass ihm der Schreiber des Grabes auf den Leim gegangen war und dem Baumeister nun den General als den besten Verteidiger der Stätte der Wahrheit darstellen würde, der alles stehen und liegen ließ und ihm sofort zur Hilfe eilte.

Wenn Mehi an der Spitze einer Karawane, die mit dem unverzichtbaren Kupfer beladen wäre, nach Theben zurückkäme, würde er wie ein Held gefeiert werden.

45

Der Baumeister hatte beschlossen, die Ausschachtung von Merenptahs Grab mit den verbliebenen Werkzeugen fortzusetzen. Er hatte der rechten Mannschaft die Lage erklärt. Einige Männer, darunter Fened die Nase und Gao der Genaue, hätten sich ohne Panebs Einschreiten entmutigen lassen, nun aber waren sie überzeugt, dass Nefer ihnen aus der Patsche helfen würde, und so konnten die Arbeiten im gewohnten Rhythmus weitergehen.

Doch nach sieben Wochen war die Lage wieder angespannt. Beim Abstieg ins Dorf, wo sie zwei freie Tage verbringen sollten, fragte sich die Mannschaft, ob sie wohl so bald wieder ins Tal der Könige zurückkehren würde.

»Mit diesen abgenutzten Werkzeugen können wir doch keine gute Arbeit leisten«, beklagte sich Karo der Grimmige.

»Mach dir keine Sorgen, das wird der Baumeister nicht zulassen«, meinte Nacht der Starke. »Vorher wird er die Arbeiten an der Baustätte aussetzen.«

»Das gefällt mir gar nicht«, sagte Fened de Nase. »Früher oder später werden wir die Arbeit wieder aufnehmen, doch dann sind wir ganz aus dem Rhythmus gekommen. Ein solcher Zwischenfall ist ein schlechtes Omen, er vergiftet die Atmosphäre.«

»Wenn uns dieses Kupfer nicht geliefert wird, gibt es dafür vielleicht schwerwiegende Gründe«, gab Gao der Genaue zu bedenken. »Keine Rohstoffe – keine Werkzeuge – keine Arbeit … Und was ist, wenn die Behörden beschlossen haben, die Stätte der Wahrheit zu schließen?«

»Habt Vertrauen«, beruhigte sie Paneb. »Alles wird sich klären.«

»Warum bist du dir da so sicher?«, fragte Paih der Gütige.

»Weil es nicht anders sein kann. Pharao ist doch zu uns ins Dorf gekommen und er wird sein Wort halten.«

»Du bist wirklich naiv!«, widersprach Kasa der Seiler. »Wenn es Schwierigkeiten am Hof geben sollte, wird sich der Pharao nur um seinen Machterhalt kümmern und uns vergessen!«

»Und du vergisst, dass der Pharao unbedingt ein Haus der Ewigkeit braucht!«

Die Debatte ging den ganzen Weg über weiter.

Als sie sich dem Dorf näherten, sah Paneb als Erster die Esel.

»Schaut mal, da!«

»Mach dir keine falschen Hoffnungen!«, sagte Didia der Großzügige. »Das ist bestimmt nur eine ganz normale Lebensmittellieferung.«

»Am Spätnachmittag? Das würde mich wundern!«

Der junge Riese stürmte den Berg hinunter und hätte fast Obed den Schmied umgerannt, der eine schwere Holzkiste trug.

»Ist das Kupfer?«

»Ha, damit mache ich Hunderte von Meißeln, das kannst du mir glauben! Ich gehe sofort an die Arbeit.«

General Mehi hielt sich bescheiden im Hintergrund. Er stand hinter dem letzten Esel, den die Gehilfen des Schmieds gerade abluden. Der Schreiber des Grabes und der Baumeister traten zu ihm.

»Vielen Dank für Eure wertvolle Hilfe!«, sagte Kenhir. »Die Lieferung ist gerade noch rechtzeitig gekommen!«

»Ich habe noch eine angenehme Überraschung: Die Zuteilung ist größer ausgefallen als vorgesehen. Ich habe darauf hingewiesen, dass große Baustätten in Planung sind und dass die Stätte der Wahrheit nicht ohne Rohstoffe dastehen darf. Die Behörden in Koptos wollten das natürlich nicht hören, doch ich habe ihnen gedroht, durch sämtliche Instanzen bis nach Pi-Ramses zu gehen und einen ausführlichen Bericht über ihre Versäumnisse zu verfassen. Meine Gesprächspartner haben schließlich begriffen, dass ich nicht scherze, und sind ein wenig entgegenkommender geworden. Das habe ich mir zunutze gemacht, um Wiedergutmachung für das entstandene Unrecht zu fordern – und hier ist das Ergebnis. Eure Dankesbezeigungen rühren mich natürlich, aber sie sind überflüssig. Schließlich habe ich nur meine Pflicht getan.«

»Ich werde dem Wesir schreiben und ihm vor Augen führen, welchen Einsatz Ihr für die Stätte der Wahrheit geleistet habt«, versprach Kenhir. »Und der Wesir wird wiederum den Pharao in Kenntnis setzen. Ihr habt wirklich erfolgreich dazu beigetragen, dass das Königsgrab gebaut werden kann.«

»Das wird einer meiner schönsten Ehrentitel sein«, sagte Mehi, »und ich bin bestimmt schwach genug, um auch noch damit zu prahlen. Aber wollt Ihr jetzt den Lieferschein prüfen?«

»Ja, besser ich sehe ihn mir an.«

Als Mehi dem Schreiber das Dokument übergab, entfernte sich Nefer der Schweigsame ohne eine Wort.

Das ist ein schlechtes Zeichen, dachte der General. Der Baumeister scheint noch argwöhnischer zu sein als der Schreiber. Man kann nicht recht einschätzen, was er denkt. Ihn davon zu überzeugen, dass ich der Stätte der Wahrheit uneingeschränkt verbunden bin, wird mich einige Mühe kosten.

»Uputhi, der königliche Bote, hat eine Nachricht mit dem Siegel des Königs gebracht«, verkündete Niut die Kräftige.

»Das hättest du mir viel früher sagen sollen!«, murrte Kenhir.

»Ihr seid ja gerade erst gekommen«, bemerkte Niut gelassen.

Grummelnd brach der Schreiber das Siegel und las das Schriftstück, das ihm die Sprache verschlug.

»Ich muss zu Nefer.«

»Das Abendessen ist aber fertig!«

»Dann halt es warm, bis ich wieder zurückkomme!«

Die Dienerin zuckte nur mit den Achseln. Kenhir schenkte ihr keine Beachtung und schritt trotz seiner Müdigkeit auf seinen Stock gestützt flott aus.

Nefer kam gerade aus dem Bad, als Kenhir sein Haus betrat. Ubechet, die von den vielen Behandlungsterminen ganz erschöpft war, lag im vorderen Zimmer auf einem Bett.

»Ich bin untröstlich, dass ich euch belästigen muss, aber es handelt sich um einen Notfall. Eine Nachricht des Königs!«

»Setz dich«, bot ihm Nefer an, »ich hole dir etwas zu trinken.«

»Gute Idee, meine Kehle ist ganz ausgetrocknet ... Wer hätte das gedacht? Merenptah befiehlt die sofortige Aufnahme der Bauarbeiten an seinem Tempel der Millionen Jahre, unabhängig vom Stand der Dinge bei seinem Grab. Doch sowohl Seine Majestät als auch die Königin sind in Pi-Ramses unabkömmlich und können den ersten Spatenstich nicht weihen.«

»Wie sollen wir diesen Befehl dann ausführen?«, fragte die Weise.

»Der Baumeister ist auch mit religiösen Vollmachten ausgestattet, er kann den Pharao vertreten. Und die Weise, die Erste Priesterin der Hathor, kann im Namen der Königin handeln.«

»Hast du auch alles richtig gelesen?«, fragte Nefer besorgt.

»Die Worte sind eindeutig.«

»Verfügen wir über das notwendige Ritualbuch?«

»Das ist unser ältestes Dokument. Die Eile des Königs scheint mir darauf hinzuweisen, dass er die Kraft braucht, die sich täglich im Tempel erneuert, sobald er eingeweiht ist. Er muss wohl einen harten Kampf führen, um Ramses' Erbe zu bewahren.«

»Benachrichtigen wir gleich den Vorarbeiter der linken Mannschaft«, sagte Nefer, »und veranlassen wir alles Notwendige.«

Paneb wiegte seinen Sohn in den Armen. Aperti war quengelig, weil er zahnte, und nur der Vater konnte ihn beruhigen. Die Amme hatte noch nie erlebt, dass ein Kind so schnell wuchs und ein so ungestümes Wesen hatte.

»Hier spielen sich merkwürdige Dinge ab«, sagte Wahbet die Reine, als sie vom Hathor-Tempel zurückkam. »Die Weise hat uns für heute Abend einbestellt, und deine Mitbrüder diskutieren in kleinen Gruppen.«

»Sobald Aperti sich beruhigt hat, werde ich hinübergehen.«

Wahbet war glücklich mit ihrem Mann, auch wenn sie ihn mit Türkis teilen musste. In Wahbets Heim fand der Feurige Ruhe, Türkis hingegen bot ihm einen Rausch der Sinne, den nur sie allein entfachen konnte, und Wahbet hatte darauf verzichtet, auf diesem Gebiet mit der anderen Frau zu wetteifern. So rastlos Paneb auch sein mochte, er kehrte immer in dieses friedliche Heim zurück, das Apertis Mutter hübsch und behaglich eingerichtet hatte.

Nur wenige Frauen hätten solche Opfer gebracht, aber Wahbet liebte diesen Mann und sie hatte ihm ein Kind geschenkt, das so außergewöhnlich war wie er selbst. Sie glaubte nicht, dass Paneb mit dem Alter vernünftiger und weniger hitzig werden würde, und sie betrachtete es als ihre Aufgabe, durch ihre ruhige, zurückhaltende Liebe dafür zu sorgen, dass sein Feuer ihn nicht verzehrte.

»Du schaust so seltsam«, bemerkte er.

»Ich sehe euch nur an, dich und deinen Sohn.«

»Du hast wirklich einem Prachtburschen das Leben geschenkt, Wahbet. Aber er lässt sich nicht leicht in den Schlaf wiegen.«

»Du hast in ihm doch nicht etwa einen stärkeren Gegner gefunden?«

»Das wird sich noch herausstellen. Ah! Endlich geschafft!«

Das Kind war eingeschlummert. Sanft legte er es in die Arme der Mutter und verließ das Haus.

Paih der Gütige sah ihn und rief ihn an. »Ich wurde gerade aus dem Mittagsschlaf geschreckt. Ob es Ärger gibt?«

»Keine Ahnung.«

»Nach dieser Geschichte mit dem Kupfer hatte ich eigentlich gehofft, dass wir endlich unsere Ruhe hätten!«

Die meisten Handwerker der rechten Mannschaft hatten sich vor Nefers Haus eingefunden.

Nacht der Starke verbarg seinen Missmut nicht. »Wahrscheinlich müssen wir für die Vornehmen noch mehr Gräber ausschachten! Wann können wir endlich mal frei nehmen? Wir haben bei weitem genug am königlichen Grab gearbeitet. Jetzt soll die linke Mannschaft mal etwas machen!«

»Wer hat dir das erzählt mit den Gräbern der Vornehmen?«, fragte Kasa der Seiler.

Nacht überlegte.

»Hm ... weiß ich nicht mehr. Das hat sich eben so rumgesprochen.«

»Ich habe aber etwas ganz anderes gehört«, widersprach Unesch der Schakal. »Der König hat anscheinend ein paar von uns in die Hauptstadt beordert, wo wir seinen neuen Amun-Tempel errichten sollen.«

»Ha! Das kommt überhaupt nicht in Frage!«, platzte Userhat der Löwe heraus. »Ich bin in Theben geboren, und hier werde ich auch sterben!«

»Das ist auch meine Meinung!«, sagte Didia der Großzügige. »Mich bringt niemand dazu, einen Schritt aus Theben zu machen!«

»Wie wär's, wenn wir erst einmal abwarten, was der Baumeister uns zu sagen hat?«

Panebs Idee war so gut, dass es den Handwerkern die Sprache verschlug.

»Keiner weiß, wo er ist«, sagte Renupe der Heitere schließlich. »Das kann doch nur heißen, dass irgendetwas schief läuft!«

»Er wird beim Vorarbeiter der linken Mannschaft sein«, sagte Karo der Grimmige. »Sie müssen sich untereinander absprechen, bevor sie uns eine schlechte Nachricht überbringen.«

»Na gut, dann gehen wir eben auch zum Vorarbeiter der linken Mannschaft!«, schlug Paneb vor.

Nefer der Schweigsame kam dem kleinen Trupp schon entgegen.

»Wir wollen wissen, was los ist!«, rief Kasa gereizt. »Wirst du die Arbeiten im Tal der Könige aussetzen und uns anderswohin schicken?«

»Wie sagten die Weisen doch? ›Gebe nichts auf Klatsch und Tratsch‹ ...!«

»Und wie lautet nun die Wahrheit?«

»Pharao hat uns den Befehl erteilt, unverzüglich mit dem Bau seines Tempels der Millionen Jahre zu beginnen. Die beiden Mannschaften werden sich zur Einweihung der Baustätte versammeln, danach kehren wir ins Tal der Könige zurück.«

»Warum diese Eile? Gibt es Schwierigkeiten am Hof?«, fragte Thuti besorgt.

»Wie jeder Pharao braucht auch Merenptah die Kraft, die ihm dieser Tempel schenkt. Wir müssen diesem Bauwerk Leben verleihen.«

»Kommt der König nach Theben?«

»Die Weise und der Baumeister werden das Königspaar vertreten.«

46

Der Handwerker, der die Bruderschaft verriet, war sich sicher, dass zur Einweihung einer so wichtigen Baustätte wie eines Tempels der Millionen Jahre der Stein des Lichts eingesetzt werden musste. Der Baumeister würde ihn aus dem Versteck holen, und er, der Verräter, hätte die unverhoffte Gelegenheit, den Aufbewahrungsort zu erfahren.

Die Aussicht war zwar verlockend, doch wie sollte er das bewerkstelligen? Der Stein des Lichts würde zweifellos des Nachts vor Sonnenaufgang und vor dem Erwachen der Handwerker herausgeholt werden. Der Verräter müsste also aus dem Haus gehen, ohne seine Frau zu wecken und vor allem ohne von Nefer dem Schweigsamen gesehen zu werden.

Zur Lösung des ersten Problems hatte er sich überlegt, seiner Frau ein Schlafmittel aus Johanniskraut in die heiße Milch zu schütten, die sie jeden Abend zum Essen trank, aber er kannte sich mit der Dosierung nicht aus und fürchtete einen Fehlschlag. Nachdem er alles reiflich durchdacht hatte, beschloss er schließlich, sie einzuweihen.

»Hast du Vertrauen zu mir?«

»Warum fragst du?«, wunderte sie sich.

»Weil ich beschlossen habe, reich zu werden.«

»Schön! Und wie?«

»Jedenfalls nicht wie meine Mitbrüder, die sich mit wenig zufrieden geben. Mehr kann ich dir nicht verraten, und ich will auch nicht, dass du mir über meine Umtriebe Fragen stellst. Wir werden unsere Tage nicht in diesem Dorf beschließen, wo niemand meine Verdienste anerkennt. Geduld führt zu nichts, ich werde einen anderen Weg einschlagen.«

»Gehst du nicht ein zu großes Risiko ein?«

»Du weißt doch, wie vorsichtig ich bin. Eines Tages werden wir in einem schönen Haus wohnen, wir werden Diener haben, Land und Herden. Du musst nicht mehr kochen und auch nicht mehr den Haushalt machen.«

»Und ich dachte immer, Reichtum interessiere dich nicht, dein Handwerk sei deine einzige Leidenschaft.«

»Das soll das ganze Dorf auch weiterhin glauben.«

Sie dachte lange nach.

Der Verräter betrachtete sie. Sollte sie auch nur im Geringsten zögern, wäre sie ein unmittelbares Risiko und damit nicht mehr tragbar für ihn.

»Ich hätte nie gedacht, dass du zu so etwas fähig wärst, aber ich verstehe dich und ich finde deinen Plan gut«, sagte sie. »Auch ich will reich werden.«

Die Frau des Verräters war weder schön noch klug, aber sie wurde seine Komplizin und gab einem Trieb nach, den sie lange unterdrückt hatte – der Lockung des Goldes. Er hatte mit ihr nur über die Zukunft gesprochen und über die Güter, die er schon erstanden hatte, hatte aber kein Wort über seine Komplizen verloren. Je weniger seine Frau wusste, desto besser wäre es. Immerhin konnte er sicher sein, dass sie schwieg und er freie Hand hatte.

Zum Glück war die Nacht stockfinster. Er versteckte sich hinter einer großen Wasseramphore und behielt die Tür des Baumeisters im Auge. Wenn er die Sache richtig eingeschätzt hatte, müsste Nefer persönlich den Stein des Lichts holen und ihn zum Haupttor bringen, bevor die Handwerker erwachten.

Wenn er nicht so wachsam gewesen wäre, hätte er leicht den Augenblick verpassen können, als sich der Baumeister lautlos aus dem Haus schlich.

Nefer hetzte an den Häusern vorbei zum Versammlungssaal der Bruderschaft. Zweimal drehte er sich um und hätte seinen Verfolger beinahe entdeckt. Doch er ging weiter.

Der Versammlungssaal! Daran hatte der Verräter auch schon gedacht, denn während der Zusammenkunft der Handwerker musste der Stein im Allerheiligsten sein, manchmal konnte man sein Strahlen sogar sehen … Doch der Verräter hatte diesen Gedanken wieder verworfen, weil das Ganze zu offensichtlich war. Aber er hatte sich getäuscht.

Mit einem Holzschlüssel schloss Nefer die Tür auf und blieb eine ganze Weile im Gebäude. Als er wieder herauskam, trug er einen sehr schweren Gegenstand, der unter einem Tuch verborgen war.

Der Verräter empfand größte Genugtuung. Jetzt wusste er es!

Eine verrückte Idee kam ihm in den Sinn. Wenn er nun den Baumeister tötete, den Stein raubte und sich mit diesem ungeheuren Schatz aus dem Staub machte?

Doch er hatte weder ein Werkzeug noch eine Waffe bei sich. Außerdem wurde es im Osten schon hell, die Nacht würde schnell weichen. Wenn es ihm nicht gelang, Nefer mit einem einzigen Fausthieb niederzuschlagen und dann zu erdrosseln, würde der Baumeister sich wehren und um Hilfe schreien.

Das war zu riskant.

Also folgte er dem Baumeister, um herauszufinden, was er mit dem Stein vorhatte. Vielleicht würde er ihn an einem besser zugänglichen Ort als dem Versammlungssaal der Bruderschaft verstecken, bevor er die Handwerker zusammenrief. Doch Nefer ging zügig zum Haupttor.

Dort warteten schon der Schreiber der Nekropole und die Weise. Vor ihnen stand ein viereckiger Schrein unter einem hellbraunen Tuch, durch das ein seltsames Licht drang.

Das war also der Stein ... bestimmt hatte Kenhir ihn geholt!

Der Baumeister enthüllte sein Mitbringsel – eine Holzschatulle, aus der er mehrere Metallscheiben nahm, die er betrachtete und wieder zurücklegte.

Der Verräter war der falschen Spur gefolgt, doch es würden sich noch andere Gelegenheiten bieten.

»Ist dir jemand gefolgt?«, fragte Kenhir den Baumeister.

»Möglich, ich bin nicht sicher.«

»Ich bin immer noch überzeugt, dass derjenige, der die Werkzeuge mit dem bösen Blick geschlagen hat, auch versucht hat, das Versteck des Steins zu entdecken.«

»Angenommen, es gelingt ihm – was würde ihm die Entdeckung nützen? Er kann nicht mit dem Stein des Lichts flüchten.«

»Er würde es aber versuchen«, meinte Kenhir. »Wir müssen unsere Vorsichtsmaßnahmen verdoppeln. Wenn er dir gefolgt ist, weiß er inzwischen, dass du der Falsche warst und dass wir ihn an der Nase herumgeführt haben, weil wir sehr misstrauisch geworden sind.«

»Ein Grund mehr, warum er keine weiteren Schritte unternehmen sollte, die ihn verraten könnten. Es kann sein, dass wir einen ›Schattenfresser‹, einen Schwerverbrecher, im Dorf haben, aber wenn das so ist, ist er zur Untätigkeit verdammt.«

»Du bist wie immer viel zu optimistisch«, murrte Kenhir.

»Vergesst ihr, dass die Ausstrahlung der Weisen das Dorf vor jedem Übergriff schützen soll, ob er nun von innen oder von außen kommt?«

Laute Schläge zerrissen die Stille der Morgendämmerung. Paneb sauste durch das Dorf und klopfte mit der Faust an alle Türen, um jene zu wecken, die noch schliefen.

»Sofortiger Aufbruch!«, rief er. »Die Schlafmützen hole ich persönlich aus dem Bett!«

Nachdem er sich ein üppiges Morgenmahl aus heißen Pfannkuchen, kalter Milch, Käse und gepökelter Gans einverleibt hatte, hatte der junge Riese Frau und Sohn geküsst und sich in bester Stimmung aufgemacht, jene auf Trab zu bringen, die es nötig hatten.

Wie er seinen Rundgang antrat, sah er, wie jemand Hals über Kopf Reißaus nahm, als wollte er ihm entwischen. War es nur ein untreuer Ehemann, der es eilig hatte, nach Hause zu kommen, oder war das der Mensch mit dem bösen Blick, der durch das Dorf streifte und Unheil verbreitete?

Bei einem gemeinsamen Mahl hatten die Weise und der Baumeister es nicht versäumt, ihm die traurige Tatsache in Erinnerung zu rufen, dass es einen Verräter in der Bruderschaft gab, der nur darauf lauerte, ihr zu schaden.

Paneb war so schockiert und so niedergeschmettert, dass er schließlich den Dingen ins Auge sehen musste. Die Menschen waren eben überall gleich, selbst in einer auserwählten Gruppe wie der Bruderschaft der Stätte der Wahrheit, und manche vergaßen sogar ihre heiligen Pflichten. Dass sich Paneb dessen bewusst geworden war, hatte jedoch seine Begeisterung nicht im Mindesten gedämpft, denn keinem Verräter, so geschickt er auch vorging, würde es gelingen, die Vollendung des Werks zu behindern, solange der Stein des Lichts strahlte.

Und dieser Stein war hier, er lag vor ihm.

»Wenn noch einer im Dorf schläft, verspreche ich, niemals mehr einen Tropfen Wein zu trinken«, wettete er.

»Du solltest ein wenig vorsichtiger sein, Paneb«, riet ihm die Weise. »Was ist, wenn ich einem Patienten ein starkes Schlafmittel verordnet habe?«

»Dann ist mein Versprechen natürlich nichtig, weil es auf falschen Voraussetzungen beruhte.«

»Deine juristische Analyse lässt zu wünschen übrig«, meinte Kenhir.

»Ich glaube, ich habe ihn gesehen«, sagte der junge Riese auf einmal ernst.

»Redest du von unserem Verräter?«, fragte Nefer.

»Ja, ich glaube, er war's.«

Dem Baumeister schnürte es die Kehle zu.

»Hast du ihn erkannt?«

»Nein, ich habe ihn nur undeutlich gesehen. Doch je länger ich darüber nachdenke, desto mehr bin ich überzeugt, dass es er war.«

Ubechet versuchte, Panebs Gedanken zu lesen, ob er womöglich ein Detail nicht beachtet hatte, doch sie fand keine Spur des Phantoms.

»Dann ist er also wirklich dem Baumeister gefolgt«, schloss Kenhir.

»Du hast dich in größte Gefahr begeben, Nefer!«, schalt Paneb seinen Freund. »Warum hast du mich nicht gerufen, dass ich dich schütze?«

»Weil ich absichtlich Köder spielen wollte«, erklärte Nefer.

»Bist du übergeschnappt? Wie soll ich denn unter diesen Bedingungen auf dich aufpassen?«

»Ich persönlich bin nicht in Gefahr. Dieser erbärmliche Mensch hat nichts anderes im Sinn, als unsere Schätze zu rauben und möglicherweise auch unserem Werk zu schaden.«

»Du mit deinem unverbesserlichen Optimismus!«, brummte Kenhir.

Die Handwerker versammelten sich. So frostig wie immer verlangte Haih von der linken Mannschaft, die Gegenstände zu tragen, die für die Einweihung der Baustätte gebraucht wurden, und der Zug machte sich mit dem Baumeister an der Spitze auf den Weg.

Der Tag versprach heiß zu werden. Paneb, der ein Dutzend schwere Wasserbälge tragen musste, störte sich an dem langsamen Schritt, der allerdings Paih dem Gütigen und Renupe dem Heiteren sehr entgegenkam, die beide ziemlich füllig waren.

»Die Nacht war viel zu kurz!«, beklagte sich Renupe.

»Hast du gefeiert?«, fragte Paneb.

»Ich habe mit meiner Frau gegessen und getrunken, und jetzt habe ich Kopfschmerzen. Das ist alles nur wegen der vielen Arbeit, die uns dort erwartet. Du mit deiner Kraft und Stärke, du merkst das natürlich nicht.«

»Wenn du dich ein bisschen anstrengst, kommst du wieder in Form.«

Renupe wechselte das Thema. »Sieht so aus, als komme der Stein des Lichts mal wieder zum Einsatz.«

»Ja, scheint so.«

»Hast du dich nie gefragt, wo er aufbewahrt wird?«

»Nein, nie.«

»Du bist nicht besonders neugierig, Paneb.«

»Und du?«

»Im Grunde interessiert mich das auch nicht. Das ist eine Sache, die nur den Baumeister etwas angeht.«

47

Mehi hatte Dakter erniedrigt, doch der Gelehrte trug ihm nichts nach, weil Mehis Vorwürfe berechtigt waren. Er, ein Mann der Wissenschaft mit einem stets wachsamen, kritischen Verstand, hatte sich von zwei Handwerkern der Stätte der Wahrheit zum Narren halten lassen!

Dakter war so tief gekränkt, dass er die Nekropole nur noch mehr hasste und entschlossen war, sie mit allen Mitteln, selbst den schändlichsten, zu bekämpfen, bis sie vernichtet wäre.

Doch zuvor musste er noch die Geheimnisse und die Techniken der Bruderschaft ergründen, die so eifersüchtig gehütet wurden, dass sich Dakter trotz seiner Hartnäckigkeit und seiner mannigfaltigen Kontakte zu den Behörden nur einer Mauer des Schweigens gegenübersah.

Bleiglanz und Bitumen ... boten diese beiden Stoffe einen ersten Anhaltspunkt? Diese Materialien hatten Paneb und Thuti nicht nur ins Dorf gebracht, um damit Barken zu kalfatern, Werkzeugstiele zu befestigen und Schminke zu mischen, davon war er überzeugt. Was deren rituelle Verwendung anging, so waren das nur überkommene Bräuche, die sowieso aussterben würden.

Nach den geltenden Vorschriften hätte Dakter die ganze Lieferung aus Gebel Zeit an die Tempel übergeben müssen, denn er war nur der Lieferant und der zeitweilige Verwahrer der Materialien. Doch er hatte die Mengenangaben geringfügig verändert und so seinen Bericht unauffällig gefälscht und ein paar Klumpen für sich abgezweigt, mit denen er die verschiedensten Versuche angestellt hatte.

Die Ergebnisse waren zwar enttäuschend, doch er hatte sich nicht entmutigen lassen und schließlich eine außergewöhnliche Entdeckung gemacht, die er General Mehi unverzüglich mitteilen musste.

»Wann ist er zurück?«, fragte Dakter Mehis persönlichen Sekretär.

»Gegen Abend, sobald er die Inspektion der Hauptkaserne von Theben abgeschlossen hat.«

»Kann ich hier auf ihn warten?«

»Wie Ihr wollt.«

Dakter hatte nichts Schriftliches verfasst. Nur Mehi und er selbst durften Bescheid wissen, es sollte kein schriftliches Zeugnis geben.

Die Dunkelheit brach schon herein, als der Wagen des Generals im Hof hielt. Dakter lief ihm entgegen.

»Ich muss sofort mit Euch sprechen!«

»Ich habe jetzt ein paar Briefe zu diktieren. Komm morgen wieder!«

»Wenn Ihr wüsstet, was ich Euch mitzuteilen habe, würdet Ihr über die Störung dankbar sein!«

Nun horchte der General auf. Er führte den Gelehrten in seine Schreibstube und schloss selbst die Tür.

»Sprich!«

»Heute Morgen gab es einen Brand an meiner Forschungsstätte. Der Schaden ist immens, aber es sind keine Opfer zu beklagen.«

»Und wie ist dieses Unglück passiert?«

»Wegen mir.«

»Was soll das heißen?«

»Ich habe das Geheimnis des Steinöls entdeckt! Es ist ein brennbarer Stoff, der Wärme und Licht verströmt.«

»Ist das Licht rein oder rußt der Stoff?«

»Er rußt zwar, aber –«

»Kannst du dir vorstellen, dass sie es in den Gräbern und Tempeln verwenden, wenn es die Malereien schwärzt?«

»Nein, natürlich nicht, aber die Handwerker haben bestimmt eine andere Verwendung dafür.«

Mehi dachte an den Stein des Lichts …

»Steinöl könnte uns sehr nützlich werden«, sagte Dakter. »Es lässt jedes Gebäude, auch Festungen, in Flammen aufgehen und es sät Angst und Schrecken bei der feindlichen Armee.«

»Vergiss es!«

Der Gelehrte wurde wütend.

»Ich versichere Euch –«

»Pharao hat die Schließung der Minen von Gebel Zeit angeordnet. Das Gebiet steht unter ständiger Bewachung und niemand kann sich der Mine ohne Erlaubnis des Palastes nähern.«

»Ich wette, dass die Stätte der Wahrheit zu diesem Entschluss beigetragen hat!«

»Bestimmt, Dakter. Die Handwerker haben begriffen, dass du bei deinen Forschungsarbeiten keine Grenzen kennst. Der Schreiber der Nekropole hat den Wesir verständigt und erreicht, dass der Zugang zu diesem gefährlichen Öl verboten wird.«

»Wir müssen eingreifen. Wir müssen vom König verlangen, dass er sein Dekret zurücknimmt.«

»Bei einem so dummen Vorgehen darfst du nicht auf mich zählen. Der Moment ist noch nicht gekommen, dass ich mich Merenptah entgegenstelle und mich des Aufruhrs bezichtigen lasse!«

»Mit dem Steinöl würden wir eine neue Waffe besitzen, General!«

»Um diese Waffe in Besitz zu nehmen, müssen wir erst einmal die Macht an uns bringen. Nur sie allein erlaubt uns, nach Belieben die Rohstoffquellen des Landes auszubeuten.«

»Immerhin habe ich eines der Geheimnisse der Bruderschaft aufgedeckt!«

»Du hast es nur flüchtig gestreift. Bestimmt braucht der Baumeister eine kleine Menge Steinöl für den Stein des Lichts, aber dieser Stoff ist wahrscheinlich nur einer von vielen. Hast du deinen Untergebenen von deiner Entdeckung erzählt?«

Der bärtige Gelehrte verzog das Gesicht.

»Natürlich habe ich nur Euch davon Nachricht gegeben und nichts schriftlich festgehalten.«

»Gut so, Dakter, gut so. Du wirst es noch weit bringen bei deiner Klugheit. Ich werde dich ganz offiziell mit der Verbesserung der Bewaffnung der thebanischen Streitkräfte beauftragen. Ich brauche bessere Schwerter, bessere Lanzen, bessere Pfeilspitzen. Du bekommst so viel Kupfer und Eisen, wie du brauchst. Solltest du interessante Ergebnisse erzielen, so behalte es für dich und benachrichtige mich.«

Zusammen mit dem Baumeister und der Weisen beobachtete Thuti der Gelehrte den Himmel. Während der Nacht hatten sie den Stand der Gestirne ausgemacht – Merkur, der unter dem Schutz des Seth stand; Venus, die die Auferstehung des Phönix symbolisierte; Mars, den roten Horus; Jupiter, dem es oblag, die Beiden Länder zu erleuchten und die Pforte der Mysterien zu öffnen, und Saturn, den Stier des Himmels. Thuti hatte astronomische und astrologische Schriften zu Rate gezogen, in denen die Fixsterne verzeichnet waren sowie jene Sterne, die am Horizont auf- und wieder untergingen und einen Kreis von Sternbildern zogen, die in sechsunddreißig Dekaden eingeteilt waren. Alle zehn Tage ging ein anderes Dekangestirn auf, nachdem es durch die himmlische Werkstatt der Wiedergeburt gezogen und wieder unsichtbar geworden war.

»Die Stunde ist günstig«, erklärte Thuti.

Nachdem die Sichtung der Sterne korrekt durchgeführt worden war, würde die irdische Lage von Merenptahs Tempel der himmlischen Harmonie vollkommen entsprechen, die das Bauwerk in allen seinen Teilen widerspiegelte.

Der Baumeister hatte den verhüllten Stein des Lichts an jene Stelle gelegt, wo in Zukunft das Allerheiligste sein würde, und hatte anschließend dem Vorarbeiter der linken Mannschaft den Plan gegeben, der auf einer Lederrolle verzeichnet war und nach Abschluss der Arbeiten in einer Krypta verwahrt werden würde.

Nefer überzeugte sich, dass die Winkel im rechten Maß waren. Dann zog er auf dem Boden mit einer Schnur einen rechten Winkel, den er in zwölf gleich große Teile trennte, die er mit Knoten an der Schnur kennzeichnete. Zuletzt zeichnete er ein Dreieck im Verhältnis drei zu vier zu fünf, das die Dreieinigkeit von Osiris als Vater, Isis als Mutter und Horus als Kind symbolisierte.

Mit der Hacke schlug er den Graben für das Fundament, das den Tempel mit dem Urmeer Nun verband, und formte den Mutterziegel, aus dem die gehauenen Steine geboren werden würden.

Paneb sah dem Ritual von ferne zu. Er war unruhig – als ob eine Gefahr die beiden Mannschaften umzingeln würde, die sich an der Baustätte versammelt hatten. Mit Scheds Amulett hatte Paneb das Gefühl, auch in der Nacht sehen zu können wie eine Katze auf der Lauer.

Doch die Zeremonie verlief ohne Zwischenfälle und in tiefem Frieden, der die Herzen der Handwerker erfüllte. Die Männer waren sich bewusst, dass sie einem heiligen Akt beiwohnten, mit dem der Vergänglichkeit getrotzt wurde.

Mit einem Hammer in der Hand stellten sich Ubechet und Nefer vor zwei Pflöcke zu beiden Enden des Fundamentgrabens, zwischen denen ein Seil gespannt war, das die Länge des Tempels angab. Als Vertreter des Pharaos und seiner Großen königlichen Gemahlin schlugen sie jeder einmal kräftig auf den Pflock und trieben ihn ein Stückchen weiter in die Erde hinein.

Dann begann die Flamme des göttlichen Auges, die im Stein verborgen war, den Tempel zu erschaffen.

»Wie schön das Haus der Millionen Jahre ist!«, sagte Nefer. »Es hat nicht seinesgleichen. Jedes Teil ist im rechten Maß. Der Plan wurde mit Freude entworfen, das Fest ging seiner Geburt voraus, und mit Heiterkeit werden wir das Werk vollenden, das ewig sein soll wie der Himmel.«

»Möge das Werk leuchten und strahlen übers ganze Land«, wünschte Ubechet, »möge sein Licht Glück schenken, und möge der Tempel stetig wachsen wie das Leben in der Welt.«

In den Graben legte der Baumeister Scheiben aus Edelmetall und kleine Modelle von Werkzeugen, ein Winkelmaß, ein Lot und die Königselle, in die der Proportionskanon von Merenptahs Tempel eingraviert war. Eine Steinplatte bedeckte diesen Schatz, der für alle Zeiten unsichtbar bleiben würde.

Mit Weihrauch reinigte Nefer den Ort, vollzog das Mundöffnungsritual am Tempel, indem er mit einem Zepter die kritischen Punkte berührte, und übergab mit einer alten Losung das Haus seinem »Meister«, dem Schöpfergott, der an diesem Ort Gestalt annehmen würde.

Paneb richtete seinen Blick auf eine kleine Erhebung. Er war überzeugt, dass jemand sie beobachtete, doch er konnte keine verdächtige Bewegung erkennen. Die Zeremonie ging zu Ende, und die beiden Mannschaften der Stätte der Wahrheit machten sich in großer innerlicher Sammlung auf den Rückweg ins Dorf.

Der junge Koloss drehte sich um. Niemand folgte ihnen.

Dakter war enttäuscht.

Trotz des Fernglases aus Phönizien, das nur er benutzen durfte, hatte er nichts Interessantes entdecken können. Dabei hatte er eine ideale Stelle gewählt, wo er die verschiedenen Phasen der Zeremonie bestens beobachten konnte, doch es handelte sich nur um eine Aufeinanderfolge altmodischer Bräuche ohne jeglichen wissenschaftlichen Wert.

Der Stein des Lichts war verhüllt geblieben, niemand hatte ihn angerührt. Am Ende der Einweihung hatte der Baumeister ihn wieder an sich genommen und an seine Stelle den ersten Stein des Allerheiligsten gelegt, des Mittelpunktes, der als Erstes errichtet werden würde, damit dort so schnell wie möglich das Morgenritual abgehalten werden konnte.

Diese Bräuche, nichts als alte Bräuche, dachte Dakter. Die wirklichen Geheimnisse hüteten sie im Inneren der Stätte der Wahrheit!

48

Ein so wichtiges Ereignis wie die Einweihung einer Baustätte für einen Tempel der Millionen Jahre wurde natürlich von einem großen Fest begleitet, das zu den üblichen Festlichkeiten des Jahres hinzukam, die zu Ehren der Götter abgehalten wurden. Auf Anfrage des Baumeisters hatte der Schreiber der Nekropole den beiden Mannschaften eine Woche frei gegeben, in deren Verlauf Fleisch, Gemüse, Gebäck und Wein verzehrt wurden, die der Wesir dem Dorf schenkte, weil er mit der Arbeit der Handwerker zufrieden war.

Der Verräter könnte während dieser Tage das Dorf nicht verlassen, denn es wurde im Kreis der Familien gefeiert, und kein Dorfbewohner wollte fehlen. Die Leute schmückten die Häuser mit Blumen, kochten, deckten die Tische im Freien, füllten Krüge mit kühlem Wein und natürlich brachten sie den Vorfahren, die auch am Fest teilhaben sollten, auf den Altären Opfer dar. War das Lachen der Männer, Frauen und Kinder nicht der beste Beweis dafür, dass das Werk sich fortsetzte?

Sogar Kemo hatte mit den Katzen zeitweilig Frieden geschlossen. Er war so voll gestopft mit Rindfleisch und frischem Gemüse, dass er keine Lust verspürte, diesen Geschöpfen nachzurennen, die er sowieso nie zu fassen bekam. Die kleine Grüne Meerkatze machte weiterhin die Kinder glücklich; sie hatten sich alle um Paneb versammelt, der ihnen die Grundzüge des Kampfes mit der nackten Faust und mit kleinen Stöcken beibrachte.

»Hast du keine besseren Gegner gefunden?«, hänselte ihn Nacht der Starke.

»Suchst du immer noch Streit?«

»Ein Fest ohne Ringkampf ist doch kein Fest! Jeder weiß, dass wir beide die Stärksten sind. Also können wir auch gleich zur Endausscheidung schreiten. Wie wär's heute Abend neben der Schmiede?«

»Kein Interesse.«

»Ich werde auf jeden Fall da sein. Sicher hast du gute Gründe für dein Zögern ... Hast du inzwischen begriffen, dass du mir nicht gewachsen bist? Die Angst ist unter gewissen Umständen eine gute Ratgeberin und die Feigheit die beste Lösung.«

Wäre Paneb nicht von Kindern umringt gewesen, hätte er sich von Nacht nicht lange beleidigen lassen.

»Aber sieh dich trotzdem vor«, riet ihm der Starke, »einer dieser Hosenmätze könnte dich ernsthaft verletzen, und ich habe keine Lust, einen angeschlagenen Gegner zu Boden zu strecken.«

Türkis strich Paneb über die Haare. Sie hatten sich geliebt, als wäre es das erste Mal gewesen.

»Welch ein Ungestüm! Wirst du irgendwann einmal ruhiger werden?«

»Wirst du eines Tages weniger schön sein?«

»Natürlich. Die Zeit wird nicht an mir vorbeigehen.«

Paneb betrachtete sie, wie sie nackt und sinnlich wie noch nie auf dem wohlriechenden Bett lag.

»Du irrst dich, Türkis. Deine Schönheit kommt von innen, die Zeit kann ihr nichts anhaben.«

»Nein, du irrst dich – dieses Wunder erfährt nur die Weise.«

»Mein Gefühl trügt mich nicht und es sagt mir auch, dass wir beide uns immer so heftig begehren werden.«

Dass Paneb dies glaubte, amüsierte die schöne Rothaarige, der ihr Geliebter so viel Vergnügen bereitete, wie sie ihm auch gab. Er war zwar unmäßig und anstrengend, aber großzügig und so voller Leben, dass es gut tat, sich ein wenig an seinem Feuer zu verbrennen.

»Ich werde mich mit Nacht schlagen und ihm eine Lektion erteilen! Vielleicht lässt er mich dann endlich in Ruhe.«

Türkis hielt im Streicheln inne.

»Du solltest auf diese Keilerei verzichten.«

»Warum?«

»Weil sie mir Angst macht.«

»Dir? Du bist doch wie ich, Türkis, du hast vor nichts Angst.«

»Hör auf meinen Rat!«

»Wenn ich nicht gegen Nacht antrete, denkt die ganze Mannschaft, dass ich ein Feigling bin, und ich verliere meinen Rang. Keine Angst – der Starke hat keine Chance gegen mich!«

In der Hitze der Nacht hatte das Fest seinen Höhepunkt erreicht. Panebs Sohn saß festgeschnallt in einem Sitz aus geflochtenen Binsen und ließ sich nicht das Geringste entgehen. Wahbet die Reine hatte darauf verzichtet, ihn schlafen zu legen, damit er nicht wieder pausenlos schrie.

»Ich habe gar nicht gewusst, dass du Sterndeuter bist«, sagte Paneb zu Thuti, der dem roten Wein aus der Äußeren Oase schon sehr zugesprochen hatte.

»Wenn ich ehrlich sein soll – die Weise hat mir beigebracht, die Himmelsphänomene zu beobachten, und mir die Sterne erklärt, ›die nicht fehlen und nicht irren‹. Ich wurde zum Stundendienst eingeteilt, der den richtigen Moment für die Rituale bestimmt, alle zehn Tage den Frühaufgang eines neuen Dekangestirns beobachtet und dem Baumeister mitteilt, welchen Einfluss die Sterne haben. Die Stätte der Wahrheit muss stets mit den Bewegungen am Himmel in Harmonie stehen, damit sie den Gesetzen der Maat gerecht wird. Hast du gewusst, dass die Fixsterne sich um einen unsichtbaren Mittelpunkt drehen und dass das Ganze sich gemäß den Veränderungen der Erdachse bewegt? Wenn man die Bewegungen der Sterne und Planeten kennt und versteht, wie sie in dem großen Körper der Göttin Nut angeordnet sind, dann versteht man vielleicht auch, wie der Baumeister der Welt das Universum erschaffen hat.«

Paneb spürte einen Blick in seinem Rücken. Er drehte sich um und sah Ubechet. Sie nahm nicht am allgemeinen Gelage teil, sondern ging zum Hathor-Tempel.

»Bleib doch, das Fest ist noch nicht vorbei«, sagte Thuti.

Doch Paneb erhob sich und folgte der Weisen, als hätte er einen Ruf vernommen, dem er nicht widerstehen konnte – als böte sich ihm nun die Gelegenheit, eine Tür zu öffnen, die ihm bislang verschlossen gewesen war.

Sched den Retter, der lächelnd an einer Mauer lehnte, sah er nicht.

Ubechet schritt durch das Portal des Tempels, überquerte den offenen Hof und ging in die erste Halle, die von Lampen erhellt war, deren Dochte nicht rußten. Dort kletterte sie eine enge Treppe mit schmalen Stufen hinauf, die den Aufstieg erleichterten.

Paneb stieß auf dem Dach des Heiligtums zu ihr, wo sie den Vollmond betrachtete.

»Die Welt ist klug«, erklärte sie. »Sie schafft uns und denkt uns. Das Leben kommt aus diesem endlosen Raum, wir Menschen sind die Kinder der Sterne. Schau dir aufmerksam die Sonne der Nacht an, das Auge des Horus, das Seth vergeblich in tausend Stücke zu brechen versuchte. Man könnte glauben, der Mond stirbt, aber er ersteht wieder auf und erhellt die Finsternis. Der Vollmond verkörpert Ägypten im Spiegel des Himmels, das ganze Land mit all seinen Gauen. Er ist das vollständige Auge, das Osiris die Wiedergeburt unter den Toten ermöglicht. Als Maler musst du dieses Auge besänftigen und es in deinen Bildern wiedergeben, damit deine Werke zu Blicken werden, die uns den Weg erleuchten. Dreimal im Jahr findet Thot das verlorene Auge, setzt es zusammen und bringt es wieder an seinen Platz.* Heute ist genau das dritte Mal. Von nun an wird dir das Amulett, das dir Sched der Retter gegeben hat, die Bilder schenken, die am Himmel stehen, und deine Hand sehend machen.«

Im Schein des Vollmonds blieb Paneb allein auf dem Dach des Tempels. Den Festlärm, der zu ihm aufstieg, hörte er gar nicht. Auf Ubechets Rat hin hielt er sein Amulett in die Sonne der Nacht.

Und in diesem Augenblick, als der Vollmond des Thot dem Maler die Augen öffnete, da träumte er nicht mehr nur von einer wunderbaren Welt, sondern er wusste, dass ihn diese Welt hier in die Wirklichkeit führen würde. Zu seinen erlernten Techniken war nun das Wesentliche hinzugekommen: der Blick ins Innere der Dinge, den seine Hände übersetzen mussten.

---

* Am 21. Tag des 2. Monats der Zeit der Überschwemmung, am 5. und am 29. Tag des Monats der Zeit der Aussaat.

Und wer hatte diese große Veränderung verursacht? Sched der Retter und die Weise.

Der zynische Sched hatte eine unvergleichliche Großzügigkeit an den Tag gelegt, als er seinem Schüler das Zeichen der Macht schenkte, das ihm noch gefehlt hatte, dieses bescheidene Amulett, dessen Bedeutung ihm die Weise nun offenbart hatte.

Die Mutter der Bruderschaft hatte ihn soeben neu geboren.

Langsam ging er zu seinem Haus zurück und dachte an die Hunderte von Figuren, die bald aus seinem Pinsel fließen würden, und er konnte es gar nicht erwarten, mit Sched darüber zu sprechen. Bestimmt bekäme er auch die Chance, diese Figuren auf die Wände eines Königsgrabes zu malen!

»Hast du unsere Verabredung vergessen?«

Nacht der Starke war betrunken und angriffslustig.

»Geh schlafen, du bist ja besoffen.«

»Ich vertrage mehr als du, Jüngelchen! Und ich habe einen Schemel darauf gewettet, dass ich dich auf die Erde nagle!«

Wahbet die Reine wünschte sich einen Schemel, auf dem sie die Beine auflegen konnte, wenn sie Aperti in den Armen wiegte… Doch Paneb erinnerte sich an Türkis' Warnung.

»Lass uns doch dieses Fest nicht verderben, Nacht. Ich habe keine Lust, dir wehtun zu müssen.«

»Du bist ein Feigling! Vor lauter Zeichnen sind deine Muskeln weich geworden. Ich aber bin Steinmetz, kein Weibsbild wie du!«

»Ein Trottel bist du in jedem Fall und du wirst dich bei mir entschuldigen.«

Der Maler erntete nur ein kehliges Lachen.

»Gut, Nacht. Dann regeln wir die Sache auf der Stelle!«

Neben der Schmiede saßen die anderen Steinmetzen, Kasa, Fened und Karo, jeder mit einem Becher in der Hand.

»Da seid ihr ja!«, rief Kasa der Seiler. »Wir sind die Kampfrichter. Ihr kämpft nach den Regeln, dass das klar ist. Und keine Tiefschläge!«

Den drei Handwerkern fielen fast die Augen zu, doch Nacht schlug ohne Vorwarnung zu und sein erster Hieb weckte sie sofort wieder auf.

Mit einem Sprung zur Seite wich Paneb den beiden Fäusten seines Gegners aus.

»Du suchst schon das Weite, was? Du hast ja Angst vor mir! Komm doch, komm doch, wenn du dich traust!«

Nacht war ein eindrucksvolles Muskelpaket, aber er war nicht sehr gelenkig. Also beschloss Paneb, ihm zwischen die Beine zu gehen, ihn anzuheben und aus dem Gleichgewicht zu bringen. Doch seine Hände rutschten auf der Haut seines Gegners ab, und am Ende fand er sich selbst auf der Erde wieder.

Obwohl er sich schnell wieder aufrappelte, musste er einen heftigen Tritt in die Seite einstecken, der von grölendem Gelächter begleitet wurde.

»Ich habe mich eingeölt. Mich fängst du nicht ein, ich bin unverletzlich. Du aber wirst leiden müssen!«

Hätte Nacht die Wut in Panebs Augen gesehen, er hätte den Kampf abgebrochen. Und so traf Panebs Kopf den Steinmetzen auch völlig überraschend und heftig an der Brust. Nacht fiel auf den Rücken und streckte alle Viere von sich. Paneb hielt ihn auf dem Boden fest.

»Morgen früh ist der Schemel bei mir!«, rief der Riese den Zuschauern zu. »Wenn nicht, werde ich Nachts Haus Ziegel für Ziegel zerlegen!«

49

Didia der Großzügige klopfte an Panebs Tür. Wahbet öffnete ihm mit Aperti auf dem Arm.

»Ich bringe den Schemel«, sagte der Zimmermann.

»Aber … ich habe gar nichts bestellt.«

»Die Steinmetzen sagten, es sei sehr dringend. Deshalb habe ich einen gebracht, den ich auf Lager hatte. Er ist sehr stabil, glaube mir.«

»Paneb schläft noch, ich wecke ihn.«

Der junge Riese erwachte aus einem schönen Traum, in dem er ganze Wände mit Türkis' Bildnis voll gemalt hatte, wie sie Sonne und Mond anbetete.

Auf seinem Weg in die Wirklichkeit spürte er einen leichten Schmerz in der linken Seite. Nacht, dieser Rohling, hatte ihm eine Rippe gebrochen!

»Didia will dich sprechen«, sagte Wahbet leise.

»Warum stört er uns schon so früh? Und auch noch an einem freien Tag!«

»Wegen des Schemels.«

Langsam tauchte der nächtliche Kampf aus den Nebeln seiner Erinnerung auf. Er musste herzlich lachen und drückte Wahbet und Aperti an sich.

»Ein Geschenk für dich, Wahbet.«

»Ich wollte ja einen Schemel, aber so dringend war es auch wieder nicht.«

»Man soll die guten Gelegenheiten am Schopf packen. Ich habe Hunger. Sollen wir Didia zum Morgenmahl einladen und deinen Schemel feiern?«

In der Gasse erhoben sich zänkische Stimmen. Paneb stürzte zur Tür und sah Imuni im Streit mit Didia. Obwohl der Stellvertreter des Schreibers so klein und verwachsen war, schien er vor dem riesenhaften Didia keine Angst zu haben.

»Kau mir nicht das Ohr ab, Imuni! Geh zurück in deine Schreibstube und lass meinen Mitbruder in Ruhe!«

Wutschnaubend fuhr Imuni Paneb an: »Es gibt schließlich ein Gesetz hier im Dorf! Und keiner von euch beiden hat das Recht, es zu übertreten!«

»Was hast du dir denn wieder zusammengedichtet?«

Imuni stellte einen Fuß auf den Schemel wie ein Eroberer.

»Und dieser Schemel? Habe ich mir den etwa auch zusammengedichtet?«

»Der gehört mir, der geht dich überhaupt nichts an!«

»So, so! Ich muss wissen, ob er zum Mobiliar eines Grabes gehört und ob du und der Zimmermann da nicht irgendeinen Schwarzhandel treibt!«

Paneb verschränkte die Arme auf der Brust und sah Imuni neugierig an.

»Dass du immer nur Unsinn verzapfst, ist ja nichts Neues, aber dass du dich gerade rechtzeitig zur Übergabe des Schemels hier eingefunden hast, finde ich schon erstaunlich … Man hat dich nicht zufällig benachrichtigt, oder?«

»Das tut nichts zur Sache! Didia soll auf der Stelle den Beweis erbringen, dass dieser Schemel nicht unterschlagen wurde, sonst werde ich gegen euch beide Klage erheben.«

»Bevor ich mich gewaschen habe, ist meine Laune miserabel, und heute Morgen hatte ich noch keine Zeit, ins Bad zu gehen. Also, wer hat dich informiert, Imuni?«

Am veränderten Ton in Panebs Stimme begriff der Schreiber, dass es nun gefährlich werden konnte.

»Nun … Nacht. Nacht hat mir gesagt, dass du Didia gezwungen hättest, dir einen Schemel zu geben, und dass ich dich des Diebstahls und der Nötigung bezichtigen könnte.«

»Wie ich dich kenne, hast du die Anklageschrift bestimmt schon fertig.«

Imuni senkte den Blick auf ein Lederfutteral, das einen Papyrus enthielt.

»Die Fakten schienen mir klar.«

»Mir auch«, schloss Paneb mit gefährlich leiser Stimme.

»Gestehst du also?«

»Man sollte dir nicht erlauben, solche Lügengeschichten zu verfassen, Imuni. Wenn du so weitermachst, schadest du der Gemeinschaft. Ich werde dir helfen, wieder auf den rechten Weg zurückzufinden.«

Paneb riss dem Schreiber die Sachen aus der Hand, zerrupfte das Etui und den Papyrus, zerbrach die Schreibbinsen, die Farbriegel und das Wasserfass.

Imuni machte sich schnell aus dem Staub, bevor ihn womöglich ein ähnlich schreckliches Schicksal ereilte.

Paneb packte den Schemel.

»Wahbet wird außer sich sein vor Freude!«, sagte er zu Didia. »Komm rein, nimm das Morgenmahl mit uns ein!«

»Mein Hals brennt wie Feuer«, klagte Ipuhi der Prüfende, der noch nervöser war als gewöhnlich. »Meine Frau sagt, mein Hals sei geschwollen und ich hätte abgenommen. Ich glaube, das Fieber steigt, ich werde wohl am Ende der Festwoche kaum zur Arbeit im Tal der Könige zurückkehren können.«

Ubechet fühlte an mehreren Stelle Ipuhis Puls. Der Prüfende gehörte nicht zu jenen Mimosen, die sich beim geringsten Anflug von Schmerz von der Weisen zusätzliche freie Tage verschreiben ließen.

»Dein Herzrhythmus ist nicht in Ordnung«, sagte sie. »Du hättest mich früher aufsuchen sollen.«

»Schlimm?«

»Mach den Mund auf und leg den Kopf nach hinten.«

Was die Ärztin da sah, hatte sie schon erwartet.

»Es ist eine Krankheit, die ich kenne und die ich kurieren kann«, sagte sie, »aber du hast zu lange still gelitten. Diese Art von Zähigkeit ist gefährlich, Ipuhi, die Entzündung hätte sich verschlimmern und ein unheilbares Geschwür verursachen können.«

Im Mischungsverhältnis, das Ubechets Vorgängerin in ihrem Buch über ansteckende Krankheiten angegeben hatte, mischte die Weise eine Arznei aus Knoblauch, Erbsen, Kümmel, Meersalz, Hefe, Feinmehl, Pyrethrum, Honig und Dattelwein.

»Das nimmst du in Form von Kügelchen ein«, wies sie Ipuhi an.

»Eine Woche lang zwanzig am Tag. Die eitrige Entzündung wird schnell vergehen, dann geht es dir wieder besser. Danach reduzieren wir die Dosis, bis die Entzündung ganz verschwunden ist.«

Hilfeschreie störten die Behandlung.

Der stellvertretende Schreiber schrie sich die Lunge aus dem Leib und scheuchte die Dorfbewohner auf.

Nefer dem Schweigsamen war es gelungen, für Ruhe zu sorgen, und unter den erstaunten Blicken der Handwerker hörte er sich die Anschuldigungen des zitternden Imuni an.

»Er hat mein Schreibzeug kaputt gemacht! Ein Irrer! Ein Barbar!«

»Von wem redest du?«

»Von Paneb! Wenn die Wachen ihn nicht sofort festnehmen, wird er das Dorf verwüsten!«

Mit Ausnahme von Nacht, der das Bett hüten musste, waren alle Steinmetzen versammelt und hätten sich am liebsten totgelacht. Imuni war ihnen in die Falle gegangen, und Panebs Reaktion hatte alle ihre Erwartungen übertroffen.

»Hol Paneb, Thuti!«, befahl der Baumeister.

Thuti der Gelehrte kam in Begleitung von Paneb dem Feurigen und Didia dem Großzügigen zurück, der auf einem Fladen gefüllt mit heißen Saubohnen kaute.

»Helft mir!«, brüllte Imuni und flüchtete sich hinter die Steinmetzen.

»Paneb, hast du das Schreibzeug des stellvertretenden Schreibers zerstört?«, wollte Nefer wissen.

»Ich habe lediglich seine Lügengeschichten zerschlagen und damit habe ich der Bruderschaft bestimmt einen Gefallen erwiesen. Es war höchste Zeit, Imuni eine Lektion zu erteilen, sonst glaubt er noch, er sei allmächtig. Er soll in seiner Stube bleiben und Kenhirs Anweisungen befolgen, dann ist alles gut.«

Imuni war feuerrot vor Zorn.

»Paneb ist ein Dieb und ein Erpresser! Und er hat die Beweise vernichtet, die ich in meiner Anklageschrift niedergelegt hatte!«

»Jetzt reicht's aber!«, tobte der Beschuldigte.

Der Baumeister trat dazwischen.

»Keine Gewalt, Paneb! Was hast du dazu zu sagen?«

»Zwingst du mich wirklich, zu diesem Heuchler Stellung zu nehmen?«

»Mich interessiert nur die Wahrheit.«

»Die Wahrheit werde ich dir sagen«, mischte sich Didia ein. »Die Steinmetzen haben mich gebeten, Paneb dringend einen Schemel zu bringen, und ich habe ihm einen gebracht, den ich für den Verkauf außerhalb des Dorfes gefertigt hatte. Hier gibt es weder Diebstahl noch Erpressung. Ich möchte nur wissen, wer mir den Schemel eigentlich bezahlt.«

»Nacht der Starke«, sagte Paneb und deckte die Hintergründe für diesen Streit auf.

»Das ist wirklich eine verzwickte Geschichte«, sagte Unesch der Schakal. »Sollen wir nicht besser das Gericht einberufen?«

»Der Stab des Amun genügt«, sagte Nefer, »die Sache ist sehr viel eindeutiger, als du denkst.«

Paneb war gekränkt.

»Ich habe einen Zeugen. Imuni hat mich zu Unrecht beschuldigt, und die Steinmetzen haben versucht, sich für Nachts Niederlage zu rächen. Willst du mich trotzdem verurteilen?«

»Du hast ein Unrecht begangen, als du Imunis Schreibzeug kaputt gemacht hast«, sagte Nefer. »An der Stätte der Wahrheit sollen wir Dinge erschaffen, nicht zerstören, egal, wie die Umstände sind.«

Mit einer Miene so würdevoll wie ein Türhüter der anderen Welt stellte sich der Vorarbeiter der linken Mannschaft vor Paneb. Er hielt einen schweren Stab in der Hand, der an einem Ende einen kunstfertig geschnitzten Widderkopf trug, gekrönt von einer leuchtend roten Sonne.

Die Weise nahm den göttlichen Stab.

»Paneb, wagst du, dem Blick des göttlichen Widders standzuhalten und zu schwören, dass du nicht gelogen hast.«

»Ich habe Vertrauen in dich.«

Er starrte den Widderkopf aus vergoldetem Holz an, dessen Augen aus Obsidian lebendig zu sein schienen. An den Widdergott Amun richteten die Nekropolenbewohner Bitten oder Beschwerden, und nun betraute der Baumeister diese verborgene Macht damit, vor der schweigend wartenden Gemeinde das Urteil über seinen Freund zu sprechen.

Paneb spürte, dass der Zauberer, der dieses Bildnis zur Zeit der Gründung der Stätte der Wahrheit geschaffen hatte, ihm eine Kraft verliehen hatte, die den menschlichen Willen brechen konnte.

Am liebsten hätte er die Augen niedergeschlagen, um dem unsichtbaren Feuer im unerbittlichen Blick des Widders zu entgehen, und am liebsten hätte er den Gott angefleht, sich barmherzig zu zeigen.

Doch die Kraft seiner Rechtschaffenheit half ihm, den Kopf aufrecht zu halten und sich vor dem heiligen Widder nicht zu beugen.

Die Sonnenscheibe leuchtete schon weniger kräftig, und der schwere Stab senkte sich.

»Paneb hat keinen schwerwiegenden Verstoß gegen die Bruderschaft begangen«, entschied die Weise, »er hat den Zorn des Gottes nicht auf sich gezogen.«

»Trotzdem verlange ich, dass er neues Schreibzeug für Imuni besorgt«, sagte Nefer.

Paneb sagte nichts.

Der stellvertretende Schreiber, der sich immer noch hinter den Steinmetzen versteckte, dachte, dass die Freundschaft zwischen Nefer und Paneb wohl nicht ewig währen würde.

50

Der Schreiber des Grabes hatte die Weise und die beiden Vorarbeiter der Mannschaften zu sich gerufen. Die Festwoche ging zu Ende, und es mussten einige Entscheidungen getroffen werden.

»Die linke Mannschaft wird die Errichtung des Tempels der Millionen Jahre gemäß dem Plan vornehmen, den der Baumeister ausgearbeitet und den der König gebilligt hat. Hast du dazu etwas zu sagen, Haih?«

»Nein.«

»Die Baustätte wird abgesperrt und von der Polizei bewacht. Beim geringsten Zwischenfall benachrichtigst du Sobek.«

Der Vorarbeiter der linken Mannschaft nickte.

»Die beiden anderen Punkte, die ich mit euch besprechen muss, sind etwas heikler. Scheint es angeraten, die Arbeiten im Tal der Könige fortzusetzen und Sobek unsere Entdeckung anzuvertrauen?«

»Wir müssen das königliche Grab unbedingt ausheben«, sagte Nefer. »Trotz aller Gefahren werde ich weiterarbeiten.«

»Unter diesen Umständen müssen wir Sobek mitteilen, dass sich in unserer Mitte ein Verräter befindet.«

»Ich bin dagegen«, erklärte der Vorarbeiter der linken Mannschaft. »Das sind Probleme des Inneren, sie gehen nur uns etwas an.«

»Ich verstehe deinen Standpunkt«, sagte Ubechet, »aber Sobek ist nicht unser Feind. Er liebt das Dorf, er will seinen Fortbestand, und wir sind auf seine Hilfe angewiesen.«

»Es ist eine Schande für uns! Damit zerbrechen wir die Einheit der Bruderschaft.«

»Derjenige, der versucht, der Stätte der Wahrheit zu schaden, ist der schändliche Unhold. Er bricht seinen Schwur. Und diese Schande verdanken wir nur unserer mangelnden Wachsamkeit.«

»Gut, aber nur unter einer Bedingung«, sagte Haih. »Sobek muss absolutes Stillschweigen bewahren über das, was wir ihm anvertrauen.«

Sobek war entsetzt. Er saß auf einer Matte vor Kenhir, der den einzigen bequemen Stuhl in der Fünften Festung besetzte.

»Eure Enthüllungen überraschen mich nicht«, gestand er dem Schreiber ein. »Seit zehn Jahren suche ich nun schon vergeblich den Mörder meines Wachmannes und ich bin zu der Überzeugung gelangt, dass er sich nur in der Nekropole verstecken kann. Einen besseren Schlupfwinkel kann er doch gar nicht finden. Und nun versucht dieser Schattenfresser, der Stätte der Wahrheit und sogar seiner eigenen Bruderschaft zu schaden! Ihr müsst den Dingen ins Auge sehen, Kenhir, es handelt sich um eine Verschwörung, die von langer Hand geplant wurde. Da ich selbst nicht die Befugnis habe, an der Stätte der Wahrheit zu ermitteln, müsst Ihr diese Aufgabe übernehmen. Aber seid vorsichtig! Der Schattenfresser hat schon einmal einen Mord begangen, und er würde nicht zögern, wieder zu töten, wenn er glaubt, dass man ihm auf die Spur gekommen ist.«

»Was werdet Ihr Eurerseits unternehmen?«

»Unser Mann muss Kontakt zu seinen Komplizen außerhalb der Nekropole halten, dabei wird er früher oder später einen Fehler machen.«

»Bis jetzt war das aber noch nicht der Fall.«

»Ich weiß, Kenhir, ich weiß … Man könnte fast glauben, er sei nicht greifbar. Ich hatte deswegen schon manch eine schlaflose Nacht. Aber ich gebe die Hoffnung nicht auf.«

»Ihr müsst mir versprechen, Stillschweigen zu bewahren.«

»Ich muss aber Berichte für meine Vorgesetzten abfassen –«

»Eure Vorgesetzten sind der Pharao, der Wesir und ich. Ich werde Euch decken, Sobek, und wenn es nötig ist, werde ich dem König die Sache erklären. Aber Ihr dürft auf keinen Fall andere Wachen über die Vorgänge im Inneren der Stätte der Wahrheit informieren. Wir haben Vertrauen in Euch!«

Der Nubier war gerührt.
»Im Namen des Pharaos – ich werde schweigen.«

Er kam näher.

Tusa, der die Baustätte des Königsgrabs bewachen musste, war sich sicher, dass er näher kam. Die nackten Sohlen machten zwar fast kein Geräusch im Sand, doch der Nubier hatte so ein feines Gehör, dass er selbst die leiseste Gefahr vernahm.

Er zog seinen Dolch aus der Scheide und drückte sich an den Fels, damit er den Eindringling mit einem entscheidenden Hieb überraschen und außer Gefecht setzen könnte.

Paneb, der als Erster im Tal der Könige ankam, war überrascht, die Wache nicht vorzufinden.

Da er wusste, wie gewissenhaft Sobeks Männer waren, gab es nur eine Erklärung: Jemand hatte Tusa getötet.

Wenn der Täter noch in der Nähe war, würde Paneb ihn nicht entwischen lassen. Und wenn er gehört hatte, wie Paneb gekommen war, würde er sich im Fels neben dem Eingang zum Grab verstecken.

Der Handwerker duckte sich und schlich leise am Fels entlang.

Er war da, Paneb spürte es. Er spürte seine Angst und seinen Wunsch, ihn zu töten.

Vor dem Eingang zum Grab machte Paneb einen Satz, warf sich auf den Boden und rollte auf seinen Gegner zu. Überrascht stieß der Nubier mit dem Dolch ins Leere. Der junge Riese packte die Beine des Nubiers und schlug ihm so heftig auf die Hand, dass er seine Waffe fallen ließ.

»Aber ... du bist ja ein Wachmann!«

»Und du gehörst zur Mannschaft!«

»Du hast deine Arbeit gut gemacht, mein Freund.«

»Du auch. Wenn du den Beruf wechseln willst, wird dich Sobek bestimmt gerne nehmen.«

»Das würde mich wundern!«

Der Baumeister und die anderen Handwerker kamen an die Baustätte. Der Nubier und Paneb erhoben sich.

»Was ist denn hier passiert?«, fragte Nefer.

»Wir haben nur eine Übung gemacht, um unsere Sicherheitsvorkehrungen zu testen«, antwortete Paneb. »Dank Tusa ist das Grab nicht in Gefahr.«

Kenhir begab sich auf seinen schattigen Felssitz und überwachte die Verteilung der Werkzeuge. Die Handwerker der rechten Mannschaft setzten die Ausschachtung unter Nefers Anleitung fort, mit Ausnahme von Sched dem Retter und Paneb dem Feurigen, die feine Kupfermeißel erhielten.

»Für uns beginnt nun die Feinarbeit«, erklärte Sched. »Auf dieser freien Fläche bereiten wir eine Wand vor, die so glatt wie möglich sein muss. Was wäre ein Bild ohne den entsprechend perfekten Untergrund?«

Paneb berührte das Amulett, das er um den Hals trug.

»Du hast dich verändert«, bemerkte Sched. »Du bist zwar immer noch hitzig, aber du hast an innerer Kraft gewonnen.«

»Du hast mir die Augen geöffnet, Sched. Wie kann ich dir danken?«

»Indem du ein besserer Maler wirst als ich. Die anderen Zeichner befolgen nur meine Anweisungen, von dir erwarte ich mehr.«

»Ich kann dir Hunderte von Skizzen vorlegen.«

»Wahrscheinlich würde ich keine einzige davon gut finden, nur damit du immer mehr Vorstellungskraft entwickelst und dich ganz der Symbolik verschreibst, die ein Königsgrab erfordert. Wenn du diesen Vorgaben treu bleibst, dann wird dir kein Geheimnis unserer Kunst verborgen bleiben.«

Als sich die Nacht über den Sattel senkte, beobachtete Paneb die Sterne und den Mond. Das Horus-Auge war so energiegeladen, dass es Panebs Müdigkeit vertrieb. Schwungvoll schabte er mit einem kurzen Dächsel die letzten Unebenheiten ab, bevor er mit einem Schleifstein die Oberfläche polierte. Danach musste Paneb, der auch ein ausgezeichneter Gipser war, eine Schicht feiner Tünche und durchsichtigen Leim anbringen. Schließlich würden die Zeichner das Quadratnetz auf die Wand skizzieren, damit jede Figur den richtigen Platz einnahm und in einem harmonischen Verhältnis zur ganzen Szene stand.

Die Bildhauer beendeten den Türsturz des monumentalen Portals. Darauf beteten Isis und Nephthys die Sonne an, in der ein

Skarabäus und der widderköpfige Ra abgebildet waren, die Symbole für die Wiedergeburt der Sonne und somit der Seele des Pharaos.

So arbeitete die Mannschaft immer weiter, während Sched seinem Schüler nach und nach die Motive offenbarte, die die Wände beleben würden.

Mit aufreizender Langsamkeit zog Serketa das grüne Gewand mit den purpurnen Fransen aus und legte ein gelbes Kleid an, das ihre Brüste frei ließ.

»Bin ich schön, Liebster?«

»Wunderschön!« Nach einem harten Arbeitstag, in dessen Verlauf sich Mehi dank seiner Bestechungskünste neue Abhängige geschaffen hatte, wohnte er der Vorstellung seiner Gattin mit Vergnügen bei. Sowohl am Ostufer wie auch am Westufer fand er immer mehr begeisterte Anhänger, die seine straffe und ausgezeichnete Amtsführung lobten. Und da seine Frau es verstand, bei Gastmahlen die Notabeln zu bezirzen, trug ihm das auch die Gunst mancher alter Knacker ein, die das wohlhabende und einflussreiche Paar durchaus schätzten.

So webte Mehi also weiter an seinem Netz, mit dem er jede einflussreiche Person des großen Gaus im Süden einzufangen gedachte. Nirgendwo würde er bessere Erfahrungen sammeln können, um später das ganze Land in seine Fänge zu bekommen.

Während sich Serketa ein zweites Mal entblößte und verführerische Posen vor dem General einnahm, sah sich der Hausverwalter gezwungen, mit gesenktem Blick einzutreten und Mehi zu rufen.

»Ein Hauptmann aus der Hauptstadt möchte Euch sprechen.«

»Führe ihn in mein Empfangsgemach und biete ihm Getränke an.«

Serketa rieb sich an ihrem Mann.

»Ich könnte eure Unterredung doch hinter einem Wandbehang mithören.«

»Das wäre nicht schlecht.«

»Sollten wir uns dieses Hauptmanns nicht bald entledigen?«, säuselte sie.

»Doch, aber es ist noch zu früh.«

Die Aussicht auf einen neuen Mord erregte Serketa so stark, dass sie Mehi lüstern bedrängte. Der Hauptmann müsste sich eben gedulden.

»Neuigkeiten?«, fragte der General.

»Merenptah regiert mit eiserner Hand«, sagte der Hauptmann, »aber man munkelt, dass es mit seiner Gesundheit nicht zum Besten bestellt sei.«

»Wer ist der aussichtsreichste Kandidat für seine Nachfolge?«

»Sein Sohn Sethos. Aber es gibt im Moment Wichtigeres. Der Drill in den Kasernen wird immer härter. Der König hat bei den Waffenschmieden in Pi-Ramses und Memphis eine große Zahl Schwerter, Lanzen und Schilde in Auftrag gegeben.«

»Sind Manöver in Aussicht?«

»Sehr wahrscheinlich, ja. Eine Demonstration der Stärke in den Ostländern würde mögliche Unruhen im Keim ersticken, sollten die Stammesoberhäupter glauben, Merenptah sei schwächer als Ramses, und daraufhin Aufruhr schüren.«

»Hast du eindeutige Hinweise?«

»Nein, General, mehr weiß ich nicht. Für mein Dafürhalten solltet Ihr Euch nach Pi-Ramses begeben und Euch dort selbst ein Bild der Situation machen. Ihr solltet Euch nicht hier in Theben abschotten, das wäre schlecht, umso mehr als Euer Ruf immer besser wird und viele Würdenträger aus königlichen Kreisen Euch gerne treffen würden.«

Der Hauptmann hatte Recht, aber Mehi würde einen guten Vorwand brauchen, um diese Reise anzutreten. Und diesen Vorwand würde ihm die Stätte der Wahrheit liefern.

51

Nach acht Tagen harter Arbeit genossen die Handwerker der rechten Mannschaft ihre zwei freien Tage im Dorf, bevor sie wieder ins Tal der Könige aufbrechen mussten.

Doch die Ruhe wurde jäh gestört. Ein Ehepaar stritt sich mit lautem Gezänk und warf sich nicht nur Schimpfworte, sondern auch Geschirr an den Kopf.

»Das scheint bei Fened zu sein«, sagte Wahbet die Reine zu ihrem Mann, der sich einen Spaß daraus machte, Aperti in die Luft zu werfen und ihn im letzten Moment wieder aufzufangen. Aperti quietschte vor Vergnügen.

»Ein kleiner Streit mit seiner Frau … Sie scheint ein wenig unwirsch zu sein.«

»Das hört sich eher an wie eine handfeste Schlägerei. Solltest du da nicht eingreifen?«

Paneb mochte Fened die Nase. Also gab er Wahbet den Kleinen und ging durch die Gassen zu Feneds Haus, wo die Tür offen stand.

Ein schöner Alabasterteller streifte Panebs Schläfe.

»Beruhigt euch doch!«, rief er.

Fened stürzte aus dem kleinen Haus und umklammerte Paneb.

»Los, schnell weg hier! Meine Frau ist verrückt geworden!«

Um dem Hagel weiterer Geschirrteile zu entgehen, folgte Paneb seinem Freund, der schnell davonrannte, ohne sich umzudrehen.

Als sie außer Reichweite waren, schnappte Fened nach Luft.

»Danke für deine Hilfe, aber selbst eine ganze Armee Riesen wäre dieser Frau gegenüber machtlos, sie ist völlig außer Rand und Band. Dieses Mal ist sie wirklich zu weit gegangen. Ich werde mich scheiden lassen!«

»Überleg dir das gut. Was hat sie dir denn getan?«

»Wir sind grundsätzlich und immer unterschiedlicher Meinung. Besser, wir trennen uns.«

»Das ist eine schwerwiegende Entscheidung, Fened. Vielleicht könnt ihr euch ja wieder versöhnen.«

»Sie versteht mich einfach nicht und ich verstehe sie nicht.«

Entschlossenen Schritts betrat Fened Kenhirs Schreibstube, der gerade dabei war, das Tagebuch der Nekropole zu führen.

»Ich will mich scheiden lassen.«

Der Schreiber des Grabes blickte nicht einmal auf.

»Du weißt, dass du dann umziehen und deiner Frau mindestens ein Drittel deines Besitzes überlassen musst, und sie wird zweifellos mehr verlangen.«

»Es geht um Leben und Tod!«

»Nun, wenn es schon so weit ist ... Mein Gehilfe wird alles Schriftliche vorbereiten.«

Kenhir rief Imuni zu sich, der damit beschäftigt war, Papyrusrollen zu ordnen. Zu Feneds Überraschung war der stellvertretende Schreiber einfühlsam und verständnisvoll, und der Steinmetz überstand die Prüfung und konnte neue Hoffnung schöpfen. Das Gericht an der Stätte der Wahrheit würde einen letzten Versöhnungsversuch verlangen, die Ehegatten anhören und ihren Besitz aufteilen. Während dieser Zeit würde Fened bei Imuni wohnen.

Nachdenklich kehrte Paneb zu seiner Frau und seinem Sohn zurück.

»Schlimm?«

»Fened lässt sich scheiden.«

»Aber ... das ist ja schrecklich!«

»Man würde es kaum glauben, wenn man ihn sieht. Es ist komisch ... Ich habe fast den Eindruck, er spielt uns etwas vor.«

»Scheidungen sind hier seltener als in anderen Städten. Die Frauen der Brüder wissen, was auf sie zukommt, sie haben eine Vorstellung von den vielfältigen handwerklichen und rituellen Aufgaben ihrer Männer. Warum aber sollte Fened den anderen etwas vorspielen?«

»Um uns glauben zu machen, dass er sich mit seiner Frau überworfen hat.«

»Welche Absicht verfolgt er damit?«

»Keine Ahnung.«

»Jetzt machst du mich neugierig, Paneb. Ich werde mit ihr sprechen und versuchen, die Wahrheit herauszufinden.«

Bei Einbruch der Dunkelheit hatte Paneb Wasser zum Kochen geholt und die Lampen angezündet. Da klopften Userhat der Löwe und Ipuhi der Prüfende an seine Tür.

»Der Baumeister will dich sprechen.«

Es war der letzte Abend vor der Rückkehr ins Tal der Könige, und Wahbet hatte ein köstliches Abendessen zubereitet.

»Ist das ein Befehl?«

»Es ist deine Entscheidung, ob du mitkommst oder nicht«, sagte Userhat.

Diese Antwort machte Paneb natürlich neugierig. Er sah seine Frau an, Wahbet lächelte ihm zu.

»Dann essen wir eben später«, sagte sie mit einem seltsamen Unterton, als wüsste sie, was die Besucher im Schilde führten.

»Was will Nefer denn?«

Userhat zuckte mit den Achseln.

»Wir wissen nichts. Kommst du nun oder kommst du nicht?«

»Gehen wir!«

»Viel Glück!«, flüsterte Wahbet.

Die drei Männer gingen zum Haupttempel, der von Nacht dem Starken bewacht wurde.

Sollte es sich um eine Abrechnung vor der ganzen Mannschaft handeln, so würde Paneb bestimmt nicht kneifen.

»Wir begleiten einen Handwerker, der die beiden Wege gehen möchte«, erklärte Userhat. »Lass uns passieren!«

Nacht entfernte sich. Das Trio betrat den Hof, wo ein großer Zuber mit Wasser stand.

»Zieh dich aus«, befahl Ipuhi, »tauche in dieses Wasser und reinige dich!«

Paneb tauchte einmal vollständig unter und stieg dann wieder aus dem Zuber. Dann forderten ihn Userhat und Ipuhi auf, die Schwelle zur ersten Halle zu überschreiten.

Im Halbdunkel saßen die Handwerker der rechten Mannschaft

auf Steinbänken, die über die ganze Länge des Raums an den Wänden entlangliefen.

Plötzlich schlugen Flammen neben Paneb in die Höhe.

»Wagst du es, dieses Hindernis zu überwinden und in den Kreis des Feuers zu treten?«, fragte Userhat.

Paneb wollte schon vorstürmen, doch Ipuhi hielt ihn zurück.

»Nimm dieses Ruder mit dem aufgemalten Auge. Es brennt nicht. Unsere Vorfahren haben damit die Wege des Wassers und des Feuers durchlaufen.«

Paneb hielt das Ruder vor sich wie einen Schild und trat durch den Vorhang aus Flammen.

Die Handwerker erhoben sich und bildeten einen Kreis um Paneb.

Auf dem Boden des Tempels waren zwei gewundene Wege aufgezeichnet, einer war blau, der andere schwarz. Dazwischen lag ein Becken, aus dem ebenfalls Flammen aufstiegen.

»Zwei beschwerliche Wege führen zur heiligen Kanope des Osiris«, verkündete der Baumeister. »Der Weg des Wassers ist blau, der Weg der Erde ist schwarz, zwischen ihnen liegt ein See aus Feuer, in dem sich die Sonne und die Kraft des Eingeweihten erneuern. Die beiden Wege sind einander entgegengesetzt, du kannst sie nur mit dem Wort und mit dem Gespür für das Wesentliche begehen. Aber willst du überhaupt das Geheimnis des Wissens sehen?«

»Ich will es von ganzem Herzen.«

»Das Seil der Verwandlung soll entrollt werden und der Rechtschaffene soll dem Weg der Maat folgen.«

Userhat nahm das Ruder an sich, Gao der Genaue und Unesch der Schakal legten ein Seil über die beiden Wege.

»Folge mir, Paneb!«, befahl Nefer der Schweigsame.

Die beiden Männer traten in eine dunkle Halle, an deren Ende drei verschlossene Kapellen lagen.

»Ich werde jetzt den Riegel zurückschieben«, tat Nefer kund. »Was du nun siehst, wirst du nie wieder vergessen. Dein Blick wird verändert sein. Aber es ist noch Zeit – du kannst dich immer noch zurückziehen, nachdem du die Stimme des Feuers vernommen hast.«

»Mach auf!«

Der Baumeister öffnete die mittlere Kapelle.

Auf dem Stein des Lichts, der in ein Tuch gehüllt war, stand ein goldener Kanopenkrug von einer Elle Höhe.

»Das Feuer schützt die Kanope des Wissens im Herzen der Stille und des Dunkels. In ihr sind die Lymphen des Osiris verwahrt, die den Normalsterblichen nicht zugänglich sind. Wer dieses Geheimnis sieht, wird nicht den zweiten Tod sterben, denn er ist der Träger eines Wissens, dank dessen er sich im Westen nicht auflösen wird.«

Nefer ging zu der Kanope, aus der Paneb glaubte, zornige Funken sprühen zu sehen, und brachte eine Statuette der Maat dar.

»Wir sind die Söhne der Stätte der Wahrheit, wir bringen dir die Göttin der Ordnung, die allein das Dunkel auflösen kann. Möge Panebs Seele zum Himmel emporsteigen, das Firmament durchsegeln und sich mit den Sternen verbrüdern.«

Die Kapelle wurde hell erleuchtet.

In ihrem Giebel sah Paneb eine Sonne aufgehen, deren Schein so hell war wie am Mittag.

»Leuchte dem Diener an der Stätte der Wahrheit den Weg«, bat der Baumeister, »auf dass er kommen und gehen kann, ohne von der Finsternis behindert zu werden.«

Nefer brach das Siegel, das den Kanopenkrug verschloss, und nahm das Tuch vom Stein des Lichts. Er strahlte so hell, dass Paneb die Augen schließen musste, doch er machte sie schnell wieder auf und beschattete sie mit seinem Unterarm.

»Dieser Stein ist das Unbezähmbare, das nicht unterworfen werden kann«, erklärte der Baumeister. »In ihm sind die Skarabäen vorgezeichnet, die das menschliche Herz bei der Reise in den Schönen Westen ersetzen; dabei verliert er kein Molekül seiner Substanz, denn das Licht und der Stein sind eins in alle Ewigkeit. Du sollst wissen, dass der Himmel unser Steinbruch und unsere Mine ist, aus denen wir die Materialien für unser Werk schöpfen.«

Nefer neigte den Krug zum Stein. Aus der Öffnung stach eine goldene Flamme von unglaublicher Schönheit heraus.

Als sich Nefer wieder zu Paneb umdrehte, hielt er einen kleinen Skarabäus in der Hand, der aus einem außerordentlich harten, grünen Stein gefertigt war.

»Das Auge hast du schon. Hier ist dein Herz.«

52

Im ersten sorgfältig ausgeschachteten Gang betrachteten Sched der Retter und seine Zeichner die Darstellungen des Pharaos und der Götter auf den Wänden sowie die Hieroglyphen, die sie Zeichen für Zeichen aufgemalt hatten. Der erste Text war der *Sonnengesang*, dessen geheimnisvolle Verse die verschiedenen Gestalten des göttlichen Lichts offenbarten.

»Meister, wir sind auf einen heiligen Knochen gestoßen!«, rief Karo der Grimmige panisch.

Nefer, der sich gerade vor dem Grab mit den Bildhauern besprach, stürzte sofort hinein zu den Steinmetzen.

»Schau dir das an!«, jammerte Karo. »Ein riesiger Quader aus Feuerstein! Wenn wir nach deinem Plan weiter geradeaus vordringen, müssen wir ihn ganz aus dem Fels hauen, dabei verlieren wir viel Zeit.«

Der Baumeister untersuchte den Stein.

»Er ist wunderbar!«

»Ganz deiner Meinung«, stimmte ihm Fened die Nase zu. »Im ganzen Tal gibt es wahrscheinlich keinen schöneren.«

»Wir lassen ihn, wo er ist, und schachten um ihn herum aus«, entschied Nefer. »Er gehört zum Grab, er wird es schützen.«

Als die rechte Mannschaft wieder auf dem Weg ins Dorf war, um die beiden freien Tage dort zu verbringen, hörten sie großes Gezeter und aufgebrachtes Gekreisch. Frauen rannten durch die Hauptstraße und durch die Gassen.

Einen Moment lang glaubte Nefer, die Stätte der Wahrheit sei angegriffen und besetzt worden, doch er konnte nirgends auch nur einen einzigen Mann mit einer Waffe entdecken.

Türkis lief den Handwerkern entgegen.

»Kommt schnell! Überall Affen! Wir werden gar nicht mehr mit ihnen fertig. Sie plündern die Küchen und spielen mit dem Geschirr!«

Die Treibjagd dauerte eine gute halbe Stunde. Am Schluss hatten die Männer zwei Dutzend Pavianweibchen eingefangen, die ganz verstört waren und leise, klagende Schreie ausstießen. Vor dem Haus Nachts des Starken wurden sie zusammengetrieben; unter dem drohenden Knurren des Hunderudels, angeführt von Kemo, und mit den Stöcken der Handwerker ließen sie sich zusammenpferchen.

»Wir sollten diesen Viechern den Garaus machen«, meinte Kasa der Seiler, »sonst kommen sie wieder.«

Mit seinen stämmigen Beinen, dem kantigen Gesicht und den großen braunen Augen, die vor Wut funkelten, hätte der Steinmetz sogar ein wildes Tier erschrecken können.

Die kleine Grüne Meerkatze sprang auf Kasas Rücken, als wollte sie Gnade erflehen. Kasas Hand legte sich um den Hals des Äffchens, dessen Augen sich vor Angst weiteten.

»Tu ihm nichts!«, sagte Paneb. »Er ist doch unser Maskottchen.«

»Tolles Maskottchen, das seine Artgenossen hierher lockt und Unfrieden im Dorf stiftet! Wir sollten diese Affen beseitigen, bevor sie unseren Kindern etwas antun!«

Die Weise griff ein.

»Seht ihr denn nicht, dass diese Pavianweibchen Feigenpflückerinnen sind? Man kann sie ganz einfach besänftigen. Türkis, nimm diese Flöte und spiele!«

Schon bei den ersten Klängen der Melodie, die Türkis vor einem Feigenbaum spielte, beruhigten sich die Pavianweibchen und sahen die Menschen mit sanften Augen an. Sie kletterten auf den Baum, pflückten Feigen und legten sie in Körbe.

Verlegen ging Kasa nach Hause, und das Äffchen flüchtete sich auf Panebs Rücken.

»Warum treibst du so einen Unsinn?«, fragte er den kleinen Schlingel, der die Paviane angelockt und ihnen einen neuen Spielplatz gezeigt hatte.

Der Beschuldigte duckte sich ganz klein zusammen.

»Mach das nicht noch einmal!«, warnte ihn Paneb. »Wir mögen hier nämlich kein Durcheinander!«

Ubechet wählte vier Frauen aus, die die Affen wieder ihren Besitzern zurückbringen sollten. Sie nahmen Stoffstreifen als Leinen und führten sie in großer Heiterkeit davon.

»Ist diese Aufregung endlich vorbei?«, wollte Kenhir von seinem Stellvertreter wissen.

»Die Affenweibchen sind weg«, antwortete Imuni.

»Ich kann mich doch nicht um alles kümmern! Wenn das hier so weitergeht, endet alles noch in Chaos und Gesetzlosigkeit!«

»Ich kann dir versichern, dass alles wieder in Ordnung ist. Darf ich dir sagen, dass wir vor den Mauern einen Boten des Generals empfangen haben? Mehi wünscht dich und den Baumeister zu sprechen.«

»Wann habe ich hier eigentlich mal meine Ruhe?«

»Und dann –«

»Was ist denn noch?«

»Niut die Kräftige möchte unbedingt in der Schreibstube putzen.«

Niedergeschmettert verließ Kenhir sein Haus und machte sich auf den Weg zu Nefer, um mit ihm die Hauptverwaltung des Westufers aufzusuchen.

Mehi schloss die Fensterläden, damit die Sonne nicht in das Empfangsgemach drang, wohin er Kenhir und Nefer gebeten hatte.

»Unerträgliche Hitze heute! Hoffentlich setzt sie Euch nicht zu sehr zu.«

»Was gibt es, Mehi?«, kam Kenhir zur Sache.

»Ich muss nach Pi-Ramses und dem König einen Bericht über meine Arbeit vorlegen. An erster Stelle steht der Schutz der Stätte der Wahrheit, und ich hätte gerne gewusst, ob Ihr in dieser Hinsicht mit meiner Amtsführung zufrieden seid.«

»Ja«, sagte Kenhir. »Braucht Ihr eine schriftliche Bestätigung?«

»Wenn es nicht zu viel verlangt wäre … Ich würde dem Pharao auch gerne die Neuigkeiten übermitteln in Bezug auf die Arbeit, die voranschreitet.«

»Es ist ganz allein unsere Aufgabe, ihm diese Informationen zukommen zu lassen.«

»Das weiß ich ja, aber könnte ich Euch denn nicht als Bote dienen?«

Kenhir blickte den Baumeister fragend an, doch Nefer hatte nichts einzuwenden.

»Wann brecht Ihr auf, Mehi?«

»Sobald Ihr mir den Bericht geschickt habt.«

»Den werdet Ihr übermorgen bekommen.«

Im Schein einer großen Lampe beendete Kenhir den Bericht für Mehi.

»Du scheinst unserem Beschützer gegenüber immer noch sehr misstrauisch zu sein«, sagte er zu Nefer, der gerade den Plan von Merenptahs Tempel der Millionen Jahre prüfte.

»Ich bin lieber vorsichtig.«

»Der Oberste Verwalter West-Thebens und General der thebanischen Streitkräfte wird vom Ehrgeiz verzehrt, so viel ist sicher. Aber bei der Kupferlieferung hat er uns entscheidend geholfen.«

»Das gebe ich gerne zu.«

»Ich glaube, ich weiß, was Mehi wirklich will – er will Pharaos Vertrauen gewinnen und in den Kreis der Höflinge, wenn nicht gar der königlichen Berater aufgenommen werden. Auch wenn er uns ständig Honig um den Bart schmiert, so ist ihm die Stätte der Wahrheit im Grunde doch vollkommen egal. Ihn interessiert nur die Hauptstadt, wo die Politik des ganzen Reichs gemacht wird.«

»Schon möglich. Doch ist es nicht unklug, ihm einen ausführlichen Bericht über die Baustätten anzuvertrauen? Normalerweise schicken wir ihn mit dem königlichen Briefboten.«

»Du fürchtest, Mehis Neugier könnte ihn dazu treiben, das Siegel zu erbrechen und den Papyrus zu lesen?«

»Genau!«

»Da kennst du den alten Kenhir aber schlecht! Ich weiß, dass die Hauptverwaltung voller Fußangeln steckt und voll ist von ehrgeizigen Männern, die nur ihr eigenes Fortkommen im Sinn haben und es in der Kunst, nach oben zu buckeln und nach unten zu treten, zu wahrer Meisterschaft gebracht haben. Ich habe Mehis Angebot angenommen, weil ich es nicht mit ihm verscherzen will, aber wenn er den Fehler macht, dieses Schriftstück zu lesen, wird er eine unangenehme Überraschung erleben. Den ausführlichen Bericht wird der Pharao auf dem üblichen Weg bekommen, und zwar wenn wir einerseits den Feuersteinblock umrundet und andererseits das Allerheiligste von Merenptahs Totentempel beendet haben.«

Getrieben von einer starken Strömung würde die große Barke den General innerhalb einer Woche in die Hauptstadt bringen, wenn der Kapitän der dreißigköpfigen, sehr erfahrenen Mannschaft sein Versprechen hielt.

Im Inneren eines bequemen Kiosks mit Schiebedach verkostete Serketa Trauben in Form von kühlem, leichtem und fruchtigem Weißwein aus Saw. Die Reise gefiel ihr, und sie ließ es sich auch nicht entgehen, im leichten Kleid auf der Brücke zu erscheinen und die Begierde der Schiffer zu wecken, für die sie so nah und doch unerreichbar war.

Dieses kleine Spiel belustigte auch ihren Gatten, der sie mit gewohnter Grobheit nahm und sich an der Wirkung erfreute, die Serketas ekstatische Schreie auf die Mannschaft hatten.

»Nefer der Schweigsame scheint mich immer noch nicht zu mögen. Übrigens macht er seinem Beinamen alle Ehre«, vertraute er seiner Gattin an, während sie ihre Schminke nachbesserte.

»Das ist ihre Strategie«, meinte sie. »Während der Schreiber mit dir spricht, beobachtet der Baumeister dich; dann können sie dich besser beurteilen. Wichtig ist doch nur, dass sie dir dieses vertrauliche Schriftstück für den König mitgegeben haben.«

Mehi tätschelte den Papyrus, der zusammengerollt und versiegelt vor ihm lag.

»Du solltest ihn lesen, Liebster. Vater hat mir beigebracht, wie man Siegel so perfekt nachahmt, dass es keiner merkt. Du gehst keinerlei Risiko ein, wenn du dir Kenntnis von der Nachricht verschaffst und dir die Informationen zu Nutze machst, die sie enthält.«

Der General zögerte.

»Hm, sie haben mir den Bericht ein wenig zu bereitwillig ausgehändigt …«

»Hast du ihnen denn nicht gezeigt, wie groß und unerschütterlich deine Freundschaft ist?«

»Sie sind argwöhnisch, das spüre ich! Und dann sind da auch noch diese Handwerker, die geschickt mit allen möglichen Materialien umgehen können. Was ist, wenn sie mir eine Falle gestellt haben und ich ihnen, indem ich das Siegel breche, den Beweis meiner unangebrachten Neugier liefere? Dann werden sie mir nie wieder ihr Vertrauen schenken.«

Serketa setzte sich auf Mehis Schoß und strich nun ihrerseits über die Rolle.

»Meinst du, sie sind durchtrieben genug, um sich so einen Hinterhalt auszudenken? Ach, wie aufregend! Du hast Recht, Liebster, wir sollten den Papyrus nicht anrühren. Wenn der König ihn liest, werden wir wissen, ob wir Recht daran getan haben, die Finger davon zu lassen. In der Zwischenzeit können wir uns ja amüsieren!«

Serketa drückte ihren Mann aufs Bett und bestieg ihn.

53

Pi-Ramses, »die Türkisfarbene«, die Ramses im Delta hatte erbauen lassen, enttäuschte Mehi und Serketa nicht. Die neue Hauptstadt lag nahe an der Grenze zu den unruhigen Ostländern und beherbergte ein großes Heer, das im Falle eines Aufruhrs schnell eingreifen könnte. Der verblichene Pharao hatte begriffen, dass die Nordostgrenze des Landes einen Einfallskorridor für die asiatischen Völker darstellte, die schon seit Jahrhunderten davon träumten, sich der Reichtümer Ägyptens zu bemächtigen.

Die blau glasierten Kacheln an den Fassaden der Häuser glänzten in der Sonne, und der eindrucksvolle Pharaonenpalast lag traumhaft inmitten von Oliven- und Granatapfelhainen, Gärten voller Feigen- und Apfelbäume. »Welch Freude, in Pi-Ramses zu leben«, besang ein Volkslied diese Stadt, »das Kleine dort ist groß, Akazie und Sykomore spenden Schatten, der Wind ist lau, und die Vögel zwitschern am Teich.«

Die Stadt, die günstig zwischen zwei Nilarmen lag, den »Wassern des Ra« und den »Wassern von Auaris«, hatte vier Tempel, die Amun, Seth, Wadjet der »Grünen« und der assyrischen Göttin Astarte geweiht waren, und es gab vier Kasernen, wo die Soldaten gut untergebracht waren. In großen Speichern lagerten Waren, die über den Fluss geschifft worden waren, und die Verwaltung saß in eindrucksvollen Gebäuden.

Über eine monumentale Treppe, die Bilder der geschlagenen Feinde Ägyptens säumten – Symbole der Finsternis, gegen die der Pharao unablässig kämpfte –, führte ein Hauptmann den Obersten Verwalter West-Thebens in den Audienzsaal.

Mehi bewunderte die bunten Bilder von blühenden Gärten und fischreichen Teichen, über denen Vögel kreisten, aber sein Blick wurde wie magisch von den Augen des Königs angezogen.

Mit seinem baren Haupt und dem zerfurchten Gesicht war Merenptah der Inbegriff von Macht und Würde.

»Erlaubt mir, erhabener König, Euch zum ersten Jahrestag Eurer Krönung zu gratulieren und Euch noch viele Jahre der Herrschaft zu wünschen.«

»Diese Entscheidung liegt in der Hand der Götter. Indem du mir diesen Besuch abstattest, hast du meine Absichten erraten. Ich hätte dich sowieso bald nach Pi-Ramses bestellt, damit du mir über die Lage in Theben Meldung machst.«

»Um Theben ist es ausgezeichnet bestellt, erhabener König. Der Wohlstand hält an, Eure Untertanen sind Euch treu ergeben.«

»Und die Armee?«

»Ihr wisst, welch große Aufmerksamkeit ich den thebanischen Streitkräften schenke. Die Truppen sind gut in Form und verfügen über eine sehr gute Ausrüstung. Die Hauptleute sind fähig, die Sicherheit des Gaus ist garantiert.«

»Die Transportflotte?«

»Ist bereit, Euren Befehlen Folge zu leisten.«

»Hast du Vertrauen in deine Untergebenen?«

»Alles gute, erfahrene Beamte, denen wie mir selbst nur die Erhabenheit und der Schutz unseres Landes am Herzen liegen.«

»Sobald du nach Theben zurückkehrst, wirst du den Drill verstärken. Die Wagenlenker und das Fußvolk müssen einsatzbereit sein.«

»Darf ich das so verstehen, Majestät, dass sich ein Konflikt anbahnt?«

»Wir müssen reagieren können, wenn es Schwierigkeiten an den Grenzen gibt.«

»Darf ich Euch eine Mitteilung des Schreibers der Nekropole übergeben?«

Merenptah war überrascht.

»Das ist ein ungewöhnliches Verfahren.«

Mehi übergab den Papyrus dem König, der das Siegel brach, ihn aufrollte und las.

»Kenhir beglückwünscht dich zu deinem Verhalten gegenüber der Stätte der Wahrheit und er ist von deiner absoluten Loyalität überzeugt, da du mir dieses Schriftstück unversehrt überbracht hast. Wer auch immer versucht hätte, den Brief zu lesen, hätte erlebt, dass sich die Hieroglyphen bei Kontakt mit der Luft grün färbten, denn der Schreiber hat eine Spezialtinte verwendet. Suche nun deine Ranggleichen in der Hauptkaserne auf und komme wieder, wenn ich übermorgen Kriegsrat halte.«

Der General verneigte sich vor seinem König und zog sich schweißgebadet zurück.

Der Empfang war rauschend, die Bewirtung üppig. Mit seiner Eloquenz konnte Mehi zwei Befehlshaber erobern, den General der Infanterie und den General der Wagenlenker. Serketa unterhielt den Zeugmeister, der sich gerne mitreißen ließ, mit ihrem kindischen Getue.

Das Paar aus Theben genoss die Einladung zu einem vornehmen Abendmahl, bei dem es in die Gesellschaft von Pi-Ramses eingeführt wurde und mit Würdenträgern aus dem politischen und militärischen Leben zusammentraf.

Nach dem Mahl brachten die Diener Kalksteinschüsseln mit parfümiertem Wasser, in denen die Gäste sich die Hände waschen konnten, bevor sie sich in den Gärten ergingen, wo köstliche Düfte die laue Abendluft würzten.

Ein stolzer, eleganter Mann um die zwanzig schlenderte auf das Paar zu.

»Ich bin Amenmesse. Ihr seid gewiss General Mehi.«

»Zu Euren Diensten. Darf ich Euch meine Gemahlin Serketa vorstellen?«

»Ihr müsst mir nicht zu Diensten sein, mein Freund. Ich bin nur der Stiefbruder von Sethos, dem designierten Nachfolger unseres geliebten Pharaos. Man hat mir erzählt, dass Ihr vorbildliche Arbeit in Theben leistet – der Stadt, in der ich geboren wurde und die ich immer im Herzen tragen werde.«

»Ich tue mein Bestes.«

»Sind Eure Streitkräfte wirklich, wie Eure Freunde behaupten, die am besten ausgerüsteten im Süden?«

»Ich kümmere mich persönlich darum, dass es den Truppen an nichts fehlt.«

»Ach, wie gerne würde ich nach Theben zurückkehren! Hier ist die Stimmung so ernst, es geht immer nur um die Sicherung der Grenzen, die Waffenkammern, die Kasernen … todlangweilig.«

»Fürchtet Ihr eine bewaffnete Auseinandersetzung?«, fragte Serketa in unschuldigem Tonfall.

»Die Hauptleute reisen pausenlos zwischen der Hauptstadt und den Garnisonen im Nordosten hin und her, aber sooft ich Sethos auch frage – er weigert sich, mir zu antworten, denn er hält mich für einen jungen Müßiggänger, dem es fern liegt, sich für die Angelegenheiten des Staates zu interessieren.«

»Ich bin überzeugt, dass er irrt«, säuselte Serketa.

»Natürlich irrt er! Aber Ihr kennt ihn nicht … Er heißt schließlich nicht umsonst Sethos! Immer gleich eingeschnappt! Wenn man seine Autorität in Frage stellt, bekommt er einen schrecklichen Wutanfall. Ich ersticke hier in Pi-Ramses!«

»Reitet Ihr gerne?«, fragte Mehi.

»Hach, durchs Land zu galoppieren ist meine Lieblingsbeschäftigung!«

»Dann darf ich Euch nach Theben einladen und Euch einen Prachthengst zeigen, der so geschwind ist wie kein anderer?«

»Eine wundervolle Idee, Mehi! Die Zukunft verspricht interessant zu werden. Kommt, ich stelle Euch ein paar Freunde vor.«

Der General und seine Gemahlin lernten also den Freundeskreis des jungen Amenmesse kennen, der hauptsächlich aus Söhnen von Würdenträgern bestand, die Ramses dem Großen treu gedient hatten. Serketa ließ ihren Charme spielen, Mehi glänzte mit seinen Fähigkeiten und erklärte, wie man ein Amt führte.

Am Ende des Abends war Amenmesse ganz entzückt von seinen neuen Freunden.

Mehi und Serketa wohnten in einer großen Villa, die den Würdenträgern aus der Provinz vorbehalten war. Serketa streckte sich auf dem Bett aus.

»Ich bin völlig erschöpft. Aber unser Aufenthalt hier ist wirklich wunderbar! Wir haben den König gesehen und sind sogar schon in die Gesellschaft der Hauptstadt eingeführt worden!«

»Freuen wir uns nicht zu früh, der Abend ist noch nicht zu Ende.«

Serketa horchte auf.

»Was hast du vor?«

»Ich erwarte einen Besucher.«

Mehis Informant, ein ranghoher Hauptmann aus Pi-Ramses, klopfte an die Tür.

»Ist dir auch niemand gefolgt?«

»Ich war sehr vorsichtig und ich werde nachher durch den Garten zurückgehen.«

»Besteht tatsächlich Kriegsgefahr?«

»Schwer zu sagen. Die Streitkräfte der Hauptstadt und die Garnisonstruppen im Nordosten wurden in Alarmbereitschaft versetzt, aber es könnte sich auch nur um eine einfache Demonstration der Macht handeln, die am Anfang einer neuen Herrschaft ganz normal ist. Merenptah könnte möglichen Unruhestiftern beweisen wollen, dass er mit derselben strengen Hand regiert wie sein Vater und dass er keinerlei Aufruhr in den Ostländern duldet. Nach meiner Einschätzung ist die Lage jedoch nicht sehr angespannt, und sollte sie es werden, so sind wir darauf vorbereitet.«

»Merenptah möchte also seine Macht festigen.«

»Das ist nicht zu leugnen. Jene, die ihn für schwach hielten, haben sich getäuscht.«

»Immerhin ist er schon sechsundsechzig Jahre alt«, sagte Serketa. »Der Hof muss ja von Gerüchten über seine Nachfolge widerhallen.«

»Merenptah wollte den Gerüchten entgegentreten, indem er offiziell seinen Sohn Sethos zum Nachfolger erklärte. Sethos ist mit seinen sechsundvierzig Jahren ein reifer Mann, er ist erfahren und gewandt in der Menschenführung, doch er ist ein schwieriger Mensch.«

»Gibt es ernst zu nehmende Gegenspieler?«

»Gegen Merenptah? Nein, keinen mehr. Gegen Sethos jedoch steht ganz unerwartet Amenmesse, er hasst ihn.«

»Warum?«

»Amenmesse ist gekränkt, weil man ihn nie ernst genommen und ihn dazu verdammt hat, das Leben eines reichen Müßiggängers zu führen.«

»Würde Amenmesse so weit gehen, sich bei Merenptahs Ableben gegen Sethos zu wenden?«

»Dazu scheint er nicht fähig zu sein, aber manche Leute denken, dass der Streit zwischen den beiden Männern unvermeidlich ist. Sethos glaubt, dass Amenmesse untätig ist, aber Amenmesse hat schon einen Kreis von jungen, zielstrebigen Leuten um sich geschart, die ihn anspornen, sich zu behaupten und die Macht zu fordern.«

Der Hauptmann ließ Mehi noch genaue Informationen über die Truppen in den Kasernen von Pi-Ramses zukommen und zog sich dann zurück.

»Diesen Amenmesse kann man bestimmt leicht beeinflussen«, urteilte Serketa.

»Das ist auch meine Meinung, aber wir sollten sehr vorsichtig sein. In den Kreisen an der Spitze des Staates kann ein Fehler verhängnisvoll sein. Vor der Rückfahrt nach Theben werden wir Sethos einen Höflichkeitsbesuch abstatten. Wir sollten sowohl auf Amenmesse als auch auf Sethos setzen, dann sind wir immer auf der Gewinnerseite, egal, wer aus diesem Duell als Sieger hervorgeht.«

54

Der Katzenwels war riesengroß und sah sehr gefährlich aus. Wenn Kenhir tauchen würde, um ihm zu entwischen, würde er ertrinken. Es gab nur einen Ausweg – er musste sich auf das Untier stürzen, ihm die Zähne ins Fleisch schlagen und es verschlingen.

Als er den ersten Bissen schlucken wollte, erwachte der Schreiber der Nekropole aus seinem Alptraum.

Der Tag fing ja schlecht an, dachte er. Wenn man im Traum einen Katzenwels isst, bedeutet das, man wird von einem Beamten belästigt!

Doch der Traum hätte noch schlimmer sein können. Nach einem alten *Traumbuch,* das Kenhir abgeschrieben hatte, bedeutete es, dass man dem Tode nahe ist, wenn man träumte, man sei ein Beamter!

Mit schmerzendem Nacken und pelziger Zunge schleppte sich Kenhir zu dem niedrigen Tisch, auf dem der Papyrus lag, den er am Abend zuvor verfasst hatte. Er las ihn noch einmal gründlichst durch und prüfte, ob jedes Wort richtig gewählt war. Der Text sollte dem König versichern, dass die beiden Mannschaften an der Stätte der Wahrheit ohne Unterlass an der Errichtung seines Tempels und seines Grabes arbeiteten und dass der Baumeister sämtliche Schwierigkeiten aus dem Weg räumte.

Niut die Kräftige brachte frische Milch und einen heißen Fladen.

»Heute seid Ihr aber spät aufgestanden«, bemerkte sie.

»Gibt es nichts anderes zu essen?«

»In Eurem Alter solltet Ihr auf Euer Gewicht achten. Außerdem wartet der Briefbote schon seit einer halben Stunde.«

»Meine Träume täuschen mich nie«, brummte er. »Bitte ihn herein!«

Uputhi trat ein, in der Hand Thots Stab.

»Der Brief, den du dem Pharao überbringen sollst, ist fertig«, sagte Kenhir. »Wie ich dich kenne, bringst du mir schlechte Nachrichten.«

»Sie sind jedenfalls nicht sehr erfreulich. Die Truppen in Pi-Ramses wurden in Alarmbereitschaft versetzt.«

»Krieg?«

»Es ist noch zu früh, um Genaues zu sagen ... In den Ostländern gärt es immer noch, Merenptah muss ihnen zeigen, dass er genauso unnachgiebig ist wie Ramses.«

»Du reist doch hoffentlich nicht allein nach Norden?«

»Da dein Schreiben für den König bestimmt ist, komme ich in den Genuss einer Eskorte. Sei beruhigt, deine Nachricht wird sicher ankommen.«

Zu Apertis Freude hatte Paneb Kreisel gedrechselt und Holzsoldaten, kleine Krokodile und Nilpferde mit beweglichen Gliedern geschnitzt. Der Kleine liebte es, dem Reptil das Maul auf- und zuzuklappen, und er zog die Figuren so heftig herum, dass schon mehrere zerbrochen waren.

»Ich werde dir ein kleines Schiff schenken«, kündigte Paneb an, »aber damit musst du schon ein bisschen pfleglich umgehen! Und wenn du brav bist, spielen wir nachher mit einem Stoffball.«

Paneb hatte sogar vor, einen Reiter auf einem Pferd in vollem Harnisch zu schnitzen, das einen Streitwagen zog, aber das musste sich sein Sohn erst verdienen.

»Wenn man etwas kaputt macht, begeht man einen schweren Fehler«, sagte er zu Aperti, der ihn mit wachen Augen anblickte, als würde er jedes Wort verstehen, »denn mit den Händen kann man wahre Wunder erschaffen.«

Mit zwei Körben voller frischem Gemüse kehrte Wahbet die Reine zurück und sah zu, wie Vater und Sohn spielten. Für sie gab es kein größeres Glück auf dieser Welt.

»Ich habe mich lange mit Feneds Frau unterhalten«, erzählte sie. »Sie kann ihren Mann nicht mehr ertragen und ist fest entschlossen, sich scheiden zu lassen.«

»Wird sie aus dem Dorf weggehen?«

»Nein, sie will bleiben. Leider gibt es auch noch betrüblichere Nachrichten als diese Trennung.«

Als würde Aperti seiner Mutter die Anspannung anmerken, drückte er Panebs Daumen mit seinen kleinen Fingerchen.

»Wie der Briefbote sagte, wurden die Elitetruppen in der Hauptstadt in Alarmbereitschaft versetzt.«

In allen Köpfen lebte noch die Erinnerung an die Schlacht von Kadesch, die Ramses gegen die Hethiter gewonnen hatte. Der Friedensvertrag mit dieser Militärmacht war zwar nicht verletzt worden, doch es gab auch andere kriegswütige Völker, die sich gerne des Landes und seiner Reichtümer bemächtigen würden.

Paneb machte sich zugleich auf den Weg zum Baumeister, von ihm hoffte er genauere Informationen zu erhalten. Dabei lief er Userhat über den Weg, der eine Stele der Göttin Kadesch trug; sie stand nackt auf einem Löwen, hatte eine Mondscheibe auf dem Kopf, in der rechten Hand hielt sie Blumen und in der linken eine Schlange. Die seltsame Figur verursachte Paneb Beklemmungen.

»Die Weise hat mich gebeten, die Stele ans Haupttor zu stellen«, erklärte Userhat. »Sie schützt uns vor gewaltsamen Übergriffen von außen.«

»Hat sie etwas von einem Konflikt im Norden gesagt?«

»Nein, aber sie wollte trotzdem Vorsichtsmaßnahmen ergreifen. Wenn du meine Meinung hören willst – das klingt alles gar nicht gut!«

Ubechet kam angelaufen.

»Ich suche dich schon, Paneb.«

»Ist Krieg ausgebrochen?«

»Das weiß ich nicht, aber wir sollten das Dorf mit Schutzzauber belegen. Glücklicherweise steht der siebte Monat bevor und wir feiern bald das große Fest Amenhophis' des Ersten.«

Amenhophis I., der Gründer der Nekropole und verehrte Beschützer der Bruderschaft, war auf vielen Stelen, Türstürzen, Opfertafeln und bemalten Wänden dargestellt.*

---

* Amenhophis I., ein Pharao der 18. Dynastie, herrschte etwa von 1514–1493 v. Chr.

Bei den Festlichkeiten zu Amenhophis' Gedenken trugen seine Kultpriester, also die Handwerker selbst, in einer Prozession die Statue, die ihn sitzend und mit dem traditionellen Lendenschurz bekleidet darstellte, seine Hände lagen an den Schenkeln an.

»Was wolltest du von mir, Ubechet?«

»Ich möchte gerne, dass du die Statue der Ahmose-Nefertari schwarz anmalst. Sie ist immer an Amenhophis' Seite wie Maat an der Seite Ras, des Vaters des göttlichen Lichts. Renupe wird noch heute mit der Statue aus Zedernholz fertig, an der er seit mehreren Wochen arbeitet, und du sollst ihr die endgültige Bemalung geben.«

Paneb war verwirrt.

»Warum muss sie denn schwarz dargestellt werden?«

»Weil sie die geistige Mutter der Bruderschaft ist und alle schöpferischen Keime in sich trägt wie die fruchtbare schwarze Erde, die unserem Land den Namen gegeben hat. Sie leitet uns in der Dunkelheit und führt uns die Größe des nächtlichen Himmels vor Augen, wo das Licht des Ursprungs allen Lebens strahlt.«

Die schwarze Ahmose Nefertari trug eine schwere, elegante Perücke und ein langes Leinengewand. Ein leichtes Lächeln umspielte ihre Lippen, und in der Hand hielt sie ein gebogenes Zepter, das von einer Lotosblüte geschmückt war.

Die Statue sah ganz lebendig aus. Paneb war es gelungen, ein schimmerndes Blauschwarz zu mischen, mit dem er bewundernde Blicke erntete.

»Dein Ruf wird immer besser«, sagte Sched der Retter. »Deine Mitbrüder müssen ja bald glauben, du hättest Talent!«

Die Prozession zog durch die Nekropole. Unter den Jubelschreien der Kinder trugen die Steinmetzen die Statuen des Amenhophis I. und der Ahmose-Nefertari. Kemo hielt sich lieber abseits, genau wie die kleine Grüne Meerkatze.

Die Statuen wurden vor den Eingang des Tempels gestellt, und die Nekropoliten opferten ihnen Blumen und Früchte.

»Früher herrschten Überfluss und Aufrichtigkeit auf der Erde«, sprach die Weise. »Der Dorn stach nicht, die Schlange biss nicht, das Krokodil schloss nicht seine Kiefer um ein Opfer.

Die Mauern waren massiv und stürzten nicht ein. Mögen unser Gründer und unsere Gründerin uns die Kraft verleihen, zu bauen wie die ersten Götter, und uns mit dem Odem der Goldenen Zeit beseelen.«

Wie alle anderen nahm auch der Verräter am Fest teil und versuchte, trotz seiner Ängste gute Miene zum bösen Spiel zu machen. Welches Schicksal würde die Stätte der Wahrheit ereilen, wenn Ägypten in einen Krieg eintrat? Die Verantwortlichen würden die Nekropole und vor allem das Tal der Könige sicherlich unter strenge Bewachung stellen. Dann hätte er keine Möglichkeit mehr, Kontakt nach außen aufzunehmen.

Der Tag, an dem er sich seiner Reichtümer erfreuen könnte, schien immer weiter in die Ferne zu rücken. Und wenn seine Beschützer in dem Strudel mitgerissen wurden, wären seine Bemühungen und seine Hoffnungen, sein Leben zu ändern und seine Tage im Wohlstand zu beschließen, zunichte …

Vielleicht sollte er nicht so pessimistisch sein. General Mehi verfügte über alle möglichen Mittel und würde es sicher verstehen, die Situation auszunützen.

Er sollte sich nicht entmutigen lassen. Er sollte weiterhin versuchen, sich die Geheimnisse zu erschleichen, die der Baumeister ihm vorenthielt. Je mehr er wusste, desto besser war seine Lage.

Vom Dach seines Hauses blickte Nefer auf die Stätte der Wahrheit. Die Nekropoliten vergaßen für eine Weile ihre Sorgen und feierten den Patron und die Patronin mit großer Begeisterung. Paih der Gütige stimmte Lieder an, die anderen fielen in den Gesang ein, und unaufhörlich kamen volle Teller aus den Küchen unter freiem Himmel, die Kemo und die anderen Hunde bewachten. Wahbets Gebäck fand großen Anklang, Paneb füllte die Becher mit schwerem Rotwein, der Unesch den Schakal und Kasa den Seiler dazu trieb, Zoten zum Besten zu geben, bei denen die Priesterinnen der Hathor eigentlich hätten erröten müssen.

Ubechet lehnte sich zärtlich an ihren Mann.

»Sie sind glücklich«, flüsterte er, »aber ich kann nicht vergessen, dass sich hier in diesem Dorf ein Unhold herumtreibt. Kannst du nicht durch Gedankenlesen herausfinden, wer es ist?«

»Leider nicht. Er trägt zum Schutz einen dicken Panzer, den er sich im Lauf der Jahre zugelegt hat.«

Nefer strich seiner Frau übers Haar.

»Nur deine Liebe gibt mir die Kraft, diese Prüfungen durchzustehen und meinen Amtspflichten zu genügen. Ohne dich wäre ich ein Wanderer, der in der Dunkelheit herumirrt.«

»Glaubst du etwa, dass ich ohne dich die Nachfolge der weisen Frauen hätte antreten können, die mir vorausgegangen sind?«

»Diese Leute da unten sind wie die Kinder, Ubechet, sie erwarten von ihrer Mutter, dass sie sich um sie kümmert, sie tröstet und ihnen hilft, komme, was wolle. Diese große Familie ist sehr fordernd, aber sie erfüllt eine so wichtige Aufgabe, dass man lieber ihre Vorzüge betrachten sollte als ihre kleinen Unvollkommenheiten.«

»Wir haben dieser Familie unser Leben verschrieben«, sagte Ubechet.

»Und doch hat einer von ihnen sein Wort gebrochen.«

»Hat er denn dieses Wort mit dem Herzen gegeben? Der Schwur, der über seine Lippen kam, war nur eine Täuschung – für sich selbst und für die anderen. Die Stätte der Wahrheit hat ihm alles geschenkt, doch er hat nur die Lüge im Sinn.«

»Wenn ich scheitere oder wenn ich sterben sollte – lass die Flamme der Stätte der Wahrheit nicht verlöschen. Versprich mir im Namen unserer Liebe, dass du weitermachen wirst, Ubechet.«

Sie küsste ihn so leidenschaftlich, dass selbst Nefer unter dem Schutz des Sternenzelts seine Sorgen vergaß.

55

Ich brauche erstklassige Sandsteinquader, wenn ich den Millionenjahrtempel nach deinem Plan errichten soll«, sagte Haih, der Vorarbeiter der linken Mannschaft, zu Nefer. »Außerdem muss in diesem Stadium der Arbeiten die Göttin Hathor das Allerheiligste und unsere Werkzeuge erleuchten.«

»Dein Ersuchen ist berechtigt«, sagte Nefer, »das muss dringend erledigt werden.«

»Was schlägst du vor?«, fragte Kenhir, der sich von Renupe die Haare schneiden ließ. Der Heitere hatte dafür ein unleugbares Talent.

»Du überwachst die Baustätte im Tal der Könige, Haih baut am Tempel weiter, und ich reise zum Steinbruch nach Khenu.«

»Dazu brauchen wir das Einverständnis der Verwaltung und Soldaten, die dich begleiten.«

»Dann frage bei Mehi an.«

Der Schreiber der Nekropole seufzte. Anstatt sich mit seinem literarischen Werk zu beschäftigen, musste er jetzt auch noch den Obersten Verwalter West-Thebens aufsuchen!

»Ich will auch zu den Beiden Flammenseen reisen«, sagte Nefer.

»Es gibt Hathor-Heiligtümer, die beileibe leichter zu erreichen sind!«

»Die Energie dort ist aber besonders stark, das weißt du sehr gut, Kenhir«, widersprach Nefer.

»Mag sein ... Mit anderen Worten, du willst deine Frau mitnehmen?«

»Du wirst während unserer Abwesenheit die Stätte der Wahrheit schützen.«

Kenhir versuchte erst gar nicht zu widersprechen. Nefer hatte zwar nicht die Stimme erhoben, aber er war noch dickköpfiger als der Schreiber, und wenn es um das Große Werk ging, rückte er keinen Fingerbreit von seinem Vorhaben ab.

»Das ist doch alles gar kein Problem, mein lieber Kenhir!« Mehi empfing Kenhir geradezu herzlich. »Wie viele Soldaten wünscht Ihr denn?«

»Die Region ist ruhig ... Ein Dutzend dürfte reichen.«

»Ich gebe Euch dreimal so viel! Die Sicherheit des Baumeisters muss unbedingt gewährleistet sein. Wohin soll die Reise gehen?«

»Zum Steinbruch von Khenu.«

»Der Beste im Lande!«

»Genau. Erklärt den Soldaten, dass sie den Transport der Sandsteinblöcke begleiten müssen.«

»Habe ich notiert. Darf ich Euch für Eure wohl gemeinten Worte gegenüber dem Pharao danken? Merenptah persönlich hat mir die Nachricht vorgelesen. Ich muss gestehen, ich war wirklich geschmeichelt. Unnötig zu betonen, dass ich sehr ehrgeizig bin und Karriere machen will, sowohl in der Verwaltung als auch bei der Armee – natürlich nicht nur zu meinem eigenen Vorteil, sondern vor allem um meinem Land zu dienen. Ich liebe meine Arbeit und ich möchte mich nützlich machen, das ist der Schlüssel zu meinem Erfolg. Sicherlich kann man mich der Eitelkeit bezichtigen, doch am Schluss zählt nur das Ergebnis.«

Mehis Freimütigkeit erstaunte den Schreiber und bestärkte ihn nur noch in der Überzeugung, dass Theben dem General bald zu klein werden dürfte. Doch er war auch beruhigt; wenn Mehi aufsteigen wollte, durfte seiner Laufbahn kein Makel anhaften, und er musste folglich um das Wohlergehen der Stätte der Wahrheit besorgt sein.

»Ist es Euch gestattet, mir zu berichten, ob die Arbeiten zu Eurer Zufriedenheit voranschreiten?«

»Die Sandsteinblöcke aus Khenu sind für Merenptahs Tempel der Millionen Jahre bestimmt. Das heißt, dass die Mauern bald hochgezogen werden und die Handwerker der Stätte der Wahrheit ihre Pflichten ohne Tadel erfüllen können.«

»Darüber bin ich sehr froh!«

»Es kursieren die verschiedensten Gerüchte ... Ihr seid ja gerade erst aus der Hauptstadt zurückgekommen, wisst Ihr, was es mit dem Gerede über einen Krieg genau auf sich hat?«

»Das würde ich selbst gerne wissen, Kenhir! Unsere Truppen an den Grenzposten wurden verstärkt, aber das muss nicht unbedingt heißen, dass eine Auseinandersetzung bevorsteht, im Gegenteil – ich glaube, es handelt sich einfach um eine Maßnahme zur Konfliktvermeidung. Darüber hinaus kann ich Euch versichern, dass der König Eurer Stätte der Wahrheit größte Wertschätzung entgegenbringt und dass sie ihre Aufgaben beruhigt weiterverfolgen kann.«

Während er den Schreiber der Nekropole beruhigte, heckte Mehi einen Plan aus, wie er sich diesen lästigen Baumeister vom Hals schaffen könnte, ohne dass der Verdacht auf ihn fallen würde.

Die heiße Jahreszeit von Merenptahs zweitem Herrschaftsjahr ging langsam zu Ende, als Nefer zehn Tagesreisen südlich von Theben persönlich zwei Stelen zu Ehren der königlichen Familie im großen Steinbruch von Khenu schlug. Dort war der Nil von steilen Felsen gesäumt, die sich verengten und die Strömung beschleunigten. Paneb hatte das schwierige Manöver des Nilschiffers bewundert, der ganz sanft am Ufer angelegt hatte, wo viele Kapellen standen und von der Heiligkeit des Ortes zeugten.

Die Soldaten hatten zuerst übergesetzt und sich zu beiden Seiten des Eingangs zum Steinbruch postiert, dessen Größe den jungen Riesen schwer beeindruckte.

»An die Arbeit!«, rief Nacht der Starke. »Wir sind schließlich nicht zum Vergnügen hier!«

Nefer und Fened wählten die Steinschichten aus, die ihnen am reifsten* erschienen, und gaben den Steinbrucharbeitern, die von Paneb und Nacht angeleitet wurden, ihre Anweisungen. Die Felsbank war zum Teil abgeschliffen, und die Arbeiter schnitten in regelmäßigen Abständen Furchen von einer Spanne Länge um alle vier Seiten der künftigen Quader. Dann wurden in diese Kerben Holzkeile getrieben und gewässert. Sie dehnten sich aus und

* Nach dem Glauben der Alten Ägypter wurde der Stein geboren, er wuchs und reifte wie ein Lebewesen.

sprengten den Felsen gewissermaßen aus der Wand. So wurden die Quader schichtweise abgebaut.

»Ausgezeichneter Stein!« Nefer markierte die Quader mit dem Zeichen der Steinmetzen der linken Mannschaft.

Paneb half den Steinbrucharbeitern, die Blöcke auf Holzschlitten zu heben. Bevor sie aus dem Steinbruch heraus und zu den Transportbooten gezogen wurden, wandte die Weise sich an die Handwerker:

»Gott hat sich erschaffen, als die Erde noch im Urgewässer verborgen war, und er hat die Steine im Bauch der Berge geformt. Mögen die Steine, die heute ans Licht kommen, den Göttern wiedergegeben werden und mögen sie der Stätte dienen, die die Götter bewohnen. Der Steinbruch hat seine Kinder geboren – tragen wir Sorge, dass sie lebende Steine des Tempels werden und auf diese Weise ewig jung bleiben.«

Die Steinbrucharbeiter und die Handwerker hatten nur wenige Worte gewechselt. Paneb, der immer auf der Hut war, hatte sogar die Seile und die Bremsklötze überprüft, aber keine Unregelmäßigkeiten entdeckt.

Am Ende des dritten Tages dieser Reise wurde am Eingang zum Steinbruch ein Feuer entfacht. Nefer bot den Steinbrucharbeitern Dörrfleisch an, die von dem unerwarteten Festmahl ganz begeistert waren.

Selbst in der Nacht blieb es stickig und heiß, als würde der Sandstein die Hitze abstrahlen, die er während des Tages aufgenommen hatte. Nur Paneb störte das nicht.

»Aus welchem Holz bist du denn geschnitzt?«, fragte ihn einer der Arbeiter. »Man könnte ja meinen, dich hätten sie in einem Backofen geboren!«

»Ich habe das Glück, dass bei mir weder Zunge noch Arsch gefroren sind wie bei dir und deinen Kollegen.«

Alle Arbeiter standen auf, doch Paneb aß seelenruhig weiter.

»Macht doch keine Dummheiten, Freunde. Habt ihr denn immer noch nicht begriffen, dass ich nicht klein zu kriegen bin?«

Ein Arbeiter lachte, die anderen fielen ein.

»Also, dann trinken wir noch einen Schluck auf deine Gesundheit!«

Der junge Koloss ließ den Bierkrug herumgehen.

»Sagt mal, Freunde, ich habe den Eindruck, ihr seid nicht vollzählig. Da fehlt doch der Nubier, der immer die Schlitten gezogen hat.«

»Wir haben ihn eingeladen, aber ich weiß nicht, wo er geblieben ist. Ist mir auch egal, ich trinke trotzdem!«

Während das Fest in vollem Gange war, nahm der Baumeister einen Laib Brot und ging mitten in den Steinbruch hinein.

Paneb gesellte sich mit einer Fackel in der Hand zu ihm.

»Ich muss den Stelen ein Speiseopfer darbringen«, erklärte Nefer.

Während sie an den steilen Wänden entlanggingen, wurde Paneb ganz unruhig.

»Ich spüre Gefahr!«

»Bestimmt nur Schlangen, sie mögen die Fackel nicht.«

»Gehen wir zurück!«

»Wenn ich den Stelen nicht opfere, werden sie nicht lebendig.«

Für den nubischen Bogenschützen, der sich oben auf dem Fels postiert hatte, verlief alles nach Plan. Der Baumeister wollte sein Opfer darbringen, begleitet von einem Handwerker, der eine Fackel trug, um die Schlangen zu vertreiben.

Der Nubier hätte sich keinen besseren unfreiwilligen Komplizen wünschen können als Paneb, der sein Ziel hervorragend beleuchtete.

Die beiden Männer blieben eine Weile stehen. Wenn sie kehrtmachten, würde sein Schuss möglicherweise danebengehen.

Doch sie gingen weiter, und der Schütze spannte den Bogen. Noch ein paar Schritte, und er würde den Baumeister genau am Kopf treffen.

Zur Sicherheit betastete Paneb sein Udjat-Auge.

Da sah er im Geiste etwas vor sich: Eine Flamme stach aus der Wand und verbrannte den Baumeister, es war eine Flamme, die sich mit dem Feuer der Fackel verband und Nefer tötete.

Der junge Riese stieß seinen Freund genau in dem Moment heftig zur Seite, als der Pfeil des Nubiers durch die Luft zischte.

Der Pfeil streifte noch Nefers Haar und bohrte sich in den Stein.

Paneb stürzte zum Fels und versuchte vergeblich, ihn zu erklimmen. Er wurde fuchsteufelswild, weil er dem Angreifer nicht folgen konnte.

Der Nubier nahm die Beine in die Hand und rannte zum Ufer, wo die Frau auf ihn wartete, die den Mord in Auftrag gegeben hatte.

Sie stand im Schatten einer Tamariske außer Sichtweite der Besatzung eines Schnellbootes, das bereit war zum Ablegen.

»Hat es geklappt?«

»Nein«, gab der Nubier zurück. »Um ein Haar verfehlt! Ich muss schnell von hier verschwinden, sie werden mich suchen.«

»Du hast Recht. Geh vor!«

Serketa stieß dem Nubier den Dolch zwischen zwei Nackenwirbel. Mit ausgestreckten Armen und hängender Zunge wankte der Mann lächerlich hin und her, bis er schließlich zusammenbrach.

Mehis Gattin zog ihre Waffe wieder heraus, wischte die Klinge an dem Tamariskenstamm ab und spuckte die Leiche des Versagers an.

Dann ging sie gelassen zum Boot, das sie nach Theben zurückbrachte.

56

Mit der Fackel beleuchtete Paneb die Leiche des Bogenschützen, den er die halbe Nacht lang gesucht hatte.

»Er ist tot«, stellte Ubechet fest. »Sein Mörder hat ihn erdolcht, als er ihm den Rücken zudrehte.«

»Anders gesagt, der Nubier hätte seinem Auftraggeber nicht vertrauen sollen.«

Paneb ging zur Böschung, doch er hatte wenig Hoffnung, dort noch etwas zu entdecken.

»Hier sind Spuren«, sagte er zu Nefer. »Der Mörder hat sich längst auf einem Boot aus dem Staub gemacht.«

»Du hast mir wieder mal das Leben gerettet.«

»Die Falle war geschickt gestellt, Nefer. Wir müssen unsere Vorsichtsmaßnahmen verstärken.«

»Aber warum wollen sie mich denn aus dem Weg räumen?«

»Weil du ihnen immer hinderlicher wirst«, sagte Paneb. »Jener oder jene, die dich umbringen wollen, denken, dass dein Tod auch den Tod der Stätte der Wahrheit bedeutet.«

»Welch ein Irrtum! Dann folgt mir eben eine neuer Baumeister nach.«

»Das schon – aber wird der Neue auch deine Ausstrahlung haben? Wenn ich etwas an der Stätte der Wahrheit begriffen habe, dann, dass kein Mensch ersetzbar ist und schon gar nicht der Baumeister. Da gibt es jemanden, dem es nicht gefällt, wie du unsere Barke steuerst, und er will dich töten. Und dieser Jemand wird auch vor einem Mord nicht zurückschrecken.«

Nefer und Ubechet hatten den leidenschaftlichen Worten ihres Freundes aufmerksam gelauscht.

»Wir müssen die Leiche nach Theben bringen«, sagte er zum Schluss.

»Wir können ihn doch hier begraben.«

»Aber der Bogenschütze war Nubier. Wir müssen uns also auf das Schlimmste gefasst machen.«

Der Nilschiffer war überrascht.

»Ich habe den Befehl, Euch zu beschützen, und ich kann nicht –«

»Fahrt nach Theben zurück«, wiederholte Nefer, »und bringt die Leiche des Nubiers zu General Mehi.«

»Aber ... wann wollt Ihr selbst zurückkommen?«

»Bald. Gute Reise, Kapitän.«

Während Nacht und Fened die Verladung der Quader auf die Transportschiffe überwachten, ging Nefer zu Ubechet und Paneb, die einen Fischer angeheuert hatten. Der Fischer ruderte kräftig und manövrierte durch die Strömung, bis sie bei den Beiden Flammenseen angelangt waren, einem kleinen Heiligtum am Ostufer, das am Fuße eines eindrucksvollen Felsens erbaut worden war, der aus der Gebirgskette herausstach.

Falken kreisten über dem Ort. Es war so still, dass es Paneb schien, kein menschliches Wesen hätte die heilige Erde hier seit langer Zeit betreten.

»Erinnerst du dich noch, wie du das Leuchten des Steins des Lichts zum ersten Mal gesehen hast?«, fragte ihn die Weise.

»Natürlich! Im Versammlungssaal der Bruderschaft. Und alle wollten mir weismachen, dass ich mir das nur einbilde!«

»In dieser Kapelle hat Hathor eine Umgebung geschaffen, wo der Stein des Lichts geboren werden konnte. Hier wurde der Baumeister auch in den Umgang mit dem Stein eingeweiht. Bevor du ein Haus der Ewigkeit mit Bildern schmückst, sollst du dir der Wichtigkeit unseres kostbarsten Schatzes bewusst werden.«

Paneb folgte der Weisen über einen kleinen Hof mit zwei Säulen und öffnete eine einflügelige Tür. Die Wandmalereien stellten Osiris und den Pharao da, die der Hathor Sistren opferten. Am Ende der Kammer, die etwa zehn Ellen lang und sechs Ellen breit war, verströmte eine Hathor-Statue ein weiches Licht.

»Hathor ist das Gold der Götter und das Silber der Göttinnen«, erklärte die Weise. »Dieses Bildnis besteht aus allen Stoffen, deren Schein sie offenbart. Wenn du den Fuß der Statue berührst, wird deine Hand hell scheinen. Und wenn die Stunde gekommen ist, wird diese Hand vielleicht dazu berufen, das Große Werk in der Goldenen Kammer zu vollenden.«

»Komm mit, Sobek!«, verlangte Paneb.

Der Vorsteher der Nekropolenpolizei versteifte sich.

»Wir haben zwar Frieden geschlossen, aber deshalb brauchst du dir noch lange nicht herausnehmen, mir Befehle zu erteilen!«

»Der Baumeister will dich sehen.«

»Wo ist Nefer?«

»Bei Mehi. Mit Ubechet.«

»Was soll das, Paneb?«

»Kommst du jetzt oder kommst du nicht?«

»Wenn du mich wegen irgendwelcher Lappalien aufscheuchst, wirst du es bereuen!«

»Habe ich dich jemals enttäuscht?«

Nefer, Ubechet und Mehi saßen mit ernster Miene da.

»Was wollt Ihr von mir?«, fragte Sobek mit einer Stimme, die weniger fest war als gewöhnlich.

»Kommt mit!«, sagte Mehi.

Sie gingen zusammen in die Krankenabteilung der Hauptverwaltung. Auf einer Steinbank lag die Leiche des Bogenschützen, der versucht hatte, Nefer zu töten.

»Kennst du diesen Mann, Sobek?«, fragte der General.

»Nein.«

»Das ist nicht zufällig einer deiner Wachmänner?«

»Natürlich nicht!«

»Bist du sicher, dass das die ganze Wahrheit ist, Sobek?«

»Was soll diese Frage?«

»Du bist Nubier, wie dieser Mörder auch ...«

»Wagt Ihr etwa, mich der Komplizenschaft mit einem Mörder zu bezichtigen? Ich kann Euch versichern, General, dass die Tatsache, Nubier zu sein, allein nicht ausreicht, um mich zum Freund zu gewinnen. Die Männer, die unter meinem Befehl stehen, sind alle von meinem Stamm und sie sind mir treu ergeben. Diesen Mann hier habe ich noch nie gesehen.«

»Das hoffe ich für dich!«

»Darf ich das so verstehen, dass ich meines Amtes enthoben bin?«

»Nein«, mischte sich Nefer ein. »Diese Befragung war unumgänglich, und Eure Antworten genügen uns. Ihr bleibt Vorsteher der Nekropolenpolizei.«

»Sollte gegen mich der leiseste Verdacht bestehen, ziehe ich es vor, entlassen zu werden!«

»Nein, keine Sorge«, sagte Ubechet.

Sobek verbeugte sich vor der Weisen und zog sich zurück.

»Die Leiche dieses nubischen Bogenschützen macht mir wirklich Sorgen«, sagte Mehi. »So unangenehm es auch ist, ich muss auf jeden Fall eingehende Ermittlungen über jeden einzelnen Wachmann aus Sobeks Truppe anstellen. Ich werde dabei diskret vorgehen und Euch die Ergebnisse der Nachforschungen zukommen lassen, sobald ich sie selbst kenne.«

Die Schönheit und Eleganz der Weisen zog Mehi in ihren Bann. Beim Anblick des Ehepaares wallte allerdings mehr Neid als Bewunderung in ihm auf, und er verspürte eine wilde Lust, diese Harmonie zu zerstören, die ihm nur im Weg war. Nur wegen dieser beiden Menschen waren die Geheimnisse der Stätte der Wahrheit immer noch unerreichbar für ihn!

Doch der General merkte auch, dass das Paar durch stärkere Bande vereint war als nur durch die normale Liebe zwischen zwei Menschen. Diese Bande zu brechen würde nicht leicht sein, und er musste sich auf erbitterten Widerstand seiner Gegner gefasst machen, die ihm gegenüber im Vorteil waren.

»Ich werde auch in den Steinbrüchen ermitteln«, versprach Mehi. »Ich muss herausfinden, ob dieser Nubier eingestellt wurde, ohne dass jemand seine Absichten kannte, oder ob er an einem Komplott beteiligt war.«

»Man müsste auch herausfinden, wer er wirklich war«, sagte Paneb.

»Natürlich. Ihr könnt auf mich zählen!«

Mehi beglückwünschte sich zu seiner gewandten Frau, die seine Anweisungen bis ins Detail befolgt hatte. Selbst wenn der Nubier den Baumeister getötet hätte, hätte sie ihn hinterher umgebracht, um Sobek und seine Wachmänner in Misskredit zu bringen. In Zukunft würde der Baumeister kein uneingeschränktes Vertrauen mehr in die nubische Wachmannschaft haben, und diese Kluft würde nach und nach immer größer werden.

»Ich kann diesen General nicht ausstehen«, sagte Paneb gereizt. »Der platzt ja fast vor Selbstgefälligkeit!«

»Wichtig ist doch, dass er uns nicht feindlich gesinnt ist wie sein Vorgänger«, sagte Nefer. »Was denkst du, Ubechet?«

»Ich muss mich da Paneb anschließen.«

»Kenhir meint, dass er vor allem vom Ehrgeiz getrieben ist und nichts anderes im Sinn hat, als in der Hauptstadt einen angesehenen Posten zu bekommen.«

»Je früher wir ihn loshaben, desto besser!«, sagte Paneb.

»Ein neuer Verwalter könnte aber schlimmer sein. Mehi muss sich wenigstens um das Wohlergehen der Stätte der Wahrheit kümmern, wenn er dem König gefallen will und eine Beförderung nach Pi-Ramses erhofft.«

»Wir sollten uns trotzdem von diesem Mehi fern halten, so gut es geht«, riet Ubechet.

Die drei gingen zügig zur Nekropole zurück. An der Ersten Bastion wartete ein niedergeschlagener Sobek auf sie.

»So wurde ich noch nie gedemütigt!«, sagte er zum Baumeister. »Sollte auch nur der Schatten eines Verdachts auf mir lasten, so bitte ich Euch, ehrlich zu mir zu sein, und dann gehe ich sofort!«

»Es gibt keinen Verdacht«, beruhigte ihn die Weise. »Ich sage Euch noch mal, dass wir vollstes Vertrauen in Euch haben.«

Ubechets leuchtende Augen ließen Sobeks Ängste verfliegen.

»Ganz schön viel los heute Morgen«, sagte er. »Zwei Dutzend Frauen aus Theben sind gekommen, um gegen eine gute Entlohnung Korn zu mahlen.«

Nefer und Ubechet sahen sich überrascht an.

»Kommt der Wesir zur Kontrolle?«

»Mir hat man nichts gesagt«, antwortete Sobek.

Im Viertel der Gehilfen wurde lebhaft gewaschen, geputzt und aufgeräumt, ebenso in der Nekropole selbst, die geschmückt war wie an einem Festtag.

»Da seid ihr ja endlich!«, rief Kenhir und kam ihnen auf der Hauptstraße auf seinen Stock gestützt entgegen. »Ich habe mich schon gefragt, ob ihr überhaupt noch aus diesem Steinbruch zurückkommt!«

»Wir hatten ein wenig Ärger«, sagte Nefer.

»Ach, vergiss den Ärger! Wann werden die Quader der linken Mannschaft geliefert?«

»Die Ladung wird gerade gelöscht. Aber warum herrscht denn hier so ein Trubel?«

»Pharao hat sich angekündigt. Er will sich selbst vom Voranschreiten der Arbeiten überzeugen.«

57

Vorsicht!«, schrie Paneb. »Der Schlitten ist zu schnell!«

Nacht der Starke betätigte die Bremsen des Schlittens, der tonnenschwer mit Sandsteinblöcken beladen war, und es gelang ihm, die Geschwindigkeit zu drosseln.

Nur zu sechst zogen sie die schwere Ladung über eine Rampe aus Nilschlamm, die Renupe der Heitere und Paih der Gütige ständig besprengten.

»Ihr schüttet zu viel Wasser drauf, ihr Trottel!«

»Du brauchst uns bestimmt nicht zu sagen, was wir zu tun haben!«, empörte sich Paih.

»Macht nur so weiter, dann wird der Schlitten einsinken und umstürzen!«

»Wir haben noch nie einen Unfall gehabt!«

»Dann sollte jetzt nicht der erste passieren!«

Renupe und Paih waren zwar beleidigt, doch sie befolgten trotzdem Panebs Rat und wiederholten das Manöver unter den nervösen Blicken des Vorarbeiters der linken Mannschaft, der ungeduldig auf die Quader aus Khenu wartete.

»Halt!«, platzte Kasa der Seiler dazwischen. »Da stimmt etwas nicht.«

Kasa, der Transportbeauftragte, beugte sich über den Schlitten.

»Hm ... Welcher Trottel hat denn dieses Seil angebracht? Es muss so weit unten wie möglich befestigt werden, damit die Zugkraft sich aus dem günstigsten Winkel heraus verteilt. Das habe ich schon hundert Mal gesagt, und eigentlich ist es auch nicht schwer zu begreifen!«

Kasa brachte das Seil neu an, und die sechs Männer zogen wieder den Schlitten. Dazu sangen sie und bewegten sich gleichzeitig im Takt der Lieder.

Am Morgen hatten die beiden Mannschaften eine tonnenschwere Kolossalstatue von vierzehn Ellen Höhe aufgestellt, die den Pharao Merenptah sitzend zeigte, die Hände flach auf den Lendenschurz gelegt, das würdevolle Gesicht von einem feinen Lächeln erhellt. Die Handwerker hatten die riesige Statue mit derselben Methode und auf der gleichen Rampe aus ständig feucht gehaltenem Lehm transportiert, Paneb war auf die Knie des Kolosses gestiegen und hatte den Takt angegeben.

Und als Paneb wieder auf das monumentale Bildnis kletterte und die Seile entfernte, damit die Statue in all ihrem Glanz erstrahlen konnte, ging die Sonne schon unter.

Er sang aus vollem Hals und brauchte eine Weile, bis er merkte, dass sich eine drückende Stille auf die Baustätte gelegt hatte.

Er drehte sich um, und der Refrain erstarb ihm auf den Lippen. Seine Mitbrüder standen reglos da und starrten auf den Sockel der Statue, vor dem der Pharao persönlich stand, auf dem Kopf die blaue Krone. Neben dem Pharao hatten sich die Wab-Priester in weißen Gewändern und mit kahl rasierten Schädeln postiert.

Paneb konnte nur noch herunterspringen, schnell verschwinden und hoffen, dass ihn nicht der Blitzschlag des Pharaos träfe.

»Komm her!«, befahl Merenptah.

Steifbeinig bewegte er sich auf den König zu.

»Wenn die Opfergaben die Erde erreichen, ist das Herz der Götter erfreut und die Gesichter der Menschen hellen sich auf«, sagte der Pharao. »Schöne und reine Opfer zu geben ist eine lichtvolle Tat, die jeden Tag ausgeführt werden sollte. Nur die Opfer können diese Statue beleben, die die übernatürliche Macht der Krone verkörpert.«

Paneb nahm einem Priester einen Strauß Lotos ab und reichte ihn dem König, der ihn selbst der Statue zu Füßen legte. Dasselbe machte er mit einem runden Brot, einem Korb voller Früchte, einem Krug Wein und Weihrauch.

»Möge die Kraft fließen, die sich in diesen Adern aus Stein verbirgt!«, sagte Merenptah.

Die Priester und Handwerker zogen sich zurück und ließen den König mit seinem göttlichen Bildnis allein. Paneb ging als Letzter. Der geheimnisvolle Austausch zwischen dem Herrn des Landes und seiner Verkörperung im Stein hatte ihn in seinen Bann gezogen.

Merenptah hatte im Amun-Tempel geopfert und schritt nun an der Spitze einer Prozession von Karnak nach Luxor. Zuvor hatte er lange Zeit mit Nefer dem Schweigsamen im Tal der Könige verbracht und die Arbeiten an seinem Grab überprüft.

Bewies sein Aufenthalt in Theben nicht, dass die Kriegsgefahr gebannt war? Indem er am West-Ufer weilte und zum zweiten Mal seine Verbundenheit mit der Bruderschaft an der Stätte der Wahrheit zum Ausdruck brachte, erstickte der König jegliche Kritik an der Nekropole.

Der Pharao hatte sogar an einem Festmahl in der Nekropole teilgenommen, er hatte seinen Rang als Beschützer der Bruderschaft bekräftigt und die Wichtigkeit des Großen Werks unterstrichen.

Der Verräter musste also seinen Ärger über das Glück hinunterschlucken, das die Bruderschaft erfuhr und das sie der Weisen und dem Baumeister verdankte. Wie die anderen musste auch er an den Festlichkeiten teilnehmen und so tun, als freute er sich von ganzem Herzen.

Doch zwei Lichtblicke gab es in jener Nacht: Er hatte inzwischen gelernt, hervorragend zu heucheln, und seine Frau respektierte das Bündnis, das sie geschlossen hatten. Sie war eine gute Hausfrau und erledigte selbstlos und geduldig ihre täglichen Aufgaben, bis sie eines Tages eine reiche Frau sein würde.

Nach der Abreise des Königs hatte der Schreiber der Nekropole den Handwerkern einen zusätzlichen Tag frei gegeben. Endlich hatte der Verräter wieder Gelegenheit, die Totenstadt zu verlassen, ans andere Ufer überzusetzen und sich mit seinen Komplizen zu treffen.

Am frühen Morgen schritt er also durch das Haupttor und machte sich auf den Weg, der am Ramesseum vorbeiführte. Kurz bevor er nach rechts und zur Hauptstraße einbog, die zum Fluss führte, sah er einen Nubier unter einer Tamariske sitzen.

Sich ihm zu nähern und zu sehen, ob es sich um einen von Sobeks Mannen handelte, wäre zu auffällig gewesen, und der Verräter wollte lieber kein Risiko eingehen.

Er ging zu einem kleinen Markt, wo fliegende Händler ihre Waren feilboten, kaufte Saubohnen und ging wieder zurück.

Auf dem Rückweg in die Nekropole lief er Wahbet der Reinen über den Weg, die Wasser in einen großen Krug schöpfte.

»Gehst du heute nicht in die Stadt?«, fragte sie ihn.

»Ich habe nichts zu erledigen und ruhe mich lieber zu Hause aus.«

»Bei den neuen Verwaltungsmaßnahmen hast du damit sicher Recht!«

»Was meinst du?«

»Früher hat sich Kenhir damit begnügt, die Gründe für die Abwesenheit ins Tagebuch der Nekropole einzutragen, nun aber notiert er auch die Ziele der Einzelnen, wenn sie die Stadt verlassen. Das kostet ihn viel Zeit, aber er ist um unsere Sicherheit besorgt. Und außerdem – die Schreiber schreiben eben gerne. Wir können sie nicht ändern!«

»Das ist wohl wahr, Wahbet. Schönen Tag!«

Sobeks Mannschaft arbeitete also eng mit dem Schreiber der Nekropole zusammen. Da stellte sich nun eine dringende Frage – wie lange machte Kenhir wohl schon derartige Aufzeichnungen?

»Meine Leute haben unermüdlich gearbeitet.« Der General saß in der einbrechenden Dämmerung in seiner großen Amtsstube. »Deshalb habe ich Euch auch gebeten, Euch hierher zu bemühen, denn ich will, dass Ihr die Ersten seid, denen ich die Ergebnisse meiner Nachforschungen mitteile.«

Der Schreiber des Grabes und der Baumeister waren ganz Ohr.

»In den Steinbrüchen von Khenu gab es keine Spur von möglichen Komplizen. Kein Arbeiter hatte eine Beziehung zu diesem Nubier, der wegen seiner Körperkraft nur für einige Tage als Hilfsarbeiter eingestellt worden war. Der Mann hatte sich völlig normal verhalten, bevor er sein Verbrechen beging.«

»Konntet Ihr herausfinden, wer er war?«

»Ganz zufällig ja ... Neben dem Steinbruch ist ein Dorf von Nubiern. Meine Soldaten haben dort Ermittlungen angestellt und eine unanfechtbare Aussage bekommen. Einer der Dorfbewohner hat zugegeben, dass sein Landsmann vorbestraft war und aus dem

Zuchthaus von Assuan ausgebrochen ist, wo er wegen Körperverletzung, begangen an einem Fischer, einsaß. Der Schurke hatte sich in das Dorf geflüchtet und sich einige Wochen dort versteckt, dann hat er Arbeit gesucht.«

»Hat er mit jemandem über seine finsteren Absichten gesprochen?«

»Nein. Aber er ist immer auf die gleiche Weise vorgegangen. Er hat sich einen interessanten Ort ausgesucht, Bekanntschaften geschlossen und die reichsten Leute, die er kannte, ausgeraubt. Man verdächtigt ihn übrigens auch mehrerer Überfälle, bei denen er seine Opfer ebenfalls getötet hat.«

»Ist das alles?«, fragte Kenhir.

»Ich glaube, ich habe nichts ausgelassen.«

»Dann kann man also annehmen, dass dieser Meuchelmörder Nefer den Schweigsamen nicht in dessen Funktion als Baumeister der Stätte der Wahrheit im Visier hatte, sondern ihn einfach für eine fette Beute hielt?«

»Das steht wirklich zu vermuten, aber um das mit Sicherheit sagen zu können, fehlt uns noch die Bestätigung von amtlicher Seite.«

Mehi war an diesem Punkt sehr zurückhaltend. Damit wollte er zeigen, dass er seine Gesprächspartner in keiner Weise zu beeinflussen gedachte. Er wartete auf Nefers Reaktion, doch dieser schwieg.

»Habt Ihr Erkundigungen über Sobeks Männer eingezogen?«, fragte Kenhir.

»Ich habe so viele Informationen wie möglich gesammelt, und ich kann Euch eine gute Nachricht geben: Keiner der Männer ist auch nur im Geringsten verdächtig. Sie versehen ihren Dienst ohne Tadel, man kann ihnen nichts vorwerfen.«

»Trifft dieses Lob auch Sobek selbst?«

»Auch gegen ihn liegt nichts vor. Seine Akte enthält nur lobende Einträge über seine Strenge und seine Redlichkeit. Der König selbst hat sich zufrieden über Sobek geäußert, der die besten Maßnahmen zum Schutz der Handwerker getroffen hat. Ich für meinen Teil kann mir nicht vorstellen, dass er sich etwas zuschulden kommen lässt, indem er selbst ein Verbrechen begeht oder jemanden dazu anstiftet.«

Mehi gab sich absichtlich so überzeugt, weil er davon ausging, dass die Zweifel des Schreibers und des Baumeisters damit durchaus nicht ganz ausgeräumt wären, er selbst aber als objektiv dastand.

»Was schlagt Ihr vor?«, fragte Kenhir.

»Wir haben einen toten Schurken, der von seinem Komplizen um die Ecke gebracht wurde – zweifellos auch ein Nubier, dem es gelungen ist zu fliehen und den wir kaum ausfindig machen können, solange niemand ihn anzeigt. Wir können also hoffen, dass es sich nur um einen einmaligen Überfall gehandelt hat, aber wir sollten trotzdem so tun, als wäre die Gefahr noch nicht gebannt. Die Nekropole steht zwar unter Sobeks Schutz, und ich selbst kümmere mich um das West-Ufer, aber Ihr solltet trotzdem sehr vorsichtig sein.«

»Der Besuch des Pharaos hat uns beruhigt«, sagte der Schreiber.

»Das ist wahr, die Gerüchte über einen bevorstehenden Krieg sind verstummt, und der Frieden ist gefestigt. Braucht Ihr weiterhin meine Soldaten für den Transport der Sandsteinblöcke?«

»Eine weitere Expedition steht tatsächlich unmittelbar bevor. Der Vorarbeiter der linken Mannschaft gibt ein schnelleres Tempo vor als geplant. So kann sich Merenptah bald der magischen Kraft erfreuen, die ihm sein Tempel der Millionen Jahre verleihen wird.«

58

Die Handwerker der rechten Mannschaft schliefen in ihren Hütten auf dem Sattel, dem Lagerplatz zwischen der Nekropole und dem Tal der Könige, wo Merenptahs Grab Fortschritte machte.

Es war Neumond, und nur der Baumeister war noch wach. Wie jeden Abend vor dem Schlafengehen dachte er an jedes einzelne Mitglied der Mannschaft, an ihre ganz persönlichen Sorgen und Nöte und an die Probleme, die während des Tages aufgetaucht waren und gelöst werden mussten, ohne den Zusammenhalt und die Tatkraft der Mannschaft zu schwächen.

Unter ihnen gab es einen, der versuchte, die Bruderschaft von innen zu zersetzen, einen, der verschlagen genug war, um vorzugeben, dass er seine Arbeit und seine Mitbrüder von ganzem Herzen liebte, doch sein Herz war genauso verlogen wie seine Lippen. Nefer konnte diese Bürde kaum mehr tragen. Seine Welt waren die Brüderlichkeit unter den Handwerkern und der Stein des Lichts, nicht die Welt der Heuchelei und der Hinterlist, gegen die er nicht anzukämpfen wusste.

Jeden Tag zehrte dieser Kampf gegen den verborgenen Feind an seinen Kräften, und er fragte sich, ob er das Werk unter diesen schwierigen Umständen überhaupt zu Ende führen könnte.

Ein leichter, würziger Wind strich um die Bergspitze, die Nefer lange betrachtete. Seine innere Erregung legte sich, und er erinnerte sich an die Worte des Schreibers Ramose bei seiner Einweihung in die höchste Stufe der Bruderschaft: »Der Verborgene kommt mit dem Wind, man sieht Ihn nicht, doch die Nacht ist erfüllt von Ihm. Was hoch ist und was niedrig ist, Er erschafft es. Es ist gut, unter Amuns Schutz zu stehen, des Beschützers des Schweigsamen, der jenen, die er liebt, den Odem des Lebens einhaucht.«

Weder die Götter noch die Menschen kannten die wahre Gestalt des Amun, der als Einziger einen Blinden sehen machen konnte. Doch würde man nicht auf der Stelle tot umfallen vor Ergriffenheit, wenn man Ihn schauen könnte? Er war unsichtbar, doch er offenbarte sich in den Segeln, die er bauschte. Er, der nie geboren war, Er starb auch nie.

Nefer spürte die magische Kraft der Westlichen Bergspitze, die auf seinen Ruf antwortete und ihm seine Last erleichterte, indem sie ihn mit Amun Verbindung aufnehmen ließ, jenem Quell der Kraft, die er so nötig hatte.

»Du schläfst auch nicht?«, flüsterte Paneb fragend. »Diese Nächte auf dem Sattel sind mein schönster Lohn. Hier pulsiert das Leben stärker als überall sonst.«

Nefer sagte nichts. Paneb wurde sich bewusst, dass dieser Mann, den er zu kennen glaubte, nicht nur sein Freund und Vorgesetzter war, sondern vor allem ein außergewöhnlicher Mensch, betraut mit einer Aufgabe aus einer anderen Welt, einer Aufgabe, die seine Hand und seinen Geist wie ein verzehrendes Feuer durchdrang. Natürlich war der Baumeister ein sehr ruhiger und beherrschter Mann, doch brannte nicht auch in ihm die nie verlöschende Flamme?

Paneb teilte das Schweigen mit Nefer, auch er spürte den Hauch des Amun im Nachtwind.

»Du bist ernsthaft krank«, sagte Ubechet.

Karo der Grimmige bibberte.

»Ich habe mich in der Hütte auf dem Sattel erkältet. Ha, und da gibt es doch so ein paar Leute, die diese Nächte da oben auch noch genießen! Wenn es im Winter stürmt, gefrieren die Knochen zu Eis! Ich werde wohl das Bett hüten müssen und den Arbeitseinsatz verpassen.«

»Das hoffe ich nicht.«

Die Weise hatte eine große Apotheke mit Mitteln gegen eine Infektion. Mit Zwiebelsaft und dem Bodensatz, den sie aus den Bierkrügen sammelte, stellte sie Heilmittel her, die gegen Bauchweh und Erkältungen halfen und die auch Karo dem Grimmigen bald Erleichterung verschafften. Doch sie benutzte hauptsächlich ein homöopathisches Antibiotikum, das bei einer besonderen Lagerung vom Getreide abgesondert wurde. Die unterste Schicht der Speicher war mit einer heilenden Substanz überzogen, die sie mit großer Sorgfalt abtrug und den Kranken verabreichte.

»Du bist so kräftig, dass du sicher bald wieder gesund bist.«

»Und wenn ich in zwei Tagen immer noch Fieber habe?«

»Dann werde ich dich noch einmal untersuchen.«

Karo ging nach Hause.

Ubechet beschriftete Phiolen. Sie enthielten eine Flüssigkeit, die aus den Poren einer Froschart aus dem Kusch austrat und schmerzstillend und entzündungshemmend wirkte. Am Abend zuvor hatte sie damit der Frau Nachts des Starken geholfen, die an einer Nierenentzündung litt. Selbst während ihrer Behandlungen dachte sie oft an Sched den Retter; sie hatte wieder und wieder augenheilkundliche Abhandlungen gelesen und immer neue Arzneien gemischt, doch es hatte alles nichts geholfen.

Da die Gelehrsamkeit der Menschen nicht ausreichte, gegen Scheds Erblindung anzukämpfen, lenkte die Erste der Priesterinnen der Hathor bei den Ritualen im Tempel die Kraft der Schwesternschaft zu dem genialen Maler hin. Die Mannschaft brauchte ihn. Trotz Panebs Feuer und trotz seiner Gabe wären die Malereien ohne Sched den Retter in Merenptahs Grab nicht vollkommen.

»Eine Woche Urlaub? Vergiss es!«, schrie Kenhir.

»Das ist das Mindeste, was Ihr mir zugestehen müsst!«, widersprach Niut die Kräftige. »Ich könnte durchaus mehr verlangen, aber ich will Euch ja nicht in Bedrängnis bringen!«

»Und der Haushalt? Mein Essen?«

»Ich werde Euch den Haushalt blitzblank zurücklassen, und Essen ist auch da – kalt natürlich. Lasst Euch eben ein paar Mal zum Mittagessen einladen. Abends solltet Ihr sowieso so wenig wie möglich zu Euch nehmen. Da ich nicht da sein werde, um Euch vor Euren Ausschweifungen zu bewahren, muss ich natürlich fürchten, dass ich Euch krank wiederfinde.«

»Du gehst aber doch nicht gleich?«

»Doch. Bis nächste Woche!«

Und schon empfand der Schreiber des Grabes sein Haus als völlig leer. Diese kleine Hexe war unerträglich, aber sie fehlte ihm, und er musste zugestehen, dass sie ihm doch in gewisser Weise nützlich war, natürlich nur, wenn sie sich nicht erlaubte, in seiner Schreibstube Unordnung zu schaffen.

Kenhir vertrieb den Gedanken an seine Dienerin. Er wollte die Zeit nutzen und einige Seiten seines *Traumbuchs* verfassen, doch da stand auch schon sein Stellvertreter vor ihm, und Kenhir kam nicht mehr dazu, ein einziges Wort niederzuschreiben.

»Was gibt's, Imuni?«

»Paneb hat schon wieder wegen Farbriegeln angefragt.«

»Und was ist daran ungewöhnlich?«

»Ich habe die genaue Anzahl ausgerechnet, die ein Maler pro Tag braucht, Paneb liegt aber weit darüber! Wenn alle Handwerker sich so aufführen würden wie er, würde die Nekropole im Chaos versinken!«

»Ja, ja …«

»Aber das ist noch nicht alles«, fuhr Imuni fort. »Paneb weigert sich nicht nur, sich an die Vorschriften zu halten, er hat mich auch noch bedroht!«

»Und was hast du dann getan?«

»Ich habe mich vorsichtshalber zurückgezogen … Ihr solltet ihn wirklich verwarnen!«

»Ich werde die Sache regeln«, versprach Kenhir.

»Kann ich ihm also sagen, dass er nicht das Recht hat, so viel Farbe zu verbrauchen?«

»Ich habe doch gesagt, dass ich mich darum kümmere!«

Imuni würde nie begreifen, dass man eine Vorschrift mit Verstand anwenden musste, und Kenhir sah sich außer Stande, ihm das klarzumachen.

Wie Sched der Retter es ihm beigebracht hatte, verwendete Paneb zusätzlich zu den Riegeln, die er selbst herstellte, eine große Menge an Farben, ganz zu schweigen von den unzähligen Bürsten und Pinseln, die er in kürzester Zeit verbrauchte. Der junge Koloss war seiner Malerei gegenüber unerbittlich und machte immer viele Skizzen, bevor er schließlich die endgültige Version malte. Das Ergebnis war dann auch jedes Mal so verblüffend, dass selbst Sched nur noch kleine Änderungen vornehmen musste. Unter diesen Umständen spielte es natürlich keine Rolle, wie viel Material er verschliss. Aber wie sollte man das einem Imuni klarmachen?

Der Verräter saß draußen auf seiner kühlen Dachterrasse. Er sah, wie der Schreiber der Nekropole mit energischem Schritt vorbeiging und dabei mit dem Stock auf die Erde klopfte.

»Wo geht er denn hin?«, fragte er seine Frau.

»Bestimmt speist er mit dem Baumeister, wie gestern auch. Seit Niut die Kräftige Urlaub hat, lebt er wie die Made im Speck. Wenn man es erst einmal gewöhnt ist, sich bedienen zu lassen, kommt man alleine nicht mehr zurecht.«

»Wann wird seine Dienerin zurück sein?«

»Ende der Woche.«

»Ich muss weg, sobald es dunkel wird ...«

»Wo willst du hin?«

»Ich muss eine drohende Gefahr beseitigen. Wenn jemand zu Besuch kommt, sag ihm, ich hätte mich nicht wohl gefühlt und schliefe schon.«

Nervös schlich der Verräter auf nackten Sohlen an den Hausmauern entlang und hoffte, dass ihn niemand sah. Sollte er jemanden treffen, dann würde er seinen nächtlichen Spaziergang damit erklären, dass er Migräne hätte.

Doch er hatte Glück und erreichte ohne Zwischenfall Kenhirs Haus.

Wäre die Tür verschlossen gewesen, hätte er aufgegeben. Doch sie ließ sich geräuschlos öffnen, und er schlüpfte hinein.

Wie viel Zeit hatte er? Ubechet war eine gute Köchin, und Kenhir war kein Kostverächter ... Trotzdem musste er sich beeilen. Wenn man ihn überraschte, würde man ihn des Einbruchs anklagen, man würde ihn verfolgen und einsperren, und alle seine Träume wären zerstört.

Er musste nur den Platz finden, wo Kenhir die Papyri aufbewahrte, die das Tagebuch der Nekropole bildeten. Dann konnte er seinen Plan ausführen.

Vor dem Schlafengehen las der Schreiber gerne noch einen Text aus dem Alten Reich, über dem er die kleinen Sorgen des Alltags vergaß. Das üppige Mahl hatte ihn so gestärkt, dass er sogar Lust verspürte, noch ein wenig zu arbeiten und das Tagebuch der Nekropole durchzugehen, damit er endlich eine Liste jener Handwerker aufstellen konnte, die während der letzten zehn Monate am häufigsten ans Ostufer übergesetzt hatten.

Erst dachte er, er hätte sich getäuscht, doch der Papyrus mit eben diesen Notizen war tatsächlich verschwunden.

59

Merenptahs viertes Regierungsjahr ging zu Ende, ohne dass ein Konflikt an den Grenzen des Reichs ausgebrochen wäre. Auch die Arbeiten an seinem Grab waren schon weit fortgeschritten. Die ersten drei »Gänge des Gottes«, die den ersten Abschnitt des Korridors kreuzten, waren fertig gestellt. Der Korridor endete in dem Schacht, aus dem die Kraft des Nun, des Urmeers, aufstieg und den Sarkophag des Königs durchdringen würde, wenn er in der Kostbaren Wohnung stand. Fertig waren auch die erste Säulenhalle, die die bösen Kräfte und Dämonen zurückschlagen sollte, ein Schacht, durch den die Seele des Wiedererweckten in den Himmel aufsteigen sollte, sowie die Halle der Maat, die den *Ach* immer in Harmonie hielt. Auch der letzte Gang war schon begonnen worden; er führte in den Goldsaal, wo Merenptahs Mumie ewige Ruhe finden würde.

Die Zeichner hatten die Hieroglyphen der Texte gemalt, die aus dem *Sonnengesang*, aus dem *Pfortenbuch* und dem *Buch der Verborgenen Kammer* stammten und dem Pharao die unverzichtbaren Sprüche schenken würden, damit er den Wächtern des Jenseits siegreich gegenübertreten und frei ins Paradies gelangen konnte, das den Gerechtfertigten offen stand.

Während ihre Mitbrüder immer tiefer in den Bauch des Felsens vorgedrungen waren, hatten Sched der Retter und Paneb der Feurige Bilder von Merenptah gemalt, die zeigten, wie er dem Osiris Salböle und dem Ptah Wein opferte, wie Ra und Anubis dem König neues Leben schenkten oder wie der Pharao sich mit den verschiedenen Gottheiten austauschte.

Dank der vielen Lampen, deren Dochte nicht rußten, war das Grab sehr gut ausgeleuchtet. Im Freien stellten die Maler ihre Farben her und wetteiferten in der Kunst, sie in Schichten von unterschiedlicher Dicke aufzutragen und die feinsten Schattierungen besonders der Rot- und Blautöne herauszuarbeiten, indem sie einen Lack auftrugen, dessen Rezeptur Sched seinem Schüler enthüllt hatte.

Paneb war so schwungvoll und so gesprächig, dass der Meister die Müdigkeit nicht spürte, wenn er mit ihm zusammen arbeitete. Ihm schien sogar, sein Augenlicht würde sich wieder verbessern, wenn seine Hand die goldene Barke zum Leben erweckte, auf der die Götter durch die Nacht schaukelten.

»Jetzt reicht's mir aber!«, schrie Unesch der Schakal. »Sched muss eingreifen!«

Sched eilte zu dem Zeichner hinüber, der von seinen beiden Kollegen Paih und Gao flankiert wurde. Sie starrten ein wunderschönes Bildnis eines Gottes in blauer Perücke und goldenem Schurz an, der vor der Sonnenbarke stand. Über dem Kopf stand sein Name, Sia, die »schöpferische Kraft«, die allein den Weg weist.

»Was ist denn mit diesem Bild?«, fragte Sched.

»Ich habe das Quadratnetz mit genauesten Markierungen aufgetragen, und Paneb hat sich nicht daran gehalten!«

»Ja, das stimmt!«, sagte auch Gao.

Paih schwieg verlegen.

»Ihr müsst das Ganze betrachten«, riet ihnen der Retter. »Sia, die Barke und die himmlischen Wesenheiten, die die Treidelleine ziehen.«

Unesch krauste die Stirn.

»Ich sehe nicht –«

»Deshalb bist du auch nicht Maler geworden. Du hast ein starres Schema auf die Wand gezeichnet, wobei du natürlich die Proportionen respektiert hast, aber Paneb hat sie ein wenig verändert und ihnen dadurch Leben gegeben. Die Arbeit, die dahinter steckt, sieht man nicht mehr, dafür aber die Schönheit, die entstanden ist.«

»Paneb kann also machen, was er will!«, empörte sich Unesch.

»Im Gegenteil! Wenn wir nur langsam vorankommen, dann wegen ihm. Er muss das Quadratnetz minuziös studieren und in seiner Hand verinnerlichen; diese Hand sprengt manchmal die formalen Zwänge und erweckt zum Leben, was noch kein Leben hat.«

»Trotzdem nimmt er sich unerhörte Freiheiten heraus«, widersprach Gao.

»Du irrst. Er schafft Proportionen, ohne die ein Bild zum Siechtum verurteilt wäre. Meinst du wirklich, ich würde ihm Verirrungen erlauben? Und das in einem Königsgrab? Schaut einfach einmal genau hin und sagt mir dann, was ihr an diesem Bild auszusetzen habt.«

Die drei Zeichner suchten vergeblich nach einem Kritikpunkt.

»Machen wir besser das nächste Quadratnetz«, lenkte Paih der Gütige ein.

»Wie geht es ihm heute Morgen?«, fragte Ubechet die Dienerin des Schreibers.

»Schon sehr viel besser. Er hat wenigstens seinen Appetit wiedergefunden und er nörgelt wie immer über alles und jeden. Wenn Ihr meine Meinung hören wollt – Eure Behandlung hat gut angeschlagen!«

Mit sauertöpfischer Miene kam der Schreiber der Nekropole aus seiner Stube.

»Ich bin mit meiner Arbeit im Verzug … Ah, Ubechet! Mögen die Götter dir wohlgesinnt sein. Muss ich deine Stärkungspillen noch lange nehmen?«

»Nein, nicht nötig, nachdem du wieder bei Kräften bist.«

»Ich dachte, ich müsste sterben, nachdem der Papyrus verschwunden war … Raub – in meiner Schreibstube! Wer tut so etwas?«

Nach der Entdeckung dieses entsetzlichen Diebstahls war Kenhir in eine tiefe Depression verfallen, die viele Wochen angehalten hatte. Imuni erwies sich als eine wertvolle Hilfe und erledigte die täglich anfallenden Arbeiten, während die Weise Zauber und Arznei zugleich anwandte, um dem Schreiber seine Gesundheit wiederzuschenken.

»Ich fühle mich so stark, dass ich wieder ins Tal der Könige aufbrechen kann«, behauptete er.

»Das werdet nicht Ihr entscheiden, sondern die Weise«, sagte Niut die Kräftige.

Ubechet lächelte.

»Das wird meine Behandlung vervollständigen«, sagte sie, »die Mannschaft wird sich freuen, dich zu sehen.«

Der Schreiber des Grabes war ganz aus dem Häuschen.

»Du hast ein Meisterwerk geschaffen!«, sagte er zu Nefer. »Dieses Grab ist mindestens so schön wie das von Ramses!«

»Das Schwierigste steht uns noch bevor«, sagte der Baumeister. »Solange die Grabkammer nicht fertig ist, bin ich unruhig.«

Kenhir schritt in den Gängen der Kostbaren Wohnung auf und ab. Er wusste in dieser ganzen Farbenfreude nicht, welches Bild er mehr bewundern sollte.

»Die Zeichner und Maler haben sich selbst übertroffen! An diesem Ort wird nie wieder die Finsternis herrschen.«

»Die ganze Mannschaft hat ihr Herzblut für das Werk gegeben.«

Draußen vor dem Grab aßen die Männer Salzfisch, Salat, Zwiebeln und Brot zu Mittag und tranken ein leichtes Bier dazu, mehr war nicht erlaubt. Kenhir hatte wieder auf seinem Sitz im Felsen Platz genommen, und trotz seiner Widerborstigkeit freuten sich alle, dass er wieder da war.

Am Ende der Mittagspause ging die Mannschaft zurück ins Grab.

»Ich muss immerzu an diesen gestohlenen Papyrus denken«, vertraute der Schreiber dem Baumeister an. »Ich hatte alle Abwesenheiten, von denen ich wusste, dort eingetragen und wollte nun die Häufigkeit bei jedem der Handwerker feststellen. Der Mann, den wir suchen, muss das geahnt haben und hat das Dokument vernichtet.«

»Hast du das Wichtigste nicht im Gedächtnis behalten?«

»Ich belaste meinen Kopf nicht mit Dingen, die ich dem Papyrus anvertrauen kann. Ohne meine Notizen kann ich keine gesicherten Behauptungen aufstellen.«

»Unser Mann wird immer vorsichtiger. Bestimmt ist ihm nicht entgangen, dass Sobek neue Schutzmaßnahmen ergriffen hat.«

»Seine Situation wird immer schwieriger. Wenn er sich scheut, die Stadt zu verlassen, wie soll er dann mit seinen Komplizen in Kontakt treten?«

»Sobek hat Recht. Früher oder später wird er einen Fehler machen. Wir müssen nur wachsam bleiben.«

»Wann willst du den Stein des Lichts wieder einsetzen?«

»Sobald die Grabkammer ausgeschachtet ist«, antwortete Nefer. »Die Wände werden mit Energie getränkt, bevor Zeichner und Maler mit der Arbeit beginnen.«

»Ich muss sagen, es wird von Mal zu Mal schwieriger, Panebs Bilder von Scheds Arbeiten zu unterscheiden. Der Schüler ist so gut geworden wie der Lehrer. Und die Farben hier sind noch lebendiger als in Ramses' Grab.«

»Sched sagt, Paneb hätte neue Rottöne gemischt. Und das sei erst der Anfang.«

»Ob Sched wohl ein bisschen neidisch ist?«

»Im Gegenteil. Es hat ihm Jugendlichkeit und Begeisterungsfähigkeit zurückgegeben, seinen Schüler anzuleiten. Sched ist ein Mann großer Werke, nichts stimmt ihn verdrießlicher als die Routine. Lange Zeit hat er verzweifelt einen Nachfolger gesucht, der ihm ebenbürtig ist.«

»Und dann kam Paneb ... Noch ein Wunder an der Stätte der Wahrheit! Achte darauf, dass die Eitelkeit nicht sein Herz und seine Hand zerstört.«

»Dieser Gefahr sind wir alle ausgesetzt. Doch im Moment sieht sich Paneb so vielen Schwierigkeiten gegenüber, dass er sich ständig selbst übertreffen muss. Bei seinem Kampf mit und gegen sich selbst und für ein unübertroffenes Werk hilft ihm sein schöpferisches Feuer. Sched legt jeden Tag höhere Maßstäbe an seinen Schüler an, darauf können wir uns verlassen.«

Der Baumeister wollte gerade in das Felsengrab gehen, da fiel ihm die Lösung ein.

»Der Kurier!«

»Was meinst du?«, fragte Kenhir.

»Der Verräter steht durch Briefe in Kontakt mit der Außenwelt!«

Uputhi war empört über das Ansinnen des Schreibers.

»Ich habe geschworen, das Briefgeheimnis zu achten! Wenn ich meinen Schwur breche, schlägt mich Thots Stab mit Fug und

Recht, und ich verliere meine Stelle. Man hat schon oft versucht, mich zu bestechen, aber keinem ist es gelungen.«

»Meine Glückwünsche, Uputhi. Aber ich will dich doch gar nicht bestechen.«

»Trotzdem willst du wissen, was in den Briefen der Handwerker steht und an welche Adressen ich sie gebracht habe. Meine Antwort lautet nein und noch mal nein!«

»Ich verstehe dich ja, aber du kannst versichert sein, dass ich genauso redlich bin wie du und dass ich im Interesse der ganzen Bruderschaft handle.«

»Ich ziehe dein Wort nicht in Zweifel, aber meine Entscheidung ist unwiderruflich und sie fußt auf dem feierlichen Schwur, den ich gegeben habe, als ich in diesen Berufsstand eingetreten bin.«

Im Rahmen einer offiziellen Ermittlung wegen eines Verbrechens hätte der Schreiber der Nekropole bestimmt das Recht, den Briefverkehr zu überprüfen, der durch Uputhis Hände ging, doch er musste die Ehre der Bruderschaft wahren und durfte diese Geschichte nicht an die große Glocke hängen, während die beiden Mannschaften bei der Arbeit waren.

»Sag mir wenigstens eines, Uputhi. Welcher Handwerker hat dir während der vergangenen drei Monate am meisten Post mitgegeben?«

»Warum willst du das wissen?«

»Damit ich es ins Tagebuch der Nekropole eintragen kann. Ich will Vergleiche mit früheren Jahren anstellen und eine Akte anlegen, die der Wesir schon lange haben wollte.«

Diese Notlüge konnte den Briefboten umstimmen.

»Wenn das so ist ... Paih der Gütige schreibt am meisten. Mehr sage ich aber nicht!«

60

Möchtest du nicht noch ein Stück von der Keule, Paih?«, fragte seine Frau.

»Nein, heute Abend nicht.«

»Und auch keine Kutteln?«

»Nein, ich habe ein solches Völlegefühl.«

»Aber du hast ja kaum etwas angerührt, dabei habe ich zur Feier unseres Hochzeitstags ein richtiges Festmahl zubereitet!«

»Ich habe genug gegessen, sei unbesorgt.«

»Du brütest doch etwas aus!«

Niemand wäre beim Anblick des Zeichners mit dem Schmerbauch, den Pausbacken und dem heiteren Gesicht auf den Gedanken gekommen, er sei unterernährt.

»Ich gehe noch ein bisschen raus.«

»Komm aber nicht so spät zurück, damit du die Kinder nicht aufweckst!«

»Keine Sorge!«

Er konnte dem Duft der Speisen kaum länger widerstehen und wollte an die frische Luft, um das Essen nicht mehr riechen zu müssen. Mit knurrendem Magen ging er die Hauptstraße der Nekropole entlang.

»Ha, das trifft sich gut!«, rief Paneb. »Ich wollte gerade zu dir.«

»Zu mir? Warum denn das?«

»Der Baumeister und der Schreiber wollen dich sprechen.«

»Gleich?«

»Ja, gleich.«

»Ich wollte jetzt schlafen gehen und –«

»Du bist doch gerade aus dem Haus gegangen, oder?«

»Nein … das heißt, ja … aber ich wollte schon wieder zurückgehen.«

»Ich soll dich holen, also bringe ich dich auch zu Nefer. Klar?«

»Ja, ja, von mir aus …«

Wenn der Koloss sich freundlich gab, musste man noch mehr auf der Hut sein, als wenn er wütend war. Paih zog es also vor, ihm brav zu folgen, und betrat mit großer Sorge das Haus von Nefer und Ubechet, deren strahlender Blick ihm eher forschend als freundlich vorkam.

»Du siehst etwas niedergeschlagen aus«, sagte sie. »Schlechte Verdauung?«

»Nein, es geht mir gut, sehr gut …«

Kenhir stand da und stützte sich auf seinen Stock. Er hielt sich nicht mit Höflichkeitsfloskeln auf.

»Du hast in letzter Zeit viel geschrieben.«

»Kann sein. Aber das ist ja wohl meine Sache.«

»Es ist auch Sache der Bruderschaft. An wen hast du geschrieben?«

»Das muss ich dir nicht sagen.«

»Richtig. Aber wenn du uns die Auskunft verweigerst, werde ich das Gericht einberufen.«

Paih war bestürzt.

»Aber … aber das ist ja unerhört!«

»Wenn du dir nichts vorzuwerfen hast, kannst du uns doch antworten«, mischte sich Nefer ein. »Deine Weigerung lässt allerdings vermuten, dass du Dinge verheimlichst, die für einen Diener an der Stätte der Wahrheit unwürdig sind.«

Paih senkte den Kopf.

»Ihr wisst also alles?«

Die Antwort war ein drückendes Schweigen.

»Alles hat vor ungefähr einem Jahr angefangen, am achtzigsten Geburtstag meiner Mutter. Sie lebt am Ostufer in der Nähe des Fischmarkts. Ich habe viel zu viel Keule und Kutteln gegessen, das gebe ich zu, und da hat sie mir diesen berühmten Spruch aus den *Lehren des Kagemni* an den Kopf geworfen: ›Die Gefräßigkeit ist verachtenswert, man muss ihr einen warnenden Finger zeigen. Ein Becher Wasser kann den Durst löschen, und ein Mund voll Gemüse kann das Herz stärken. Unglücklicher, dessen Bauch noch gierig ist, wenn das Mahl verzehrt ist.‹ Und sie hat sich steif und fest geweigert, mich wieder zu sehen, solange ich keine Diät mache. Also habe ich ihr über zwanzig Briefe geschrieben und ihr von meinen übermenschlichen Bemühungen berichtet, doch sie will, dass ich mindestens zehn Steine abnehme! Heute Abend habe ich nur am Essen geknabbert, ich sterbe vor Hunger!«

»Paih ist unschuldig«, sagte Nefer.

Kenhir hatte seine Zweifel. »Und wenn er uns Theater vorspielt? Wenn er damit gerechnet hat, dass wir ihn entlarven, hätte er sich eine Erklärung zurechtlegen können, die zudem so grotesk ist, dass keiner auf die Idee käme, sie anzuzweifeln.«

»Da würde er dich aber schlecht kennen!«, sagte Ubechet lächelnd.

»Ich jedenfalls glaube, dass Paih die Wahrheit sagt«, meinte Paneb, »aber wir sollten seine Geschichte trotzdem überprüfen. Morgen früh gehe ich zu seiner Mutter, dann sind wir sicher.«

»Paihs Mutter? Sie wohnt in der dritten Gasse links.«

Paneb dankte dem Fischhändler, der gerade seinen Stand aufbaute, und schlug die Richtung ein, die er ihm gewiesen hatte, doch er ging an der dritten Gasse vorbei und fing an zu laufen.

Hinter ihm waren eilige Schritte zu hören.

Man war ihm gefolgt, seit er die Fähre genommen hatte, vielleicht auch schon vorher.

Paih der Gütige hatte also gelogen. Seine Geschichte war nur ein Netz von Lügen, und da er fürchten musste, dass jemand dieses Märchen überprüfte, hatte er einen Komplizen von außerhalb der Nekropole beauftragt, den Neugierigen aus dem Weg zu schaffen.

Paneb freute sich schon auf seinen Verfolger, der ihm bestimmt vieles zu erzählen hätte …

Er versteckte sich hinter einer Hausecke und sah einen Nubier, der stehen blieb und suchend in alle Richtungen blickte.

»Suchst du mich?«

Schon schlug der Nubier mit der Faust zu, doch Paneb wehrte den Schlag mit dem Unterarm ab und trat seinem Gegner mit dem rechten Fuß in den Bauch. Der Schwarze taumelte ein paar Schritte zurück, aber er hielt sich aufrecht.

»Du bist im Kampf geübt und du bist ganz schön zäh«, sagte Paneb. »Ich werde also hart zuschlagen müssen, wenn du mir nicht sofort verrätst, wer dich beauftragt hat.«

Der Nubier spannte die Brustmuskeln an und stürzte sich mit gesenktem Kopf auf Paneb.

Im letzten Moment sprang Paneb zur Seite und schlug dem Schwarzen, dessen Angriff an der Mauer endete, mit beiden Fäusten ins Genick.

Taumelnd und mit blutender Stirn rappelte sich der Nubier auf.

»Hast einen ganz schönen Dickkopf!«

Der Nubier keuchte und röchelte.

»Wenn du mich tötest ... du entwischst uns nicht ... niemand ... entwischt den ... Wachen von Sobek ...«

Dann verschwamm sein Blick, und er wurde ohnmächtig.

Die Frauen aus dem Viertel spickten vorsichtig in die Gasse.

»Bringt Wasser!«, rief Paneb.

Der Nubier kam erst wieder zu sich, nachdem Paneb einen ganzen Krug Wasser über ihn geleert hatte.

»Bist du wirklich ein Wachmann?«

Der Nubier zuckte verschreckt zusammen.

»Schlägst du mich wieder?«

»Nicht, wenn du die Wahrheit sagst. Warum bist du mir gefolgt?«

»So lautet mein Befehl ... Ich muss allen Handwerkern folgen, die ans Ostufer übersetzen, und herausfinden, wohin sie gehen.«

»Auch ich habe einen Auftrag auszuführen.«

»Sobek hat mir nichts davon gesagt.«

»Wir haben vergessen, ihn zu benachrichtigen.«

Paneb half dem Nubier auf und stützte ihn auf dem Weg zu einer Apotheke, wo ihm der Kräuterhändler eine Heilsalbe auftrug.

»Ich muss Meldung machen«, sagte der Wachmann. »Was soll ich Sobek denn sagen?«

»Sag ihm, er soll sich an den Schreiber der Nekropole wenden. Kenhir kann ihm alles erklären.«

»Seid Ihr Paihs Mutter?«

Die kleine, runzlige Frau wirkte nicht gesprächsbereit.

»Was wollt Ihr?«
»Ich bin ein Freund Eures Sohnes.«
»Hat er abgenommen?«
»Ein wenig, aber –«
»Er soll aufhören, mir zu schreiben, und endlich etwas tun! Dieser Vielfraß ist eine Schande für die ganze Familie. Er soll mir nicht mehr unter die Augen kommen, bevor er nicht manierlich aussieht!«
»Ich kann Euch versichern, dass er sich wirklich bemüht und –«
»Bemühen reicht eben nicht! Man muss auch Erfolg mit seinen Bemühungen haben.«
Und damit schlug sie Paneb die Tür vor der Nase zu.

General Mehi spannte den Bogen, zielte auf die Mitte der Scheibe und zog ab. Der Pfeil bohrte sich tief in das harte Holz.
»Guter Schuss!«, sagte Dakter.
Mehi zog den Pfeil heraus, die Spitze war fast unbeschädigt.
»Gute Arbeit, Dakter! Diese Legierung ist außergewöhnlich hart. Mit Pfeilspitzen von dieser Qualität verfügen die thebanischen Streitkräfte über eine unschlagbare Waffe. Was machen die Schwerter?«
»Ich komme gut voran.«
»Aber du wirkst enttäuscht und unzufrieden.«
»Ich bin dazu verdammt, hier den Ingenieur zu spielen! Unsere großen Träume sind so weit in die Ferne gerückt!«
»Da täuschst du dich aber, Dakter!«
»Merenptah regiert uneingeschränkt, und Ihr müsst die Stätte der Wahrheit beschützen. Bislang haben wir noch kein einziges Geheimnis erfahren! Diese Totenstadt ist eine uneinnehmbare Festung!«
»Glaubst du etwa, ich hätte aufgegeben?«
»Ich glaube lediglich, dass Ihr eine wunderbare Laufbahn verfolgt, während ich hier in diesem Lebenshaus versauere!«
»Wir werden nur Erfolg haben, wenn wir unseren Gegner richtig einschätzen«, sagte Mehi. »Und unser Gegner ist sehr viel gefährlicher, als wir dachten. Der Baumeister und die Weise verleihen der Bruderschaft einen Zusammenhalt wie Pech und Schwefel; da

kann man nicht so leicht dazwischenfunken. Unsere kleinen Siege sind unbedeutend, das gestehe ich gerne ein, und wir haben Fehlschläge erlebt, aus denen wir lernen müssen. Vor allem aber müssen wir diesem Nefer alle Unterstützung entziehen. Von unserem Mittelsmann im Inneren der Totenstadt wissen wir, dass der Schreiber krank ist. Da er schon sehr betagt ist, wird er uns nicht mehr lange lästig sein. Aber Nefer hat einen Leibwächter, der sehr hinderlich ist, diesen jungen Paneb, der nicht zur Armee gehen wollte. Das wird er noch bereuen!«

61

Paneb liebkoste Türkis' Haare, nachdem sie sich mit großer gegenseitiger Leidenschaft geliebt hatten. Die schöne Rothaarige, die in lässiger Nacktheit dalag, schaute ihn an, als würde sie ihn zum ersten Mal sehen.

»Nur die Göttin Hathor kann dich zu solchen Liebesspielen inspirieren, Türkis. Wenn du so weitermachst, bleibe ich irgendwann auf der Strecke.«

»Wirst du etwa bescheiden?«

»Stell mich auf die Probe!«

Unermüdlich stürzten sich die beiden in eine neue Runde, doch es war ihnen egal, wer als Sieger hervorging. Sie hatten ihren Spaß daran, sich gegenseitig zu überraschen, und erfreuten sich an dem Verlangen, mit dem sie sich jedes Mal aufs Neue umklammerten.

»Bist du glücklich mit Wahbet?«

»Sie wollte unbedingt mit mir glücklich sein. Warum also soll ich so grausam sein und sie enttäuschen? Und da ist ja auch noch mein Sohn! Aus diesem Lausbub werde ich einen richtigen Kämpfer machen. Niemand wird es mit ihm aufnehmen können!«

»Aber er ist doch auch Wahbets Sohn. Vielleicht hat sie etwas ganz anderes mit ihm vor.«

»Mit Aperti? Unmöglich! Er ist ja jetzt schon ganz versessen drauf, sich zu balgen.«

Paneb legte sich auf Türkis.

»Reden wir nicht so viel! Bald wird es dunkel, und du setzt mich vor die Tür.«

»Würdest du mich immer noch lieben, wenn ich keine freie Frau wäre?«

Zärtlich antworteten ihr die Hände des Malers, indem sie ihre

Rundungen entlangstrichen. Plötzlich wand sie sich aus seinen Armen.

»Da klopft jemand an der Tür.«

Ernüchtert horchte Paneb auf – beharrliches Klopfen. Türkis wickelte sich in einen Umhang und ging zur Tür.

Es war Gao der Genaue. »Ist Paneb bei dir?«

»Warum fragst du?«

»Ich fürchte, er wird bald großen Ärger bekommen. Unesch hat ein Gespräch der Steinmetzen belauscht. Sie wollen Klage gegen ihn einreichen, sie reden schon mit dem Schreiber.«

Wütend kam Paneb zur Tür.

»Was erzählst du denn da für Geschichten?«

»Mehr weiß ich auch nicht, aber die beiden anderen Zeichner und ich haben den Eindruck, dass Ränke gegen dich geschmiedet werden und dass du dich auf einen schlimmen Angriff gefasst machen musst.«

»Ich gehe zu Kenhir.«

Nacht der Starke und Kasa der Seiler sahen Paneb feindselig an, Karo der Grimmige drehte ihm den Rücken zu, und Fened die Nase zeigte anklagend mit dem Finger auf ihn.

»Du bist der Dieb! Gib es besser zu!«

»Nimm das sofort zurück, oder –«

»Die Sache ist wirklich ernst«, fiel Kenhir ein.

Paneb wandte sich dem Schreiber zu.

»Welche Sache?«

»Der große Pickel, mit dem der Fels behauen wird, ist verschwunden.«

»Und Paneb hat ihn gestohlen!«, fügte Fened hinzu. »Wer sonst würde so etwas tun? Er hat ihn in die Sichere Kammer gebracht.«

»Genau das habe ich«, gab Paneb zu.

»Und wie erklärst du es dir, dass er nun nicht mehr dort ist?«, fragte Kenhir.

»Ich muss überhaupt nichts erklären! Ich habe den Pickel zusammen mit den andern Werkzeugen vor die Sichere Kammer gelegt, und die Steinmetzen haben sie aufgeräumt, ich war gar nicht drin!«

»Jetzt versuch nicht, den Spieß umzudrehen!«, widersprach Nacht. »Alle erklären einmütig, dass du der Letzte warst, der mit dem Pickel in der Hand gesehen wurde.«

»Der Diebstahl eines Werkzeugs ist ein schweres Vergehen«, mahnte Kenhir. »Wenn du ihn für deine privaten Arbeiten benützt, solltest du das besser unumwunden zugeben.«

»Das ist doch Unsinn!«

»Wir werden dich anklagen, Paneb«, erklärte Kasa, »und wir werden umgehend Nachforschungen anstellen.«

»Was heißt das?«

»Dass wir im Beisein des Baumeisters und zweier Zeugen dein Haus durchsuchen werden«, sagte der Schreiber.

»Ihr wollt mein Haus durchsuchen? Das kommt überhaupt nicht in Frage!«

Kasa lächelte hämisch.

»Die typische Reaktion eines Schuldigen!«

Nacht stach in dieselbe Wunde:

»Warum weigerst du dich denn, wenn du unschuldig bist?«

»Ihr wisst alle, dass ich mir nichts vorzuwerfen habe!«

»Dann sollten wir unverzüglich den Beweis für deine Unschuld erbringen.«

Paneb funkelte die Steinmetzen böse an.

»Ich gehe nach Hause und erwarte euch.«

»Natürlich willst du jetzt den Pickel verschwinden lassen!«, fuhr Kasa ihn an. »Du bleibst hier! Kenhir wird zwei Zeugen bestimmen und sie holen, und dann wird sich die Untersuchungskommission vollzählig bei dir einfinden.«

Als der Schreiber, der Baumeister, die Frau Paihs des Gütigen und Thuti der Gelehrte Panebs Haus betraten, wusste schon die ganze Nekropole, welche schweren Anschuldigungen gegen den jungen Maler erhoben worden waren.

Der Verräter, der mit seinen Auftraggebern durch verschlüsselte Briefe Kontakt hielt, hatte den Plan ausgeführt, den sie ihm vorgeschlagen hatten: Er sollte veranlassen, dass Paneb für ein nicht wieder gutzumachendes Vergehen verurteilt und aus der Bruderschaft ausgeschlossen würde. Der Verräter hatte Kenhirs Krankheit und einen Moment der Unachtsamkeit von Seiten Imunis ausgenützt und den Pickel gestohlen, den er Paneb unterschieben wollte. Er hatte ihn an einer Stelle platziert, wo der Maler gerade seine Küche erweiterte und die von außen zugänglich war.

Das Gerücht über den Diebstahl hatte die Frau des Verräters geschickt einer Freundin zugeflüstert, die es weiterverbreitete, und schon bald erfüllte es seinen Zweck.

Mit dem Kleinen auf dem Arm kam Wahbet an die Tür und riss erstaunt die Augen auf.

»Was wollt ihr?«

»Dein Mann wird des Diebstahls beschuldigt«, erklärte Kenhir. »Wir müssen das Haus von oben bis unten durchsuchen.«

»Aber … aber das geht doch nicht! Ich weigere mich!«

»Sei doch vernünftig, Wahbet. So schreibt es das Gesetz vor, und wir müssen es befolgen, ob wir wollen oder nicht.«

Paneb fasste seine Frau an den Schultern.

»Komm, gehen wir hinaus und lassen sie gewähren! Derjenige, der mich ins Verderben stürzen will, wird glauben, dass er gewonnen hat. Aber ich werde ihn ausfindig machen und dann breche ich ihm alle Knochen!«

Die Durchsuchung wollte kein Ende nehmen. Währenddessen brachte Paneb seinem Sohn verschiedene Techniken bei, die Faust zu ballen, und ließ ihn gegen seine riesige Handfläche boxen. Der Kleine lachte und konnte gar nicht genug bekommen.

Kenhir kam als Erster wieder heraus und wischte sich mit einem kleinen Leinentuch die Stirn.

»Nichts. Du bist von allen Vorwürfen rein gewaschen, Paneb.«

Paneb erhob sich, reckte sich und stellte sich in voller Größe vor den Schreiber, sodass er noch eindrucksvoller aussah als sonst.

»Das ändert nichts. Weder du noch die anderen habt mir geglaubt!«

»Wir werden uns bei dir entschuldigen, wenn du das willst.«

»Das genügt mir nicht.«

»Was verlangst du noch?«

»Ich habe hier nichts mehr verloren, Kenhir. Du kannst meinen Namen aus der Liste der rechten Mannschaft streichen.«

»Ich will aber nicht weg!«, sagte Wahbet. »Hier bin ich geboren und hier werde ich sterben!«

»Wenn du bleiben willst, dann bleib. Doch was mich angeht – meine Entscheidung ist unumstößlich!«

»Warum? Weil du schuldig bist?«

Der Ton der jungen Frau war härter geworden.

»Was soll das heißen, Wahbet?«

»Hast du den Pickel gestohlen?«

»Verdächtigst du mich etwa auch?«

»Hast du ihn gestohlen? Ja oder nein?«

»Ich schwöre beim Leben meines Sohnes, dass ich unschuldig bin!«

»Dann danke deinem Sohn – er hat deinen Kopf gerettet!«

»Was soll das –«

»Er ist ohne meine Erlaubnis spielen gegangen, hinter dem Haus, wo du gerade baust. Ich habe ihn gefunden, als er mit einem Holzstiel in der Erde scharrte.«

»Der Stiel des großen Pickels!«

»Ich wollte dir Bescheid sagen, aber du hast dich gerade mit Türkis vergnügt, und so habe ich den Baumeister benachrichtigt.«

»Nefer? Und wie hat er reagiert?«

»Er hat den Pickel mitgenommen.«

Paneb rannte zum Haus des Schweigsamen, der dabei war, ein Amulett in Form eines Winkelmaßes zu schnitzen.

»Hast du den Pickel versteckt, Nefer?«

»Welchen Pickel?«

»Den Pickel, den mir jemand untergeschoben hat, um mich zu belasten.«

»Mein Gedächtnis wird wohl immer schlechter… Der Beweis wurde erbracht, dass du mit dieser betrüblichen Sache nichts zu tun hast.«

»Du hast meinen Kopf gerettet – weil du glaubst, dass ich unschuldig bin.«

»Auch du bist nicht frei von Fehlern, Paneb, aber du bist kein Dieb. Außerdem weißt du ja, dass wir gerade schwere Zeiten durchmachen, und du bist zu meinem Leibwächter ernannt worden. Wenn es unseren Gegnern gelingt, dich auszuschalten, haben sie das Bollwerk so gut wie gestürmt.«

»Kenhir und die Steinmetzen haben mich in den Schmutz gezogen, sie sind immer noch felsenfest überzeugt, dass ich der Schuldige bin, und das ganze Dorf hält mich inzwischen für einen Dieb. Jeder sieht mich schief an. Hier ist kein Platz mehr für mich.«

»Lass dich nicht von deiner Eitelkeit besiegen und vergiss einfach diese Demütigung!«

»Du hättest gar nicht einzugreifen brauchen, Nefer. Der Schaden ist angerichtet, der Bruch ist nicht mehr zu kitten.«

»Du redest wie ein Besiegter.«

Die beiden Männer sahen sich lange in die Augen.

»Danke, dass du verhindert hast, dass ich zu Unrecht verurteilt werde, Baumeister, aber ich habe keine Lust mehr, mit Menschen zusammen zu sein, die mich hassen und die ich verachte.«

»Du wirst alles verlieren, Paneb. Dann ist dein Leben wieder wie ein krummer Stock.«

»Damit kann ich dann wenigstens allen den Schädel einschlagen, die sich mir in den Weg stellen! Du tust mir aufrichtig Leid, dass du in dieser Nekropole eingesperrt bist und diesen Kümmerlingen hier dienen musst. Ich werde jedenfalls meine Freiheit wieder erlangen.«

62

Gehst du mit mir fort, Türkis?«
»Nein, Paneb.«
»Ich werde dir ein traumhaftes Leben bieten, viel schöner, als du es dir vorstellen kannst.«
»Das interessiert mich nicht.«
»Hier in der Siedlung herrschen nur Ungerechtigkeit und Neid. Du wirst hier versauern und du wirst bereuen, dass du hier geblieben bist.«
»Deine Eitelkeit wurde verletzt und du hast eine Entscheidung in der Wut getroffen.«
»Nein, sag das nicht!«
Der Riese schloss die wunderschöne Rothaarige in die Arme.
»Ich nehme dich mit, Türkis.«
»Du vergisst, dass ich ein freier Mensch bin, kein Mann kann mir seinen Willen aufzwingen.«
Türkis versuchte sich der Umarmung zu entwinden.
»Was hast du denn von dieser Bruderschaft zu erwarten?«
»Jeder Tag bringt hier neue Wunder. Und als Priesterin der Hathor habe ich der Göttin meine Treue geschworen.«
Paneb ließ von seiner Geliebten ab.
»Beschuldigst du mich, meinen Schwur zu brechen?«
»Das musst du selbst wissen.«
»Ich werde dich vermissen, Türkis.«

»Ich konnte Paneb nicht zum Bleiben überreden«, vertraute Nefer seiner Frau an. »Die Erniedrigung saß zu tief, er hat das Vertrauen in seine Mitbrüder verloren.«
»Auch in dich?«
»Er weiß, dass ich an seine Unschuld glaube und dass ich ihm

aus der Falle geholfen habe, die man ihm gestellt hatte, aber er lehnt sich zu stark gegen diese Ungerechtigkeit auf.«

»Du brauchst ihn, nicht wahr?«

»Er ist ein ausgezeichneter Maler geworden, und ich bin mir nicht sicher, ob Sched noch die Kraft hat, Merenptahs Grab vollständig auszuschmücken. Paneb ist ein freier Mensch, er kann gehen, wohin er will. Jetzt kannst nur noch du ihn überreden, zu bleiben und das Werk zu vollenden, das er begonnen hat.«

»›Wenn ich in den Schönen Westen gegangen bin‹, hat die Weise bei meiner Einweihung gesagt, ›dann soll die Göttin der Westlichen Bergspitze, Die die Stille liebt, deine Führerin und dein Auge sein.‹ Heute Nacht werde ich hinaufsteigen und sie um Rat fragen.«

Die riesige Königskobra mit den roten Augen kam aus ihrem Heiligtum am Gipfel heraus und richtete sich vor der Weisen auf, die sich zu ihr hinunterbeugte.

Im silbernen Schein der Sonne der Nacht bog sich die Schlange erst von links nach rechts, dann von rechts nach links und ließ Ubechet, die ein vergoldetes Stirnband trug, nicht aus den Augen. Die Weise hatte keine Möglichkeit, einem Angriff zu entkommen.

Jenseits der Angst entspann sich ein Dialog der Blicke zwischen der Weisen und der Schlange, die die Verkörperung der Stille war.

Ubechet erzählte ihr von Paneb und von Merenptahs Kostbarer Wohnung und bat die Schlange, ihr den Weg zu weisen, wie sie die Harmonie in der Bruderschaft wiederherstellen könnte.

Nacheinander verloschen die Sterne, als würde ein schwarzer Schleier sie bedecken. Die Nacht wich, und ein Tropfen Wasser fiel auf Ubechets Haar.

Die Weise verstand. Die Göttin hatte Schreckliches vor, aber es war wie auf den Feurigen zugeschnitten.

Wahbet konnte die Tränen nicht mehr zurückhalten.

»Du darfst nicht gehen, Paneb!«

»Komm mit, wenn du willst. Ich rücke nicht von meiner Entscheidung ab.«

Er rollte seine Matte zusammen.

»Und dein Sohn? Verlässt du ihn einfach so? Hast du denn keine Gewissensbisse?«

»Du erziehst ihn hervorragend, und ich bin sicher, dass er sich durchschlagen wird wie sein Vater.«

»Und die Malerei? Das große Werk, das du vollbracht hast? ... Existiert das alles nicht mehr für dich?«

»Hör endlich auf, Wahbet!«

»Warum weigerst du dich einzugestehen, dass du störrischer bist als ein alter Esel, und alles nur, weil man deine Eitelkeit verletzt hat? Selbst wenn du dich mit den Steinmetzen nicht mehr verstehst – das ist doch egal. Der Baumeister ist dein bester Freund, und dann gibt es hier in der Siedlung auch noch zwei Frauen und ein Kind, die dich lieben, falls du das vergessen hast!«

Paneb band die Matte auf einen Beutel mit einem Laib Brot, einem Schlauch Wasser, Sandalen und einem neuen Lendenschurz und verließ das Haus, ohne die tränenüberströmte Wahbet noch einmal anzublicken und ohne seinen schlafenden Sohn zu küssen.

Der Tag brach an. Doch es war kein Morgen wie jeder andere.

Am siebenundzwanzigsten Tag des ersten Monats der Trockenzeit im vierten Regierungsjahr des Merenptah verdunkelten dicke Wolken den Horizont im Osten und verdeckten die aufgehende Sonne. Die Luft war schwer und drückend und von einer Spannung erfüllt, die bis ins Mark drang.

Ein Blitz zerriss den Himmel und schlug in Obeds Schmiede ein. Verstört fuhr Obed auf und rief die wenigen Arbeiter zu Hilfe, die im Viertel der Gehilfen schliefen, und löste damit die erste Welle der Panik aus.

Sintflutartige Regenfälle gingen über der Stätte der Wahrheit nieder. Der Regen prasselte so heftig herunter, dass Paneb das Gefühl hatte, von Millionen Nadeln durchbohrt zu werden.

Ein schreckliches Gewitter tobte am Westufer von Theben. Blitze fuhren so schnell über den Himmel, dass sie die bedrohlichen Wolken wie mit Streifen durchzogen, und der Regen wurde noch stärker.

Durch die Hauptstraße der Nekropole ergoss sich ein reißender Sturzbach. Neben Paneb fiel eine Mauer zusammen, die gerade im Bau war.

Ein paar Frauen standen in der Tür und blickten ungläubig auf die Fluten, die immer mehr anschwollen.

»Steigt auf die Dächer!«, schrie Paneb.

Die Kinder kreischten. Vor Paihs Haus stand ein kleiner Junge bis zu den Knien im Wasser; er verlor das Gleichgewicht und brüllte. Paneb packte ihn an den Beinen und gab ihn Nacht dem Starken, der herbeigelaufen war.

Einen Augenblick lang sahen sich die beiden Männer hasserfüllt an.

»Bring den Kleinen nach Hause«, sagte Paneb, »und sieh nach, ob sich noch andere Kinder draußen herumtreiben. Sag allen, dass sie auf die Dächer gehen sollen. Schnell!«

Das Wasser stieg immer weiter an. Bald drang es in die Häuser ein und richtete große Schäden an. Im Viertel der Gehilfen brachen die Lehmziegel aus den Mauern.

Paneb wurde blass.

Bei diesem gewaltigen Gewitter bahnte sich eine noch schlimmere Katastrophe an. Er rannte zum Baumeister.

»Wir müssen sofort ins Tal der Könige! Merenptahs Grab ist in Gefahr.«

Mitten in diesem Unwetter verließen die beiden Männer die Siedlung und kletterten im strömenden Regen auf den Sattel. Ohne ihre ausgezeichnete Kenntnis des Pfades, wo die Kiesel klickernd hinuntergespült wurden, hätten sie den Regenvorhang nie durchdringen können und sie hätten sich im Gebirge verirrt, wo der Donner ohrenbetäubend dröhnte.

Doch sie hatten keine Zeit, Angst zu haben oder an die vielen Schnitte an den Füßen zu denken, die sie sich an den scharfen Kanten der Feuersteine zuzogen. Auf die Gefahr hin, sich den Hals zu brechen, rannten sie den Hang zum Eingang des Tals der Könige hinunter.

Tropfnass stand der nubische Wachmann auf seinem Posten.

»Komm schnell, Penbu!«

Die drei Männer liefen zu Merenptahs Grab, wo der zweite Wachmann den Bruchstein zu einer Schutzmauer vor dem Eingang aufschichtete. Schon kam eine Lawine aus Schlamm und Geröll auf den zerbrechlichen Damm zugerollt.

»Das hält nicht«, meinte Tusa. »Hauen wir ab, bevor sie uns mitreißt!«

Die Lawine drohte in Merenptahs Grab einzudringen und irreparable Schäden anzurichten.

»Geht, ich bleibe«, sagte Paneb zu den Wachen.

Die beiden Nubier zögerten, doch im Grunde waren sie froh, dass sie dem schrecklichen Gewitter entfliehen konnten, das mit unverminderter Gewalt tobte.

»Geh du auch Nefer, du bist ja ganz außer Atem.«

»Verlässt ein Kapitän etwa sein sinkendes Schiff? Tun wir lieber was, anstatt zu reden.«

Die einzige Lösung war die Errichtung einer Mauer aus Bruchsteinen, die dick genug war, den Fluten standzuhalten.

Trotz seiner Erschöpfung, trotz der vielen Rutschpartien und trotz des Regens, der ihm immer wieder die Sicht raubte, schuftete Nefer wie ein Verrückter. Paneb schichtete in Windeseile große Steinhaufen auf und bildete damit ein Bollwerk zur Rettung des Grabes.

Immer wieder stieß er wilde Schreie an die Adresse des entfesselten Himmels aus, doch er ließ nicht in seinem Tempo nach, dem der Baumeister kaum noch folgen konnte. Nefer war am Ende seiner Kräfte, aber er bot die letzten Reserven auf, um seinem Freund zu helfen. Er stand mitten im Schlamm und holte große Steine heraus, die Paneb auf die anderen stapelte.

Ein Blitz von nie da gewesener Heftigkeit fuhr durch die Wolken und schlug in die Bergspitze ein.

»Ubechet!«, schrie Nefer.

»Ist sie da oben?«

»Sie wollte die Göttin der Stille befragen. Als du mich holen kamst, war sie noch nicht zurück.«

Da hörte der Regen plötzlich auf, und ein Stückchen Blau erstrahlte am Himmel.

»Merenptahs Grab hat nicht viel abgekriegt«, stellte Paneb fest, der von oben bis unten mit Schlamm überzogen war.

»Ubechet …«

Paneb riss Nefer aus der Schlammlawine, die mit letztem Schwung gegen die Mauer prallte.

»Ich muss auf den Gipfel steigen«, sagte Nefer, »ich muss sehen, ob der Blitz sie getroffen hat.«

»Du bist nicht imstande, auch nur einen einzigen Schritt zu machen! Ruh dich aus, ich gehe.«

Die Sonne drang durch die Wolken, und die beiden Männer leckten die letzten Regentropfen, die ihre Gesichter überzogen, von den Lippen.

»Sieh doch, Nefer, da kommt sie!«

Mit dem Pickel in der Hand, mit dem sie selbst die härtesten Felsen aufschlagen konnte, und eingehüllt in goldenen Schein stieg die Weise vom Gipfel ab.

63

Vor den vollzählig versammelten Nekropoliten hielt die Weise den Pickel hoch.

»Hier ist das Werkzeug, von dem ihr geglaubt habt, Paneb hätte es gestohlen! Ich habe es auf den Gipfel gelegt, um Seths Zorn auf sich zu ziehen, der fast Merenptahs Grab und unsere Häuser zerstört hätte. Der Blitz hat im Gipfel eingeschlagen und sein Furcht erregender Strahl hat den Pickel gezeichnet.«

Thuti trat näher und erkannte den Tierkopf des Seth, eine lange Schnauze und lange Ohren, die das Feuer des Himmels in das Werkzeug gebrannt hatte.

»Paneb hat die Kostbare Wohnung des Pharaos gerettet«, erklärte Nefer. »Ohne seinen Mut wäre unser gemeinsames Werk nun vernichtet und die Stätte der Wahrheit wäre der Nachlässigkeit angeklagt. Dieser Pickel mit dem Zeichen des Seth soll dem Feurigen für immer gehören!«

»Dieses außerordentliche Geschenk muss aber im Tagebuch der Nekropole eingetragen werden«, sagte Imuni, »sonst bekommt Paneb Ärger mit den Behörden.«

Nacht der Starke packte den stellvertretenden Schreiber am Kragen seines gefältelten Hemds.

»Wann wirst du endlich mal den Mund halten, du Zwerg?«

»Ich bin mit Imuni einer Meinung«, sagte Paneb. »Das Geschenk soll vermerkt werden, damit niemand mir das Besitzrecht an diesem Werkzeug streitig machen kann.«

Lachend hob der Koloss den Pickel in den strahlend blauen Himmel.

»Darf ich das jetzt so verstehen, dass dein Aufbruch aufgeschoben ist?«, fragte der Baumeister.

»Wer spricht denn von Aufbruch?«

»Ihr habt mich eingeladen, General Mehi, und ich bin gekommen«, erklärte der junge Prinz Amenmesse selbstbewusst.

»Eine große Ehre für Theben und für mich persönlich!«

»Ich kann es gar nicht erwarten, den Hengst zu reiten, den Ihr mir versprochen habt.«

»Er steht für Euch bereit.«

»Könnt Ihr Eure Amtsstube verlassen und mir den schönsten Weg durch die Wüste zeigen?«

»Ja natürlich, sofort!«

Amenmesse freute sich wie ein Kind, das ein lang ersehntes neues Spielzeug bekommen hat, und sprang auf den Rücken eines wundervollen schwarzen Streitrosses, das der Stallbursche des Generals gebracht hatte. Mehi selbst hatte ein weniger temperamentvolles, dafür aber robusteres Pferd genommen, und so ritten die beiden nach Westen und bogen in ein Trockenbett ein.

Nach einem wahnwitzigen Galopp hielt Amenmesse außer sich vor Freude an.

»Diese zauberhafte Landschaft! Hier bin ich tausendmal lieber als im Delta. Ihr habt großes Glück, hier leben zu dürfen, General.«

Die beiden Reiter stiegen ab und setzten sich auf eine kleine Anhöhe, wo sie mit Wasser, das in einem Schlauch frisch gehalten wurde, ihren Durst stillten.

»Bedeutet Euer Besuch, Prinz, dass unser König den Frieden sichern konnte?«

»Da irrt Ihr, General, genau das Gegenteil ist der Fall. Der Pharao musste den Hethitern große Mengen an Weizen schicken, weil sie fürchten, gewisse Fürstentümer im Osten könnten sich mit Eroberungsabsichten tragen. Und Ägypten muss seine Verbündeten ernähren, denn sie sind das erste Bollwerk gegen eine Invasion aus dem Norden.«

»Ist diese Vorgehensweise ungewöhnlich?«

»Mehr oder weniger. Aber meiner Meinung nach gibt es viel Beunruhigenderes – ein Aufruhr der Libyer.«

»Sind sie nicht viel zu schwach und die Stämme viel zu gespalten, um eine ernsthafte Gefahr für Ägypten darzustellen?«

»Das glauben viele. Außer Sethos. Seine Informanten rechnen damit, dass die libyschen Stämme sich verbünden, und dann wird Libyen gefährlich.«

»Weiß das der Pharao?«

Amenmesse wurde verlegen.

»Teilweise.«

»Ist er auch so beunruhigt wie Sethos?«

»Ja und nein ... Er fürchtet sich eher vor den Ostländern als vor Libyen.«

»Ich werde Euch etwas Erstaunliches zeigen, Prinz.«

Mehi gab ihm eine Pfeilspitze. Amenmesse betastete sie eine Weile.

»Sie ist ja unglaublich hart!«

»Härter, als Ihr Euch vorstellen könnt! Sie wurde im Lebenshaus am Westufer entwickelt, bald werden die thebanischen Truppen damit ausgerüstet. Es gibt auch andere Neuerungen ...«

»Beeindruckend! Sehr beeindruckend!«

»Ihr seid der Erste, dem ich dieses kleine Wunder offenbare.«

»Wollt Ihr damit sagen ... noch vor dem Pharao?«

Mehi schwieg.

»Seid Ihr der Meinung, dass ich der Einzige sein sollte, der diese Erfindung kennt?«

»Vielleicht ist Sie Euch ja noch nützlich auf dem Weg zum Thron.«

Plötzlich tat sich vor Amenmesse ein neuer Horizont auf.

»Wären mir die thebanischen Truppen treu, wenn ich unter außergewöhnlichen Umständen ihre Unterstützung verlangen sollte?«

»Ich bin überzeugt, Prinz, dass Ihr Führungsqualitäten besitzt und dass Ihr sie in den Dienst des Landes stellen werdet.«

Amenmesse war verblüfft. Mehi machte ihm klar, wo sein wirkliches Ziel lag; das hatte er sich noch nie so deutlich einzustehen gewagt. Merenptah war alt, Sethos war zu streng und nicht sehr beliebt bei den Höflingen ... Doch er, Amenmesse, war jung, er war ein Eroberer und Verführer!

»Ich werde Euch Theben zeigen«, unterbrach Mehi seine Gedanken. »Die Hauptkaserne werden wir selbstverständlich auch besuchen, und Ihr werdet einer Übung meiner Elitetruppen beiwohnen.«

Paneb hatte sich mit großem Appetit ein Spanferkel schmecken lassen, das knusprig gebraten und mit Salbei gewürzt war. Dazu hatte er einen exzellenten Wein getrunken, der eines großen Festmahls würdig gewesen wäre.

»Danke für das ausgezeichnete Essen«, sagte er zu Ubechet und Nefer. »Ich habe mich aufgeführt wie ein Trottel. Trotzdem bin ich nicht sicher, ob ich meine Eitelkeit besiegt habe und Ungerechtigkeiten ertragen kann, ohne mich zu wehren.«

»Wir haben in Bezug auf dich eine schwerwiegende Entscheidung getroffen«, enthüllte der Baumeister.

»Eine Strafe?«

»Ich hoffe, du betrachtest es nicht als solche … Du musst vor Gericht erscheinen.«

Der junge Maler zog die Augenbrauen zusammen.

»Darf ich mich wenigstens verteidigen und erklären, warum ich gehen wollte?«

»Das wird nicht nötig sein. Es reicht, wenn du mit ja oder nein antwortest.«

»Aber die Steinmetzen haben mich zu Unrecht beschuldigt und –«

»Darum geht es nicht.«

»Worum geht es denn dann?«

»Wie es an der Stätte der Wahrheit schon öfter praktiziert wurde, haben Ubechet und ich uns entschlossen, dich zu adoptieren. Wenn du offiziell unser Sohn bist, stehst du unter unserem Schutz. Wenn man dich angreift, greift man auch uns an. Außerdem wirst du uns beerben – aber erwarte keine Reichtümer!«

»Die Wahl liegt bei dir«, sagte Ubechet mit einem Lächeln, das so strahlend war, dass es selbst den rachsüchtigsten Dämon besänftigt hätte.

Paneb leerte seinen Kelch in einem Zug.

»Hattet ihr einen Augenblick gezweifelt, wie meine Antwort ausfallen würde?«

Der General war wütend und unruhig.

Wütend war er, weil seine Intrige gegen Paneb, den er sich vom Hals schaffen wollte, fehlgeschlagen war. Nun hatte er einen verschlüsselten Brief von seinem Informanten bekommen, in dem stand, dass der junge Riese vom Baumeister und von der Weisen auch noch adoptiert worden war! Von nun an würde es fast unmöglich sein, ihren Ziehsohn offen anzugreifen, wenn er nicht einen schweren Fehler beging. Und dazu wurde dieser Paneb bestimmt immer misstrauischer. Die schlechte Nachricht hatte Serketa allerdings nicht entmutigen können, im Gegenteil. Nichts reizte sie mehr als ein schwieriger Kampf, und sie freute sich unbändig, endlich einen ebenbürtigen Gegner zu haben.

Und unruhig war er, weil er am Hauptkai des Westufers Sethos empfangen musste, der einige Wochen nach Amenmesses Besuch offiziell nach Theben gereist kam. Amenmesse war von seinem Aufenthalt ganz entzückt gewesen und in der Überzeugung abgereist, dass er das Zeug zum Herrscher hatte. Bei einem feuchtfröhlichen Festmahl hatte Serketa dem Prinzen eine nubische Tänzerin zugeführt, die ihn mit ihren Liebeskünsten verzaubert hatte. Jedenfalls hielt Amenmesse große Stücke auf Mehi und seine Gemahlin.

Sethos' unerwartete Ankunft brachte Gefahren mit sich. Der General wäre lieber Herr des Geschehens gewesen und selbst nach Pi-Ramses zu Sethos gereist, nun nahm ihm der Prinz den Wind aus den Segeln. Hatte Amenmesse zu viel geredet und Sethos zum Eingreifen veranlasst?

Selbst Serketas Betörungsversuche konnten Mehi nicht beruhigen, der um seine Karriere fürchtete. Er hatte Amenmesse geraten, Stillschweigen zu bewahren, niemandem etwas von seinen Zielen zu verraten und auch ihre Freundschaft geheim zu halten, auf dass sie sich im richtigen Moment voll entfalten könnte.

Kraft seines Alters war Sethos ein Ehrfurcht gebietender Mann mit einem ebenmäßigen, aber ernsten Gesicht und er wusste, was er wollte.

Mehi verneigte sich ehrerbietig vor ihm.

»Ich schätze mich glücklich, Euch nach unserer viel zu kurzen Unterhaltung in Pi-Ramses wieder zu sehen, General. Man hat mir nur Gutes über Eure Elitetruppen erzählt, und ich würde mir gern selbst ein Bild machen. Vielleicht bin ich zu skeptisch, aber empfehlen uns nicht sogar die Weisen den konstruktiven Zweifel an? Verlieren wir keine Zeit, sowohl die meine als auch die Eure ist zu kostbar. Zeigt mir Eure Kasernen!«

»Darf ich darunter verstehen, dass ich ... dass ich mobil machen soll?«

»Aber nein, General! Dank unseres Pharaos, der mit eiserner Hand regiert, halten unsere möglichen Feinde ruhig, die Lage ist entspannt. Trotzdem bringe ich den thebanischen Streitkräften größtes Interesse entgegen – denn wer kann schon in die Zukunft blicken? Nur eine Tatsache ist unumstößlich: dass das Alter unaufhaltsam fortschreitet. Wie jeder andere spürt auch mein geliebter Vater die Bürde der Jahre. Wenn ich ihm nachfolgen muss, möchte ich auf die Treue aller Würdenträger und ranghohen Hauptleute hoffen können. Habe ich mich klar genug ausgedrückt, General?«

»Theben ist Euch ergeben, Hoheit, und so wird es auch bleiben.«

»Hat es Amenmesse hier gefallen?«

»Ich glaube, er war sehr angetan von der Landschaft hier und vor allem von dem Hengst, den ich das Vergnügen hatte, ihm zu schenken, und den er in die Hauptstadt mitgenommen hat.«

»Amenmesse ist ein guter Reiter und er ist ein Träumer, der Vergnügungen liebt. Wenn er seine Grenzen kennt, kann er ein angenehmes, sorgenfreies Leben führen. Das wäre doch für ihn das Beste, was er sich wünschen kann, nicht wahr?«

64

Unter dem Vorsitz des Schreibers der Nekropole billigte das Gericht Panebs Adoption durch Ubechet die Weise und Nefer den Schweigsamen, den Vorarbeiter der rechten Mannschaft und Baumeister der Bruderschaft. In Zukunft würde Paneb amtlich als Sohn von Ubechet und Nefer geführt werden; er war ihr Erbe und nach ihrem Tod der Diener an ihren *Kau*.

Natürlich wurde dieses glückliche Ereignis mit einem Fest in der Nekropole und ein paar zusätzlichen freien Tagen begangen, die allen Handwerkern nach der harten Arbeit an Merenptahs Grab und an seinem Tempel der Millionen Jahre sehr gut taten.

Mit hängenden Köpfen traten Fened und die anderen Steinmetzen vor Paneb.

»Wir ... wir sind nicht gerade gut im Entschuldigen, aber wir haben einen großen Fehler gemacht und wir wollen, dass du das weißt. Vielleicht wäre es gut, wieder Frieden zu schließen. Schließlich kommt es ja vor allem darauf an, dass wir eine Mannschaft bilden, und man kann sagen, dass du heute wirklich und endgültig aufgenommen wurdest.«

»Du bist wirklich ein begabter Redner«, sagte Paneb und umarmte seinen Mitbruder.

»Erinnerst du dich an das Versprechen, das ich dir vor einigen Jahren gegeben habe?«, fragte der Baumeister seinen Ziehsohn.

»Du hast alle deine Versprechen gehalten, das hätte ich nie erwartet.«

»Dieses hier noch nicht.«

Und da erinnerte sich Paneb.

»Du meinst doch nicht etwa ... die Reise zu den Pyramiden von Giseh unweit von Memphis?«

»Du hast wirklich ein gutes Gedächtnis.«
»Aber das Grab … meine Malereien …?«
»Die Grabkammer ist ausgehoben, die Wände müssen verputzt und für die Quadrierung vorbereitet werden. Sched führt die Mannschaft, während wir weg sind.«
Paneb drückte seinen Ziehvater an sich, dass Nefer fast die Luft wegblieb.

»Bis zu meiner Rückkehr wirst du neben dem Amt der Weisen auch das Amt des Baumeisters innehaben«, sagte Nefer zu seiner Frau. »Tut mir Leid, dass ich dir diese Verantwortung auch noch aufbürden muss, aber es ist an der Zeit, dass ich Paneb die Botschaft der Pyramiden enthülle. Es dürfte eigentlich keine größeren Schwierigkeiten geben, weder mit dem Grab noch mit dem Tempel.«
Ubechet war besorgt. »Ist es im Norden auch wirklich so ruhig, wie man behauptet?«
»Sethos' Besuch hier vor kurzem spricht dafür, dass ein Konflikt nicht unmittelbar bevorsteht. Selbst wenn sich die Situation zuspitzen sollte, wäre Memphis nicht betroffen.«
»Sei trotzdem vorsichtig!«
»Was sollte ich denn fürchten – mit unserem Sohn an meiner Seite? Du und Kenhir seid die Einzigen, die über das Ziel und die Dauer unserer Reise informiert sind. Der Schreiber hat ein Boot auf den Namen des Vorstehers der Gehilfen gemietet, und wir brechen morgen früh vor Sonnenaufgang auf.«
»Komisch, aber ich empfinde diese Reise wie einen sanften Sonnenuntergang, gleichzeitig aber auch wie ein unerwartetes Gewitter. Versprich mir, dass du keinerlei Risiko eingehst, Nefer.«
Zärtlich küsste der Baumeister seine Frau.

Paneb sog die Landschaften in sich auf, als würde er einen vollmundigen Wein aus dem Delta trinken, und ergötzte sich an der immer wärmer werdenden Sonne des zweiten Monats der Trockenheit, die noch vom Nordwind gekühlt wurde. Immer stand er am Bug; ihm war, er würde eine neue Welt erobern, und er prägte sich jede Einzelheit ein.

Er entdeckte kleine Dörfer mit weißen Häusern, die fern von den Fluten der Überschwemmung auf Anhöhen lagen, sah Palmenhaine und ein friedliches Land, gesprenkelt mit kleinen Heiligtümern und imposanten Tempeln, zu denen Landungsstege führten.

Doch all diese Kleinodien waren nichts im Vergleich zu dem Wunder, das sich ihm am frühen Morgen offenbarte. Aus der Ebene von Giseh, die ins Morgenlicht getaucht war, ragten die Cheops-Pyramide und die Pyramiden des Chephren und des Mykerinos* auf, bewacht von der gigantischen Großen Sphinx, einer Gestalt mit dem Kopf eines Pharaos und dem Körper eines Löwen.

Völlig erschlagen von so viel Schönheit und Erhabenheit, stand der junge Maler lange in Gedanken versunken vor den Steinriesen, deren Kalkverputz in der Sonne schimmerte.

»Die Baumeister des Alten Reichs haben die Ursprünge des Lebens wiedererschaffen«, erklärte Nefer. »Die Ureinheit hat sich in drei Berge verwandelt, die aus dem Urmeer aufgestiegen sind.«

»Wird deshalb über die Gräber der Diener an der Stätte der Wahrheit immer eine kleine Pyramide gebaut?«

»Selbst in ihrer kleinen Form verbindet uns die Pyramide mit unseren Vorfahren des Goldenen Zeitalters. Die Pyramide ist ein Stein gewordener Lichtstrahl, der aus dem Jenseits kommt, wo der Tod nicht existiert.«

Nefer führte Paneb zu der alten Werkstatt, wo diese großen Pyramiden geplant und entworfen worden waren. Dort arbeiteten Steinmetzen an der Unterhaltung der Gräber der Würdenträger, die den Pharaonen, den Bauherren, treu gedient hatten.

Der Werkstattleiter, ein untersetzter Mann mit kahl rasiertem Schädel, empfing die Besucher.

»Wer seid ihr?«

»Ich heiße Nefer der Schweigsame, und das ist mein Ziehsohn Paneb der Feurige.«

Der Mann wich einen Schritt zurück.

---

* Cheops, Chepren, Mykerinos sind die griechischen Namen für Khufu (»Chnum schützt ihn«), Chafre (»Erscheint wie Ra«) und Menkaure (»Ewig wie die Seelen des Ra«).

»Du bist doch nicht etwa ... der Baumeister der Stätte der Wahrheit?«

Nefer zeigte ihm sein Siegel.

»Alle Steinmetzen des Landes haben schon von dir gehört. Was für eine Freude, dich hier empfangen zu dürfen!«

»Ich möchte dich bitten, Paneb die heilige Geometrie der Pyramiden zu erklären. Wir hätten das natürlich auch in der Nekropole studieren können, aber ich hielt es für besser, wenn er diese Unterweisung vor Ort bekommt.«

Und die begann auch bald.

Paneb wurde die Bedeutung des Dreiecksverhältnisses drei zu vier zu fünf offenbart: Die Drei entsprach Osiris, die Vier Isis und die Fünf Horus. Im Herz des Steins lebte diese göttliche Dreieinigkeit, die durch die goldene Proportion zum Leben erweckt wurde, den Schlüssel zum Gleichmaß, der in den natürlichen Formen und in der Harmonie eines Bauwerks lag. Paneb lernte die Gesetze des lebendigen Gleichgewichts in der Baukunst, wo die Symmetrie keinen Platz hatte. Es gelang ihm, schwierige Berechnungen anzustellen, wie zum Beispiel das Volumen eines Pyramidenstumpfs.

Begeistert zeigte Paneb seinem Ziehvater, dass er seine Lektionen gut gelernt hatte.

»Aber bleib nicht in der Theorie stecken«, riet ihm Nefer. »Verlass dich nur auf die Wahrheit in der Materie und auf die Erfahrung deiner Hand. Betrachte alles als ein lebendes, einzigartiges Wesen, ob es nun eine kleine Stele ist oder ein großer Tempel.«

»Aber ... zu allererst bin ich doch Maler!«

»Wir sind hier, um deinen Horizont zu erweitern, Paneb. Ein Handwerker an der Stätte der Wahrheit muss alles können. Niemand weiß, welche Aufgabe er einmal erfüllen muss, um das Wohlergehen der Bruderschaft zu bewahren.«

Jeden Abend beobachteten Vater und Sohn, wie die Sonne hinter den Pyramiden von Giseh unterging. Paneb erlebte unvergessliche Stunden.

Merenptah verließ den Amun-Tempel, wo er das Morgenritual abgehalten hatte, als der Vorsteher seiner Leibgarde ihn ansprach.

»Ein Kurier aus Assyrien ist im Palast eingetroffen und möchte Euch dringend sprechen, Majestät.«

Der König empfing ihn im Audienzsaal.

»Die Situation ist sehr angespannt, erhabener König. Mehrere Stämme haben sich zusammengeschlossen und bereiten nun einen Angriff über die Nordostgrenze auf Ägypten vor.«

»Welche Stämme haben sich zusammengeschlossen?«

»Laut unseren Spionen vor Ort sind es die Achaier, die Anatoler, die Etrusker, die Lykier, die Sarden, die Israeliten, die Kreter und noch eine Gruppe aus Sarden, Libyern und Beduinen. Zusammen sind es Tausende von Männern, und sie sind entschlossen, in Euer Land einzufallen und es zu zerstören.«

»Warum wurden Wir nicht schon früher in Kenntnis gesetzt?«

»Es gab Schwierigkeiten bei der Nachrichtenübermittlung… Und die Beamten in den betroffenen Gauen konnten es erst gar nicht glauben. Unsere Gesandten waren immer der Meinung, das Andenken an Ramses den Großen sei immer noch so lebendig, dass es einen solchen Pakt verhindern könnte.«

Merenptah rief sogleich seinen Kriegsrat zusammen, dem der Kurier genaue Angaben über die Verteilung und die Ausrüstung des Feindes machte.

»Was schlagt ihr vor?«, fragte der König.

»Es gibt nur eine schlagkräftige Strategie, Majestät«, sagte der ranghöchste General. »Wir müssen unsere Truppen an der Grenze zusammenziehen und die Angreifer aufhalten.«

Die anderen stimmten zu.

»Wenn Wir das tun«, widersprach Merenptah, »werden die Verbündeten über zahlreiche Dörfer herfallen und viele Zivilisten töten, von denen sie meinen, sie ständen unter Unserem Schutz.«

»Das sind eben die Unbilden des Krieges, Majestät.«

»Wenn Wir passiv blieben, riskieren wir eine Niederlage, General! Wir können auch anders vorgehen, Wir könnten den Feind auf seinem Vormarsch mitten in den Ostländern angreifen.«

»Das wäre ein sehr gewagtes Unternehmen, Majestät, und –«

»Das haben Wir aber entschieden, General. Wir werden alle Truppen mobilisieren und schnell und heftig zuschlagen.«

Merenptahs Adjutant gab dem König Nachricht, dass noch ein

weiterer Kurier unverzüglich empfangen werden wollte. Der Kommandant der Nordwestgrenze wurde hereingebeten und sollte vor dem Kriegsrat sprechen.

»Ich bin sehr besorgt, Majestät. Die libyschen Stämme haben sich gerade zusammengeschlossen und sie bereiten sich ohne Zweifel darauf vor, uns anzugreifen.«

Der Osten und der Westen des Deltas waren bedroht, der Norden Ägyptens war so eingekeilt, dass das Land nicht mehr unbeschadet herauskommen könnte, eine jahrtausendealte Kultur stand vor der Vernichtung…

»Wann sind deiner Meinung nach die Libyer für eine bewaffnete Auseinandersetzung gerüstet?«

»Vielleicht in einem Monat. Vor allem wenn ihr Ziel Memphis ist, wie unsere Spione annehmen.«

Der gesamte Kriegsrat erschauderte.

»Rufen wir die thebanischen Truppen zur Verstärkung und zum Schutz der Hauptstadt«, schlug einer vor.

»Kommt nicht in Frage«, fuhr der König dazwischen. »Wenn die Nubier die Situation ausnützen und sich erheben, wäre ihnen Theben schutzlos ausgeliefert.«

»Aber, Majestät, dann –«

»Unsere Linie ist klar. Wir haben noch einen Monat Zeit, um den Pakt im Osten zu zerschlagen, sofort wieder zurückzumarschieren und Memphis vor der libyschen Aggression zu schützen. Es geht um das Überleben des Landes!«

65

Nach Panebs Unterweisung in Geometrie hatten die Steinmetzen von Memphis die beiden Männer aus Theben eingeladen, mit ihnen die alte Stadt zu besichtigen, die erste Hauptstadt Ägyptens. Nefers Ziehsohn sah die alte befestigte Residenz mit den weißen Mauern, die Tempel des Ptah, der Hathor und der Neith, den Königspalast und das Handwerkerviertel. Den Tag beschlossen sie in einer Schänke bei köstlichem kühlem Bier.

Das fröhliche Grüppchen ergötzte sich an lustigen Geschichten. Gerade wollte Paneb eine Anekdote erzählen, da kam ein Hauptmann, gefolgt von einem Dutzend Soldaten, in die Schänke.

»Ruhe!«, befahl er. »Alle herhören!«

Nervöse Blicke hefteten sich auf den Hauptmann.

»Die Truppen in Memphis wurden in Alarmbereitschaft versetzt, denn wir fürchten täglich einen Angriff von libyscher Seite. In Anbetracht der ernsten Situation brauchen wir viele Freiwillige zur Verteidigung der Stadt. Wenn Memphis in die Hände des Feindes fällt, werden die Bewohner sterben. Ich hoffe, ihr zeigt euch mutig.«

Nefer wollte sich schon wie die anderen erheben, doch Paneb legte ihm die Hand auf die Schulter und drückte ihn auf den Schemel.

»Du nicht, Vater! Du bist Baumeister an der Stätte der Wahrheit, du darfst dein Leben nicht aufs Spiel setzen.«

»Und du, du bist Maler und –«

»Wenn ich im Kampf falle, wird Sched die Arbeit fortsetzen.«

Ein Steinmetz sprach im Namen seiner Kollegen:

»Paneb hat Recht, der Hauptmann wird das verstehen. Jeder weiß, welche Bedeutung der Pharao der Stätte der Wahrheit beimisst. Dein Platz ist unten in Theben, Nefer.«

»Aber Paneb ist ein Mitglied meiner Mannschaft und –«

»Genau«, fiel ihm Paneb ins Wort. »An mir ist es nun, die Ehre der Bruderschaft zu verteidigen. Sei beruhigt, die Libyer werden ihr blaues Wunder erleben!«

Merenptah hatte fast alle Truppen zusammengezogen und zu einem Zeitpunkt, da die verbündeten Stämme im Streit um die Vorrangstellung und die Verteilung der Beute lagen, die sie schon ihr Eigen glaubten, schnell und heftig zu einem entscheidenden Schlag ausgeholt.

Das erste Regiment hatte von Osten her angegriffen, das zweite von Süden und das dritte von Westen, das vierte hatte sich zur Verstärkung im Hintergrund gehalten, weil die Schlacht ja schon gewonnen war. Da der Gegner gespalten war und die Befehle sich widersprachen, platzte die Front wie ein überreifer Apfel. Ein paar Deserteure hatten sich nach Geser und Askalon geflüchtet – diese Städte nahmen die Ägypter aber auch bald ein –, andere konnten fliehen und sich den libyschen Truppen anschließen, die sich auf der Höhe von Schar-resi im Südwesten von Memphis sammelten.

Der König hatte dem Gegner keine Gelegenheit gelassen, Atem zu holen. Nachdem die letzten Keime des Widerstands ausgemerzt und die Ostländer wieder unter ägyptische Kontrolle gebracht waren, erreichte er Memphis in einem Gewaltmarsch.

Sein Sohn Sethos erwartete ihn am Eingang der Residenz mit den weißen Mauern.

»Memphis widersteht jedem Angriff, erhabener König.«

»Wir dürfen nicht untätig sein«, entschied der König, »und Wir müssen weiterhin die Strategie verfolgen, die Uns den ersten Sieg beschert hat. Wir werden mit allen Unseren Truppen zuschlagen.«

»Und Memphis schutzlos lassen?«

»Heute Nacht ist Uns Ptah im Traum erschienen und er hat Uns ein Schwert gegeben, das in Uns die Angst und den letzten Zweifel zerschlagen hat. Die Kundschafter sollen Uns die genaue Position der Libyer angeben, und Wir werden sie zermalmen, noch bevor sie angreifen können.«

Nach einer letzten Verhandlung stand die Entscheidung fest: Der Stammeshäuptling Merjawi würde zehntausend libysche Krieger in den Kampf zur Eroberung von Memphis führen.

Die Niederlage der Verbündeten im Nordosten Ägyptens hatte Merjawis Entschlossenheit nicht erschüttern können. Die Schlacht war grausam gewesen, die ägyptischen Truppen waren erschöpft, Memphis war schutzlos. Wenn die wenigen Verteidiger eine brüllende Horde von tätowierten, bärtigen Kriegern mit Zöpfen, aus denen zwei große Federn ragten, durch die Straßen rennen sahen, würden sie Angst bekommen und nicht sehr lange Widerstand leisten.

Nach der Eroberung von Memphis würde Merjawi die heilige Stadt Heliopolis einnehmen und zerstören, und das würde den Gegner stark demoralisieren. Dann würde sich ein Sieg an den anderen reihen, bis er schließlich das ganze Delta beherrschte und die Nubier von Süden her vorstießen.

Die Niederlage der Seevölker hatte den Kommandanten der Libyer nicht überrascht. Ihre hauptsächliche Rolle bestand in Merjawis Augen doch nur darin, den Gegner zu schwächen und ihn fern von Memphis aufzuhalten, damit das Feld frei wäre für die Hauptwelle des Angriffs.

Merjawi würde die Jahrhunderte der Erniedrigung auslöschen. Zum ersten Mal würde Libyen Ägypten besiegen und sich seiner Reichtümer bemächtigen. Merjawi würde Merenptah höchstpersönlich die tödliche Lanze in den Bauch stoßen, er würde kein einziges Mitglied der königlichen Familie verschonen und die ganze Dynastie ausrotten.

Der neue König von Ägypten würde Merjawi heißen.

Am dritten Tag des dritten Monats der dritten Jahreszeit war es wie sooft sengend heiß. Merjawi hatte sich mit Armreifen geschmückt, ein golddurchwirktes Gewand mit Blumenmuster angelegt und sich einen Degen über die Schulter gehängt. An seinem Gürtel baumelten ein Dolch und ein Kurzschwert. Sein Barbier hatte ihm den Bart gestutzt und seine üppige Haartracht dreigeteilt, einen Zopf hatte er in der Mitte aufgerollt und zwei Straußenfedern aufgesteckt, die weit auseinander standen.

Bei einem opulenten Morgenmahl stärkte er seine Moral, die sowieso schon gut war, noch mehr, und nun warteten die libyschen Soldaten nur noch auf den Befehl zum Abmarsch.

Als Merjawi aus dem Zelt trat, kam wie ein Wirbelwind ein Reiter ins Lager und machte vor dem Kommandanten Halt.

»Die Ägypter sind da!«

»Kundschafter?«

»Nein, eine Armee, eine riesige Armee mit dem Pharao an der Spitze!«

»Das kann nicht sein. Er kann nicht so schnell aus dem Osten zurückgekommen sein!«

»Wir sind eingekreist!«

Der erste Pfeilhagel traf zwar nur wenige Soldaten, doch er säte Angst im Lager der Libyer. Merjawi hatte seine liebe Not, die Männer wieder zusammenzutreiben, die in alle Richtungen auseinander gelaufen waren. Die ersten ägyptischen Fußsoldaten stürmten die niedrigen Palisaden, Rückendeckung erhielten sie von den vielen Bogenschützen, die unablässig schossen.

»Zum Kanal! Schnell!«

Das Lager verteidigen zu wollen, wäre Selbstmord gewesen. Die Libyer mussten sich auf die Boote flüchten und schnellstens den Rückzug antreten.

Da schossen Flammen in den Himmel. Merjawi blieb wie angewurzelt stehen. Der Pharao hatte von allen Seiten angegriffen und die Landungsstege in Brand gesetzt. Um den Kommandanten herum fielen die Libyer im Pfeilhagel eines unerbittlichen Gegners, der im Stechschritt vorrückte.

Die Schlacht tobte nun schon die sechste Stunde und das Ende nahte. Nachdem die Libyer anfänglich auseinander gelaufen waren, hatten sie sich wieder gefangen und kämpften nun verbissen, denn sie wussten, der Feind kannte keine Gnade. Merjawi hatte seine letzten Truppen zusammengezogen und versuchte, mit einem Gegenangriff die Einkesselung zu sprengen.

Paneb hatte irrsinnigen Spaß. Er hatte gesehen, wie sich die Libyer wie die Mäuse auf die Deiche flüchteten, und hatte gut fünfzig Männer gefangen genommen. Schwerter und Dolche konnten den jungen Riesen nicht schrecken, der seine Feinde erst mit einem Faustschlag niederstreckte und ihnen dann fröhlich die Unterarme brach. Unter den verblüfften Blicken der Fußsoldaten türmte er seine Gefangenen haufenweise auf.

Das Lager der Libyer stand in Flammen, der Rauch erleichterte den Besiegten die Flucht. Paneb schlug ein gutes Dutzend derer nieder, die das Pech hatten, ihm in die Arme zu rennen.

Da sah er einen großen Mann in einem bunten Gewand und vornehmen Sandalen; er wollte auf einen Streitwagen steigen, doch das Pferd scheute zu sehr. Als es sich wiehernd aufbäumte, gab der Libyer auf.

»Du da!«, brüllte Paneb. »Ergib dich, oder ich brech dir alle Knochen.«

Merjawi warf seinen Speer, doch sein Arm hatte zu sehr gezittert, und die Waffe streifte nur Panebs Schulter. Wutentbrannt stürzte sich der Feurige auf den Wilden, der ihn beinahe verletzt hätte.

Ein libyscher Soldat wollte seinem Kommandanten bei der Flucht Deckung geben, doch Paneb rammte ihm den Ellbogen ins Gesicht und brach ihm das Nasenbein. Merjawi zog seine Sandalen aus, damit er schneller rennen konnte. Sein Verfolger zermalmte die beiden Federn, die auf den vom Blut der Libyer getränkten Boden gefallen waren, und sprang ihn mit einem Satz auf den Rücken an.

Der Sieg war kaum errungen, da ließ ein ganzer Schwarm Schreiber die Buchhaltung liegen und machte sich daran, einen ausführlichen Bericht für den Pharao zu verfassen.

Der Wirkliche königliche Schreiber sprach beim König vor, der gerade die Karte der Schlachtfelder studierte, von denen seine Männer zurückgekommen waren und wo sie Ägypten gerettet hatten.

»Hier ist der vorläufige Bericht über das Beutegut, das wir dem Feind abgejagt haben, natürlich stehen die letzten Angaben noch aus: 44 Pferde, 11 594 Rinder, Esel und Böcke, 9268 Schwerter, 128 660 Pfeile, 6860 Bogen, 3174 Bronzegefäße, 531 Schmuckstücke aus Gold und Silber und 34 Ballen Tuch. 9376 Libyer wurden getötet, 800 gefangen genommen, der Rest konnte fliehen.«

»Einen Gefangenen müsst Ihr noch dazuzählen – ihren Anführer!«, schrie Paneb mit kraftvoller Stimme, während er den am ganzen Leib zitternden Merjawi vor sich her stieß.

Merjawi warf sich dem König zu Füßen und flehte um Gnade.

»Wir kennen dich«, sagte Merenptah zu Paneb. »Du bist doch Handwerker an der Stätte der Wahrheit.«

»Ja, erhabener König, ich bin Paneb, der Sohn Nefers des Schweigsamen und Ubechets der Weisen.« Paneb verbeugte sich.

»Warum bist du hier?«

»Nefer wollte mir die Großen Pyramiden und Memphis zeigen, und das Wohlwollen der Götter hat mir erlaubt, am Kampf teilzunehmen und Euch diesen Feigling auszuliefern, der versucht hat zu fliehen.«

Panebs Fang würde bald im ganzen Land gefeiert werden. Jeder sollte erfahren, dass die Handwerker der Stätte der Wahrheit nicht zauderten, auch an der Seite der Soldaten des Pharaos zu kämpfen.

»Wir betrauen dich mit einer wichtigen Aufgabe, Paneb. Ein Schreiber wird dir einen Papyrus übergeben mit dem Bericht über Unseren Sieg über die Libyer und den Sieg des Lichts über die Finsternis. Du wirst dich nach Karnak begeben und diesen Text auf die östliche Innenwand des Hofs hinter dem siebten Pylon des Amun-Tempels meißeln. Alle hier Anwesenden huldigen dem Gott, der unsere Herzen geführt und unsere Arme stark gemacht hat.«

Ein stummes Gebet stieg durch die laue Luft zum blauen Abendhimmel empor. An jenem Abend feierte man überall in den Beiden Ländern die Erhaltung des Friedens.

66

Der Brief des Gaufürsten von Assuan klang äußerst beunruhigend. Vertraulichen Informationen zufolge stand in Nubien eine Revolte bevor. Einige Stämme hielten den Zeitpunkt für günstig, von Süden her nach Ägypten einzumarschieren und sich mit den Eroberern aus dem Norden zu verbünden. Sie fanden es an der Zeit, Unterhandlungen zu beginnen und die Federn des gerupften Riesen unter sich aufzuteilen.

Ohne Pharaos Befehl konnte Mehi nicht eingreifen, und Merenptah brauchte vielleicht die thebanischen Truppen im Delta, wo der Ausgang der Kämpfe noch ungewiss war. Der General begnügte sich also damit, seine Truppen in Alarmbereitschaft zu versetzen und einen Kurier mit der Bitte um genaue Anweisungen nach Pi-Ramses zu senden.

Doch die Ankunft des Prinzen Amenmesse zerstreute alle Unsicherheiten.

»Sieg auf der ganzen Linie, General! Die Libyer und die Seevölker sind vernichtet. Die Strategie des Königs hat Wunder gewirkt – sich auf den Feind stürzen, bevor er angreifen kann.«

Diese Neuigkeiten stimmten Mehi nun gar nicht heiter.

»Ihr seht missmutig aus, General. Freut Ihr Euch denn nicht über Merenptahs Triumph?«

»Ich freue mich unsäglich, aber die nächste Gefahr dräut schon am Horizont – Nubien muckt auf.«

»Das hat der Pharao vorausgesehen, und ich bin hier, um Euch seine Befehle zu übermitteln: sofortiger Angriff, wobei nur wenige Truppen in Theben verbleiben. Wir teilen das Kommando.«

Da Merenptah nur Amenmesse geschickt hatte, hieß das, dass er auf Mehis Führungsqualitäten und auf die Schlagkraft der thebanischen Truppen vertraute, um die mutigen, aber schlecht gedrillten

Nubier zu zermalmen. Dieses Abenteuer gefiel dem General; so konnte er die neuen Pfeilspitzen und die Kurzschwerter, die mit Dakters neuen Methoden gerade erst entwickelt worden waren, in einem richtigen Kampf erproben.

»Meine Männer sind marschbereit, Prinz.«

»Das wird mein erster Sieg, General!«

Unter dem Jubel der Gehilfen, die schon von Panebs Heldentaten gehört hatten und die Nachricht von Mund zu Mund weitertrugen, wurde der junge Maler von den beiden Mannschaften an der Stätte der Wahrheit herzlich empfangen.

»Hast du wirklich mehr als hundert Libyer getötet?«, fragte Nacht der Starke.

»Ich habe gar niemanden getötet, aber ich habe ein paar Gefangene gemacht, darunter auch den Anführer.«

»Und hast du den König gesehen?«, fragte Paih der Gütige.

»Er hat mir aufgetragen, den Bericht über seinen Sieg auf eine Mauer von Karnak zu meißeln.«

Die Handwerker traten beiseite und ließen den Baumeister zu Paneb durch.

»Man hat mich mit Gewalt auf ein Boot nach Theben verfrachtet, dabei wäre ich so gerne in Memphis geblieben«, sagte er.

»Das haben unsere Kollegen in Memphis gut gemacht!«, meinte Paneb. »Wie ich dir vorausgesagt habe, hatte ich nicht das Geringste zu befürchten. Und außerdem will der Pharao der Stätte der Wahrheit über mich eine Belohnung zukommen lassen.«

»Bekommen wir zu essen, was wir wollen, und gute Weine?«, fragte Renupe der Heitere.

»Morgen kommt die Lieferung, außerdem bekommen wir noch eine schöne Menge Edelmetalle, aus denen wir zum Teil Werkzeuge machen können.«

»Und was machen wir mit dem Rest?«, fragte Fened die Nase.

»Den Rest dürfen wir unter uns aufteilen.«

»Dann werden wir ja reich!«, meinte Didia der Großzügige.

»Ich kaufe mir eine Milchkuh«, beschloss Karo der Grimmige.

Während ein jeder laut und deutlich hinausschrie, was er mit dem unerwarteten Vermögen anzufangen gedachte, herzte Paneb seinen Sohn, den Wahbet ihm gebracht hatte; sie war sehr stolz auf die Taten ihres Mannes.

»Ich hatte Angst, aber ich wusste, dass du zurückkommen würdest«, gestand sie.

»Selbst so eine kleine, zierliche Frau wie du hätte die Libyer besiegt! Die können nur weglaufen. Und das einzig Furcht erregende an ihnen sind ihre Tätowierungen. Ich habe zwei Federn der Libyer für Aperti mitgebracht. Sie sollen ihn mahnen, niemals wegzulaufen.«

»Du bist ein Held!«, sagte Sched der Retter, natürlich ein wenig spöttisch.

»Weißt du, woran ich dachte, bevor ich die Libyer fertig gemacht habe? An die Malereien im Königsgrab, die ich noch ausführen muss!«

»Ich bin kaum weitergekommen, während du weg warst.«

»Ipuhi und Renupe sollen mir helfen, die Hieroglyphen in Karnak zu meißeln. Ich kehre so schnell wie möglich ins Tal der Könige zurück. Ha, wenn du erst die Farben siehst, die ich mir ausgedacht habe!«

Paneb glaubte, im Blick seines Meisters Erleichterung zu sehen, als hätte Sched ungeduldig auf ihn gewartet. Aber sicherlich täuschte er sich da.

Das Fest hatte die ganze Nacht gedauert. Inzwischen hatte jeder begriffen, dass Paneb ein unverzichtbares Mitglied der Bruderschaft war, auch wenn er oft über die Stränge schlug. Sogar besonders hartgesottene Gegner mussten zugestehen, dass seine Heldentaten sie reich gemacht hatten.

Nefer ging ins Schlafgemach. Gerade wollte er sich müde aufs Bett fallen lassen, da hörte er Ubechets Stimme und erstarrte.

»Bleib stehen, ich bitte dich!«

Ubechet zündete eine Lampe an und trat zu ihrem Mann.

Im Licht sahen sie einen großen schwarzen Skorpion angriffsbereit auf dem kleinen Kissen der Kopfstütze. Hätte sich Nefer hingelegt, hätte ihn das Tier in den Hals gestochen, und das hätte er wohl kaum überlebt.

»Geh ganz langsam zurück!«, riet sie ihm.

»Ich hole einen Stock.«

»Nein, versuch lieber nicht, ihn zu erschlagen. Ihm wohnt eine böse Kraft inne; das habe ich gespürt und dich gewarnt.«

Die Weise trat vor, der Skorpion krabbelte ihr entgegen.

»Bleib stehen, und ich schließe dir, Beißendem, das Maul!«, deklamierte sie den alten Zauberspruch, den die Göttin Isis den Menschen geschenkt hatte. »Möge dein Gift erstarren, sonst hacke ich Horus die Hand ab und blende das Auge des Seth. Bleib reglos stehen, wie Seth, der Rachsüchtige, vor Ptah, dem Größten der Handwerker! Richte dein Gift gegen dich selbst und verschwinde wieder in die Finsternis, aus der du gekommen bist!«

Das Monster krümmte sich und schien kleiner zu werden. Plötzlich stach es sich mit einer Heftigkeit, die selbst die Weise überraschte, in den eigenen Leib und starb unter den Augen von Nefer und Ubechet.

Ubechet verbrannte den Kadaver.

»Jemand hat dieses mörderische Tier in unser Zimmer gelassen«, meinte sie, »und es mit dem Zauber bezirzt, den alle Handwerker kennen und mit dem sie verhindern, dass sie im Gebirge gestochen werden. Er hat die Zaubersprüche umgekehrt und den Skorpion wachsen und angriffslustig werden lassen.«

»Wieder dieser Schattenfresser ... Wann wird er endlich aufhören, uns zu verfolgen?«

»Er ist schon zu weit gegangen, um aufzuhören. Von nun an wirst du ein Amulett mit dem Zauberknoten der Isis tragen. Ich werde einen winzigen Papyrusstreifen mit den Zauberformeln für deinen Schutz einfügen.«

Dank eines anhaltenden Windes konnte die ägyptische Flotte schnell in den Süden segeln. Mehi hatte große Mengen an Lebensmitteln verschiffen lassen, denn er rechnete mit einem grausamen und langen Feldzug. Amenmesse war tief beeindruckt von der Menge der Pfeile, Bogen, Speere und Schwerter, die auf einem Frachtkahn transportiert wurden.

»Wir sind schon wesentlich weitergekommen«, offenbarte Mehi dem Prinzen. »Die Speerspitzen sind nun so hart und robust wie die Pfeilspitzen. Damit kann man jeden Schild durchbohren. Und die Schärfe der Schwerter wird Euch erstaunen.«

»So viele neue Waffen – das ist hervorragend!«

»Sie werden uns im Kampf gegen die Nubier gute Dienste leisten. Doch glaubt Ihr nicht auch, dass ihre Verwendung den thebanischen Truppen vorbehalten bleiben sollte, wenigstens für eine gewisse Zeit?«

»Eine weiser Vorschlag, General!«

Amenmesse schätzte Mehi mehr und mehr, schließlich hatte er ihm ein militärisches Geheimnis von höchster Wichtigkeit anvertraut. Wenn über Merenptahs Nachfolge zu entscheiden war, würde zwischen Sethos und Amenmesse ein erbarmungsloser Kampf um den Thron beginnen. Gegenwärtig war Amenmesse im Vorteil, und dieser Vorteil konnte ausschlaggebend werden, weil Sethos nichts davon wusste. Mehi hatte Amenmesses Seite gewählt, die Seite der Jugend und des berechtigten Ehrgeizes, und Amenmesse würde sich an Mehi erinnern, wenn er den Thron bestieg.

»Dieses Land ist wunderschön, aber Angst einflößend«, fand der Prinz. »In den Palmenhainen können überall Bogenschützen im Hinterhalt liegen.«

»Ich habe Kundschafter zu Pferde ausgesandt. Der eine Trupp reitet den Nil entlang, die anderen auf den Wüstenstraßen. Sobald sie den Feind erspähen, machen sie kehrt und erstatten uns Meldung.«

»Eure Männer scheinen sehr vertrauenswürdig zu sein.«

»Sie sind nur gut gedrillt und können auf die geringste Bedrohung reagieren. Das ist das Ergebnis der Umstrukturierung, die ich vor einigen Jahren durchgeführt habe, um den verschlafenen Truppen ein bisschen Feuer unter dem Hintern zu machen.«

Amenmesse bewunderte den General. An seinem Hof würde es nur solche charakterfeste Männer geben wie Mehi!

In der Ferne tauchte eine Staubwolke auf.

Ein Kundschafter.

Dank der genauen Meldung des Reiters konnten die thebanischen Truppen einen Überraschungsangriff auf ein nubisches Lager unternehmen. Dabei konnte die Wirksamkeit der neuen, Furcht erregenden Waffen bewiesen werden. Pfeile und Lanzen durchbohrten mit Leichtigkeit die gegnerischen Schilde, die Kurzschwerter zerschlugen Speere und Dolche.

Trotz ihres Mutes leisteten die schwarzen Krieger nicht lange Widerstand, und bald waren sie bis auf ein letztes Karree dezimiert, das die Befehle der Sieger ignorierte und sich nicht ergeben wollte.

Mehi wies seine Bogenschützen an, sich ein Stück zurückzuziehen, und die Nubier glaubten schon, er würde ihnen das Leben schenken.

Doch der General wollte nur wissen, welche Reichweite die neuen Bogen hätten und auf welche Entfernung die Pfeile sich noch ins Fleisch des Gegners bohren konnten, nachdem sie Schilde und Brustpanzer durchschlagen hätten. Das Ergebnis enttäuschte ihn nicht. Kein einziger Nubier überlebte die Schüsse, obwohl sie aus einer Entfernung abgegeben wurden, die normalerweise ungefährlich war.

Bei der Nachricht von dem Blutbad legte der zweite Stamm die Waffen nieder, und der Häuptling flehte den General um Gnade an. Mehi hielt sich hinter dem Prinzen, der es für angemessen befand, Härte zu zeigen und die Rebellen zu lebenslänglichem Frondienst in den Goldminen zu verdammen.

»Prinz«, sagte Mehi ehrerbietig, »Ihr könnt dem König schreiben, dass wir der nubischen Revolte ein Ende bereitet haben und dass Ägypten aus dem Kusch nichts mehr fürchten muss. Ich und meine Männer beglückwünschen Euch zu Eurem glänzenden Sieg, der bestimmt in Theben und in Pi-Ramses großartig gefeiert werden wird.«

Der erste Sieg des zukünftigen Pharaos …

Amenmesse lauschte mit Wonne den Worten des Generals, jenes Mannes, der seine wahre Natur erkannt hatte.

67

Paneb folgte Nefer durch die geraden Gänge zu Merenptahs Grabkammer, die erleuchtet war von Lampen mit nicht rußenden Dochten.

Auf der Schwelle des dreischiffigen Pfeilersaales, dessen gewölbte Decke von zwei Säulenreihen im Osten und im Westen getragen wurde, blieben die beiden Männer stehen. Im Norden und im Süden waren jeweils vier Nischen ausgeschachtet, wo der königliche Schatz ruhen würde, und hinter den Säulen im Osten und Westen lagen sechzehn Nischen, wo Wächterstatuen über den Sarkophag wachen würden, in dem sich geschützt vor den Augen der Lebenden Nacht für Nacht und Tag für Tag das Mysterium der Auferstehung vollziehen würde.

Hinter der Grabkammer schloss sich eine Art Krypta aus drei Kapellen an, die mittlere lag direkt im nackten Fels.

»Die Steinmetzen haben ihre Arbeit beendet«, sagte Nefer. »Nun sind die Zeichner und Maler an der Reihe, den Wänden Leben zu verleihen, mit Ausnahme der mittleren Kapelle.«

»Soll das Grab unvollendet bleiben?«

»Nur dem Anschein nach, wie alle Gräber im Tal. Nur der Verborgene und die Mutter des Steins dürfen einen letzten Blick auf die Kostbare Wohnung werfen, nicht der Mensch.«

Die auszumalende Fläche war immens. In Paneb wallte die Lust auf, diese stummen Wände zum Sprechen zu bringen.

»Wie viel Zeit haben die Maler?«

»Die Symbolfiguren, die Sched ausgewählt hat, sind sehr schwer auszuführen, aber sie stehen im Einklang mit den Ausmaßen des Grabes. Wir sind hier im Himmel, hier zählt die Zeit nicht, nur die Qualität des Werkes.«

Mit seinen sechs Jahren war Aperti schon so groß wie ein Jugendlicher und er aß mit unstillbarem Appetit. Er wendete bereits die Lektionen an, die sein Vater ihm erteilt hatte, und zögerte nicht, seine Spielkameraden, die er weit überragte, mit den Fäusten zu traktieren.

Doch Paneb, der ganz bestimmte Ansichten über die Erziehung seines Sohnes hatte, begnügte sich nicht mit diesen ersten Erfolgen. Wie alle Kinder, die an der Stätte der Wahrheit geboren wurden, stand es auch Aperti frei, die Siedlung zu verlassen und einen Beruf seiner Wahl zu ergreifen, nachdem er Schreiben und Lesen gelernt hatte. Manche Jugendliche entschlossen sich, den Unterricht an der Schreiberschule in Karnak fortzusetzen, andere wurden Domänenverwalter oder ließen sich in der Stadt als Handwerker nieder. Die Mädchen, die nach draußen zogen, fanden meist einen guten Mann, der stolz darauf war, eine gebildete Frau zu heiraten, manche stürzten sich auch in Liebesabenteuer.

Paneb war sehr streng, was Apertis schulische Leistungen betraf, und er zwang ihn persönlich, missratene Übungen zu wiederholen. Er brachte seinem Sohn auch bei, Töpferwaren zu bemalen und Sandalen zu schustern, und hielt ihn an, seiner Mutter in der Küche zu helfen und allen Handwerkern, die Hilfe brauchten, zur Hand zu gehen.

Als der kleine, aber sehr kräftige Aperti eines Tages einen schweren Krug voll frischen Wassers trug, sah sich Wahbet die Reine gezwungen einzuschreiten.

»Verlangst du nicht ein bisschen viel von deinem Sohn, Paneb?«

»Wenn man jung ist, braucht man nicht mit seinen Kräften hauszuhalten. Dieser Bursche hat Kraft im Überfluss. Und nur wenn er sich nützlich macht, gewinnt er Lebenserfahrung. Mit weichen Händen und müden Füßen bringt man nichts Vernünftiges zustande.«

»Aber er ist doch erst sechs Jahre alt!«

»Er ist *schon* sechs Jahre alt. Paih der Gütige und Gao der Genaue haben sich zufälligerweise angeboten, ihm die Grundlagen des Rechnens beizubringen. Da Aperti verträumt ist, werden sie ihm öfter mal auf die Finger hauen müssen, und diese Stockschläge werden ihm das Ohr auf dem Rücken öffnen.«

Der Kleine kam aus der Küche und drückte seinem Vater die Faust in die Wade.

»Viel zu schwach, Junge! Du brauchst noch ziemlich viel Training. Komm, wir gehen boxen!«

Die Decke und die Wände von Merenptahs Grabkammer waren bereit für die außerordentlich komplexe Ausmalung. Sched der Retter hatte seinen ganzen Sachverstand in die Planung des Werks gelegt, und dessen Fülle versetzte Paneb in Erstaunen.

Um sich auf die Arbeit vorzubereiten, die vielleicht seine Fähigkeiten überstieg, wollte der junge Maler den Abend davor allein am Ufer eines Kanals im Fruchtland verbringen. Die Sonne ging unter, die Bauern trieben ihre Herden von den Weiden, Flötentöne durchzogen die laue Luft.

Als sie aus dem Wasser stieg, dachte Paneb erst, es sei die gefährliche Göttin aus den Märchen, die die Männer verführte, vom rechten Weg abbrachte und in einen süßen Tod lockte, indem sie ihnen vorsang, bis sie in ihren Armen einschliefen.

Doch an den roten Haaren, die ihr wie ein Wasserfall über den nackten Körper fielen, erkannte er sie. Türkis wiegte sich so weich und sinnlich in den Hüften, dass Paneb sofort auf sie zustürzte. Doch kaum wollte er sie berühren, wich ihm seine Geliebte aus und sprang ins Wasser.

Sie schwamm mit weniger Kraft als Paneb, dafür aber mit mehr Geschmeidigkeit. Immer wieder entwischte sie ihm, als er schon dachte, er könnte sie packen. Schließlich ließ sie sich von ihm fangen, und sie tauchten aneinander geschmiegt auf. Verrückt vor Verlangen und voller Leidenschaft liebten sie sich, während die untergehende Sonne die letzten Strahlen auf ihren Körpern tanzen ließ, dann streckten sie sich am Ufer aus.

»Weißt du denn nicht, dass Dämonen im Wasser wohnen, die man mit Zaubersprüchen bannen muss?«

»Welche möchtest du denn hören?«

»Die Sprüche des Malers, der nicht in seinem behaglichen Heim und im weichen Schoß seiner kleinen Familie schläft. Nur wenige Menschen bekommen das Privileg, die Grabkammer eines Pharaos zu schmücken. Hast du keine Angst, dass du dir diese wunderbare

Gelegenheit verdirbst, indem du deine Energie auf gewöhnliche Verrichtungen verschwendest? Jeder kann seine Frau lieben und ein guter Familienvater sein. Du aber wurdest von Sched dem Retter auserwählt und musst den Symbolen der Ewigkeit im Herzen des Tals der Könige Leben verleihen.«

Paneb schloss die Augen.

»Würdest du mir glauben, wenn ich dir eingestehe, dass ich Angst habe vor dem, was mich da erwartet? Ich muss immerzu an diese Grabkammer mit Scheds Skizzen denken, die mir der Baumeister gezeigt hat ... Mein Traum ist Wirklichkeit geworden, ich kann zeichnen und malen, doch dieses Grab überfordert mich. Vielleicht komme ich da nicht mehr lebend heraus ... Deshalb habe ich meinem Sohn mit auf den Weg gegeben, was auch ich gelernt habe. Verstehst du das?«

Doch sie antwortete nicht. Er schlug die Augen auf – Türkis war verschwunden.

Einen Augenblick lang fragte er sich, ob die Frau nicht doch eine Erscheinung dieser gefürchteten Verführerin aus dem Wasser gewesen war. Doch weder Türkis' Worte noch ihre Bewegungen hatten ihn ins Verderben gelockt.

Im großen Audienzsaal des Palastes zu Pi-Ramses sprach General Mehi vor und erstattete Meldung über die Maßnahmen zur Befriedung von Nubien und über seine Führung des thebanischen Gaus. Insgesamt konnte er hervorragende Ergebnisse vorweisen.

Der König hörte nur mit halbem Ohr hin. Er kommentierte Mehis Ausführungen nicht und zog sich gleich, nachdem Mehi geendet hatte, in seine Privatgemächer zurück.

Enttäuscht und besorgt verließ der General mit langsamen Schritten den Palast, da rief ihn Sethos.

»Ihr seht verstimmt aus, General. Dabei erzählt man sich hier in Pi-Ramses nur Gutes über Euch.«

»Um ehrlich zu sein, ich hatte den Eindruck, dass mein Bericht den König nicht zufrieden gestellt hat.«

»Hat er Kritik geübt?«

»Nein, kein Wort.«

»Dann seid unbesorgt. Mein Vater hat keinen Sinn für diplomatisches Verhalten. Wenn er unzufrieden ist, schneiden seine Worte so scharf wie ein Schwert.«

Sethos dämpfte seine Stimme.

»Im Vertrauen – der König ist ein wenig leidend in letzter Zeit. Er hat die Audienzen auf ein Minimum beschränkt. Schon die Tatsache, dass er Euch empfangen hat, beweist, dass er Euch hoch schätzt. Viele andere Würdenträger hatten nicht so viel Glück.«

»Ich hoffe, dass sich der Gesundheitszustand unseres Herrschers bald bessert ...«

»Wir haben fähige Ärzte, und mein Vater hat eine robuste Konstitution, aber das Schicksal eines jeden liegt eben in den Händen der Götter. Sagt mir, General – Eure Truppen scheinen sich in Nubien hervorragend geschlagen zu haben?«

»Sie haben wirklich mit beispielhaftem Mut gekämpft.«

»War Amenmesse seiner Aufgabe als Kommandant gewachsen?«

»Er hat feurig gekämpft. Ägypten kann stolz auf ihn sein.«

»Würdet Ihr mir einen großen Gefallen erweisen, General?«

»Wenn mir meine bescheidenen Fähigkeiten erlauben, Euch zu Diensten zu sein ...«

»Ich fürchte, Amenmesse könnte aufgrund seiner Jugend und seiner Unerfahrenheit unbesonnen reagieren. Es scheint mir zwingend notwendig, ihn für einige Zeit aus der Hauptstadt zu entfernen, bis sich die Lage geklärt hat. Ich dachte dabei an Euch – ein Mann mit Euren Fähigkeiten könnte ihm helfen, zu reifen und sich seiner Verantwortung bewusst zu werden. Es wird ihm in Theben bestimmt sehr gut gefallen. Wer würde nicht gerne in dieser schönen Stadt unter Amuns Schutz leben?«

»Er will mich ins Exil verbannen!«, empörte sich Amenmesse.

»Laut Sethos soll Euer Aufenthalt in Theben aber keine Strafe sein«, erklärte Mehi.

»Er nimmt mich einfach nicht ernst und er will mich vom Hof fern halten, wo entscheidende Veränderungen vor sich gehen könnten! Ihr wusstet sicher noch nicht, dass der König krank ist und dass die Ärzte wenig Hoffnung haben. Sethos und seine ehrgeizige Gemahlin sehen sich schon als gekrönte Häupter!«

»Das kann schon sein, aber warum den Mut verlieren, Prinz? Wenn das so ist, betrachtet Sethos Euch als einen gefährlichen Rivalen. Theben ist weit weg von der Hauptstadt, aber die Stadt Amuns beherrscht Oberägypten, und der Pharao will sich sicher nicht um die Reichtümer des Südens und den Schutz des göttlichen Meisters von Karnak bringen. Das Gleichgewicht des Landes beruht doch auf der Einheit von Süden und Norden.«

»Wollt Ihr andeuten, dass Theben mir ergeben ist und sich unter Umständen gegen Sethos stellen würde?«

»Solange Merenptah regiert, werde ich treu ergeben seine Befehle ausführen.«

Amenmesse lächelte.

»Ich werde mich also frohen Herzens nach Theben begeben, General. Mit einem Verbündeten wie Euch sieht meine Zukunft schon weniger düster aus. Und in Pi-Ramses habe ich genügend Unterstützung, um meine Sache voranzutreiben.«

Mehi fragte sich, wer von den beiden, Sethos oder Amenmesse, wohl den Kampf um den Thron gewinnen würde. Sethos schien die größeren Chancen zu haben, doch Amenmesses Ehrgeiz wuchs täglich. Der General musste also ein doppeltes Spiel spielen, um aus diesem Kampf als Sieger hervorzugehen.

68

Sched der Retter hatte ein Porträt Merenptahs mit der altehrwürdigen Perücke aus blauen und goldenen Litzen und die endgültige Version der Goldkobra über der Stirn des Pharaos fertig gestellt. Mit müden Augen ging er hinunter in die Grabkammer, wo Paneb letzte Hand an eine wichtige Szene legte, in der die drei Verkörperungen des Lichts dargestellt waren, die den drei Phasen der Wiedererweckung entsprachen: ein nacktes Kind in leuchtendem Rot, ein schwarzer Skarabäus und eine rote Scheibe mit der Kartusche Merenptahs. Darunter musste er eine ganz schwierige Figur malen, nämlich einen Widder mit großen Flügeln, der die Schöpfungskraft der ersten Sonne und gleichzeitig die auffliegende Seele des auferstandenen Königs symbolisierte.

»Du hast in jeder Einzelheit Sorgfalt walten lassen, indem du die Züge vereinfacht, dafür aber die Farben leuchtender gemacht hast.«

Paneb war erstaunt über dieses Kompliment.

»Muss man noch etwas verbessern?«

»Nein, nichts. Nun kann ich dir ja sagen, dass ich entsetzt war, als ich den Plan des Baumeisters gesehen habe. Ein Grab, das noch größer ist als das von Ramses, mit einer einzigen Achse und einem Bedarf an Skulpturen und Malereien, der alles übertrifft, was wir jemals geschaffen haben… Nefer wollte nicht einfach seinen Vorgänger nachahmen, er wollte eine Kostbare Wohnung in ganz neuem Stil bauen, er wollte ein Modell schaffen. Ich musste sogar meinen eigenen Stil ändern und dir die unantastbaren Grundlagen unserer Kunst beibringen. Du bist mit diesem Grab groß geworden, Paneb, deine Hand hat sich hier herausgebildet, du brauchst mich nicht mehr.«

»Da täuschst du dich aber, Sched. Ohne deinen strengen Blick verliere ich mich völlig.«

»Ich weiß nur zu gut, dass Paneb der Feurige manchmal Unterstützung braucht, wenn er ins Unbekannte vordringt, doch du hast niemals gezaudert, und deshalb habe ich dir alles gegeben, was auch mir einst gegeben wurde. Du bist nicht mehr mein Schüler, Paneb, du bist mir ebenbürtig.«

»Tut mir wirklich Leid, dass ich dich stören muss«, sagte Imuni, aber ich muss einige unduldbare Vorfälle anzeigen.«

»Ich höre«, sagte Kenhir und schrieb an seinem Kapitel über die Tempel weiter, die unter Amenhophis III. errichtet oder restauriert worden waren.

»Gao der Genaue hat zu viel Papyri aus dem Vorrat der Bruderschaft verbraucht.«

»Nein, Imuni, ich habe sie ihm gegeben, damit er detaillierte Skizzen für den Vorarbeiter der linken Mannschaft anfertigen kann.«

»Dann hättest du das ausführlich im Tagebuch der Nekropole vermerken müssen.«

Kenhir warf seinem Stellvertreter einen gereizten Blick zu.

»Willst du mir beibringen, was ich zu tun habe?«

Imuni wurde rot.

»Nein, natürlich nicht, aber –«

»War das dann alles?«

»Ich muss dir auch melden, dass Userhat der Löwe einen Block Alabaster erhalten hat, dessen Verwendungszweck auf dem Lieferschein nicht aufgeführt war.«

»Das ist ein normaler Vorgang, er ist nämlich für den königlichen Sarkophag bestimmt.«

»Davon hat mir niemand etwas gesagt!«

»Auch das ist normal. Wenn ich mich nicht täusche, bist du nämlich weder der Schreiber der Nekropole noch der Werkstattleiter der Bildhauer!«

Imuni schluckte, fuhr aber weiter mit seinen Anschuldigungen fort:

»Dieser ... dieser Paneb verhält sich unmöglich! Er weigert sich, mir die genaue Zahl der Farbriegel anzugeben, die er herstellt. Er benutzt mehr Dochte, als ihm zustehen, und er verbraucht eine unglaubliche Menge an Pinseln! Wenn die anderen Handwerker der Mannschaft auch immer alle Regeln übertreten würde, wie er, würden wir im Chaos versinken!«

»Dann kümmern wir uns mal um die Ordnung«, entschied Kenhir. »Gab es Unregelmäßigkeiten an der Baustätte?«

»Nein, noch nicht –«

»Dann kann ich also ins Tagebuch schreiben, dass Paneb keinen einzigen Tag gefehlt hat?«

»Ja, das stimmt, aber –«

»Ist das Werk zufrieden stellend fortgeschritten und kann ich einen amtlichen Bericht für den Pharao verfassen, um ihm diese ausgezeichneten Neuigkeiten mitzuteilen?«

»Sicherlich, aber –«

»Wenn du das Wichtige vom Unwichtigen unterscheiden könntest, Imuni, würdest du dich weniger quälen.«

»Man muss Paneb bestrafen!«

»Keine Sorge, ich kümmere mich darum.«

»Darf ich wissen, was du vorhast?«

»Ich werde ihm eine Standpauke halten und ihm einbläuen, dass er nichts an seiner Arbeitsweise ändern soll!«

Nach den Behandlungen betrieb Ubechet ihre Forschungen. Bislang konnte sie die Verschlechterung von Scheds Augen nicht aufhalten, sie hatte kein Mittel gegen die Erblindung gefunden.

Als Nefer zu ihr in die Salbenküche kam, studierte sie zum wiederholten Mal einen Papyrus aus dem Alten Reich, der eine Reihe von Rezepten enthielt, die halfen, die Krankheitserreger im Auge abzutöten.

»Du arbeitest zu viel, Ubechet, du bist völlig übermüdet.«

Sie lächelte, als er sie zärtlich umarmte.

»Ich muss doch alles versuchen, um Scheds Augenlicht zu retten.«

»Du gibst niemals auf, was? Und du hast sicherlich auch schon ein Rezept gefunden.«

»Scheds Augen sterben langsam, weil sie von gefährlichen Parasiten befallen sind, die nach und nach das Blut und die Säfte im Auge verunreinigen. Um die Erblindung zu verhindern, habe ich ihm Tropfen aus Olibanum, Harz, Öl, Knochenmark und der Milch des Balsabaums verschrieben, aber ich bin mit dem Ergebnis noch nicht zufrieden, und ich denke, ich weiß auch, warum: Es fehlt dabei ein Wirkstoff, der das Organ als Ganzes stärkt und die krank machenden Keime vernichtet, ohne das Auge zu schädigen.«

»Und welcher Wirkstoff wäre das?«

»Ein Mineral, das die Alten ›Weisheit‹ nannten.«

»Der Stein des Lichts also.«

»Ja, zu diesem Schluss bin ich gekommen. Ich habe auch andere Minerale ausprobiert, aber sie haben die Arznei nicht verbessert.«

»Du willst also ein Stück des Steins, um es deiner Arznei beizumischen und damit Sched zu heilen?«

»Ich kenne deine Antwort: Der Stein des Lichts muss vollständig intakt bleiben, damit er dem Sarkophag Leben gibt, und die Kostbare Wohnung des Pharaos hat Vorrang.«

»Ja, so ist das. Und dann ist da noch was ... So schrecklich es auch wäre, aber wir dürfen nicht außer Acht lassen, dass auch Sched der Verräter sein könnte.«

»Nein, Nefer, Sched ist es nicht.«

»Warum bist du dir da so sicher?«

»Seine Art macht ihn natürlich verdächtig, das muss ich zugeben, und er schätzt gewisse Männer der Mannschaft sehr gering, aber ich möchte ihn heilen.«

»Ist das eine Forderung der Weisen?«

»Die Entscheidung liegt beim Baumeister.«

Der Schreiber der Nekropole hatte sich den medizinischen Bericht der Weisen im Beisein des Baumeisters angehört.

»Den Stein des Lichts herausholen, bevor wir ihn streng bewacht in Merenptahs Grab bringen – das gefällt mir gar nicht«, murrte Kenhir. »Unter den gegebenen Umständen ist das sehr gefährlich. Können wir nicht warten, bis das Grab fertig ist?«

»Bis dahin ist Sched blind«, erklärte Ubechet. »Jetzt aber besteht noch die Möglichkeit, sein Augenlicht zu retten.«

»Eine Möglichkeit – keine Sicherheit.«

»Wir brauchen deine Zustimmung«, sagte Nefer zu Kenhir.

»Hat denn nicht der Erfolg des Werkes Vorrang vor dem Wohlergehen eines Einzelnen?«

»Sched ist ein außergewöhnlicher Maler, der den wichtigen Bildern im Grab den letzten Pinselstrich verleiht, außerdem ist Panebs Unterweisung noch nicht beendet, auch wenn Sched ihn als ebenbürtig betrachtet. Wenn Sched geheilt werden kann, profitieren das Werk und die ganze Bruderschaft davon.«

»Das ist eine Einschätzung des Baumeisters.«

»Stimmt der Schreiber der Nekropole mir nicht zu?«

»Hm, doch. Aber wie willst du verfahren?«

»Ich werde an den Ort gehen, wo der Stein versteckt ist, und mit einem Kupfermeißel ein Stückchen entfernen, und zwar im Morgenrot, wenn sich der Stein mit Licht auflädt. Zu dieser Stunde huldigen alle Handwerker und ihre Frauen den Vorfahren, niemand wird mich sehen.«

»Wir könnten auch einen Köder auslegen«, sagte Nefer. »Wenn der Schattenfresser tatsächlich auf den Stein des Lichts erpicht ist, dann muss er einen Fehler machen, der ihm zum Verhängnis wird.«

Die rechte Mannschaft hatte sich im Versammlungssaal eingefunden, und Nefer hatte verkündet, dass sich die Arbeiten an Merenptahs Grab dem Ende näherten. Zeichner und Maler legten letzte Hand an ihr Werk, die Bildhauer und Steinmetzen fertigten in den Werkstätten der Nekropole Statuen und Sarkophage. Thuti, der Goldschmied, schuf Schmuckstücke, die die königliche Seele in den Westen begleiten sollten.

Jeder wusste, dass nur der Stein des Lichts den Statuen Leben verleihen konnte, und keiner wunderte sich, dass Paneb am Vorabend ihres Transports ins Tal der Könige die verschlossene Werkstatt bewachte.

Der nächste Tag würde anstrengend werden, also gingen alle früh zu Bett.

Nur der Verräter wartete, bis alle schliefen, und schlich sich zu jener Werkstatt, wo der Stein des Lichts sein musste. Er konnte den jungen Maler nicht ablenken, das war unmöglich, aber er konnte seinem Drang nicht widerstehen, dem Schatz so nahe wie möglich zu sein.

Zu seinem größten Erstaunen musste der Verräter feststellen, dass Paneb seinen Posten verlassen hatte. Nur ein Holzriegel trennte ihn noch von dem Stein!

Mit feuchten Händen ging er fast ungedeckt weiter, da blieb er plötzlich vor Angst wie angewurzelt stehen. Wenn es eine Falle war?

Natürlich, es war ja klar, dass man ihm eine Falle stellte! Und natürlich war der Stein des Lichts auch nicht in der Werkstatt, wo Paneb nur auf seine Beute lauerte.

Schritt für Schritt und leise wie eine Katze schlich der Verräter wieder zurück.

69

Userhat der Löwe streckte stolz die Brust heraus, als er die vergoldete Schieferstatue der Göttin Hathor anblickte. Ihr Körper war für alle Ewigkeit jung und schlank, ihr himmlisches Lächeln würde das dunkle Grab erhellen.

»Poliere die linke Ferse noch ein bisschen, Renupe.«

Renupe der Heitere nahm dazu einen runden Stein, der in Leder gewickelt war, während der Werkstattleiter persönlich die Statuen aus vergoldetem Holz überprüfte, deren Augen Einlegearbeiten aus Karneol, hellem Kalkstein und Alabaster waren. Osiris, Isis und andere Götter würden über Merenptahs Schatz wachen und täglich seiner Auferstehung beiwohnen.

Ipuhi der Prüfende kam in die Werkstatt gestürzt.

»Ich hoffe, alles ist fertig! Morgen kommen die hohen Tiere, die beim Transport der Statuen helfen sollen.«

»Hat Userhat den Baumeister jemals enttäuscht? Anstatt hier herumzuschwänzeln, solltest du uns lieber helfen fertig zu werden!«

»Ich mache mir Sorgen wegen der Sarkophage.«

»Ich habe den Steinmetzen genaueste Anweisungen gegeben!«

»Karo hat Bronchitis, und Fened hat sich am Fuß verletzt.«

»Dann sollen sie sich von der Weisen behandeln lassen und wieder an die Arbeit gehen!«

»Haben sie ja schon, Userhat, aber ich habe trotzdem Angst, dass sie nicht rechtzeitig fertig werden.«

»Kümmere dich um die Statuen, ich werde selbst nachsehen.«

In der Werkstatt der Steinmetzen, wo Nacht der Starke, Karo der Grimmige, Fened die Nase und Kasa der Seiler die königlichen Sarkophage bearbeiteten, half Nefer schon tatkräftig mit.

Beim Anblick der Meisterwerke war der Bildhauer beruhigt.

»Nur noch ein paar Kleinigkeiten fehlen«, sagte er.

»Das Anheben und der Transport ins Grab könnten schwierig werden«, fürchtete der Baumeister.

»Das ist meine Spezialität!«, sagte Kasa. »Ich überprüfe persönlich jedes Seil und ich verspreche euch, dass wir nicht das geringste Problem haben werden.«

»Wo sind die Maler und Zeichner?«, fragte Userhat.

»Sie werden heute Abend fertig«, antwortete Nefer.

Jeder Handwerker hatte nur einen Gedanken: Bis jetzt waren die Götter ihnen gnädig gewesen. Wären sie es auch am letzten Tag?

Als sich Sched der Retter die neuen Tropfen der Weisen in die Augen geträufelt hatte, hatte er eine leichte Wärme verspürt, die jedoch schnell wieder verflogen war, und es hatte sich keine nennenswerte Besserung eingestellt. Am Abend zuvor waren ihm die Farben langsam vor den Augen verschwommen, die Erblindung schritt eindeutig fort.

Nun betrachtete Sched im erleuchteten Grab die Bilder mit den strahlenden Farben. Paneb hatte seine Fertigkeiten mehr vervollkommnet, als Sched erwartet hatte; nur Paneb konnte die Farben so zum Leuchten bringen und zum Leben erwecken.

Ein Detail der königlichen Krone erschien genauer, die Umrisse des königlichen Auges, das einem Falkenauge ähnelte, waren erstaunlich klar. Die Farben strahlten so, als hätte man noch mehr Lampen angezündet.

Sched wankte, aber er wagte nicht, sich an eine Wand oder an eine Säule zu lehnen. Paneb stützte ihn.

»Geht es dir nicht gut?«

»Doch, doch, es geht mir bestens!«

»Du solltest die Weise aufsuchen.«

Sched lächelte herzlich.

»Gute Idee, Paneb, ausgezeichnete Idee! Das ist die erste Person, die ich aufsuchen werde, sobald wir wieder im Dorf sind.«

Von seiner Nische aus überwachte Kenhir das Kommen und Gehen. Zum Glück fehlte an diesem Tag kein einziger Handwerker der rechten Mannschaft. Die Weise hatte in den beiden freien Tagen alle Krankheiten behandelt und niemanden krankgeschrieben.

Nefer brachte dem Schreiber frisches Wasser.

»Wenigstens einer, der in dieser Bruderschaft mal an mich denkt! Die anderen würden mich hier verdursten lassen! Wenn sie glauben, es ist angenehm, immer alles überwachen zu müssen, damit nichts fehlt und man uns keine Vorwürfe machen kann ... Na ja, jeder hat eben sein eigenes Päckchen an Verdruss zu tragen. Wenn uns das Totengericht nach dem beurteilt, was wir ertragen müssen, dann habe ich bestimmt nichts zu befürchten!«

»Unser Mann hat nicht angebissen«, klagte Nefer.

»Ja, das geht mir nicht aus dem Kopf«, gestand Kenhir, »doch dieser Fehlschlag beruhigt mich eigentlich.«

»Heißt das nicht eher, dass unser Schattenfresser genauso argwöhnisch wie durchtrieben ist?«

»Kann sein, aber ich habe eher das Gefühl, dass er sich seiner Ohnmacht bewusst geworden ist und begriffen hat, dass er uns nicht schaden kann.«

Der Baumeister hing seinen Gedanken nach. Ein Handwerker der Mannschaft war vom rechten Weg abgekommen und hatte die Stimme der Maat und seinen Ruf an die Stätte der Wahrheit vergessen. Hatte er nun seinen Irrtum eingesehen, im Kontakt mit seinen Brüdern im Geiste bemerkt, dass er ins Unglück rannte, und hatte er sich nun entschlossen, der Nekropole treu zu bleiben, wo er schon so große Glücksmomente erlebt hatte?

»Wir sollten jedenfalls wachsam bleiben«, riet Kenhir, »vor allem jetzt, wo die Baustätte fertig wird.«

»Kennst du die Würdenträger, die beim Transport der Statuen helfen?«

»Eine Bande von aufgeblasenen Schreiberlingen, die sich etwas auf ihre Vorrechte einbilden und sich schon darauf freuen, dem Wesir einen Bericht abzuliefern, der vor Gehässigkeiten strotzt, um zu beweisen, dass die Handwerker der Stätte der Wahrheit auch nur mit Wasser kochen.«

»Wie beruhigend!«

Kenhir blickte den Baumeister fest an.

»Hast du dein Bestes gegeben, Nefer, und bist du sicher, dass das

Werk genau nach dem Plan vollendet wurde, den der Pharao gutgeheißen hat?«

»Auf beide Fragen kann ich nur mit ja antworten.«

»Wenn das so ist, kannst du ruhig schlafen.«

»Es wird dir vielleicht respektlos erscheinen, und ich bitte dich schon im Voraus, mir zu verzeihen«, sagte Sched zur Weisen, »aber dürfte ich dich in Abwesenheit deines Gatten auf beide Wangen küssen?«

Ärztin und Patient mochten sich sehr und beide vergossen ein paar Tränen.

»Du musst die Tropfen morgens und abends in beide Augen träufeln, jeden Tag, solange du lebst«, sagte Ubechet.

»Das ist doch eine Kleinigkeit, wenn ich dadurch wieder sehen kann wie früher! Ich habe sehr viel gelernt während dieser Zeit, als ich mich schon darauf vorbereitet habe, die Welt der Farben zu verlassen, ohne die mein Leben keinen Sinn mehr hätte. Ich bin wirklich bereit zu sterben.«

»Dein Gesundheitszustand ist ausgezeichnet«, sagte die Weise, »du scheinst mir ein ernst zu nehmender Anwärter für ein langes Leben zu sein.«

Sched der Retter wurde verlegen.

»Ich schätze die Menschen nicht sehr, Ubechet, sie kommen mir so unbedeutend vor im Vergleich zum Himmel, zum Licht des Tages und der Nacht, zu den Tieren, den Pflanzen und zu dieser ganzen wunderbaren Schöpfung, wo man der Stimme der Götter lauschen kann... Ich frage mich sogar, ob der Größte Baumeister nicht mit dem Pinsel abgerutscht ist, als er uns geschaffen hat, mich und alle anderen. Doch trotzdem habe ich einen Menschen getroffen, der mich fast dazu verführen könnte zu glauben, dass die Menschheit bewundernswert ist. Ich habe mit Nefer dem Schweigsamen noch nie darüber gesprochen... aber die Weise, die bewundere ich grenzenlos, und sie wird mein Geheimnis für sich behalten.«

Die Nilschwelle fiel ausgezeichnet aus, nicht zu stark und nicht zu schwach, und die Menschen Ägyptens würden auch in diesem Jahr wieder abwechslungsreiche und üppige Nahrung haben. Als Oberster Verwalter West-Thebens war Mehi mit Arbeit überhäuft. Er musste die Errichtung der Deiche und die Aushebung der Staubecken überwachen. Es gab keinerlei größere Zwischenfälle, und der General konnte sich seiner guten Amtsführung rühmen.

Auf Kissen ausgestreckt las Serketa die verschlüsselte Nachricht des Handwerkers, der seine Komplizen in regelmäßigen Abständen von den wichtigen Ereignissen in der Nekropole in Kenntnis setzte.

»Der Baumeister war erfolgreich«, sagte sie. »Das Grab des Königs ist fast fertig.«

»Merenptah und der Wesir haben hohe Beamte des Schatzhauses angewiesen, bei der Aufstellung der Statuen und der Sarkophage anwesend zu sein«, sagte Mehi.

»Und noch immer keine Spur von diesem Stein des Lichts!«, ärgerte sich Serketa. »Unser Informant ist ein Versager!«

»Ich bin da nicht so pessimistisch wie du. Vergiss nicht, dass er äußerst vorsichtig sein muss und dass er uns trotzdem eine große Hilfe ist. Nur durch ihn kennen wir die Nekropole und die Bruderschaft so gut.«

»Werden die hohen Beamten den Handwerkern Ärger machen?«

»Dazu müsste Nefer der Schweigsame große Fehler begangen haben, und das ist sicherlich nicht der Fall.«

»Kannst du nicht ein paar Fehler erfinden?«

»Die Situation ist sehr angespannt. Laut unseren Freunden in Pi-Ramses geht es mit Merenptah bergab, und dass Sethos ihm nachfolgen soll, gefällt dem Hof gar nicht. Viele halten Sethos für starr, dumm und regierungsunfähig. Amenmesse bekommt immer mehr Unterstützung und er selbst glaubt mit jedem neuen Tag mehr an seinen guten Stern. Ich muss im Hintergrund bleiben und meinen Ruf als Beschützer der Nekropole wahren, die wichtiger zu sein scheint denn je.«

»Dieser Amenmesse hat doch nicht das Zeug zum König!«, meinte Serketa.

»Da hast du sicherlich Recht, meine Liebe, aber das ist ein Vorteil für uns, aus dem wir Profit schlagen können. Ein König von

Ramses' oder selbst von Merenptahs Format wäre uns auf dem Weg zur Macht nur hinderlich. Doch mit Amenmesse öffnet sich uns der Horizont.«

»Trotzdem müssen wir vor diesem nervösen, gewalttätigen Burschen auf der Hut sein und wir dürfen Sethos nicht unterschätzen. Er hat viele tatkräftige Anhänger.«

»Was hältst du von einem Bürgerkrieg, der die beiden Gegner schwächt und aus dem wir als Sieger hervorgehen?«

Serketa strich sich langsam mit dem Finger über ihre vollen Lippen.

»Wir müssen verlangen, dass unser Verbündeter an der Stätte der Wahrheit etwas unternimmt, womit er die Position des Baumeisters schwächt.«

Serketa erläuterte ihm ihren Plan.

Mehi stimmte zu, auch wenn er ein wenig skeptisch war.

70

Am elften Tag des dritten Monats der Überschwemmung im siebten Regierungsjahr Merenptahs kam eine vom Pharao entsandte Abordnung zum Haupttor der Stätte der Wahrheit, wo der Schreiber der Nekropole sie empfing.

Geleitet wurde die Delegation vom Vorsteher des Schatzhauses, dessen einziges Vergnügen in seiner gewissenhaften Buchführung bestand. Der aus Theben gebürtige Mann verließ nur selten die Stadt, nun hatte er sich zum ersten Mal in die Wüste gewagt und hoffte nur, dass dieser lästige Ausflug möglichst rasch zu Ende sein würde.

In herablassendem Ton fragte er Kenhir:

»Ist alles bereit?«

»Habt Ihr etwas anderes erwartet?«

Auf diese schlagfertige Antwort war der hohe Beamte nicht vorbereitet. Er wandte sich an seine Kollegen.

»Muss hier eine besondere Vorgehensweise beachtet werden, die mir meine Untergebenen nicht mitgeteilt haben?«

Der Schreiber des Wesirs flüsterte ihm ins Ohr:

»Dieser Kenhir ist ziemlich mürrisch, reizt ihn lieber nicht!«

Der Vorsteher des Schatzhauses lächelte schief.

»Warum zieht Ihr ein Gesicht?«, fragte Kenhir. »Wenn Ihr mir Vorhaltungen zu machen habt, leert ruhig Euren Kropf, ich werde einen Kritikpunkt nach dem anderen prüfen.«

»Aber … ich habe Euch doch gar nichts vorzuhalten! Ich wollte nur die Statuen verzeichnen und Euch von Seiten des Wesirs als Lohn für Eure Mühen Gebäck und ein paar Krüge erstklassiges Öl zukommen lassen.«

»Ich freue mich, dass dieser Brauch immer noch Beachtung findet. Also gut, gehen wir!«

Auf seinen Stock gestützt machte sich der Schreiber auf den Weg und rempelte einige Beamte an, die nicht schnell genug zur Seite gingen.

»Bleiben ... bleiben wir nicht in der Nekropole?«

»Erstens seid Ihr nicht befugt, die Totenstadt zu betreten, und zweitens ist das Grab des Pharaos nicht hier ausgehoben worden! Wir gehen jetzt über den Sattel und unter polizeilicher Bewachung ins Tal der Könige.«

»Müssen wir wirklich in dieser Hitze und in diesem Staub auf den Berg klettern?«

»Wenn Ihr unsere Arbeit prüfen wollt, geht das eben nicht anders. Nur so könnt Ihr einen Bericht über die Ausschmückung des Grabes verfassen.«

Kenhirs alte Beine trugen ihn besser als die seiner jüngeren und kräftigeren Weggefährten. Es bereitete ihm ein klammheimliches Vergnügen, sie leiden zu sehen und keuchen zu hören, während sich ihre teuren Gewänder mit Schweiß voll sogen. Die vielen Stunden in den Schreibstuben hatten die Würdenträger verweichlichen lassen, und diese kleine Kletterpartie würde ihre Arroganz mindern.

»Bleibt vor allem immer auf dem Weg!«, riet Kenhir. »Hier gibt es viele Skorpione mit tödlichem Stachel. Von den Hornvipern gar nicht zu reden!«

Zu der Erschöpfung gesellte sich nun auch die Angst, und die Besichtigung des Lagers am Sattel dauerte nur wenige Minuten. Der Vorsteher des Schatzhauses war bereit, den ausgezeichneten Zustand aller Orte zu bescheinigen, wenn diese Tortur nur schnellstens vorbei wäre!

»Nun steigen wir ins Tal der Könige ab«, kündigte Kenhir an. »Achtet darauf, wohin Ihr tretet, denn hier kann man schnell abrutschen und sich alle Knochen brechen.«

Wendig wie eine Ziege stieg Kenhir ab und musste eine Weile am Eingang des Tals der Könige auf die Nachzügler warten.

»Müssen wir denselben Weg auch zurückgehen?«, fragte der Vorsteher des Schatzhauses.

»Nein, Ihr werdet mit Wagen über die Wüstenstraße zum Ramesseum gebracht! Jetzt werdet Ihr aber erst einmal durchsucht.«

»Das ist ganz und gar nicht notwendig!«, empörte sich der Beamte.

»Hier werden die Vorschriften wortgetreu befolgt«, erklärte Kenhir. »Und nur zwei Personen erhalten von mir die Erlaubnis, das Tal zu betreten: der Vorsteher des Schatzhauses und der Schreiber des Wesirs. Die anderen bleiben draußen.«

Das empörte Geschrei konnte Kenhir nicht erweichen. Die Nubier schritten zur Durchsuchung.

Auf der anderen Seite des Steinportals empfing der Baumeister die beiden Würdenträger, die beeindruckt waren von der Würde des Ortes, auf den die Sonne herunterbrannte.

Ohne ein Wort zu sagen, führte Nefer die beiden Beamten zu dem monumentalen Portal von Merenptahs Grab, neben dem sich die Handwerker der rechten Mannschaft als Träger der Opfergaben aufgestellt hatten. Ganz vorne stand Userhat der Löwe mit dem »Stab der Ehrfurcht«, einem Stock aus Edelholz, beschlagen mit Blattgold, der die Statuen zum Leben erwecken sollte, damit sie die Augen aufschlugen und den Pharao, den Herrn über das Reich des Lichts, erleuchteten, wenn er zum Himmel aufstieg.

Dem Vorsteher des Schatzhauses und dem Schreiber des Wesirs blieb schon wieder die Luft weg, dieses Mal aber wegen der Pracht, die sich vor ihnen auftat.

»Die Götter und Göttinnen sind von der Goldenen Kammer an der Stätte der Wahrheit zur Goldenen Kammer im Tal der Könige gewandert«, erklärte der Baumeister. »In diesem Haus der Ewigkeit werden sie ihre Plätze einnehmen und über den Pharao wachen.«

Verzückt und mit offenem Mund sahen die beiden Beamten die mit Gold belegten Statuen der wichtigsten Götter des ägyptischen Pantheons vorüberziehen. Die Handwerker mussten viele Male gehen, bis sie all die Statuen von unterschiedlicher Größe und Gewicht in den Nischen und Kammern des Grabes aufgestellt hatten.

Als das Grüppchen zum letzten Mal aus der Tiefe emporstieg, fragte sich der Vorsteher des Schatzhauses, wie so wenige Menschen so viele Meisterwerke erschaffen konnten.

Kenhir hatte den Bericht gelesen, der dem Wesir zukommen sollte. Er war dieses Mal besonders freundlich ausgefallen. Die beiden Zeugen bei der Aufstellung der Statuen betonten die ausgezeichnete Arbeit, die von Nefer dem Schweigsamen geleitet worden war, und äußerten sich lobend über den Transport der Statuen. Nun blieb nur noch die letzte Amtshandlung, die Aufstellung der Sarkophage in der Grabkammer.

Müde wusch sich Nefer das Gesicht, während Ubechet die Betten vorbereitete.

»Bis zur letzten Statue hatte ich Angst, es könnte etwas passieren … Mir scheint fast, unser Schattenfresser hat gar keine Lust mehr, unser Werk zu zerstören.«

»Ich fürchte, genau das Gegenteil ist der Fall.«

»Warum?«

»Weil deine Kopfstütze verschwunden ist.«

Die Stütze aus Holz, auf die ein kleines Kissen gelegt wurde, war nicht mehr an ihrem Platz.

»Vielleicht habe ich sie aus Versehen in die Truhe aus Sykomorenholz gelegt.«

Ubechet öffnete die Truhe.

»Nein, nichts.«

Auch eine gründliche Suche brachte kein Ergebnis.

»Wieso sollte sich denn jemand hier hereinschleichen und dieses billige Ding stehlen? Das ergibt doch keinen Sinn!«, meinte Nefer.

»Es ergibt sogar sehr viel Sinn. Wenn der Dieb deine Kopfstütze gestohlen hat, so will er sie gegen dich verwenden.«

»Wie will er das denn anstellen?«

»In dem Holz sind deine Träume und deine geheimsten Gedanken gespeichert. Wer sie entschlüsseln kann, hat Macht über dich und kann deine künftigen Entscheidungen beeinflussen.«

»Gibt es dagegen ein Mittel?«

»Ja, eine Kopfstütze mit Bannformeln, die über deinen Schlaf wachen und die Gedankendiebe vertreiben.«

»Morgen früh mache ich mir eine solche Kopfstütze.«

»Wir müssen auch dein Bett mit Schutzsprüchen beschriften. Heute Nacht kannst du nicht in deinem Bett schlafen.«

»Machst du mir dann ein bisschen Platz in deinem Bett?«

Zusammen mit den anderen Frauen ging die Gattin des Verräters zum Markt, der am Rand des Fruchtlandes neben dem Ramesseum abgehalten wurde. Dort gab es guten Lattich und eine große Auswahl an Gewürzen.

Wie gewöhnlich waren die Einkäufe von ausgiebigen Plaudereien begleitet. Eine Bäuerin rempelte die Frau des Verräters an, die daraufhin ihren Korb abstellte, in dem sich Nefers gestohlene Kopfstütze befand. Sie nahm den leeren Korb, den die Bäuerin daneben gestellt hatte, und verstaute ihre Einkäufe.

»Da ist das Ding«, sagte Serketa zu Mehi. »Das war vielleicht lustig! Ich, als Bäuerin verkleidet, auf dem Markt! Du hattest Recht – unser Komplize hat sich als sehr nützlich erwiesen.«

»Was willst du mit dieser Kopfstütze anfangen?«

»Ich werde einen Zauberer damit beauftragen, Nefers Träume zu lesen, dann kann ich mich seiner Gedanken bemächtigen. Wir müssen die Kopfstütze zum Sprechen bringen wie die Puppen der Kinder; dann wissen wir, wo der Stein des Lichts steckt!«

Mehi zuckte nur mit den Schultern.

»Und wo ist dieser Zauberer?«

»Tran-bel, der Möbelhändler, kennt einen Syrer, der schon beträchtliche Erfolge auf diesem Gebiet erzielt hat.«

»Ist die Zauberei in unserem Land nicht verboten?«

»Doch, wer schwarze Magie ausübt, wird strengstens bestraft. Aber das ist das Risiko des Syrers, nicht unseres, Liebster.«

»Sind die Sarkophage fertig?«, fragte Kenhir den Baumeister.

»Leider nein«, antwortete Nefer niedergeschlagen. »Als ich sie aus der Nähe geprüft habe, habe ich ein paar kleine Fehler entdeckt, die ich nicht durchgehen lassen konnte.«

»Wer trägt daran die Schuld?«

»Ich. Ich hätte mich früher darum kümmern sollen.«

»Hm. Du nimmst den Fehler eines anderen auf dich.«

»Das gehört eben zu den Pflichten des Baumeisters.«

»Du hast Glück, Nefer. Der Wesir wird in Pi-Ramses aufgehalten und er hat mich wissen lassen, dass sich der Transport der Sarkophage verzögert.«

»Wann soll er voraussichtlich stattfinden?«

»Das steht noch nicht fest.«

»Das bedeutet doch, dass große Schwierigkeiten auf höchster Ebene bevorstehen.«

»Das ist zu befürchten«, sagte Kenhir mit Grabesmiene.

71

Der Hexer übte seine Kunst in einem kleinen Haus aus, das ihm Tran-bel zu einem Wucherpreis vermietete; dazu hin verlangte der Möbelhändler auch noch Prozente von den Sitzungen. In dem großen Keller lagerte der Syrer das Material, das er für seinen unheimlichen Zauber brauchte, angefangen bei Wachspuppen, die er mit Nadeln spickte, bis hin zu Elfenbeinstäben mit Hexenzeichen, mit denen er den Feind eines Auftraggebers aus der Ferne schlagen konnte.

Der Mann hatte einen übergroßen Kopf, der auf einem kleinen Körper saß, dicke Lippen und ein spitzes Kinn und er jagte den Leuten gerne Angst ein in seinem schwarzen Gewand mit den roten Streifen. Doch die Frau, die ihm gegenüberstand, schien nicht sehr beeindruckt zu sein.

»Bring diese Kopfstütze zum Sprechen!«, befahl Serketa. »Ich will die Gedanken ihres Besitzers erfahren.«

»Wie heißt er?«

»Das tut nichts zur Sache.«

»Im Gegenteil, das muss ich unbedingt wissen.«

»Schwörst du, Stillschweigen über unsere Unterredung zu bewahren?«

»Absolute Diskretion ist der Schlüssel meines Erfolgs.«

Mit Tran-bels Einverständnis, der dafür Provision kassierte, verkaufte der Syrer die Namen jener Kunden, die ihm gefährlich schienen. So kam dabei jeder auf seine Kosten, und die Polizei ließ den Hexer in Ruhe.

Diese Frau, die das Aussehen eines Mädchens hatte, das nicht alt werden wollte, war gefährlich; zweifellos war sie ein hohes Tier. Der Syrer würde sie höchstpersönlich denunzieren und dafür eine fette Prämie kassieren.

»Er heißt Nefer der Schweigsame.«

»Wo wohnt er und was macht er?«

»Kannst du das denn nicht selbst erraten?«

»Das kostet Zeit. Wenn Ihr so in Eile seid, warum kommt Ihr dann nicht zum Wesentlichen?«

»Vielleicht bist du ein Scharlatan.«

Der Zauberer schloss die Augen. Dann beschrieb er mit unglaublicher Genauigkeit Serketas Gemach, ohne auch nur ein Möbelstück auszulassen.

»Seid Ihr nun zufrieden? Wenn Euch das nicht genügt, kann ich Euch auch in allen Einzelheiten sagen, wie Ihr den gestrigen Abend verbracht habt, wobei mir die Arbeit natürlich dadurch erleichtert wird, dass Ihr vor mir steht. Ich kann in Eurem Gesicht lesen. Doch wenn Ihr wollt, dass ich aus dieser Kopfstütze die Gedanken lese, muss sie mir vertrauter werden.«

»Nefer der Schweigsame ist der Baumeister der Stätte der Wahrheit.«

Der Hexer fuhr sich genüsslich mit der Zunge über seine dicken Lippen.

»Das ist eine sehr geachtete Person, eine hoch geachtete Person ... Da sollten wir uns vielleicht vorher über den Preis unterhalten.«

»Ein Barren Gold.«

»Plus ein Haus in der Stadtmitte. Das ist doch bei Eurem Vermögen ein Klacks.«

»Was weißt du über mein Vermögen?«

»Eure Kleidung und Eure Perücke sind nur eine Verkleidung. Vergesst nicht, dass ich bei jedem Blick ein bisschen mehr von Euch erfahre.«

»Bring die Kopfstütze zum Sprechen, und du bekommst, was du verlangst.«

Reichtümer! Endlich hatte der Hexer sein Ziel erreicht! Sobald er seinen Lohn empfangen hatte, würde er die Polizei benachrichtigen. Die Büttel wären froh, endlich eine lohnende Beute einzufahren, und würden nicht mit der Prämie geizen!

Der Syrer überzog die Kopfstütze mit einem gelblichen Öl und legte sie in eine Wanne aus Alabaster, in der Mohnblüten schwammen. In einer unverständlichen Sprache murmelte er eine Reihe von Sprüchen und legte die Hände auf die Stütze.

»Was wollt Ihr wissen?«

»Wo versteckt Nefer der Schweigsame den wertvollsten Schatz der Bruderschaft?«

»Das muss ich genauer wissen. Handelt es sich um Gold, Dokumente oder andere Dinge?«

Serketa zögerte kurz. »Der Stein des Lichts«, sagte sie schließlich.

Das klang verlockend! So ein Wunder wäre dem Hexer natürlich sehr dienlich ... Doch zuerst müsste er die Kopfstütze zum Sprechen bringen. Er konzentrierte sich.

»Wo ist dieser Stein?«, fragte Serketa ungeduldig.

»Das ... das verstehe ich nicht ...«

»Was ist los?«

»Da ist eine Sperre ... ein Hindernis, das ich nicht überwinden kann ... Die Kopfstütze wurde zum Schweigen gebracht ... Jemand hat einen stärkeren Zauber angewandt als ich!«

»Versuch's noch mal!«

Dicke Schweißtropfen perlten auf der Stirn des Syrers.

»Ich verzehre mich vergeblich, das kann gefährlich für mich werden ... Diese Kopfstütze ist absolut starr, sie sagt mir nichts.«

»Du bist ein Scharlatan! Und dazu noch ein Scharlatan, der zu viel weiß!«

Serketa warf sich mit aller Kraft auf ihn und drückte ihm den Kopf in die Wanne. Der Hexer, der von seinen Mühen so erschöpft war, wehrte sich nur schwach. Er wollte um Hilfe rufen, doch er schluckte nur Wasser und ertrank.

Während Nefer auf den Befehl des Königs zum Transport der Sarkophage wartete, besserte er selbst einige Schwachstellen aus und inspizierte zusammen mit den beiden Malern jeden Winkel der Kostbaren Wohnung.

Die Tür aus vergoldetem Zedernholz wurde angebracht und geschlossen. Zwei Nubier wachten ständig über die Baustätte.

Wie jeden Morgen ging Nefer bei Kenhir vorbei, dessen Haus von Niut der Kräftigen peinlichst sauber gehalten wurde.

»Neuigkeiten?«

»Immer noch nichts«, gab Kenhir zurück. »Wenn es Probleme in der Hauptstadt geben sollte, wären die Gerüchte schon bis hierher gedrungen. Ich weiß nicht, was ich von dieser ganzen Sache halten soll.«

»Sollten wir vielleicht General Mehi um zuverlässige Informationen angehen?«

»Ich werde ihn heute Nachmittag treffen.«

»Für den Schutz des königlichen Grabes ist gesorgt. Ich bringe die rechte Mannschaft heute zu Merenptahs Tempel der Millionen Jahre. Die Riten wurden schon abgehalten, und auch dieses Bauwerk wird bald fertig sein.«

Der Millionenjahrtempel war zwar sehr viel kleiner als das Ramesseum, doch er stand ihm in der Qualität der Materialien und in der Pracht der Pylonen, der Hallen und Säulen in nichts nach. Der Baumeister und der Vorarbeiter der linken Mannschaft hatten die Zeit, die ihnen zur Verfügung stand, bestens genutzt, um das Bauwerk so zu errichten, wie es der König entworfen hatte; allerdings hatte Merenptah aufgrund seines Alters keinen solch monumentalen Tempel bauen können wie sein Vater.

Doch das Wesentliche war nicht die Größe des Tempels, sondern seine symbolische Funktion, die durch die osirischen Hallen, wo die königliche Seele wiedergeboren wurde, und die drei Kapellen gewährleistet wurde, die dem Amun, dem Verborgenen, der heiligen Mutter und Gottesgemahlin Mut und ihrem Sohn Chons, dem Mondsegler, geweiht waren. Der Tempel stand in göttlicher Verbindung mit dem Grab im Tal der Könige, und beide Bauwerke wetteiferten darin, durch die Hieroglyphentexte und die Bilder die Unsterblichkeit des Pharaos zu garantieren.

Neben Amun und Osiris herrschte auch Ra in diesem Heiligtum, der Gott des Lichts vollendete den Prozess der Wiedererweckung. Nefer durchquerte den Hof, der dem Ra geweiht war, und spürte, dass das unterirdische Reich des Osiris und das himmlische Reich des Ra nur zwei unzertrennliche Seiten derselben Wahrheit waren, einer Wahrheit, die im Stein des Lichts zusammenfloss.

Wie gerne wäre der Baumeister ganze Tage lang in diesen angenehmen Hallen fern der täglichen Mühsal in sich gegangen, doch die Handwerker erinnerten ihn an seine Aufgaben und brachten ihn schnell wieder in die Wirklichkeit zurück. Er musste sich um die Fertigstellung des Palastes neben dem ersten Hof, um den Heiligen See und um die Ziegelvorräte kümmern. Bald würden hier Priester, Schreiber und Handwerker leben und wie aus allen Tempeln auch aus diesem Heiligtum einen Ort machen, der einerseits göttliche Energie ausstrahlte und in dem andererseits ganz normal gewirtschaftet wurde.

»Beide Mannschaften haben wirklich nicht sehr lange gebraucht. Die Jungs von backbord haben auch nicht geschlafen«, meinte Fened die Nase. »Ich konnte keinerlei Mängel an dem Bau entdecken.«

Nefer wies den Steinmetzen die Verkleidung des Heiligen Sees zu, den Bildhauern die Aufstellung der Statuen, und die Zeichner mussten die astronomischen und astrologischen Symbole auf der Decke der Vorhalle anbringen.

»Den Farben fehlt die Leuchtkraft«, kritisierte Paneb. »Das Grab ist viel strahlender! Ich würde alles noch einmal übermalen, um dem Ganzen mehr Kraft zu geben.«

»Das erledigen schon die Götter, die die Wände bevölkern«, meinte Nefer.

»Die Mannschaft ist beunruhigt«, sagte der junge Maler.

»Aus welchem Grund?«

»Weil wir die Sarkophage noch nicht aufgestellt haben. Sie meinen, der Pharao habe nicht mehr die Kraft, Entscheidungen zu treffen.«

»Das ist eine übereilte Schlussfolgerung, Paneb.«

»Hast du eine andere Erklärung?«

»Wir werden mehr wissen, wenn Kenhir mit General Mehi, unserem Beschützer, gesprochen hat.«

»Man braucht mich beim Pylon. Ich muss Quader ziehen. Das ist die beste Beschäftigung, wenn man sich von der Malerei erholen will.«

Plötzlich wurde sich Nefer gewahr, dass er Haih, den Vorarbeiter der linken Mannschaft, noch gar nicht gesehen hatte. Er ging also in die andere Richtung wieder zurück und traf alle Handwerker der linken Seite außer Haih. Er fragte sie, wo Haih denn sei, aber er bekam keine genaue Auskunft. Haih hatte sie am frühen Morgen zum Tempel gebracht, danach war er verschwunden.

Da gab es nur eines – er musste Sobek verständigen.

Als Nefer den heiligen Bezirk verließ, kam ihm der Oberste Wächter auch schon entgegen.

»Ich mache mir Sorgen, Sobek. Haih hat die Baustätte verlassen, ohne jemanden zu benachrichtigen. Vielleicht ist er in Gefahr.«

»Das glaube ich nicht.«

»Wisst Ihr etwas?«

»Ich warte schon lange darauf, dass der Verbrecher endlich einen Fehler macht und ich ihn identifizieren kann. Diesen Fehler hat Haih gerade gemacht.«

72

Nefer verschlug es die Sprache.

»Ihr irrt sicherlich, Sobek. Der Vorarbeiter der linken Mannschaft ist bestimmt kein Verräter.«

»Ich beschuldige ihn nicht leichtfertig!«

»Welche Beweise habt Ihr?«

»Während der letzten zwei Monate hat sich Haih fünfmal ans Ostufer begeben. Er hat große Vorsicht walten lassen, um mögliche Verfolger zu entdecken, und er hat es wirklich geschafft, meine Männer abzuhängen. Heute hat er sogar seinen Posten verlassen, wahrscheinlich musste er dringend Informationen übermitteln.«

Der Baumeister war ganz durcheinander.

Als Vorarbeiter der linken Mannschaft wusste Haih, wo der Stein des Lichts versteckt war. Hatte er nun seine Komplizen benachrichtigt, damit sie einen Anschlag auf die Stätte der Wahrheit verüben konnten?

»Ich habe für größtmögliche Sicherheit gesorgt«, sagte Sobek, als könnte er Nefers Gedanken lesen. »Wenn Haih nicht zurückkommt, ist er ohne Zweifel schuldig.«

»Trotz aller Sympathie, die ich für Euch hege, verlangt Ihr doch zu viel von mir, mein lieber Kenhir.«

Mehi ging in seiner Amtsstube auf und ab, die Hände auf dem Rücken verschränkt.

»Muss denn die Bruderschaft nicht wissen, was sich in der Hauptstadt abspielt?«, beharrte der Schreiber.

»Warum diese dringlichen Fragen?«

»Weil Merenptahs Kostbare Wohnung und sein Tempel der Millionen Jahre fertig sind. Wir warten auf die Einweihung des Tempels und auf die Aufstellung der Sarkophage in der Grabkammer.«

»Verstehe, verstehe ...«

»Führt der König noch das Staatsschiff?«

»Nach meinen letzten Informationen, ja. Aber ich kenne die Wirren am Hof von Pi-Ramses nicht. Der Wesir ist unten, und er wird uns aufklären, sobald er wieder in Theben zurück ist, wo übrigens gerade Prinz Amenmesse weilt – ein ernst zu nehmender Kandidat für Merenptahs Nachfolge.«

»Steht die Thronfolge noch nicht fest?«

»Das weiß ich nicht, Kenhir. Ich für meinen Teil führe nur die Befehle aus, die aus dem Palast kommen und vorschriftsmäßig beglaubigt sind. Darüber hinaus habe ich die Pflicht, die Stätte der Wahrheit zu schützen, und diese Pflicht erfülle ich gewissenhaft. Wer Theben angreift, bekommt es mit meinen Truppen zu tun.«

Beruhigt trat Kenhir den Rückweg zur Nekropole an.

Sobek und Nefer erwarteten ihn an der Ersten Mauer, ihre Mienen verhießen nichts Gutes.

»Unser Verdacht hat sich auf den Vorarbeiter der linken Mannschaft konzentriert«, sagte Sobek und wiederholte seine Beobachtungen.

»Haih? Das kann nicht sein! Habt Ihr ihn befragt?«

»Er ist noch nicht zurückgekommen. Meiner Meinung nach wagt er das auch nicht.«

»Die Sonne ist erst vor zwei Stunden untergegangen.«

Die drei Männer setzten sich auf Handwerkerschemel und blickten auf die Straße, die zu ihrem Verdruss leer blieb. Jeder dachte an den Vorarbeiter der linken Mannschaft, an bestimmte Verhaltensweisen und Charakterzüge, die einen Hinweis darauf geben konnten, dass er die Bruderschaft verriet.

Und da kam Haih plötzlich.

Er schritt flott aus, doch als er die drei Männer sah, erstarrte er.

»Wenn er versucht zu fliehen, werde ich ihn schnappen«, kündigte Sobek an.

Haih schien zu zögern, ging aber weiter.

»Was hat diese Versammlung zu bedeuten?«

»Wo kommst du her?«, fragte Kenhir.

»Das spielt keine Rolle.«

»Du hast die Baustätte des Tempels verlassen, ohne jemandem Bescheid zu sagen, das ist ein schwerwiegender Verstoß gegen deine beruflichen Pflichten.«

»Ich habe den Handwerkern am Morgen Anweisungen gegeben, die Baustätte hat nicht unter meiner kurzen Abwesenheit gelitten.«

»So geht das nicht!«, protestierte Kenhir. »Du musst mich benachrichtigen, wenn du die Nekropole verlässt, damit ich den Grund für deine Abwesenheit ins Tagebuch der Nekropole eintragen kann.«

»Ja, ich weiß ... Dann musst du eben jetzt disziplinarisch gegen mich vorgehen.«

»Wo wart Ihr?«, fragte Sobek.

»Ich sage noch mal, dass das nicht von Belang ist.«

»Warum habt Ihr dann meine Männer abgehängt?«

Das ernste Gesicht des Vorarbeiters der linken Mannschaft, dessen Stirn von tiefen Falten durchzogen war, blieb reglos. Der Mann schien durch eine harte Prüfung schlagartig gealtert zu sein.

»Ich mag es eben nicht, wenn man mir folgt.«

»Das ist keine ausreichende Erklärung, Haih. Was habt Ihr zu verbergen?«

»Nichts, was die Stätte der Wahrheit betrifft.«

»Wenn Ihr uns nicht sagt, was los ist, muss ich Euch festnehmen.«

»Ohne die Erlaubnis des Schreibers der Nekropole und des Baumeisters habt Ihr dazu kein Recht.«

»Ich habe die Erlaubnis schon.«

Haih sah Nefer und Kenhir an.

»Dann seid ihr also gegen mich ...«

»Ich bin überzeugt, dass du dir nichts vorzuwerfen hast«, lenkte Nefer ein, »und du hast mein vollstes Vertrauen. Aber wie sollen wir dir helfen, wenn du beharrlich schweigst?«

»Willst du mir wirklich helfen?«

»Ich schwöre es beim Leben des Pharaos.«

»Gut, ich rede – aber nur mit dir allein.«

Sobek wollte schon protestieren, doch Kenhir bedeutete ihm mit einem Blick, sich herauszuhalten.

Die beiden Handwerker gingen langsam zum Tor.

»Du wirst mir sicherlich kaum glauben, Nefer, aber ich hatte eine sehr bewegte Jugend, bevor ich Handwerker an der Stätte der Wahrheit wurde. Vor meiner Heirat mit einer Frau aus der Nekropole kannte ich ein Mädchen, das ich nie vergessen habe. Sie hat mir geschrieben, dass sie schwer krank sei, und ich wollte sie heimlich besuchen. Heute war ich in ihren letzten Stunden bei ihr.«

Haihs Stimme zitterte leicht.

»Ich verstehe ja, dass du skeptisch bist, Nefer, und so ein Verhalten passt nicht zu mir, wie du mich üblicherweise kennst. Aber es ist die reine Wahrheit. Ich will nicht, dass zwischen uns ein Verdacht besteht, deshalb bitte ich dich, meine Aussagen zu prüfen.«

»Haih ist unschuldig«, sagte Nefer zu Sobek und Kenhir.

»Wie können wir sicher sein?«, fragte der Erste der Wache.

»Indem ich ans Ostufer gehe.«

»Ich begleite Euch«, entschied Sobek.

»Ich habe Haih versprochen, alleine den Ort aufzusuchen, den er mir enthüllt hat; er will es so. Seine Aussagen genügen mir, er ist unschuldig.«

»Und wenn es eine Falle ist?«

»Haih hat mich nicht angelogen, ich habe nichts zu befürchten.«

»Als Baumeister darfst du ein solches Risiko nicht eingehen«, warnte ihn Kenhir.

»Wenn ich nicht gehe, bleibt dieser schreckliche Verdacht auf Haih lasten, und wir können nicht mehr vertrauensvoll mit ihm zusammenarbeiten. Ich allein kann ihn entlasten, also tue ich es auch.«

»Ihr vergesst dabei eine wichtige Kleinigkeit«, mahnte Sobek. »Wer hat denn von mir verlangt, niemandem zu sagen, dass sich mitten in der Bruderschaft ein Verräter befindet? Haih! Ausgerechnet Haih!«

»Wir müssen die Weise zu Rate ziehen«, schlug Kenhir vor.

Der Vorarbeiter der linken Mannschaft stand unter Hausarrest, was die Handwerker aber nicht erfuhren. Offiziell war er krank, und Nefer leitete die letzten Arbeiten an Merenptahs Millionenjahrtempel.

Sobald die Mannschaften wieder einen freien Tag hatten, verließ der Baumeister nach dem Morgenritual die Nekropole. In einiger Entfernung folgte Paneb, den die Weise gebeten hatte, auf ihren Mann aufzupassen.

Wenn Haih gelogen hatte, würde Nefer in eine Falle laufen, die schon lange vorbereitet war. So würde sich der Verräter rächen, auch wenn man ihn nun entlarvt hatte.

Nefer stand zu seinem Wort und behielt sein Ziel für sich. Trotz der wiederholten Beschuldigungen aus Sobeks Mund war er von der Ehrlichkeit seines Kollegen überzeugt. Seit die beiden Vorarbeiter sich kannten, hatte es nie Streitigkeiten gegeben. Haih war nie neidisch auf Nefers beruflichen Aufstieg gewesen und er hatte Nefers Pläne immer gutgeheißen und ausgeführt. Haih war sicherlich streng und autoritär, aber er war gerecht und rechtschaffen, und kein Handwerker der linken Mannschaft hatte Grund zur Klage.

Auf der Fähre stand Nefer mitten in einer Ziegenherde, die ein Züchter dem Vorsteher der Herden Amuns zu einem guten Preis verkaufen wollte, indem er ihm klarmachte, dass Tiere von dieser Qualität nur dem Gott dienen konnten.

Paneb fand die Gesellschaft der Tiere angenehmer als eine Menschenmenge, in der Nefer untergehen konnte. Die Überfahrt verlief ohne Zwischenfälle und wurde durch zwei Hausfrauen belebt, die sich wegen einer Erbschaft stritten. Nefer ging zusammen mit den Tieren an Land.

Ihm zu folgen, war gar nicht einfach, denn wegen einer Lieferung frischer Früchte, um die die Städter heftig feilschten, gab es einen Auflauf am Ufer. Nefer bahnte sich mit Mühe den Weg durch die Menge, und Paneb musste seine Ellbogen einsetzen, damit er Nefer nicht aus den Augen verlor.

»Du könntest dich ruhig entschuldigen, nachdem du mich fast umgerannt hast!«, protestierte ein Wasserträger.

»Das stimmt! Ich habe alles gesehen!«, mischte sich ein Zwiebelhändler ein und fand große Zustimmung bei den Schaulustigen, die den Vorfall gar nicht beobachtet hatten.

Paneb hätte sie alle niederschlagen können, aber dann wäre eine allgemeine Keilerei ausgebrochen, und die Polizei wäre eingeschritten. Mit geballten Fäusten entschuldigte er sich also, und die Lage entspannte sich wieder.

Doch Nefer war verschwunden.

73

Vergeblich befragte Paneb Dutzende von Leuten. Da er nicht wusste, welche Richtung er einschlagen sollte, lief er mit großen Schritten am Ufer auf und ab, das Händler und Kunden inzwischen verlassen hatten. Sollte er in die Nekropole zurückgehen, den Schreiber benachrichtigen und eine Suche einleiten oder sollte er alleine durch die Gassen streifen? Aber er hatte keine Ahnung, wo er suchen sollte.

Paneb war so wütend auf sich selbst, dass er sich niemals verzeihen könnte, so jämmerlich versagt zu haben. Wenn Nefer etwas zustoßen sollte, trug er allein die Schuld; er würde die Bruderschaft verlassen und den Rest seines Lebens ein elendes Dasein fristen.

Nein, er würde seinen Freund und Ziehvater rächen! Er würde aus diesem niederträchtigen Haih schon die Namen seiner Komplizen herausprügeln und keiner sollte ihm entkommen! Auf der Stelle würden sie für ihr gemeines Verbrechen bezahlen! Weder die Polizei noch die Richter würden den Feurigen daran hindern, dieses und nun mehr sein einziges Ziel zu erreichen.

Das weiche Licht der untergehenden Sonne schimmerte auf dem Nil, über dem ganze Schwärme von Schwalben kreisten. Plötzlich glaubte Paneb, Nefers Silhouette am Ende einer Gasse zu sehen. Er war so von der Sonne geblendet, dass er gar nicht an dieses Wunder glauben konnte, doch er lief dem Mann entgegen, den er für Nefer hielt.

»Du? Bist du's wirklich?«

»Habe ich mich seit heute Morgen denn so verändert?«

»Ich hatte dich verloren, stell dir das vor! Ich verdiene nicht mehr, der Bruderschaft anzugehören.«

»Unsinn! Du hast mich hervorragend geschützt, und ich weiß nicht, wer das Gegenteil behaupten wollte.«

»Warum hat es bei dir so lange gedauert?«

»Ich musste ein paar materielle Probleme regeln, damit eine Familie in Not wieder ein bisschen Licht am Horizont sieht. Ich musste bei den Behörden vorsprechen, und das ist immer eine langwierige Sache. Aber das Ergebnis ist erfreulich.«

»Heißt das, dass Haih unschuldig ist?«

»Hattest du daran gezweifelt?«

Durch eine persönliche Bürgschaft konnte Nefer für die alten Eltern der verstorbenen Frau, die dem Vorarbeiter der linken Mannschaft ihr ganzes Leben lang treu geblieben war, eine Art Ruhegeld erwirken. Nefer teilte nun Haihs Geheimnis, und das verstärkte noch ihre Bande. Sobek entschuldigte sich bei Haih, der den Wächter nicht demütigte, sondern ihm im Gegenteil versicherte, dass er seine Haltung verstand und ihm nichts nachtrug.

Bei dem gemeinsamen Mahl zur Feier des Abschlusses der Affäre saß Kenhir mit sauertöpfischer Miene da.

»Schmeckt dir der Rinderbraten nicht?«, fragte Ubechet.

»Doch, er ist köstlich. Aber die Sache ist noch nicht ausgestanden. Natürlich freue ich mich sehr, dass der Vorarbeiter der linken Mannschaft entlastet werden konnte, aber der wirkliche Schuldige verbirgt sich immer noch in der Nekropole. Und warum lassen die Anordnungen aus der Hauptstadt so lange auf sich warten?«

»Genieße doch einfach den Augenblick, Kenhir. Auch ich bin mir der Gefahren bewusst, die die Bruderschaft bedrohen, aber heute Abend feiern wir die wiederhergestellte Harmonie.«

Der Schreiber konnte Ubechets Charme einfach nicht widerstehen. Kenhir murrte noch ein paar Minuten vor sich hin, dann überließ er sich den Freuden des Abends.

Außer Atem kam Fened die Nase zum Schreiber der Nekropole gerannt.

»Ein Brief – aus dem Palast! Der Bote – hat ihn – gerade gebracht! Eine Nachricht – aus dem Palast!«

Kenhir erbrach das königliche Siegel und las aufgeregt die Botschaft.

»Gute Nachrichten?«, fragte der Steinmetz besorgt.

»Ausgezeichnete Nachrichten!«

Ohne Stock machte sich der Schreiber sofort auf den Weg zum Baumeister.

»Wir müssen die Handwerker zusammenrufen. Merenptahs Anweisungen sind da!«

Nefer wollte den Brief zuerst lesen. Sein Inhalt ließ keinen Zweifel daran, dass der Moment gekommen war, die Sarkophage aufzustellen.

Serketa saß träge im Boot und sah bewundernd ihrem Mann zu, der rhythmisch auf ihrem kleinen Lustteich ruderte.

»Die Krise scheint überwunden«, sagte Mehi. »Merenptah geht es wieder besser, und die Streitigkeiten um die Thronfolge sind eingedämmt. Sethos wurde zum Oberbefehlshaber der Truppen ernannt, und Amenmesse sitzt in Theben in seinem goldenen Käfig. Der Wesir hat mir seine Glückwünsche ausgesprochen und mich in meinen Ämtern bestätigt. Kurz, der Frieden und die Stabilität des Landes –«

»Sei doch nicht so pessimistisch, Liebster. Das ist doch nur die offizielle Version. Der König wird trotzdem immer älter, er wird nie mehr die Kraft eines jungen Mannes haben. Und die Intrigen sind schnell gesponnen… Der junge Amenmesse scharrt schon vor Ungeduld mit den Füßen, und Sethos darf sich nicht anmerken lassen, dass er nur auf den baldigen Tod seines Vaters wartet.«

»Du verstehst es doch immer wieder, mir Mut zu machen, mein Schatz.«

»Du hast eine große Zukunft vor dir, Mehi, und nichts wird dich daran hindern, sie auch zu erreichen. Wir dürfen nicht von unserer Strategie abweichen: Wir müssen Zwietracht säen und aus der Lage Nutzen ziehen. Wir müssen Amenmesse jeden Tag aufs Neue gegen Sethos aufhetzen, ohne dass wir dabei das Vertrauen beider Männer aufs Spiel setzen. Hast nicht du mir das beigebracht?«

»Du bist meine beste Schülerin.«

»Die beste – und die einzige.«

Serketa zog ihr Gewand aus, sie legte sich auf den Rücken und streichelte ihre Brüste.

Der General konnte sich nicht mehr beherrschen. Er ließ die Ruder los und warf sich auf dieses aufreizende Weib.

Die drei Sarkophage aus Rosengranit trugen den Namen »Die Meister des Lebens«. In diesen Steinbarken würde die Mumie des Merenptah ruhen, sein osirischer Körper, die Hülle seiner wiedererweckten Seele.

Sie waren mit Texten und Darstellungen der Schutzgottheiten bedeckt. Im Boden des kleinsten Sarkophags, der die Mumie aufnehmen würde, waren Stäbe, Waffen, Stoffe und andere Ritualgegenstände eingraviert, auf der Innenseite des Deckels war Nut, die Göttin des Himmels, in ihrem Sternengewand dargestellt, die den Pharao als Stern wieder auferstehen ließe.

Der Außensarkophag war acht Ellen lang; darauf war Merenptah abgebildet, wie er im Oval des Universums ruhte, seine Arme waren auf der Brust verschränkt, und in den Händen hielt er die Insignien der Macht, den Krummstab und die Geißel, die mit ihren drei Lederstreifen die dreifache Wiedergeburt, die unterirdische, die solare und die himmlische, symbolisierte. Um das Ganze ringelte sich eine große Schlange, das Symbol der Ewigkeit und der Lebenszyklen, die in sichtbarer Harmonie waren, wenn ein Pharao den Gesetzen der Maat auf der Erde Geltung verschaffte.

Kritisch überprüfte Paneb die Schlitten und Seile.

»Hast du kein Vertrauen in den Spezialisten?«, fragte Kasa der Seiler beleidigt.

»Vier Augen sehen mehr als zwei.«

»Ich habe das Gefühl, du mischst dich in Dinge ein, die dich nichts angehen! Ich mache meine Arbeit gut und ich brauche keinen, der mich kontrolliert!«

»Nimm lieber noch ein Seil. Man weiß nie.«

Kasas große braune Augen funkelten wutentbrannt, Paneb verzog sich lieber. Der Steinmetz prüfte, ob der erste Sarkophag gut verzurrt war, und verknotete noch ein zusätzliches Seil, während er den jungen Maler leise verfluchte.

Am Eingang zum Grab stand die Weise, die die eingemeißelten Hieroglyphentexte auf den Wänden verlas und ihnen damit für alle Ewigkeit Leben verlieh.

Der Schlitten war bereit zur Abfahrt in die Grabkammer. Das Transportmittel selbst symbolisierte die Hieroglyphe des Schöpfergottes Atum – »Der, der nicht ist«. Mit einem Stein auf dem Schlitten schuf man eine neue Hieroglyphe mit der Bedeutung »Wunder«. Wieder also wurde durch den Zauber des Schöpfers das Wunder vollbracht, und der Sarkophag, der den Körper des Verblichenen aufnehmen sollte, verwandelte sich in einen Schoß, der Leben schenkte, und in eine Barke, die den Wiedererweckten durch die Ewigkeit schaukelte. Indem der Sarkophag »die Gänge des Gottes« Elle für Elle durchmaß, durchdrangen alle Symbole und Texte im Grab den Stein.

Die dicken Seile, die unter Kasas kritischen Blicken um einen Steinpfosten geschlungen worden waren, würden Handbreit für Handbreit abgerollt werden, und der Schlitten würde ganz langsam durch den Schacht rutschen.

Die Weise sprach Schutzsprüche für die glückliche Reise der Sarkophage, und der Baumeister gab den Befehl für die Talfahrt.

Kasa der Seiler, Nacht der Starke, Karo der Grimmige und Fened die Nase ließen die Seile langsam los, und der Sarkophag glitt sanft hinab.

Plötzlich wurde er immer schneller.

»Das ist zu schnell!«, schrie Nefer.

Die vier Steinmetze hatten keinen falschen Handgriff gemacht, doch es gelang ihnen nicht, das enorme Gewicht zu halten, das mit großer Geschwindigkeit den Schacht hinuntersauste.

Paneb stürzte ins Grab – fast wäre er neben dem Schlitten ausgerutscht –, packte das zusätzliche Seil, das Kasa am hinteren Teil des Schlittens befestigt hatte, und zog mit aller Kraft, um den Sarkophag aufzuhalten.

Seine Muskeln rissen fast, doch schließlich blieb der Schlitten stehen.

»Keile! Schnell!«

Zeichner und Bildhauer schoben Holzkeile unter die Kufen, und Paneb ließ das Seil los.

»Du hast eine Katastrophe abgewendet, Paneb«, sagte Nefer.

Als Paneb wieder den Schacht hinaufstieg, betastete er den Boden.

»Sabotage«, brummt er dem Baumeister ins Ohr. »Jemand hat farbloses Fett hier aufgetragen.«

Nefer war schockiert. Der Schattenfresser hatte also seinen schändlichen Plan nicht aufgegeben und er war sogar so weit gegangen, das Werk der Handwerker an der Stätte der Wahrheit zu zerstören.

74

Ein neuer Wesir wurde ernannt«, sagte Kenhir zum Baumeister.

»Kennst du ihn?«

»Nein, er ist aus dem Norden. Wahrscheinlich wird er Mehi, dem Obersten Verwalter West-Thebens, den Großteil der Macht übertragen. Er scheint uns jedenfalls nicht feindlich gesinnt zu sein, denn er hat mich zur Fertigstellung von Merenptahs Grab und seines Tempels beglückwünscht. Und er hat es nicht nur bei Worten belassen. Zur Feier unseres Erfolgs und seiner Ernennung hat er uns hundertfünfzig Esel mit Lebensmitteln geschickt! Und ich ersticke wieder in Arbeit, wenn ich diese Waren alle auflisten muss! Aber wenn wir es geschickt anstellen, können wir ein Fest feiern, das die Nekropole so schnell nicht vergessen wird!«

»Und ich kann den Schattenfresser nicht vergessen!«

»Du hast dein Ziel erreicht, Nefer – und er hat versagt. Merenptahs Millionenjahrtempel wurde eingeweiht und wird benutzt, das Grab ist ein Meisterwerk. Dein Ruf als Baumeister ist absolut gefestigt, und die beiden Mannschaften hegen nur Bewunderung und Zuneigung für dich. Außerdem weiß jeder, dass die Weise das Dorf magisch schützt. Denken wir jetzt mal eine Weile nicht an diesen zwielichtigen Kerl, sondern freuen wir uns über unser Glück!«

»Ich frage mich, was unser nächster Auftrag sein wird.«

»Darüber sprechen wir, wenn die Zeit gekommen ist. Jetzt erhole dich erst mal und feiere!«

Die Nachricht sprach sich schnell in Theben herum und verbreitete sich auch bald im ganzen Land: Wieder einmal hatte die Stätte der Wahrheit ihre Aufgabe tadellos erfüllt. Die wichtigsten Monumente, die von der Rechtmäßigkeit einer Herrschaft zeugten, waren vollendet, und obwohl nur ein verschwindend kleiner Teil der Ägypter sie jemals bewundern durfte, wusste doch jeder, dass diese Bauwerke das Band zwischen Göttern und Menschen, zwischen himmlischer Harmonie und sozialem Zusammenhalt festigten.

Paneb musste immerzu an Merenptahs Sarkophag denken, der nun in der stillen Grabkammer auf einer vergoldeten Bettstatt aus Stein ruhte. Wie alle seine Mitbrüder hatte auch er das Gefühl, am ewigen Leben des Königs teilzuhaben. Es war ein richtiger Schock gewesen, wieder in den Alltag der Nekropole zurückzukehren, die so nah und gleichzeitig so fern vom Tal der Könige war, wo die Pharaonen im Schönen Westen wandelten.

Doch er musste bei den Festvorbereitungen mithelfen, ein paar Hausmauern ausbessern und mit seinem Sohn spielen. Aperti lernte bei Paih dem Gütigen und Gao dem Genauen Rechnen, am Lesen und an den Märchen, für die ihn seine Mutter zu begeistern versuchte, fand er jedoch keinen Geschmack. Allerdings malte er gerne und er konnte sich im Boxkampf schon gegen seine Spielkameraden behaupten, die alle sehr viel älter waren.

Wahbet war auf ihre Weise glücklich und sie verlangte vom Leben nicht mehr, als es ihr schenkte. Als jedoch Paneb das Bett kurz und klein schlug, bekam sie es mit der Angst zu tun und fürchtete, dass ihre heile Welt aus einem ihr unbekannten Grund in die Brüche gehen könnte.

»Hör auf, Paneb, ich bitte dich!«

»Zu spät, Wahbet. Mein Entschluss steht fest!«

Diese Worte fürchtete die junge Frau. Weder ihre Liebe noch sein Sohn könnten Paneb aufhalten, wenn er beschlossen hatte, sein Haus zu verlassen.

»Gehst du ... denn wirklich weg?«

»Weggehen? Ich habe nicht die geringste Absicht wegzugehen.«

»Aber warum –«

»Wie kannst du noch in diesem Bett schlafen, Wahbet? Das ist ganz schlecht für den Rücken. Staple dieses Holz fürs Feuer. Ich zimmere jetzt ein Bett, das meiner Frau würdig ist!«

Sie lachte und weinte zugleich.

»Was ist denn Wahbet? Du bist doch nicht etwa krank?«

»Im Gegenteil, es geht mir wunderbar, ich ... ich bin ganz gerührt!«

»Sieh doch, was mir Didia der Großzügige geschenkt hat!«

Paneb zeigte ihr einen Handbohrer, mit dem er Löcher ins Holz treiben konnte. Er wurde von einem Bogen angetrieben, an dem ein Griff befestigt war, mit dem der Handwerker kurbeln konnte.

»Didia hat mir gesagt, dass man bei der Krümmung Sorgfalt walten lassen soll. Ein guter Tischler biegt einen Ast auf die richtige Weise hin. Jetzt aber an die Arbeit!«

Beim Anblick ihres neuen Bettes war Wahbet hoch erfreut. Das Möbelstück würde selbst eine reiche Städterin vor Neid erblassen lassen!

Sie traute sich erst kaum, sich auf die neue Matratze zu setzen, dann ließ sie die Träger ihres Kleids herunterrutschen und legte sich vorsichtig auf die Seite.

»Willst du es mit mir ausprobieren?«, fragte sie zärtlich.

Es war ein wundervoller Tag, die Sonne schien warm, ein leichter Wind wehte, niemand war krank, und Nefer gönnte sich schließlich ein wenig Ruhe.

Nach dem Morgenritual setzte sich Ubechet aufs Dach, döste und dachte an die glücklichen Jahre, die sie in der Nekropole verbracht hatte, und an die große Liebe, die sie erleben durfte. Keine Sekunde hatte sie bereut, dass sie sich in dieses Abenteuer gestürzt hatte, das ihr unzählige außergewöhnliche Erfahrungen geschenkt hatte, auch wenn die tägliche Arbeit anstrengender war als anderswo auf der Welt.

Schritte und Gelächter weckten die Weise auf. Männer, Frauen und Kinder zogen in einer lockeren Prozession zu ihrem Haus. Ubechet ging hinunter, doch zu ihrem Erstaunen war Nefer weg.

Neugierig öffnete sie die Tür und stand ihrem Mann gegenüber, der den Zug der Nekropoliten anführte.

Das Gelächter verstummte, als der Baumeister der Weisen eine Schmuckschatulle mit vier Füßen und einem Deckel zum Schieben gab. Das herrliche Kleinod war mit kleinen Goldscheiben verziert – ein wahres Meisterwerk.

»Im Namen der Stadt überreiche ich dir dieses Geschenk. Wir

wollen damit die Frau ehren, die sich täglich um uns alle kümmert. Nimm diese Schatulle als Zeichen unserer Achtung und Liebe.«

Ubechet war zu Tränen gerührt. Ihr saß ein dicker Kloß im Hals, und sie brachte kein Wort heraus.

»Lang lebe die Weise!«, rief Paneb mit seiner tiefen, warmen Stimme, und die anderen fielen ein.

»Das mache ich nicht!«, sagte Nefer der Schweigsame.

»Du musst!«, beharrte Kenhir.

»Vertrete mich. Du weißt, dass ich diese offiziellen Zeremonien hasse.«

»Der Oberste Verwalter West-Thebens möchte dich im Beisein aller Würdenträger der Stadt auszeichnen, und dabei kann ich dich nicht vertreten.«

»Sag ihm, dass ich hier unabkömmlich bin.«

»Du musst gehen, Nefer, wenn wir wissen wollen, wie es um die Zukunft der Stätte der Wahrheit bestellt ist. Es ist sicherlich nicht nur eine langweilige Verleihung von Ehrengold. Mehi wird uns vertrauliche Informationen zukommen lassen wollen, und vielleicht können wir in Erfahrung bringen, worin unsere künftigen Aufgaben bestehen.«

»Und wenn das alles nur eine seichte Lustbarkeit ist?«

»Dann hätte dich Mehi nicht eingeladen. Mit deiner Person ehrt und stärkt er die ganze Stätte der Wahrheit. Meinst du nicht, du solltest dich im allgemeinen Interesse opfern?«

»Du bist wirklich schwer zu schlagen, Kenhir.«

»Ich bin nur ein alter Schreiber, der die Nekropole liebt und um ihre Sicherheit besorgt ist. Ohne es zu wollen bist du eine wichtige Persönlichkeit geworden, Nefer, und deine öffentliche Anerkennung wird uns zusätzlichen Schutz bieten.«

Die Weise hatte dem Schreiber der Nekropole zugestimmt und dem Baumeister alle Hoffnungen geraubt, dass ihm die Zeremonie doch noch erspart bliebe, die im Hof von Merenptahs neuem Millionenjahrtempel abgehalten wurde. Nefer hatte sich elegant gekleidet, auch Kenhir hatte sich in Schale geworfen und trug ein Gewand mit weiten Ärmeln, das ihm ausgezeichnet stand.

Versammelt waren die Würdenträger der reichen Stadt Theben. In gelöstem Ton hatte Mehi an die wichtigsten Abschnitte in der Laufbahn des Schreibers der Nekropole erinnert, ihn zu seiner ausgezeichneten Amtsführung beglückwünscht und dem Wunsch Ausdruck verliehen, Kenhir möge seine Arbeit noch lange fortsetzen können.

Dann hatte Mehi den Baumeister aufgerufen, dem es ganz peinlich war, im Mittelpunkt des allgemeinen Interesses zu stehen.

»Der Baumeister der Stätte der Wahrheit hat eine besonders schwierige Aufgabe zu bewältigen«, erklärte der Oberste Verwalter. »Wir alle wissen, dass er die Nekropole nur ungern verlässt, aber sein Ruf ist bis weit über die Mauern der Siedlung gedrungen. So schien es mir notwendig, im Namen ganz Thebens den Mann zu würdigen, der die Stadt mit der Kostbaren Wohnung Seiner Majestät und dem Tempel der Millionen Jahre, wo wir uns nun befinden, noch schöner und ruhmreicher gemacht hat. Nefer der Schweigsame ist als Vorsteher der Bruderschaft ein hervorragender Vorarbeiter seiner Mannschaft und gleichzeitig ein genialer Baumeister. Mit der Zustimmung des Pharaos übergebe ich ihm nun das Ehrengold und umarme ihn in unser aller Namen.«

Der Baumeister rührte sich nicht vom Fleck und schenkte den Anwesenden nicht einmal den Anflug eines Lächelns.

Zu vorgerückter Stunde verließen die Gäste an Mehis üppig gedeckter Tafel nach und nach die stattliche Villa. Der General nahm den Schreiber und den Baumeister zur Seite und führte sie in seine Studierstube, wo geschickt verteilte Lampen gedämpftes Licht spendeten.

»Endlich haben wir Ruhe, Freunde! Ich teile Eure Abneigung gegen derartige Festlichkeiten, aber leider sind sie nun mal nicht zu umgehen.«

»Warum war der Wesir nicht da?«, fragte Kenhir.

»Er wird in Pi-Ramses in offizieller Mission aufgehalten, aber er hat mir die Stätte der Wahrheit betreffend seine Anweisungen übermittelt. Ich darf sie Euch gewissermaßen nur unter der Hand weitergeben, und sie dürfen in keinem amtlichen Dokument auftauchen. Das Vertrauen des Wesirs ehrt mich sehr, das gebe ich zu, und ich bin nicht wenig stolz, einen, wenn auch nur sehr geringen Teil Eures neuen Auftragspensums zu kennen.«

»Wir hören, Mehi.«

»Merenptah will, dass Ihr wie früher die Gräber der Handwerker der Stätte der Wahrheit baut und die Nekropole in Schuss haltet. Dann sollt Ihr so schnell wie möglich wieder ins Tal der Könige und ins Tal der Vornehmen gehen und die Häuser der Ewigkeit für die hier aufgelisteten Personen ausschachten.«

Mehi übergab dem Schreiber einen zusammengerollten Papyrus, der mit mehreren königlichen Siegeln sowie dem datierten Siegel des Wesirs verschlossen war.

Kenhir schob die Rolle in seinen linken Ärmel.

»Noch etwas?«

»Mein Auftrag ist nun erfüllt, und Ihr werdet den Euren wie immer mit Bravour erledigen, da bin ich sicher.«

Kenhir und Nefer zogen sich zurück.

Der General konnte das Schweigen dieses lästigen Baumeisters und seinen durchdringenden, offenen Blick kaum ertragen. Es würde nicht leicht sein, seine Schwächen herauszufinden und auszunützen.

75

Zu Beginn von Merenptahs zehntem Regierungsjahr lebten die Menschen an der Stätte der Wahrheit in Frieden und Glück, nur überschattet von der Trauer um Kemo, der sanft in Ubechets Armen eingeschlafen war. Nefer, der genauso bedrückt war wie Ubechet, hatte den Hund mumifiziert und ihm einen Sarg aus Akazienholz gezimmert. Der treue Gefährte ihrer Liebe würde in der anderen Welt auf sie warten und sie über die schönen Pfade der Ewigkeit führen. Zufälligerweise war in einem Wurf von drei Welpen Kemos Doppelgänger geboren worden, und Ubechet hatte ihn gleich adoptiert.

Die linke Mannschaft arbeitete im Tal der Königinnen, die rechte Mannschaft im Tal der Vornehmen. Paneb hatte soeben das Bild einer Opfertafel fertig gestellt, dessen strahlende Farben ihm die Bewunderung aller seiner Mitbrüder einbrachten. Rinderkeulen, Weintrauben, gerupfte Gänse, Lattich, Zwiebelbünde und runde Brote waren so harmonisch angeordnet, dass es eine Augenweide war.

»Dein Pinsel ist lebendiger als der meine«, gestand Sched der Retter, der die großen Fortschritte seines Schülers glücklich beobachtete. Sched gönnte ihm seit mehreren Monaten keine Atempause mehr, damit er die Geheimnisse der Malerkunst perfekt beherrschen lernte.

»Ist das ein Vorwurf?«

»In manchen Fällen wie jetzt bei dieser Opfertafel ist es eher ein Kompliment. Es ist gut, dass die Speisen für die Seele des Verblichenen, die sich dank dieser Malerei stetig erneuern, so heiter und üppig strahlen. Doch dir fehlt noch der Ernst, den dir nur die Prüfungen des Lebens auferlegen können – wenn du nicht vorher an deiner Eitelkeit stirbst!«

Sched machte sich wieder an die Arbeit und ignorierte Panebs wütenden Blick.

»Bist du weitergekommen?«, fragte Mehi seinen Freund Dakter.

Der Gelehrte strich sich über seinen roten Bart, seine schwarzen Äuglein funkelten zufrieden.

»Ich bin am Ziel«, tat er voller Genugtuung kund. »Ihr hattet Recht, mir Vertrauen zu schenken. Wir haben nun eine große Menge an Pfeilspitzen, deren Durchschlagskraft doppelt so groß ist wie die der Spitzen, die in der Armee bislang verwendet wurden.«

»Ist das alles?«

»Ich mache unablässig Fortschritte! Wenn ich sage, dass ich am Ziel bin, so tue ich das nicht, um mich zu rühmen. Ich habe auch das Gewicht der Lanzen verringert, ihre Schlagkraft und ihre Zielgenauigkeit aus großer Entfernung beträchtlich erhöht. Mein Meisterwerk sind die zweischneidigen Kurzschwerter. Ich habe die Herstellungsweise ausländischer Schmiede nachgeahmt und diese noch verbessert. Der Soldat wird mit dieser Waffe nicht so schnell müde und kann seine Gegner außer Gefecht setzen, selbst wenn er ihnen nur Verletzungen zufügt und sie nicht tötet. Ihr könnt Euch gar nicht vorstellen, welche Schlagkraft diese neuen Waffen haben!«

»Das werde ich selbst prüfen. Danach stelle ich eine Eliteeinheit aus meinen besten Männern auf.«

»Wollt Ihr Amenmesse davon in Kenntnis setzen?«

»Er weiß schon genug. Auf meinen Rat hin bewegt er sich ausgiebig in der Gesellschaft Thebens, und die Notabeln fangen langsam an, ihn zu schätzen. Trotzdem müssen wir vorsichtiger sein denn je!«

»Mir scheint, aus der Hauptstadt kommen immer weniger Nachrichten in den Süden.«

»Soweit ich weiß, ist der Frieden im Osten gesichert, und Sethos wird bald mit einer großen Truppe dorthin marschieren, um jeden Gedanken an einen Aufstand im Keim zu ersticken. Die beste Nachricht ist jedoch, dass der König bald fünfundsiebzig wird.«

»Sein Vater Ramses ist sehr viel älter geworden.«

»Ja, aber Merenptah zeigt sich kaum noch in der Öffentlichkeit, er kommt auch nicht mehr zu offiziellen Anlässen, wo seine Anwesenheit eigentlich unerlässlich wäre. Mit seiner Gesundheit geht es offensichtlich bergab.«

Dakter bereitete es ein diebisches Vergnügen, einen Stachel in die Hoffnungen des Generals zu treiben.

»Seit Ihr den Ruf der Stätte der Wahrheit gestärkt habt, scheint sie unverletzlich zu sein.«

»Das glaubt jedenfalls die Bruderschaft, doch sie weiß nicht, dass der vermeintliche Frieden nur die Ruhe vor dem Sturm ist, der meines Erachtens mit großer Gewalt über die Nekropole hinwegfegen wird. Amenmesse wird sich nämlich gegen Sethos stellen, und die beiden werden sich zerfleischen!«

Dakter war pikiert.

»Diese Streitigkeiten interessieren mich nicht. Ich will lediglich Vorsteher des Lebenshauses bleiben, das ist alles!«

»Du neigst dazu, falsche Schlüsse zu ziehen, aber du bist von einem gesunden Ehrgeiz getrieben. Wie ich. Entgegen dem, was du denkst, habe ich allen Grund, mich in Geduld zu üben und meine Position zu untermauern. Kein Pharao kommt an Theben vorbei! Und wenn Merenptah stirbt, dann stirbt mit ihm auch der letzte Abglanz von Ramses' Ruhm. Dann ist unsere Stunde gekommen. Und ich werde über diese Stätte der Wahrheit alles erfahren, was ich wissen will!«

Ubechet mischte ein Verhütungsmittel aus zerstoßenen Akaziendornen für Kasas Frau, die keine Kinder mehr bekommen wollte. Da drehte sich plötzlich alles in ihrem Kopf. Sie dachte erst, es sei ein vorübergehender Schwindel, doch sie war so geschwächt, dass sie sich auf das Bett legen musste, wo normalerweise ihre Patienten lagen.

Nefer war beunruhigt über die lange Abwesenheit seiner Frau und suchte im Behandlungszimmer nach ihr, wo sie schlummerte. Er strich ihr zärtlich übers Haar und weckte sie sanft.

»Ich bin so müde«, sagte sie.

»Soll ich einen Arzt von außerhalb rufen?«

»Nein, das ist nicht nötig… Ich habe in den letzten Wochen zu viel magnetische Strahlung abgegeben. Meine Vorgängerin hat mir gezeigt, wie ich mich kurieren kann. Ich muss auf die Bergspitze steigen.«

»Wäre es nicht besser, wenn du dich mal ausschlafen würdest?«

»Nein. Hilfst du mir auf?«

Nefer wusste seit langem, dass es sinnlos war, gegen den Willen und gegen das Lächeln seiner Frau ankämpfen zu wollen, die ihn schon beim ersten Blick verführt hatten.

»Wenn sich der Aufstieg als unmöglich herausstellen sollte, darf ich dich dann wieder nach Hause tragen?«

»Dank deiner Hilfe werde ich es schaffen.«

Unter dem Sternenzelt kletterten sie Arm in Arm und Schritt für Schritt. Ubechet nahm den Blick nicht von der Bergspitze, als wollte sie die geheimnisvolle Kraft in sich aufsaugen, die von der Pyramide über dem Westufer ausging. Keiner der beiden dachte an die Mühen es Aufstiegs. Wieder einmal hatte der heilige Berg seinen gebieterischen Ruf ausgesandt.

Oben am Heiligtum angekommen, hefteten sie ihre Blicke auf den Nordstern, den die Fixsterne wie ein himmlischer Hof umgaben.

»Tu mir einen Gefallen«, sagte Nefer, »und verlasse diese Welt nicht vor mir. Ohne dich kann ich nicht die kleinste Aufgabe bewältigen.«

»Das ist eine Entscheidung des Schicksals. Ich weiß nur, dass uns nichts trennen kann, vor allem nicht der Tod. Die Liebe verbindet uns bis in alle Ewigkeit, und das Abenteuer, das wir gemeinsam erleben, wird den Tod besiegen.«

Im Morgenrot sammelte Ubechet den Tau der Himmelsgöttin, die damit der wiedererweckten Sonne das Gesicht gewaschen hatte, und benetzte sich die Lippen. So bekam sie wieder die nötige Kraft, um die Nekropoliten zu heilen.

Nachdem er sich mit dem Vorsteher der Gehilfen besprochen hatte, hielt Kenhir den Vorfall für ernst genug, um auch die Weise und die beiden Vorarbeiter der Mannschaften zu benachrichtigen.

»Der Preis für Schweinefleisch ist beträchtlich gestiegen, das ist ein beunruhigendes Anzeichen für Unregelmäßigkeiten in der

Wirtschaft«, sagte er. »Auch die anderen Lebensmittel werden bald teurer, und daraufhin wird der Wesir unsere Zuteilungen kürzen.«

»Sollten wir nicht unverzüglich mit ihm sprechen?«, fragte Haih.

»Der Wesir ist immer noch in der Hauptstadt, wohin ich ihm dringend Nachricht senden werde. Ich schlage vor, dass wir als Reaktion auf die Preissteigerungen auch unsere Preise für die Statuen und Sarkophage erhöhen, die wir nach draußen verkaufen.«

»Lösen wir damit nicht eine gefährliche Inflation aus?«

»Diese Gefahr besteht, aber man kann uns nicht einfach vor vollendete Tatsachen stellen. Ich verschweige euch auch nicht, dass ich schwer besorgt bin über diese Situation. Hoffen wir, dass es sich nur um eine vorübergehende Störung handelt, sonst wäre es das Vorspiel zu einer schweren wirtschaftlichen Krise, von der auch die Nekropole nicht verschont bleiben würde.«

»Sind unsere Kornspeicher gefüllt?«, fragte Ubechet besorgt.

»Ich war schon immer misstrauisch«, sagte Kenhir, »und habe als Vorsorge für schlechte Zeiten große Vorräte angelegt. Bei den Vergünstigungen, die uns der Staat zuteil werden lässt, hätte ich daran keinen Gedanken verschwenden müssen, aber heute bin ich froh, dass ich so umsichtig war.«

»Sollte die Hauptverwaltung West-Thebens denn nicht etwas unternehmen?«, fragte Nefer.

»Ich bin sicher, dass Mehi nicht untätig bleibt, aber wir müssen auch in Erfahrung bringen, warum die Schweinehändler solche Preise verlangen.«

»Weil sie Angst haben«, meinte die Weise.

»Wovor denn?«

»Seit einigen Tagen weht der Wind der Angst durchs Tal und bringt die Köpfe der Menschen durcheinander.«

»Sind wir davon auch betroffen?«, fragte Haih voller Sorge.

»Keiner kann ihm entkommen«, gab Ubechet zurück.

Der Sandsturm hatte die ganze Nacht getobt, und die Nekropoliten mussten alle Ritzen abdichten. Die Sonne drang nicht durch die schweren, braunen Wolken, und das Morgenritual verzögerte sich.

Man sah keine fünf Schritte weit, und das Wasser musste sorgfältigst gefiltert werden.

Die Augenentzündungen häuften sich. Die Weise hatte mehrere Phiolen mit Tropfen in unterschiedlichen Dosierungen gefüllt.

»Ich werde für die Dauer dieses Sturms bei Kenhir eine Arbeitszeitverkürzung beantragen«, sagte Nefer zu seiner Frau, »und dann werden wir uns in den Gräbern einquartieren.«

Der kleine Kemo hatte sich auf Nefers Schoß zusammengerollt, damit dieser sich auf keinen Fall bewegte. Der Welpe war außerordentlich klug, er verschonte die Möbelbeine, verschlang dafür aber mit großem Appetit sein Futter aus Gemüse, Fleisch, Käse und Brot, das Ubechet zubereitete. Er hatte die gleichen braunen, lebhaften Augen wie sein Vorgänger.

»Du machst dir Sorgen, nicht wahr?«

»Dieser Sturm ist nicht normal. In seinen Wirbeln setzt er eine irrsinnige Zerstörungswut frei.«

Da klopfte jemand mit dem Gehstock an die Tür.

»Macht auf, schnell!«, rief Kenhir, der einen Umhang mit Kapuze trug.

»Was ist passiert?«, fragte Nefer.

»Uputhi hat sich durch den Sturm gequält und uns eine schreckliche Nachricht überbracht: Merenptah ist tot.«

76

Vor allen Nekropoliten verlas der Baumeister die rituellen Worte, die in der offiziellen Mitteilung aus dem Palast zu Pi-Ramses standen:

»›Die Seele des Pharaos ist gen Himmel gestiegen. Er wird sich mit der Sonnenscheibe vereinen, mit seinem göttlichen Meister verschmelzen und an die Seite des Schöpfers zurückkehren. Fortan wird Merenptah, der Gerechtfertigte, im Land des Lichts leben. Möge die Sonne von Neuem scheinen, nun, da das ganze Land auf den neuen Horus wartet, der den Thron der Lebendigen besteigen wird.‹«

Die Mienen waren ernst, niemand wagte, die Frage zu stellen, die allen im Kopf herumspukte.

Keiner außer Paneb.

»Welches Schicksal erwartet uns?«

»Die Stätte der Wahrheit untersteht nur dem Pharao«, sagte Kenhir.

»Wer wird Merenptah nachfolgen?«

Die Handwerker blickten gespannt zu Kenhir.

»Aller Wahrscheinlichkeit nach sein Sohn Sethos.«

Würde der neue König, der diesen Furcht erregenden Namen trug, die Macht des Seth, des Gottes der Unordnung und des Herrn der Blitze, beherrschen können?

»Wenn Sethos an die Macht kommt, stehen uns schreckliche Zeiten bevor und wir müssen auf das Schlimmste gefasst sein«, sagte Karo der Grimmige voraus.

»Warum bist du so pessimistisch?«, fragte Gao der Genaue.

»Weil niemand den Namen von Sethos, dem Vater Ramses' des Großen, annehmen darf! Kein König hat es vor ihm gewagt und kein König darf ihn nachahmen.«

»Munkelt man nicht, dass Amenmesse nach der Macht strebt?«, fragte Nacht der Starke.

»Hört auf, euch zu quälen«, unterbrach sie Paih der Gütige. »Was auch kommt, ein Pharao wird auf jeden Fall regieren und er wird uns den Auftrag erteilen, seinen Millionenjahrtempel zu errichten und seine Kostbare Wohnung im Tal der Könige auszuschachten.«

»Hoffentlich bricht kein Bürgerkrieg aus«, meinte Paneb und löste neue Ängste aus.

Ein Bürgerkrieg ... Endlich konnte der Verräter wieder Hoffnung schöpfen! Nur wegen Merenptah hatte er zurückstecken müssen, und dabei wollte er sich doch so schnell wie möglich das Vermögen unter den Nagel reißen, das außerhalb der Nekropole für ihn angehäuft war. Merenptah, den alle für so schwach gehalten hatten, hatte das Land vor einer Invasion bewahrt und die Stätte der Wahrheit nach Kräften unterstützt. Würde Sethos II. in die Fußstapfen seines Vaters treten oder würde er zusammenbrechen unter der Bürde eines Amtes, das zu schwer für ihn war – vor allem wenn Amenmesse sich gegen ihn erheben sollte?

Gewaltsame Auseinandersetzungen würden die Stätte der Wahrheit auf jeden Fall schwächen und sie würde ihre Vorrechte verlieren. Auch ihre Sicherheit würde nach und nach leiden, und der Verräter könnte sich immer freier bewegen. Um den Ort zu finden, wo der Stein des Lichts versteckt war, müsste er die Nekropole systematisch absuchen, dabei dürfte er sich natürlich nicht erwischen lassen. Nur eine Zeit der Wirren würde ihm freie Hand schenken.

»Bis auf Weiteres unterstehen wir dem Schutz von Sobek und seinen Wachmannschaften«, verkündete Nefer. »Ihr habt nichts zu befürchten. Der Schreiber und ich werden mit General Mehi sprechen und versuchen, mehr zu erfahren. Bis wir zurück sind, dürft ihr das Dorf nicht verlassen.«

»Und wenn ihr nicht mehr zurückkommt?«, fragte Paneb.

»Wie kannst du an so eine Tragödie überhaupt denken?«, fuhr ihn Fened die Nase böse an.

»Wenn es zu einem Aufruhr kommt, ist auch die Umgebung der Nekropole nicht mehr sicher.«

»Wenn wir nicht zurückkehren, wird die Weise die Stätte der Wahrheit leiten«, erklärte Nefer.

Der Wind flaute ab, und die Sicht wurde wieder besser. Am Westufer schien alles ruhig. Nach und nach kehrten die Bauern auf die Felder zurück, und die Viehtreiber ließen die Tiere aus dem Stall. Die Hausfrauen fegten eifrig den Sand aus den Häusern, der trotz aller Vorsichtsmaßnahmen durch jede Ritze gedrungen war.

Eine Kompanie Soldaten kehrte den großen Hof vor der Hauptverwaltung.

Ein Ranghoher rief die beiden Besucher zurück.

»Wohin wollt Ihr?«

»Zu Mehi«, sagte Kenhir.

»In welcher Funktion?«

»Ich bin der Schreiber der Nekropole.«

»Verzeihung. Der General ist nicht da.«

»Wo ist er?«

»Tut mir Leid, aber davon darf ich Zivilisten nicht in Kenntnis setzen.«

»Habt Ihr Anweisungen für die Stätte der Wahrheit?«

»Nein.«

»Wann wird der General zurückkommen?«

»Das weiß ich nicht.«

Beunruhigt machten sich Kenhir und Nefer wieder auf den Rückweg.

Amenmesse tobte vor Wut.

»Wenn ich richtig verstehe, General, dann haltet Ihr mich in diesem Gemach in der Hauptkaserne von Theben gefangen!«

»Aber nein, Prinz, natürlich nicht! Ich bin nur um Eure Sicherheit besorgt.«

»Ich kann mich aber nicht frei bewegen!«

»In diesen unsicheren Zeiten ist es besser, Ihr bleibt unter dem Dach und dem Schutz der thebanischen Truppen.«

»Ich werde das Kommando über diese Armee übernehmen und dann auf die Hauptstadt marschieren!«

»Aber denkt doch nach, Prinz! Ich bitte Euch! Ein Krieg zwischen Nord und Süd würde Tausende von Opfern kosten und Ägypten so schwächen, dass das Land leichte Beute für seine Feinde wäre.«

»Seit Sethos zum Pharao ausgerufen wurde, bin ich nur noch eine Marionette!«

»Wir haben keine Nachrichten aus Pi-Ramses. Vielleicht wird Sethos Euch auch dringend zurückrufen.«

»Nur um mich aus dem Weg zu räumen!«

»Warum traut Ihr ihm so finstere Machenschaften zu?«

»Weil die Staatsmacht ein Spiel ist, Mehi. Manche Träume werden wahr, andere zerschlagen sich für immer. Ich jedenfalls will meine Träume nicht aufgeben! Ob es Euch gefällt oder nicht – der Kampf zwischen Sethos und mir ist unvermeidlich! Entweder er verzichtet auf den Thron, oder ich weigere mich, seine Autorität anzuerkennen, und lasse mich hier in Theben krönen! Dann kann jeder wählen, auf welcher Seite er steht.«

»Ich beuge mich Eurem Willen, Prinz, aber ich kann Euch nur inständig bitten, hier in dieser Kaserne zu verbleiben, bis Sethos seine Entscheidung gefällt hat.«

»Gut, General. Aber versetzt die Truppen in Alarmbereitschaft!«

Mehi zog sich zurück. Die Dinge entwickelten sich zu seiner Zufriedenheit. Er hatte schon befürchtet, dass der junge Prinz sich zu schnell vor Sethos beugen könnte, aber Merenptahs Tod hatte im Gegenteil seinen Ehrgeiz nur noch angestachelt, und der General musste ihn nun etwas dämpfen. Er musste sehr geschickt und sehr klug vorgehen, wenn er die beiden Männer gegeneinander aufhetzen und den einen wie den anderen glauben machen wollte, dass er, Mehi, ihr bester Verbündeter sei.

Am selben Abend noch würde er einen vertraulichen Brief nach Pi-Ramses schicken. Er würde Sethos zu verstehen geben, dass Amenmesse für ihn gefährlich werden könnte, und dem König versichern, dass er, Mehi, der treue Diener seines Landes, nichts anderes im Sinn hätte, als den Frieden und den Wohlstand des Reiches zu sichern.

Wie der Kampf auch ausging – Mehi würde dank der vielen Waffen, die ihm zur Verfügung standen, auf jeden Fall als Sieger hervorgehen. Und die Stätte der Wahrheit war das erste Opfer, das er ohne Erbarmen rupfen würde.

»Was? Es gibt keinen Salzfisch?«, wunderte sich Nacht der Starke. »Bist du dir da auch ganz sicher?«

»Wenn du mir nicht glaubst, dann frag doch selbst nach!«, sagte seine Frau.

Der Steinmetz steuerte entschlossen auf das Haupttor zu, wo sich ein paar Hausfrauen versammelt hatten.

»Haben die Fischhändler nicht geliefert?«, fragte Nacht.

»Die Fischhändler nicht und die Schlachter nicht«, sagte Feneds geschiedene Frau.

Nacht ging gleich zum Schreiber, wo er auch den Baumeister, Paneb und andere Handwerker antraf, die immer lauter schimpften.

»Jetzt reicht's aber!«, knurrte Kenhir. »Eure Beschwerden führen doch zu nichts!«

»Sag uns die Wahrheit!«, forderte Paneb.

»Die Lebensmittelversorgung ist unterbrochen«, erklärte der Schreiber mit finsterer Miene. »Aber wir haben Vorräte für mehrere Wochen.«

»Das lassen wir uns nicht gefallen!«, schimpfte Kasa der Seiler. »Wir müssen den Wesir und den König einschalten!«

»Welchen König?«, fragte Thuti der Gelehrte spöttisch. »Sie haben uns im Stich gelassen, das ist die Wahrheit! Und die Soldaten werden bald die Nekropole stürmen und uns vertreiben.«

»Niemand kann die Nekropole stürmen«, sagte Paneb.

»Meinst du vielleicht, wir könnten Widerstand leisten?«

»Warum seid ihr alle so pessimistisch?«, meinte Didia der Großzügige. »Die Verwaltung ist durcheinander, das ist offensichtlich, aber warum sollte uns der neue Pharao denn feindlich gesinnt sein?«

»Reden wir nicht einfach so daher! Es gibt noch viel zu tun in der Nekropole, wir sind mit unserer Arbeit erheblich in Verzug«, sagte der Baumeister.

Nefer verteilte die Arbeiten an Heiligtümern, Gräbern und Häusern. Dass sie ihre Heimat verschönerten, gab den Handwerkern wieder ein bisschen Sicherheit und ließ sie ihre Ängste vergessen. Und als wäre die Gefahr gebannt, sangen sie sogar wieder die überlieferten Lieder, die in Friedenszeiten den Arbeitsrhythmus bestimmten.

Der Baumeister dachte über das Versteck nach, an dem der Stein des Lichts aufbewahrt wurde. Seit Generationen von Handwerkern war dieser Stein, der dem Großen Werk zur Vollkommenheit verhalf, treu von einem Baumeister an den nächsten übergeben worden. Sollte dieses Wunder nun bald der Vergangenheit angehören?

Ubechet gesellte sich zu ihrem Mann und bewunderte mit ihm die unschätzbare Kostbarkeit.

»Ich muss mit der Weisen sprechen«, sagte Nefer.

»Du willst dein Amt niederlegen, nicht wahr?«

»Ja, aber weder aus Müdigkeit noch aus Angst vor dem großen Sturm. Ich habe meine Aufgabe erfüllt, das ist alles. Der Vorarbeiter der linken Mannschaft hat alle Fähigkeiten, mir nachzufolgen.«

»Alle außer einer – er kann keine Menschen führen und deshalb wäre er kein guter Baumeister. Uns stehen düstere Zeiten bevor, und um die Nekropole zu verteidigen und ihre Existenz zu retten, reicht es nicht, ein sehr guter Handwerker zu sein. Weder die Götter noch die Bruderschaft lassen dir die Wahl, Nefer. Du darfst nicht an dich selbst denken, sondern du musst das Amt, für das du erwählt worden bist, weiter ausfüllen.«

Ubechet hob den Blick zur Bergspitze.

»Hörst du denn nicht den Ruf der Göttin – er wird immer lauter. Ihre Stimme erfüllt den Himmel, ihre Güte kennt keine Grenzen. Höre auf ihre Worte, Nefer, und setze sie in die Tat um.«

Der Baumeister schloss seine Frau leidenschaftlich in die Arme. Mit ihrer Liebe würde es ihm vielleicht gelingen, über die Finsternis zu siegen und den Stein des Lichts zu bewahren.

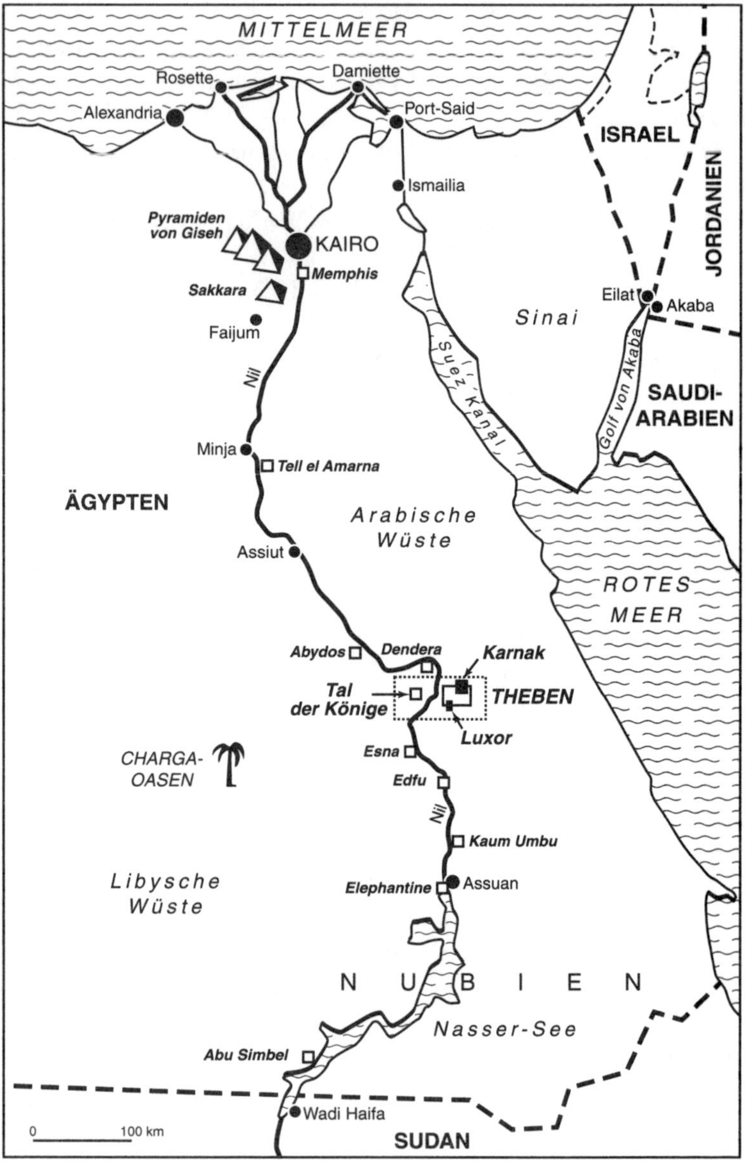
MITTELMEER
Rosette
Damiette
Alexandria
Port-Said
ISRAEL
JORDANIEN
Ismailia
Pyramiden von Giseh
KAIRO
Memphis
Sakkara
Faijum
Eilat
Akaba
Sinai
Suez Kanal
Nil
Golf von Akaba
SAUDI-ARABIEN
Minja
Tell el Amarna
ÄGYPTEN
Arabische Wüste
Assiut
ROTES MEER
Abydos
Dendera
Karnak
Tal der Könige
THEBEN
Luxor
CHARGA-OASEN
Esna
Edfu
Nil
Kaum Umbu
Libysche Wüste
Elephantine
Assuan
N U B I E N
Nasser-See
Abu Simbel
Wadi Haifa
0
100 km
SUDAN

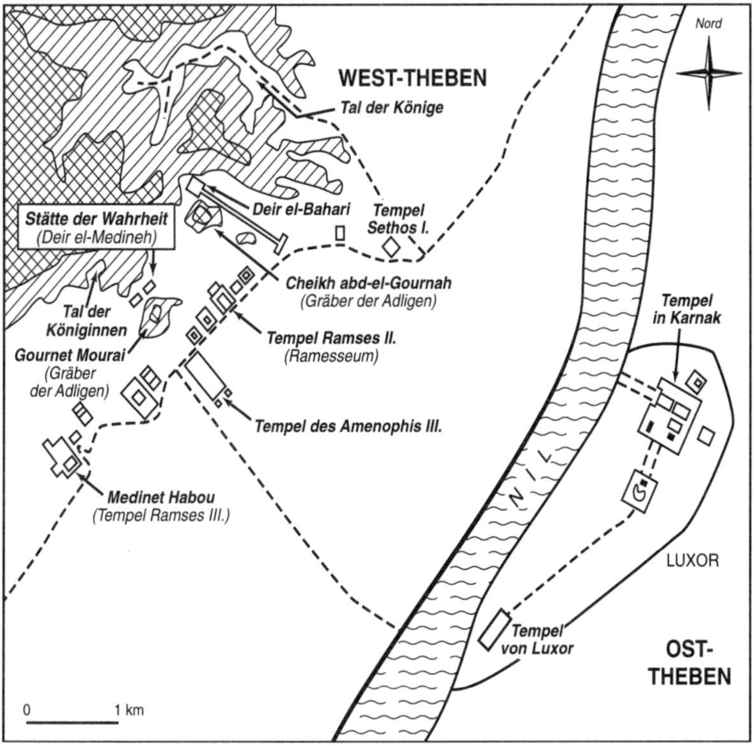

Nord
WEST-THEBEN
Tal der Könige
Deir el-Bahari
Tempel Sethos I.
Stätte der Wahrheit
(Deir el-Medineh)
Cheikh abd-el-Gournah
(Gräber der Adligen)
Tal der Königinnen
Gournet Mourai
(Gräber der Adligen)
Tempel Ramses II.
(Ramesseum)
Tempel des Amenophis III.
Medinet Habou
(Tempel Ramses III.)
NIL
Tempel in Karnak
LUXOR
Tempel von Luxor
OST-THEBEN
0
1 km